Le Siècle.

# LE BOSSU

PAR

M. PAUL FÉVAL.

PARIS

BUREAUX DU SIÈCLE

RUE DU CROISSANT, 16.

A. VIALON. DEL.          J. GUILLAUME SC.

Paul Féval.

# LE BOSSU

## AVENTURES DE CAPE ET D'ÉPÉE

### PREMIÈRE PARTIE

### LES MAITRES EN FAIT D'ARMES

#### I

#### LA VALLÉE DE LOURON.

Il y avait autrefois une ville en ce lieu, la cité de Lorre, avec des temples païens, des amphithéâtres et un capitole. Maintenant c'est un val désert où la charrue parésseuse du cultivateur gascon semble avoir peur d'émousser son fer contre le marbre des colonnes enfouies.

La montagne est tout près. La haute chaîne des Pyrénées déchire juste en face de vous ses neigeux horizons, et montre le ciel bleu du pays espagnol à travers la coupure profonde qui sert de chemin aux contrebandiers de Venasque.

A quelques lieues de là, Paris tousse, danse, ricane, et rêve qu'il guérit son incurable bronchite aux sources de Bagnères-de-Luchon ; un peu plus loin, de l'autre côté, un autre Paris, Paris rhumatisant, croit laisser ses scia-tiques au fond des sulfureuses piscines de Barèges-les-Bains.

Eternellement, la foi sauvera Paris, malgré le fer, la magnésie ou le soufre !

C'est la vallée de Louron, entre la vallée d'Aure et la vallée de Barousse, la moins connue peut-être des touristes effrénés qui viennent chaque année découvrir ces sauvages contrées ; c'est la vallée de Louron avec ses oasis fleuries, ses torrens prodigieux, ses roches fantastiques et sa rivière, la brune Clarabide, sombre cristal qui se meut entre deux rives escarpées, avec ses forêts étranges et son vieux château vaniteux, fanfaron, invraisemblable comme un poëme de chevalerie.

En descendant la montagne, à gauche de la coupure, sur le versant du petit pic Véjan, vous apercevez d'un coup d'œil tout le paysage. La vallée de Louron forme l'extrême pointe de la Gascogne. Elle s'étend en éventail entre la forêt d'Ens et ces beaux bois du Fréchet qui rejoignent, à travers le val de Barousse, les paradis de Mauléon, de Nestes et de Campan. La terre est pauvre, mais l'aspect est riche. Le sol se fend presque partout violemment. Ce sont des gaves qui déchirent la pelouse, qui déchaussent profondément le pied des hêtres géans, qui mettent à nu la base du roc ; ce sont des rampes verticales, fendues de haut en bas par la racine envahissante des pins. Quelque troglodyte a creusé sa demeure au pied, tandis qu'un guide ou un berger suspend la sienne au sommet de la falaise.

Vous diriez l'aire isolée et haute de l'aigle.

La forêt d'Ens suit le prolongement d'une colline qui s'arrête tout à coup au beau milieu de la vallée pour donner passage à la Clarabide. L'extrémité orientale de cette colline présente un escarpement abrupte où nul sentier ne fut jamais tracé. Le sens de sa formation est à l'inverse des chaînes environnantes. Elle tendrait à fermer la vallée comme une énorme barricade jetée d'une montagne à l'autre, si la rivière ne l'arrêtait court.

27

On appelle dans le pays cette section miraculeuse le *Hachaz* (le coup de hache). Il y a naturellement une légende, mais nous vous l'épargnerons.

C'était là que s'élevait le capitole de la ville de Lorre, qui sans doute a donné son nom au val de Louron.

C'est là que se voient encore les ruines du château de Caylus-Tarrides.

De loin, ces ruines ont un grand aspect. Elles occupent un espace considérable, et à plus de cent pas du Hachaz on voit encore poindre parmi les arbres le sommet déchiqueté des vieilles tours.

De près, c'est comme un village fortifié. Les arbres ont poussé partout dans les décombres, et tel sapin a dû percer une voûte en pierres de taille. Mais la plupart de ces ruines appartiennent à d'humbles constructions, où le bois et la terre battue remplacent bien souvent le granit.

La tradition rapporte qu'un Caylus-Tarrides (c'était le nom de cette branche, importante surtout par ses immenses richesses) fit élever un rempart autour du petit hameau de Tarrides, pour protéger ses vassaux huguenots après l'abjuration d'Henri IV.

Il se nommait Gaston de Tarrides, et portait titre de baron. Si vous allez aux ruines de Caylus, on vous montrera l'arbre du Baron.

C'est un chêne. Sa racine entre en terre au bord de l'ancienne douve qui défendait le château vers l'occident. Une nuit, la foudre le frappa. C'était déjà un grand arbre ; il tomba au choc et se coucha en travers de la douve.

Depuis lors, il est resté là, végétant par l'écorce, qui seule est restée vive à l'endroit de la rupture. Mais le point curieux, c'est qu'une pousse s'est dégagée du tronc, à trente ou quarante pieds des bords de la douve. Cette pousse a grandi ; elle est devenue un chêne superbe, un chêne suspendu, un chêne miracle, sur lequel deux mille cinq cents touristes ont déjà gravé leur nom.

Ces Caylus-Tarrides se sont éteints vers le commencement du dix-huitième siècle en la personne de François de Tarrides, marquis de Caylus, l'un des personnages de notre histoire.

En 1699, monsieur le marquis de Caylus était un homme de soixante ans. Il avait suivi la cour au commencement du règne de Louis XIV, mais sans beaucoup de succès, et s'était retiré mécontent.

Il vivait seul maintenant dans ses terres, avec la belle Aurore de Caylus, sa fille unique.

On l'avait surnommé dans le pays Caylus-Verrou. Voici pourquoi.

Aux abords de sa quarantième année, monsieur le marquis, veuf d'une première qui ne lui avait point donné d'enfans, était devenu amoureux de la fille du comte de Soto-Mayor, gouverneur de Pampelune. Inès de Soto-Mayor avait alors dix-sept ans.

C'était une fille de Madrid, aux yeux de feu, au cœur plus ardent que ses yeux.

Le marquis passait pour n'avoir point donné beaucoup de bonheur à sa première femme, toujours renfermée dans le vieux château de Caylus, où elle était morte à vingt-cinq ans.

Inès déclara à son père qu'elle ne serait jamais la compagne de cet homme.

Mais c'était bien une affaire, vraiment, dans cette Espagne des drames et des comédies, que de forcer la volonté d'une jeune fille !

Les alcades, les duègnes, les valets coquins et la sainte inquisition n'étaient, au dire de tous les vaudevillistes, institués que pour cela !

Un beau soir, la triste Inès, cachée derrière sa jalousie, dut écouter pour la dernière fois la sérénade du fils cadet du corrégidor, lequel jouait fort bien de la guitare. Elle partait le lendemain pour la France avec monsieur le marquis.

Celui-ci prenait Inès sans dot, et offrait en outre à mon-

sieur de Soto-Mayor je ne sais combien de milliers de pistoles.

L'Espagnol, plus noble que le roi et plus gueux encore que noble, ne pouvait résister à de semblables façons.

Quand monsieur le marquis ramena au château de Caylus sa belle madrilène long voilée, ce fut une fièvre générale parmi les jeunes gentilshommes de la vallée de Louron. Il n'y avait point alors de touristes, ces lovelaces ambulans qui s'en vont incendier les cœurs de province partout où le train de plaisir favorise les voyages au rabais ; mais la guerre permanente avec l'Espagne entretenait de nombreuses troupes de partisans à la frontière, et monsieur le marquis n'avait qu'à se bien tenir.

Il se tint bien ; il accepta bravement la gageure. Le galant qui eût voulu tenter la conquête de la belle Inès aurait dû d'abord se munir de canons de siége. Il ne s'agissait pas seulement d'un cœur : le cœur était à l'abri derrière les remparts d'une forteresse.

Les tendres billets n'y pouvaient rien, les douces œillades y perdaient leurs flammes et leurs langueurs, la guitare elle-même était impuissante. La belle Inès était inabordable.

Pas un galant, chasseur d'ours, hobereau ou capitaine, ne put se vanter seulement d'avoir vu le coin de sa prunelle.

C'était se bien tenir. Au bout de trois ou quatre ans, la pauvre Inès repassa enfin le seuil de ce terrible manoir.

Ce fut pour aller au cimetière.

Elle était morte de solitude et d'ennui.

Elle laissait une fille.

La rancune des galans vaincus donna au marquis ce surnom de Verrou.

De Tarbes à Pampelune, d'Argelès à Saint-Gaudens, vous n'eussiez trouvé ni un homme, ni une femme, ni un enfant, qui appelât monsieur le marquis autrement que Caylus-Verrou.

Après la mort de sa seconde femme, il essaya encore de se remarier, car il avait cette bonne nature de Barbe-Bleue qui ne se décourage point ; mais le gouverneur de Pampelune n'avait plus de filles, et sa réputation de geôlier était si parfaitement établie, que les plus intrépides parmi les demoiselles à marier reculèrent devant sa recherche.

Il resta veuf, attendant avec impatience l'âge où sa fille aurait besoin d'être cadenassée. Les gentilshommes du pays ne l'aimaient point, et, malgré son opulence, il manquait souvent de compagnie. L'ennui le chassa hors de ses donjons. Il prit l'habitude d'aller chaque année à Paris, où les jeunes courtisans lui empruntaient de l'argent et se moquaient de lui.

Pendant ces absences, Aurore restait à la garde de deux ou trois duègnes et d'un vieux chapelain.

Aurore était belle comme sa mère. C'était du sang espagnol qui coulait dans ses veines. Quand elle eut seize ans, les bonnes gens du hameau de Tarrides entendirent souvent, dans les nuits noires, les chiens de Caylus qui hurlaient.

Vers cette époque, Philippe de Lorraine, duc de Nevers, un des plus brillans seigneurs de la cour de France, vint habiter son château de Buch dans le Jurançon. Il atteignait à peine sa vingtième année, et, pour avoir usé trop tôt de la vie, il s'en allait mourant d'une maladie de langueur. L'air des montagnes lui fut bon ; après quelques semaines de vert, on le vit mener ses équipages de chasse jusque dans la vallée de Louron.

La première fois que les chiens de Caylus hurlèrent la nuit, le jeune duc de Nevers, harassé de fatigue, avait demandé le couvert à un bûcheron de la forêt d'Ens.

Nevers resta un an à son château de Buch. Les bergers de Tarrides disaient que c'était un généreux seigneur.

Les bergers de Tarrides racontaient deux aventures nocturnes qui eurent lieu pendant son séjour dans le pays. Une fois, on vit, à l'heure de minuit, des lueurs à travers les vitraux de la vieille chapelle de Caylus.

Les chiens n'avaient pas hurlé, mais une forme sombre, que les gens du hameau commençaient à connaître pour l'avoir aperçue souvent, s'était glissée dans les douves après la brune tombée.

Ces antiques châteaux sont tous pleins de fantômes.

Une autre fois, vers onze heures de nuit, dame Marthe, la moins âgée des duègnes de Caylus, sortit du manoir par la grand'porte, et courut à cette cabane de bûcheron où le jeune duc de Nevers avait naguère reçu l'hospitalité. Une chaise portée à bras traversa peu après le bois d'Ens. Puis des cris de femme sortirent de la cabane du bûcheron.

Le lendemain, ce brave homme avait disparu.

Sa cabane fut à qui voulut la prendre.

Dame Marthe quitta aussi, le même jour, le château de Caylus.

Il y avait quatre ans que ces choses étaient passées. On n'avait plus ouï parler jamais du bûcheron ni de dame Marthe.

Philippe de Nevers n'était plus à son manoir de Buch.

Mais un autre Philippe, non moins brillant, non moins grand seigneur, honorait la vallée de Louron de sa présence. C'était Philippe-Polyxène de Mantoue, prince de Gonzague, à qui monsieur le prince de Caylus prétendai donner sa fille Aurore en mariage.

Gonzague était un homme de trente ans, un peu efféminé de visage, mais d'une beauté rare au demeurant. Impossible de trouver plus noble tournure que la sienne. Ses cheveux noirs, soyeux et brillans, s'enflaient autour de son front plus blanc qu'un front de femme, et formaient naturellement cette coiffure ample et un peu lourde que les courtisans de Louis XIV n'obtenaient guère qu'en ajoutant deux ou trois chevelures à celle qu'ils avaient apportée en naissant. Ses yeux noirs avaient le regard clair et orgueilleux des gens d'Italie. Il était grand, merveilleusement taillé ; sa démarche et ses gestes avaient une majesté théâtrale.

Nous ne disons rien de la maison d'où il sortait. Gonzague sonne aussi haut dans l'histoire que Bouillon, Este ou Montmorency.

Ses liaisons valaient sa noblesse. Il avait deux amis, deux frères, dont l'un était Lorraine, l'autre Bourbon. Le duc de Chartres, neveu propre de Louis XIV, depuis duc d'Orléans et régent de France, le duc de Nevers et le prince de Gonzague étaient inséparables. La cour les nommait les trois Philippe. Leur tendresse naturelle rappelait les beaux types de l'amitié antique.

Philippe de Gonzague était l'aîné. Le futur régent n'avait que vingt-quatre ans, et Nevers comptait une année de moins.

On doit penser combien l'idée d'avoir un gendre semblable flattait la vanité du vieux Caylus. Le bruit public accordait à Gonzague des biens immenses en Italie ; de plus, il était cousin-germain et seul héritier de Nevers, que chacun regardait comme voué à une mort précoce. Or, Philippe de Nevers, unique héritier du nom, possédait un des plus beaux domaines de France.

Certes, personne ne pouvait soupçonner le prince de Gonzague de souhaiter la mort de son ami ; mais il n'était pas en son pouvoir de l'empêcher, et le fait certain est que cette mort le faisait dix ou douze fois millionnaire.

Le beau-père et le gendre étaient à peu près d'accord. Quant à Aurore, on ne l'avait même pas consulté. Système Verrou.

C'était par une belle journée d'automne, en cette année 1699. Louis XIV se faisait vieux et se fatiguait de la guerre. La paix de Ryswyck venait d'être signée, mais les escarmouches entre partisans continuaient aux frontières, et la vallée de Louron, entre autres, avait bon nombre de ces hôtes incommodes.

Dans la salle à manger du château de Caylus, une demi-douzaine de convives étaient assis autour de la table amplement servie. Le marquis pouvait avoir ses vices, mais du moins traitait-il comme il faut.

Outre le marquis, Gonzague et mademoiselle de Caylus, qui occupaient le haut bout de la table, les assistans étaient tous gens de moyen état et à gages. C'était d'abord dom Bernard, le chapelain de Caylus, qui avait charge d'âmes dans le petit hameau de Tarrides, et tenait en la sacristie de sa chapelle registre des décès, naissances et mariages ; c'était ensuite dame Isidore, du mas de Gabour, qui avait remplacé dame Marthe dans ses fonctions auprès d'Aurore ; c'était en troisième lieu le sieur de Peyrolles, gentilhomme attaché à la personne du prince de Gonzague. Nous devons faire connaître celui-ci, qui tiendra sa place dans notre récit.

Monsieur de Peyrolles était un homme entre deux âges, à figure maigre et pâle, à cheveux rares, à stature haute et un peu voûtée. De nos jours, on se représenterait difficilement un personnage semblable sans lunettes ; la mode n'y était point. Ses traits étaient comme effacés, mais son regard myope avait de l'effronterie. Gonzague assurait que monsieur de Peyrolles se servait fort bien de l'épée qui pendait gauchement à son flanc.

En somme, Gonzague le vantait beaucoup ; il avait besoin de lui.

Les autres convives, officiers de Caylus, pouvaient passer pour des comparses.

Mademoiselle Aurore de Caylus faisait les honneurs avec une dignité froide et taciturne. Généralement, on peut dire que les femmes, voire les plus belles, sont ce que leur sentiment les fait. Telle peut être adorable auprès de ce qu'elle aime, et presque déplaisante ailleurs. Aurore était de ces femmes qui plaisent en dépit de leur vouloir, et qu'on admire malgré elles-mêmes.

Elle avait le costume espagnol. Trois rangs de dentelles tombaient parmi le jais ondulant de ses cheveux.

Bien qu'elle n'eût pas encore vingt ans, les lignes pures et fières de sa bouche parlaient déjà de tristesse ; mais que de lumière devait faire naître la sourire autour de ces jeunes lèvres ! et que de rayons dans ces yeux largement ombragés par la soie recourbée des longs cils !

Il y avait bien des jours qu'on n'avait vu un sourire autour des lèvres d'Aurore.

Son père disait :

— Tout cela changera quand elle sera madame la princesse.

Et il ne s'en inquiétait point autrement.

A la fin du second service, Aurore se leva et demanda la permission de se retirer. Dame Isidore jeta un long regard de regret sur les pâtisseries, confitures et conserves qu'on apportait. Son devoir l'obligeait de suivre sa jeune maîtresse.

Dès qu'Aurore fut partie, le marquis prit un air plus guilleret.

— Prince, dit-il, vous me devez ma revanche aux échecs... êtes-vous prêt ?

— Toujours à vos ordres, cher marquis, répondit Gonzague.

Sur l'ordre de Caylus, on apporta une table et l'échiquier. Depuis quinze jours que le prince était au château, c'était bien la cent cinquantième partie qui allait recommencer.

A trente ans, avec le nom et la figure de Gonzague, cette passion d'échecs devait donner à penser.

De deux choses l'une : ou il était bien ardemment amoureux d'Aurore, ou il était bien désireux de mettre la dot dans ses coffres.

Tous les jours, après le dîner comme après le souper, on apportait l'échiquier. Le bonhomme Verrou était de quatorzième force. Tous les jours, Gonzague se laissait gagner une douzaine de parties, à la suite desquelles Verrou triomphant s'endormait dans son fauteuil, sans quitter le champ de bataille, et ronflait comme un juste.

C'était ainsi que Gonzague faisait sa cour à mademoiselle Aurore de Caylus.

— Monsieur le prince, dit le marquis en rangeant ses pièces, je vais vous montrer aujourd'hui une combinaison que j'ai trouvée dans le docte traité de Cessolis... Je ne joue pas aux échecs comme tout le monde, et je tâche de puiser aux bonnes sources. Le premier venu ne saurait point vous dire que les échecs furent inventés par Attalus, roi de Pergame, pour divertir les Grecs durant le long siège de Troie. Ce sont des ignorans ou des gens de mauvaise foi qui en attribuent l'honneur à Palamède... Voyons, attention à votre jeu, s'il vous plaît.

— Je ne saurais vous exprimer, monsieur le marquis, répliqua Gonzague, tout le plaisir que j'ai à faire votre partie.

Ils engagèrent. Les convives étaient encore autour d'eux.

Après la première partie perdue, Gonzague fit signe à Peyrolles, qui jeta sa serviette et sortit. Peu à peu le chapelain et les autres officiers l'imitèrent. Verrou et Gonzague restèrent seuls.

— Les Latins, reprenait le bonhomme, appelaient cela le jeu des *latrunculi* ou petits voleurs... Les Grecs le nommaient zatrikion. Sarazin fait observer, dans son excellent livre...

— Monsieur le marquis, interrompit Philippe de Gonzague, je vous demande pardon de ma distraction... me permettez-vous de relever cette pièce ?

Par mégarde, il venait d'avancer un pion qui lui donnait partie gagnée.

Verrou se fit un peu tirer l'oreille, mais sa magnanimité l'emporta.

— Relevez, dit-il, monsieur le prince, mais n'y revenez point, je vous prie... Les échecs ne sont point un jeu d'enfant. — Gonzague poussa un profond soupir. — Je sais, je sais, poursuivit le bonhomme d'un accent goguenard, nous sommes amoureux...

— A en perdre l'esprit, monsieur le marquis.

— Je connais cela, monsieur le prince... Attention au jeu !... je prends votre fou.

— Vous ne m'achevâtes point hier, dit Gonzague en homme qui veut secouer de pénibles pensées, l'histoire de ce gentilhomme qui voulut s'introduire dans votre maison...

— Ah ! rusé matois ! s'écria Verrou, vous essayez de me distraire ; mais je suis comme César, qui dictait cinq lettres à la fois... Vous savez qu'il jouait aux échecs ?... Eh bien ! le gentilhomme eut une demi-douzaine de coups d'épée, là-bas, dans le fossé. Pareille aventure a eu lieu plus d'une fois ; aussi la médisance n'a jamais trouvé à mordre sur la conduite de mesdames de Caylus.

— Et ce que vous faisiez alors en qualité de mari, monsieur le marquis, demanda négligemment Gonzague, le feriez-vous aussi comme père ?

— Parfaitement, repartit le bonhomme ; je ne connais pas d'autre façon de garder les filles d'Eve... *schah-mato* ! monsieur le prince, comme disent les Persans... vous êtes encore battu. — De ces deux mots *schah-mato*, continua-t-il en s'arrangeant pour dormir sa sieste, qui signifient le roi est mort, nous avons fait *échec* et *mat*, suivant Ménage et suivant Fréret... Quant aux femmes, croyez-moi... de bonnes rapières autour de bonnes murailles... voilà le plus clair de la vertu !...

Il ferma les yeux et s'endormit. Gonzague quitta précipitamment la salle à manger.

Il était à peu près deux heures après midi. Monsieur de Peyrolles attendait son maître en rôdant dans les corridors.

— Nos coquins ? fit Gonzague dès qu'il l'aperçut.

— Il y en a six d'arrivés, répondit Peyrolles.

— Où sont-ils ?

— A l'auberge de la Pomme-d'Adam, de l'autre côté des douves.

— Qui sont les deux manquans ?

— Maître Cocardasse junior de Tarbes, et frère Passepoil, son prévôt.

— Deux bonnes lames ! fit le prince ; et l'autre affaire ?

— Dame Marthe est présentement chez mademoiselle de Caylus.

— Avec l'enfant ?

— Avec l'enfant.

— Par où est-elle entrée ?

— Par la fenêtre basse de l'étuve qui donne dans les fossés, sous le pont.

Gonzague réfléchit un instant, puis il reprit :

— As-tu interrogé dom Bernard ?

— Il est muet, répondit Peyrolles.

— Combien as-tu offert ?

— Cinq cents pistoles.

— Cette dame Marthe doit savoir où est le registre... Il ne faut pas qu'elle sorte du château.

— C'est bien, dit Peyrolles.

Gonzague se promenait à grands pas.

— Je veux lui parler moi-même, murmura-t-il ; mais es-tu bien sûr que mon cousin de Nevers ait reçu le message d'Aurore ?

— C'est notre Allemand qui l'a porté.

— Et Nevers doit arriver ?

— Ce soir.

Ils étaient à la porte de l'appartement de Gonzague.

Au château de Caylus, trois corridors se coupaient à angle droit : un pour le corps de logis, deux pour les ailes en retour.

L'appartement du prince était situé dans l'aile occidentale, terminée par l'escalier qui menait aux étuves. Un bruit se fit dans la galerie centrale. C'était dame Marthe qui sortait du logis de mademoiselle de Caylus. Peyrolles et Gonzague entrèrent précipitamment chez ce dernier, laissant la porte entrebâillée.

L'instant d'après, dame Marthe traversait le corridor d'un pas furtif et rapide.

Il faisait plein jour, mais c'était l'heure de la sieste, et la mode espagnole avait franchi les Pyrénées. Tout le monde dormait au château de Caylus. Dame Marthe avait tout sujet d'espérer qu'elle ne ferait point de fâcheuse rencontre.

Comme elle passait devant la porte de Gonzague, Peyrolles s'élança sur elle à l'improviste, et lui appuya fortement son mouchoir contre la bouche, étouffant ainsi son premier cri. Puis il la prit à bras le corps, et l'emporta demi évanouie dans la chambre de son maître.

## II

### COCARDASSE ET PASSEPOIL.

L'un enfourchait un vieux cheval de labour à longs crins mal peignés, à jambes cagneuses et poilues ; l'autre était assis sur un âne, à la manière des châtelaines voyageant au dos de leur palefroi.

Le premier se portait fièrement, malgré l'humilité de sa monture, dont la tête triste pendait entre les deux jambes. Il avait un pourpoint de buffle, à plastron taillé en cœur, des chausses de tiretaine piquées, et de ces belles bottes en entonnoir si fort à la mode sous Louis XIII. Il avait en outre un feutre rodomont et une énorme rapière.

C'était maître Cocardasse junior, natif de Toulouse, ancien maître en fait d'armes de la ville de Paris, présentement établi à Tarbes, où il faisait maigre chère.

Le second était d'apparence timide et modeste. Son costume eût pu convenir à un clerc râpé : un long pourpoint noir, coupé droit comme une soutanelle, couvrait ses chausses noires que l'usage avait rendues luisantes. Il était coiffé d'un bonnet de laine soigneusement rabattu sur ses oreilles, et pour chaussures, malgré la chaleur accablante, il avait de bons brodequins fourrés.

A la différence de maître Cocardasse junior, qui jouissait d'une riche chevelure crépue, noire comme une toison de nègre et largement ébouriffée, son compagnon collait à ses tempes quelques mèches d'un blond déteint. Même contraste entre les deux terribles crocs qui servaient de moustaches au maître d'armes et les trois poils blanchâtres hérissés sous le long nez du prévôt.

Car c'était un prévôt, ce paisible voyageur, et nous vous certifions qu'à l'occasion il maniait vigoureusement la grande vilaine épée qui battait les flancs de son âne.

Il se nommait Amable Passepoil. Sa patrie était Villedieu, en basse Normandie, cité qui le dispute au fameux crû de Condé-sur-Noireau pour la production des bons drilles.

Ses amis l'appelaient volontiers frère Passepoil, soit à cause de sa tournure cléricale, soit parce qu'il avait été valet de barbier et rat d'officine chimique avant de coindre l'épée.

Il était laid de toutes pièces, malgré l'éclair sentimental qui s'allumait dans ses petits yeux bleus clignotans quand une jupe de futaine rouge traversait le sentier. Au contraire, Cocardasse junior pouvait passer par tous pays pour un très beau coquin.

Ils allaient tous deux cahin-caha sous le soleil du midi. Chaque caillou de la route faisait broncher le bidet de Cocardasse, et tous les vingt-cinq pas le roussin de Passepoil avait des caprices.

— Eh donc! mon bon, dit Cocardasse avec un redoutable accent gascon, voilà deux heures que nous apercevons ce diable de château sur sa montagne maudite... il me semble qu'il marche aussi vite que nous.

Passepoil répondit, chantant du nez selon la gamme normande :

— Patience! patience! nous arriverons toujours assez tôt pour ce que nous avons à faire là-bas...

— Capédébiou! frère Passepoil, fit le Gascon avec un gros soupir, si nous avions eu un peu de conduite, avec nos talens, nous aurions pu choisir notre besogne...

— Tu as raison, ami Cocardasse, répliqua le Normand, mais nos passions nous ont perdus.

— Le jeu, caramba! le vin...

— Et les femmes! ajouta Passepoil en levant les yeux au ciel.

Ils longeaient en ce moment les rives de la Clarabide, au milieu du val de Louron. Le Hachaz, qui soutenait comme un immense piédestal les constructions massives du château de Caylus, se dressait en face d'eux.

Il n'y avait point de remparts de ce côté. On découvrait l'antique édifice, de la base au faîte, et certes, pour des amateurs de grandioses aspects, c'eût été ici une halte obligée.

Le château de Caylus, en effet, couronnait dignement cette prodigieuse muraille, fille de quelque grande convulsion du sol dont le souvenir s'était perdu.

Sous les mousses et les broussailles qui couvraient ses assises, on pouvait reconnaître les traces de constructions païennes. La robuste soldats de Rome avait dû passer par là. Mais ce n'étaient que des vestiges, et tout ce qui sortait de terre appartenait au style lombard des dixième et onzième siècles. Les deux tours principales, qui flanquaient le corps de logis au sud-est et au nord-est, étaient carrées et plutôt trapues que hautes. Les fenêtres, toujours placées au-dessus d'une meurtrière, étaient petites, sans ornement, et leurs cintres reposaient sur de simples pilastres dépourvus de moulures. Le seul luxe que se fût permis l'architecte consistait en une sorte de mosaïque. Les pierres, taillées et disposées avec symétrie, étaient séparées par des briques saillantes.

C'était le premier plan, et cette ordonnance austère restait en harmonie avec la nudité du Hachaz. Mais derrière la ligne droite de ce vieux corps de logis qui semblait bâti par Charlemagne, un fouillis de pignons et de tourelles

suivait le plan ascendant de la colline et se montrait en amphithéâtre. Le donjon, haute tour octogone, terminée par une galerie byzantine à arcades trèflées, couronnait cette cohue de toitures, semblable à un géant debout parmi des nains.

Dans le pays, on disait que le château était bien plus ancien que les Caylus eux-mêmes.

A droite et à gauche des deux tours lombardes, deux tranchées se creusaient. C'étaient les deux extrémités des douves, qui étaient autrefois bouchées par des murailles, afin de contenir l'eau qui les emplissait.

Au delà des douves du nord, les dernières maisons du hameau de Tarrides se montraient parmi les hêtres. En dedans, on voyait la flèche de la chapelle, bâtie au commencement du treizième siècle dans le style ogival, et qui montrait ses croisées jumelles avec les vitraux étincelans de leurs quintefeuilles de granit.

Le château de Caylus était la merveille des vallées pyrénéennes.

Mais Cocardasse junior et frère Passepoil n'avaient point le goût des beaux-arts. Ils continuèrent leur route, et le regard qu'ils jetèrent à la sombre citadelle ne fut que pour mesurer le restant de la route à parcourir.

Ils allaient au château de Caylus, et bien que, à vol d'oiseau, une demi-lieue à peine les en séparât encore, la nécessité où ils étaient de tourner le Hachaz les menaçait d'une bonne heure de marche.

Ce Cocardasse devait être un joyeux compagnon quand sa bourse était ronde ; frère Passepoil lui-même avait sur sa figure naïvement futée tous les indices d'une bonne humeur habituelle ; mais aujourd'hui ils étaient tristes, et ils avaient leurs raisons pour cela.

Estomac vide, gousset plat, perspective d'une besogne probablement dangereuse.

On peut refuser semblable besogne quand on a du pain sur la planche. Malheureusement pour Cocardasse et Passepoil, leurs passions avaient tout dévoré.

Aussi Cocardasse disait :

— Capédébiou! je ne toucherai plus ni une carte ni un verre !

— Je renonce pour jamais à l'amour ! ajoutait le sensible Passepoil.

Et tous deux bâtissaient de beaux rêves bien vertueux sur leurs futures économies.

— J'achèterai un équipage complet! s'écriait Cocardasse avec enthousiasme, et je me ferai soldat dans la compagnie de notre petit Parisien.

— Moi de même, appuyait Passepoil, soldat ou valet du major chirurgien.

— Ne ferais-je pas un beau chasseur du roi ?

— Le régiment où je prendrais du service serait sûr au moins d'être saigné proprement.

Et tous deux reprenaient :

— Nous verrions le petit Parisien... Nous lui épargnerions bien quelque horion de temps en temps.

— Il m'appellerait encore son vieux Cocardasse !

— Il se moquerait de frère Passepoil, comme autrefois...

— Tron de l'air! s'écria le Gascon en donnant un grand coup de poing à son bidet qui n'en pouvait mais, nous sommes descendus bien bas pour des gens d'épée, mon bon ; mais à tout péché miséricorde! Je sens qu'avec le petit Parisien je m'amenderais.

Passepoil secoua la tête tristement.

— Qui sait s'il voudra nous reconnaître ? demanda-t-il en jetant un regard découragé sur son accoutrement.

— Eh! mon bon, fit Cocardasse, c'est un cœur que ce garçon-là !

— Quelle garde, soupira Passepoil, et quelle vitesse !

— Quelle tenue sous les armes, et quelle rondeur!

— Te souviens-tu de son coupé de revers en retraite ?

— Te rappelles-tu ses trois coups droits annoncés dans l'assaut chez Delapalme ?

— Un cœur !

— Un vrai cœur! Heureux au jeu, toujours, capédébiou! et qui savait boire !

— Et qui tournait la tête des femmes !

A chaque réplique ils s'échauffaient. Ils s'arrêtèrent d'un commun accord pour échanger une poignée de main.

Leur émotion était sincère et profonde.

— Morbioux ! fit Cocardasse, nous serons ses domestiques s'il veut, le petit Parisien, n'est-ce pas, mon bon ?

— Et nous ferons de lui un grand seigneur ! acheva Passepoil ; comme ça, l'argent du Peyrolles ne nous portera pas male-chance.

C'était donc monsieur de Peyrolles, l'homme de confiance de Philippe de Gonzague, qui faisait voyager ainsi maître Cocardasse et frère Passepoil.

Ils connaissaient bien ce Peyrolles, et mieux encore monsieur de Gonzague son patron. Avant d'enseigner aux hobereaux de Tarbes ce noble et digne art de l'escrime italienne, ils avaient tenu salle d'armes à Paris, rue Croix-des-Petits-Champs, à deux pas du Louvre.

Et, sans le trouble que les *passions* apportaient dans leurs affaires, peut-être qu'ils eussent fait fortune, car la cour tout entière venait chez eux.

C'étaient deux bons diables, qui avaient fait sans doute en un moment de presse quelque terrible fredaine. Ils jouaient si bien de l'épée ! Soyons cléments, et ne cherchons pas trop pourquoi, mettant la clef sous la porte un beau jour, ils avaient quitté Paris comme si le feu eût été à leurs chausses.

Il est certain qu'à Paris, en ce temps-là, les maîtres en fait d'armes se frottaient aux plus grands seigneurs. Ils savaient souvent le dessous des cartes mieux que les gens de cour eux-mêmes.

C'étaient de vivantes gazettes. Jugez si Passepoil, qui en outre avait été barbier, devait en connaître de belles !

En cette circonstance, ils comptaient bien tous deux tirer parti de leur science.

Passepoil avait dit en partant de Tarbes :

— C'est une affaire où il y a des millions... Nevers est la première lame du monde après le petit Parisien... S'il s'agit de Nevers, il faut qu'on soit généreux !

Et Cocardasse n'avait pu qu'approuver chaudement un discours si sage.

Il était deux heures après midi quand ils arrivèrent au hameau de Tarrides, et le premier paysan qu'ils rencontrèrent leur indiqua l'auberge de la Pomme-d'Adam.

A leur entrée, la petite salle basse de l'auberge était déjà presque pleine. Une jeune fille, ayant la jupe éclatante et le corsage lacé des paysannes de Foix, servait avec empressement, apportant brocs, gobelets d'étain, feu pour les pipes dans un sabot, et tout ce que pouvaient réclamer six vaillans hommes après une longue traite accomplie sous le soleil des vallées pyrénéennes.

A la muraille pendaient six fortes rapières avec leur attirail.

Il n'y avait pas là une seule tête qui ne portât le mot spadassin écrit en lisibles caractères.

C'étaient toutes figures bronzées, tous regards impudens, toutes effrontées moustaches. Un honnête bourgeois entrant par hasard en ce lieu serait tombé de son haut, rien qu'à voir ces profils de bravaches.

Ils étaient trois à la première table, auprès de la porte, trois Espagnols, on pouvait le juger à la mine. A la table suivante, il y avait un Italien, balafré du front au menton, et vis-à-vis de lui un coquin sinistre dont l'accent dénonçait l'origine allemande.

Une troisième table était occupée par une manière de rustre à longue chevelure inculte qui grasseyait le patois de Bretagne.

Les trois Espagnols avaient nom Saldagne, Pinto et Pépé, dit le Matador, tous trois *escrimidores*, l'un de Murcie, l'autre de Séville, le troisième de Pampelune.

L'Italien était un bravo de Spolète ; il s'appelait Giuseppe Faënza.

L'Allemand se nommait Staupitz, le bas Breton Joël de Jugan.

C'était monsieur de Peyrolles qui avait rassemblé toutes ces lames : il s'y connaissait.

Quand maître Cocardasse et frère Passepoil franchirent le seuil du cabaret de la Pomme-d'Adam, après avoir mis leurs pauvres montures à l'étable, ils firent tous deux un mouvement en arrière à la vue de cette respectable compagnie.

La salle basse n'était éclairée que par une seule fenêtre, et dans ce demi-jour la fumée des pipes mettait un nuage. Nos deux amis ne virent d'abord que les moustaches en croc saillant hors des maigres profils, et les rapières pendues à la muraille.

Mais six voix enrouées crièrent à la fois :

— Maître Cocardasse !

— Frère Passepoil !

Non sans accompagnement de jurons assortis : juron des États du saint-père, juron des bords du Rhin, juron de Quimper-Corentin, jurons de Murcie, de Navarre et d'Andalousie.

Cocardasse mit sa main en visière au-dessus de ses yeux.

— As pas pur! s'écria-t-il, *todos camaradas!*...

— Tous des anciens! traduisit Passepoil, qui avait la voix encore un peu tremblante.

Ce Passepoil était un poltron de naissance que le besoin avait fait brave. La chair de poule lui venait pour un rien, mais il se battait mieux qu'un diable.

Il y eut des poignées de main échangées, de bonnes poignées de main qui broient les phalanges ; il y eut grande dépense d'accolades : les pourpoints de buffle se frottèrent les uns contre les autres ; le vieux drap, le velours pelé entrèrent en communication. On eût trouvé de tout dans le costume de ces intrépides, excepté du linge blanc.

De nos jours, les maîtres d'armes, ou, pour parler leur langue, messieurs les professeurs d'escrime, sont de sages industriels, bons époux, bons pères, exerçant honnêtement leur état.

Au dix-septième siècle, un virtuose d'estoc et de taille était une manière de Mondor, favori de la cour et de la ville, ou bien un pauvre diable obligé de faire pis que pendre pour boire son soûl de mauvais vin à la gargote. Il n'y avait pas de milieu.

Nos camarades du cabaret de la Pomme-d'Adam avaient eu peut-être leurs bons jours, mais le soleil de la prospérité s'était éclipsé pour eux tous. Ils étaient manifestement battus par le même orage.

Avant l'arrivée de Cocardasse et de Passepoil, les trois groupes distincts n'avaient point lié familiarité. Le Breton ne connaissait personne, l'Allemand ne frayait qu'avec le Spolétan, et les trois Espagnols se tenaient fièrement à leur écot. Mais Paris était déjà un centre pour les beaux-arts. Des gens comme Cocardasse junior et Amable Passepoil, qui avaient tenu table ouverte dans la rue Croix-des-Petits-Champs, au revers du Palais-Royal, devaient connaître tous les fendans de l'Europe.

Ils servirent de trait d'union entre les trois groupes, si bien faits pour s'apprécier et s'entendre. La glace fut rompue, les tables se rapprochèrent, les brocs se mêlèrent, et les présentations eurent lieu dans les formes.

On connut les titres de chacun. C'était à faire dresser les cheveux !

Ces six rapières accrochées à la muraille avaient taillé plus de chair chrétienne que les glaives réunis de tous les bourreaux de France et de Navarre.

Le Quimpérois, s'il eût été Huron, aurait porté deux ou trois douzaines de perruques à sa ceinture ; le Spolétan pouvait voir vingt et quelques spectres dans ses rêves, l'Allemand avait massacré deux gaugraves, trois margraves, cinq rhingraves et un landgrave : il cherchait un burgrave.

Et ce n'était rien auprès des trois Espagnols, qui se fussent noyés aisément dans le sang de leurs innombrables victimes !

Pépé le Tueur (el Matador) ne parlait jamais que d'embrocher trois hommes à la fois.

Nous ne saurions rien dire de plus flatteur à la louange de notre Gascon et de notre Normand : ils jouissaient de la considération générale dans ce conseil de tranche-montagnes.

Quand on eut bu la première tournée de brocs et que le brouhaha des vanteries se fut un peu apaisé, Cocardasse dit :

— Maintenant, mes mignons, causons de nos affaires.— On appela la fille d'auberge, tremblante au milieu de ces cannibales, et on lui commanda d'apporter d'autre vin. C'était une grosse brune un peu louche. Passepoil avait déjà dirigé vers elle l'artillerie de ses regards amoureux ; il voulut la suivre pour lui parler, sous prétexte d'avoir du vin plus frais, mais Cocardasse le saisit au collet. — Tu as promis de maîtriser tes passions, mon bon, lui dit-il avec dignité. — Frère Passepoil se rassit en poussant un gros soupir. Dès que le vin fut apporté, on renvoya la maritorne avec ordre de ne plus revenir. — Mes mignons, reprit Cocardasse junior, nous ne nous attendions pas, frère Passepoil et moi, à rencontrer ici une si chère compagnie... loin des villes, loin des centres populeux où généralement vous exercez vos talens...

— Oïmé ! interrompit le spadassin de Spolète ; connais-tu des villes où il y ait maintenant de la besogne, toi, Cocardasse, caro.mio !

Et tous secouèrent la tête en hommes qui pensent que leur vertu n'est point suffisamment récompensée.

Puis Saldagne demanda :

— Ne sais-tu point pourquoi nous sommes en ce lieu ?

Le Gascon ouvrait la bouche pour répondre, lorsque le pied de frère Passepoil s'appuya sur sa botte.

Cocardasse junior, bien que chef nominal de la communauté, avait l'habitude de suivre les conseils de son prévôt, qui était un Normand prudent et sage.

— Je sais, répliqua-t-il, qu'on nous a convoqués...

— C'est moi, interrompit Staupitz.

— Et que, pour les cas ordinaires, acheva le Gascon, frère Passepoil et moi nous suffisons pour un coup de main.

— Carajo ! s'écria le Tueur, quand je suis là, d'habitude, on n'en appelle point d'autres.

Chacun varia ce thème suivant son éloquence ou son degré de vanité, puis Cocardasse conclut :

— Allons-nous donc avoir affaire à une armée ?

— Nous allons avoir affaire, répondit Staupitz, à un seul cavalier.

Staupitz était attaché à la personne de monsieur de Peyrolles, l'homme de confiance du prince Philippe de Gonzague.

Un bruyant éclat de rire accueillit cette déclaration. Cocardasse et Passepoil riaient plus haut que les autres, mais le pied du Normand était toujours sur la botte du Gascon.

Cela voulait dire : « Laisse-moi mener cela. »

Passepoil demanda candidement :

— Et quel est donc le nom de ce géant qui combattra contre huit hommes ?

— Dont chacun, sandiéou ! vaut une demi-douzaine de bons drilles ! ajouta Cocardasse.

Staupitz répondit :

— C'est le duc Philippe de Nevers.

— Mais ce duc mourant ! se récria Saldagne.

— Poussif ! ajouta Pinto.

— Surmené, cassé, pulmonaire ! achevèrent les autres.

Cocardasse et Passepoil ne disaient plus rien.

Celui-ci secoua la tête lentement, puis il repoussa son verre. Le Gascon l'imita.

Leur gravité soudaine ne put manquer d'exciter l'attention générale.

— Qu'avez-vous ? qu'avez-vous donc ? demanda-t-on de toutes parts.

On vit Cocardasse et son prévôt se regarder en silence.

— Ah çà ! que diable signifie cela ! s'écria Saldagne ébahi.

— On dirait, ajouta Faënza, que vous avez envie d'abandonner la partie ?

— Mes mignons, répliqua gravement Cocardasse, on ne se tromperait pas beaucoup.

Un tonnerre de réclamations couvrit sa voix.

— Nous avons vu Philippe de Nevers à Paris, reprit doucement frère Passepoil ; il venait à notre salle... c'est un mourant qui vous taillera des croupières !

— À nous ! se récria le chœur.

Et toutes les épaules de se hausser avec dédain.

— Je vois, dit Cocardasse, dont le regard fit le tour du cercle, que vous n'avez jamais entendu parler de la botte de Nevers.

On ouvrit les yeux et les oreilles.

— La botte du vieux maître Delapalme, ajouta Passepoil, qui mit bas sept prévôts entre le bourg du Roule et la porte Saint-Honoré.

— Fadaises que ces bottes secrètes ! s'écria le Tueur.

— Bon pied, bon œil, bonne garde, ajouta le Breton, je me moque des bottes secrètes comme du déluge !

— As pas pur ! fit Cocardasse junior avec fierté ; je pense avoir bon pied, bon œil et bonne garde, mes mignons...

— Moi aussi, appuya Passepoil.

— Aussi bon pied, aussi bon œil, aussi bonne garde que pas un de vous...

— A preuve, glissa Passepoil avec sa douceur ordinaire, que nous sommes prêts à en faire l'essai, si vous voulez.

— Et cependant, reprit Cocardasse, la botte de Nevers ne me paraît pas une fadaise... J'ai été touché dans ma propre académie... Eh donc !

— Moi de même.

— Touché en plein front, entre les deux yeux, et trois fois de suite...

— Et trois fois, moi, entre les deux yeux, en plein front !

— Trois fois, sans pouvoir trouver l'épée à la parade ! Les six spadassins écoutaient maintenant attentifs. Personne ne riait plus.

— Alors, dit Saldagne qui se signa, ce n'est pas une botte secrète, c'est un charme.

Le bas Breton mit sa main dans sa poche, où il devait bien avoir un bout de chapelet.

— On a bien fait de nous convoquer tous, mes mignons, reprit Cocardasse avec plus de solennité. Vous parliez d'armée... j'aimerais mieux une armée... Il n'y a, croyez-moi, qu'un seul homme au monde capable de tenir tête à Philippe de Nevers, l'épée à la main.

— Et cet homme ? firent six voix en même temps.

— C'est le petit Parisien, répondit Cocardasse.

— Ah ! celui-là, s'écria Passepoil avec un enthousiasme soudain, c'est le diable !

— Le petit Parisien ? répétait-on à la ronde ; il a un nom, votre petit Parisien ?

— Un nom que vous connaissez tous, mes maîtres... Il s'appelle le chevalier de Lagardère !

Il paraîtrait que les estafiers connaissaient tous ce nom, en effet, car il se fit parmi eux un grand silence.

— Je ne l'ai jamais rencontré, dit ensuite Saldagne.

— Tant mieux pour toi, mon bon, répliqua le Gascon ; il n'aime pas les gens de ta tournure.

— C'est lui qu'on appelle le beau Lagardère ? demanda Pinto.

— C'est lui, ajouta Faënza en baissant la voix, qui tua les trois prévôts flamands sous les murs de Senlis ?

— C'est lui, voulut dire Joël de Jugan, qui...

Mais Cocardasse l'interrompit en prononçant avec emphase ces seuls mots :

— Il n'y a pas deux Lagardère !

## III

### LES TROIS PHILIPPE.

L'unique fenêtre de la salle basse du cabaret de la Pomme-d'Adam donnait sur une sorte de glacis planté de hêtres, qui aboutissait aux douves de Caylus. Un chemin charretier traversait le bois et aboutissait à un pont de planches jeté sur les fossés, qui étaient très profonds et très larges.

Ils faisaient le tour du château de trois côtés, et s'ouvraient sur le vide au-dessus du Hachaz.

Depuis qu'on avait abattu les murs destinés à retenir l'eau, le dessèchement s'était opéré de lui-même, et le sol des douves donnait par années deux magnifiques récoltes de foin, destiné aux écuries du maître.

Le seconde récolte venait d'être coupée. De l'endroit où se tenaient nos huit estafiers, on pouvait voir les faneurs qui mettaient le foin en bottes sous le pont.

A part l'eau qui manquait, les douves étaient restées intactes. Leur bord intérieur se relevait en pente raide jusqu'au glacis.

Il n'y avait qu'une seule brèche, pratiquée pour donner passage aux charrettes de foin. Elle aboutissait à ce chemin qui passait devant la fenêtre du cabaret.

Du rez-de-chaussée au fond de la douve, le rempart était percé de nombreuses meurtrières, mais il n'y avait qu'une ouverture capable de donner passage à une créature humaine. C'était une fenêtre basse située juste sous le pont fixe qui avait remplacé depuis longtemps le pont-levis.

Cette fenêtre était fermée d'une grille et de forts contrevens. Elle donnait de l'air et du jour à l'étuve de Caylus, grande salle souterraine qui gardait des restes de magnificence.

On sait que le moyen âge, dans le Midi principalement, avait poussé très loin le luxe des bains.

Trois heures venaient de sonner à l'horloge du donjon. Ce terrible matamore qu'on appelait le beau Lagardère n'était pas là en définitive, et ce n'était pas lui qu'on attendait; aussi, nos maîtres en fait d'armes, après le premier saisissement passé, reprirent bientôt leur forfanterie.

— Eh bien ! s'écria Saldagne, je vais te dire une chose, ami Cocardasse. Je donnerais dix pistoles pour le voir, ton chevalier Lagardère.

— L'épée à la main ? demanda le Gascon, après avoir bu un large trait et fait claquer sa langue. Hé bien ! ce jour-là, mon bon, ajouta-t-il gravement, sois en état de grâce, et mets-toi à la garde de Dieu !

Saldagne posa son feutre de travers. On ne s'était encore distribué aucun horion : c'était merveille. La danse allait peut-être commencer, lorsque Staupitz, qui était à la fenêtre, s'écria :

— La paix, enfans ! voici monsieur de Peyrolles, le factotum du prince de Gonzague.

Celui-ci arrivait en effet par le glacis; il était à cheval.

— Nous avons trop parlé, dit précipitamment Passepoil, et nous n'avons rien dit... Nevers et sa botte secrète valent de l'or, mes compagnons, voilà ce qu'il faut que vous sachiez...Avez-vous envie de faire d'un coup votre fortune ?

— Pas n'est besoin de dire la réponse des compagnons de Passepoil. Celui-ci poursuivit : — Si vous voulez cela, laissez agir maître Cocardasse et moi... Quoi que nous disions à ce Peyrolles, appuyez-nous.

— C'est entendu ! s'écria-t-on en chœur.

— Au moins, acheva frère Passepoil en se rasseyant, ceux qui n'auront pas ce soir le cuir troué par l'épée de Nevers pourront faire dire des messes à l'intention des défunts.

Peyrolles entrait.

Passepoil ôta le premier son bonnet de laine bien révérencieusement. Les autres saluèrent à l'avenant.

Peyrolles avait un gros sac d'argent sous le bras.

Il le jeta bruyamment sur la table en disant :

— Tenez, mes braves, voici votre pâture ! — Puis, les comptant de l'œil : — A la bonne heure, reprit-il, nous voilà tous au grand complet !... Je vais vous dire en peu de mots ce que vous avez à faire.

— Nous écoutons, mon bon monsieur de Peyrolles, repartit Cocardasse en mettant ses deux coudes sur la table; eh donc !...

Les autres répétèrent :

— Nous écoutons.

Peyrolles prit une pose d'orateur.

— Ce soir, dit-il, vers huit heures, un homme viendra par ce chemin que vous voyez ici, juste sous la fenêtre. Il sera à cheval, il attachera sa monture aux piliers du pont, après avoir franchi la lèvre du fossé... Regardez, là, sous le pont, apercevez-vous une croisée basse, fermée par des contrevens de chêne?...

— Parfaitement, mon bon monsieur de Peyrolles, répondit Cocardasse; as pas pur!... nous ne sommes pas aveugles.

— L'homme s'approchera de la fenêtre...

— Et à ce moment-là nous l'accosterons?...

— Poliment, interrompit Peyrolles avec un sourire sinistre; et votre argent sera gagné.

— Capédébiou ! s'écria Cocardasse, ce bon monsieur de Peyrolles, il a toujours le mot pour rire.

— Est-ce entendu ?

— Assurément; mais vous ne nous quittez pas encore, je suppose ?

— Mes bons amis, je suis pressé, dit Peyrolles en faisant déjà un mouvement de retraite.

— Comment ! s'écria le Gascon, sans nous dire le nom de celui que nous devons... accoster ?

— Cé nom ne vous regarde pas.

Cocardasse cligna de l'œil; tout aussitôt un murmure mécontent s'éleva du groupe des estafiers. Passepoil surtout se déclara formalisé.

— Sans même nous avoir appris, poursuivit Cocardasse, quel est l'honnête seigneur pour qui nous allons travailler ?

Peyrolles s'arrêta pour le regarder. Son long visage eut une expression d'inquiétude.

— Que vous importe? dit-il, essayant de prendre un air de hauteur.

— Cela nous importe beaucoup, mon bon monsieur de Peyrolles.

— Puisque vous êtes bien payés ?...

— Peut-être que nous ne nous trouvons pas assez bien payés, mon bon monsieur de Peyrolles.

— Qu'est-ce à dire, l'ami?...

Cocardasse se leva, tous les autres l'imitèrent.

— Capédébiou ! mon mignon, dit-il en changeant de ton brusquement, parlons franc... Nous sommes tous ici prévôts d'armes, et par conséquent gentilshommes... nos rapières (et il frappa sur la sienne qu'il n'avait point quittée), nos rapières veulent savoir ce qu'elles font.

— Voilà ! ponctua frère Passepoil, qui offrit courtoisement une escabelle au confident de Philippe de Gonzague.

Les estafiers approuvèrent chaudement du bonnet.

Peyrolles parut hésiter un instant.

— Mes braves, dit-il, puisque vous avez si bonne envie de savoir, vous auriez bien pu deviner... A qui appartient ce château ?

— A monsieur le marquis de Caylus, sandiéou ! un bon seigneur chez qui les femmes ne vieillissent pas... à Caylus-Verrou, le château... Après ?

— Parbleu ! la belle finesse ! fit bonnement Peyrolles; vous travaillez pour monsieur le marquis de Caylus.

— Croyez-vous cela, vous autres ? demanda Cocardasse d'un ton insolent.

— Non, répondit frère Passepoil.

— Non, répéta aussitôt la troupe docile.

Un peu de sang vint aux joues creuses de Peyrolles.

— Comment, coquins !... s'écria-t-il.

— Tout beau ! interrompit le Gascon ; mes nobles amis murmurent... prenez garde !... discutons plutôt avec calme et comme des gens de bonne compagnie... Si je vous comprends bien, voici le fait : monsieur le marquis de Caylus a appris qu'un gentilhomme beau et bien fait pénétrait de temps en temps, la nuit, dans son château, par cette fenêtre basse... Est-ce cela ?

— Oui, fit Peyrolles.

— Il sait que mademoiselle Aurore de Caylus, sa fille, aime ce gentilhomme...

— C'est rigoureusement vrai, dit encore le factotum.

— Selon vous, monsieur de Peyrolles !... Vous expliquez ainsi notre réunion à l'auberge de la Pomme-d'Adam... D'autres pourraient trouver l'explication plausible, mais moi j'ai mes raisons pour la trouver mauvaise... Vous n'avez pas dit la vérité, monsieur de Peyrolles.

— Par le diable ! s'écria celui-ci, c'est trop d'impudence !

Sa voix fut étouffée par celle des estafiers qui disaient :

— Parle, Cocardasse ! parle, parle !

Le Gascon ne se fit point prier.

— D'abord, dit-il, mes amis savent comme moi que ce visiteur de nuit, recommandé à nos épées, n'est rien moins qu'un prince...

— Un prince ! fit Peyrolles en haussant les épaules.

Cocardasse continua :

— Le prince Philippe de Lorraine, duc de Nevers.

— Vous en savez plus long que moi, voilà tout ! dit Peyrolles.

— Non pas, capédébiou !... ce n'est pas tout !... Il y a encore autre chose... et cet autre chose-là, mes nobles amis ne le savent peut-être point... Aurore de Caylus n'est pas la maîtresse de monsieur de Nevers.

— Ah ! ah !... se récria le factotum.

— Elle est sa femme ! acheva le Gascon résolûment.

Peyrolles pâlit et balbutia :

— Comment sais-tu cela, toi ?...

— Je le sais, voilà qui est certain... Comment je le sais, peu vous importe... Tout à l'heure, je vais vous montrer que j'en sais bien d'autres... Un mariage secret a été célébré, il y a tantôt quatre ans, à la chapelle de Caylus, et, si je suis bien informé, par un fort noble prince... Il s'interrompit pour ôter son feutre d'un air moqueur et acheva : — Vous étiez témoins, monsieur de Peyrolles !

Celui-ci ne niait plus.

— Où en voulez-vous venir avec tous ces commérages ? demanda-t-il seulement.

— A découvrir, répondit le Gascon, le nom de l'illustre patron que nous servons cette nuit.

— Nevers a épousé la fille malgré le père, dit Peyrolles ; monsieur de Caylus se venge... Quoi de plus simple ?

— Rien de plus simple, si le bonhomme Verrou savait... mais vous avez été discrets... Monsieur de Caylus ignore tout... Capédébiou ! le vieux matois se garderait bien de faire dépêcher ainsi le plus riche parti de France ! Tout serait arrangé dès longtemps si monsieur de Nevers avait dit au bonhomme : « Le roi Louis veut me faire épouser mademoiselle de Savoie, sa nièce, moi je ne veux pas ; moi je suis secrètement le mari de votre fille... » Mais la réputation de Caylus-Verrou l'a effrayé, le pauvre prince... Il a craint pour sa femme, qu'il adore...

— La conclusion ? interrompit Peyrolles.

— La conclusion, c'est que nous ne travaillons pas pour monsieur de Caylus.

— C'est clair ! dit Passepoil.

— Comme le jour ! gronda le chœur.

— Et pour qui pensez-vous travailler ?

— Pour qui ? ah ! ah ! sandiéou ! pour qui ?... Savez-vous l'histoire des trois Philippe ? Non ? je vais vous la

dire en deux mots. Ce sont trois seigneurs de bonne maison, capédébiou ! L'un est Philippe de Mantoue, prince de Gonzague, votre maître, monsieur do Peyrolles, une altesse ruinée, traquée, qui se vendrait au diable à bien bon marché ; le second est Philippe de Nevers, que nous attendons ; le troisième est Philippe de France, duc de Chartres... Tous trois beaux, ma foi ! tous trois jeunes et brillans. Or, tâchez de concevoir l'amitié la plus robuste, la plus héroïque, la plus impossible, vous n'aurez qu'une faible idée de la mutuelle tendresse que se portent les trois Philippe. Voilà ce qu'on dit partout à Paris. Nous laisserons de côté, s'il vous plaît, pour cause, le neveu du roi. Nous ne nous occuperons que de Nevers et de Gonzague, que de Pythias et que de Damon.

— Eh morbleu ! s'écria ici Peyrolles, allez-vous accuser Damon de vouloir assassiner Pythias ?

— Eh donc ! fit le Gascon, le vrai Damon était à son aise ; le Damon du temps de Denys, tyran de Syracuse... et le vrai Pythias n'avait pas six cent mille écus de revenu.

— Que notre Pythias, à nous, possède, interrompit Passepoil, et dont notre Damon est l'héritier présomptif.

— Vous sentez, mon bon monsieur de Peyrolles, poursuivit Cocardasse, que cela change bien la thèse ; j'ajoute que le vrai Pythias n'avait point une aimable maîtresse comme Aurore de Caylus, et que le vrai Damon n'était pas amoureux de la belle, ou plutôt de sa dot.

— Voilà ! conclut pour la seconde fois frère Passepoil.

Cocardasse prit son verre et l'emplit.

— Messieurs, reprit-il, à la santé de Damon... je veux dire de Gonzague, qui aurait demain six cent mille écus de revenu, mademoiselle de Caylus et sa dot, si Pythias... je veux dire Nevers, s'en allait de vie à trépas cette nuit !

— A la santé du prince Damon de Gonzague ! s'écrièrent tous les spadassins, frère Passepoil en tête.

— Eh donc ! que dites-vous de cela, monsieur de Peyrolles ? ajouta Cocardasse triomphant.

— Rêveries ! gronda l'homme de confiance, mensonges !

— Le mot est dur... Mes vaillans amis seront juges entre nous... je les prends à témoin.

— Tu as dis vrai, Gascon ; tu as dit vrai ! fit-on autour de la table.

— Le prince Philippe de Gonzague, déclama Peyrolles qui essaya de faire de la dignité, est trop au-dessus de pareilles infamies pour qu'on ait besoin de le disculper sérieusement.

Cocardasse l'interrompit.

— Alors, asseyez-vous, mon bon monsieur de Peyrolles, dit-il.

Et comme le confident résistait, il le colla de force sur une escabelle en reprenant :

— Nous allons arriver à de plus grosses infamies. Passepoil !

— Cocardasse ! répondit le Normand.

— Puisque monsieur de Peyrolles ne se rend pas, à ton tour de prêcher, mon bon !

Le Normand rougit jusqu'aux oreilles et baissa les yeux.

— C'est que, balbutia-t-il, je ne sais pas parler en public.

— Veux-tu marcher ! commanda maître Cocardasse en relevant sa moustache ; as pas pur ! ces messieurs excuseront ton inexpérience et ta jeunesse.

— Je compte sur leur indulgence, — murmura le timide Passepoil. Et, d'une voix de jeune fille interrogée au catéchisme, le digne prévôt commença : — Monsieur de Peyrolles a bien raison de tenir son maître pour un parfait gentilhomme. Voici le détail qui est parvenu à ma connaissance ; moi, je n'y vois point de malice, mais de méchans esprits pourraient en juger autrement. Tandis que les trois Philippe menaient joyeuse vie à Paris, si joyeuse vie que le roi Louis menaça d'envoyer son neveu dans ses terres... je vous parle de deux ou trois ans ; j'étais au service d'un docteur Italien, élève du savant Exili, nommé Pierre Garba.

— Pietro Garba de Gaëte ! interrompit Faënza ; je l'ai connu... c'était un noir coquin !

Frère Passepoil eut un doux sourire.

— C'était un homme rangé, reprit-il, de mœurs tranquilles... affectant de la religion... instruit comme les gros livres... et qui avait pour métier de composer des breuvages bienfaisants qu'il appelait la liqueur de longue vie.

Les spadassins éclatèrent de rire tous à la fois.

— As pas pur ! fit Cocardasse, tu racontes comme un Dieu !... marche !

Monsieur de Peyrolles essuya son front où il y avait de la sueur.

— Le prince Philippe de Gonzague, reprit Passepoil, venait voir très souvent le bon Pierre Garba.

— Plus bas ! interrompit le confident comme malgré lui.

— Plus haut ! s'écrièrent les braves. Tout cela les divertissait infiniment, d'autant mieux qu'ils voyaient au bout une augmentation de salaire. — Parle, Passepoil ; parle, parle ! firent-ils en resserrant leur cercle.

Et Cocardasse, caressant la nuque de son prévôt, dit d'un accent tout paternel :

— Lou couquin a dou succès, capédebiou !

— Je suis fâché, poursuivit frère Passepoil, de répéter une chose qui paraît déplaire à monsieur de Peyrolles, mais le fait est que le prince de Gonzague venait très souvent chez Garba... sans doute pour s'instruire... En ce temps-là, le jeune duc de Nevers fut pris d'une maladie de langueur.

— Calomnie ! fit Peyrolles, odieuse calomnie !

Passepoil demanda candidement.

— Qui donc ai-je accusé, mon maître ?

Et comme le confident se mordait la lèvre jusqu'au sang, Cocardasse ajouta :

— Ce bon monsieur de Peyrolles n'a plus le verbe si haut.

Celui-ci se leva brusquement.

— Vous me laisserez me retirer, je pense ? dit-il avec une rage concentrée.

— Certes, fit le Gascon qui riait de bon cœur ; et de plus, nous vous ferons escorte jusqu'au château... Le bonhomme Verrou doit avoir fini sa sieste, nous irons nous expliquer avec lui. — Peyrolles retomba sur son siège. Sa face prenait des tons verdâtres. Cocardasse, impitoyable, lui tendit un verre. — Buvez pour vous remettre, dit-il, car vous n'avez pas l'air à votre aise... Buvez un coup... Non ?. Alors, tenez-vous en repos et laissez parler lou petit couquin de Normand, qui prêche mieux qu'un avocat en la grand'chambre.

Frère Passepoil salua son chef de file avec reconnaissance, et reprit :

— On commençait à dire partout : Voici ce pauvre jeune duc de Nevers qui s'en va... La cour et la ville s'inquiétaient... C'était une si noble maison que ces Lorraine !... Le roi s'informa de ses nouvelles... Mais Philippe, duc de Chartres, était inconsolable.

— Un homme plus inconsolable encore, interrompit Peyrolles, qui réussit à prendre un accent pénétré, c'était Philippe, prince de Gonzague !

— Dieu me garde de vous contredire ! fit Passepoil, dont l'aménité inaltérable devrait servir d'exemple à tous les gens qui discutent. Je crois bien que le prince Philippe de Gonzague avait beaucoup de chagrin... la preuve, c'est qu'il venait tous les soirs chez maître Garba... tous les soirs, déguisé en homme de livrée... et qu'il lui répétait toujours d'un air découragé : « C'est bien long, docteur, c'est bien long !... » Il n'y avait pas, dans la salle basse du cabaret de la Pomme-d'Adam, un homme qui ne fût un meurtrier, et pourtant chacun tressaillit. Toutes les veines eurent froid. Le gros poing de Cocardasse frappa la table. Peyrolles courba la tête et resta muet. — Un soir, poursuivit frère Passepoil en baissant la voix comme malgré lui, un soir, Philippe de Gonzague vint de meilleure heure... Garba lui tâta le pouls ; il avait la fièvre.

« Vous avez gagné beaucoup d'argent au jeu, » lui dit Garba qui le connaissait bien. Gonzague se prit à rire et répondit : « J'ai perdu deux mille pistoles... » Mais il ajouta tout de suite après : « Nevers a voulu faire assaut aujourd'hui à l'académie ; il n'est plus assez fort pour tenir l'épée. — Alors, murmura le docteur Garba, c'est la fin... Peut-être que demain... » Mais, se hâta d'ajouter Passepoil d'un ton presque joyeux, les jours se suivent et ne se ressemblent pas. Le lendemain, précisément, Philippe, duc de Chartres, prit Nevers dans son carrosse, et fouette cocher pour la Touraine ! Son Altesse emmenait Nevers dans ses apanages. Comme maître Garba n'y était point, Nevers y fut bien. De là, cherchant le soleil, la chaleur, la vie, il passa la Méditerranée et gagna le royaume de Naples. Philippe de Gonzague vint trouver mon bon maître, et le chargea d'aller faire un tour de ce côté. J'étais à préparer ses bagages lorsque malheureusement, une nuit, son alambic éclata. Il mourut du coup ; le pauvre docteur Pierre Garba, pour avoir respiré la vapeur de son élixir de longue vie !

— Ah ! l'honnête Italien ! s'écria-t-on à la ronde.

— Oui, dit frère Passepoil avec simplicité, je l'ai bien regretté, pour ma part ; mais voici la fin de l'histoire. Nevers fut dix-huit mois hors de France. Quand il revint à la cour, ce ne fut qu'un cri : Nevers avait rajeuni de dix ans ! Nevers était fort, alerte, infatigable !... Bref, vous savez tous que, après le beau Lagardère, Nevers est aujourd'hui la première épée du monde entier.

Frère Passepoil se tut, après avoir pris une attitude modeste, et Cocardasse conclut :

— Si bien que monsieur de Gonzague s'est cru obligé de prendre huit prévôts d'armes, pour avoir raison de lui seul... As pas pur !

Il y eut un silence. Ce fut monsieur de Peyrolles qui le rompit.

— Où tend ce bavardage ? demanda-t-il. A une augmentation de salaire ?

— Considérable... D'abord, répliqua le Gascon, en bonne conscience, on ne peut prendre le même prix pour un père qui venge l'honneur de sa fille, et pour Damon qui veut hériter trop tôt de Pythias.

— Que demandez-vous ?

— Qu'on triple la somme.

— Soit, répondit Peyrolles sans hésiter.

— En second lieu, que nous fassions tous partie de la maison de Gonzague après l'affaire.

— Soit ! dit encore le factotum.

— En troisième lieu...

— Si vous demandez trop... commença Peyrolles.

— Pécaïre ! s'écria Cocardasse en s'adressant à Passepoil ; il trouve que nous demandons trop !

— Soyons juste ! dit le conciliant prévôt. Il se pourrait que le neveu du roi voulût venger son ami, et alors...

— En ce cas, répliqua Peyrolles, nous, nous passons la frontière... Gonzague rachète ses biens d'Italie... Nous sommes tous en sûreté là-bas.

Cocardasse consulta du regard frère Passepoil d'abord, puis ses autres acolytes.

— Marché conclu, — dit-il. Peyrolles lui tendit la main.

Le Gascon ne la prit pas. Il frappa sur son épée et ajouta :

— Voici le tabellion qui me répond de vous, mon bon monsieur de Peyrolles... As pas pur ! vous n'essayerez jamais de nous tromper, vous !

Peyrolles, libre désormais, gagna la porte.

— Si vous le manquez, dit-il sur le seuil, rien de fait !

— Cela va sans dire ; dormez sur les deux oreilles, mon bon monsieur de Peyrolles !

Un large éclat de rire suivit le départ du confident ; puis toutes les voix joyeuses s'unirent pour crier :

— A boire ! à boire !

## IV

### LE PETIT PARISIEN.

Il était à peine quatre heures de relevée. Nos estafiers avaient du temps devant eux. Sauf Passepoil, qui avait trop regardé la maritorne louche et qui soupira fort, tout le monde était joyeux.

On buvait dans la salle basse du cabaret de la Pomme-d'Adam, on criait, on chantait.

Au fond des douves de Caylus, les faneurs, après la chaleur passée, activaient leur travail, et liaient en bottes la belle récolte de foin.

Tout à coup, un bruit de chevaux se fit sur la lisière du bois d'Ens, et, l'instant d'après, on entendit des cris dans la douve.

C'étaient les faneurs qui fuyaient en hurlant les coups de plat d'épée d'une troupe de partisans.

Ceux-ci venaient au fourrage, et certes ils ne pouvaient trouver ailleurs de plus noble fenaison.

— Nos braves s'étaient mis à la fenêtre de l'auberge pour mieux voir.

— Les drôles sont hardis! dit Cocardasse junior.

— Venir ainsi jusque sous les fenêtres du marquis! ajouta Passepoil.

— Combien sont-ils? Trois... quatre... six..., huit...

— Juste autant que nous!

Pendant cela, les fourrageurs faisaient leur provision tranquillement, riant et prodiguant les gorges chaudes. Ils savaient bien que les vieux fauconneaux de Caylus étaient muets depuis longtemps.

C'étaient encore des justaucorps de buffle, des feutres belliqueux et de longues rapières; de beaux jeunes pour la plupart, parmi lesquels deux ou trois paires de moustaches grises; seulement, ils avaient de plus que nos prévôts des pistolets à l'arçon de leurs selles.

Leur accoutrement n'était pas du reste pareil. On reconnaissait dans ce petit escadron les uniformes délabrés de divers corps réguliers; il y avait deux chasseurs de Brancas, un canonnier de Flandre, un miquelet d'au delà des monts, un vieil arbalétrier qui avait dû voir la Fronde. Le surplus avait perdu son cachet, comme sont les médailles frustes.

Le tout pouvait être pris pour une belle et bonne bande de voleurs de grand chemin.

Et de fait, ces aventuriers qui se décoraient du nom de volontaires royaux ne valaient guère mieux que des bandits.

Quand ils eurent achevé leur besogne et chargé leurs chevaux, ils remontèrent le chemin charretier. Leur chef, qui était un des deux chasseurs de Brancas, portant les galons de brigadier, regarda tout autour de lui et dit :

— Par ici, messieurs, voici justement notre affaire.

Il montrait du doigt le cabaret de la Pomme-d'Adam.

— Bravo! crièrent les fourrageurs.

— Mes maîtres, murmura Cocardasse junior, je vous conseille de décrocher vos épées.

En un clin d'œil, tous les ceinturons furent rebouclés, et les prévôts d'armes, quittant la fenêtre, se remirent autour des tables.

Cela sentait la bagarre d'une lieue. Frère Passepoil souriait paisiblement sous ses trois poils de moustache.

— Nous disions donc, commença Cocardasse afin de faire bonne contenance, que le meilleur moyen de tenir la garde à un prévôt gaucher, ce qui est toujours fort dangereux...

— Holà! fit en ce moment le chef des maraudeurs, dont le visage barbu se montra à la porte; l'auberge est pleine, enfans!

— Il faut la vider, répondirent ceux qui le suivaient.

C'était simple, c'était logique. Le chef, qui se nommait Carrigue, n'eut point d'objections à faire.

Ils descendirent tous de cheval, et attachèrent effrontément leurs montures chargées de foin aux anneaux qui étaient au mur du cabaret.

Jusque-là, nos prévôts n'avaient pas bougé.

— Çà! dit Carrigue en entrant le premier, qu'on déguerpisse, et vite!... il n'y a place ici que pour les volontaires du roi.

On ne répondit point.

Cocardasse se tourna seulement vers les siens et murmura :

— De la tenue, enfans! Ne nous emportons pas, et faisons danser en mesure messieurs les volontaires du roi.

Les gens de Carrigue encombraient déjà la porte.

— Eh bien! fit celui-ci, que vous a-t-on dit?

Les maîtres d'armes se levèrent et saluèrent poliment.

— Priez-les, dit le canonnier de Flandre, de passer par la fenêtre.

En même temps il prit le verre plein de Cocardasse, et le porta à ses lèvres.

Carrigue disait cependant :

— Ne voyez-vous pas, mes rustres, que nous avons besoin de vos brocs, de vos tables et de vos escabelles?

— As pas pur! fit Cocardasse junior, nous allons vous donner tout cela, mes mignons!

Il écrasa le broc sur la tête du canonnier, tandis que frère Passepoil envoyait sa lourde escabelle dans la poitrine de Carrigue.

Les seize flamberges furent au vent au même instant. C'étaient tous gens d'armes solides, braves et batailleurs par goût. Ils y allèrent avec ensemble et de bon cœur.

On entendait le ténor Cocardasse dominer le tumulte par son juron favori.

— Capédébiou! servez-les! servez-les! disait-il.

A quoi Carrigue et les siens répondirent en chargeant tête baissée.

— En avant! Lagardère! Lagardère!

Ce fut un coup de théâtre. Cocardasse et Passepoil, qui étaient au premier rang, reculèrent et mirent la table massive entre les deux armées.

— As pas pur! s'écria le Gascon; bas les armes partout!

Il y avait déjà trois ou quatre volontaires fort maltraités. L'assaut ne leur avait point réussi, et ils ne voyaient que trop désormais à qui ils avaient affaire.

— Qu'avez-vous dit là? reprit frère Passepoil dont la voix tremblait d'émotion; qu'avez-vous dit là?

Les autres prévôts murmuraient et disaient :

— Nous allions les manger comme des mauviettes!

— La paix! — fit Cocardasse avec autorité. Et s'adressant aux volontaires en désarroi : — Répondez franc, dit-il, pourquoi avez-vous crié Lagardère?

— Parce que Lagardère est notre chef, répondit Carrigue.

— Le chevalier Henri de Lagardère?

— Oui.

— Notre petit Parisien!... notre bijou! roucoula frère Passepoil qui avait déjà l'œil humide.

— Un instant, fit Cocardasse; pas de méprise! Nous avons laissé Lagardère à Paris, chevau-léger du corps.

— Eh bien! riposta Carrigue, Lagardère s'est ennuyé de cela... Il a conservé son uniforme, et commande une compagnie de volontaires royaux, ici, dans la vallée.

— Alors, dit le Gascon, halte-là! les épées au fourreau!... Vivadiou! les amis du petit Parisien sont les nôtres, et nous allons boire ensemble à la première lame de l'univers.

— Bien, cela! dit Carrigue, qui sentait que sa troupe l'échappait belle.

Messieurs les volontaires royaux rengainèrent avec empressement.

— N'aurons-nous pas au moins des excuses? demanda Pépé le Tueur, fier comme un Castillan.

— Tu auras, mon vieux compagnon, répondit Cocardasse, la satisfaction de te battre avec moi si le cœur t'en dit; mais, quant à ces messieurs, ils sont sous ma protection. A table! du vin! Je ne me sens pas de joie. Eh donc! — Il tendit son verre à Carrigue. — J'ai l'honneur, reprit-il, de vous présenter mon prévôt Passepoil, qui, soit dit sans vous offenser, allait vous enseigner une courante dont vous n'avez pas la plus légère idée. Il est comme moi l'ami dévoué de Lagardère.

— Et il s'en vante! interrompit frère Passepoil.

— Quant à ces messieurs, poursuivit le Gascon, vous pardonnerez à leur mauvaise humeur. Ils vous tenaient, mes braves; je leur ai ôté le morceau de la bouche... toujours sans vous offenser... Trinquons!

On trinqua. Les derniers mots, adroitement jetés par Cocardasse, avaient donné satisfaction aux prévôts, et messieurs les volontaires ne semblaient point juger à propos de les relever.

Ils avaient vu de trop près l'étrille.

Pendant que la maritorne, presque oubliée par Passepoil, allait chercher du vin frais à la cave, on transporta escabelles et tables sur la pelouse, car la salle basse du cabaret de la Pomme-d'Adam n'était réellement plus assez grande pour contenir cette vaillante compagnie.

Bientôt tout le monde fut à l'aise et commodément attablé sur le glacis.

— Parlons de Lagardère, s'écria Cocardasse; c'est pourtant moi qui lui ai donné sa première leçon d'armes. Il n'avait pas seize ans, mais quelles promesses d'avenir !

— Il en a à peine dix-huit aujourd'hui, dit Carrigue, et Dieu sait qu'il tient parole.

Malgré eux, les prévôts prenaient intérêt à cette manière de héros dont on leur rebattait les oreilles depuis le matin. Ils écoutaient, et personne parmi eux ne souhaitait plus se trouver en face de lui ailleurs qu'à table.

— Oui, n'est-ce pas, continua Cocardasse en s'animant, il a tenu parole?... Pécaïre ! il est toujours beau, toujours brave comme un lion!

— Toujours heureux auprès du beau sexe! murmura Passepoil en rougissant jusqu'au bout de ses longues oreilles.

— Toujours évaporé, poursuivit le Gascon, toujours mauvaise tête?

— Bourreau des crânes, et si doux avec les faibles!

— Casseur de vitres, tueur de maris!

Ils alternaient, ces deux prévôts, comme les bergers de Virgile. *Arcades ambo!*

— Beau joueur!

— Jetant l'or par les fenêtres!

— Tous les vices, capédébiou !

— Toutes les vertus !

— Pas de cervelle...

— Un cœur... un cœur d'or !

Ce fut Passepoil qui eut le dernier mot. Cocardasse l'embrassa avec effusion.

— A la santé du petit Parisien ! à la santé de Lagardère ! s'écrièrent-ils ensemble.

Carrigue et ses hommes levèrent leurs tasses avec enthousiasme. On but debout. Les prévôts n'en purent point donner le démenti.

— Mais, par le diable ! reprit Joël de Jugan, le bas Breton, en posant son verre, apprenez-nous donc au moins ce que c'est que votre Lagardère!

— Les oreilles nous en tintent, ajouta Saldagne. Qui est-il? d'où vient-il? que fait-il?

— Mon bon, répondit Cocardasse, il est gentilhomme aussi bien que le roi; il vient de la rue Croix-des-Petits-Champs; il fait des siennes. Etes-vous fixés ?..... Si vous en voulez plus long, versez à boire. — Passepoil lui emplit son verre, et le Gascon reprit, après s'être un instant

recueilli : — Ce n'est pas une bien merveilleuse histoire, ou plutôt cela ne se raconte pas. Il faut le voir à l'œuvre. Quant à sa naissance, j'ai dit qu'il était plus noble que le roi, et je n'en démordrai pas; mais, en somme, on n'a jamais connu ni son père ni sa mère. Quand je l'ai rencontré, il avait douze ans; c'était dans la cour des Fontaines, devant le Palais-Royal. Il était en train de se faire assommer par une demi-douzaine de vagabonds plus grands que lui. Pourquoi? Parce que ces jeunes bandits avaient voulu dévaliser la petite vieille qui vendait des talmouses sous la voûte de l'hôtel Montesquieu. Je demandai son nom : « Le petit Lagardère. — Et ses parents? — Il n'a pas de parens. — Qui a soin de lui? — Personne. — Où loge-t-il? — Dans le pignon ruiné de l'ancien hôtel de Lagardère, au coin de la rue Saint-Honoré. — A-t-il un métier? — Deux, plutôt qu'un : il plonge au pont Neuf, et il se désosse dans la cour des Fontaines. — As pas pur ! voilà de beaux métiers ! » Vous autres, étrangers, s'interrompit ici Cocardasse, vous ne savez pas quelle profession c'est que de plonger au pont Neuf. Paris est la ville des badauds. Les badauds de Paris lancent du parapet du pont Neuf des pièces d'argent dans la rivière, et il y a des enfans intrépides qui vont chercher ces pièces d'argent au péril de leur vie. Cela divertit les badauds. Vivadiou ! entre toutes les voluptés, la meilleure est de bâtonner un de ces bagasses !... Et ça ne coûte pas cher.

« Quant au métier de désossé, on en voit partout, Lou petit couquin de Lagardère faisait tout ce qu'il voulait de son corps : il se grandissait, il se rapetissait ; ses jambes étaient des bras, ses bras étaient des jambes, et il me semble encore le voir, sandiéou ! quand il singeait le vieux bedeau de Saint-Germain-l'Auxerrois, qui était bossu par devant et par derrière.

» Va bien ! me dis-je ! Je le trouvais gentil, moi, ce petit homme, avec ses cheveux blonds et ses joues roses. Je le tirai des mains de ses ennemis, et je lui dis : « Couquin ! veux-tu venir avec moi ? »

« Il me répondit : — « Non, parce que je veille la mère Bernard. » La mère Bernard était une pauvre mendiante qui s'était arrangée un trou dans le pignon en ruine. Le petit Lagardère lui apportait chaque soir le produit de ses plongeons et de ses contorsions.

« Alors je lui fis un tableau complet des délices d'une salle d'armes. Ses beaux grands yeux flambaient. Il me dit avec un gros soupir :

« — Quand la mère Bernard sera morte, j'irai chez vous. »

« Et il s'en alla. Ma foi ! je n'y songeai plus.

« Trois ans après, Passepoil et moi, nous vîmes arriver à notre salle un grand chérubin timide et tout embarrassé.

» Je suis le petit Lagardère, nous dit-il ; la mère Bernard est morte. »

» Quelques gentilshommes qui étaient là eurent envie de rire. Le grand chérubin rougit, baissa les yeux, se fâcha, et les fit rouler sur le plancher. Un vrai Parisien, quoi ! mince, souple, gracieux comme une femme, dur comme du fer.

» Au bout de six mois, il eut querelle avec un de nos prévôts, qui lui avait méchamment rappelé ses talens de plongeur et de désossé. Sandiéou ! le prévôt ne pesa pas une once.

» Au bout d'un an, il jouait avec moi comme je jouerais avec un de messieurs les volontaires du roi... soit dit sans les offenser.

» Alors il se fit soldat. Il tua son capitaine ; il déserta. Puis il s'engagea dans les enfans perdus de Saint-Luc, pour la campagne d'Allemagne. Il prit la maîtresse de Saint-Luc ; il déserta. Monsieur de Villars le fit entrer dans Fribourg-en-Brisgaw ; il en sortit tout seul, sans ordre, et ramena quatre grands diables de soldats allemands liés ensemble comme des moutons. Villars le fit cornette ; il tua son colonel ; il fut cassé... Pécaïre ! quel enfant !

» Mais monsieur de Villars l'aimait. Et qui ne l'aime-rait ? Monsieur de Villars le chargea de porter au roi la nouvelle de la défaite du duc de Bade. Le duc d'Anjou le vit et le voulut pour page. Quand il fut page, en voici bien d'une autre ! les dames de la Dauphine se battirent pour l'amour de lui, le matin et le soir. On le congédia.

» Enfin, la fortune lui sourit ; le voilà chevau-léger du corps. Capédébiou ! je ne sais pas si c'est pour un homme ou pour une femme qu'il a quitté la cour ; mais si c'est une femme, tant mieux pour elle ; si c'est un homme, *de profundis* ! »

Cocardasse se tut et lampa un grand verre. Il l'avait bien mérité. Passepoil lui serra la main en manière de félicitation.

Le soleil s'en allait descendant derrière les arbres de la forêt. Carrigue et ses gens parlaient déjà de se retirer, et l'on allait boire une dernière fois au bon hasard de la rencontre, lorsque Saldagne aperçut un enfant qui se glissait dans les douves et tâchait évidemment de n'être point découvert.

C'était un petit garçon de treize à quatorze ans, à l'air craintif et tout effaré. Il portait le costume de page, mais sans couleurs, et une ceinture de courrier lui ceignait les reins.

Saldagne montra l'enfant à ses compagnons.

— Parbleu ! s'écria Carrigue, voilà un gibier que nous avons déjà couru. Il a éreinté nos chevaux tantôt. Le gou-verneur de Venasque a des espions ainsi faits, et nous allons nous emparer de celui-ci.

— D'accord, répliqua le Gascon, mais je ne crois pas que ce jeune drôle appartienne au gouverneur de Venas-que. Il y a d'autres anguilles sous roche de ce côté-ci, monsieur le volontaire, et ce gibier-là est pour nous, soit dit sans vous offenser.

Chaque fois que le Gascon prononçait cette formule im-pertinente, il regagnait un point auprès de ses amis les prévôts.

On arrivait de deux manières au fond du fossé : par la route charretière et par un escalier à pic pratiqué à la tête du pont. Nos gens se partagèrent en deux troupes, et descendirent par les deux chemins à la fois. Quand le pauvre enfant se vit ainsi cerné, il n'essaya point de fuir, et les larmes lui vinrent aux yeux.

Sa main se plongea furtivement sous le revers de son justaucorps.

— Mes bons seigneurs ! s'écria-t-il, ne me tuez pas..... Je n'ai rien ! je n'ai rien !

Il prenait nos gens pour de purs et simples brigands. Ils en avaient bien l'air.

— Ne mens pas, dit Carrigue, tu as passé les monts, ce matin ?

— Moi ?... fit le page ; les monts ?

— Au diable ! interrompit Saldagne ; il vient d'Arge-lès en ligne directe ; n'est-ce pas, petit ?

— D'Argelès ? répéta l'enfant.

Son regard, en même temps, se dirigeait vers la fenê-tre basse qui se montrait sous le pont.

— Pas pur ! lui dit Cocardasse, nous ne voulons pas t'écorcher, jeune homme..... à qui portes-tu cette lettre d'amour ?

— Une lettre d'amour ? répéta encore le page.

Passepoil s'écria :

— Tu es né en Normandie, ma poule.

Et l'enfant de répéter :

— En Normandie, moi ?

— Il n'y a qu'à le fouiller, opina Carrigue.

— Oh ! non ! non ! s'écria le petit page en tombant à genoux, ne me fouillez pas, mes bons seigneurs !

C'était souffler sur le feu pour l'éteindre. Passepoil se ravisa et dit :

— Il n'est pas du pays ; il ne sait pas mentir !

— Comment t'appelles-tu ? interrogea Cocardasse.

— Berrichon, répondit l'enfant sans hésiter.

— Qui sers-tu ?

Le page resta muet.

Estafiers et volontaires qui l'entouraient commençaient à perdre patience. Saldagne le saisit au collet, tandis que tout le monde répétait :

— Voyons, réponds ! qui sers-tu ?

— Penses-tu, petit bagasse, reprit le Gascon, que nous ayons le temps de jouer avec toi !... Fouillez-le, mes mi-gnons, et finissons-en.

On vit alors un singulier spectacle : le page, tout à l'heure si craintif, se dégagea brusquement des mains de Saldagne, et tira de son sein, d'un air résolu , une petite dague qui ressemblait bien un peu à un jouet. D'un bond, il passa entre Faënza et Staupitz, prenant sa course vers la partie orientale des fossés.

Mais frère Passepoil avait gagné maintes fois le prix de la course aux foires de Villedieu. Le jeune Hippomène, qui conquit en courant la main d'Atalante, ne détalait pas mieux que lui. En quelques enjambées il eut rejoint le pauvre Berrichon.

Celui-ci se défendit vaillamment. Il égratigna Saldagne avec son petit poignard ; il mordit Carrigue, et lança de furieux coups de pieds dans les jambes de Staupitz. Mais la partie était trop inégale. Berrichon, terrassé, sentait déjà près de sa poitrine la grosse main des estafiers, lors-que la foudre tomba au beau milieu de ses persécuteurs.

La foudre !

Carrigue s'en alla rouler à trois ou quatre pas, les jam-bes en l'air ; Saldagne pirouetta sur lui-même et cogna le mur du rempart ; Staupitz mugit et s'affaissa comme un bœuf assommé ; Cocardasse lui-même, Cocardasse ju-nior fit la culbute et embrassa rudement le sol. Eh donc !

C'était un seul homme qui avait produit tout ce va-carme en un clin d'œil, et pour ainsi dire du même coup.

Un large cercle se fit autour du nouveau venu et de l'enfant.

Pas une épée ne sortit du fourreau. Tous les regards se baissèrent.

— Lou couquin ! grommela Cocardasse qui se relevait en frottant ses côtes.

Il était furieux, mais un sourire naissait malgré lui sous sa moustache.

— Le petit Parisien ! fit Passepoil, tremblant d'émotion ou de frayeur.

Les gens de Carrigue, sans s'occuper de celui-ci, qui gisait étourdi sur le sol, touchèrent leurs feutres avec respect, et dirent :

— Le capitaine Lagardère !


V


LA BOTTE DE NEVERS.


C'était Lagardère, le beau Lagardère, le casseur de têtes, le bourreau des cœurs.

Il y avait là seize épées de prévôts d'armes qui n'osaient pas seulement sortir du fourreau, seize spadassins contre un jeune homme de dix-huit ans qui souriait, les bras croisés sur sa poitrine.

Mais c'était Lagardère !

Cocardasse avait raison, Passepoil aussi ; tous deux res-taient au-dessous du vrai. Ils avaient eu beau vanter leur idole, ils n'en avaient pas assez dit.

C'était la jeunesse radieuse, forte, gaie, franche, com-municative, vaillante ; la jeunesse qui attire et qui sé-duit, la jeunesse que regrettent les victorieux, la jeunesse que ne peuvent racheter ni la fortune conquise, ni le gé-nie planant sur le vulgaire agenouillé ; la jeunesse en sa fière et divine fleur, avec l'or de sa chevelure bouclée, avec le sourire épanoui de ses lèvres, avec l'éclair vainqueur de ses yeux!

On dit souvent : Tout le monde est jeune une fois dans sa vie. A quoi bon chanter si haut cette gloire qui ne manque à personne?

En avez-vous vu des jeunes hommes? Et si vous en avez vu, combien? Moi je connais des enfans de vingt ans et des vieillards de dix-huit.

Les jeunes hommes, je les cherche.

J'entends ceux-là qui *savent* en même temps qu'ils *peuvent*, faisant mentir le plus vrai de tous les proverbes, ceux-là qui portent, comme les orangers bénis des pays du soleil, le fruit à côté de la fleur.

Ceux-là qui ont tout à foison, l'honneur, le cœur, la sève, la folie, et qui s'en vont, brillans et chauds comme un rayon, épandant à pleines mains l'inépuisable trésor de leur vie.

Ils n'ont qu'un jour, hélas! souvent, car le contact de la foule est comme l'eau qui éteint toute flamme.

Bien souvent aussi cette splendide richesse se prodigue en vain, et ce front que Dieu avait marqué du signe héroïque ne ceint que la couronne de l'orgie.

Bien souvent! C'est la loi. L'humanité a sur son grand-livre, comme l'usurier du coin, sa colonne des profits et pertes.

Henri de Lagardère était d'une taille un peu au-dessus de la moyenne. Ce n'était pas un Hercule, mais ses membres avaient cette vigueur souple et gracieuse du type parisien, aussi éloigné de la lourde musculation du nord que de la maigreur pointue de ces adolescens de nos places publiques, immortalisés par le vaudeville banal.

Il avait les cheveux blonds, légèrement bouclés, plantés haut et découvrant un front qui respirait l'intelligence et la noblesse. Ses sourcils étaient noirs, ainsi que sa fine moustache, retroussée au-dessus de la lèvre.

Rien de plus cavalier que cette opposition, surtout quand des yeux bruns et rieurs éclairent la pâleur un peu trop mate de ces visages.

La coupe de sa figure, régulière mais allongée, la ligne aquiline des sourcils, le dessin ferme du nez et de la bouche, donnaient de la noblesse à ces joyeusetés de l'expression générale. Le sourire du gai vivant n'effaçait point la fierté du porteur d'épée.

Mais ce qui ne se peut peindre à la plume, c'est l'attrait, la grâce, la juvénile gaillardise de cet ensemble, c'est aussi la mobilité de cette physionomie fine et changeante, qui pouvait languir aux heures d'amour, comme un doux visage de femme; qui pouvait, aux heures de combat, suer la terreur comme la tête de Méduse.

Ceux-là seuls l'avaient bien vu qu'il avait tués, celles-là seules qu'il avait aimées.

Il portait l'élégant costume des chevau-légers du roi, un peu débraillé, un peu fané, mais relevé par un riche manteau de velours jeté négligemment sur son épaule. Une écharpe de soie rouge à franges d'or indiquait le rang qu'il occupait parmi les aventuriers.

C'est à peine si la rude exécution qu'il venait de faire avait amené un peu de sang à ses joues.

— Vous n'avez pas de honte! dit-il avec mépris: maltraiter un enfant!

— Capitaine... voulut répliquer Carrigue en se remettant sur ses jambes.

— Tais-toi... Qui sont ces bravaches?

Cocardasse et Passepoil étaient auprès de lui, le chapeau à la main.

— Eh! fit-il en se déridant, mes deux protecteurs! Que diable faites-vous si loin de la rue Croix-des-Petits-Champs? — Il leur tendit la main, mais d'un air de prince qui donne le revers de ses doigts à baiser. Maître Cocardasse et frère Passepoil touchèrent cette main avec dévotion. Il faut dire que cette main s'était bien souvent ouverte pour eux pleine de pièces d'or. Les protecteurs n'avaient point à se plaindre du protégé. — Et les autres? reprit Henri; j'ai vu cela quelque part; où donc, toi?

Il s'adressait à Staupitz.

— A Cologne, répliqua l'Allemand tout confus.

— C'est juste, tu me touchas une fois.

— Sur douze! murmura l'Allemand avec humilité.

— Ah! ah! continua Lagardère en regardant Saldagne et Pinto, mes deux champions de Madrid... bonnes gardes!

— Ah! Excellence! firent à la fois les deux Espagnols, c'était une gageure... Nous n'avons point coutume de nous mettre deux contre un...

— Comment! comment! deux contre un! s'écria le Gascon.

— Ils se disaient, ajouta Passepoil, qu'ils ne vous connaissaient pas.

— Et celui-ci, reprit Cocardasse montrant Pépé le Tueur, faisait des vœux pour se trouver en face de vous.

Pépé fit ce qu'il put pour soutenir le regard de Lagardère.

Lagardère répéta seulement.

— Celui-ci? — Et Pépé baissa la tête en grondant. — Quant à ces deux braves, reprit Lagardère en désignant Pinto et Saldagne, je ne portais en Espagne que mon nom d'Henri... Messieurs, s'interrompit-il, faisant du doigt le geste de porter une botte, je vois que vous nous sommes déjà rencontrés... plus ou moins, car voici un honnête gaillard à qui j'ai fêlé le crâne une fois avec l'arme au poing.

Joël de Jugan se frotta la tempe.

— La marque y est, murmura-t-il; vous maniez le bâton comme un Dieu, c'est certain.

— Vous n'avez eu de bonheur avec moi ni les uns ni les autres, mes camarades... reprit Lagardère, mais vous étiez occupés ici à une besogne plus facile... Approche ici, enfant!

Berrichon obéit.

Cocardasse et Carrigue prirent à la fois la parole, afin d'expliquer pourquoi ils voulaient fouiller le page.

Lagardère leur imposa silence.

— Que viens-tu faire ici? demanda-t-il à l'enfant.

— Vous êtes bon, vous, et je ne vous mentirai pas, répondit Berrichon. Je viens porter une lettre.

— A qui?

Berrichon hésita, et son regard glissa encore vers la fenêtre basse.

— A vous, répondit-il pourtant.

— Donne.

L'enfant lui tendit un pli qu'il tira de son sein. Puis, se haussant vivement jusqu'à son oreille :

— J'ai une autre lettre à porter.

— A qui?

— A une dame.

Lagardère lui jeta sa bourse.

— Va, petit, dit-il, personne ne t'inquiétera. — L'enfant partit en courant, et disparut bientôt derrière le coude de la douve. Dès que le page eut disparu, Lagardère ouvrit sa lettre. — Au large! commanda-t-il en se voyant entouré de trop près par les volontaires et les prévôts; j'aime dépouiller seul ma correspondance. — Tout le monde s'écarta vivement. — Bravo! s'écria Lagardère après avoir lu les premières lignes; voilà ce que j'appelle un heureux message! C'est justement ce que je venais chercher ici. Par le ciel! ce Nevers est un galant seigneur!

— Nevers! répétèrent les estafiers étonnés.

— Qu'est-ce donc? demandèrent Cocardasse et Passepoil.

Lagardère se dirigea vers la table.

— A boire, d'abord! dit-il; j'ai le cœur content, Je veux vous raconter l'histoire. Assieds-toi là, maître Cocardasse... ici, frère Passepoil... vous autres, où vous voudrez. — Le Gascon et le Normand, fiers d'une distinction pareille, prirent place aux côtés de leur héros. Henri de

Lagardère but une rasade, et reprit : — Il faut vous dire que je suis exilé ; je quitte la France...

— Exilé, vous ! interrompit Cocardasse.

— Nous le verrons pendu ! soupira Passepoil.

— Et pourquoi exilé ?

Par bonheur, cette dernière question couvrit l'expression tendre mais irrévérencieuse d'Amable Passepoil. Lagardère ne souffrait point ces familiarités.

— Connaissez-vous ce grand diable de Bélissen ? demanda-t-il.

— Le baron de Bélissen ?

— Bélissen le bretteur ?

— Bélissen le défunt, rectifia le jeune chevau-léger.

— Il est mort ? demandèrent plusieurs voix.

— Je l'ai tué... Le roi m'avait fait noble, vous savez, pour que je pusse entrer dans sa compagnie... J'avais promis de me comporter prudemment ; pendant six mois, j'ai été sage comme une image. On m'avait presque oublié ; mais un soir, ce Bélissen voulut jouer au croquemitaine avec un pauvre petit cadet de province qui n'avait pas seulement un poil de barbe au menton.

— Toujours la même histoire, dit Passepoil : un vrai chevalier errant !

— La paix, mon bon ! ordonna Cocardasse.

— Je m'approchai du Bélissen, poursuivit Lagardère, et comme j'avais promis à Sa Majesté, quand elle daigna me créer chevalier, de ne plus lancer de paroles injurieuses à personne, je me bornai à tirer les oreilles du baron comme on fait aux enfans méchans dans les écoles. Cela ne lui plut point.

— Je crois bien ! fit-on à la ronde.

— Il me le dit trop haut, poursuivit Lagardère, et je lui donnai, derrière l'Arsenal, ce qu'il avait mérité depuis longtemps... un coup droit sur dégagement... à fond !

— Ah ! petit ! s'écria Passepoil, oubliant que les temps étaient changés, comme tu l'allonges bien, ce damné coup-là !

Lagardère se mit à rire. Puis il frappa la table violemment de son gobelet d'étain.

Passepoil se crut perdu.

— Voilà la justice ! s'écria le chevau-léger qui ne songeait déjà plus à lui ; on me devait la prime, puisque j'avais abattu une tête de loup... Eh bien, non... on m'exile !

— Toute l'honorable assistance convint à l'unanimité que c'était là un abus. Cocardasse jura capédébiou que les arts n'étaient point suffisamment protégés. Lagardère reprit :

— En fin de compte, j'obéis aux ordres de la cour. Je pars... L'univers est grand, et je fais serment de trouver quelque part à bien vivre... Mais, avant de passer la frontière, j'ai une fantaisie à satisfaire... deux fantaisies : un duel et une escapade galante. C'est ainsi que je veux faire mes adieux au beau pays de France !

On se rapprocha curieusement.

— Contez-nous cela, monsieur le chevalier, dit Cocardasse.

— Dites-moi, mes vaillans, demanda Lagardère au lieu de répondre, avez-vous ouï parler, par hasard, de la botte secrète de monsieur de Nevers ?

— Parbleu ! fit-on autour de la table.

— Elle était sur le tapis encore tout à l'heure, ajouta Passepoil.

— Et qu'en disiez-vous, s'il vous plaît ?

— Les avis étaient partagés... Les uns disaient : fadaise !... les autres prétendaient que le vieux maître Delapalme avait vendu au duc un coup... ou une série de coups... au moyen desquels le duc était parfaitement sûr de toucher un homme, n'importe lequel, au milieu du front, entre les deux yeux.

Lagardère était pensif. Il demanda encore :

— Que pensez-vous des bottes secrètes en général, vous qui êtes tous experts et prévôts d'armes ? — L'avis unanime fut que les bottes secrètes étaient des attrape-nigauds, et que tout coup à fond pouvait être évité à l'aide des parades connues. — C'était mon opinion, dit Lagar-

dère, avant d'avoir eu l'honneur de faire la partie de monsieur de Nevers.

— Et maintenant ?... interrogea-t-on de toutes parts, car chacun était fortement intéressé ; dans quelques heures, cette fameuse botte de Nevers allait peut-être coucher deux ou trois morts sur le carreau.

— Maintenant, repartit Henri de Lagardère, c'est différent. Figurez-vous que cette botte maudite a été longtemps ma bête noire. Sur ma parole, elle m'empêchait de dormir ! Convenez que ce Nevers fait aussi par trop parler de lui... A toute heure, partout, depuis son retour d'Italie, j'entendais radoter autour de moi « Nevers, Nevers, Nevers ! Nevers est le plus beau ! Nevers est le plus brave ! »

— Après un autre que nous connaissons bien, interrompit frère Passepoil.

Cette fois, il eut l'approbation pleine et entière de Cocardasse junior.

— Nevers par-ci, Nevers par-là ! continua Lagardère. Les chevaux de Nevers, les armes de Nevers, les domaines de Nevers !... ses bons mots, son bonheur au jeu, la liste de ses maîtresses... et sa botte secrète par-dessus le marché !... diable d'enfer ! cela me rompait la tête... Un soir, mon hôtesse me servit des côtelettes à la Nevers... je lançai le plat par la fenêtre et je me sauvai sans souper... Sur la porte, je me heurtai contre mon cordonnier, qui m'apportait des bottes à la dernière mode, des bottes à la Nevers... je rossai mon bottier ; cela me coûta dix louis que je lui jetai au visage... Le drôle me dit : « Monsieur de Nevers me battit une fois, mais il me donna cent pistoles !... »

— C'était trop ! prononça gravement Cocardasse.

Passepoil suait à grosses gouttes, tant il ressentait vivement les contrariétés de son cher petit Parisien.

— Voyez-vous, continua Lagardère, je sentis que la folie me prenait... Il fallait mettre un terme à cela... Je montai à cheval et je m'en allai attendre Nevers à la sortie du Louvre... Quand il passa, je l'appelai par son nom.

« — Qu'est-ce ? me demanda-t-il.

» — Monsieur le duc, répondis-je, j'ai grande confiance en votre courtoisie... Je viens vous demander de m'enseigner votre botte secrète au clair de la lune... Il me regarda. Je pense qu'il me prit pour un échappé des Petites-Maisons.

» — Qui êtes-vous ? me demanda-t-il pourtant.

» — Chevalier Henri de Lagardère, répondis-je, par la munificence du roi... chevau-léger du corps... ancien cornette de la Ferté, ancien enseigne de Conti, ancien capitaine au régiment de Navarre... toujours cassé pour cause de cervelle absente...

» — Ah ! m'interrompit-il en descendant de cheval, vous êtes le beau Lagardère ? On me parle souvent de vous, et cela m'ennuie. — Nous allions côte à côte vers l'église Saint-Germain-l'Auxerrois.

» — Si vous ne me trouviez point trop petit gentilhomme, commençai-je, pour vous mesurer avec moi... — Il fut charmant, charmant ! Je dois lui rendre cette justice. Au lieu de me répondre, il me planta sa rapière entre les deux sourcils, si raide et si net, que je serais encore là-bas, sans un saut de trois toises que fort à propos je fis.

» — Voilà ma botte, me dit-il. — Ma foi ! je le remerciai de bon cœur ; c'était bien le moins.

» — Encore une petite leçon, demandai-je, si ce n'est pas abuser.

» — A votre service. — Malepeste ! cette fois il me fit une piqûre au front. J'étais touché, moi Lagardère ! »

Les maîtres d'armes échangèrent des œillades inquiètes. La botte de Nevers prenait en vérité d'effrayantes proportions.

— Vous n'y avez vu que du feu ? insinua timidement Cocardasse.

— J'avais vu la feinte, pardieu ! s'écria Lagardère, mais je n'étais pas arrivé à la parade. Cet homme est vite comme la foudre.

— Et la fin de l'aventure ?

— Est-ce que le guet peut jamais laisser en repos les gens paisibles?... Le guet arriva... Nous nous séparâmes bons amis, avec promesse de revanche.

— Mais, sandiéou! dit Cocardasse qui suivait sa piste, il vous tiendra toujours par cette botte...

— Allons donc! fit Lagardère.

— Vous avez le secret?

— Parbleu!... Je l'ai étudié dans le silence du cabinet.

— Eh bien?

— C'est un enfantillage!

— Les prévôts respirèrent. Cocardasse se leva.

— Monsieur le chevalier, dit-il, si vous avez quelque bon souvenir des pauvres leçons que je vous ai données avec tant de plaisir, vous ne repousserez pas ma requête... Eh donc!

Instinctivement, Lagardère mit la main au gousset.

Frère Passepoil eut un geste plein de dignité.

— Ce n'est pas cela que maître Cocardasse vous demande, dit-il.

— Parle, fit Lagardère; je me souviens. Que veux-tu?

— Je veux, répliqua Cocardasse, que vous m'enseigniez la botte de Nevers.

Lagardère se leva aussitôt.

— C'est trop juste, dit-il, mon vieux Cocardasse, cela concerne ton état. — Ils se mirent en garde. Les volontaires et les prévôts firent cercle. Ces derniers surtout ne regardaient pas à demi. — Tubleu! fit Lagardère en tâtant le fer du prévôt, comme tu es devenu mou!... Vòyons, engage en tierce... coup droit retenu! Pare... coup droit, remets à fond... pare prime et riposte... marche... prime encore sur ma riposte... passe sur l'épée, et aux yeux!

Il joignit le geste à la parole.

— Tron de l'air! fit Cocardasse en sautant de côté; j'ai vu un million de chandelles! Et la parade? reprit-il en se mettant en garde de nouveau.

— Oui, oui, la parade! firent les spadassins avidement.

— Simple comme bonjour! reprit Lagardère : Y es-tu?... Tierce... à temps sur la remise... prime deux fois... évite... arrête dans les armes, le tour est fait!

Il rengaîna. Ce fut frère Passepoil qui remercia avec effusion.

— Avez-vous saisi, vous autres? fit Cocardasse en s'essuyant le front. Capédébiou! quel enfant! — Les prévôts firent un signe de tête affirmatif, et Cocardasse revint s'asseoir en disant : — Ça pourra servir!

— Ça va servir tout de suite, répliqua Lagardère en se versant à boire.

Tous relevèrent les yeux sur lui.

Il but son verre à petites gorgées, puis il déplia lentement la lettre que le page lui avait remise.

— Ne vous l'ai-je pas dit, reprit-il, que monsieur de Nevers m'avait promis ma revanche?

— Oui, mais...

— Il fallait bien terminer cette aventure avant de partir pour l'exil... J'ai écrit à monsieur de Nevers, que je savais à son château du Béarn... Cette lettre est la réponse de monsieur de Nevers... — Un murmure d'étonnement s'éleva du groupe des estafiers. — Il est toujours charmant, poursuivit Lagardère, charmant! Quand je me serai battu mon comptant je le parfait gentilhomme, je suis capable de l'aimer comme un frère. Il accepte tout ce que je lui propose : l'heure du rendez-vous, le lieu.

— Et quelle est l'heure? demanda Cocardasse avec trouble.

— La tombée de la nuit.

— Ce soir?

— Ce soir.

— Et le lieu?

— Les fossés du château de Caylus.

Il y eut un silence. Passepoil avait mis son doigt sur sa bouche. Les estafiers tâchaient de garder bonne contenance.

— Pourquoi choisir ce lieu? fit cependant Cocardasse.

— Autre histoire! dit Lagardère en riant, seconde fan-

taisie!... Je me suis laissé dire, depuis que j'ai l'honneur de commander ces braves pour tuer un peu le temps avant mon départ, je me suis laissé dire que le vieux marquis de Caylus était le plus fin geôlier de l'univers!... Il faut bien qu'il ait quelques talens pour avoir mérité ce beau nom de Caylus-Verrou!... Or, le mois passé, aux fêtes de Tarbes, j'ai entrevu sa fille Aurore... Sur ma parole, elle est adorablement belle!... Après avoir causé avec monsieur de Nevers, je veux consoler un peu cette charmante recluse.

— Avez-vous donc la clef de la prison, capitaine? demanda Carrigue en montrant le château.

— J'ai pris d'assaut bien d'autres forteresses! repartit le Parisien. J'entrerai par la porte, par la fenêtre, par la cheminée... enfin je ne sais pas... mais j'entrerai. — Il y avait déjà du temps que le soleil avait disparu derrière les futaies d'Ens. La nuit venait. Deux ou trois lueurs se montrèrent aux fenêtres inférieures du château. Une forme glissa rapidement dans l'ombre des douves. C'était Berrichon, le petit page, qui sans doute avait fait sa commission. En prenant à toute course le sentier qui conduisait à la forêt, il envoya de loin un grand merci à Lagardère, son sauveur. — Eh bien! s'écria celui-ci, pourquoi ne riez-vous plus, mes drôles? Ne trouvez-vous point l'aventure gaillarde?

— Si fait, répondit frère Passepoil, trop gaillarde!

— Je voudrais savoir, dit Cocardasse gravement, si vous avez parlé de mademoiselle de Caylus dans votre lettre à Nevers.

— Parbleu! je lui explique mon affaire en grand. Il fallait bien donner un prétexte à ce lointain rendez-vous. — Les estafiers échangèrent un regard. — Ah çà! qu'avez-vous donc? demanda brusquement le Parisien.

— Nous réfléchissons, répondit Passepoil; nous sommes heureux de nous trouver là pour vous rendre service.

— C'est la vérité, capédébiou! ajouta Cocardasse, nous allons vous donner un bon coup d'épaule.

Lagardère éclata de rire, tant l'idée lui sembla bouffonne.

— Vous ne rirez plus, monsieur le chevalier, prononça le Gascon avec emphase, quand je vous aurai appris certaine nouvelle...

— Voyons ta nouvelle.

— Nevers ne viendra pas seul au rendez-vous.

— Fi donc! pourquoi cela?

— Parce que, après ce que vous lui avez écrit, il ne s'agit plus entre vous d'une partie de plaisir... l'un de vous deux doit mourir ce soir... Nevers est l'époux de mademoiselle de Caylus.

Cocardasse junior se trompait en pensant que Lagardère ne rirait plus. Le fou se tint les côtes.

— Bravo! s'écria-t-il, un mariage secret! un roman espagnol! Pardieu! voilà qui me comble, et je n'espérais pas si bien pour ma dernière aventure.

— Et dire qu'on exile des hommes pareils! prononça frère Passepoil d'un ton profondément pénétré.

## VI

### LA FENÊTRE BASSE.

La nuit s'annonçait noire. Les masses sombres du château de Caylus se détachaient confusément sur le ciel.

— Voyons, chevalier, dit le Gascon, au moment où Lagardère se levait et resserrait le ceinturon de son épée, pas de fausse honte, vivadiou!... acceptez nos services pour ce combat, qui doit être inégal.

Lagardère haussa les épaules.

Passepoil lui toucha le bras par derrière.

— Si je pouvais vous être utile, murmura-t-il en rougissant sous une mesure, pour la galante équipée...

La *Morale en action* affirme, sur la foi d'un philosophe grec, que le rouge est la couleur de la vertu. Amable Passepoil avait au plus haut degré la couleur, mais il manquait absolument de vertu.

— Palsambleu! mes camarades, s'écria Lagardère, j'ai coutume de faire mes affaires tout seul, et vous le savez bien... La brune vient... une dernière rasade, et décampez; voilà le service que je réclame.

Les aventuriers allèrent à leurs chevaux. Les maîtres d'armes ne bougèrent pas.

Le Gascon prit Lagardère à part.

— Je me ferais tuer pour vous comme un chien, sandiéou! chevalier, dit-il avec embarras... mais...

— Mais quoi?

— Chacun son métier, vous savez... Nous ne pouvons pas quitter ce lieu.

— Ah! ah!... Et pourquoi cela?

— Parce que nous attendons aussi quelqu'un.

— Vraiment! Qui est ce quelqu'un?

— Ne vous fâchez pas... Ce quelqu'un est Philippe de Nevers.

Le Parisien tressaillit.

— Ah! ah! fit-il encore; et pourquoi attendez-vous monsieur de Nevers?

— Pour le compte d'un digne gentilhomme...

Il n'acheva pas. Les doigts de Lagardère lui serraient le poignet comme un étau.

— Un guet-apens! s'écria ce dernier, et c'est à moi que tu viens dire cela!

— Je vous fais observer... commença frère Passepoil.

— La paix, vous drôles!... Je vous défends, vous m'entendez bien, n'est-ce pas? je vous défends de toucher un cheveu de Nevers, sous peine d'avoir affaire à moi!... Nevers m'appartient... s'il doit mourir, ce sera de ma main, en loyal combat... mais de la vôtre, non pas!... diable d'enfer! non pas, tant que je serai vivant! — Il s'était dressé de toute sa hauteur. Il était de ceux dont la voix, dans la colère, ne tremble pas, mais vibre plus sonore. Les spadassins l'entouraient irrésolus. — Ah! c'est pour cela, reprit-il, que vous vous êtes fait enseigner la botte de Nevers! et c'est moi... Carrigue! — s'interrompit-il. Celui-ci vint à l'ordre, avec ses gens qui tenaient par la bride leurs chevaux chargés de fourrage. — C'est une honte, reprit le Parisien, une honte que de telles gens nous aient fait partager leur vin!

— Voilà un mot bien dur! soupira Passepoil, dont les yeux se mouillèrent.

Cocardasse junior blasphémait en lui-même tous les savants jurons que put jamais produire cette fertile terre de Gascogne.

— En selle, et au galop! poursuivit Lagardère; je n'ai besoin de personne pour faire justice de ces drôles! — Carrigue et ses gens, qui avaient tâté des rapières de prévôt, ne demandaient pas mieux que d'aller un peu plus loin jouir de la fraîcheur de la nuit. — Quant à vous, continua le chevau-léger, vous allez déguerpir, et vite; ou, par la mort de Dieu! je vais vous donner une seconde leçon d'armes... à fond!

Il dégaina. Cocardasse et Passepoil firent reculer les estafiers, qui, forts de leur nombre, avaient des velléités de révolte.

— Qu'avons-nous à nous plaindre, insinua Passepoil, s'il veut absolument faire notre besogne?

Pour la logique, vous ne trouverez pas beaucoup de Normands plus ferrés que frère Passepoil.

— Allons-nous-en! tel fut l'avis général.

Il est vrai que l'épée de Lagardère sifflait et fouettait le vent.

— Capédébiou! fit observer Cocardasse en ouvrant la retraite, le bon sens dit que nous n'avons pas peur; chevalier, nous vous cédons la place.

— Pour vous faire plaisir, ajouta Passepoil, adieu!

— Au diable! répliqua le Parisien en tournant le dos.

Les fourrageurs partirent au galop, les estafiers disparurent derrière l'enclos du cabaret. Ils oublièrent de payer, mais Passepoil ravit en passant un doux baiser à la maritorne qui demandait son argent.

Ce fut Lagardère qui solda tous les écots.

— La fille! dit-il, ferme tes volets et mets tes barres... Quoi que tu entendes, là dans la douve, cette nuit, que chacun, dans ta maison, dorme sur tes deux oreilles. Ce sont affaires qui ne vous regardent point!

La maritorne ferma ses volets et mit ses barres.

La nuit était presque complète, une nuit sans lune et sans étoiles.

Un lumignon fumeux, placé à la tête du pont de planches, sous la niche d'une Sainte-Vierge, brillait faiblement, mais n'éclairait point au delà d'un cercle de dix ou douze pas. Sa lumière d'ailleurs ne pouvait descendre dans les douves, à cause du pont qui la masquait.

Lagardère était seul. Le galop des chevaux s'était étouffé au lointain. La vallée de Louron se plongeait déjà dans une obscurité profonde, où luisaient çà et là quelques lueurs rougeâtres marquant la cabane d'un laboureur ou la loge d'un berger.

Le son plaintif des clochettes attachées au cou des chèvres montait, quand le vent donnait, avec les murmures sourds du gave d'Arau, qui verse ses eaux dans la Clarabide, au pied du Hachaz.

— Huit contre un, les misérables! se disait le jeune Parisien en prenant le chemin charretier pour descendre au fond de la douve; un assassinat! Quels bandits!... C'est à dégoûter de l'épée! — Il donna contre un tas de foin ravagé par Carrigue et sa troupe. — Par le ciel! reprit-il en secouant son manteau, voici une crainte qui me pousse. Le page va prévenir Nevers qu'il y a ici une bande d'égorgeurs, et Nevers ne viendra pas, et ce sera une partie manquée, la plus belle partie du monde. Diable d'enfer! s'il en est ainsi, demain il y aura huit coquins d'assommés.

Il arrivait sous le pont. Ses yeux s'habituaient à l'obscurité.

Les fourrageurs avaient fait une large place nette, juste à l'endroit où Lagardère était en ce moment, devant la fenêtre basse.

Il regarda cela d'un air content, et pensa qu'on serait bien en ce lieu pour jouer de la flamberge.

Mais il pensait encore à autre chose. L'idée de pénétrer dans cet inabordable château le tenait au collet. Ce sont de vrais diables que ces héros qui ne tournent point vers le bien la force exceptionnelle dont ils sont doués.

Murailles, verrous, gardiens, le beau Lagardère se riait de tout cela.

Il n'eût point voulu d'une aventure où quelqu'un de ces obstacles eût manqué.

— Faisons connaissance avec le terrain, se disait-il, rendu déjà à l'espiègle gaieté de sa nature. Morbleu! monsieur le duc va nous arriver bien en colère, et nous n'avons qu'à nous tenir!... Quelle nuit! il faudra ferrailler au jugé... Du diable si on pourra voir la pointe des épées! — Il était au pied des grands murs. Le château dressait à pic au-dessus de sa tête sa masse énorme, et le pont traçait un arc noir sur le ciel. Escalader ce mur à l'aide du poignard, c'était l'affaire de toute une nuit. En tâtonnant, la main de Lagardère rencontra la fenêtre basse.

— Bon, cela! s'écria-t-il. Çà! que vais-je lui dire, à cette fière beauté? Je vois d'ici l'éclair méchant de ses yeux noirs, ses sourcils d'aigle froncés par l'indignation. — Il se frotta les mains de bon cœur. — Délicieux! délicieux!... Je lui dirai... il faut quelque chose de bien tourné. Je lui dirai... Palsambleu! Épargnons nos frais d'éloquence... Mais qu'est cela? s'interrompit-il tout à coup. Ce Nevers est charmant!... toujours charmant! — Il s'arrêta pour écouter. Un bruit avait frappé son oreille. — Des pas sonnaient en effet au bord de la douve, des pas de gentilshommes, car on entendait le tintement argentin des éperons. — Oh ! oh ! pensa Lagardère, maître Cocardasse aurait-il dit vrai ? monsieur le duc se serait-il fait accompagner ?

Le bruit de pas cessa. Le lumignon placé à la tête du pont éclaira deux hommes enveloppés de longs manteaux et immobiles.

On voyait bien que leurs regards cherchaient à percer l'obscurité de la douve.

— Je ne vois personne, dit l'un d'eux à voix basse.

— Si fait, répondit l'autre, là-bas, près de la fenêtre. — Et il appela avec précaution. — Cocardasse !... Lagardère resta immobile. — Faënza ! appela encore le second interlocuteur : c'est moi... Monsieur de Peyrolles !

— Il me semble que je connais ce nom de coquin ! pensa Lagardère.

Peyrolles appela pour la troisième fois :

— Passepoil !... Staupitz !

— Si ce n'était pas un des nôtres ?... murmura son compagnon.

— C'est impossible, répliqua Peyrolles ; j'ai ordonné qu'on laissât ici une sentinelle... C'est Saldagne, je le reconnais... Saldagne !

— Présent ! répondit Lagardère qui prit à tout hasard l'accent espagnol.

— Voyez-vous ! s'écria monsieur de Peyrolles, j'en étais sûr !... Descendons par l'escalier... ici... voilà la première marche.

Lagardère pensait :

— Du diable si je ne joue pas un rôle dans cette comédie !

Les deux hommes descendaient. Le compagnon de Peyrolles était, sous son manteau, de belle taille et de riche prestance. Lagardère avait cru reconnaître dans son accent, quand il avait parlé, un léger ressouvenir de la gamme italienne.

— Parlons bas, s'il vous plaît, dit-il en descendant avec précaution l'escalier étroit et raide.

— Inutile, monseigneur, répondit Peyrolles.

— Bon ! fit Lagardère, c'est un monseigneur.

— Inutile, poursuivit le factotum ; les drôles savent parfaitement le nom de celui qui les paye.

— Moi ! je n'en sais rien, pensa le jeune chevau-léger, et je voudrais bien le savoir.

— J'ai eu beau faire, reprit monsieur de Peyrolles, ils n'ont pas voulu croire que c'était monsieur le marquis de Caylus.

— C'est déjà précieux à savoir, se dit Lagardère ; il est évident que j'ai affaire ici à deux parfaits coquins.

— Tu viens de la chapelle ? demanda celui qui semblait être le maître.

— Je suis arrivé trop tard , répondit Peyrolles d'un air contrit.

Le maître frappa du pied avec colère.

— Maladroit ! s'écria-t-il.

— J'ai fait ce que j'ai pu, monseigneur. J'ai bien trouvé le registre où dom Bernard avait inscrit le mariage de mademoiselle de Caylus avec monsieur de Nevers, ainsi que la naissance de leur fille...

— Eh bien ?

— Les pages contenant ces inscriptions ont été arrachées.

Lagardère était tout oreilles.

— On nous a prévenus ! dit le maître avec dépit, mais qui ? Aurore ?... oui, ce doit être Aurore... Elle pense voir Nevers cette nuit, elle veut lui remettre avec l'enfant le titres qui établissent sa naissance... Dame Marthe n'a pu me dire cela, puisqu'elle l'ignorait elle-même, mais je le devine.

— Eh bien, qu'importe ? fit Peyrolles. Nous sommes à la parade... Une fois Nevers mort...

— Une fois Nevers mort, repartit le maître ; l'héritage va tout droit à l'enfant.

Il y eut un silence, Lagardère retenait son souffle.

— L'enfant... commença très bas Peyrolles.

— L'enfant disparaîtra, interrompit celui qu'on appelait monseigneur ; j'aurais voulu éviter cette extrémité, mais elle ne m'arrêtera pas... Quel homme est ce Saldagne ?

— Un déterminé coquin.

— Peut-on se fier à lui ?

— Pourvu qu'on le paye bien... oui.

Le maître réfléchissait.

— J'aurais voulu, dit-il, n'avoir d'autre confident que nous-mêmes... mais ni toi ni moi n'avons la tournure de Nevers...

— Vous êtes trop grand, répliqua Peyrolles, je suis trop maigre.

— Il fait noir comme dans un four, reprit le maître, et ce Saldagne est à peu près de la taille du duc... Appelle-le.

— Saldagne ? fit Peyrolles.

— Présent ! répondit encore le Parisien.

— Avance ici !

Lagardère s'avança. Il avait relevé le col de son manteau, et les bords de son feutre lui cachaient le visage.

— Veux-tu gagner cinquante pistoles outre ta part ? lui demanda le maître.

— Cinquante pistoles ! répondit le Parisien, que faut-il faire ?

Tout en parlant, il faisait ce qu'il pouvait pour distinguer les traits de l'inconnu, mais ce dernier était aussi bien caché que lui.

— Devines-tu ? demanda le maître à Peyrolles.

— Oui, répliqua celui-ci.

— Approuves-tu ?

— J'approuve. Mais notre homme a un mot de passe.

— Dame Marthe me l'a donné. C'est la devise de Nevers.

— Adsum ? demanda Peyrolles.

— Il a coutume de le dire en français : J'y suis !

— J'y suis, répéta involontairement Lagardère.

— Tu prononceras cela tout bas sous la fenêtre, dit l'inconnu qui se pencha vers lui. Les volets s'ouvriront, puis la grille qui est à charnière... une femme paraîtra ; elle te parlera, tu ne sonneras pas mot, mais tu mettras un doigt sur ta bouche. Comprends-tu ?

— Pour faire croire que nous sommes épiés ? Oui, je comprends.

— Il est intelligent, ce garçon-là, murmura le maître. Puis reprenant :— La femme te remettra un fardeau... tu le prendras en silence... tu me l'apporteras...

— Et vous me compterez cinquante pistoles ?

— C'est cela !

— Je suis votre homme.

— Chut !... fit monsieur de Peyrolles.

Ils se prirent tous trois à écouter. On entendait un bruit lointain dans la campagne.

— Séparons nous, dit le maître ; où sont tes compagnons ?

Lagardère montra sans hésiter la partie des douves qui tournait au delà du pont vers le Hachaz.

— Ici, répliqua-t-il, en embuscade dans le foin.

— C'est bien ; tu te souviens du mot de passe ?

— J'y suis !

— Bonne chance, et à bientôt !

— A bientôt !

Peyrolles et son compagnon remontèrent l'escalier ; Lagardère les suivait des yeux.

Il essuya son front tant la sueur trempait.

— Dieu me tiendra compte à mes derniers momens, se dit-il, de l'effort que j'ai fait pour ne pas mettre mon épée dans le ventre de ces misérables !... Mais il faut aller jusqu'au bout... Désormais je veux savoir. — Il mit sa tête entre ses mains, car ses pensées bouillaient dans son cerveau. Nous pouvons affirmer qu'il ne songeait plus guère à son duel ni à son escapade d'amour.

— Que faire ? se dit-il ; enlever la petite fille ? car ce fardeau, ce doit-être l'enfant... mais à qui la confier ?... je ne connais dans ce pays que Carrigue et ses bandouliers,

mauvaises gouvernantes pour une jeune demoiselle !...
Et pourtant il faut que je l'aie !... Il le faut !... Si je ne la
tire pas de là, les infâmes tueront l'enfant comme ils
comptent tuer le père... Par la mordieu ! ce n'était cependant point pour tout cela que j'étais venu.

Il se promenait à grands pas entre les meules de foin.
Son agitation était extrême.

A tout instant il regardait cette fameuse fenêtre basse,
pour voir si les contrevens ne roulaient point sur leurs
gros gonds rouillés.

Il ne vit rien, mais il entendit bientôt un bruit faible à
l'intérieur. C'était la grille qui s'ouvrait derrière les
volets.

— *Adsum!* dit une douce voix de femme qui tremblait.

Lagardère enjamba d'un saut les bottes de foin qui le
séparaient du rempart, et répondit sous la croisée :

— J'y suis !

— Dieu soit loué ! fit la voix de femme.

Et les contrevens s'ouvrirent à leur tour.

La nuit était bien obscure, mais les yeux du Parisien
étaient faits depuis longtemps aux ténèbres. Dans la femme qui se pencha au dehors de la fenêtre, il reconnut
parfaitement Aurore de Caylus, toujours belle, mais pâle
et brisée par l'épouvante.

Si vous eussiez dit en ce moment à Lagardère qu'il avait
fait dessein d'entrer dans la chambre de cette femme par
surprise, il vous eût donné un démenti.

Cela, de la meilleure foi du monde.

Ne fût-ce que pour quelques minutes, sa fièvre folle
faisait trève. Il était sage en restant hardi comme un lion.

Peut-être qu'à cette heure un autre homme naissait
en lui.

Aurore regarda au-devant d'elle.

— Je ne vois rien, dit-elle. Philippe, où êtes-vous ?

Lagardère lui tendit sa main, qu'elle pressa contre son
cœur.

Lagardère chancela. Il se sentit venir des larmes.

— Philippe, Philippe, reprit la pauvre jeune femme,
êtes-vous bien sûr de n'avoir pas été suivi ? Nous sommes
vendus, nous sommes trahis !...

— Ayez courage, madame, balbutia le Parisien.

— Est-ce toi qui as parlé ? s'écria-t-elle ; tiens, c'est
certain... je deviens folle ! je ne reconnais plus ta voix. —
L'une de ses mains tenait le fardeau dont monsieur de
Peyrolles et son compagnon avaient parlé ; de l'autre elle
se pressa le front, comme pour fixer ses pensées en révolte. — J'ai tant de choses à te dire ! reprit-elle. Par où
commencerai-je ?

— Nous n'avons pas le temps, murmura Lagardère, qui
avait pudeur de surprendre certains secrets ; hâtons-nous,
madame.

— Pourquoi ce ton glacé ?... pourquoi ne m'appelles-tu
pas Aurore ?... Est-ce que tu es fâché contre moi ?

— Hâtons-nous, Aurore, hâtons-nous !

— Je t'obéis, mon Philippe bien-aimé... je t'obéirai toujours !... Voici notre petite chérie... prends-la... elle n'est
plus en sûreté avec moi... Ma lettre a dû t'instruire... Il se
trame autour de nous quelque infamie.

Elle tendit l'enfant, qui dormait enveloppée dans une
pelisse de soie.

Lagardère la reçut sans dire une parole.

— Que je l'embrasse encore ! s'écria la pauvre mère
dont la poitrine éclatait en sanglots ; rends-la moi, Philippe... Ah ! je croyais mon cœur plus fort !... Qui sait
quand je reverrai ma fille !...

Les larmes noyèrent sa voix.

Lagardère sentit qu'elle lui tendait un objet blanc, et
demanda :

— Qu'est-ce que ceci ?

— Tu sais bien... Mais tu es aussi troublé que moi, mon
pauvre Philippe... Ce sont les pages arrachées au registre
de la chapelle, tout l'avenir de notre enfant !

Lagardère prit les papiers en silence. Il craignait de
parler.

Les papiers étaient dans une enveloppe au sceau de la
chapelle paroissiale de Caylus.

Au moment où il les recevait, un son de cornet à bouquin, plaintif et prolongé, se fit entendre dans la vallée.

— Ce doit être un signal, s'écria mademoiselle de Caylus ;
sauve-toi, Philippe, sauve-toi !

— Adieu, dit Lagardère jouant son rôle jusqu'au bout
pour ne pas briser le cœur de la jeune mère ; ne crains
rien, Aurore, ton enfant est en sûreté.

Elle attira sa main jusqu'à ses lèvres et la baisa ardemment.

— Je t'aime ! fit-elle seulement à travers ses larmes.
Puis elle ferma les contrevens et disparut.

## VII

### DEUX CONTRE VINGT.

C'était en effet un signal.

Trois hommes, portant des cornets de berger, étaient
apostés sur la route d'Argelès, que devait suivre monsieur
le duc de Nevers pour se rendre au château de Caylus, où
l'appelaient à la fois une lettre suppliante de sa jeune
femme et l'insolente missive du chevalier de Lagardère.

Le premier de ces hommes devait envoyer un son au
moment où Nevers passerait la Clarabide, le second quand
il entrerait en forêt, le troisième quand il arriverait aux
premières maisons du hameau de Tarrides.

Il y avait tout le long de ce chemin de bons endroits
pour commettre un meurtre. Mais Philippe de Gonzague
n'avait point l'habitude d'attaquer en face. Il voulait co-
lorer son crime. L'assassinat devait s'appeler vengeance,
et passer, bon gré mal gré, sur le compte de Caylus-Verrou.

Voici donc notre beau Lagardère, notre incorrigible ba-
tailleur, notre triple fou, voici donc la première lame de
France et de Navarre avec une petite fille de deux ans sur
les bras.

Il était, veuillez en être convaincu, fort embarrassé de
sa personne ; il portait l'enfant gauchement, comme un
notaire fait l'exercice ; il le berçait en face. Il voulait co-
droites à ce métier nouveau. Il n'avait plus qu'une préoccupation en cet univers : c'était de ne point éveiller la
petite fille !...

— Do, do ! l'enfant do !... — disait-il, les yeux humides,
mais ne pouvant s'empêcher de rire. Vous l'eussiez donné
en mille à tous les chevau-légers du corps, ses anciens
camarades : aucun n'aurait deviné ce que ce terrible bretteur faisait en ce moment sur la route de l'exil. Il était
tout entier à sa besogne de bonne d'enfant ; il regardait à
ses pieds pour ne point donner de secousses à la dormeuse,
il eût voulu avoir un coussin d'ouate dans chaque main.
Un second signal plus rapproché envoya sa note plaintive
dans le silence de la nuit. — Que diable est-ce ? — se
dit Lagardère. Mais il regardait la petite Aurore. Il n'osait
pas l'embrasser. C'était un joli petit être, blanc et rose ;
ses paupières fermées montraient déjà les longs cils de
soie qu'elle hérita de sa mère. Un ange, un bel ange de
Dieu endormi ! Lagardère écoutait son souffle si doux et si
pur ; Lagardère admirait ce calme profond, ce repos qui
était un long sourire. — Et ce calme, ce repos, se disait-il,
au moment où sa mère pleure, au moment où son père...
Ah ! ah ! s'interrompit-il, ceci va changer bien des choses.
On a confié un enfant à cet écervelé de Lagardère... c'est
bon ; pour défendre l'enfant, la cervelle va lui venir. —
Puis il reprenait : — Comme cela dort !... A quoi peuvent
penser ces petits fronts couronnés déjà de boucles ange-
liques ? C'est une âme qui est là-dedans. Cela deviendra
une femme capable de charmer, d'aimer, hélas ! et de
souffrir... — Puis encore : — Comme il doit être bon de ga-

gner peu à peu, à force de soins, à force de tendresse, tout l'amour de ces chères petites créatures, de guetter le premier sourire, d'attendre la première caresse, et qu'il doit être facile de se dévouer tout entier à leur bonheur! —Et mille autres folies que la plupart des hommes de bon sens n'auraient point trouvées. Et mille naïvetés tendres qui feraient sourire les messieurs, mais qui eussent mis les larmes dans les yeux de toutes les mères. Et enfin ce mot, ce dernier mot, parti du fond de son cœur comme un acte de contrition : — Ah! je n'avais jamais tenu un enfant dans mes bras!...—A ce moment, le troisième signal partit derrière les cabanes du hameau de Tarrides. Lagardère tressaillit et s'éveilla. Il avait rêvé qu'il était père. Un pas vif et sonore se fit entendre au revers du cabaret de la Pomme-d'Adam. Cela ne se pouvait confondre avec la marche de ces soudards qui étaient là tout à l'heure. Au premier son, Lagardère se dit : — C'est lui!

Nevers avait dû laisser son cheval à la lisière de la forêt.

Au bout d'une minute à peine, Lagardère, qui devinait bien maintenant que ces cris du cornet à bouquin dans la vallée, sous bois et sur la montagne, étaient pour Nevers, le vit passer devant le lumignon qui éclairait l'image de la Vierge à la tête du pont.

La belle tête de Philippe de Nevers, pensive quoique toute jeune, fut illuminée vivement une seconde; puis on ne vit plus que la noire silhouette d'un homme à la taille fière et haute; puis encore l'homme disparut.

Nevers descendait les degrés du petit escalier collé au rebord des douves.

Quand il toucha le sol du fossé, le Parisien l'entendit qui mettait l'épée à la main et qui murmurait entre ses dents :

— Deux porteurs de torches ne feraient pas mal ici.

Il s'avança en tâtonnant. Les bottes de foin jetées çà et là le faisaient trébucher. — Est-ce que ce diable de chevalier me veut faire jouer à collin-maillard! — dit-il avec un commencement d'impatience. Puis s'arrêtant : — Holà! n'y a-t-il personne ici?

— Il y a moi, répondit le Parisien, et plût à Dieu qu'il n'y eût que moi!

Nevers n'entendit point la seconde moitié de cette réponse. Il se dirigea vivement vers l'endroit d'où la voix était partie.

— A la besogne, chevalier! s'écria-t-il, livrez-moi seulement le fer, pour que je sache bien où vous êtes. Je n'ai pas beaucoup de temps à vous donner.

Le Parisien berçait toujours la petite fille, qui dormait de mieux en mieux.

— Il faut d'abord que vous m'écoutiez, monsieur le duc, commença-t-il.

— Je vous défie de me persuader cela, interrompit Nevers, après le message que j'ai reçu de vous ce matin. Voici que je vous aperçois, chevalier ; en garde !

Lagardère n'avait pas seulement songé à dégainer.

Son épée, qui d'ordinaire sautait toute seule hors du fourreau, semblait sommeiller comme le beau petit ange qu'il tenait dans ses bras.

— Quand je vous ai envoyé mon message de ce matin, dit-il, j'ignorais ce que je sais ce soir.

— Oh! oh! fit le jeune duc d'un accent railleur, nous n'aimons pas à ferrailler à tâtons, je vois cela.

Il fit un pas l'épée haute. Lagardère rompit, et dégaina en disant :

— Écoutez-moi seulement!

— Pour que vous insultiez encore mademoiselle de Caylus, n'est-ce pas?

La voix du jeune duc tremblait de colère.

— Non, sur ma foi! non... je veux vous dire... Diable d'homme! s'interrompit-il en parant la première attaque de Nevers; prenez garde! — Nevers furieux crut qu'on se moquait de lui. Il fondit de tout son élan sur son adversaire, et lui porta bottes sur bottes avec la prodigieuse vivacité qui le faisait si terrible sur le terrain. Le Parisien

para d'abord de pied ferme et sans riposter. Ensuite, il se mit à rompre en parant toujours, et, à chaque fois qu'il rejetait à droite ou à gauche l'épée de Nevers, il répétait :

— Écoutez-moi! écoutez-moi! écoutez-moi!

— Non, non, non! répondait Nevers, accompagnant chaque négation d'une solide estocade.

A force de rompre, le Parisien se sentit acculé tout contre le rempart. Le sang lui montait rudement aux oreilles.

Résister si longtemps à l'envie de rendre un honnête horion, voilà de l'héroïsme !

— Écoutez-moi dit-il une dernière fois.

— Non! répondit Nevers.

— Vous voyez bien que je ne puis plus reculer! fit Lagardère avec un accent de détresse qui avait son côté comique.

— Tant mieux, riposta Nevers.

— Diable d'enfer! s'écria Lagardère à bout de parades et de patience, faudra-t-il vous fendre le crâne pour vous empêcher de tuer votre enfant!

Ce fut comme un coup de foudre. L'épée tomba des mains de Nevers.

— Mon enfant! répéta-t-il ; ma fille dans vos bras!...—Lagardère enveloppé de son manteau sa charge précieuse. Dans les ténèbres, Nevers avait cru jusqu'alors que le Parisien se servait de son manteau roulé autour du bras gauche comme d'un bouclier. C'était la coutume. Son sang se figeait dans ses veines quand il pensait aux bottes furieuses qu'il avait poussées au hasard. Son épée aurait pu... — Chevalier, dit-il, vous êtes un fou, comme moi et tant d'autres... mais fou d'honneur, fou de vaillance... On viendrait me dire que vous vous êtes vendu au marquis de Caylus, sur ma parole, je ne le croirais pas.

— Bien obligé, fit le Parisien qui soufflait comme un cheval vainqueur après la course, quelle grêle de coups!... Vous êtes un moulin à estocades, monsieur le duc!

— Rendez-moi ma fille!...

Nevers, disant cela, voulut soulever le manteau.

Mais le Parisien lui rabattit la main d'un petit coup sec.

— Doucement! fit-il ; vous allez me la réveiller, vous ?

— M'apprendrez-vous du moins ...?

— Diable d'homme! il ne voulait pas me laisser parler, le voilà maintenant qui prétend me forcer à lui conter des histoires. Embrassez-moi cela, père, voyons légèrement, bien légèrement.

Nevers machinalement fit comme on lui disait.

— Avez-vous quelquefois vu en salle un tour d'armes pareil? demanda Lagardère avec un naïf orgueil ; soutenir une attaque à fond, l'attaque de Nevers, de Nevers en colère, sans riposter une seule fois, avec un enfant endormi dans les bras, un enfant qui ne s'éveille point ?

— Au nom du ciel! supplia le jeune duc.

— Dites au moins que c'est un beau travail!... Têtebleu! je suis en nage. Vous voudriez bien savoir ...? s'interrompit-il. Assez d'embrassades, papa! laissez-nous, maintenant. Nous sommes déjà de vieux amis tous deux, la minette et moi. Je gage cent pistoles, et du diable si je les ai! qu'elle va me sourire en s'éveillant. — Il la recouvrit du pan de son manteau, avec un soin et des précautions que n'ont certes pas toujours les bonnes nourrices. Puis il déposa dans le foin, sous le pont contre le rempart. — Monsieur le duc, ajouta-t-il en reprenant tout à coup son accent sérieux et mâle ; je réponds de votre fille sur ma vie, quoi qu'il arrive... Ce faisant, j'expie autant qu'il est en moi le tort d'avoir parlé légèrement de sa mère, qui est une belle, une noble, une sainte femme!

— Vous me ferez mourir, gronda Nevers, qui était à la torture ; vous avez donc vu Aurore?

— Je l'ai vue.

— Où cela!

— Ici, à cette fenêtre.

— Et c'est elle qui vous a donné l'enfant?

— C'est elle qui a cru mettre sa fille sous la protection de son époux.

— Je m'y perds !...

— Ah! monsieur le duc, il se passe ici d'étranges choses!... Puisque vous êtes en humeur de bataille, vous en aurez, Dieu merci! tout à l'heure à cœur joie.

— Une attaque? fit Nevers.

Le Parisien se baissa tout à coup et mit son oreille contre terre.

— J'ai cru qu'ils venaient, murmura-t-il en se relevant.

— De qui parlez-vous?

— De braves qui sont chargés de vous assassiner.—Il raconta en peu de mots la conversation qu'il avait surprise son entrevue avec monsieur de Peyrolles et un inconnu, l'arrivée d'Aurore, et ce qui s'en était suivi. Nevers l'écoutait stupéfait. — De sorte que, acheva Lagardère, j'ai gagné ce soir mes cinquante pistoles sans aucunement me déranger.

— Ce Peyrolles, disait monsieur de Nevers en se parlant à lui-même, est l'homme de confiance de Philippe de Gonzague, mon meilleur ami, un frère, qui est présentement dans ce château pour me servir.

— Je n'ai jamais eu l'honneur de me rencontrer avec monsieur le prince de Gonzague, répondit Lagardère; je ne sais pas si c'était lui.

— Lui!... se récria Nevers; c'est impossible! Ce Peyrolles a une figure de scélérat; il se sera fait acheter par le vieux Caylus.

Lagardère fourbissait paisiblement son épée avec le pan de sa jaquette.

— Ce n'était pas monsieur de Caylus, dit-il, c'était un jeune homme. Mais ne nous perdons pas en suppositions, monsieur le duc; quel que soit le nom de ce misérable, c'est un gaillard habile, ses mesures étaient prises admirablement : il savait jusqu'à votre mot de passe. C'est à l'aide de ce mot que j'ai pu tromper Aurore de Caylus. Ah! celle-là vous aime, entendez-vous! et j'aurais voulu baiser la terre à ses pieds pour faire pénitence de mes fatuités folles. Voyons, s'interrompit-il, n'ai-je plus rien à vous dire? Rien, sinon qu'il y a un paquet scellé sous la pelisse de l'enfant : son acte de naissance et votre acte de mariage. Ah! ah! ma belle! fit-il en admirant son épée fourbie, qui semblait attirer tous les pâles rayons épars dans la nuit, et qui les renvoyait en une gerbe de fugitives étincelles, voici notre toilette achevée... Nous avons fait assez de fredaines, nous allons nous mettre en branle pour une bonne cause, mademoiselle... et tenez-vous bien!

Le jeune duc serra sa main dans les deux siennes.

— Lagardère, dit-il d'une voix profondément émue, je ne vous connaissais pas... Vous êtes un noble cœur.

— Moi, répliqua le Parisien en riant, je n'ai plus qu'une idée, c'est de me marier le plus tôt possible, afin d'avoir un ange blond à caresser. Mais chut!... Il tomba vivement sur ses genoux. — Cette fois, je ne me trompe pas, reprit-il.

Nevers se pencha aussi pour écouter.

— Je n'entends rien, dit-il.

— C'est que vous êtes un duc, — répliqua le Parisien. Puis il ajouta en se relevant : On rampe là bas, du côté du Hachaz, et ici, vers l'ouest.

— Si je pouvais faire savoir à Gonzague en quel état je suis, pensa tout haut Nevers, nous aurions une bonne épée de plus.

Lagardère secoua la tête.

— J'aimerais mieux Carrigue et mes gens avec leurs carabines, — répliqua-t-il. Il s'interrompit tout à coup pour demander : — Etes-vous venu seul?

— Avec un enfant, Berrichon, mon page.

— Je le connais; il est leste et adroit. S'il était possible de le faire venir... — Nevers mit ses doigts entre ses lèvres, et donna un coup de sifflet retentissant. Un coup de sifflet pareil lui répondit derrière le cabaret de la Pomme-d'Adam. — La question est de savoir, murmura Lagardère, s'il pourra parvenir jusqu'à nous.

— Il passerait par un trou d'aiguille! dit Nevers.

L'instant d'après, en effet, on vit paraître le page au haut de la berge.

— C'est un brave enfant! — s'écria le Parisien qui s'avança vers lui. — Saute! commanda-t-il.

Le page obéit aussitôt, et Lagardère le reçut dans ses bras.

— Faites vite, dit le petit homme; ils avancent là-haut... Dans une minute, il n'y aura plus de passage.

— Je les croyais en bas, repartit Lagardère étonné.

— Il y en a partout!

— Mais ils ne sont que huit!

— Ils sont vingt pour le moins... Quand ils ont vu que vous étiez deux, ils ont pris les contrebandiers du Mialhat...

— Bah! fit Lagardère, vingt ou huit, qu'importe? Tu vas monter à cheval, mon garçon; mes gens sont là-bas au hameau de Gau... Une demi-heure pour aller et revenir... Marche! Il le saisit par les jambes et l'enleva. L'enfant se raidit et put saisir le rebord du fossé. Quelques secondes s'écoulèrent, puis un coup de sifflet annonça son entrée en forêt. — Que diable! dit Lagardère, nous tiendrons bien une demi-heure, s'ils nous laissent élever nos fortifications.

— Voyez! fit le jeune duc en montrant du doigt un objet qui brillait faiblement de l'autre côté du pont.

— C'est l'épée de frère Passepoil, un coquin soigneux, qui ne laisse jamais de rouille à sa lame... Ceux-là n'attaqueront pas... Un coup de main, s'il vous plaît, monsieur le duc, pendant que nous avons le temps.

Il y avait au fond du fossé, outre les bottes de foin éparses ou accumulées, des débris de toute sorte, des planches, des madriers, des branches mortes. Il y avait, de plus, une charrette à demi chargée que les faneurs avaient laissée lors de la descente de Carrigue et de ses gens.

Lagardère et Nevers, prenant la charrette pour point d'appui et l'endroit où dormait l'enfant pour centre, improvisèrent lestement un système de barricades afin de rompre au moins le front d'attaque des assaillants.

Le Parisien dirigeait les travaux. Ce fut une citadelle bien pauvre et bien élémentaire, mais elle eut du moins ce mérite d'être bâtie en une minute.

Lagardère avait amassé des matériaux çà et là; Nevers entassait les bottes de foin servant de fascines. On laissait partout des passages pour les sorties.

Vauban eût envié cet impromptu de forteresse.

Une demi-heure! il s'agissait de tenir une demi-heure! Tout en travaillant, Nevers disait :

— Ah çà! bien décidément, vous allez donc vous battre pour moi, chevalier?

— Et comme il faut, monsieur le duc, vous allez voir!... Pour vous un peu... énormément pour la petite fille!

Les fortifications étaient achevées. Ce n'était rien, mais dans ces ténèbres cela pouvait embarrasser gravement l'attaque. Nos deux assiégés comptaient là-dessus.

Ils comptaient encore plus sur leurs bonnes épées.

— Chevalier, dit Nevers, je n'oublierai pas cela... C'est désormais entre nous à la vie, à la mort!... — Lagardère lui tendit la main; le duc l'attira contre sa poitrine et lui donna l'accolade. — Frère, reprit-il, si je vis, tout sera commun entre nous... si je meurs...

— Vous ne mourrez pas! interrompit le Parisien.

— Si je meurs... répéta Nevers.

— Eh bien! sur ma part du paradis, s'écria Lagardère avec émotion, je serai son père! — Ils se tinrent un instant embrassés, et jamais deux plus vaillants cœurs ne battirent l'un sur l'autre. Puis Lagardère se dégagea. — A nos épées, dit-il, les voici!

Des bruits sourds s'entendirent dans la nuit.

Lagardère et Nevers avaient l'épée nue dans la main droite, leurs mains gauches restaient unies.

Tout à coup, les ténèbres semblèrent s'animer, et un

grand cri les enveloppa. Les assassins fondaient sur eux de tous les côtés à la fois.

## VIII

### BATAILLE.

Ils étaient vingt pour le moins : le page n'avait point menti. Il y avait là, non-seulement des contrebandiers du Mialhat, mais une demi-douzaine de bandouliers récoltés dans la vallée.

C'était pour cela que l'attaque venait si tard.

Monsieur de Peyrolles avait rencontré les estafiers en embuscade. A la vue de Saldagne, il s'était grandement étonné.

— Pourquoi n'es-tu pas à ton poste? lui demanda-t-il.

— A quel poste?

— Ne t'ai-je pas parlé tout à l'heure dans le fossé?

— A moi?

— Ne t'ai-je pas promis cinquante pistoles!

On s'explique.

Quand Peyrolles sut qu'il avait fait un pas de clerc, quand il connut le nom de l'homme à qui il s'était livré, il fut pris d'une grande frayeur.

Les braves eurent beau lui dire que Lagardère était là pour attaquer lui-même, et qu'entre Nevers et lui c'était guerre à mort, Peyrolles ne fut point rassuré. Il comprit d'instinct l'effet qu'avait dû produire sur une âme loyale et toute jeune la soudaine découverte d'une trahison.

A cette heure, Lagardère devait être un allié du duc.

A cette heure, Aurore de Caylus devait être prévenue.

Car, ce que Peyrolles ne devina point, ce fut la conduite du Parisien. Peyrolles ne put concevoir cette témérité de se charger d'un enfant à l'heure du combat.

Staupitz, Pinto, le Matador et Saldagne furent dépêchés en recruteurs. Peyrolles, lui, se chargea d'avertir son maître et de surveiller Aurore de Caylus.

En ce temps, surtout vers les frontières, on trouvait toujours suffisante quantité de rapières à vendre. Nos quatre prévôts revinrent bien accompagnés.

Mais qui pourrait dire l'embarras profond, les peines de conscience, les douleurs en un mot de maître Cocardasse junior et de son alter ego, frère Passepoil!

C'étaient deux coquins, nous accordons cela volontiers ; ils tuaient pour un prix; leur rapière ne valait pas mieux qu'un stylet de bravo ou qu'un couteau de bandit; mais les pauvres diables n'y mettaient point de malice.

Ils gagnaient leur vie à cela. C'était la faute du temps et des mœurs bien plus encore que leur faute à eux.

En ce siècle si grand qu'illuminait tant de gloire, il n'y avait guère de brillant qu'une certaine couche superficielle, au-dessous de laquelle était le chaos.

Encore cette couche du dessus avait-elle bien des taches parmi ses paillettes et sur son brocart!

La guerre avait tout démoralisé, depuis le haut jusqu'au bas.

La guerre était mercenaire au premier chef. On peut bien le dire, pour la plupart des généraux comme pour les derniers soldats, l'épée était purement un outil,

Et la vaillance un gagne-pain.

Cocardasse et Passepoil aimaient leur petit Parisien, qui les dépassait de la tête. Quand l'affection naît dans ces cœurs pervertis, elle est tenace et forte.

Cocardasse et Passepoil, d'ailleurs, et à part cette affection dont nous savons l'origine, n'étaient nullement incapables de bien faire. Il y avait de bons germes en eux, et l'affaire du petit orphelin de l'hôtel ruiné de Lagardère n'était pas la seule bonne action qu'ils eussent faite en leur vie, au hasard et par mégarde.

Mais leur tendresse pour Henri était leur meilleur sentiment, et quoiqu'il s'y mêlât bien quelque peu d'égoïsme, puisqu'ils se miraient tous deux dans leur glorieux élève, on peut dire que leur amitié n'avait point l'intérêt pour mobile. Cocardasse et Passepoil auraient volontiers exposé leur vie pour l'amour de Lagardère.

Et voilà que ce soir la fatalité les mettait en face de lui! Pas moyen de se dédire! Leurs lames étaient à Peyrolles qui les avait payées. Fuir ou s'abstenir, c'était manquer hautement au point d'honneur, rigoureusement respecté par leurs pareils.

Ils avaient été une heure entière sans s'adresser la parole. Durant toute cette soirée, Cocardasse ne jura pas une seule fois « capédébiou ! »

Ils poussaient tous deux de gros soupirs, à l'unisson. De temps en temps ils se regardaient d'un air piteux. Ce fut tout.

Quand on se mit en branle pour l'assaut, ils se serrèrent la main tristement. Passepoil dit:

— Que veux-tu? nous ferons de notre mieux.

Et Cocardasse soupira.

— Ça ne se peut pas, frère Passepoil, ça ne se peut pas. Fais comme moi.

Il prit dans la poche de ses chausses le bouton d'acier qui lui servait en salle, et l'adapta au bout de son épée. Passepoil l'imita.

Tous deux respirèrent alors : ils avaient le cœur plus libre.

Les estafiers et leurs nouveaux alliés s'étaient divisés en trois troupes. La première avait tourné les douves pour attaquer du côté de l'ouest ; la seconde gardait sa position au delà du pont ; la troisième, composée principalement de bandouliers et de contrebandiers conduits par Saldagne, devait attaquer de face, en arrivant par le petit escalier.

Lagardère et Nevers les voyaient distinctement depuis quelques secondes. Ils auraient pu compter ceux qui se glissaient le long de l'escalier.

— Attention ! avait dit Lagardère ; dos à dos... toujours l'appui au rempart... L'enfant n'a rien à craindre, il est protégé par le poteau du pont... Jouez serré, monsieur le duc! Je vous préviens qu'ils sont capables de vous enseigner à vous-même votre propre botte, si, par cas, vous l'avez oubliée... C'est encore moi, s'interrompit-il avec dépit, c'est encore moi qui ai fait cette sottise-là ! mais tenez-vous ferme. Quant à moi, j'ai la peau trop dure pour ces épées de malotrus.

Sans les précautions qu'ils avaient prises à la hâte, ce premier choc des estafiers eût été terrible. Ils s'élancèrent en effet tous à la fois et tête baissée en criant :

— A Nevers ! à Nevers !

Et par-dessus ce cri général, on entendait les deux voix amies du Gascon et du Normand, qui éprouvaient une certaine consolation à constater ainsi qu'ils ne s'adressaient point à leur ancien élève.

Les estafiers n'avaient aucune idée des obstacles accumulés sur leur passage. Ces remparts, qui ont pu sembler au lecteur une pauvre et puérile ressource, firent d'abord merveille.

Tous ces hommes à lourds accoutremens et à longues rapières vinrent donner dans les poutres et s'embarrasser parmi le foin. Bien peu arrivèrent jusqu'à nos deux champions, et ceux-là en portèrent la marque.

Il y eut du bruit, de la confusion; en somme, un seul bandoulier resta par terre.

Mais la retraite ne ressembla pas à l'attaque.

Dès que le gros des assassins commença à plier, Nevers et son ami prirent à leur tour l'offensive.

— J'y suis! j'y suis! crièrent-ils en même temps.

Et tous deux se lancèrent en avant.

Le Parisien perça du premier coup un bandoulier d'outre en outre; ramenant l'épée et coupant à revers, il trancha le bras d'un contrebandier; puis, ne pouvant arrêter son élan, et arrivant sur le troisième de trop court, il lui écrasa le crâne d'un coup de pommeau.

Ce troisième était l'Allemand Staupitz, qui tomba lourdement à la renverse.

— J'y suis! j'y suis!

Nevers taillait aussi de son mieux. Outre un partisan qu'il avait jeté sous les roues de la charrette, le Matador et Joël étaient grièvement blessés de sa main.

Mais comme il allait achever ce dernier, il vit deux ombres qui se glissaient le long du mur dans la direction du pont.

— A moi, chevalier! cria-t-il en retournant précipitamment sur ses pas.

Lagardère ne prit que le temps d'allonger un vertueux fendant à Pinto, qui, tout le restant de sa vie, ne put montrer qu'une seule oreille.

— Vive Dieu! dit-il en rejoignant Nevers, j'avais presque oublié l'ange blond, mes amours! — Les deux ombres avaient pris le large. Un silence profond régnait dans les douves. Il y avait un quart d'heure de passé. — Reprenez haleine vivement, monsieur le duc, dit Lagardère, les drôles ne nous laisseront pas longtemps en repos... Etes-vous blessé?

— Une égratignure.

— Où cela?

— Au front.

Le Parisien ferma les poings et ne parla plus. C'étaient les suites de sa leçon d'escrime.

Deux ou trois minutes se passèrent ainsi, puis l'assaut recommença, mais cette fois sérieusement et avec ensemble.

Les assaillans arrivaient sur deux lignes et prenaient soin d'écarter les obstacles avant de passer outre.

— C'est l'heure de battre fort et ferme! dit Lagardère à demi-voix; surtout, ne vous occupez que de vous, monsieur le duc... je couvre l'enfant.

C'était un cercle silencieux et sombre, qui allait se rétrécissant autour d'eux.

— A Nevers! dit une voix.

Dix lames s'allongèrent.

— J'y suis! fit le Parisien qui bondit en avant encore une fois.

Le Tueur poussa un cri et tomba sur le corps de deux bandouliers foudroyés.

Les estafiers reculèrent, mais de quelques semelles seulement.

Ceux qui venaient les derniers criaient toujours:

— A Nevers! à Nevers!

Et Nevers répondait, car il s'échauffait au jeu:

— J'y suis, mes compagnons! Voici de mes nouvelles... Encore!... encore!

Et, chaque fois, sa lame sortait humide et rouge.

Ah! c'étaient deux fiers lutteurs!

— A toi, seigneur Saldagne! criait le Parisien; c'est le coup que je t'enseignai à Ségorbe! A toi, Faënza!... Mais approchez donc; il faudrait, pour vous atteindre, des hallebardes de cathédrale!

Et il piquait! et il fauchait! Il ne se trouvait déjà plus un seul des bandouliers qu'on avait mis en avant.

Derrière les contrevens de la fenêtre basse, il y avait quelqu'un. Ce n'était plus Aurore de Caylus.

Il y avait deux hommes, qui écoutaient, le frisson dans les veines et la sueur glacée au front.

C'étaient monsieur de Peyrolles et son maître.

— Les misérables! dit le maître, ils ne sont pas assez de dix contre un!... Faudra-t-il que je me mette de la partie?

— Prenez garde, monseigneur!

— Le danger est qu'il en reste un de vivant! dit le maître.

Au dehors:

— J'y suis! j'y suis!

En vérité, le cercle s'élargissait; les coquins pliaient. Et il ne restait plus que quelques minutes pour parfaire la demi-heure.

Lagardère n'avait pas une écorchure. Nevers n'avait que sa piqûre au front.

Et tous deux auraient pu ferrailler encore pendant une heure, du même train.

Aussi la fièvre du triomphe commençait à les emporter. Sans le savoir, et surtout sans le vouloir, ils s'éloignaient parfois de leur poste pour aborder le front des spadassins. Le cercle de cadavres et de blessés qui était autour d'eux ne prouvait-il pas assez clairement leur supériorité? Cette vue les exaltait. La prudence s'enfuit quand l'ivresse va naître. C'était l'heure du véritable danger.

Ils ne voyaient point que tous ces cadavres et ces gens hors de combat étaient des auxiliaires mis en avant pour les lasser. Les maîtres d'armes restaient debout, sauf un seul, Staupitz, qui n'était qu'évanoui.

Les maîtres d'armes se tenaient à distance; ils attendaient leur belle. Ils s'étaient dit:

— Séparons-les seulement; et, s'ils sont de chair et d'os, nous les aurons.

Toute leur manœuvre, depuis quelques instans, tendait à attirer en avant un des deux champions, tandis qu'on maintiendrait l'autre acculé à la muraille.

Joël de Jugan, blessé deux fois, Faënza, Cocardasse et Passepoil furent chargés de Lagardère; les trois Espagnols allèrent contre Nevers.

La première bande devait lâcher pied à un moment donné; l'autre, au contraire, devait tenir quand même. Elles s'étaient partagé le restant des auxiliaires.

Dès le premier choc, Cocardasse et Passepoil se mirent en arrière. Joël et l'Italien, sujet de notre saint-père, reçurent chacun un horion bien appliqué. En même temps, Lagardère, se retournant, balafra le visage du Tueur, qui serrait de trop près monsieur de Nevers.

Un cri de Sauve qui peut! se fit entendre.

— En avant! dit le Parisien bouillant.

— En avant! répéta le jeune duc.

Et tous deux:

— J'y suis! j'y suis!

Tout plia devant Lagardère, qui en un clin d'œil fut à l'autre bout du fossé.

Mais le duc trouva devant lui un mur de fer. Tout au plus son élan gagna-t-il quelques pas.

Il n'était pas homme à crier au secours. Il tenait bon; et Dieu sait que les trois Espagnols avaient de la besogne! Pinto et Saldagne étaient déjà blessés tous les deux.

A ce moment, la grille de fer qui fermait la fenêtre basse tourna sur ses gonds.

Nevers était à trois toises environ de la fenêtre.

Les contrevens s'ouvrirent. Il n'entendit pas, environné qu'il était de mouvement et de bruit.

Deux hommes descendirent l'un après l'autre dans la douve. Nevers ne les vit point.

Ils avaient tous deux à la main leurs épées nues. Le plus grand avait un masque sur le visage.

— Victoire! cria le Parisien qui avait fait place nette autour de lui.

Nevers lui répondit par un cri d'agonie.

Un des deux hommes descendus par la fenêtre basse, le plus grand, celui qui avait un masque sur le visage, venait de lui passer son épée à travers du corps par derrière.

Nevers tomba. Le coup avait été porté, comme on disait alors, à l'italienne, c'est-à-dire savamment, et comme on fait une opération de chirurgie.

Les lâches estocades qui vinrent après étaient inutiles.

En tombant, Nevers put se retourner. Son regard mourant se fixa sur l'homme au masque.

Une expression d'amère douleur décomposa ses traits.

La lune, à son dernier quartier, se levait tardivement derrière les tourelles du château.

On ne la voyait point encore, mais sa lumière diffuse éclairait vaguement les ténèbres.

— Toi ! c'est toi ! murmura Nevers expirant ; toi Gonzague ! toi mon ami, pour qui j'aurais donné cent fois ma vie !

— Je ne la prends qu'une fois, — répondit froidement l'homme au masque. La tête du jeune duc se renversa livide. — Il est mort, dit Gonzague ; à l'autre.

Il n'était pas besoin d'aller à l'autre, l'autre venait.

Quand Lagardère entendit le râle du jeune duc, ce ne fut pas un cri qui sortit de sa poitrine, ce fut un rugissement. Les maîtres d'armes s'étaient reformés derrière lui. Arrêtez donc un lion qui bondit ! Deux estafiers roulèrent sur l'herbe ; il passa.

Comme il arrivait, Nevers se souleva, et, d'une voix éteinte :

— Frère, souviens-toi et venge-moi !

— Sur Dieu, je le jure ! s'écria le Parisien ; tous ceux qui sont là mourront de ma main !

L'enfant rendit une plainte sous le pont, comme s'il se fût éveillé au dernier râle de son père.

Ce faible bruit passa inaperçu.

— Sus ! sus ! cria l'homme masqué.

— Il n'y a que toi que je ne connaisse pas, — dit Lagardère en se redressant, seul désormais contre tous. — J'ai fait un serment... il faut pourtant que je puisse te retrouver quand l'heure sera venue.

— Sus ! répéta le maître.

Entre lui et le Parisien se massaient cinq prévôts d'armes et monsieur de Peyrolles.

Ce ne furent pas les estafiers qui chargèrent.

Le Parisien saisit une botte de foin, dont il se fit un bouclier, et troua comme un boulet le gros des spadassins. Son élan le porta au centre. Il ne restait plus que Saldagne et Peyrolles au-devant de l'homme masqué, qui se mit en garde.

L'épée de Lagardère, coupant entre Peyrolles et Gonzague, fit à la main du maître une large entaille.

— Tu es marqué ! s'écria-t-il en faisant retraite.

Il avait entendu, lui seul, le premier cri de l'enfant éveillé.

En trois bonds il fut sous le pont. La lune passait pardessus les tourelles. Tous virent qu'il prenait à terre un fardeau.

— Sus ! sus ! râla le maître suffoqué par la rage. C'est la fille de Nevers ! La fille de Nevers est tout prix !

Lagardère avait déjà l'enfant dans ses bras.

Les estafiers semblaient des chiens battus. Ils n'allaient plus de bon cœur à la besogne.

Cocardasse, augmentant à dessein leur découragement, grommelait :

— Lou couquin va nous achever ici !

Pour gagner le petit escalier, Lagardère n'eut qu'à brandir la lame qui flamboyait maintenant aux rayons de la lune, et à dire :

— Place ! mes drôles ! — Tous s'écartèrent d'instinct. Il monta les marches de l'escalier. Dans la campagne, on entendait le galop d'une troupe de cavaliers. Lagardère, au haut des degrés, montrant son beau visage en pleine lumière, leva l'enfant, qui, à sa vue, s'était prise à sourire. — Oui, s'écria-t-il, voici la fille de Nevers !... Viens donc la chercher derrière mon épée, assassin ! toi qui as commandé le meurtre, toi qui l'as achevé lâchement par derrière !... Qui que tu sois, ta main gardera ma marque. Je te reconnaîtrai. Et, quand il sera temps, si tu ne viens pas à Lagardère, Lagardère ira à toi !

---

# DEUXIÈME PARTIE.

## L'HOTEL DE NEVERS

### I

#### LA MAISON D'OR.

Louis XIV était mort depuis deux ans, après avoir vu s'éteindre deux générations d'héritiers, le Dauphin et le duc de Bourgogne. Le trône était à son arrière-petit-fils, Louis XV enfant.

Le grand roi s'en était allé tout entier. Ce qui ne manque à personne après la mort lui avait manqué. Moins heureux que le dernier de ses sujets, il n'avait pu donner force à sa volonté suprême.

Il est vrai que la prétention pouvait sembler exorbitante : disposer par acte olographe de vingt ou trente millions de sujets !

Mais combien Louis XIV vivant aurait pu oser davantage !

Le testament de Louis XIV mort n'était, à ce qu'il paraît, qu'un chiffon sans valeur. On le déchira bel et bien. Personne ne s'en émut, sinon ses fils légitimés.

Pendant le règne de son oncle, Philippe d'Orléans avait joué au bouffon, comme Brutus. Ce n'était pas dans le même but. A peine eut-on crié à la porte de la chambre funèbre : Le roi est mort ! vive le roi ! Philippe d'Orléans jeta le masqué.

Le conseil de régence institué par Louis XIV roula dans les limbes. Il y eut un régent qui fut d'Orléans lui-même.

Les princes jetèrent les hauts cris, le duc du Maine s'agita, la duchesse sa femme clabauda ; la nation, qui ne s'intéressait guère à tous ces bâtards savonnés, demeura en paix. Sauf la conspiration de Cellamare, que Philippe d'Orléans étouffa en grand politique, la régence fut une époque tranquille.

Ce fut une étrange époque. Je ne sais si on peut dire qu'elle ait été calomniée. Quelques écrivains protestent çà et là contre le mépris où généralement on la tient, mais la majorité des porte-plumes cria haro ! avec un ensemble étourdissant. Histoire et mémoires sont d'accord. En aucun autre temps, l'homme, fait d'un peu de boue, ne se souvint mieux de son origine.

L'orgie régna, l'or fut Dieu.

En lisant les folles débauches de la spéculation acharnée aux petits papiers de Law, on croit en vérité assister aux goguettes financières de notre âge. Seulement, le Mississipi était l'appât unique. La civilisation n'avait pas dit son dernier mot. Ce fut l'art enfant, mais un enfant sublime.

Nous sommes au mois de septembre de l'année 1717. Dix-neuf ans se sont écoulés depuis les événemens que nous avons racontés aux premières pages de ce récit.

Cet inventeur qui créa la banque de la Louisiane, le fils de l'orfèvre Jean Law de Lauriston, était alors dans tout l'éclat de son succès et de sa puissance. La création de ses billets d'État, sa banque générale, et enfin sa *compagnie d'Occident*, bientôt transformée en compagnie des Indes, faisaient de lui le véritable ministre des finances du royaume, bien que monsieur d'Argenson eût le portefeuille.

Le régent, dont la belle intelligence était profondément gâtée par l'éducation d'abord, ensuite par les excès de tout genre, le régent se laissa prendre, dit-on, de bonne foi, aux splendides mirages de ce poëme financier.

Law prétendait se passer d'or et changer tout en or.

Par le fait, un moment arriva où chaque spéculateur, petit Midas, put manquer de pain avec des millions en papier dans ses coffres.

Mais notre histoire ne va pas jusqu'à la culbute de l'audacieux Écossais, qui, du reste, n'est point un de nos personnages.

Nous ne verrons que les débuts éblouissans de sa mécanique.

Au mois de septembre 1717, les actions nouvelles de la compagnie des Indes, qu'on appelait des *filles*, par opposition aux *mères* qui étaient les anciennes, se vendaient à cinq cents pour cent de prime.

Les *petites-filles*, créées quelques jours plus tard, devaient avoir une vogue pareille.

Nos aïeux achetaient pour cinq mille livres tournois, en beaux écus sonnans, une bande de papier gris sur lequel était gravée promesse de payer mille livres à vue.

Au bout de trois ans, ces orgueilleux chiffons valurent quinze sous le cent. On en faisait des papillotes, et telle petite maîtresse frisée à la bichon pouvait avoir cinq ou six cent mille livres sous sa cornette de nuit.

Philippe d'Orléans avait pour Law les complaisances les plus exagérées. Les mémoires du temps affirment que ces complaisances n'étaient point gratuites.

A chaque création nouvelle, Law faisait la part du feu, c'est-à-dire de la cour. Les grands seigneurs se disputaient cette curée avec une repoussante avidité.

L'abbé Dubois, car il ne fut archevêque de Cambrai qu'en 1720, cardinal et académicien qu'en 1722, l'abbé Guillaume Dubois venait d'être nommé ambassadeur d'Angleterre. Il aimait les actions, qu'elles fussent mères, filles ou petites-filles, d'une affection sincère et imperturbable.

Nous n'avons rien à dire des mœurs du temps, qui ont été peintes à satiété. La cour et la ville prenaient follement leur revanche du rigorisme apparent des dernières années de Louis XIV.

Paris était un grand cabaret avec tripot et le reste.

Si une grande nation pouvait être déshonorée, la régence serait comme une tache indélébile à l'honneur de la France.

Mais sous combien de gloires magnifiques le siècle à venir devait cacher cette imperceptible souillure !

C'était une matinée d'automne, sombre et froide. Des ouvriers charpentiers, menuisiers et maçons montaient par groupes la rue Saint-Denis, portant leurs outils sur l'épaule. Ils arrivaient du quartier Saint-Jacques, où se trouvaient, pour la plupart, les logis des manœuvres, et tournaient tous ou presque tous le coin de la petite rue Saint-Magloire.

Vers le milieu de cette rue, presque en face de l'église du même nom, qui existait encore au centre de son cimetière paroissial, un portail de noble apparence s'ouvrait, flanqué de deux murs à créneaux aboutissant à des pignons chargés de sculpture.

Les ouvriers passaient la porte cochère et entraient dans une grande cour pavée qu'entouraient de trois côtés de nobles et riches constructions.

C'était l'ancien hôtel de Lorraine, habité sous la Ligue par monsieur le duc de Mercœur. Depuis Louis XIII, il portait le nom d'hôtel de Nevers. On l'appelait maintenant l'hôtel de Gonzague.

Philippe de Mantoue, prince de Gonzague, l'habitait.

C'était sans contredit, après le régent et Law, l'homme le plus riche et le plus important de France. Il jouissait des biens de Nevers à deux titres différens : d'abord comme parent et présomptif héritier, ensuite comme mari de la veuve du dernier duc, mademoiselle Aurore de Caylus.

Ce mariage lui donnait en outre l'immense fortune de Caylus-Verrou, qui s'en était allé dans l'autre monde rejoindre ses deux femmes.

Si le lecteur s'étonne de ce mariage, nous lui rappellerons que le château de Caylus était isolé, loin de toute ville, et que deux jeunes femmes y étaient mortes captives.

Il est des choses qui se peuvent expliquer par la violence physique ou morale.

Le bonhomme Verrou n'y allait pas quatre chemins, et nous devons être fixés suffisamment sur la délicatesse de monsieur le prince de Gonzague.

Il y avait dix-huit ans que la veuve de Nevers portait ce nom. Elle n'avait pas quitté le deuil un seul jour, pas même pour aller à l'autel.

Le soir des noces, quand Gonzague vint à son chevet, elle lui montra d'une main la porte ; son autre main appuyait un poignard contre son propre sein.

— Je vis pour la fille de Nevers, lui dit-elle, mais le sacrifice humain a des bornes. Faites un pas et je vais attendre ma fille à côté de son père.

Gonzague avait besoin de sa femme pour toucher les revenus de Caylus. Il salua profondément et s'éloigna.

Depuis ce soir, jamais une parole n'était tombée de la bouche de la princesse en présence de son mari. Celui-ci était courtois, prévenant, affectueux. Elle restait froide et muette.

Chaque jour, à l'heure des repas, Gonzague envoyait le maître d'hôtel prévenir madame la princesse. Il ne se serait point assis avant d'avoir accompli cette formalité. C'était un grand seigneur.

Chaque jour, la première femme de madame la princesse répondait que sa maîtresse, souffrante, priait monsieur le prince de la dispenser de se mettre à table.

Cela, trois cent soixante-cinq fois par an pendant dix-huit années.

Du reste, Gonzague parlait très souvent de sa femme, et en terme tout affectueux. Il avait des phrases toutes faites qui commençaient ainsi : « Madame la princesse me disait... » ou bien : « Je disais à madame la princesse... » et il plaçait ces phrases volontiers.

Le monde n'était point dupe, tant s'en fallait, mais il faisait semblant de l'être, ce qui est tout un pour certains esprits forts.

Gonzague était un esprit très fort, incontestablement habile, plein de sang-froid et de hardiesse. Il avait dans les manières cette dignité un peu théâtrale des gens de son pays ; il mentait avec une effronterie voisine de l'héroïsme, et, bien que ce fût au fond le plus déhonté libertin de la cour, en public chacune de ses paroles était marquée au sceau de la rigoureuse décence.

Le régent l'appelait son meilleur ami.

Chacun lui savait très bon gré des efforts qu'il faisait pour retrouver la fille du malheureux Nevers, le troisième Philippe, l'autre ami d'enfance du régent.

Elle était introuvable, mais comme il avait été jusqu'alors impossible de constater son décès, Gonzague restait le tuteur naturel, à plus d'un titre, de cette enfant qui sans doute n'existait plus. Et c'était en cette qualité qu'il touchait les revenus de Nevers.

La mort constatée de cet enfant l'aurait rendu héritier du duc Philippe. Car la veuve de ce dernier, tout en cédant à la pression paternelle en ce qui concernait le mariage, s'était montrée inflexible pour tout ce qui regardait les intérêts de sa fille. Elle s'était mariée en prenant publiquement qualité de veuve du prince Philippe de Nevers ; elle avait, en outre, constaté la naissance de sa fille dans son contrat de mariage.

Gonzague avait probablement ses raisons pour accepter tout cela.

Il cherchait depuis dix-huit ans, la princesse aussi. Leurs démarches également infatigables, bien qu'elles fussent suscitées par des motifs bien différens, étaient restées sans résultat.

30

Vers la fin de cet été, Gonzague avait parlé pour la première fois de régulariser cette position, et de convoquer un tribunal de famille qui pût régler les questions d'intérêt pendantes.

Mais il avait tant à faire, et il était si riche !

Un exemple : Tous ces ouvriers que nous venons de voir entrer à l'ancien hôtel de Nevers étaient à lui ; tous, les charpentiers, les menuisiers, les maçons, les terrassiers, les serruriers. Ils avaient tout bonnement mission de mettre l'hôtel sens dessus dessous.

Une superbe demeure pourtant, et que Nevers après Mercœur, Gonzague lui-même après Nevers, s'étaient plu à embellir. Trois corps de logis, ornés d'arcades pyramidales figurées sur toute la longueur du rez-de-chaussée, avec une galerie régnante au premier étage, une galerie formée d'entrelas sarrasins qui faisaient honte aux guirlandes légères de l'hôtel de Cluny, qui laissaient derrière enx bien loin les basses frises de l'hôtel de la Tremoille.

Les trois grandes portes, taillées en cintre surbaissé dans le plein de l'ogive pyramidale, laissaient voir des péristyles restaurés par Gonzague dans le style florentin, de belles colonnes de marbre rouge coiffées de chapiteaux fleuris, debout sur leurs socles larges et carrés, chargés de quatre lions accroupis aux angles.

Au-dessus de la galerie, le corps de logis faisant face au portail avait deux étages de fenêtres carrées ; les deux ailes, de même hauteur pourtant, ne portaient qu'un étage aux croisées hautes et doubles, terminées, au-dessus du toit, par des pignons à quatre pans en façon de mansardes.

A l'angle rentrant formé par le corps de logis et l'aile orientale, une merveilleuse tourelle se collait, supportée par trois sirènes dont les queues s'entortillaient autour du cul-de-lampe. C'était un petit chef-d'œuvre de l'art gothique, un bijou de pierre sculptée.

L'intérieur, restauré savamment, offrait une longue série de magnificence : Gonzague était orgueilleux et artiste à la fois.

La façade qui donnait sur le jardin datait de cinquante ans à peine. C'était une ordonnance de hautes colonnes italiennes supportant les arcades d'un cloître régnant. Le jardin, immense, ombreux et peuplé de statues, allait rejoindre à l'est, au sud et à l'ouest les rues Quincampoix, Aubry-le-Boucher et Saint-Denis.

Paris n'avait pas de palais plus princier. Il fallait donc que Gonzague, prince, artiste et orgueilleux, eût un bien grave motif pour bouleverser tout cela.

Voici le motif qu'avait Gonzague.

Le régent, au sortir d'un souper, avait accordé à monsieur le prince de Carignan le droit d'établir en son hôtel un colossal office d'agent de change. La rue Quincampoix chancela un instant sur la base vermoulue de ses bicoques. On disait que monsieur de Carignan avait le droit d'empêcher tout transport d'action signé ailleurs que chez lui. Gonzague fut jaloux.

Pour le consoler, au sortir d'un autre souper, le régent lui accorda, pour l'hôtel de Gonzague, le monopole des échanges d'actions contro marchandises.

C'était un cadeau étourdissant. Il y avait là-dedans des montagnes d'or.

Ce qu'il fallait d'abord, c'était faire de la place pour tout le monde, puisque tout le monde devait payer et même très cher. Le lendemain du jour où la concession fut octroyée, l'armée des démolisseurs arriva. On s'en prit d'abord au jardin.

Les statues prenaient de la place et ne payaient point on enleva les statues ; les arbres ne payaient point et prenaient de la place, on abattit les arbres.

Par une fenêtre du premier étage, tendue de hautes tapisseries, une femme en deuil vint et regarda d'un œil triste l'œuvre de dévastation.

Elle était belle, mais si pâle que les ouvriers la comparaient à un fantôme.

Ils se disaient entre eux que c'était la veuve du feu duc de Nevers, la femme du prince Philippe de Gonzague.

Elle regarda longtemps. Il y avait en face de sa croisée un orme plus que séculaire, où les oiseaux chantaient chaque matin, saluant le renouveau du jour, l'hiver comme l'été.

Quand le vieil orme tomba sous la hache, la femme en deuil ferma les draperies sombres de sa croisée. On ne la revit plus.

Elles tombèrent toutes ces grandes allées ombreuses au bout desquelles se voyaient les corbeilles de rosiers avec l'énorme vase antique trônant sur son piédestal. Les corbeilles furent foulées, les rosiers arrachés, les vases jetés dans un coin du garde-meuble.

Tout cela tenait de la place, toute cette place valait de l'argent.

Beaucoup d'argent, Dieu merci ! Savait-on jusqu'où la fièvre de l'agio pousserait chacune de ces loges que Gonzague allait faire construire ? On ne pouvait désormais jouer que là, et tout le monde voulait jouer. Telle baraque devait se louer assurément aussi cher qu'un hôtel.

A ceux qui s'étonnaient ou qui se moquaient de ces ravages, Gonzague répondait :

— Dans cinq ans, j'aurai deux ou trois milliards... J'achèterai le château des Tuileries à Sa Majesté Louis quinzième, qui sera roi et qui sera ruiné.

Ce matin où nous entrons pour la première fois à l'hôtel, l'œuvre de dévastation était à peu près achevée. Un triple étage de cages en planches s'élevait tout autour de la cour d'honneur. Les vestibules étaient transformés en bureaux, et les maçons terminaient les baraques du jardin.

La cour était littéralement encombrée de loueurs et d'acheteurs. C'était aujourd'hui même qu'on devait entrer en jouissance : c'était aujourd'hui qu'on devait ouvrir les comptoirs de la maison d'Or, comme déjà on l'appelait.

Chacun entrait comme il voulait ou à peu près dans l'intérieur de l'hôtel. Tout le rez-de-chaussée, tout le premier étage, sauf l'appartement privé de madame la princesse, étaient aménagés pour recevoir marchands et marchandises.

L'âcre odeur du sapin raboté vous saisissait partout à la gorge ; partout vos oreilles étaient offensées par le bruit redoublé du marteau.

Les valets ne savaient auquel entendre. Les préposés à la vente perdaient la tête.

Sur le perron principal, au milieu d'un état-major de marchands, on voyait un gentilhomme chargé de velours, de soie, de dentelles, avec des bagues à tous les doigts, et une superbe chaîne en orfévrerie joyautée autour du cou.

C'était monsieur de Peyrolles, confident, conseiller intime et factotum du maître de céans.

Il n'avait pas vieilli beaucoup. C'était toujours le même personnage maigre, jaune, voûté, dont les gros yeux effrayés appelaient la mode des lunettes.

Il avait ses flatteurs et le méritait bien, car Gonzague le payait cher.

Vers neuf heures, au moment où l'encombrement diminuait un peu, par suite de cette gênante sujétion de l'appétit à laquelle obéissent même les spéculateurs, deux hommes qui n'avaient pas précisément tournure de financiers passèrent le seuil de la grande porte, à quelques pas l'un de l'autre.

Bien que l'entrée fût libre, ces deux gaillards n'avaient pas l'air bien pénétrés de leur droit.

Le premier dissimulait très mal son inquiétude sous un grand air d'impertinence ; le second, au contraire, se faisait aussi humble qu'il le pouvait.

Tous deux portaient l'épée, de ces longues épées qui vous sentaient leur estafier à trois lieues à la ronde.

Il faut bien l'avouer, ce genre était un peu démodé. La régence avait extirpé le spadassin. On ne se tuait plus guère, même en haut lieu, qu'à coups de friponneries.

Progrès patent et qui prouvait en faveur de la mansué-
tude des mœurs nouvelles.

Nos deux braves s'engagèrent cependant dans la foule,
le premier jouant des coudes sans façon, l'autre se glissant avec une adresse de chat au travers des groupes,
trop occupés pour prendre souci de lui.

Cet insolent qui s'en allait frottant ses coudes troués
contre tant de pourpoints neufs, portait de mémorables
moustaches à la crâne, un feutre défoncé qui se rabattait
sur ses yeux, une cotte de buffle, et des chausses dont la
couleur première était un problème. La rapière en verrouil relevait le pan déchiré du propre manteau de don
César de Bazan.

Notre homme venait de Madrid.

L'autre, l'estafier humble et timide, avait trois poils
blondâtres hérissés sous son nez crochu. Son feutre, privé
de bords, le coiffait comme l'éteignoir coiffe la chandelle.
Un vieux pourpoint, rattaché à l'aide de lanières de cuir,
des chausses rapiécées, des bottes béantes, complétaient
ce costume, qui eût demandé pour accompagnement une
écritoire luisante bien mieux qu'une flamberge.

Il en avait une pourtant, une flamberge, mais qui, modeste autant que lui, battait humblement ses chevilles.

Après avoir traversé la cour, nos deux braves arrivèrent
à peu près en même temps à la porte du grand vestibule,
et tous deux, s'examinant du coin de l'œil, eurent la même
pensée.

— Voici, se dirent-ils chacun de son côté, voici un triste
sire qui ne vient pas pour acheter la maison d'Or !

## II

### DEUX REVENANS.

Ils avaient raison tous les deux. Robert Macaire et Bertrand, déguisés en traîneurs de brettes du temps de
Louis XIV, en spadassins affamés et râpés, n'auraient
point eu d'autres tournures.

Macaire, cependant, prenait en pitié son collègue, dont
il apercevait seulement le profil perdu derrière le collet
de son pourpoint, relevé pour cacher la trahison de la
chemise absente.

— On n'est pas misérable comme cela ! se disait-il.

Et Bertrand, pour qui le visage de son confrère disparaissait derrière les masses ébouriffées d'une chevelure de
nègre, pensait dans la bonté de son cœur :

— Le pauvre diable marche sur sa chrétienté. Il est pénible de voir un homme d'épée dans ce piteux état. Au
moins, moi, je garde de l'apparence.

Il jeta un coup d'œil satisfait sur les ruines de son accoutrement.

Macaire, se rendant un témoignage pareil, ajoutait à
part lui :

— Moi, au moins, je ne fais pas compassion aux gens !

Et il se redressait, morbleu ! plus fier qu'Artaban les
jours où ce galant homme avait un habit neuf.

A mine haute et impertinente se présenta au
seuil du vestibule. Tous deux pensèrent à la fois :

— Le malheureux n'entrera pas !

Macaire arriva le premier.

— Que voulez-vous ? demanda le valet.

— Je viens pour acheter, drôle, répliqua Macaire droit
comme un i et la main à la garde de sa brette.

— Acheter quoi ?

— Ce qu'il me plaira, coquin... Regarde-moi bien !... Je
suis ami de ton maître et un homme d'argent, vivadiou !

— Il prit le valet par l'oreille, le fit tourner, et passa en
ajoutant : — Cela se voit, que diable !

Le valet pirouetta et se trouva en face de Bertrand, qui
lui tira son éteignoir avec politesse.

— Mon ami, lui dit Bertrand d'un ton confidentiel, je
suis un ami de monsieur le prince... Je viens pour affaires... de finances.

Le valet, encore tout étourdi, le laissa passer.

Macaire était déjà dans la première salle, et jetant à
droite et à gauche des regards dédaigneux.

— Ce n'est pas mal, fit-il ; on logerait ici à la rigueur !

Bertrand, derrière lui :

— Monsieur de Gonzague me paraît assez bien établi...

Ils étaient chacun à un bout de la salle. Macaire aperçut Bertrand.

— Par exemple ! s'écria-t-il, voilà qui est impayable...
On a laissé entrer ce bon garçon... Ah capédébiou !
quelle tournure !

Il se mit à rire de tout son cœur.

— Ma parole, pensa Bertrand, il se moque de moi !...
Croirait-on cela ? — Il se détourna pour tenir les côtes,
et ajouta : — Il est magnifique !

Macaire cependant, le voyant rire, se ravisa et pensa :

— Après tout, c'est ici la foire. Ce grotesque a peut-être
assassiné quelque traitant au coin d'une rue... S'il avait
les poches pleines !... J'ai envie d'entamer l'entretien,
sandiou !

— Qui sait ! réfléchissait en même temps Bertrand, on
doit en voir ici de toutes les couleurs... L'habit ne fait pas
le moine... Ce croquemitaine a peut être fait quelque
coup hier au soir... S'il y avait de bons écus dans ces vi-
laines poches... Fantaisie me prend de faire un peu connaissance.

Macaire s'avançait.

— Mon gentilhomme... dit-il en saluant avec raideur.

— Mon gentilhomme... faisait au même instant Bertrand, courbé jusqu'à terre.

Ils se relevèrent comme deux ressorts et d'un commun
mouvement.

L'accent de Macaire avait frappé Bertrand ; la mélopée
nasale de Bertrand avait fait tressaillir Macaire.

— As pas pur ! s'écria ce dernier ; je crois que c'est t'a
coquin de Passepoil !

— Cocardasse ! Cocardasse junior ! repartit le Normand,
dont les yeux habitués aux larmes s'inondaient déjà, est-ce
bien toi que je revois ?

— En chair et en os, mon bon, capédébiou !... Embrasse-moi, ma caillou... Il ouvrit ses bras, Passepoil se
précipita sur son sein. A eux deux ils faisaient un véritable tas de loques. Ils restèrent longtemps embrassés.
Leur émotion était sincère et profonde. — Assez ! dit enfin
le Gascon. Parle un peu voir, que j'entende ta voix.

— Dix-neuf ans de séparation ! murmura Passepoil en
essuyant ses yeux avec sa manche.

— Tron de l'air ! se récria le Gascon, tu n'as donc pas
de mouchoir, névoux !

— On me l'aura volé dans cette cohue, répliqua doucement l'ancien prévôt.

Cocardasse fouilla dans sa poche avec vivacité. Bien entendu qu'il n'y trouva rien.

— Bagasse ! fit-il d'un air indigné ; le monde est plein
de filous ! Ah ! ma caillou, reprit-il, dix-neuf ans ! Nous
étions jeunes tous deux !

— L'âge des folles amours !... Hélas ! mon cœur n'a pas
vieilli !

— Moi, je bois aussi honnêtement qu'autrefois.

Ils se regardèrent dans le blanc des yeux.

— Dites moi, maître Cocardasse, prononça Passepoil
avec regret, ça ne vous a pas embelli, les années.

— Franchement, mon vieux Passepoil, riposta le Gascon, je suis fâché de t'avouer cela, mais tu es encore plus
laid qu'autrefois, eh donc !

Frère Passepoil eut un sourire d'orgueilleuse modestie
et murmura :

— Ce n'est pas l'avis de ces dames ! Mais, reprit-il, en

vieillissant tu as gardé tes belles allures : toujours la jambe bien tendue, la poitrine en avant, les épaules effacées, et tout à l'heure, en t'apercevant, je me disais à part moi : Jarnibleu ! voilà un gentilhomme de grande mine...

— Comme moi, comme moi, ma caillou ! interrompit Cocardasse. Aussitôt que je t'ai vu, j'ai pensé : Oïmé ! que voilà un cavalier qui a une galante tournure !

— Que veux-tu ! fit le Normand en minaudant, la fréquentation du beau sexe, ça ne se perd jamais tout à fait.

— Ah çà ! que diable es-tu devenu, mon bon, depuis l'affaire ?

— L'affaire des fossés de Caylus ? acheva Passepoil, qui baissa la voix malgré lui. Ne m'en parle pas, j'ai toujours devant les yeux le regard flamboyant du petit Parisien...

— Il avait beau faire nuit, capédébiou ! on voyait les éclairs de sa prunelle...

— Comme il les menait !

— Huit morts dans la douve !

— Sans compter les blessés.

— Ah ! sandiéou ! quelle grêle de horions ! C'était beau à voir. Et quand je pense que si nous avions pris franchement notre parti, comme des hommes, si nous avions jeté l'argent reçu à la tête de ce Peyrolles, pour nous mettre derrière Lagardère, Nevers ne serait pas mort ; c'est pour le coup que notre fortune était faite !

— Oui, dit Passepoil, avec un gros soupir ; nous aurions dû faire cela.

— Ce n'était pas assez que de mettre des boutons à nos lames... il fallait défendre Lagardère... notre élève chéri...

— Notre maître ! fit Passepoil en se découvrant d'un geste involontaire.

Le Gascon lui serra la main, et tous deux restèrent un instant pensifs.

— Ce qui est fait est fait, dit enfin Cocardasse. Je ne sais pas ce qui t'est arrivé depuis, mais moi ça ne m'a pas porté bonheur... Quand les coquins de Carrigue nous chargèrent avec leurs carabines, je rentrai au château... Tu avais disparu... Au lieu de tenir ses promesses, le Peyrolles nous licencia le lendemain, sous prétexte que notre présence dans le pays confirmerait des soupçons déjà éveillés. C'était juste. On nous paya tant bien que mal. Nous partîmes. Je passai la frontière, demandant partout de tes nouvelles, chemin faisant. Rien !..... Je m'établis d'abord à Pampelune, puis à Burgos, puis à Salamanque. Je descendis sur Madrid...

— Bon pays pourtant...

— Le stylet y fait tort à l'épée ; c'est comme l'Italie, qui, sans cela, serait un vrai paradis... De Madrid, je passai à Tolède, de Tolède à Ciudad-Réal ; puis, las de la Castille, où je m'étais fait regarder moi de mauvaises affaires avec les alcades, j'entrai dans le royaume de Valence..... Capédébiou ! j'ai bu du bon vin, de Mayorque à Ségorbe... mais il coûte cher... Je m'en allai de là pour avoir servi un vieux licencié qui voulait se défaire d'un sien cousin... La Catalogne vaut aussi son prix..... Il y a des gentilshommes tout le long des routes entre Tortose, Tarragone et Barcelone..... mais bourses vides et longues rapières... Enfin, j'ai repassé les monts... je n'avais plus un maravédis. J'ai senti que la voix de la patrie me rappelait... Voilà mon histoire.

Le Gascon retourna ses poches.

— Et toi, demanda-t-il, pécaïre ?

— Moi, répondit le Normand, je fus poursuivi par les chevaux de Carrigue jusqu'à Bagnères-de-Luchon, ou à peu près. L'idée me vint aussi de passer en Espagne, mais je trouvai un bon bénédictin qui, sur mon air décent, me prit à son service. Il allait à Kehl, sur le Rhin, faire un héritage au nom de sa communauté. Je crois que je lui emportai sa malle et sa valise, et peut-être aussi son argent,

— Couquinasse ! fit le Gascon.

— J'entrai en Allemagne. Voilà un brigand de pays ! Tu parles de stylet ? C'est au moins de l'acier. Là-bas, ils ne se battent qu'à coups de pots de bière... La femme d'un aubergiste de Mayence me débarrassa des ducats du bénédictin. Elle était gentille et elle m'aimait ! Ah ! s'interrompit-il, Cocardasse, mon brave compagnon, pourquoi ai-je le malheur de plaire ainsi aux femmes !... Sans les femmes, j'aurais pu acheter une maison de campagne où passer mes vieux jours ; un petit jardin, une prairie parsemée de pâquerettes rosées, un ruisseau avec un moulin.

— Et dans le moulin une meunière, interrompit le Gascon.

Passepoil se frappa la poitrine.

— Les passions ! s'écria-t-il en levant les yeux au ciel ; les passions font le tourment de la vie et empêchent un jeune homme de mettre de côté... — Ayant ainsi formulé la saine morale de sa philosophie, frère Passepoil reprit : — J'ai fait comme toi, j'ai couru de ville en ville... pays plat, gros, bête, et ennuyeux... des étudians maigres et couleur de safran... des nigauds de poètes qui bayent au clair de lune... des bourgmestres obèses qui n'ont jamais le plus petit neveu à mettre en terre... des églises où on ne chante pas la messe... des femmes... mais je ne saurais médire de ce sexe dont les enchantemens ont embelli et brisé ma carrière !... enfin de la viande crue et de la bière au lieu de vin !

— As-tu pas pur ! prononça résolument Cocardasse, je n'irai jamais dans ce pays-là.

— J'ai vu Cologne, Francfort, Vienne, Berlin, Munich et un tas d'autres villes noires, où l'on rencontre des troupes de grands nigauds qui chantent l'air du diable qu'on porte en terre... j'ai fait comme toi, j'ai pris le mal du pays, j'ai traversé les Flandres et me voilà !

— La France ! s'écria Cocardasse, il n'y a que la France !

— Noble pays !

— Patrie du vin !

— Mère des amours ! Mon cher maître, se reprit frère Passepoil après ce duo où ils avaient lutté de lyrique élan, est-ce seulement le manque absolu de maravédis, joint à l'amour de la patrie, qui t'a fait repasser la frontière ?

— Et toi... est-ce uniquement le mal du pays ? — Frère Passepoil secoua la tête, Cocardasse baissa ses terribles yeux. — Il y a bien encore autre chose, fit-il. Un soir, au détour d'une rue, je me suis trouvé face à face avec... devine qui ?

— Je devine, repartit Passepoil. Pareille rencontre m'a fait quitter Bruxelles au pas de course.

— A cet aspect, mon bon, je sentis que l'air de la Catalogne ne me valait plus rien... Ce n'est pas une honte que de céder le pas à Lagardère, donc !

— Je ne sais pas si c'est honte, mais c'est assurément prudence. Tu connais l'histoire de nos compagnons dans l'affaire des douves de Caylus ?

Passepoil baissa la voix pour demander cela.

— Oui, oui, fit le Gascon, je sais l'histoire. Lou couquin l'avait dit : Vous mourrez tous de ma main !

— L'ouvrage avance... Nous étions neuf épées à l'attaque, en comptant le capitaine Lorrain, chef des bandouliers... je ne parle même pas de ses gens.

— Neuf bonnes lames ! dit Cocardasse d'un air pensif.

— Sur les neuf, Staupitz et le capitaine Lorrain sont partis les premiers. Staupitz était de famille, bien qu'il eût l'air d'un rustaud. Le capitaine Lorrain était un homme de guerre, et le roi d'Espagne lui avait donné un régiment. Staupitz mourut sous les murs de son propre manoir, auprès de Nuremberg... il mourut d'un coup de pointe... là... entre les deux yeux !

Passepoil posa son doigt à l'endroit indiqué.

D'instinct, Cocardasse fit de même en disant :

— Le capitaine Lorrain mourut à Naples d'un coup de pointe entre les deux yeux, là ! Pour ceux qui savent et qui se souviennent, c'est comme le cachet du vengeur.

— Les autres avaient fait leur chemin, reprit Passepoil.

car monsieur de Gonzague n'a oublié que nous dans ses largesses. Pinto avait épousé une madonna de Turin, le Matador tenait une académie en Écosse, Joël de Jugan avait acheté une gentilhommière au fond de la basse Bretagne.

— Oui, oui, fit encore Cocardasse; ils étaient tranquilles et à leur aise. Mais Pinto fut tué à Turin, le Matador fut tué à Glascow.

— Joël de Jugan fut tué à Morlaix, continua frère Passepoil; tous du même coup !

— La botte de Nevers !

— La terrible botte de Nevers !

Ils gardèrent un instant le silence. Cocardasse releva le bord affaissé de son feutre pour essuyer son front en sueur.

— Il reste encore Faënza? dit-il ensuite.

— Et Saldagne? ajouta frère Passepoil.

— Gonzague avait fait beaucoup pour ces deux-là... Faënza est chevalier.

— Et Saldagne est baron... Leur tour viendra.

— Un peu plus tôt, un peu plus tard, murmura le Gascon; le nôtre aussi !

— Le nôtre aussi ! répéta Passepoil en frissonnant.

Cocardasse se redressa.

— Eh donc! s'écria-t-il en homme qui prend son parti, sais-tu, mon bon?... quand il m'aura couché sur le pavé ou sur l'herbe, avec ce trou entre les deux sourcils, car je sais bien qu'on ne lui résiste pas, je lui dirai comme autrefois : « Hé ! lou petit couquin ! tends-moi seulement la main, et, pour que je meure content, pardonne au vieux Cocardasse ! » Capédébiou ! voilà tout ce qu'il en sera.

Passepoil ne put retenir une grimace.

— Je tâcherais qu'il me pardonnât aussi, dit-il, mais pas si tard.

— Au petit bonheur, ma caillou !... En attendant, il est exilé de France... A Paris, du moins, on est sûr de ne point le rencontrer...

— Sûr ?... répéta le Normand d'un air peu convaincu.

— Enfin, c'est, en cet univers, l'endroit où l'on a le plus de chance de l'éviter... J'y suis venu pour cela.

— Moi de même.

— Et aussi pour me recommander au bon souvenir de monsieur de Gonzague.

— Il nous doit bien quelque chose, celui-là?

— Saldagne et Faënza nous protégeront.

— Jusqu'à ce que nous soyons grands seigneurs comme eux.

— Sandiéou! ferons-nous une belle paire de galans, mon bon !

Le Gascon fit une pirouette, et le Normand répondit sérieusement :

— Je porte très bien la toilette.

— Quand j'ai demandé Faënza, reprit Cocardasse, on m'a répondu : « Monsieur le chevalier n'est pas visible. » Monsieur le chevalier ! répéta-t-il en haussant les épaules, pas visible!... J'ai vu le temps où je le faisais tourner comme une toupie.

— Quand je me suis présenté à la porte de Saldagne, repartit Passepoil, un grand laquais m'a toisé fort malhonnêtement et m'a dit : « Monsieur le baron ne reçoit pas. »

— Hein ! s'écria Cocardasse, quand nous aurons, nous aussi, de grands laquais, mordiou ! je veux que le mien soit insolent comme un valet de bourreau.

— Ah ! soupira Passepoil, si j'avais seulement une gouvernante !

— As pas pur ! mon bon, cela viendra. Si je comprends bien, tu n'as pas encore vu monsieur de Peyrolles.

— Non ; je veux m'adresser au prince lui-même.

— On dit qu'il est maintenant riche à millions !

— A milliards!... C'est ici la maison d'Or, comme on l'appelle. Moi, je ne suis pas fier, je me ferai financier, si on veut.

— Fi donc !... homme d'argent!... mon prévôt!...

Tel fut le premier cri qui s'échappa du noble cœur de Cocardasse junior. Mais il se ravisa et ajouta :

— Triste chute ! Cependant... s'il est vrai qu'on fasse fortune là-dedans...

— Si c'est vrai s'écria Passepoil avec enthousiasme ; mais tu ne sais donc pas...

— J'ai entendu parler de bien des choses... mais je ne crois pas aux prodiges, moi !

— Il te faudra bien y croire... Les merveilles abondent... As-tu ouï parler du bossu de la rue Quincampoix?

— Celui qui prête sa bosse aux endosseurs d'actions.

— Il ne la prête pas... il la loue... et depuis deux ans il a gagné, dit-on, quinze cent mille livres.

— Pas possible ! s'écria le Gascon en éclatant de rire.

— Tellement possible qu'il va épouser une comtesse.

— Quinze cent mille livres ! répétait Cocardasse ; une simple bosse !

— Ah ! mon ami, fit Passepoil avec effusion, nous avons perdu là-bas de bien belles années... mais enfin nous arrivons au bon moment... Figure-toi qu'il n'y a qu'à se baisser pour prendre... C'est la pêche miraculeuse! Demain, les louis d'or ne vaudront plus que six blancs.., En venant ici, j'ai vu des marmots qui jouaient au bouchon avec des écus de six livres !

Cocardasse passa sa langue sur ses lèvres.

— Ah çà ! dit-il, par ce temps de cocagne, combien peut valoir un coup de pointe allongé proprement et savamment... à fond... là, dans toutes les règles de l'art ?

Il effaça sa poitrine, fit un appel bruyant du pied droit et se tendit.

Passepoil cligna de l'œil.

— Pas tant de bruit, fit-il ; voici des gens qui viennent.

— Puis se rapprochant et baissant la voix : — Mon opinion, dit-il à l'oreille de son ancien patron, est que ça doit valoir encore un bon prix. Avant qu'il soit une heure, j'espère bien savoir cela au juste de la bouche même de monsieur de Gonzague.

### III

#### LES ENCHÈRES.

La salle où notre Normand et notre Gascon s'entretenaient ainsi paisiblement était située au centre du bâtiment principal. Les fenêtres, tendues de lourdes tapisseries de Flandre, donnaient sur une étroite bande de gazon fermée par un treillage et qui devait s'appeler pompeusement désormais « le jardin réservé de madame la princesse. »

A la différence des autres appartemens du rez-de-chaussée et du premier étage, déjà envahis par les ouvriers de toute sorte, rien ici n'avait encore été changé.

C'était bien le grand salon d'apparat d'un palais princier, avec son ameublement opulent mais sévère. C'était un salon qui n'avait pas dû servir seulement aux divertissemens et aux fêtes, car, vis-à-vis de l'immense cheminée de marbre noir, une estrade s'élevait, recouverte d'un tapis de Turquie, et donnait à la pièce tout entière je ne sais quelle physionomie de tribunal.

Là, en effet, s'étaient réunis plus d'une fois les illustres membres des maisons de Lorraine, Chevreuse, Joyeuse, Aumale, Elbeuf, Nevers, Mercœur, Mayenne et les Guise, au temps où les hauts barons faisaient encore la destinée du royaume.

Il fallait toute la confusion qui régnait aujourd'hui à l'hôtel de Gonzague pour qu'on eût laissé pénétrer nos deux braves dans un lieu pareil.

Une fois entrés, par exemple, ils y devaient être plus en repos que partout ailleurs.

Le grand salon gardait pour un jour encore son inviolabilité. Une solennelle réunion de famille y devait avoir lieu dans la journée, et le lendemain seulement les menuisiers faiseurs de cases devaient en prendre possession.

— Un mot encore sur Lagardère, dit Cocardasse quand le bruit de pas qui avait interrompu leur entretien se fut éloigné, quand tu le rencontras en la ville de Bruxelles, était-il seul ?

— Non, répondit frère Passepoil. Et toi, quand tu te trouvas sur ton chemin à Barcelone ?

— Il n'était pas seul non plus.

— Avec qui était-il ?

— Avec une jeune fille.

— Belle ?

— Très belle.

— C'est singulier ; il était aussi avec une jeune fille belle, très belle, quand je le vis là-bas, en Flandre. Te souviens-tu de sa tournure, de son visage, de son costume ?

Cocardasse répondit :

— Le costume, la tournure, le visage d'une charmante gitana d'Espagne. Et la tienne ?...

— La tournure modeste, le visage d'un ange, le costume d'une fille noble.

— C'est singulier ! dit à son tour Cocardasse ; et quel âge à peu près ?

— L'âge qu'aurait l'enfant.

— L'autre aussi... Tout n'est pas dit là-dessus, ma caillou... Et dans ceux qui attendent leur tour, après nous deux, après monsieur le chevalier de Faënza et monsieur le baron de Saldagne, nous n'avons compté ni monsieur de Peyrolles, ni le prince Philippe de Gonzague.

La porte s'ouvrait. Passepoil n'eut que le temps de répondre :

— Qui vivra verra !

Un domestique en grande livrée entra, suivi de deux ouvriers toiseurs.

Il ne regarda même pas, tant il était affairé, du côté de nos gens, qui se glissèrent inaperçus dans l'embrasure d'une fenêtre.

— Eh vite ! fit le valet, tracez la besogne de demain... Quatre pieds carrés partout.

Les deux ouvriers se mirent aussitôt au travail. Pendant que l'un d'eux toisait, l'autre marquait à la craie chaque division de quatre pieds, et attachait un numéro d'ordre.

Le premier numéro attaché fut 927. Puis l'on suivit.

— Que diable font-ils là, mon bon ? demanda le Gascon en se penchant hors de son abri.

— Tu ne sais donc rien ? repartit Passepoil ; chacune de ces lignes indique la place d'un cloison, et le numéro 927 prouve qu'il y a déjà près de mille cases dans la maison de monsieur de Gonzague.

— Et à quoi servent ces cases ?

— A faire de l'or.

Cocardasse ouvrit de grands yeux. Frère Passepoil entreprit de lui expliquer le cadeau grandiose que Philippe d'Orléans venait de faire à son ami de cœur.

— Comment ! s'écria le Gascon, chacune de ces boîtes vaudra autant qu'une ferme en Beauce ou en Brie ! Ah ! mon bon, mon bon, attachons-nous solidement à ce digne monsieur de Gonzague !

On toisait, on marquait. Le valet disait :

— Numéro 935, 936, 937, vous faites trop bonne mesure, l'homme ! Songez que chaque pouce vaut de l'or !

— Bénédiction ! fit Cocardasse ; c'est donc bien bon, ces petits papiers ?

— C'est si bon, répliqua Passepoil, que l'or et l'argent sont sur le point d'être dégommés.

— Vils métaux ! prononça gravement le Gascon ; ils l'ont bien mérité. As pas pur ! s'interrompit-il, je ne sais pas si c'est vieille habitude, mais je conserve un faible pour les pistoles,

— Numéro 911, fit le valet.

— Il reste deux pieds et demi, dit le toiseur, fausse coupe !

— Oïmé ! fit observer Cocardasse ; ce sera pour un homme maigre.

Le valet fut de son avis, car on mit un dernier numéro. Puis il dit :

— Vous enverrez les menuisiers tout de suite après l'assemblée.

— Oh ! oh ! dit Passepoil, nous allons avoir une assemblée.

— Assemblée de quoi ! !

— Tâchons de le savoir... Quand on est au fait de ce qui se passe dans une maison, la besogne est bien avancée.

Cocardasse, à cette observation pleine de justesse, caressa le menton de Passepoil, comme un père tendre qui sourit à la naissante intelligence de son fils préféré.

Le valet et les toiseurs étaient partis.

Il se fit tout à coup un grand bruit du côté du vestibule. On entendit un concert de voix qui criaient :

— A moi... à moi !... j'ai mon inscription. Pas de passe-droit, s'il vous plaît !

— A d'autres, fit le Gascon ; nous allons voir du nouveau !

— La paix, pour Dieu ! la paix ! ordonna une voix impérieuse au seuil même de la salle.

— Monsieur de Peyrolles ! dit frère Passepoil ; ne nous montrons pas !

Ils s'enfoncèrent davantage dans l'embrasure, et tirèrent la draperie.

Monsieur de Peyrolles en ce moment franchissait le seuil, suivi ou plutôt pressé par une foule compacte de solliciteurs.

Solliciteurs d'espèce rare et précieuse, qui demandaient à donner beaucoup d'argent pour un peu de fumée.

Monsieur de Peyrolles avait un costume d'une richesse extrême. Au milieu du flot de dentelles qui couvrait ses mains sèches, on voyait les diamans étinceler.

— Voyons, voyons, messieurs, dit-il en entrant et en s'éventant avec son mouchoir garni de point d'Alençon, tenez-vous à distance ; vous perdez, en vérité, le respect.

— Ah ! lou coquin, est-il superbe ! soupira Cocardasse.

— Il a le fil ! déclara frère Passepoil.

C'était vrai. Ce Peyrolles avait le fil. Il se servait, ma foi ! de la canne qu'il tenait à la main pour écarter cette cohue d'écus animés.

A sa droite et à sa gauche marchaient deux secrétaires, armés d'énormes carnets.

— Gardez au moins votre dignité ! reprit-il en secouant quelques grains de tabac d'Espagne qui étaient sur la maline de son jabot : ne peut-il que la passion du gain... ?

Il fit un geste si beau que nos deux prévôts, placés comme des dilettanti en loge grillée, eurent envie d'applaudir.

Mais les marchands qui étaient là ne se payaient point de cette monnaie.

— A moi ! criait-on, moi le premier !... j'ai mon tour ! Peyrolles se posa et dit :

— Messieurs !... — Aussitôt le silence se fit. — Je vous ai demandé un peu plus de calme, continua Peyrolles. Je représente ici directement la personne de monsieur le prince de Gonzague... je suis son intendant... Je vois çà et là des têtes couvertes... — Tous les feutres tombèrent. — A la bonne heure ! reprit Peyrolles. Voici, messieurs, ce que j'ai à vous dire :

— Chut ! chut ! écoutons ! fit la masse.

— Les comptoirs de cette galerie seront construits et livrés demain.

— Bravo !

— C'est la seule salle qui nous reste. Ce sont les dernières places. Tout le surplus est arrêté, sauf les appartemens privés de monseigneur et ceux de madame la princesse.

Il salua.

Le chœur reprit :

— A moi ! je suis inscrit... Palsambleu ! je ne me laisserai pas prendre mon tour !

— Ne me poussez pas, vous !

— Allez-vous maltraiter une femme !

Car il y avait des femmes, les aïeules de ces dames laides qui, de nos jours, effrayent les passans vers deux heures de relevée aux abords de la Bourse.

— Maladroit !

— Malappris !

— Malotru !

Puis des jurons et des glapissemens de femmes d'affaires. Le moment était venu de se prendre aux cheveux. Cocardasse et Passepoil avançaient la tête pour mieux voir la bagarre, lorque la porte du fond située derrière l'estrade s'ouvrit à deux battans.

— Gonzague ! murmura le Gascon.

— Un homme d'un milliard ! ajouta le Normand.

D'instinct ils se découvrirent tous deux.

Gonzague apparut en effet au haut de l'estrade, accompagné de deux jeunes seigneurs.

Il était toujours beau, bien qu'il approchât de la cinquantaine. Sa haute taille gardait toute sa riche souplesse. Il n'avait pas une ride au front, et sa chevelure admirable, lourde d'essence, tombait en anneaux brillans comme le jais sur son frac de velours noir tout simple.

Son luxe ne ressemblait pas au luxe de Peyrolles. Son jabot valait cinquante mille livres, et il avait pour un million de diamans à son collier de l'ordre, dont un petit coin seulement se montrait sous sa veste de satin blanc.

Les deux jeunes seigneurs qui le suivaient, Chaverny le roué, son cousin par les Nevers, et le cadet de Navailles, portaient tous deux poudres et mouches.

C'étaient deux charmans jeunes gens, un peu efféminés, un peu fatigués, mais égayés déjà, malgré l'heure matinale, par une petite pointe de champagne, et portant leur soie et leur velours avec une adorable insolence.

Le cadet de Navailles avait bien vingt-cinq ans ; le marquis de Chaverny allait sur sa vingtième année.

Il s'arrêtèrent tous deux pour lorgner la cohue, et partirent d'un franc éclat de rire.

— Messieurs, messieurs, fit Peyrolles en se découvrant, un peu de respect, au moins, pour monsieur le prince !

La foule, toute prête à en venir aux mains, se calma comme par enchantement ; tous les candidats à la possession des cases s'inclinèrent d'un commun mouvement ; toutes ces dames firent la révérence.

Gonzague salua légèrement de la main et passa en disant :

— Dépêchez, Peyrolles, j'ai besoin de cette salle.

— Oh ! les bonnes figures ! disait le petit Chaverny en lorgnant à bout portant.

Navailles riait aux larmes et répétait :

— Oh ! les bonnes figures !

Peyrolles s'était approché de son maître.

— Ils sont chauffés à blanc, murmura-t-il ; ils payeront ce qu'on voudra.

— Mettez aux enchères ! s'écria Chaverny, ça va nous amuser !

— Chut ! fit Gonzague, nous ne sommes pas ici à table, maître fou ! — Mais l'idée lui sembla bonne et il ajouta : — Soit ! aux enchères... ! Combien de mise à prix ?

— Cinq cents livres par mois pour quatre pieds carrés, répondit Navailles qui pensait surfaire.

— Mille livres pour une semaine ! dit Chaverny.

— Mettons quinze cents livres, dit Gonzague ; allez, Peyrolles.

— Messieurs, reprit celui-ci en s'adressant aux postulans, comme ce sont les dernières places et les meilleures... on les donnera au plus offrant. Numéro 927, quinze cents livres !

Il y eut un murmure, et pas une voix ne s'éleva.

— Palsambleu ! cousin, dit Chaverny, je vais vous donner un coup d'épaule. — Et, s'approchant : — Deux mille livres ! s'écria-t-il.

Les prétendans se regardèrent avec détresse.

— Deux mille cinq cents ! fit le cadet de Navailles, qui se piqua d'honneur.

Les candidats sérieux étaient dans la consternation.

— Trois mille ! cria d'une voix étranglée un gros marchand de laine.

— Adjugé ! fit Peyrolles avec empressement.

Gonzague lui lança un regard terrible. Ce Peyrolles était un esprit étroit. Il craignait de trouver le bout de la folie humaine.

— Ça va bien ! dit Cocardasse.

Passepoil avait les mains jointes. Il écoutait, il regardait.

— No 928... reprit l'intendant.

— Quatre mille livres, prononça négligemment Gonzague.

— Mais, objecta une revendeuse à la toilette dont la nièce venait d'épouser un comte, au prix de vingt mille louis qu'elle avait gagnés rue Quincampoix, c'est le pareil !

— Je le prends ! s'écria un apothicaire.

— J'en donne quatre mille cinq cents ! surfit un quincaillier.

— Cinq mille !

— Six mille !

— Adjugé ! fit Peyrolles. No 929... — sur un regard de Gonzague, il ajouta : — A dix mille livres !

— Quatre pieds carrés ! fit Passepoil éperdu.

Cocardasse ajouta gravement :

— Les deux tiers d'une tombe !

Cependant l'enchère était lancée. Le vertige venait. On se disputa le n° 929 comme une fortune, et quand Gonzague mit le suivant à quinze mille livres, personne ne s'étonna.

Notez qu'on payait comptant, en belles espérances sonnantes ou en billets d'Etat.

L'un des secrétaires de Peyrolles recevait l'argent, l'autre notait sur son carnet le nom des acheteurs.

Chaverny et Navailles ne riaient plus ; ils admiraient.

— Incroyable folie ! disait le marquis.

— Il faut voir pour croire, ripostait Navailles.

Et Gonzague ajoutait, gardant son sourire railleur :

— Ah ! messieurs, la France est un beau pays... Finissons-en, s'interrompit-il ; tout le reste à vingt mille livres !

— C'est pour rien ! s'écria le petit Chaverny.

— A moi ! à moi ! à moi ! fit-on dans la cohue.

Les hommes se battaient, les femmes tombaient étouffées ou écrasées.

Mais elles criaient aussi du fond de leur détresse :

— A moi ! à moi ! à moi !

Puis des enchères encore, des cris de joie et des cris de rage.

L'or ruisselait à flots sur les degrés de l'estrade qui servait de comptoir. C'était plaisir et stupeur que de voir avec quelle allégresse toutes ces poches gonflées se vidaient.

Ceux qui avaient obtenu quittance les brandissaient au-dessus de leurs têtes. Ils s'en allaient, ivres et fous, essayer leurs places et se carrer dedans.

Les vaincus s'arrachaient les cheveux.

— A moi ! à moi ! à moi !

Peyrolles et ses acolytes ne savaient plus auquel entendre. La frénésie venait. Aux dernières cases, le sang coula sur le parquet.

Enfin le numéro 942, celui qui n'avait que deux pieds et demi, la fausse coupe, fut adjugé à vingt-huit mille livres.

Et Peyrolles, refermant bruyamment son carnet, dit :

— Messieurs, l'enchère est close.

Il y eut un moment de grand silence. Les heureux possesseurs des cases se regardèrent tout abasourdis.

— Messieurs, leur dit gravement le marquis de Chaverny, ce n'est pas vendu, c'est donné.

Gonzague appela Peyrolles.

— Il va falloir faire place nette ! dit-il.

Mais à ce moment une autre foule se montra à la porte du vestibule, foule de courtisans, traitans, gentilshommes, qui venaient rendre leurs devoirs à monsieur le prince de Gonzague. Ils s'arrêtèrent à la vue de la place occupée.

— Entrez, entrez, messieurs, leur dit Gonzague ; nous allons renvoyer tout ce monde.

— Entrez, ajouta Chaverny ; ces bonnes gens vous revendront leurs emplettes, si vous voulez, à cent pour cent de bénéfice.

— Ils auraient tort ! décida Navailles. Bonjour, gros Oriol !

— C'est ici le Pactole ! — fit celui-ci en saluant profondément Gonzague. Cet Oriol était un jeune traitant de beaucoup d'espérance. Parmi les autres, on remarquait Albret et Taranne, deux financiers aussi ; le baron de Batz, bon Allemand qui était venu à Paris pour tâcher de se pervertir ; le vicomte de La Fare, Montaubert, Nocé, Gironne, tous roués, tous parens éloignés de Nevers ou chargés de procuration, tous convoqués par Gonzague par une solennité à laquelle nous assisterons bientôt, l'assemblée dont avait parlé monsieur de Peyrolles. — Et cette vente ? demanda Oriol.

— Mal faite, répondit froidement Gonzague.

— Entends-tu ! fit Cocardasse dans son coin.

Passepoil, qui suait à grosses gouttes, répondit :

— Il a raison. Ces poules lui auraient donné le restant de leurs plumes !

— Vous, monsieur de Gonzague, se récria Oriol, une maladresse en affaires !... Impossible !

— Jugez-en ! j'ai livré mes dernières cases à vingt-trois mille livres, l'une dans l'autre.

— Pour un an ?

— Pour huit jours !

Les nouveaux venus regardèrent alors les cases et les acheteurs.

— Vingt-trois mille livres ! répétèrent-ils dans leur ébahissement profond.

— Il eût fallu commencer par ce chiffre, dit Gonzague ; j'avais en main près de mille numéros. C'était une matinée de vingt-trois millions, clair et net.

— Mais c'est donc une rage ?

— Une frénésie ! Et nous en verrons bien d'autres ! J'ai loué la cour d'abord, puis le jardin, puis le vestibule, les escaliers, les écuries, les communs, les remises. J'en suis aux appartemens, et, morbleu ! j'ai envie d'aller vivre à l'auberge.

— Cousin, interrompit Chaverny, je te loue ma chambre à coucher au cours du jour.

— A mesure que l'espace manque, continuait Gonzague au milieu de ses hôtes nouveaux, la fièvre chaude augmente... Il ne me reste rien...

— Cherche bien, cousin !... Donnons à ces messieurs le plaisir d'une petite enchère.

A ce mot enchère, ceux qui n'avaient pu louer se rapprochèrent vivement.

— Rien, — répéta Gonzague. Puis, se ravisant : — Ah ! si fait !

— Quoi donc ? s'écria-t-on de toutes parts.

— La loge de mon chien.

On éclata de rire dans le groupe des gens de cour ; mais les bonnes gens, les marchands, ne riaient pas. Ils réfléchissaient.

— Vous croyez que je raille, messieurs, s'écria Gonzague ; je parie que, si je veux, on m'en donne dix mille écus séance tenante.

— Trente mille livres, s'écria-t-on, la loge d'un chien !

Et les rires de redoubler.

Mais tout à coup apparut une étrange figure entre Navailles et Chaverny, qui riaient plus fort que tous les autres, un visage de bossu aux cheveux drôlement ébouriffés.

Une voix grêle et cassée en même temps s'éleva. Le petit bossu disait :

— Je prends la loge du chien pour trente mille livres !

## IV

### LARGESSES.

Ce devait être un bossu de beaucoup d'esprit, malgré l'extravagance qu'il commettait en ce moment. Il avait l'œil vif et le nez aquilin. Son front se dessinait bien sous sa perruque grotesquement révoltée, et le sourire fin qui raillait autour de ses lèvres annonçait une malice d'enfer.

Un vrai bossu !

Quant à la bosse elle-même, elle était riche, bien plantée au milieu du dos, et se relevant pour caresser la nuque.

Par devant, le menton touchait la poitrine. Les jambes étaient bizarrement contournées, mais n'avaient point cette maigreur proverbiale qui est l'accompagnement obligé de cette conformation.

Cette singulière créature portait un costume noir complet, de la plus rigoureuse décence, manchettes et jabots de mousseline plissée d'une éclatante blancheur.

Tous les regards étaient fixés sur lui, et cela ne semblait point l'incommoder.

— Bravo ! sage Ésope ! s'écria Chaverny ; tu me parais un spéculateur hardi et adroit !

— Hardi... répéta Ésope en le regardant fixement, assez ; adroit... nous verrons bien !

Sa petite voix grinçait comme une crécelle d'enfant.

Tout le monde répéta :

— Bravo, Esope ! bravo !

Cocardasse et Passepoil ne pouvaient plus s'étonner de rien. Leurs bras étaient tombés depuis longtemps ; mais le Gascon demanda tout bas :

— N'avons-nous jamais connu de bossu, mon bon ?

— Pas que je me souvienne.

— Vivadiou ! il me semble que j'ai vu ces yeux-là quelque part.

Gonzague aussi regardait le petit homme avec une remarquable attention.

— L'ami, dit-il, on paye comptant, vous savez ?

— Je sais, répondit Ésope, car, à dater de ce moment, il n'eut plus d'autre nom.

Chaverny était son parrain.

Esope tira un portefeuille de sa poche et mit aux mains de Peyrolles soixante billets d'État de cinq cents livres.

On s'attendait presque à voir ces papiers se changer en feuilles sèches, tant l'apparition du petit homme avait été fantastique.

Mais c'étaient de belles et bonnes cédules de la compagnie.

— Mon reçu ? — dit-il. Peyrolles lui donna son reçu. Esope le plia et le mit dans son portefeuille, à la place des billets. Puis, frappant sur le carnet : — Bonne affaire ! dit-il. A vous revoir, messieurs !

Il salua bien poliment Gonzague et la compagnie.

Tout le monde s'écarta pour le laisser passer.

On riait encore, mais je ne sais quel froid courait dans toutes les veines. Gonzague était pensif.

Peyrolles et ses gens commençaient à faire sortir les acheteurs, qui déjà eussent voulu être au lendemain. Les amis du prince regardaient encore et machinalement la porte par où le petit homme noir venait de disparaître.

— Messieurs, dit Gonzague, pendant qu'on va disposer la salle, je vous prie de me suivre dans mes appartemens.

— Allons ! fit Cocardasse derrière la draperie, c'est le moment ou jamais.... marchons !

— J'ai peur, fit le timide Passepoil.

— Eh donc ! je passerai le premier.

Il prit Passepoil par la main et s'avança vers Gonzague, chapeau bas.

— Parbleu ! s'écria Chaverny en les apercevant, mon cousin a voulu nous donner la comédie !... c'est la journée des mascarades... Le bossu n'était pas mal, mais voici bien la plus belle paire de coupe-jarrets que j'aie vus de ma vie !

Cocardasse junior le regarda de travers. Navailles, Oriol et consorts se mirent à tourner autour de nos deux amis en les considérant curieusement.

— Sois prudent ! murmura Passepoil à l'oreille du Gascon.

— Capédébiou ! fit ce dernier, ceux-ci n'ont donc jamais vu deux gentilshommes, qu'il nous dévisagent ainsi !

— Le grand est de toute beauté ! dit Navailles.

— Moi, repartit Oriol, j'aime mieux le petit !

— Il n'y a plus de niche à louer ; que viennent-ils faire ?

Heureusement qu'ils arrivaient auprès de Gonzague, qui les aperçut et tressaillit.

— Ah ! fit-il, que veulent ces braves ?

Cocardasse salua avec cette grâce noble qui accompagnait chacune de ses actions. Passepoil s'inclina plus modestement, mais en homme cependant qui a vu le monde.

Puis Cocardasse junior, d'une voix haute et claire, parcourant de l'œil cette foule pailletée qui venait de le railler, prononça ces paroles :

— Ce gentilhomme et moi, vieilles connaissances de monseigneur, nous venons lui présenter nos hommages.

— Ah !... fit encore Gonzague.

— Si monseigneur est occupé d'affaires trop importantes, reprit le Gascon qui s'inclina de nouveau, nous reviendrons à l'heure qu'il voudra bien nous indiquer.

— C'est cela, balbutia Passepoil ; nous aurons l'honneur de revenir.

Troisième salut, puis ils se redressèrent tous deux, la main à la poignée de la brette.

— Peyrolles ! appela Gonzague.

L'intendant venait de faire sortir le dernier adjudicataire.

— Reconnais-tu ces beaux garçons ! lui demanda Gonzague. Mène-les à l'office... qu'ils mangent et qu'ils boivent... Donne-leur à chacun un habit neuf... et qu'ils attendent mes ordres !

— Ah ! monseigneur !... s'écria Cocardasse.

— Généreux prince !... fit Passepoil.

— Allez ! ordonna Gonzague.

Ils s'éloignèrent à reculons, saluant à toute outrance et balayant la terre avec les vieilles plumes de leurs feutres.

Quand ils arrivèrent en face des rieurs, Cocardasse le premier planta son feutre sur l'oreille, et releva du bout de sa rapière le bord frangé de son manteau. Frère Passepoil l'imita de son mieux.

Tous deux, hautains, superbes, le nez au vent, le poing sur la hanche, foudroyant les railleurs de leurs regards terribles, ils traversèrent la salle sur les pas de Peyrolles, et gagnèrent l'office, où leur coup de fourchette étonna tous les serviteurs du prince.

En mangeant, Cocardasse junior disait :

— Mon bon, notre fortune est faite !

— Dieu le veuille ! répondait la bouche pleine frère Passepoil toujours moins fougueux.

— Ah çà ! cousin, dit Chaverny au prince quand ils furent partis, depuis quand te sers-tu de semblables outils ?

Gonzague promena autour de lui un regard rêveur, et ne répondit point.

Ces messieurs cependant, parlant assez haut pour que le prince pût les entendre, chantaient un dithyrambe à sa louange et faisaient honnêtement leur cour.

C'étaient tous nobles un peu ruinés, financiers un peu tarés : aucun d'eux n'avait encore commis d'action absolument punissable selon la loi, mais aucun d'eux n'avait gardé la blancheur de la robe nuptiale.

Tous, depuis le premier jusqu'au dernier, ils avaient besoin de Gonzague, l'un pour une chose, l'autre pour une autre, Gonzague était au milieu d'eux seigneur et roi, comme certains patriciens de l'ancienne Rome parmi la foule famélique de leurs cliens.

Gonzague les tenait par l'ambition, par l'intérêt, par leurs besoins et par leurs vices.

Le seul qui eût gardé une portion de son indépendance était le jeune marquis de Chaverny, trop fou pour spéculer, trop insoucieux pour se vendre.

La suite de ce récit montrera ce que Gonzague voulait faire d'eux, car, au premier aspect, placé comme il était à l'apogée de la richesse, de la puissance et de la faveur, Gonzague semblait n'avoir besoin de personne.

— Et l'on parle des mines du Pérou ! disait le gros Oriol pendant que le maître se tenait à l'écart. L'hôtel de monsieur le prince vaut à lui seul le Pérou et toutes ses mines !

Il était rond comme une boule, ce traitant ; il était haut en couleur, joufflu, essoufflé. Ces demoiselles de l'Opéra consentaient à se moquer de lui amicalement, pourvu qu'il fût en fonds et d'humeur donnante.

— Ma foi, répliqua Taranne, financier maigre et plat, c'est ici l'Eldorado.

— La maison d'or ! ajouta monsieur de Montaubert, ou plutôt la maison de diamant !

— Ya ! traduisit le baron de Batz, té tiâmant blitôt.

— Plus d'un grand seigneur, reprit Gironne, vivrait toute une année avec une semaine du revenu du prince de Gonzague.

— C'est que, dit Oriol, le prince de Gonzague est le roi des grands seigneurs !

— Gonzague, mon cousin, s'écria Chaverny d'un air plaisamment piteux, par grâce, demande quartier, ou cet ennuyeux hosanna durera jusqu'à demain.

Le prince sembla s'éveiller.

— Messieurs, dit-il sans répondre au petit marquis, car il n'aimait pas la raillerie, prenez la peine de me suivre dans mon appartement ; il faut que cette salle soit libre.

Quand on fut dans le cabinet de Gonzague.

— Vous savez pourquoi je vous ai convoqués, messieurs, reprit-il.

— J'ai entendu parler d'un conseil de famille, répondit Navailles.

— Mieux que cela, messieurs... une assemblée solennelle... un tribunal de famille où Son Altesse Royale le régent sera représenté par trois des premiers dignitaires de l'État : le président de Lamoignon, le maréchal de Villeroy et le vice-chancelier d'Argenson.

— Peste ! fit Chaverny. S'agit-il donc de la succession à la couronne ?

— Marquis, prononça sèchement le prince, nous allons parler de choses sérieuses, épargnez-nous !

— N'auriez-vous point, cousin, demanda Chaverny en bâillant par avance, quelques livres d'estampes pour me distraire pendant que vous serez sérieux ?

Gonzague sourit afin de le faire taire.

— Et de quoi s'agit-il, prince ? demanda monsieur de Mautaubert.

— Il s'agit de me prouver votre dévouement, messieurs, répondit Gonzague.

Ce ne fut qu'un cri.

— Nous sommes prêts !

Le prince salua et sourit.

— Je vous ai fait convoquer, spécialement vous, Navailles, Gironne, Chaverny, Nocé, Montaubert, Choisy, Lavallade, etc., en votre qualité de parens de Nevers ; vous,

Oriol, comme chargé d'affaires de notre cousin de Châtillon ; vous, Taranne et Albert, comme mandataires des deux Chatellux...

— Si ce n'est la succession de Bourbon, interrompit Chaverny, ce sera donc la succession de Nevers qui sera mise sur le tapis ?

— On décidera, répondit Gonzague, l'affaire des biens de Nevers... et d'autres affaires encore.

— Et que diable avez-vous besoin des biens de Nevers, vous, mon cousin, qui gagnez un million par heure ?

Gonzague fut un instant avant de répondre.

— Suis-je seul ? demanda-t-il ensuite d'un accent pénétré. N'ai-je pas votre fortune à faire ?

Il y eut un vif mouvement de reconnaissance dans l'assemblée. Tous les visages étaient plus ou moins attendris.

— Vous savez, prince, dit Navailles, si vous pouvez compter sur moi !

— Et sur moi ! s'écria Gironne.

— Et sur moi !... et sur moi !

— Sur moi aussi, pardieu ! fit Chaverny après tous les autres. Je voudrais seulement savoir...

Gonzague l'interrompit pour dire avec une hauteur sévère :

— Toi, tu es trop curieux, petit cousin ! cela te perdra.. Ceux qui sont avec moi, comprends bien ceci, doivent entrer résolument dans mon chemin, bon ou mauvais, droit ou tortueux...

— Mais cependant...

— C'est ma volonté !... Chacun est libre de me suivre ou de rester en arrière, mais quiconque s'arrête a rompu volontairement le pacte ; je ne le connais plus... Ceux qui sont avec moi doivent voir par mes yeux, entendre par mes oreilles, penser avec mon intelligence... La responsabilité n'est pas pour eux qui sont les bras, mais pour moi qui suis la tête... Tu m'entends bien, marquis, je ne veux pas d'amis faits autrement que cela !

— Et nous ne demandons qu'une chose, ajouta Navailles, c'est que notre illustre parent nous montre la route.

— Puissant cousin, dit Chaverny, m'est-il permis de vous adresser humblement et modestement une question ? Qu'aurai-je à faire ?

— A garder le silence et à me donner ta voix dans le conseil.

— Dussé-je blesser le touchant dévouement de nos amis, je vous dirai, cousin, que je tiens à ma voix à peu près autant qu'à un verre de champagne vide, mais...

— Point de mais ! interrompit Gonzague.

Et tous avec enthousiasme :

— Point de mais !

— Nous nous serrerons autour de monseigneur, ajouta lourdement Taranne.

— Monseigneur, ajouta Taranne, le financier d'épée, sait si bien se souvenir de ceux qui le servent !

L'invite pouvait n'être pas adroite, mais elle était au moins directe.

Chacun prit un air froid, pour n'avoir point l'air d'être complice.

Chaverny adressait à Gonzague un sourire triomphant et moqueur. Gonzague le menaça du doigt, comme on fait à un enfant méchant. Sa colère était passée.

— C'est le dévouement de Taranne que j'aime le mieux, dit-il avec une légère nuance de mépris dans la voix. Taranne, mon ami, vous avez la ferme d'Épernay.

— Ah ! prince !... fit le traitant.

— Point de remercîmens, interrompit Gonzague ; mais je vous prie, Montaubert, ouvrez la fenêtre... je me sens mal.

Chacun se précipita vers les croisées. Gonzague était fort pâle, et des gouttelettes de sueur perlaient sous ses cheveux. Il trempa son mouchoir dans le verre d'eau que lui présentait Gironne, et se l'appliqua sur le front.

Chaverny s'était rapproché avec un véritable empressement.

— Ce ne sera rien, dit le prince ; la fatigue... j'avais passé la nuit, et j'ai été obligé d'assister au petit lever du roi.

— Et que diable avez-vous besoin de vous tuer ainsi, cousin ? s'écria Chaverny ; que peut pour vous le roi ? je dirais presque, que peut pour vous le bon Dieu ?

A l'égard du bon Dieu, il n'y avait rien à reprocher à Gonzague. S'il se levait trop matin, ce n'était certes point pour faire ses dévotions.

Il serra la main de Chaverny. Nous pouvons bien dire qu'il eût payé volontiers un bon prix la question que Chaverny venait de lui faire.

— Ingrat ! murmura-t-il, est-ce pour moi que je sollicite ?

Les courtisans de Gonzague furent sur le point de s'agenouiller.

Chaverny eut bouche close.

— Ah ! messieurs ! reprit le prince, que notre jeune roi est un enfant charmant !... Il sait vos noms, et me demande toujours des nouvelles de mes bons amis.

— En vérité ! fit le chœur.

— Quand monsieur le régent, qui était dans la ruelle avec Madame palatine, a ouvert les rideaux, le jeune Louis a soulevé ses belles paupières, toutes chargées de sommeil, et il nous a semblé que l'Aurore se levait.

— L'Aurore aux doigts de roses ! fit l'incorrigible Chaverny.

Personne n'était sans avoir un peu envie de le lapider.

— Notre jeune roi, poursuivit Gonzague, a tendu la main à Son Altesse Royale, puis m'apercevant : « Eh ! bonjour, prince ; je vous ai rencontré l'autre soir au Cours-la-Reine, entouré de votre cour... il faudra que vous me donniez monsieur de Gironne, qui est un superbe cavalier !... »

Gironne mit la main sur son cœur. Les autres se pincèrent les lèvres.

— « Monsieur de Nocé me plaît aussi, » continua Gonzague, rapportant les paroles authentiques de Sa Majesté. « Et ce monsieur de Saldagne, tudieu ! ce doit être un foudre de guerre. »

— A quoi bon ceci ? lui glissa Chaverny à l'oreille ; Saldagne est absent.

On n'avait vu, en effet, depuis la veille au soir, ni monsieur le baron de Saldagne, ni monsieur le chevalier de Faënza.

Gonzague poursuivit sans prendre garde à l'interruption :

— Sa Majesté m'a parlé de vous, Montaubert ; de vous aussi, Choisy, et d'autres encore.

— Et Sa Majesté, interrompit le petit marquis, a-t-elle daigné remarquer un peu la galante et noble tournure de monsieur de Peyrolles ?

— Sa Majesté, répliqua sèchement Gonzague, n'a oublié personne, excepté vous.

— C'est bien fait pour moi ! dit Chaverny ; cela m'apprendra.

— On sait déjà votre affaire des mines, à la cour, Albret, poursuivit Gonzague... « Et votre Oriol, » m'a dit le roi en riant, « savez-vous qu'on me l'a donné comme étant bientôt plus riche que moi ! »

— Que d'esprit ! Quel maître nous aurons là !

Ce fut un cri d'admiration générale.

— Mais, reprit Gonzague avec un fin et bon sourire, ne sont là que des paroles ; nous avons eu mieux, Dieu merci ! Je vous annonce, ami Albret, que votre concession va être signée.

— Qui ne serait à vous, prince ? s'écria Albret.

— Oriol, ajouta le prince, vous avez votre charge noble ; vous pouvez voir d'Hozier pour votre écusson.

Le gros petit traitant s'enfla comme une boule et faillit crever du coup.

— Oriol, s'écria Chaverny, te voilà cousin du roi, toi qui es déjà cousin de toute la rue Saint-Denis... Ton écusson est tout fait : à d'or, aux trois bas de chausses d'azur, deux et un, et en cœur un bonnet de nuit flamboyant, » avec cette devise : « Utile dulci ! »

On rit un peu, sauf Oriol et Gonzague.

Oriol avait reçu le jour au coin de la rue Mauconseil, dans une boutique de bonneterie. Si Chaverny eût gardé ce mot pour le souper, il aurait eu un succès fou.

— Vous avez votre pension, Navailles, reprit cependant monsieur de Gonzague, cette vivante providence ; Montaubert, vous avez votre brevet.

Montaubert et Navailles se repentirent d'avoir ri.

— Nocé, continua le prince, vous monterez demain dans les carrosses. Vous, Gironne, je vous dirai, quand nous serons seuls tous deux, ce que j'ai obtenu pour vous.

Nocé fut content, Gironne le fut davantage.

Gonzague, poursuivant le cours de ses largesses, qui ne lui coûtaient rien, nomma chacun par son nom. Personne ne fut oublié, pas même le baron de Batz.

— Viens çà, marquis, dit-il enfin.

— Moi ? fit Chaverny.

— Viens çà, enfant gâté !

— Cousin, je connais mon sort ! s'écria plaisamment le marquis ; tous nos jeunes condisciples qui ont été sages ont eu des satisfecit... moi, le moins que je risque, c'est d'être au pain et à l'eau. Ah ! ajouta-t-il en se frappant la poitrine, je sens que je l'ai bien mérité !

— Monsieur de Fleury, gouverneur du roi, était au petit lever, dit Gonzague.

— Naturellement, repartit le marquis, c'est sa charge.

— Monsieur de Fleury est sévère.

— C'est son métier.

— Monsieur de Fleury a su ton histoire aux Feuillantines avec mademoiselle de Clermont.

— Aïe ! fit Navailles.

— Aïe ! aïe ! répétèrent Oriol et consorts.

— Et tu m'as empêché d'être exilé, cousin ? dit Chaverny ; grand merci !

— Il ne s'agissait pas d'exil, marquis.

— De quoi donc s'agissait-il, cousin ?

— Il s'agissait de la Bastille.

— Et tu m'as épargné la Bastille ? Deux fois grand merci !

— J'ai fait mieux, marquis.

— Mieux encore, cousin ? Il faudra donc que je me prosterne ?

— Ta terre de Chaneilles fut confisquée sous le feu roi.

— Lors de l'édit de Nantes, oui.

— Elle était d'un beau revenu, cette terre de Chaneilles ?

— Vingt mille écus, cousin... pour moitié moins je me donnerais au diable.

— Ta terre de Chaneilles t'est rendue.

— En vérité ! — s'écria le petit marquis. Puis tendant la main à Gonzague et d'un grand sérieux : — Alors, c'est dit : je me donne au diable ! — Gonzague fronça le sourcil. Le cénacle entier n'attendait qu'un signe pour crier au scandale. Chaverny promena tout autour de lui son regard dédaigneux. — Cousin, prononça-t-il lentement et à voix basse, je ne vous souhaite que du bonheur. Mais si les mauvais jours venaient, la foule s'éclaircirait autour de vous (je n'insulte personne : c'est la règle ; dussé-je rester seul, alors, cousin, moi je resterai !

V

OÙ EST EXPLIQUÉE L'ABSENCE DE FAENZA
ET DE SALDAGNE.

La distribution était faite. Nocé combinait son costume

pour monter le lendemain dans les carrosses du roi. Oriol, gentilhomme depuis cinq minutes, cherchait déjà quels ancêtres il avait bien pu avoir au temps de saint Louis. Tout le monde était content.

Monsieur de Gonzague n'avait certes point perdu sa peine au petit lever de Sa Majesté.

— Cousin, dit pourtant le petit marquis, je ne te tiens pas quitte, malgré le magnifique cadeau que tu viens de me faire.

— Que te faut-il encore ?

— Je ne sais si c'est à cause des Feuillantines et de mademoiselle de Clermont, mais Bois-Rosé m'a refusé obstinément une invitation pour la fête de ce soir au Palais-Royal. Il m'a dit que toutes les cédules étaient distribuées.

— Je crois bien ! s'écria Oriol, elles faisaient dix louis de prime rue Quincampoix, ce matin. Bois-Rosé a dû gagner là-dessus cinq ou six cent mille livres.

— Dont moitié pour ce bon abbé Dubois, son maître !

— J'en ai vu vendre à cinquante louis, ajouta Albret.

— On n'a pas voulu m'en donner à soixante ! enchérit Taranne.

— On se les arrache.

— A l'heure qu'il est, elles n'ont plus de prix.

— C'est que la fête sera splendide, messieurs, dit Gonzague ; tous ceux qui seront là auront leur brevet de fortune ou de noblesse... Je ne pense pas qu'il soit entré dans la pensée de monsieur le régent de livrer ces cédules à la spéculation ; mais ceci est le petit malheur des temps... et, sur ma foi ! je ne vois point de mal à ce que Bois-Rosé ou l'abbé fassent leurs affaires avec ces bagatelles.

— Dussent les salons du régent, fit observer Chaverny, s'emplir cette nuit de courtiers et de trafiquans !

— C'est la noblesse de demain, répliqua Gonzague ; le mouvement est là !

Chaverny frappa sur l'épaule d'Oriol.

— Toi qui es d'aujourd'hui, dit-il, comme tu les regarderas par-dessus l'épaule, ces gens de demain ?

Il nous faut bien dire un mot de cette fête.

C'était l'Écossais Law qui en avait eu l'idée, et c'était aussi l'Écossais Law qui en faisait les frais énormes.

Ce devait être le triomphe symbolique du système, comme on disait alors, la constatation officielle et bruyante de la victoire du crédit sur les espèces monnayées.

Pour que cette ovation eût plus de solennité, Law avait obtenu que Philippe d'Orléans lui prêtât les salons et les jardins du Palais-Royal.

Bien plus, les invitations étaient faites au nom du régent, et, pour ce seul fait, le triomphe du dieu-papier devenait une fête nationale.

Law avait mis, dit-on, des sommes folles à la disposition de la maison du régent, pour que rien ne manquât au prestige de ces réjouissances. Tout ce que la prodigalité la plus large peut produire en fait de merveilles devait éblouir les yeux des invités.

On parlait surtout du feu d'artifice et du ballet.

Le feu d'artifice, commandé au cavalier Gioja, devait représenter le palais gigantesque bâti en projet par Law sur les bords du Mississipi. Le monde, on le savait bien, ne devait plus avoir qu'une merveille : c'était ce palais de marbre, orné de tout l'or inutile que le crédit vainqueur jetait hors de la circulation.

Un palais grand comme une ville, où seraient prodiguées toutes les richesses métalliques du globe !

L'argent et l'or n'étaient plus bons qu'à cela.

Le ballet, œuvre allégorique dans le goût du temps, devait encore représenter le Crédit, personnifiant le bon ange de la France et le plaçant à la tête des nations.

Plus de famines, plus de misère, plus de guerres !

Le crédit, cet autre messie envoyé par Dieu clément, allait étendre au globe entier les délices reconquises du paradis terrestre.

Après la fête de cette nuit, le crédit déifié n'avait plus besoin que d'un temple.

Les pontifes existaient d'avance.

Monsieur le régent avait fixé à trois mille le nombre des entrées. Dubois tierça sous main le compte ; Bois-Rosé, maître des cérémonies, le doubla en tapinois.

A ces époques où règne la contagion de l'agio, l'agio se fourre partout, rien n'échappe à son envahissante influence.

De même que vous voyez dans les bas quartiers du négoce les petits enfans marchant à peine trafiquer déjà de leurs jouets, et *faire l'article* en bégayant sur un pain d'épice entamé, sur un cerf-volant en lambeaux, sur une demi-douzaine de billes ; de même, quand la fièvre de spéculer prend un peuple, les grands enfans se mettent à survendre tout ce qu'on recherche, tout ce qui a vogue : les cartes du restaurant à la mode, les stalles du théâtre heureux, les chaises de l'église encombrée.

Et ces choses ont lieu tout uniment, sans que personne s'en formalise.

Mon Dieu ! monsieur de Gonzague pensait comme tout o monde en disant : « Il n'y a point de mal à ce que Bois-Rosé gagne cinq ou six cent mille livres avec ces bagatelles ! »

— Il me semble avoir entendu dire à Peyrolles, reprit-il en atteignant son portefeuille, qu'on lui a offert deux ou trois mille louis du paquet de cédules que Son Altesse a bien voulu m'envoyer... mais fi donc !... je les ai gardées pour mes amis.

Il y eut un long bravo. Plusieurs de ces messieurs avaient déjà des cartes dans leurs poches ; mais abondance de cartes ne nuit pas, quand elles valent cent pistoles la pièce.

On n'était vraiment pas plus aimable que monsieur de Gonzague ce matin !

Il ouvrit son portefeuille, et jeta sur la table un gros paquet de lettres roses, ornées de ravissantes vignettes qui toutes représentaient, parmi des Amours entrelacés et des fouillis de fleurs, le Crédit, le grand Crédit, tenant a la main une corne d'abondance.

On fit le partage. Chacun en prit pour soi et ses amis, sauf le petit marquis, qui était encore un peu gentilhomme, et ne revendait point ce qu'on lui donnait.

Le noble Oriol avait, à ce qu'il paraît, un nombre considérable d'amis, car il emplit ses poches.

Gonzague les regardait faire.

Son œil rencontra celui de Chaverny, et tous deux se prirent à rire.

Si quelqu'un de ces messieurs croyait prendre Gonzague pour dupe, celui-là se trompait ; Gonzague avait son idée : il était plus fort dans son doigt qu'une douzaine d'Oriols multipliés par un demi-cent de Gironnes ou de Montauberts.

— Veuillez, messieurs, dit-il, laisser deux de ces cartes pour Faënza et pour Saldagne... Je m'étonne, en vérité, de ne les point voir ici. — Il était sans exemple que Faënza et Saldagne eussent manqué à l'appel. — Je suis heureux, reprit Gonzague, pendant qu'avait lieu la curée d'invitations cotées rue Quincampoix, je suis heureux d'avoir pu faire encore pour vous cette misère... Souvenez-vous bien de ceci... Partout où je passerai, vous passerez. Vous êtes autour de moi un bataillon sacré : votre intérêt est de me suivre, mon intérêt est de vous tenir toujours la tête au-dessus de la foule. — Il n'y avait plus sur la table que les deux lettres de Saldagne et de Faënza. On se remit à écouter le maître attentivement et respectueusement. — Je n'ai plus qu'une chose à vous dire, acheva Gonzague : des événements vont avoir lieu sous peu qui seront pour vous des énigmes. Ne cherchez jamais, je ne demande point ceci, je l'exige, ne cherchez jamais les raisons de ma conduite ; prenez seulement le mot d'ordre, et faites... Si la route est longue et difficile, peu vous importe, puisque je vous affirme sur mon honneur que la fortune est au bout.

— Nous vous suivrons ! s'écria Navailles.

— Tous, tant que nous sommes ! ajouta Gironne.

Et Oriol, rond comme un ballon, conclut avec un geste chevaleresque :

— Fût-ce en enfer !

— La peste ! cousin, fit Chaverny entre haut et bas, les chauds amis que nous avons là !... Je voudrais gager que...

Un cri de surprise et d'admiration l'interrompit.

Lui-même resta bouche béante à regarder une jeune fille d'une admirable beauté qui venait de se montrer étourdiment au seuil de la chambre à coucher de Gonzague.

Évidemment, elle n'avait point cru trouver là si nombreuse compagnie.

Comme elle franchissait le seuil, son visage tout jeune, tout brillant d'espiègle gaieté, avait un pétillant sourire. A la vue des compagnons de Gonzague, elle s'arrêta, rabattit vivement son voile de dentelle épaissi par la broderie, et resta immobile comme une charmante statue.

Chaverny la dévorait des yeux. Les autres avaient toutes les peines du monde à réprimer leurs regards curieux.

Gonzague, qui d'abord avait fait un mouvement, se remit aussitôt et alla droit à la nouvelle venue.

Il prit sa main qu'il porta vers ses lèvres avec plus de respect encore que de galanterie.

La jeune fille resta muette.

— C'est la belle recluse ! murmura Chaverny.

— L'Espagnole ! ... ajouta Navailles.

— Celle pour qui monsieur le prince tient close sa petite maison derrière Saint-Magloire !

Et ils admiraient, en connaisseurs qu'ils étaient, cette taille souple et noble à la fois, ce bas de jambe adorable attaché à un pied de fée, cette splendide couronne de cheveux abondans, soyeux et plus noirs que le jais.

L'inconnue portait une toilette de ville dont la richesse simple sentait la grande dame. Elle la portait bien.

— Messieurs, dit le prince, vous devez voir aujourd'hui même cette jeune et chère enfant, car elle m'est chère à plus d'un titre ; et, je le proclame, je ne comptais point que ce serait sitôt. Je ne me donne pas l'honneur de vous présenter à elle en ce moment ; il n'est pas temps. Attendez-moi ici, je vous prie. Tout à l'heure, nous aurons besoin de vous.

Il prit la main de la jeune fille et la fit entrer dans son appartement, dont la porte se referma sur eux.

Vous eussiez vu aussitôt tous les visages changer, sauf celui du petit marquis de Chaverny, qui resta impertinent comme devant.

Le maître n'était plus là ; tous ces écoliers barbus avaient vacances.

— A la bonne heure ! s'écria Gironne.

— Ne nous gênons pas ! fit Montaubert.

— Messieurs, reprit Nocé, le feu roi fit une sortie semblable avec madame de Montespan, devant toute la cour assemblée... Choisy, c'est ton vénérable oncle qui raconte cela dans ses mémoires. Monseigneur de Paris était présent, le chancelier, les princes, trois cardinaux et deux abbesses, sans compter le père Letellier. Le roi et la comtesse devaient échanger solennellement leurs adieux pour rentrer, chacun de son côté, dans le giron de la vertu. Mais pas du tout : madame de Montespan pleura, Louis le Grand larmoya, puis tous deux tirèrent leur révérence à l'austère assemblée.

— Qu'elle est belle ! dit Chaverny tout rêveur.

— Ah çà ! fit Oriol, savez-vous une idée qui me vient ? Cette assemblée de famille... si c'était pour un divorce !

On se récria d'abord, puis chacun convint que la chose n'était pas impossible.

Personne n'ignorait la profonde séparation qui existait entre le prince de Gonzague et sa femme.

— Ce diable d'homme est fin comme l'ambre reprit

Taranne, il est capable de laisser la femme et de garder la dot !

— Et c'est là-dessus, ajouta Gironne, que nous allons donner nos votes.

— Qu'en dis-tu, toi, Chaverny? demanda le gros Oriol.

— Je dis, répliqua le petit marquis, que vous seriez des infâmes, si vous n'étiez des sots...

— De par Dieu ! petit cousin, s'écria Nocé, tu es à l'âge où l'on corrige les mauvaises habitudes ; j'ai envie...

— La, la ! s'interposa le paisible Oriol.

Chaverny n'avait même pas regardé Nocé.

— Qu'elle est belle ! fit-il une seconde fois.

— Chaverny est amoureux ! s'écria-t-on de toutes parts.

— Ce pourquoi je lui pardonne, ajouta Nocé.

— Mais, en somme, demanda Gironne, que sait-on sur cette jeune fille?

— Rien, répondit Navailles, sinon que monsieur de Gonzague la cache soigneusement, et que Peyrolles est l'esclave chargé d'obéir aux caprices de cette belle personne.

— Peyrolles n'a pas parlé?

— Peyrolles ne parle jamais.

— C'est pour cela qu'on le garde.

— Elle doit être à Paris, reprit Nocé, depuis une ou deux semaines tout au plus, car, le mois passé, la Nivelle était reine et maîtresse dans la petite maison de monsieur le prince.

— Depuis lors, ajouta Oriol, nous n'avons pas soupé une seule fois à la petite maison.

— Il y a une manière de corps de garde dans le jardin, dit Montaubert ; les chefs de poste sont tantôt Faënza, tantôt Saldagne.

— Mystère ! mystère !

— Prenons patience... Nous allons savoir cela aujourd'hui... Holà ! Chaverny?

Le petit marquis tressaillit comme si on l'eût éveillé en sursaut.

— Chaverny, tu rêves !...

— Chaverny, tu es muet !...

— Chaverny, parle, parle, quand même ce serait pour nous dire des injures !

Le petit marquis appuya son menton contre sa main blanchette.

— Messieurs, dit-il, vous vous damnez tous les jours trois ou quatre fois pour quelques chiffons de banque... moi, pour cette belle fille-là, je me damnerai une fois, voilà tout.

En quittant Cocardasse junior et Amable Passepoil, installés commodément à l'office devant un copieux repas, monsieur de Peyrolles était sorti de l'hôtel par la porte du jardin. Il prit la rue Saint-Denis, et, passant derrière l'église Saint-Magloire, il s'arrêta devant la porte d'un autre jardin dont les murs disparaissaient presque sous les branches énormes et pendantes d'une allée de vieux ormes.

Monsieur de Peyrolles avait dans la poche de son beau pourpoint la clef de cette porte.

Il entra. Le jardin était solitaire. On voyait, au bout d'une allée en berceau, ombreuse jusqu'au mystère, un pavillon tout neuf, bâti dans le style grec, et dont le péristyle s'entourait de statues.

Un bijou que ce pavillon ! la dernière œuvre de l'architecte Oppenort !

Monsieur de Peyrolles s'engagea dans la sombre allée et gagna le pavillon.

Dans le vestibule étaient plusieurs valets en livrée.

— Où est Saldagne? — demanda Peyrolles. On n'avait point vu monsieur le baron Saldagne depuis la veille.

— Et Faënza? — Même réponse que pour Saldagne. La maigre figure de l'intendant prit une expression d'inquiétude. — Que veut dire ceci? pensa-t-il.

Sans interroger autrement les valets, il demanda si mademoiselle était visible.

Il y eut un va-et-vient de domestiques. On entendit la voix de la première camériste. Mademoiselle attendait monsieur de Peyrolles dans son boudoir.

— Je n'ai pas dormi, s'écria-t-elle dès qu'elle l'aperçut, je n'ai pas fermé l'œil de la nuit!... Je ne veux plus demeurer dans cette maison !... La ruelle qui est de l'autre côté du mur est un coupe-gorge.

C'était la jeune fille admirablement belle que nous avons vue entrer tout à l'heure chez monsieur de Gonzague. Sans faire tort à sa toilette, elle était plus charmante encore, s'il est possible, dans son déshabillé du matin. Son peignoir blanc flottant laissait deviner les perfections de sa taille, légère et robuste à la fois ; ses beaux grands cheveux noirs dénoués tombaient à flots abondants sur ses épaules, et ses petits pieds nus jouaient dans des mules de satin.

Pour approcher de si près et sans danger pareille enchanteresse, il fallait être de marbre.

Monsieur de Peyrolles avait toutes les qualités de l'emploi de confiance qu'il remplissait auprès de son maître.

Il eût disputé le prix de l'impassibilité à Mesrour, chef des gardiens noirs du calife Haraoun-al-Raschid.

Au lieu d'admirer les charmes de sa belle compagne, il lui dit :

— Dona Cruz, monsieur le prince désire vous voir à son hôtel ce matin.

— Miracle ! s'écria la jeune fille ; moi sortir de ma prison ! moi traverser la rue ! moi, moi ! Etes-vous bien sûr de ne pas rêver debout, monsieur de Peyrolles?

Elle le regarda en face, puis elle éclata de rire, en exécutant très remarquablement une pirouette double.

L'intendant ajouta sans sourciller :

— Pour vous rendre à l'hôtel, monsieur le prince désire que vous fassiez toilette.

— Moi, se récria encore la jeune fille, faire toilette ! Santa Virgen ! je ne crois pas un mot de ce que vous me dites.

— Je parle pourtant très sérieusement, dona Cruz ; dans une heure, il faut que vous soyez prête.

Dona Cruz se regarda dans une glace et se rit au nez.

Puis, pétulante comme la poudre :

— Angélique ! Justine ! madame Langlois ! Sont-elles lentes, ces Françaises ! fit-elle en colère de ne les point voir arriver avant d'avoir été appelées. Madame Langlois ! Justine ! Angélique !

— Il faut le temps... voulut dire le flegmatique factotum.

— Vous, allez-vous-en ! s'écria dona Cruz ; vous avez fait votre commission... J'irai.

— C'est moi qui vous conduirai, rectifia Peyrolles.

— Oh ! l'ennui ! Santa Maria ! soupira dona Cruz ; si vous saviez comme je voudrais voir une autre figure que la vôtre, mon bon monsieur de Peyrolles ! — Madame Langlois, Angélique et Justine, trois chambrières parisiennes, entrèrent ensemble à ce moment. Dona Cruz ne songeait déjà plus à elles. — Je ne veux pas, dit-elle, que ces deux hommes restent la nuit dans ma maison ; ils me font peur.

Il s'agissait de Faënza et de Saldagne.

— C'est la volonté de monseigneur, répliqua l'intendant.

— Suis-je esclave? s'écria la pétulante enfant, déjà rouge de colère ; ai-je demandé à venir ici? Si je suis prisonnière, c'est bien le moins que je puisse choisir mes geôliers ! Dites-moi que je ne reverrai plus ces deux hommes, ou je n'irai pas à l'hôtel.

Madame Langlois, première camériste de dona Cruz, s'approcha de monsieur de Peyrolles et lui dit quelques mots à l'oreille. Le visage de l'intendant, qui était naturellement très pâle, devint livide.

— Avez-vous vu cela? demanda-t-il d'une voix qui tremblait.

— Je l'ai vu, répondit la camériste.

— Quand donc?

— Tout à l'heure. On vient de les trouver tous deux.

— Où cela?

— En dehors de la poterne qui donne sur la ruelle.

— Je n'aime pas qu'on parle à voix basse en ma présence! dit dona Cruz avec hauteur.

— Pardon, madame, repartit humblement l'intendant; qu'il vous suffise de savoir que ces deux hommes qui vous déplaisent... vous ne les reverrez plus!

— Alors, qu'on m'habille, ordonna la belle fille.

— Ils ont soupé hier soir en bas tous les deux, racontait cependant madame Langlois en reconduisant Peyrolles sur l'escalier. Saldagne, qui était de garde, a voulu reconduire monsieur de Faënza. Nous avons entendu dans la ruelle un cliquetis d'épées.

— Dona Cruz m'a parlé de cela, interrompit Peyrolles.

— Le bruit n'a pas duré longtemps, reprit la camériste; tout à l'heure, un valet sortant par la ruelle s'est heurté contre deux cadavres.

— Langlois! Langlois! appela en ce moment la belle recluse.

— Allez, ajouta la camériste, remontant les degrés précipitamment; ils sont là, au bout du jardin.

Dans le boudoir, les trois chambrières commencèrent l'œuvre facile et charmante de la toilette d'une jolie fille. Dona Cruz se livra bientôt tout entière au bonheur de se voir si belle. Son miroir lui souriait.

Santa Virgen! elle n'avait jamais été si heureuse depuis son arrivée dans cette grande ville de Paris, dont elle n'avait vu que les rues longues et noires, par une sombre nuit d'automne.

— Enfin! se disait-elle, mon beau prince va tenir sa promesse... Je vais voir, être vue!... Paris, qu'on m'a tant vanté, va être pour moi autre chose qu'un pavillon isolé dans un froid jardin entouré de murs.

Et, toute joyeuse, elle échappait aux mains de ses caméristes pour danser en rond autour de la chambre, comme une folle enfant qu'elle était...

Monsieur de Peyrolles, lui, avait gagné tout d'un temps le bout du jardin. Au fond d'une charmille sombre, sur un tas de feuilles sèches, il y avait deux manteaux étendus.

Sous les manteaux on devinait la forme de deux corps humains.

Peyrolles souleva en frissonnant le premier manteau, puis l'autre.

Sous le premier était Faënza, sous le second Saldagne. Tous deux avaient une blessure pareille au front, entre les deux yeux.

Les dents de Peyrolles s'entre-choquèrent avec bruit. Il laissa retomber les manteaux.


VI

DONA CRUZ.

Il y a une fatale histoire que tous les romanciers ont racontée au moins une fois en leur vie; c'est l'histoire de la pauvre enfant enlevée à sa mère, qui était duchesse, par les gypsies d'Écosse, par les brigands de la Calabre ou du Rhin, par les tziganes de Hongrie ou par les gitanos d'Espagne.

Nous ne savons absolument pas, et nous prenons l'engagement de ne point l'apprendre, si notre belle dona Cruz était une duchesse volée ou une véritable fille de gitana.

La chose certaine, c'est qu'elle avait passé sa vie entière parmi les gitanos, allant comme eux de ville en ville, de hameaux en bourgades, et dansant sur la place publique tant qu'on voulait pour un maravédis.

C'est elle-même qui nous dira comment elle avait quitté ce métier libre, mais peu lucratif, pour venir habiter à Paris la petite maison de monsieur de Gonzague.

Une demi-heure après sa toilette achevée, nous la retrouvons dans la chambre de ce dernier, émue malgré sa hardiesse, et toute confuse de la belle entrée qu'elle venait de faire dans la grand'salle de l'hôtel de Nevers.

— Pourquoi Peyrolles ne vous a-t-il pas accompagnée? lui demanda Gonzague.

— Votre Peyrolles, répondit la jeune fille, a perdu la parole et le sens pendant que je faisais ma toilette. Il ne m'a quittée qu'un instant pour se promener au jardin... Quand il est revenu, il ressemblait à un homme frappé de la foudre. Mais, s'interrompit-elle d'une voix caressante, ce n'est pas pour parler de votre Peyrolles que vous m'avez fait venir, n'est-ce pas, monseigneur?

— Non, répondit Gonzague en riant; ce n'est pas pour parler de mon Peyrolles.

— Dites! dites! s'écria dona Cruz; vous voyez bien que je suis impatiente! Dites vite!

Gonzague la regardait attentivement.

Il pensait:

— J'ai cherché longtemps, mais pouvais-je trouver mieux?... Elle lui ressemble, sur ma foi! ce n'est pas une illusion que je me fais...

— Eh bien! reprit dona Cruz; dites donc.

— Asseyez-vous, chère enfant, reprit Gonzague.

— Retournerai-je dans ma prison?

— Pas pour longtemps.

— Ah! fit la jeune fille avec regret; j'y retournerai! Pour la première fois aujourd'hui, j'ai vu un coin de la ville au soleil... C'est beau. Ma solitude me semblera plus triste.

— Nous ne sommes pas ici à Madrid, objecta Gonzague; il faut des précautions.

— Et pourquoi... pourquoi des précautions? Fais-je du mal pour que l'on me cache?

— Non, assurément, dona Cruz, mais...

— Ah! tenez, monseigneur, l'interrompit-elle avec feu, il faut que je vous parle. J'ai le cœur trop plein. Vous n'avez pas besoin de me rappeler, allez! je vois bien que nous ne sommes plus à Madrid, où j'étais pauvre, c'est vrai, orpheline, abandonnée, mais où j'étais libre... libre comme l'air du ciel! — Elle s'interrompit, et ses sourcils noirs se froncèrent légèrement. — Savez-vous, monseigneur, dit-elle, que vous m'aviez promis bien des choses?

— Je tiendrai plus que je n'ai promis, repartit Gonzague.

— Ceci est encore une promesse, et je commence à le plus croire. — Ses sourcils se détendirent, et un voile de rêverie vint adoucir l'éclair aigu de son regard. — Ils me connaissaient tous, dit-elle, les gens du peuple et les seigneurs; ils m'aimaient, et quand j'arrivais, on criait: « Venez, venez voir la gitana qui va danser le bambolo de Xérès!... » Et si je tardais à venir, il y avait toujours du monde, beaucoup de monde à m'attendre sur la Plaza-Santa, derrière l'Alcazar... Quand je rêve la nuit, je revois ces grands orangers du palais qui embaumaient l'air du soir, et ces maisons à tourelles brodées, où s'ouvrait à demi la jalousie, vers la brune... Ah! ah! j'ai prêté ma mandoline à plus d'un grand d'Espagne! Beau pays! reprit-elle les larmes aux yeux, pays des parfums et des sérénades! Ici, l'ombre de vos arbres est froide et fait frissonner! Sa tête se pencha sur sa main. Gonzague la laissait dire et semblait songer. — Vous souvenez-vous? dit-elle tout à coup; c'était un soir... j'avais dansé plus tard que de coutume; au détour de la rue sombre qui monte à l'Assomption, je vous vis soudain près de moi... j'eus peur et j'eus espoir. Quand vous parlâtes, votre voix grave et douce me serra le cœur, mais je ne songeais point à m'enfuir. Vous me dîtes, en vous plaçant devant moi pour me barrer le passage : « Comment vous appelez-vous, mon enfant ? — Santa-Cruz, » répondis-je. On m'appelait Flor quand j'étais avec mes frères, les gitanos de Grenade ; mais le prêtre m'avait donné avec le baptême le nom de Marie de la Sainte-Croix. « Ah ! me dites-vous, vous êtes chrétienne ? » Peut-être ne vous souvenez-vous plus déjà de tout cela, monseigneur ?...

— Si fait, dit Gonzague avec distraction, je n'ai rien oublié.

— Moi, reprit dona Cruz dont la voix eut un tremblement, je me souviendrai de cette heure-là toute ma vie. Je vous aimais déjà ; comment ? je ne sais... Par votre âge vous pourriez être mon père ; mais où trouverais-je un amoureux plus beau, plus noble, plus brillant que vous ? — Elle dit cela sans rougir. Elle ne savait pas ce que c'est que notre pudeur. Ce fut un baiser de père que Gonzague déposa sur son front. Dona Cruz laissa échapper un gros soupir. — Vous me dites, reprit-elle : « Tu es trop belle, ma fille, pour danser ainsi sur la place publique, avec un tambour de basque et une ceinture de faux sequins... Viens avec moi. » Je me mis à vous suivre. Je n'avais déjà plus de volonté. En entrant dans votre demeure, je reconnus bien que c'était le propre palais d'Alberoni. On me dit que vous étiez l'ambassadeur du régent de France auprès de la cour de Madrid. Que m'importait cela ! Nous partîmes le lendemain. Vous ne me donnâtes point place dans votre chaise. Oh ! je ne vous ai jamais dit cela, monseigneur, car c'est à peine si je vous entrevois à de rares intervalles. Je suis seule, je suis triste, je suis abandonnée. Je fis cette longue route de Madrid à Paris, cette route sans fin, dans un carrosse à rideaux épais et toujours fermés ; je la fis en pleurant, je la fis avec des regrets plein le cœur !... Je sentais bien déjà que j'étais en exilée. Et combien de fois, combien de fois, sainte Vierge, durant ces heures silencieuses, n'ai-je pas regretté mes libres soirées, ma danse folle et mon rire perdu !... Gonzague ne l'écoutait plus : sa pensée était ailleurs. — Paris ! Paris ! s'écria-t-elle avec une pétulance qui le fit tressaillir. Vous souvenez-vous quel tableau vous m'aviez fait de Paris ? Paris, le paradis des belles filles... Paris, le rêve enchanté, la richesse inépuisable, le luxe éblouissant ; un bonheur qui ne se rassasie pas, une fête de toute la vie !... Vous souvenez-vous comme vous m'aviez enivrée ? — Elle prit la main de Gonzague et la tint entre les siennes. — Monseigneur ! monseigneur ! fit-elle plaintivement, j'ai vu de nos belles fleurs d'Espagne dans votre jardin ; elles sont bien faibles et bien tristes... elles vont mourir. Voulez-vous donc me tuer, monseigneur ?... — Et, se redressant soudain pour rejeter en arrière l'opulente parure de ses cheveux, elle alluma un rapide éclair dans sa prunelle. — Écoutez, monseigneur, s'écria-t-elle, je ne suis pas votre esclave... J'aime la foule, moi ; la solitude m'effraye... J'aime le bruit ; le silence me glace... Il me faut la lumière, le mouvement, le plaisir surtout, le plaisir qui fait vivre !... La gaieté m'attire, le rire m'enivre, les chansons me charment... L'or du vin de Rota met des diamans dans mes yeux, et, quand je ris, je sens bien que je suis plus belle !

— Charmante folle !... murmura Gonzague avec une caresse toute paternelle.

Dona Cruz retira ses mains.

— Vous n'étiez pas ainsi à Madrid... fit-elle. Puis avec colère : — Vous avez raison, je suis folle... mais je veux devenir sage... Je m'en irai...

— Dona Cruz !... fit le prince.

Elle pleurait. Il prit son mouchoir brodé pour essuyer doucement ses belles larmes.

Sous ces larmes qui n'avaient pas eu le temps de sécher vint un fier sourire.

— D'autres m'aimeront, dit-elle avec menace. Ce paradis, reprit-elle avec amertume, c'était une prison. Vous m'avez trompée, prince !... Un merveilleux boudoir m'attendait ici dans un pavillon qui semble détaché d'un palais de fée... Du marbre, des peintures délicieuses, des draperies de velours brodées d'or... de l'or aussi aux lambris, et des sculptures, des cristaux aux voûtes... mais à l'entour, poursuivit-elle, des ombrages sombres et mouillés, des pelouses noires où tombent une à une les pauvres feuilles, mortes de ce froid qui me glace... des caméristes muettes, des valets discrets, des gardes du corps farouches... et pour majordome cet homme livide, ce Peyrolles !...

— Avez-vous à vous plaindre de monsieur de Peyrolles ? demanda Gonzague.

— Non... il est l'esclave de mes moindres désirs... il me parle avec douceur... avec respect même, et, chaque fois qu'il m'aborde, la plume de son feutre balaye la terre...

— Eh bien ?...

— Vous raillez, monseigneur !... Ne savez-vous pas qu'il rive les verrous à ma porte, et qu'il joue près de moi le rôle d'un gardien de sérail... ?

— Vous exagérez tout, dona Cruz !...

— Monseigneur, l'oiseau captif ne regarde même pas les dorures de sa cage... Je me déplais chez vous... j'y suis prisonnière... ma patience est à bout... je vous somme de me rendre ma liberté. — Gonzague se prit à sourire. — Pourquoi me cacher ainsi à tous les yeux ? reprit-elle. Répondez, je le veux ! — Sa tête charmante se dressait impérieuse. Gonzague souriait toujours. — Vous ne m'aimez pas ?... poursuivit-elle en rougissant, non point de honte, mais de dépit. Puisque vous ne m'aimez pas, vous ne pouvez être jaloux de moi !... — Gonzague lui prit la main et la porta à ses lèvres. Elle rougit davantage. — J'ai cru... murmura-t-elle en baissant les yeux, (vous m'avez dit une fois que vous n'étiez pas marié... à toutes mes questions sur ce sujet, ceux qui m'entourent répondent par le silence), j'ai cru, quand j'ai vu que vous me donniez des maîtres de toute sorte, quand j'ai vu que vous me faisiez enseigner tout ce qui fait le charme des dames françaises... pourquoi ne le dirais-je pas... je me suis crue aimée ! — Elle s'arrêta pour glisser à la dérobée un regard vers Gonzague, dont les yeux exprimaient le plaisir et l'admiration. — Et je travaillais, continua-t-elle, pour me rendre plus digne et meilleure ; je travaillais avec courage, avec ardeur. Rien ne me coûtait. Il me semblait qu'il n'y avait point d'obstacle assez fort pour entraver ma volonté. Vous souriez ! s'écria-t-elle avec un véritable mouvement de fureur. Santa Virgen ! ne souriez pas ainsi, prince, ou vous me rendrez folle ! — Elle se plaça devant lui, et, d'un ton qui n'admettait plus de faux-fuyans : — Si vous ne m'aimez pas, que voulez-vous de moi ?

— Je veux vous faire heureuse, dona Cruz, répondit Gonzague doucement ; je veux vous faire heureuse et puissante.

— Faites-moi libre d'abord ! — s'écria la belle captive en pleine révolte. Et comme Gonzague cherchait à la calmer : — Faites-moi libre ! répéta-t-elle ; libre, libre ! Cela me suffit... je ne veux que cela ! — Puis donnant cours à sa turbulente fantaisie : — Je veux Paris ! je veux le Paris de vos promesses !... ce Paris bruyant et brillant que je devine à travers les murs de ma prison !... Je veux sortir, je veux me montrer partout... A quoi me servent mes parures entre quatre murailles ?... Regardez-moi !... Pensiez-vous que j'allais m'éteindre dans mes larmes ? — Elle eut un retentissant éclat de rire. — Regardez-moi, prince, me voilà consolée... Je ne pleurerai plus jamais, je rirai toujours, pourvu qu'on me montre l'Opéra, dont je ne sais que le nom, les fêtes, les danses...

— Ce soir, dona Cruz, interrompit Gonzague froidement, vous mettrez votre plus riche parure... — Elle releva sur lui son regard défiant et curieux. — Et je vous conduirai, poursuivit Gonzague, au bal de monsieur le régent.

Dona Cruz demeura comme abasourdie.

Son visage, mobile et charmant, changea deux ou trois fois de couleur.

— Est-ce vrai cela? demanda-t-elle enfin, car elle doutait encore.

— C'est vrai, répondit Gonzague.

— Vous ferez cela, vous! s'écria-t-elle. Oh! je vous pardonne tout, prince!... vous êtes bon, vous êtes mon ami...

— Elle se jeta à son cou; puis, le quittant, elle se mit à gambader comme une folle. Tout en dansant, elle disait : — Le bal du régent! nous irons au bal du régent!... Les clôtures ont beau être épaisses, le jardin froid et désert, les fenêtres closes... j'ai entendu parler du bal du régent, je sais qu'on y verra des merveilles... et moi, je serai là!... Oh! merci! merci! prince, s'interrompit-elle; si vous saviez comme vous êtes beau quand vous êtes bon! C'est au Palais-Royal, n'est-ce pas?... Moi qui mourais d'envie de voir le Palais-Royal. — Elle était au bout de la chambre. D'un bond, elle fut auprès de Gonzague, et s'agenouilla sur un coussin à ses pieds. Et, toute sérieuse, elle demanda en croisant ses deux belles mains sur le genou du prince et en le regardant fixement : — Quelle toilette ferai-je?

Gonzague secoua la tête gravement.

— Aux bals de la cour de France, dona Cruz, répondit-il, il y a quelque chose qui rehausse et pare un beau visage encore plus que la toilette la plus recherchée.

Dona Cruz essaya de deviner.

— C'est le sourire? dit-elle comme un enfant à qui on propose une naïve énigme.

— Non, répliqua Gonzague.

— C'est la grâce?...

— Non; vous avez le sourire et la grâce, dona Cruz; la chose dont je vous parle...

— Je ne l'ai pas... Qu'est-ce donc? — Et comme Gonzague tardait à répondre, elle ajouta impatiente déjà : — Me la donnerez-vous?

— Je vous la donnerai, dona Cruz.

— Mais qu'est-ce donc que je n'ai pas? interrogea la coquette, qui en même temps jeta son triomphant regard vers le miroir.

Certes, le miroir ne pouvait suppléer à la réponse de Gonzague.

Gonzague répondit :

— Un nom! — Et voilà dona Cruz précipitée du sommet de sa joie. Un nom! Elle n'avait pas de nom! Le Palais-Royal, ce n'était pas la Plaza-Santa, derrière l'Alcazar. Il ne s'agissait plus ici de danser au son d'un tambour de basque, avec une ceinture de faux sequins autour des hanches. O la pauvre dona Cruz! Gonzague venait bien de lui faire une promesse; mais les promesses de Gonzague! Et d'ailleurs, un nom, cela se donne-t-il? Le prince sembla marcher de lui-même au-devant de cette objection. — Si vous n'aviez pas de nom, chère enfant, dit-il, toute ma tendre affection serait impuissante; mais votre nom n'est pas égaré; c'est moi qui le retrouve... Vous avez un nom illustre parmi les plus illustres noms de France.

— Que dites-vous? s'écria la jeune fille éblouie.

— Vous avez une famille, poursuivit Gonzague dont le ton était solennel, une famille puissante et alliée à nos rois... Votre père était duc!

— Mon père! répéta dona Cruz; il était duc, dites-vous?... Il est donc mort? — Gonzague courba la tête. — Et ma mère?...

La voix de la pauvre enfant tremblait,

— Votre mère, repartit Gonzague, est princesse.

— Elle vit! s'écria dona Cruz, dont le cœur bondit; vous avez dit : Elle est princesse!... Elle vit! ma mère vit!... Je vous en prie, je vous en prie, parlez-moi de ma mère! Gonzague mit un doigt sur sa bouche.

— Pas à présent, murmura-t-il.

Mais dona Cruz n'était pas faite pour se laisser prendre à ces airs de mystère.

Elle saisit les deux mains de Gonzague.

— Vous allez me parler de ma mère, dit-elle, et tout de suite. Mon Dieu! comme je vais l'aimer!... Elle est bien bonne, n'est-ce pas?... et bien belle? C'est une chose singulière, s'interrompit-elle avec gravité; j'ai toujours rêvé cela. Une voix en moi me disait que j'étais la fille d'une princesse.

Gonzague eut grand'peine à garder son sérieux.

— Elles sont toutes les mêmes! pensa-t-il.

— Oui, continua dona Cruz, quand je m'endormais, le soir, je la voyais, ma mère... toujours... toujours penchée à mon chevet... de grands beaux cheveux noirs... un collier de perles... de fiers sourcils... des pendants d'oreilles en diamans... et un regard si doux!... Comment s'appelle ma mère?

— Vous ne pouvez le savoir encore, dona Cruz.

— Pourquoi cela?

— Un grand danger...

— Je comprends! je comprends! interrompit-elle, prise tout à coup par quelque romanesque souvenir; j'ai vu au théâtre de Madrid des comédies; c'était ainsi : on ne disait jamais du premier coup aux jeunes filles le nom de leur mère.

— Jamais, approuva Gonzague,

— Un grand danger, reprit dona Cruz, et cependant j'ai de la discrétion, allez! J'aurais gardé mon secret jusqu'à la mort!

Elle se campa, belle et fière comme Chimène.

— Je n'en doute pas, repartit Gonzague; mais vous n'attendrez pas longtemps, chère enfant. Dans quelques heures, le secret de votre mère vous sera révélé. En ce moment, continua Gonzague, vous ne devez savoir qu'une seule chose : c'est que vous ne vous appelez pas Maria de la Santa-Cruz.

— Mon vrai nom était Flor.

— Pas davantage.

— Comment donc m'appelais-je?

— Vous reçûtes au berceau le nom de votre mère qui était Espagnole... Vous vous nommez Aurore.

Dona Cruz tressaillit et répéta :

— Aurore!... — Puis elle ajouta, en frappant ses mains l'une contre l'autre : — Voilà un hasard étrange!

Gonzague la regardait attentivement. Il attendait qu'elle parlât.

— Pourquoi cette surprise? fit-il.

— Parce que ce nom est rare, repartit la jeune fille devenue rêveuse, et me rappelle...

— Et vous rappelle?... interrogea Gonzague avec anxiété.

— Pauvre petite Aurore! murmura dona Cruz, les yeux humides, comme elle était bonne!... et jolie! et comme je l'aimais!

Gonzague faisait évidemment effort pour cacher sa fiévreuse curiosité. Heureusement que dona Cruz était tout entière à ses souvenirs

— Vous avez connu, dit le prince en affectant une froide indifférence, une jeune fille qui s'appelait Aurore?

— Oui...

— Quel âge avait-elle?

— Mon âge; nous étions deux enfans, et nous nous aimions tendrement, bien qu'elle fût heureuse et moi bien pauvre.

— Y a-t-il longtemps de cela?

— Des années... — Elle regarda Gonzague en face et ajouta : — Mais cela vous intéresse donc, monsieur le prince?

Gonzague était de ces hommes qu'on ne trouve jamais hors de garde.

Il prit la main de dona Cruz et répondit avec bonté :

— Je m'intéresse à tout ce que vous aimez, ma fille... Parlez-moi de cette jeune Aurore qui fut votre amie autrefois.

## VII

### LE PRINCE DE GONZAGUE.

La chambre à coucher de Gonzague, riche et du plus beau luxe, comme tout le reste de l'hôtel, s'ouvrait, d'un côté, sur un entre-deux servant de boudoir, qui donnait dans le petit salon où nous avons laissé nos traitans et nos gentilshommes ; de l'autre côté, elle communiquait avec la bibliothèque, riche et nombreuse collection qui n'avait pas de rivale à Paris.

Gonzague était un homme très lettré, savant latiniste, familier avec les grands littérateurs d'Athènes et de Rome, théologien subtil à l'occasion, et profondément versé dans les études philosophiques.

S'il eût été honnête homme avec cela, rien ne lui eût résisté.

Mais le sens de la droiture lui manquait. Plus on est fort, quand on n'a point de règle, plus on s'écarte de la vraie voie.

Il était comme ce prince des contes de l'enfance qui naît dans un berceau d'or entouré de fées amies. Les fées lui donnent tout, à cet heureux petit prince, tout ce qui peut faire la gloire et le bonheur d'un homme. Mais on a oublié une fée ; celle-ci se fâche ; elle arrive en colère, et dit : Tu garderas tout ce que nos sœurs t'ont donné, mais...

Ce mais suffit pour rendre le petit prince malheureux entre les plus misérables.

Gonzague était beau, Gonzague était né puissamment riche, Gonzague était de race souveraine, il avait de la bravoure, ses preuves étaient faites, il avait de la science et de l'intelligence, peu d'hommes maniaient la parole avec autant d'autorité que lui, sa valeur diplomatique était connue et citée fort haut, à la cour tout le monde subissait son charme, mais...

Mais il n'avait ni foi ni loi, et son passé tyrannisait déjà son présent.

Il n'était plus le maître de s'arrêter sur la pente où il avait mis le pied dès ses plus jeunes années. Fatalement, il était entraîné à mal faire pour couvrir et cacher ses anciens méfaits.

C'eût été une riche organisation pour le bien, c'était pour le mal une machine vigoureuse. Rien ne lui coûtait. Après vingt-cinq ans, il ne sentait point encore de fatigue.

Quant au remords, Gonzague n'y croyait pas plus qu'à Dieu.

Nous n'avons pas besoin d'apprendre au lecteur que dona Cruz était pour lui un instrument, instrument fort habilement choisi, et qui, selon toute apparence, devait fonctionner à merveille.

Gonzague n'avait point pris cette jeune fille au hasard. Il avait hésité longtemps avant de fixer son choix. Dona Cruz réunissait toutes les qualités qu'il avait rêvées, y compris certaine ressemblance, assez vague assurément, mais suffisante pour que les indifférens pussent prononcer ce mot si précieux : Il y a un *air de famille*.

Cela vous donne tout de suite à l'imposture une terrible vraisemblance.

Mais une circonstance se présentait tout à coup sur laquelle Gonzague n'avait pas compté.

En ce moment, malgré l'étrange révélation que dona Cruz venait de recevoir, ce n'était pas elle qui était la plus émue.

Gonzague avait besoin de toute sa diplomatie pour cacher son trouble.

Et, malgré toute sa diplomatie, la jeune fille découvrit le trouble et s'en étonna.

La dernière parole de Gonzague, toute adroite qu'elle était, laissa un doute dans l'esprit de dona Cruz.

Le soupçon s'éveilla en elle. Les femmes n'ont pas besoin de comprendre pour se défier.

Mais qu'y avait-il donc pour émouvoir ainsi un homme fort surtout par son sang-froid ? un nom prononcé : Aurore...

Qu'est-ce qu'un nom ?

D'abord, comme l'a dit notre belle recluse, le nom était rare ; ensuite, il y a des pressentimens.

Les athées croient à tout, sauf à Dieu. Gonzague était d'Italie et très dévot aux pressentimens.

Ce nom l'avait violemment frappé. C'était l'appréciation même de la violence du choc qui troublait maintenant Gonzague superstitieux.

Il se disait : « C'est un avertissement ! »

Avertissement de qui ?

Gonzague croyait aux étoiles, ou du moins à son étoile. Les étoiles ont une voix : son étoile avait parlé.

Si c'était une découverte, ce nom tombé par hasard, les conséquences de cette découverte étaient si graves que l'étonnement et le trouble du prince ne doivent plus être un sujet de surprise.

Il y avait dix-huit ans qu'il cherchait !

Il se leva, prenant pour prétexte un grand bruit qui montait des jardins, mais en réalité pour calmer son agitation et composer son visage.

Sa chambre était située à l'angle rentrant formé par l'aile droite de la façade de l'hôtel donnant sur le jardin et le principal corps de logis. En face de ses fenêtres étaient celles de l'appartement occupé par madame la princesse de Gonzague.

Là, d'épais rideaux retombaient sur les vitres de toutes les croisées closes.

Dona Cruz, voyant le mouvement de Gonzague, se leva aussi et voulut aller à la fenêtre. Ce n'était chez elle que curiosité d'enfant.

— Restez, lui dit Gonzague ; il ne faut pas encore qu'on vous voie. — Au-dessous de la fenêtre et dans toute l'étendue du jardin dévasté, une foule compacte s'agitait. Le prince ne donna pas même un coup d'œil à cela. Son regard s'attacha, pensif et sombre, aux croisées de sa femme. — Viendra-t-elle ? se dit-il. Dona Cruz avait repris sa place d'un air boudeur. — Quand même !... se dit encore Gonzague ; la bataille serait au moins décisive. — Puis, prenant son parti : — A tout prix, il faut que je sache... — Au moment où il allait revenir vers sa jeune compagne, il crut reconnaître dans la foule cet étrange petit personnage dont l'excentrique fantaisie avait fait sensation ce matin dans le salon d'apparat, le bossu adjudicataire de la niche de Médor. Le bossu tenait un livre d'heures à la main et regardait, lui aussi, les fenêtres de madame de Gonzague. En toute autre circonstance, Gonzague eût peut-être donné quelque attention à ce fait, car il ne négligeait rien d'ordinaire ; mais il voulait savoir. S'il fût resté une minute de plus à la croisée, voici ce qu'il aurait vu : Une femme descendit le perron de l'aile gauche, une camériste de la princesse ; elle s'approcha du bossu, qui lui dit rapidement quelques mots et lui remit le livre d'heures. Puis la camériste rentra chez madame la princesse, et le bossu disparut. — Ce bruit venait d'une querelle entre mes nouveaux locataires, dit Gonzague en reprenant sa place auprès de dona Cruz. Où en étions-nous, chère enfant ?

— Au nom que je dois porter désormais.

— Au nom qui est le vôtre... Aurore... Mais quelque chose est venu à la traverse. Qu'est-ce donc ?

— Avez-vous oublié déjà ? fit dona Cruz avec un malicieux sourire.

Gonzague fit semblant de chercher.

— Ah ! s'écria-t-il, nous y sommes : une jeune fille que vous aimiez et qui portait aussi le nom d'Aurore.

— Une belle jeune fille, orpheline comme moi.

— Vraiment, et c'est à Madrid ?

— A Madrid.

— Elle était Espagnole ?

— Non... elle était Française.

— Française ? — répéta Gonzague, qui jouait admirablement l'indifférence. Il étouffa même un léger bâillement. Vous eussiez dit qu'il poursuivait ce sujet d'entretien par complaisance. Seulement, toute son adresse était en pure perte ; l'espiègle sourire de dona Cruz aurait dû l'en avertir. — Et qui prenait soin d'elle ? demanda-t-il d'un air distrait.

— Une vieille femme.

— Et qui payait la duègne ?

— Un gentilhomme.

— Français aussi ?

— Oui... Français.

— Jeune ou vieux ?

— Jeune... et très beau. — Elle le regardait en face. Gonzague feignit de réprimer un second bâillement. — Mais pourquoi me parlez-vous de ces choses qui vous ennuient, monseigneur ? s'écria dona Cruz en riant. Vous ne connaissez pas la jeune fille... vous ne connaissez pas le gentilhomme... Je ne vous aurais jamais cru si curieux que cela.

Gonzague vit bien qu'il fallait prendre la peine de jouer plus serré.

— Je ne suis pas curieux, mon enfant ! répondit-il en changeant de ton ; vous ne me connaissez pas encore. Il est certain que je ne m'intéresse personnellement ni à cette jeune fille ni à ce gentilhomme... quoique je connaisse beaucoup de monde à Madrid ; mais, quand j'interroge, j'ai mes raisons pour cela... Voulez-vous me dire le nom de ce gentilhomme ?

Cette fois, les beaux yeux de dona Cruz exprimèrent une véritable défiance.

— Je l'ai oublié, répondit-elle sèchement.

— Je crois que si vous vouliez bien... insista Gonzague en souriant.

— Je vous répète que je l'ai oublié.

— Voyons, en rassemblant vos souvenirs... Cherchons tous deux.

— Mais que vous importe le nom de ce gentilhomme ?

— Cherchons, vous dis-je ; vous allez voir ce que j'en veux faire... Ne serait-ce point... ?

— Monsieur le prince, interrompit la jeune fille, j'aurais beau chercher, je ne trouverais pas.

Cela fut dit si résolûment que toute insistance devenait impossible.

— N'en parlons plus, fit Gonzague ; c'est fâcheux, voilà tout, et je vais vous dire pourquoi cela est fâcheux. Un gentilhomme français établi en Espagne ne peut être qu'un exilé. Il y en a malheureusement beaucoup. Vous n'avez point de compagne de votre âge ici, ma chère enfant, et l'amitié ne s'improvise pas. Je me disais : J'ai du crédit ; je ferai gracier le gentilhomme, qui ramènera là jeune fille, et ma chère petite dona Cruz ne sera plus seule.

Il y avait dans ces paroles un tel accent de simplicité vraie que la pauvre fillette en fut touchée jusqu'au fond du cœur.

— Ah ! fit-elle, vous êtes bon !

— Je n'ai pas de rancune, dit Gonzague en souriant ; il est temps encore.

— Ce que vous me proposez là, dit dona Cruz, je n'osais pas vous le demander, mais j'en mourais d'envie !... Mais vous n'avez pas besoin de savoir le nom du gentilhomme... vous n'avez pas besoin d'écrire en Espagne... j'ai revu mon amie.

— Depuis peu ?

— Tout récemment.

— Où donc ?

— A Paris.

— Ici ! fit Gonzague.

Dona Cruz ne se défiait plus. Gonzague gardait son sourire, mais il était pâle.

— Mon Dieu ! reprit la fillette sans être interrogée, ce fut le jour de notre arrivée... Depuis que nous avions passé la porte Saint-Honoré, je me disputais avec monsieur de Peyrolles pour ouvrir les rideaux qu'il tenait obstinément fermés... Il m'empêcha ainsi de voir le Palais-Royal, et je ne le lui pardonnerai jamais. Au détour d'une petite rue, non loin de là, le carrosse frôlait les maisons... J'entendis qu'on chantait dans une salle basse... Monsieur de Peyrolles avait la main sur le rideau, mais sa main se retira, parce que j'avais brisé dessus mon éventail... J'avais reconnu la voix ; je soulevai le rideau... Ma petite Aurore, toujours la même, mais bien plus belle, était à la fenêtre de la salle basse. — Gonzague tira ses tablettes de sa poche. — Je poussai un cri, poursuivit dona Cruz. Le carrosse avait repris le grand trot ; je voulus descendre... je fis le diable... Ah ! si j'avais été assez forte pour étrangler votre Peyrolles !

— C'était, dites-vous, interrompit Gonzague, une rue aux environs du Palais-Royal !

— Tout près !

— La reconnaîtriez-vous ?

— Oh ! fit dona Cruz, je sais comment on l'appelle !... Mon premier soin fut de le demander à monsieur de Peyrolles.

— Et comment l'appelle-t-on ?

— La rue du Chantre... Mais qu'écrivez-vous donc là, monseigneur ?

Gonzague traçait en effet quelques mots sur ses tablettes. Il répondit :

— Ce qu'il faut pour que vous puissiez revoir votre amie.

Dona Cruz se leva, le rouge du plaisir au front, la joie dans les yeux.

— Vous êtes bon, répéta-t-elle ; vous êtes donc véritablement bon !

Gonzague ferma ses tablettes et les serra.

— Chère enfant, vous en pourrez juger bientôt, répondit-il. Maintenant il faut nous séparer pour quelques instans. Vous aller assister à une cérémonie solennelle. Ne craignez point d'y montrer votre embarras ou votre trouble... c'est naturel... on vous en saura gré. — Il se leva et prit la main de dona Cruz. — Dans une demi-heure tout au plus, reprit-il, vous allez voir votre mère.

Dona Cruz mit la main sur son cœur.

— Que dirai-je ? fit-elle.

— Vous n'avez rien à cacher des misères de votre enfance... rien, entendez-vous ?... Vous n'avez rien à dire, sinon la vérité... la vérité tout entière. — Il souleva une draperie derrière laquelle était un boudoir. — Entrez ici, dit-il.

— Oui... murmura la jeune fille ; et je vais prier Dieu... pour ma mère !

— Priez, dona Cruz, priez... Cette heure est solennelle dans votre vie.

Elle entra dans le boudoir. La draperie retomba sur elle, après que Gonzague lui eut baisé la main.

— Mon rêve ! pensait-elle tout haut ; ma mère est princesse !

Gonzague, resté seul, s'assit devant son bureau, la tête entré ses deux mains. C'est lui qui avait besoin de se recueillir : un monde de pensées s'agitait dans son cerveau.

— Rue du Chantre ! murmura-t-il. Est-elle seule ?... l'a-t-il suivie ?... Ce serait audacieux... Mais est-ce bien elle ? — Il resta un instant les yeux fixés dans le vide, puis il s'écria : — C'est ce dont il faut s'assurer tout d'abord ! — Il sonna. Personne ne répondit. Il appela Peyrolles par son nom. Nouveau silence. Gonzague se leva et passa vivement dans la bibliothèque, où d'ordinaire le factotum attendait ses ordres. La bibliothèque était déserte. Sur la table, seulement, il y avait un pli à l'adresse de Gonzague. Celui-ci l'ouvrit. Le billet était de la main de Peyrolles ; il contenait ces mots : « Je suis venu ; j'avais beaucoup à » vous dire. Il s'est passé d'étranges choses au pavillon. »

Puis en forme de *post-scriptum* : « Monsieur le cardinal » de Bissy est chez la princesse. Je veille. » Gonzague froissa le billet. — Ils vont tous lui dire, murmura-t-il : « Assistez au conseil... pour vous-même... pour votre enfant, s'il existe... » Elle se raidira ; elle ne viendra pas !... C'est une femme morte ! Et qui l'a tuée ? — s'interrompit-il le front plus pâle et l'œil baissé, Il pensait tout haut malgré lui : — Fière créature autrefois !... belle au-dessus des plus belles... douce comme les anges, vaillante autant qu'un chevalier !... C'est la seule femme que j'eusse aimée si j'avais pu aimer une seule femme ! — Il se redressa, et le sourire sceptique revint à ses lèvres. — Chacun pour soi ! fit-il. Est-ce ma faute si, pour s'élever au-dessus de certain niveau, il faut mettre le pied sur des marches qui sont des têtes et des cœurs ? — Comme il rentrait dans sa chambre, son regard tomba sur les draperies du boudoir où dona Cruz étaient renfermée. — Celle-là prie, dit-il ; eh bien ! j'aurais presque envie de croire maintenant à cette billevesée qu'on nomme la voix du sang... Elle a été émue, mais pas trop, pas comme une vraie fille à qui on eût dit les mêmes paroles : Tu vas revoir ta mère, Bah !.., une petite bohémienne !... elle a songé aux diamans... aux fêtes... On ne peut pas apprivoiser des loups ! — Il alla mettre son oreille à la porte du boudoir. — C'est qu'elle prie, s'écria-t-il, tout de bon ! C'est une chose singulière ! tous ces enfans du hasard ont dans un coin de leur extravagante cervelle une idée qui naît avec leur première dent et qui ne meurt qu'avec leur dernier soupir, l'idée que leur mère est princesse... Tous ils cherchent, la botte sur le dos, le roi leur père... Celle-ci est charmante ! se reprit-il, un vrai bijou !... Comme elle va me servir naïvement et sans le savoir !... Si une bonne paysanne, sa vraie mère, venait aujourd'hui lui tendre les bras, palsambleu ! elle se fâcherait tout rouge. Nous allons avoir des larmes au récit de son enfance... La comédie se glisse partout ! — Sur son bureau il y avait un flacon de cristal plein de vin d'Espagne et un verre. Il se versa rasade et but. — Allons, Philippe ! dit-il en s'asseyant devant ses papiers épars, ceci est le grand coup de dés ! Nous allons jeter un voile sur le passé aujourd'hui ou jamais ! bel enjeu ! Les millions de la banque de Law peuvent faire comme les sequins de Mille et une Nuits et se changer en feuilles sèches... mais les immenses domaines de Nevers... voilà le solide ! Il mit en ordre ses notes, préparées longtemps à l'avance. Peu à peu, son front se rembrunissait comme si une pensée terrifiante se fût emparée de lui. — Il n'y a pas à se faire illusion, dit-il en cessant de travailler pour réfléchir encore, la vengeance du régent serait implacable. Il est léger, il est oublieux, mais il se souvient de Philippe de Nevers, qu'il aimait plus qu'un frère ; j'ai vu des larmes dans ses yeux quand il regardait ma femme en deuil,.. la veuve de Nevers. Mais quelle apparence !... s'interrompit-il. Il y a dix-neuf ans... et pas une voix ne s'est élevée contre moi !... — Il passa le revers de la main sur son front comme pour chasser cette obsédante pensée. — C'est égal, conclut-il, j'aviserai à cela... Je trouverai un coupable... et, le coupable puni, tout sera dit, je dormirai tranquille. — Parmi les papiers étalés devant lui, et presque tous écrits en chiffres, il y en avait un qui portait : « Savoir si madame de Gonzague croit sa fille morte ou vivante. » Et au-dessous : « Savoir si l'acte de naissance est en son pouvoir. » Pour cela, il faudrait qu'elle vînt, pensa Gonzague. Je donnerais cent mille livres pour savoir seulement si elle a l'acte de naissance, ou même si l'acte de naissance existe ; car, s'il existait, je l'aurais ! Et qui sait ? reprit-il emporté par ses espoirs renaissans ; qui sait ? les mères sont un peu comme ces bâtards dont je parlais tout à l'heure et qui voient partout leurs parens : les mères voient partout leurs enfans. Je ne crois pas le moins du monde à l'infaillibilité des mères. Qui sait ? trompée elle-même la première, elle va peut-être ouvrir les bras à ma petite gitana. Ah ! par exemple, s'interrompit-il encore, victoire !

victoire en ce cas-là ! Des fêtes, des cantiques d'actions de grâce, des banquets ! Salut à l'héritière de Nevers ! — Il riait. Quand son rire cessa, il poursuivit : — Puis, dans quelque temps, une jeune et belle princesse peut mourir... Il en meurt tant de ces jeunes filles !... Deuil général... oraison funèbre par un archevêque. En ce cas, la jeune et belle princesse me laisserait héritier d'une fortune énorme... et que j'aurais bien gagnée !

Deux heures de relevée sonnèrent à l'horloge de Saint-Magloire. C'était le moment fixé pour l'ouverture du tribunal de famille.

VIII

LA VEUVE DE NEVERS.

Certes, on ne peut pas dire que ce noble hôtel de Lorraine fût prédestiné à devenir un tripot d'agioteurs ; cependant il faut bien avouer qu'il était admirablement situé et disposé pour cela. Les trois faces du jardin, longeant les rues Quincampoix, Saint-Denis et Aubry-le-Boucher, fournissaient trois entrées précieuses. La première surtout valait en or le pesant des pierres de taille de son portail tout neuf.

Ce champ de foire n'était-il pas bien plus commode que la rue Quincampoix elle-même, toujours boueuse et bordée d'affreux bouges où l'on assassinait volontiers les traitans ?

Les jardins de Gonzague étaient évidemment destinés à détrôner la rue Quincampoix. Tout le monde prédisait cela, et, par hasard, tout le monde avait raison.

On avait parlé du défunt Ésope 1er pendant vingt-quatre heures. Un ancien soldat aux gardes, nommé Gruel et surnommé la Baleine, avait essayé de prendre sa place, mais la Baleine avait six pieds et demi : c'était gênant.

La Baleine avait beau se baisser, son dos était toujours trop haut pour faire un pupitre commode.

Seulement, la baleine avait annoncé franchement qu'elle dévorerait tout Jonas qui lui ferait concurrence. Cette menace arrêtait les bossus de la capitale.

La Baleine était de taille et de vigueur à les avaler tous les uns après les autres.

Ce n'était pas un garçon méchant que ce la Baleine ; mais il buvait six ou huit pots de vin par jour, et le vin était cher en cette année 1717.

Quand notre bossu adjudicataire de la niche de Médor vint prendre possession de son domaine, on rit beaucoup dans le jardin de Nevers. Toute la rue Quincampoix vint le voir. On le baptisa du premier coup Ésope II, et son dos, à gibbosité parfaitement comfortable, eut un succès fou. Mais la Baleine gronda ; Médor aussi.

La Baleine vit tout de suite dans Ésope II un rival vainqueur. Comme Médor n'était pas moins maltraité que lui, ces deux grandes rancunes s'unirent entre elles. La Baleine devint le protecteur de Médor, dont les longues dents se montraient du haut en bas chaque fois qu'il voyait le nouveau possesseur de sa niche.

Tout ceci était gros d'événemens tragiques. On ne douta pas un seul instant que le bossu ne fût destiné à devenir la pâture de la Baleine.

En conséquence, pour se conformer aux traditions bibliques, on lui donna le second sobriquet de Jonas.

Bien des gens droits sur leur échine n'ont pas une si longue étiquette.

Il n'y avait pourtant rien de trop : Ésope était bossu ; le cétacé mangea Jonas : Ésope II dit Jonas exprimait d'une façon élégante et précise l'idée d'un bossu digéré par une baleine. C'était toute une biographie faite à l'avance.

Ésope II ne semblait point s'inquiéter beaucoup du

sort affreux qui l'attendait. Il avait pris possession de sa niche, et l'avait meublée fort proprement d'un petit banc et d'un coffre. A tout prendre, Diogène dans son tonneau, qui était une amphore, n'était pas encore si bien logé.

Et Diogène avait cinq pieds six pouces, au dire de tous les historiens.

Esope II ceignit ses reins d'une corde à laquelle pendait un bon sac de grosse toile. Il acheta une planche, une écritoire et des plumes. Son fonds était monté.

Quand il voyait un marché près de se conclure, il s'approchait discrètement, tout à fait comme Esope 1er, son regrettable prédécesseur ; il mouillait d'encre sa plume et attendait.

Le marché conclu, il présentait la planche et l'écritoire ornée de plumes.

On mettait la planche sur sa bosse, les titres sur la planche, et on signait aussi commodément que dans l'échoppe d'un écrivain public.

Ceci fait, Esope II reprenait son écritoire d'une main, sa planche de l'autre : la planche servait de sébille et recevait l'offrande, qui finalement s'en allait dans le sac de grosse toile.

Il n'y avait point de tarif. Esope II, à l'exemple de son modèle, recevait tout, excepté la monnaie de cuivre. Mais connaissait-on le cuivre, rue Quincampoix ?

Le cuivre, en ce temps bienheureux, ne servait plus qu'à faire du vert-de-gris pour empoisonner les oncles riches.

Esope II était là depuis dix heures du matin. Vers une heure après midi, il appela un des nombreux marchands de viande cuite qui allaient et venaient dans cette foire au papier ; il acheta un bon pain à la croûte dorée, une poularde qui faisait plaisir à voir, et une bouteille de chambertin.

Que voulez-vous ! il voyait que le métier marchait. Son devancier n'aurait pas fait cela.

Esope II s'assit sur son petit banc, étala ses vivres sur son coffre, et dîna magistralement à la face des spéculateurs qui attendaient son bon plaisir.

Les pupitres vivans ont ce désavantage, c'est qu'ils dînent.

Mais voyez l'engouement ! on fit queue à la porte de la niche, et personne ne s'avisa d'emprunter le grand dos de la Baleine. Le géant, obligé de boire à crédit, buvait double ; il poussait des rugissemens, et Médor, son affidé, grinçait des dents avec rage.

— Holà ! Jonas, criait-on de toutes parts, as-tu bientôt fini de dîner ?

Jonas était bon prince : il renvoyait les pratiques à la Baleine ; mais on voulait Jonas.

C'était plaisir de signer sur sa bosse. On eût signé pour signer, tant Jonas y mettait de bonne grâce.

Et puis il n'avait pas la langue dans sa poche. Ces bossus, vous savez, ont tant d'esprit ! On citait déjà ses bons mots.

Aussi la Baleine le guettait.

Quand il eut fini de dîner, il cria de sa petite voix aigrelette :

— Soldat, mon ami, veux-tu de mon poulet ?

La Baleine avait faim, mais la jalousie le tenait.

— Petit maraud ! s'écria-t-il, tandis que Médor poussait des hurlemens, me prends-tu pour un mangeur de restes ?

— Alors envoie ton chien, soldat, repartit paisiblement Esope II, et ne me dis pas d'injures.

— Ah ! tu veux mon chien ! rugit la Baleine ; tu vas l'avoir, tu vas l'avoir ! — Il siffla et dit : — Pille, Médor ! pille !

Il y avait déjà cinq ou six jours que la Baleine exerçait dans les jardins de Nevers. D'ailleurs, il est de ces sympathies qui naissent à première vue : Médor et la Baleine s'entendaient.

Médor poussa un hurlement rauque et s'élança.

— Gare-toi, bossu ! crièrent les agioteurs.

Esope II attendit le chien de pied ferme. Au moment où

Médor allait rentrer dans son ancienne niche comme en pays conquis, Esope II, saisissant son poulet par les deux pattes, lui en appliqua un maître coup sur le mufle.

O prodige ! Médor, au lieu de se fâcher, se mit à se lécher les babines. Sa langue allait de-ci, de-là, cherchant les bribes de volaille qui restaient attachées à son poil.

Un large éclat de rire accueillit ce beau stratagème de guerre.

Cent voix crièrent à la fois :

— Bravo, bossu ! bravo !

— Médor, gredin, pille ! pille ! faisait de son côté le géant.

Mais le lâche Médor trahissait définitivement. Esope II venait de l'acheter au prix d'une cuisse de poulet offerte à la volée.

Ce que voyant, le géant ne mit plus de bornes à sa fureur. Il se rua à son tour vers la niche.

— Ah ! Jonas, pauvre Jonas ! cria le cœur des marchands.

Jonas sortit de sa niche et se mit en face de la Baleine, qu'il regarda en riant.

La Baleine le prit par la nuque et l'enleva de terre. Jonas riait toujours.

Au moment où la Baleine allait le rejeter à terre, on vit Jonas se raidir, poser la pointe de son pied sur le genou du colosse, et rebondir comme un chat.

Personne n'aurait trop su dire comment cela se fit, tant le mouvement fut rapide. La chose certaine, c'est que Jonas était à califourchon sur le gros cou de la Baleine, et qu'il riait encore.

Il y eut dans la foule un long murmure de satisfaction. Esope II dit tranquillement :

— Soldat, demande grâce, ou je vais t'étrangler !

Le géant, rugissant, écumant, suant, faisait des efforts insensés pour dégager son cou. Esope II, voyant qu'on ne lui demandait point grâce, serra les genoux. Le géant tira la langue. On le vit devenir écarlate, puis bleuir ; il paraît que ce bossu avait de vigoureux muscles.

Au bout de quelques secondes, la Baleine vomit un dernier blasphème et cria grâce d'une voix strangulée. La foule trépigna.

Jonas lâcha prise aussitôt, sauta à terre lestement, jeta une pièce d'or sur les genoux du vaincu, et courut chercher sa planche, ses plumes, son écritoire, en disant gaiement :

— Allons, pratiques, à la besogne !

Aurore de Caylus, veuve du duc de Nevers, femme du prince de Gonzague, était assise dans un beau fauteuil à dossier droit, en bois d'ébène comme l'ameublement entier de son oratoire. Elle portait le deuil sur elle et autour d'elle.

Son costume, simple jusqu'à l'austérité, allait bien à l'austère simplicité de sa retraite.

C'était une chambre à voûte carrée, dont les quatre pans encadraient un médaillon central peint par Eustache Lesueur, dans cette manière ascétique qui marqua la deuxième époque de sa vie. Les boiseries en chêne noir, sans dorures, avaient au centre de leurs panneaux de belles tapisseries représentant des sujets de piété.

Entre les deux croisées, un autel était dressé. L'autel était en deuil, comme si le dernier office qu'on y avait célébré eût été la messe des morts.

Vis-à-vis de l'autel, était un portrait en pied du duc Philippe de Nevers à l'âge de vingt ans. Le portrait était signé Mignard. Le duc y avait son costume de colonel des hussards-Carignan. Autour du cadre se drapait un crêpe noir.

C'était un peu la retraite d'une veuve païenne, malgré les pieux emblèmes qui s'y montraient de toutes parts. Artémise baptisée eût rendu un culte moins éclatant au souvenir du roi Mausole. Le christianisme veut dans la douleur plus de résignation et moins d'emphase.

Mais il est si rare qu'on soit obligé d'adresser pareil reproche aux veuves! D'ailleurs, il ne faut point perdre de vue la position particulière de la princesse, qui avait cédé à la force en épousant monsieur de Gonzague. Ce deuil était comme un drapeau de séparation et de résistance.

Il y avait dix-huit ans qu'Aurore de Caylus était la femme de Gonzague. On peut dire qu'elle ne le connaissait pas; elle n'avait jamais voulu ni le voir ni l'entendre.

Gonzague avait fait tout au monde pour obtenir un entretien. Il est certain que Gonzague l'avait aimée; peut-être l'aimait-il encore, à sa manière. Il avait grande opinion de lui-même, et avec raison. Il pensait, tant il était sûr de son éloquence, que si une fois la princesse consentait à l'écouter, il sortirait vainqueur de l'épreuve.

Mais la princesse, inflexible dans son désespoir, ne voulait point être consolée.

Elle était seule dans la vie. Elle se complaisait dans cet abandon. Elle n'avait ni un ami, ni une confidente, et le directeur de sa conscience lui-même n'avait que le secret de ses péchés.

C'était une femme fière et endurcie à souffrir. Un seul sentiment restait vivant dans ce cœur engourdi: l'amour maternel.

Elle aimait uniquement, passionnément le souvenir de sa fille.

La mémoire de Nevers était pour elle comme une religion. La pensée de sa fille la ressuscitait et lui rendait de vagues rêves d'avenir.

Personne n'ignore l'influence profonde exercée sur notre être par les objets matériels. La princesse de Gonzague, toujours seule avec ses femmes qui avaient défense de lui parler, toujours entourée de tableaux muets et lugubres, était amoindrie dans son intelligence et dans sa sensibilité.

Elle disait parfois au prêtre qui la confessait:

« Je suis une morte. »

C'était vrai. La pauvre femme restait dans la vie comme un fantôme. Son existence ressemblait à un douloureux sommeil.

Le matin, quand elle se levait, ses femmes silencieuses procédaient à sa sombre toilette; puis sa lectrice ouvrait un livre de piété.

A neuf heures, le chapelain venait dire la messe des morts.

Tout le reste de la journée elle restait assise, immobile, froide, seule!

Elle n'était pas sortie de l'hôtel une seule fois depuis son mariage.

Le monde l'avait crue folle. Peu s'en était fallu que la cour ne dressât un autel à Gonzague pour son dévouement conjugal. Jamais, en effet, une plainte n'était tombée de la bouche de la princesse.

Une fois, la princesse dit à son confesseur, qui lui voyait les yeux rougis par les larmes:

— J'ai rêvé que je revoyais ma fille... Elle n'était plus digne de s'appeler mademoiselle de Nevers.

— Et qu'avez-vous fait dans votre rêve? demanda le prêtre.

La princesse, plus pâle qu'une morte et oppressée, répondit:

— J'ai fait ce que je ferais en réalité... je l'ai chassée!

Elle fut plus triste et plus morne depuis ce moment. Cette idée la poursuivait sans relâche.

Elle n'avait jamais cessé, cependant, de faire les plus actives recherches en France et à l'étranger. Gonzague avait toujours caisse ouverte pour les désirs de sa femme. Seulement, il s'arrangeait de manière à ce que tout le monde fût dans le secret de ses générosités.

Au commencement de la saison, son confesseur avait pourtant placé près d'elle une femme de son âge, veuve comme elle, qui lui inspirait de l'intérêt. Cette femme se nommait Madeleine Giraud. Elle était douce et dévouée.

La princesse avait fait choix d'elle pour l'attacher plus particulièrement à sa personne.

C'était Madeleine Giraud qui répondait maintenant à

monsieur de Peyrolles, chargé deux fois par jour de venir chercher des nouvelles de la princesse, demander pour Gonzague la faveur de présenter ses hommages, et annoncer que le couvert de madame la princesse était mis.

Nous connaissons la réponse quotidienne et uniforme de Madeleine:

— Madame la princesse remerciait monsieur de Gonzague; elle ne recevait pas; elle était trop souffrante pour se mettre à table.

Ce matin, Madeleine avait eu beaucoup d'ouvrage. Contre l'ordinaire, de nombreux visiteurs s'étaient présentés, demandant à être introduits auprès de la princesse. C'étaient tous gens graves et considérables. Monsieur de Lamoignon, le chancelier d'Aguesseau, le cardinal de Bissy; messieurs les ducs de Foix et de Montmorency-Luxembourg, ses cousins, le prince de Monaco, avec Valentinois son fils, et bien d'autres.

Ils venaient tous la voir à l'occasion de ce solennel conseil de famille qui devait avoir lieu aujourd'hui même, et dont ils étaient membres.

Sans s'être donné le mot, ils désiraient s'éclaircir sur la situation présente de madame la princesse, et savoir si elle n'avait point quelque grief secret contre le prince son époux.

La princesse refusa de les recevoir.

Un seul fut introduit, ce fut le vieux cardinal de Bissy, qui venait de la part du régent.

Philippe d'Orléans faisait dire à sa noble cousine que le souvenir de Nevers vivait toujours en lui. Tout ce qui pourrait être fait en faveur de la veuve de Nevers serait fait.

— Parlez, madame, acheva le cardinal. Monsieur le régent vous appartient. Que voulez-vous?

— Je ne veux rien, répondit Aurore de Caylus.

Le cardinal essaya de la sonder. Il provoqua ses confidences ou même ses plaintes. Elle garda le silence obstinément.

Le cardinal sortit avec cette impression qu'il venait de voir une femme à demi folle.

Certes, ce Gonzague avait bien du mérite!

Le cardinal venait de prendre congé au moment où nous entrons dans l'oratoire de la princesse. Elle était immobile et morne, suivant son habitude. Ses yeux fixes n'avaient point de pensée. Vous eussiez dit une image de marbre.

Madeleine Giraud traversa la chambre sans qu'elle y prît garde.

Madeleine s'approcha du prie-Dieu qui était auprès de la princesse, et y déposa un livre d'heures qu'elle tenait caché sous sa mante.

Puis elle vint se mettre devant sa maîtresse, les bras croisés sur sa poitrine, attendant une parole ou un ordre.

La princesse leva sur elle son regard et dit:

— D'où venez-vous, Madeleine?

— De ma chambre, — répondit celle-ci. Les yeux de la princesse se baissèrent. Elle s'était levée tout à l'heure pour saluer le cardinal. Par la fenêtre, elle avait vu Madeleine dans le jardin de l'hôtel, au milieu de la foule des agioteurs. C'était assez pour réveiller toutes les défiances de la veuve de Nevers. Madeleine, cependant, avait quelque chose à dire et n'osait point. C'était une bonne âme, qui s'était prise d'une sincère et respectueuse pitié pour cette grande douleur. — Madame la princesse, murmura-t-elle, veut-elle me permettre de lui parler?

Aurore de Caylus eut un sourire amer et pensa:

— Encore une qu'on a payée pour me mentir! — Elle avait été trompée si souvent! — Parlez, ajouta-t-elle tout haut.

— Madame la princesse, reprit Madeleine, j'ai un enfant... c'est ma vie... je donnerais tout ce que je possède au monde, excepté mon enfant, pour que vous soyez une heureuse mère comme moi. — La veuve de Nevers ne répondit rien. — Je suis bien pauvre, poursuivit Madeleine, et, avant les bontés de madame la princesse, mon petit

Charles manquait souvent du nécessaire... Ah! si je pouvais payer madame la princesse de tout ce qu'elle a fait pour moi!

— Avez-vous besoin de quelque chose, Madeleine?

— Non! oh non! s'écria celle-ci; il s'agit de vous, madame, rien que de vous. Ce tribunal de famille...

— Je vous défends de me parler de cela, Madeleine?

— Madame, s'écria celle-ci, ma chère maîtresse... quand vous devriez me chasser...

— Je vous chasserai, Madeleine.

— J'aurai fait mon devoir, madame... je vous aurai dit : « Ne voulez-vous point retrouver votre enfant? »

La princesse, tremblante et plus pâle, mit ses deux mains sur les bras de son fauteuil.

Elle se leva à demi. Dans ce mouvement, son mouchoir tomba.

Madeleine se baissa rapidement pour le lui rendre. La poche de son tablier rendit un son argentin.

La princesse fixa sur elle son regard froid et dur.

— Vous avez de l'or! — murmura-t-elle. Puis, d'un geste qui n'appartenait ni à sa haute naissance ni à la fierté réelle de son caractère, d'un geste de femme soupçonneuse qui veut savoir à tout prix, elle plongea sa main vivement dans la poche de Madeleine. Celle-ci joignit les mains en pleurant. La princesse retira une poignée d'or : dix ou douze quadruples d'Espagne. — Monsieur de Gonzague arrive d'Espagne! murmura-t-elle encore.

Madeleine se jeta à genoux.

— Madame, madame! s'écria-t-elle en pleurant; mon petit Charles étudiera, grâce à cet or. Celui qui me l'a donné vient aussi d'Espagne... Au nom de Dieu, madame, ne me renvoyez qu'après m'avoir écoutée!

— Sortez! — ordonna la princesse. Madeleine voulut supplier encore. La princesse lui montra la porte d'un geste impérieux, et répéta : Sortez! — Quand elle eut obéi, la princesse se laissa retomber sur son fauteuil. Ses deux mains blanches et maigres couvrirent son visage. — J'allais aimer cette femme! murmura-t-elle avec un frémissement d'effroi. — Oh! se reprit-elle, tandis que son visage exprimait l'angoisse profonde de l'isolement : personne! personne! faites, mon Dieu! que je ne me fie à personne! — Elle resta un instant ainsi, la figure couverte de ses mains, puis un sanglot souleva sa poitrine. — Ma fille! ma fille! dit-elle d'un accent déchirant : Sainte Vierge, je souhaite qu'elle soit morte! Au moins près de vous je la retrouverai. — Les accès violens étaient rares chez cette nature éteinte. Quand ils venaient, la pauvre femme restait longtemps brisée. Elle fut quelques minutes avant de pouvoir modérer ses sanglots. Quand elle recouvra la voix, ce fut pour dire : — La mort! mon Sauveur, donnez-moi la mort! — Puis, regardant le crucifix sur son autel. — Seigneur Dieu! n'ai-je pas assez souffert? Combien de temps durera encore ce martyre? — Elle étendit les bras, et sa taille l'expression de son âme torturée. — La mort! Seigneur Jésus! répéta-t-elle, Christ saint, par vos plaies et par votre passion sur la croix... Vierge mère, par vos larmes... la mort, la mort, la mort!

Les bras lui tombèrent, ses paupières se fermèrent, et elle s'affaissa renversée sur le dossier de son fauteuil.

Un instant, on eût pu croire que le ciel clément l'avait exaucée, mais bientôt des tressaillemens faibles agitèrent tout son corps; ses mains crispées remuèrent.

Elle rouvrit les yeux et regarda le portrait de Nevers. Ses yeux restèrent secs, et reprirent cette immobile fixité qui avait quelque chose d'effrayant.

Il y avait, dans ce livre d'heures que Madeleine Giraud venait de poser sur le coin du prie-Dieu, une page où le volume s'ouvrait tout seul, tant l'habitude avait fatigué la reliure.

Cette page contenait la traduction française du psaume *Miserere mei, Domine*. La princesse de Gonzague le récitait plusieurs fois chaque jour.

Au bout d'un quart d'heure, elle étendit la main pour prendre le livre d'heures.

Le livre s'ouvrit à la page qui contenait le psaume.

Durant un instant, les yeux fatigués de la princesse regardèrent sans voir. Mais tout à coup elle tressaillit, et poussa un cri.

Elle se frotta les yeux; elle promena son regard tout autour d'elle pour se bien convaincre qu'elle ne rêvait point.

— Le livre n'a pas bougé de là, —murmura-t-elle. Si elle l'avait vu entre les mains de Madeleine, elle aurait cessé de croire au miracle. Car elle crut à un miracle. Sa riche taille se redressa de toute sa hauteur; l'éclair de ses yeux se ralluma; elle fut belle comme aux jours de sa jeunesse. Belle et fière, et forte. Elle se mit à genoux devant le prie-Dieu. Le livre ouvert était sous ses yeux. Elle lut, pour la dixième fois, en marge du psaume, ces lignes tracées par une main inconnue, et faisant une sorte de réponse au premier verset qui dit : Ayez pitié de moi, Seigneur. L'écriture inconnue répondait : « Dieu aura pitié si vous avez foi. Ayez du courage pour défendre votre fille ; rendez-vous au tribunal de famille, fussiez-vous malade ou mourante... et souvenez-vous du signal convenu autrefois entre vous et Nevers. » — Sa devise!... balbutia Aurore de Caylus : *J'y suis!* Mon enfant! se reprit-elle les larmes aux yeux : ma fille! — Puis avec éclat : — Du courage... pour la défendre!... J'ai du courage... et je le défendrai!

## IX

### LE PLAIDOYER.

Cette grand'salle de l'hôtel de Lorraine, qui avait été déshonorée ce matin par l'ignoble enchère, qui demain devait être polluée par le troupeau de brocanteurs adjudicataires, semblait jeter à cette heure son dernier et plus brillant éclat.

Jamais assurément, fût-ce au temps des grands ducs de Guise, assemblée plus illustre n'avait siégé sous sa voûte.

Gonzague était le plus intime favori du régent de France.

Gonzague avait eu ses raisons pour vouloir que rien ne manquât à l'imposante solennité de cette cérémonie.

Les préparatifs s'en étaient faits secrètement. Les lettres de convocation, lancées au nom du roi, dataient de la veille au soir.

On eût dit, en vérité, une affaire d'État, un de ces fameux lits de justice où s'agitaient en famille les destins d'une grande nation.

Outre le président de Lamoignon, le maréchal de Villeroy et le vice-chancelier d'Argenson, qui étaient là pour le régent, on voyait, au gradin d'honneur, le cardinal de Bissy entre le prince de Conti et l'ambassadeur d'Espagne, le vieux duc de Beaumont-Montmorency auprès de son cousin Montmorency-Luxembourg; Grimaldi, prince de Monaco ; les deux La Rochechouart, dont l'un, duc de Mortemart, l'autre prince de Tonnay-Charente ; Cossé, Brissac, Gramont, Harcourt, Croy, Clermont-Tonnerre.

Nous ne citons ici que les princes et les ducs. Quant aux marquis et aux comtes, ils étaient par douzaines.

Les simples gentilshommes et les fondés de pouvoir avaient leurs sièges au bas de l'estrade. Il y en avait beaucoup.

Cette vénérable assemblée se divisait tout naturellement en deux parts : ceux que Gonzague avait achetés et ceux qui étaient indépendans.

Parmi les premiers, on comptait un duc et un prince, plusieurs marquis, bon nombre de comtes, et presque tout le fretin menu titré. Gonzague espérait en sa parole et en son *bon droit* pour conquérir les autres.

Avant l'ouverture de la séance, on causa familièrement. Personne ne savait bien au juste pourquoi la convocation avait eu lieu. Beaucoup pensaient que c'était un arbitrage entre le prince et la princesse, au sujet des biens de Nevers.

Gonzague avait ses chauds partisans ; madame de Gonzague était défendue par quelques vieux honnêtes seigneurs et par quelques jeunes chevaliers errans.

Une autre opinion se fit jour après l'arrivée du cardinal. Le rapport que fit ce prélat, touchant la situation d'esprit actuelle de madame la princesse, engendra l'idée qu'il s'agissait d'une interdiction.

Le cardinal, qui ne ménageait point ses expressions, avait dit :

« La bonne dame est aux trois quarts folle ! »

La croyance générale était d'après cela qu'elle ne se présenterait point devant le tribunal.

On l'attendit pourtant, comme cela était convenable. Gonzague lui-même exigea ce delai avec une sorte de hauteur dont on lui sut très bon gré. A deux heures et demie, en présence de Lamoignon prit place au fauteuil ; ses assesseurs furent le cardinal, le vice-chancelier, monsieur de Villeroy et monsieur de Clermont-Tonnerre.

Le greffier en chef du parlement de Paris prit la plume en qualité de secrétaire ; quatre notaires royaux l'assistèrent comme contrôleurs-greffiers.

Tous les cinq prêtèrent serment en cette qualité.

Jacques Thallement, le greffier en chef, fut requis de donner lecture de l'acte de convocation.

L'acte portait en substance que Philippe de France, duc d'Orléans, régent, avait compté présider de sa personne cette assemblée de famille, tant pour l'amitié qu'il portait à monsieur le prince de Gonzague que pour la fraternelle affection qui l'avait lié jadis à feu monsieur le duc de Nevers, mais que les soins de l'administration, dont il ne pouvait abandonner les rênes, ne fût-ce pendant un jour, au profit d'un intérêt particulier, l'avaient retenu au Palais-Royal.

En place de Son Altesse Royale étaient institués commissaires et juges royaux messieurs de Lamoignon, de Villeroy et d'Argenson, monsieur le cardinal devant servir de curateur royal à madame la princesse.

Le conseil était constitué en cour souveraine, devant décider arbitralement en dernier ressort et sans appel de toutes les questions relatives à la succession du feu duc de Nevers, pouvant trancher notamment toutes questions d'état, pouvant même au besoin ordonner au profit de qui de droit l'envoi en possession définitive des biens de Nevers.

Gonzague lui-même eût rédigé de sa main ce protocole que la lettre n'en eût pu lui être plus complètement favorable.

On écouta la lecture avec un religieux silence, puis monsieur le cardinal demanda au président de Lamoignon.

— Madame la princesse de Gonzague a-t-elle un procureur ?

Le président répéta la question à haute voix.

Comme Gonzague allait répondre lui-même pour demander qu'on en nommât un d'office et qu'il fût passé outre, la grand'porte s'ouvrit à deux battans, et les huissiers de service entrèrent sans annoncer.

Chacun se leva. Il n'y avait que Gonzague ou sa femme qui pût faire ainsi son entrée.

Madame la princesse de Gonzague se montra en effet sur le seuil, habillée de deuil comme à l'ordinaire, mais si fière et si belle qu'un long murmure d'admiration courut de rang en rang à sa vue.

Personne ne s'attendait à la voir ; personne surtout ne s'attendait à la voir ainsi.

— Que disiez-vous donc, mon cousin ? dit Mortemart à l'oreille du cardinal de Bissy.

— Sur ma foi ! répondit le prélat, que je sois lapidé ! j'ai blasphémé. Il y a là-dessous du miracle.

Du seuil, la princesse dit d'une voix calme et distincte :

— Messieurs, point n'est besoin de procureur. Me voici.

Gonzague quitta précipitamment son siège, et s'élança au-devant de sa femme. Il lui offrit la main avec une galanterie pleine de respect. Madame la princesse ne refusa point, mais on la vit tressaillir au contact de la main du prince, et ses joues pâles changèrent de couleur.

Au bas de l'estrade se trouvaient Navailles, Gironne, Montaubert, Nocé, Oriol, etc. ; ils furent les premiers à se ranger pour faire un large passage aux deux époux.

— Bon petit ménage ! dit Nocé pendant qu'ils montaient les degrés de l'estrade.

— Chut ! fit Oriol, je ne sais si le patron est content ou fâché de cette apparition.

Le patron, c'était Gonzague. Gonzague lui-même ne le savait peut-être pas.

Il y avait un fauteuil préparé d'avance pour la princesse. Ce siège était à l'extrême droite de l'estrade, près de la stalle occupée par monsieur le cardinal.

A droite de la princesse se trouvait immédiatement la draperie couvrant la porte particulière de l'hémicycle.

La porte était fermée et la draperie tombait.

L'agitation produite par l'arrivée de madame de Gonzague fut du temps à se calmer. Gonzague avait sans doute quelque changement à faire dans son plan de bataille, car il semblait plongé dans un recueillement profond.

Le président fit donner une seconde fois lecture de l'acte de convocation, puis il dit :

— Monsieur le prince de Gonzague ayant à nous exposer ce qu'il veut de fait et de droit, nous attendons son bon plaisir.

Gonzague se leva aussitôt. Il salua profondément sa femme d'abord, puis les juges pour le roi, puis le reste de l'assistance.

La princesse avait baissé les yeux après un rapide regard jeté à la ronde. Elle reprenait son immobilité de statue.

C'était un bel orateur que ce Gonzague : tête haut portée, traits largement sculptés, teint brillant, œil de feu.

Il commença d'une voix retenue et presque timide :

— Personne ici ne pense que j'aie pu réunir une pareille assemblée pour une communication d'un intérêt ordinaire, et cependant, avant d'entamer un sujet bien grave, je sens le besoin d'exprimer une crainte qui est en moi, une crainte presque puérile. Quand je pense que je suis obligé de prendre la parole devant tant de beaux et illustres esprits, ma faiblesse s'effraye, et il n'y a pas jusqu'à cette habitude de langage, cette façon de prononcer les mots dont un fils de l'Italie ne peut jamais se défaire ; il n'y a pas jusqu'à mon accent qui ne me soit obstacle... Je reculerais, en vérité, devant ma tâche, si je ne réfléchissais que la force est indulgente, et que leur supériorité même me sera une assurée sauvegarde. — A ce début hyperacadémique, il y eut des sourires sur les gradins d'élite. Gonzague ne faisait rien à l'étourdie. — Qu'on me permette d'abord, reprit-il, de remercier tous ceux qui, en cette occasion, ont honoré notre famille de leur bienveillante sollicitude. Monsieur le régent le premier, monsieur le régent, dont on peut parler à cœur ouvert puisqu'il n'est pas au milieu de nous, ce noble, cet excellent prince, toujours en tête quand il s'agit d'une action digne et bonne...

Des marques d'approbation non équivoques se firent jour. Oriol et consorts applaudirent chaleureusement du bonnet.

— Quel avocat eût fait notre cher cousin ! dit Chaverny à Choisy qui était près de lui.

— En second lieu, poursuivit Gonzague, madame la princesse, qui, malgré sa santé languissante et son amour de la retraite, a bien voulu se faire violence à elle-même et redescendre des hauteurs où elle vit jusqu'au niveau de nos pauvres intérêts humains. En troisième lieu, ces grands dignitaires de la plus belle couronne du monde : les deux chefs de ce tribunal auguste qui rend la justice

et règle en même temps les destinées de l'Etat, un glorieux capitaine, un de ces soldats géans dont les victoires
serviront de thème aux Plutarques à venir, un prince de
l'Eglise, et tous ces pairs du royaume, si bien dignes de
s'asseoir sur les marches du trône... Enfin, vous tous, messieurs, quel que soit le rang que vous occupez... Je suis
pénétré de reconnaissance, et mes actions de grâce, mal
exprimées, partent au moins du fond du cœur. — Tout
cela fut prononcé avec une mesure parfaite, de cette voix
nombreuse et sonore qui est le privilége des Italiens du
Nord. C'était l'exorde. Gonzague sembla se recueillir. Son
front s'inclina et ses yeux s'abaissèrent. — Philippe de Lorraine, duc de Nevers, continua-t-il d'un accent plus sourd,
était mon cousin par le sang, mon frère par le cœur. Nous
avions mis en commun les jours de notre jeunesse. Je puis
dire que nos deux âmes n'en faisaient qu'une, tant nous
partagions étroitement nos peines comme nos joies. C'é-
tait un généreux prince, et Dieu seul sait quelle gloire
était réservée à son âge mûr! Celui qui tient dans sa main
puissante la destinée des grands de la terre voulut arrêter
le jeune aigle à l'heure même où il prenait son vol. Nevers mourut avant que son cinquième lustre fût achevé.
Dans ma vie, souvent et durement éprouvée, je ne me
souviens pas d'avoir reçu un coup plus cruel. Je puis parler ici pour tout le monde. Dix-huit ans écoulés depuis la
nuit fatale n'ont point adouci l'amertume de nos regrets...
Sa mémoire est là! s'interrompit-il en posant la main sur
son cœur et en faisant trembler sa voix; sa mémoire vivante, éternelle, comme le deuil de la noble femme qui
n'a pas dédaigné de porter mon nom après le nom de Nevers !

Tous les yeux se dirigèrent vers la princesse.

Celle-ci avait le rouge au front. Une émotion terrible
décomposait son visage.

— Ne parlez pas de cela ! fit elle entre ses dents serrées;
voilà dix-huit ans que je passe dans la retraite et dans les
larmes!

Ceux qui étaient là pour juger sérieusement , les magistrats, princes et pairs de France, tendirent l'oreille à ce
mot.

Les cliens, ceux que nous avons vus réunis dans l'appartement de Gonzague, firent entendre un long murmure. Cette chose hideuse qu'on appelle la claque dans
le langage usuel n'a pas été inventée par les théâtres.

Oriol, Nocé, Gironne, Montaubert, Taranne, etc., faisaient leur métier en conscience.

Monsieur le cardinal de Bissy se leva.

— Je requiers, dit-il, monsieur le président de réclamer
le silence. Les dires de madame la princesse doivent être
écoutés ici au même titre que ceux de monsieur de Gonzague. — Et, en se rasseyant, il glissa dans l'oreille de son
voisin Mortemart, avec toute la joie d'une vieille commère
qui se sent sur la piste d'un monstrueux cancan : — Monsieur le duc, j'ai idée que nous allons en apprendre de
belles !

—Silence! ordonna monsieur de Lamoignon, dont le regard sévère fit baisser les yeux à tous les amis imprudens
de Gonzague.

Celui-ci reprit, répondant à l'observation du cardinal :

— Non pas au même titre, Votre Eminence, s'il m'es,
permis de vous contredire, mais à titre supérieur, puisque madame la princesse est femme et veuve de Nevers...
Je m'étonne qu'il se soit trouvé parmi nous quelqu'un
pour oublier, ne fût-ce qu'un instant, le respect profond
qui est dû à madame la princesse de Gonzague.

Chaverny se mit à rire dans sa barbe.

— Si le diable avait des saints, pensa-t-il, je plaiderais
en cour de Rome pour que mon cousin fût canonisé !

Le silence se rétablit.

L'escarmouche effrontée que Gonzague venait de tenter
sur un terrain brûlant avait réussi. Non-seulement sa
femme ne l'avait point accusé d'une manière précise, mais
il avait pu se parer lui-même d'un semblant de générosité
chevaleresque.

C'était un point de marqué.

Il releva la tête et reprit d'un ton affermi :

— Philippe de Nevers mourut victime d'une vengeance
ou d'une trahison. Je dois glisser très légèrement sur les
mystères de cette nuit tragique... Monsieur de Caylus, père
de madame la princesse, est mort depuis longtemps, et le
respect me ferme la bouche... — Comme il vit que madame de Gonzague s'agitait sur son siège, prête à se trouver mal, il devina qu'un nouveau défi resterait sans réponse. Il s'interrompit donc pour dire avec un ton d'exquise et bienveillante courtoisie : — Si madame la princesse avait ici quelque communication à nous faire, je
m'empresserais de lui céder la parole. — Aurore de Caylus
fit effort pour parler, mais sa gorge, convulsivement serrée, ne put donner passage à aucun son. Gonzague attendit quelques secondes, puis il poursuivit : — La mort de
monsieur le marquis de Caylus, qui sans nul doute aurait
pu fournir de précieux témoignages, la situation éloignée
du lieu où le crime fut commis, la fuite des assassins, et
d'autres raisons que la plupart d'entre vous connaissent,
ne permirent pas à l'instruction criminelle d'éclaircir complétement cette sanglante affaire... Il y eut des doutes...
un soupçon plana... enfin justice ne put être faite... Et
pourtant, messieurs, Philippe de Nevers avait un autre
ami que moi, un ami plus puissant... Cet ami, ai-je besoin de le nommer? vous le connaissez tous : il a nom
Philippe d'Orléans, il est régent de France... Qui oserait
dire que Nevers assassiné a manqué de vengeurs ?

Il y eut un silence. Les cliens du dernier banc échan-
geaient entre eux de vives pantomimes. On entendait partout ces mots, répétés à voix basse :

— C'est plus clair que le jour!

Aurore de Caylus collait son mouchoir à ses lèvres où
le sang venait, tant l'indignation lui serrait la poitrine.

— Messieurs, reprit Gonzague, j'arrive aux faits qui ont
motivé votre convocation. Ce fut en m'épousant que madame la princesse déclara son mariage secret, mais légitime, avec le feu duc de Nevers. Ce fut en m'épousant
qu'elle constata légalement l'existence d'une fille issue de
cette union. Les preuves écrites manquaient; le registre
paroissial, lacéré en deux endroits, ne portait aucune
constatation, et je suis forcé de dire encore que monsieur
de Caylus seul au monde aurait pu nous donner quelques
éclaircissemens à cet égard. Mais monsieur de Caylus vivant garda toujours le silence. A l'heure qu'il est, nul ne
peut interroger sa tombe... La constatation du mariage se fit au
moyen du témoignage sacramentel de dom Bernard, chapelain de Caylus, qui inscrivit mention du premier mariage et de la naissance de mademoiselle de Nevers en
marge de l'acte qui donna mon nom à la veuve de Nevers.
Je voudrais que madame la princesse voulût bien donner
à mes paroles l'autorité de son adhésion.

Tout ce qu'il venait de dire était d'une exactitude rigoureuse.

Aurore de Caylus resta muette. Mais le cardinal de Bissy,
s'étant penché vers elle, se releva et dit :

— Madame la comtesse ne conteste point.

Gonzague s'inclina et poursuivit :

— L'enfant disparut la nuit même du meurtre. Vous
savez, messieurs, quel inépuisable trésor de patience et de
tendresse renferme le cœur d'une mère. Depuis dix-huit
ans, l'unique soin de madame la princesse, le travail de
chacun de ses jours, de chacune de ses heures, est de chercher sa fille. Je dois le dire, les recherches de madame la
princesse ont été jusqu'à présent complétement inutiles...
Pas une trace, pas un indice. Madame la princesse n'est
pas plus avancée qu'au premier jour. — Ici Gonzague jeta
encore un regard vers sa femme. Aurore de Caylus avait
les yeux au ciel. Dans sa prunelle humide, Gonzague
chercha en vain ce désespoir que devaient provoquer ses
dernières paroles. Le coup n'avait pas porté. Pourquoi?...
Gonzague eut peur. — Il faut maintenant, reprit-il en
faisant appel à tout son sang-froid, il faut, messieurs,
malgré ma vive répugnance, que je vous parle de moi...

Après mon mariage, sous le règne du feu roi, le parlement de Paris, à l'instigation de feu monsieur le duc d'Elbeuf, oncle paternel de notre malheureux parent, rendit, toutes chambres assemblées, un arrêt qui suspendait indéfiniment (sauf les limites posées par la loi) mes droits à l'héritage de Nevers. C'était sauvegarder les intérêts de la jeune Aurore de Nevers, au cas qu'elle fût encore de ce monde ; je fus bien loin de m'en plaindre. Mais cet arrêt, messieurs, n'en a pas moins été la cause de mon profond et incurable malheur...

Tout le monde redoubla d'attention.

— Écoutez ! écoutez ! fit-on sur les petits bancs.

Un coup d'œil de Gonzague venait d'apprendre à Oriol, Gironne et compagnie que c'était là l'instant critique.

— J'étais jeune encore, continua Gonzague, assez bien en cour, riche, très riche déjà... Ma noblesse était de celles qu'on ne conteste point. J'avais pour femme un trésor de beauté, d'esprit et de vertu... Comment échapper, je vous demande, aux sourdes et lâches attaques de l'envie? Sur un point j'étais vulnérable : le talon d'Achille! L'arrêt du parlement avait fait ma position fausse, au ce sens que, pour certaines âmes basses, pour ces cœurs vils dont l'intérêt est le seul maître, il semblait que je devais désirer la mort de la jeune fille de Nevers. — On se récria, surtout au banc Oriol. — Eh ! messieurs, fit Gonzague avant que monsieur de Lamoignon eût imposé silence aux interrupteurs, le monde est fait ainsi ! Nous ne changerons pas le monde. J'avais intérêt... intérêt matériel... donc je devais avoir une arrière-pensée... La calomnie avait beau jeu contre moi... la calomnie ne se fit pas faute d'exploiter ce filon... Un seul obstacle me séparait d'un immense héritage... Périsse l'obstacle !... Qu'importe le long témoignage de toute une vie pure ?... On me soupçonna des intentions les plus perverses, les plus infâmes !... On mit (je dois tout dire au conseil), on mit la froideur, la défiance, presque la haine, entre madame la princesse et moi... On prit à témoin cette image en deuil qui orne la retraite d'une sainte femme... on opposa au mari vivant l'époux mort... et, pour employer un mot trivial, messieurs, un pauvre mot qui est l'expression de bonheur des humbles, hélas ! et qui ne semble pas fait pour nous autres qu'on appelle grands, on troubla mon ménage. — Il appuya fortement sur ce mot. — Mon ménage, entendez-vous bien ; mon intérieur, mon repos, ma famille, mon cœur !... Oh ! si vous saviez quelles tortures les méchans peuvent infliger aux bons! si vous saviez les larmes de sang qu'on pleure en invoquant la sourde Providence ! si vous saviez !... Tenez, je vous affirme ceci sur mon honneur, et sur mon salut je vous le jure !... j'aurais donné mes titres, j'aurais donné mon nom, j'aurais donné ma fortune pour être heureux à la façon des petites gens qui ont un ménage... c'est-à-dire une femme dévouée, un cœur ami, des enfans qui vous aiment et qu'on adore... la famille enfin, la famille, cette parcelle de félicité céleste que Dieu bon laisse tomber parmi nous.

Vous eussiez dit qu'il avait mis son âme tout entière dans son débit. Ses dernières paroles furent prononcées avec un entraînement tel qu'il y eut dans l'assemblée comme une grande commotion.

L'assemblée était touchée au cœur.

Il y avait plus que de l'intérêt, il y avait une respectueuse compassion pour cet homme tout à l'heure si hautain, pour ce grand de la terre, pour ce prince qui venait mettre à nu, avec des larmes dans la voix et dans les yeux, la plaie terrible de son existence.

Ces juges étaient pour bon nombre des gens de famille. La fibre du père et de l'époux remua en eux violemment.

Les autres, roués ou coquins, ressentirent je ne sais quel vague malaise, comme des aveugles qui devineraient les couleurs, ou comme ces filles perdues qui s'en vont au théâtre pleurer toutes leurs larmes aux accens de la vertu persécutée.

Il n'y avait que deux êtres pour rester froids au milieu de l'attendrissement général : madame la princesse de Gonzague et monsieur le marquis de Chaverny.

La princesse avait les yeux baissés. Elle semblait rêver, et certes cette tenue glacée ne plaidait point à sa faveur auprès de ses juges prévenus.

Quant au petit marquis, il se dandinait sur son fauteuil et mâchait entre ses dents :

— Mon illustre cousin est un coquin sublime !

Les autres comprenaient, à l'attitude même de madame de Gonzague, ce que l'infortuné prince avait dû souffrir.

— C'est trop ! dit monsieur de Mortemart au cardinal de Bissy ; soyons justes, c'est trop !

Monsieur de Mortemart s'appelait Victurnien de son nom de baptême, comme tous les membres de la maison de La Rochechouart. Ces divers Victurnien étaient généralement de bons hommes. Les mémoires méchans leur font cette querelle d'Allemand qu'aucun d'eux n'inventa la poudre.

Le cardinal de Bissy secoua son rabat chargé de tabac d'Espagne. Chaque membre du respectable sénat faisait ce qu'il pouvait pour garder sa gravité austère.

Mais aux petits bancs on ne se gênait point. Gironne s'essuyait les yeux qu'il avait secs ; Oriol, plus tendre ou plus habile, pleurait à chaudes larmes ; le baron de Batz sanglotait.

— Quelle âme ! dit Taranne.

— Quelle belle âme ! amenda monsieur de Peyrolles qui venait d'entrer.

— Ah ! fit Oriol avec sentiment, on n'a pas compris ce cœur-là !

— Quand je vous disais, murmura le cardinal un peu remis, que nous allions en apprendre de belles ! Mais écoutons : Gonzague n'a pas fini.

Gonzague, en effet, reprit, pâle et beau d'émotion :

— Je n'ai point de rancune, messieurs... Dieu me garde d'en vouloir à cette pauvre mère abusée. Les mères sont crédules parce qu'elles aiment ardemment... Et si j'ai souffert, n'a-t-elle pas eu, elle aussi, de cruelles tortures ?... L'esprit le plus robuste s'affaiblit à la longue dans le martyre... l'intelligence se lasse... Ils lui ont dit que j'étais l'ennemi de sa fille !... Et pourquoi non ? s'interrompit-il avec amertume, puisque j'ai des intérêts opposés à ceux de sa fille... des intérêts, comprenez bien cela, messieurs... des intérêts, moi Gonzague, le prince de Gonzague, l'homme de France le plus riche après Law !...

— Avant Law, glissa Oriol.

Et certes il n'y avait là personne pour le contredire.

— Ils lui on dit, poursuivait Gonzague : « Cet homme a des émissaires partout ; ses agens sillonnent en tous sens la France, l'Espagne, l'Italie... Cet homme s'occupe de votre fille plus que vous même... » — Il se tourna vers la princesse et ajouta : — On vous a dit cela, n'est-ce pas, madame ?

Aurore de Caylus, sans lever les yeux et sans bouger, laissa tomber ces mots :

— On me l'a dit.

— Voyez ! — s'écria Gonzague en s'adressant au conseil. Puis, se tournant de nouveau vers sa femme : — On vous a dit aussi, pauvre mère : « Si vous cherchez en vain votre fille, si vos efforts sont restés inutiles, c'est que la main de cet homme est là, dans l'ombre, sa main qui donne le change à vos recherches, qui égare vos poursuites... sa main perfide. » N'est-il pas vrai, madame, qu'on vous a dit cela ?

— On me l'a dit ! repartit encore la princesse.

— Voyez ! voyez, mes juges et mes pairs ! fit Gonzague. Et ne vous a-t-on pas dit quelque chose encore, madame ? que cette main qui agit dans l'ombre, cette main perfide, est la main de votre mari... Ne vous a-t-on pas dit que peut-être l'enfant n'était plus, qu'il y avait des hommes assez infâmes pour tuer un enfant, et que peut-être... Je n'achève pas, madame, mais on vous a dit cela.

Aurore de Caylus, pâle autant qu'une morte, répondit pour la troisième fois :

— On me l'a dit !

— Et vous l'avez cru, madame ? interrogea le prince dont l'indignation altérait la voix.

— Je l'ai cru, repartit froidement la princesse.

De toutes les parties de la salle s'élevèrent à ce mot des réclamations.

— Vous vous perdez, madame, dit tout bas le cardinal à l'oreille de la princesse ; à quelque conclusion que puisse arriver monsieur de Gonzague, vous êtes sûre d'être condamnée.

Elle avait repris son immobilité silencieuse.

Le président de Lamoignon ouvrait la bouche pour lui adresser quelque remontrance, lorsque Gonzague l'arrêta d'un geste respectueux.

— Laissez, monsieur le président, je vous en prie, dit-il ; laissez, messieurs... Je me suis imposé sur cette terre un devoir pénible, je le remplis de mon mieux ; Dieu me tiendra compte de mes efforts... S'il faut vous dire la vérité tout entière, cette convocation solennelle avait pour but principal de forcer madame la princesse à m'écouter une fois en sa vie... Depuis dix-huit ans que nous sommes époux, je n'avais pu obtenir cette faveur... Je voulais parvenir jusqu'à elle, moi l'exilé du premier jour des noces ; je voulais me montrer tel que je suis, à elle qui ne me connaît pas... J'ai réussi ; grâces vous en soient rendues ; mais ne vous mettez pas entre elle et moi, car j'ai le talisman qui va lui ouvrir enfin les yeux... — Puis, parlant désormais pour la princesse toute seule, et s'adressant à elle directement, au milieu du silence profond qui régnait dans la salle : — On vous a dit vrai, madame : j'avais plus d'agens que vous en France, en Espagne, en Italie, car, pendant que vous écoutiez ces accusations infâmes portées contre moi, je travaillais pour vous... Je répondais à toutes ces calomnies par une poursuite plus ardente, plus obstinée que la vôtre... Je cherchais, moi aussi... je cherchais sans cesse et sans repos, avec ce que j'ai de crédit et de puissance, avec mon or, avec mon cœur ! Et aujourd'hui... ( Vous voilà qui m'écoutez maintenant ) aujourd'hui, récompensé enfin de tant d'années de peines, je viens à vous, qui me méprisez et me haïssez, moi qui vous respecte et qui vous aime... je viens à vous et je vous dis : Ouvrez vos bras, heureuse mère, je vais y mettre votre enfant !... — En même temps, il se tourna vers Peyrolles qui attendait ses ordres. — Qu'on amène ! ordonna-t-il à haute voix, mademoiselle Aurore de Nevers !

## X

### J'Y SUIS !

Nous avons pu rapporter les paroles prononcées par Gonzague ; ce qu'il n'est pas donné de rendre avec la plume, c'est le feu du débit, l'ampleur de la pose, la profonde conviction que rayonnait le regard.

Ce Gonzague était un prodigieux comédien. Il s'imprégnait de son rôle appris, à ce point que l'émotion le dominait lui-même, et que c'étaient de vrais élans qui jaillissaient de son âme.

C'est le comble de l'art.

Placé autrement et doué d'une autre ambition, cet homme eût remué un monde.

Parmi ceux qui l'écoutaient, il y avait des gens sans cœur, des gens rompus à toutes les roueries de l'éloquence, des magistrats blasés sur les effets de parole, des financiers d'autant plus difficiles à tromper que, d'avance, ils étaient complices du mensonge.

Gonzague, jouant avec l'impossible, produisit un véritable miracle. Tout le monde le crut ; tout le monde eût juré qu'il avait dit vrai.

Oriol, Gironne, Albret, Taranne et autres ne faisaient plus leur métier : ils étaient pris.

Tous se disaient :

— Plus tard, il mentira ; mais à présent, il dit vrai. — Tous ajoutaient : — Se peut-il qu'il y ait dans cet homme tant de grandeur avec tant de perversité ?

Ses pairs, ce groupe de grands seigneurs qui étaient là pour le juger, regrettaient d'avoir pu parfois douter de lui.

Ce qui le grandissait, c'était cet amour chevaleresque pour sa femme, ce magnanime pardon de la longue injure. Dans les siècles les plus perdus, les vertus de la famille font à qui veut un haut piédestal.

Il n'y avait pas là un seul cœur qui ne battît violemment.

Monsieur de Lamoignon essuya une larme, et Villeroy, le vieux guerrier, s'écria :

— Par la sambleu ! prince, vous êtes un galant homme !

Mais le résultat le plus complet, ce fut la conversion du sceptique Chaverny et l'effet foudroyant produit sur la princesse elle-même.

Chaverny se raidit tant qu'il put ; mais aux dernières paroles du prince, on le vit rester bouche béante.

— S'il a fait cela, dit-il à Choisy, du diable si je ne lui pardonne pas tout le reste !

Quant à Aurore de Caylus, elle s'était levée tremblante, pâle, semblable à un fantôme. Le cardinal de Bissy fut obligé de la soutenir dans ses bras.

Elle restait l'œil fixé sur la porte par où venait de sortir monsieur de Peyrolles.

L'effroi, l'espoir se peignaient tour à tour sur ses traits. Allait-elle voir sa fille ?

L'avertissement bizarre trouvé par elle dans son livre d'heures, à la page du Miserere, annonçait-il cela ?

On lui avait dit de venir ; elle était venue. Allait-elle avoir à défendre sa fille ?

Quel que fût le danger inconnu, c'était de joie surtout que son cœur battait. Sa fille ! oh ! comme son âme allait s'élancer vers elle à première vue !

Dix-huit ans de larmes payés par un seul sourire !

Elle attendait. Tout le monde attendait comme elle.

Peyrolles était sorti par l'issue donnant sur l'appartement du prince. Il rentra bientôt, tenant dona Cruz par la main, Gonzague se rendit à sa rencontre.

Ce ne fut qu'un cri : « Qu'elle est belle !

Puis les affidés, rentrant dans leur rôle, prononcèrent à demi-voix ce mot qu'on leur avait appris : « Quel air de famille ! »

Mais il se trouva que les gens de bonne foi allèrent plus loin que les stipendiés. Les deux présidens, le maréchal, le prélat et tous les ducs, regardant tour à tour madame la princesse, puis dona Cruz, firent entendre cette déclaration spontanée :

— Elle ressemble à sa mère.

Il était donc acquis déjà pour ceux qui avaient mission de juger que madame la princesse était la mère de dona Cruz.

Et pourtant madame la princesse, changeant encore une fois de visage, avait repris son air de trouble et d'anxiété. Elle regardait cette belle jeune fille, et c'était une sorte d'effroi qui se peignait sur ses traits.

Ce n'était pas ainsi, oh non ! qu'elle avait rêvé sa fille.

Sa fille ne pouvait pas être plus belle, mais sa fille devait être autrement.

Et cette froideur soudaine qu'elle sentait en dedans d'elle-même, à cet instant où tout son cœur aurait dû s'élancer vers l'enfant retrouvé, cette froideur l'épouvantait.

Était-elle donc une mauvaise mère ?

A cette frayeur, une autre s'ajoutait. Quel avait dû être

le passé de cette charmante enfant, dont les yeux brillaient hardiment, dont la taille souple avait d'étranges ondulations, dont toute la personne enfin était marquée de ce cachet gracieux, trop gracieux, que l'austère éducation de famille ne donne point d'ordinaire aux héritières des ducs ?

Chaverny, qui était déjà parfaitement remis de son émotion et qui regrettait fort d'avoir cru à Gonzague pendant une minute, Chaverny exprima l'idée de la princesse autrement et mieux qu'elle n'eût pu le faire elle-même.

— Elle est adorable ! dit-il à Choisy en la reconnaissant.

— Tu es décidément amoureux ? demanda Choisy.

— Je l'étais, répondit le petit marquis. Ce nom de Nevers l'écrase et lui va mal.

Les beaux casques de nos cuirassiers iraient mal à un gamin de Paris, mièvre et sans gêne dans ses mouvemens. Il y a des alliances impossibles.

Gonzague n'avait point vu cela, Chaverny le voyait : Pourquoi ?

Chaverny était Français et Gonzague Italien, d'abord. De tous les habitans de notre globe, le Français est le plus près de la femme pour la délicatesse et le juger des nuances.

Ensuite, ce beau prince de Gonzague avait bien près de cinquante ans.

Chaverny était tout jeune.

Plus l'homme vieillit, moins il est femme.

Gonzague n'avait point vu cela ; il ne pouvait pas le voir. Sa finesse milanaise était de la diplomatie, non point de l'esprit.

Pour apercevoir ces détails, il faut avoir un sens exquis comme Aurore de Caylus, femme et mère, ou bien être un peu myope et regarder de tout près comme le petit marquis.

Dona Cruz, cependant, le rouge au front, les yeux baissés, le sourire timide aux lèvres, était au bas de l'estrade. Chaverny seul et la princesse devinaient l'effort qu'elle faisait pour tenir ses paupières fermées.

Elle avait si grande envie de voir !

— Mademoiselle de Nevers, lui dit Gonzague, allez embrasser votre mère !

Dona Cruz eut un mouvement de sincère allégresse ; son élan ne fut point joué. Là était l'habileté suprême de Gonzague, qui n'avait pas voulu d'une comédienne pour remplir ce premier rôle. Dona Cruz était de bonne foi.

Son regard caressant se tourna tout de suite vers celle qu'elle croyait sa mère. Elle fit un pas et ses bras s'ouvrirent d'avance.

Mais ces bras retombèrent, ses paupières aussi. Un geste froid de la princesse venait de la clouer à sa place.

La princesse, revenue aux défiances qui naguère navraient sa solitude, la princesse, répondant à cette pensée qu'elle venait d'avoir et que l'aspect de dona Cruz lui avait inspirée, la princesse dit entre haut et bas :

— Qu'a-t-on fait de la fille de Nevers ? — Puis élevant la voix, elle ajouta : — Dieu m'est témoin que j'ai le cœur d'une mère... mais si la fille de Nevers me revenait flétrie d'une seule tache... n'eût-elle oublié qu'une minute la fierté de sa race... je voilerais mon visage et je dirais : Nevers est mort tout entier !

— Ventrebleu ! pensa Chaverny, je parierais pour plusieurs minutes !

Il était seul de son avis en ce moment. La sévérité de madame de Gonzague semblait intempestive et même dénaturée.

Pendant qu'elle parlait, un petit bruit se fit à sa droite, comme si la porte voisine tournait doucement sur ses gonds derrière la draperie.

Elle n'y prit point garde.

Gonzague répondait, joignant les mains, comme si le doute eût été ici un blasphème.

— Oh ! madame, madame ! est-ce bien votre cœur qui a parlé ?... Mademoiselle de Nevers, votre fille, madame, est plus pure que les anges.

Une larme était dans les yeux de la pauvre doña Cruz. Le cardinal se pencha vers Aurore de Caylus.

— A moins que vous n'ayez pour douter encore des raisons précises et avouables..... commença-t-il.

— Des raisons !... interrompit la princesse ; mon cœur est resté froid, mes yeux secs, mes bras immobiles... ne sont-ce pas des raisons cela ?

— Belle dame, si vous n'en avez pas d'autres, je ne pourrai, en conscience, combattre l'opinion évidemment unanime du conseil. — Aurore de Caylus jeta autour d'elle un sombre regard. — Vous voyez bien, je ne m'étais pas trompé, fit le cardinal à l'oreille du duc de Mortemart, il y a là un grain de folie !

— Messieurs ! messieurs ! s'écria la princesse, est-ce que déjà vous m'avez jugée ?

— Rassurez-vous, madame, et calmez-vous, répliqua le président de Lamoignon ; tous ceux qui sont dans cette enceinte vous respectent et vous aiment... tous, et au premier rang l'illustre prince qui vous a donné son nom. — La princesse baissa la tête. Le président de Lamoignon poursuivit, avec une nuance de sévérité dans la voix : — Agissez suivant votre conscience, madame, et ne craignez rien. Notre tribunal n'a point mission de punir. L'erreur n'est pas crime, mais malheur. Vos parens et vos amis auront compassion de vous, si vous vous êtes trompée.

— Trompée ! répéta la princesse sans relever la tête ; oh ! oui, j'ai été bien souvent trompée, mais si personne n'est ici pour me défendre, je me défendrai moi-même... Ma fille doit porter avec elle la preuve de sa naissance.

— Quelle preuve ? demanda le président de Lamoignon.

— La preuve désignée par monsieur de Gonzague lui-même, la feuille arrachée au registre de la chapelle de Caylus... Arrachée de ma propre main, messieurs ! ajouta-t-elle en se redressant.

— Voilà ce que je voulais savoir, — pensa Gonzague.

— Cette preuve, reprit-il tout haut, votre fille l'aura, madame.

— Elle ne l'a donc pas ? s'écria Aurore de Caylus.

Un long murmure s'éleva dans l'assemblée à cette exclamation.

— Emmenez-moi ! emmenez-moi ! balbutia dona Cruz en larmes.

Quelque chose remua au fond du cœur de la princesse en écoutant la voix désolée de cette pauvre enfant.

— Mon Dieu, dit-elle en levant ses mains vers le ciel, mon Dieu, inspirez-moi ! Mon Dieu, ce serait un malheur horrible et un grand crime de repousser mon enfant ! Mon Dieu, je vous implore du fond de ma misère, répondez-moi, répondez-moi !

On vit tout à coup sa figure s'éclairer, tandis que tout son corps tressaillit violemment.

Elle avait interrogé Dieu. Une voix que personne n'entendit hormis elle-même, une voix mystérieuse et qui semblait répondre à ce suprême appel, prononça derrière la draperie les trois mots de la devise de Nevers :

— J'y suis !

La princesse s'appuya au bras du cardinal pour ne point tomber à la renverse.

Elle n'osait se retourner. Cette voix venait-elle du ciel ? Gonzague se méprit à cette émotion soudaine. Il voulut frapper le dernier coup.

— Madame, s'écria-t-il, vous avez fait appel au maître de toutes choses, Dieu vous répond : je le vois, je le sens. Votre bon ange est en vous qui combat les suggestions du mal. Madame, ne repoussez pas le bonheur après vos longues souffrances si noblement supportées ; madame, oubliez la main qui met dans la vôtre un trésor. Je ne réclame pas mon salaire ; je ne vous demande qu'une chose, regardez-la, regardez votre enfant. La voici bien tremblante, la voici toute brisée de l'accueil de sa mère. Écoutez au dedans de vous-même, madame, la voix de l'âme vous répondra. — La princesse regarda dona Cruz.

Et Gonzague poursuivit avec entraînement : — Maintenant que vous l'avez vue, au nom du Dieu vivant ! je vous le demande, n'est-ce pas là votre fille ?

La princesse ne répondit pas tout de suite. Involontairement, elle se tourna à demi vers la draperie.

La voix, distincte pour elle seule, ne prononça qu'un mot :

— Non.

— Non ! répéta la princesse avec force.

Et son regard résolu fit le tour de l'assemblée.

Elle n'avait plus peur. Quel que fût ce mystérieux conseiller qui était là derrière la draperie, elle avait confiance en lui, car il combattait Gonzague.

Et d'ailleurs il accomplissait la muette promesse du livre d'heures. Il avait dit : « J'y suis ; » il venait avec la devise de Nevers.

Mille exclamations cependant se croisaient dans la salle. L'indignation d'Oriol et compagnie ne connaissait plus de bornes.

— C'en est trop ! dit Gonzague en apaisant de la main le zèle trop bruyant du bataillon sacré ; la patience humaine a des bornes. Je m'adresserai une dernière fois à madame la princesse, et je lui dirai : Il faut de bonnes raisons, des raisons graves et fortes pour repousser la vérité évidente.

— Hélas ! soupira le bon cardinal, ce sont mes propres paroles !... mais quand ces dames se sont mis quelque chose en tête...

— Ces raisons, acheva Gonzague, madame, les avez-vous ?

— Oui, répondit la voix mystérieuse.

— Oui, répliqua la princesse à son tour.

Gonzague était livide et ses lèvres s'agitaient convulsivement. Il sentait qu'il y avait là, au sein même de cette assemblée convoquée par lui, une influence hostile mais insaisissable. Il la sentait, mais il la cherchait en vain.

Depuis quelques minutes, tout était changé dans la personne de la veuve de Nevers. Le marbre s'était fait chair. La statue vivait.

D'où provenait ce miracle ?

Le changement s'était opéré au moment même où la princesse éperdue avait invoqué le secours de Dieu. Mais Gonzague ne croyait point à Dieu.

Il essuya la sueur qui coulait de son front.

— Avez-vous donc des nouvelles de votre famille ? — demanda-t-il, cachant son anxiété de son mieux. La princesse garda le silence. — Il y a des imposteurs, reprit Gonzague ; la fortune de Nevers est une belle proie... vous a-t-on présenté quelque autre jeune fille...— Nouveau silence.—...En vous disant, poursuivit Gonzague : « Celle-ci est la véritable, on l'a sauvée, on l'a élevée, » Ils disent tous cela !

Les plus fins diplomates se laissent entraîner. Le président de Lamoignon et ses graves assesseurs regardaient maintenant Gonzague avec étonnement.

— Cache tes griffes, chat-tigre ! murmura Chaverny.

Assurément, le silence de la voix mystérieuse était souverainement habile.

Tant qu'elle ne parlait point, cette voix, la princesse ne pouvait répondre, et Gonzague furieux perdait la prudence.

Au milieu de sa face pâle, on voyait ses yeux brûlants et sanglans.

— Elle est là, poursuivit-il entre ses dents serrées ; toute prête à paraître, si vous l'a affirmé, n'est-ce pas, madame ? vivante... répondez !... vivante ?... — La princesse s'appuya d'une main au bras de son fauteuil. Elle chancelait. Elle eût donné deux ans de sa vie pour soulever cette draperie derrière laquelle était l'oracle, muet désormais. — Répondez ! répondez ! fit Gonzague.

Et les juges eux-mêmes répétaient :

— Madame, répondez !

Aurore de Caylus écoutait. Sa poitrine n'avait plus de souffle.

Oh ! que l'oracle tardait !

— Pitié !... murmura-t-elle enfin en se tournant à demi.

La draperie s'agita faiblement.

— Comment pourrait-elle répondre ?... disaient cependant les affidés.

— Vivante ?... fit Aurore de Caylus interrogeant l'oracle d'une voix brisée.

— Vivante. lui fut-il enfin répondu.

Elle se redressa, radieuse, ivre de joie.

— Oui, vivante ! vivante ! fit-elle avec éclat, vivante malgré vous et par la protection de Dieu !

Tout le monde se leva en tumulte. Pendant un instant, l'agitation fut à son comble.

Les affidés parlaient tous à la fois et réclamaient justice.

Au banc des commissaires royaux, on se consultait.

— Quand je vous disais, répétait le cardinal, quand je vous disais, monsieur le duc !... Mais nous ne savons pas tout... et je commence à croire que madame la princesse n'est point folle !

Au milieu de la confusion générale, la voix de la tapisserie dit :

— Ce soir, au bal du régent, on vous dira la devise de Nevers.

— Et je verrai ma fille ? balbutia la princesse prête à se trouver mal.

Le bruit faible d'une porte qui se refermait se fit entendre encore. Puis plus rien.

Il était temps. Chaverny, curieux comme une femme et pris d'un vague soupçon, s'était glissé derrière le cardinal de Lorraine. Il souleva brusquement la portière.

Sous la portière, il n'y avait rien ; mais la princesse poussa un cri étouffé.

C'était assez. Chaverny ouvrit la porte et s'élança dans le corridor.

Le corridor était sombre, car la nuit commençait à tomber. Chaverny ne vit rien, sinon, tout au bout de la galerie, la silhouette cahotante du petit bossu aux jambes torses, qui disparut descendant l'escalier tranquillement.

Chaverny se prit à réfléchir.

— Le cousin aura voulu jouer quelque méchant tour au diable, se dit-il, et le diable prend sa revanche.

Pendant cela, dans la salle des délibérations, sur un signe du président de Lamoignon, les conseillers avaient repris leurs places.

Gonzague avait fait sur lui-même un terrible effort. Il était calme en apparence.

Il salua le conseil, et dit :

— Messieurs, je rougirais d'ajouter une parole... Décidez, s'il vous plaît, entre madame la princesse et moi.

— Délibérons, firent quelques voix.

Monsieur de Lamoignon se leva et se couvrit.

— Prince, dit-il, l'avis des commissaires royaux, après avoir entendu monsieur le cardinal pour madame la princesse, est qu'il n'y a point lieu à jugement... Puisque madame de Gonzague sait où est sa fille, qu'elle la présente... Monsieur de Gonzague représentera également celle qu'il dit être héritière de Nevers... La preuve écrite, désignée par monsieur le prince, invoquée par madame la princesse, cette page enlevée au registre de la chapelle de Caylus sera produite et rendra la décision facile... Nous ajournons, au nom du roi, le conseil à trois jours.

— J'accepte ! repartit Gonzague avec empressement ; j'aurai la preuve !

— J'aurai ma fille et j'aurai la preuve, dit pareillement la princesse ; j'accepte.

Les commissaires royaux levèrent aussitôt la séance.

— Quant à vous, enfant, pauvre enfant ! dit Gonzague à dona Cruz en la remettant aux mains de Peyrolles, j'ai fait ce que j'ai pu... Dieu seul, à présent, peut vous rendre le cœur de votre mère !

Dona Cruz rabattit son voile et s'éloigna.

Mais avant de passer le seuil, elle se ravisa tout à coup. Elle s'élança vers la princesse.

— Madame! s'écria-t-elle en prenant sa main qu'elle baisa, que vous soyez ou non ma mère, je vous respecte et je vous aime.

La princesse sourit et effleura son front de ses lèvres.

— Tu n'es pas complice, enfant, dit-elle, j'ai vu cela; je ne t'en veux point... Moi aussi, je t'aime.

Peyrolles entraîna dona Cruz.

Toute cette noble foule qui naguère remplissait l'hémicycle s'était écoulée. Le jour baissait rapidement. Gonzague, qui venait de reconduire les juges royaux, rentra comme la princesse allait sortir entourée de ses femmes.

Sur un geste impérieux qu'il fit, elles s'écartèrent. Gonzague s'approcha de la princesse, et, avec ses grands airs de courtoisie qu'il ne quittait jamais, il se pencha jusqu'à sa main pour la baiser.

— Madame, lui dit-il ensuite d'un ton léger, c'est donc la guerre déclarée entre nous?

— Je n'ai garde d'attaquer, monsieur, répondit Aurore de Caylus; je me défends.

— En tête à tête, reprit Gonzague, qui avait peine à cacher sous sa froideur polie la rage qu'il avait dans le cœur, nous ne discuterons point, s'il vous plaît: je tiens à vous épargner cette inutile fatigue... Mais vous avez donc de mystérieux protecteurs, madame?

— J'ai la bonté du ciel, monsieur, qui est l'appui des mères. — Gonzague eut un sourire. — Giraud, dit la princesse à sa suivante Madeleine, faites qu'on prépare ma litière!

— Y a-t-il donc office du soir à la paroisse Saint-Magloire? demanda Gonzague étonné.

— Je ne sais, monsieur, répondit la princesse avec calme; ce n'est pas à la paroisse Saint-Magloire que je me rends. Félicité, vous atteindrez mes écrins.

— Vos diamans, madame! fit le prince avec raillerie; la cour, qui vous regrette depuis si longtemps, va-t-elle jouir enfin du bonheur de vous revoir?

— Je vais ce soir au bal du régent, dit-elle.

Pour le coup Gonzague demeura stupéfait.

— Vous! balbutia-t-il; vous!

Elle se redressa si belle et si hautaine que Gonzague baissa les yeux malgré lui.

— Moi! répondit-elle. — Et en prenant le pas sur ses femmes pour sortir: — Mon deuil est fini d'aujourd'hui, monsieur le prince... faites ce que vous voudrez contre moi, je n'ai plus peur de vous.

## XI

### OU LE BOSSU SE FAIT INVITER AU BAL DE LA COUR.

Gonzague demeura un instant immobile à regarder sa femme qui traversait la galerie pour rentrer dans son appartement.

— C'est une résurrection, pensa-t-il; j'ai pourtant bien joué cette grande partie... Pourquoi l'ai-je perdue? Evidemment elle avait un dessous de cartes... Gonzague, vous n'avez pas tout vu... il y a quelque chose qui vous échappe. — Il se prit à parcourir la chambre à grands pas. — En tous cas, poursuivit-il, nous n'avons pas une minute à perdre... Que veut-elle faire au bal du Palais-Royal?... Parler à monsieur le régent?... Evidemment, elle sait où est sa fille... Et moi aussi, je le sais, s'interrompit-il en ouvrant ses tablettes; en ceci du moins le hasard m'a servi. — Il frappa sur un timbre et dit au domestique qui accourut: — Monsieur de Peyrolles!... qu'on m'envoie sur-le-champ monsieur de Peyrolles! — Le domestique sortit. Gonzague reprit sa promenade solitaire;

en revenant à sa première pensée, il dit: — Elle a un auxiliaire nouveau... Quelqu'un est caché derrière la toile...

— Prince, s'écria Peyrolles en entrant, je puis enfin vous parler... Mauvaises nouvelles!... En s'en allant, le cardinal de Bissy disait aux commissaires royaux: « Il y a là-dessous quelque mystère d'iniquité... »

— Laisse dire le cardinal, fit Gonzague.

— Dona Cruz est en pleine révolte... On lui a fait jouer, dit-elle, un rôle indigne... Elle veut quitter Paris.

— Laisse faire dona Cruz... et tâche de m'écouter.

— Pas avant de vous avoir appris ce qui se passe... Lagardère est à Paris.

— Bah!... je m'en doutais; depuis quand?

— Depuis hier pour le moins.

— La princesse a dû le voir, — pensa Gonzague. Puis il ajouta: — Comment sais-tu cela?

Peyrolles baissa la voix et répondit:

— Saldagne et Faënza sont morts. — Manifestement, monsieur de Gonzague ne s'attendait point à cela. Les muscles de sa face tressaillirent, et il eut comme un éblouissement. Ce fut l'affaire d'une seconde. Quand Peyrolles releva les yeux sur lui, il était remis déjà. — Deux d'un coup! fit-il; c'est le diable que cet homme-là! — Peyrolles tremblait.

— Et où a-t-on retrouvé leurs cadavres? demanda Gonzague.

— Dans la ruelle qui longe le jardin de votre petite maison.

— Ensemble?

— Saldagne contre la porte... Faënza à quinze pas de là... Saldagne est mort d'un coup de pointe...

— Là, n'est-ce pas? fit Gonzague en plaçant son doigt entre ses deux sourcils.

Peyrolles fit le même geste et répéta:

— Là!... Faënza est tombé frappé à la même place et du même coup.

— Et pas d'autre blessure?

— Pas d'autre... La botte de Nevers est toujours mortelle.

Gonzague disposa les dentelles de son jabot devant une glace.

— C'est bien, dit-il. Monsieur le chevalier de Lagardère se fait inscrire deux fois à ma porte... Je suis content qu'il soit à Paris... Je le tiens... je le ferai pendre.

— La corde qui étranglera celui-là... commença Peyrolles.

— N'est pas encore filée, n'est-ce pas?... Je crois que si... Tudieu! pense donc, ami Peyrolles... il est grand temps, nous ne sommes plus que quatre.

— Oui, fit le factotum en frissonnant, il est grand temps.

— Deux bouchées, reprit Gonzague en rebouclant son ceinturon: nous deux d'un coup... de l'autre, ces deux pauvres diables...

— Cocardasse et Passepoil? interrompit Peyrolles. Ils ont peur de Lagardère.

— Ils sont donc comme toi.... C'est égal, nous n'avons pas le choix... Va me les chercher! va!—Monsieur de Peyrolles se dirigea vers l'office. Gonzague pensait: — Je disais bien qu'il fallait agir... agir tout de suite... Voici une nuit qui verra d'étranges choses!

— Et vite! dit Peyrolles en arrivant à l'office, monseigneur a besoin de vous.

Cocardasse et Passepoil avaient dîné depuis midi jusqu'à la brune. C'étaient deux héroïques estomacs. Cocardasse était rouge comme le restant du vin oublié dans un verre; Passepoil avait le teint tout blême.

La bouteille produit ce double résultat, suivant le tempérament des preneurs.

Mais, au point de vue des oreilles, le vin n'a pas deux manières d'agir: Cocardasse et Passepoil n'étaient pas plus endurans l'un que l'autre après boire.

D'ailleurs, le temps d'être humbles était passé. On les avait habillés de neuf de la tête aux pieds; ils avaient de

superbes bottes de rencontre, et des feutres qui n'avaient
été retapés chacun que trois fois.

Les chausses et les pourpoints étaient dignes de ces
brillans accessoires.

— Eh donc! mon bon, fit Cocardasse, je crois que ce
maraud, c'est à nous qu'il s'adresse.

— Si je pensais que ce faquin... riposta le tendre Amable en saisissant une cruche à deux mains.

— Sois calme! ma caillou, reprit le Gascon; je te le
donne... mais, bagasse! ne casse pas la faïence. — Il avait
pris monsieur de Peyrolles par une oreille, et l'avait envoyé pirouettant à Passepoil. Passepoil le saisit par l'autre
oreille et le renvoya à son ancien patron. Monsieur de Peyrolles fit ainsi deux ou trois fois le voyage, puis Cocardasse junior lui dit, avec cette gravité de casseurs d'assiettes : — Mon doux ami, vous avez oublié un instant
que vous aviez affaire à des gentilshommes : tâchez do-
rénavant de vous en souvenir!

— Voilà! appuya le gros Normand, selon son ancienne
habitude.

Puis ces deux se levèrent, tandis que monsieur de Peyrolles réparait de son mieux les désordres de sa toilette.

— Les deux coquins sont ivres, grommela-t-il.

— Eh donc! fit Cocardasse, je crois que le pécaïre a
parlé.

— J'en ai comme une vague idée, repartit Passepoil.

Il s'avancèrent tous deux, l'un à droite, l'autre à gauche,
pour appréhender de nouveau le factotum aux oreilles;
mais celui-ci prit la fuite prudemment, et rejoignit Gonzague sans se vanter de sa mésaventure.

Gonzague lui ordonna de ne point parler à ces braves
amis de la fin malheureuse de Saldagne et de Faënza.
Cela était superflu, monsieur de Peyrolles n'avait aucune
envie de lier conversation avec Cocardasse et Passepoil.

On les vit arriver l'instant d'après, annoncés par un
terrible bruit de ferraille; ils avaient le feutre à la diable,
les chausses débraillées, du vin tout le long de la chemise : bref, unebelle et bonne tenue de coupe-jarrets.

Ils entrèrent en se pavanant, le manteau retroussé par
l'épée : Cocardasse toujours superbe, Passepoil toujours
gauche et irréprochable de laideur.

— Salue, mon bon, dit le Gascon; et remercie monseigneur.

— Assez! fit Gonzague en les regardant de travers.
Ils restèrent aussitôt immobiles. Avec ces vaillans, l'homme qui paye peut tout se permettre. — Êtes-vous fermes
sur vos jambes, demanda Gonzague.

— J'ai bu seulement un verre de vin à la santé de monseigneur, répondit effrontément Cocardasse. Capédébiou!
pour la sobriété je ne connais pas mon pareil...

— Il dit vrai, monseigneur, prononça timidement Passepoil, car je le surpasse... je n'ai bu que de l'eau rougie.

— Mon bon, fit Cocardasse en le regardant sévèrement,
tu as bu comme moi, ni plus, ni moins... As pas pur! je
t'engage à ne jamais faussser la vérité devant moi... le
mensonge me rend malade!

— Vos rapières sont-elles toujours bonnes? demanda
encore Gonzague.

— Meilleures, reprit le Gascon.

— Et bien du service de monseigneur; ajouta le Normand, qui fit la révérence.

— C'est bon! dit Gonzague.

Et il tourna le dos, tandis que nos deux amis le sa-
luaient par derrière.

— C'ta couquin, murmura Cocardasse, il sait parler aux
hommes d'épée!

Gonzague avait fait signe à Peyrolles d'approcher. Tous
deux étaient remontés jusqu'au fond de la salle, près de
la porte de sortie. Gonzague venait de déchirer la page
de ses tablettes où il avait inscrit les renseignemens donnés
par dona Cruz.

Au moment où il remettait ce papier au factotum, le visage hétéroclite du bossu se montra derrière les battans
de la porte entre-bâillée. Personne ne le voyait, et il le

savait bien, car ses yeux brillaient d'une intelligence
extraordinaire, toute sa physionomie était changée d'aspect.

A la vue de Gonzague et de son âme damnée causant à
deux pas de lui, le bossu se rejeta vivement en arrière,
puis il mit son oreille à l'ouverture de la porte.

Voici ce que d'abord il entendit :

Peyrolles épelait péniblement les mots tracés au crayon
par son maître.

— Rue du Chantre... disait-il, une jeune fille nommée
Aurore...

Vous eussiez été effrayé de l'expression que prit le visage du bossu. Un feu sombre s'illumina dans ses yeux.

— Il sait cela! pensa-t-il. Comment sait-il cela?

— Vous comprenez? dit Gonzague.

— Oui... je comprends, répondit Peyrolles; c'est de la
chance!

— Les gens de ma sorte ont leur étoile, reprit monsieur
de Gonzague.

— Où mettra-t-on la jeune fille.

— Au pavillon de dona Cruz.

Le bossu se toucha le front.

— La gitana! murmura-t-il, mais elle-même... comment a-t-elle pu savoir?

— Il faudra tout simplement l'enlever?... disait en ce
moment Peyrolles.

— Pas d'éclat, repartit Gonzague; nous ne sommes pas
en position de nous faire des affaires... De la ruse... de
l'adresse! c'est ton fort, ami Peyrolles. Je ne m'adresserais
pas à toi s'il y avait des coups à donner ou à recevoir...
Notre homme doit habiter cette maison, j'en ferais la gageure.

— Lagardère! murmura le factotum avec un visible
effroi.

— Tu ne l'affronteras pas, ce matamore. La première
chose, c'est de savoir s'il est absent, et je parierais bien
qu'il est absent à cette heure.

— Il aimait boire autrefois.

— S'il est absent, voici un plan tout simple : tu vas
prendre cette carte.

Gonzague mit dans la main de son factotum une des
deux cartes d'invitation au bal du régent, réservées pour
Saldagne et Faënza.

— Tu te procureras, poursuivit-il, une toilette de bal
fraîche et galante, pareille à celle que j'ai commandée
pour dona Cruz. Tu auras une litière toute prête dans la
rue du Chantre, et tu te présenteras chez la jeune fille
au nom de Lagardère lui-même.

— C'est jouer sa vie à pair ou non, dit monsieur de
Peyrolles.

— Allons donc! rien que la vue de la robe et des bijoux
la rendra folle; tu n'auras qu'un mot à dire : « Lagardère vous envoie ceci et vous attend. »

— Mauvais expédient! dit une voix aigrelette entre eux
deux, la jeune fille ne bougera pas.

Peyrolles sauta de côté, Gonzague mit la main à son
épée.

— As pas pur! fit de loin Cocardasse; vois donc, frère
Passepoil, vois donc ce petit homme.

— Ah! répondit Passepoil, si la nature m'avait disgra-
cié ainsi, et qu'il fallût renoncer à l'espoir de plaire aux
belles, j'attenterais à mes propres jours.

Peyrolles se prit à rire, comme tous les poltrons qui ont
eu grand'peur.

— Ésope II! dit Jonas! s'écria-t-il.

— Encore cette créature! fit Gonzague avec humeur.
En louant la niche de mon chien, crois-tu avoir acheté
le droit de parcourir mon hôtel? Que viens-tu faire ici?

— Et vous, demanda effrontément le bossu, qu'allez-
vous faire là-bas?

C'était là un adversaire selon le cœur de Gonzague.

— Mons Ésope! dit-il en se campant, nous allons vous
apprendre, séance tenante, le danger que l'on court en se
mêlant des affaires d'autrui.

Gonzague regardait déjà du côté des deux braves.

Tant pis pour Ésope II dit Jonas, il s'était avisé d'écouter aux portes !

Mais, à ce moment, l'attention de Gonzague fut détournée par la conduite bizarre et vraiment audacieuse du petit homme, qui prit sans façon des mains de Peyrolles la carte d'invitation qu'on venait de lui remettre.

— Que fais-tu, drôle ? s'écria Gonzague.

Le bossu tirait paisiblement de sa poche sa plume et son écritoire.

— Il est fou ! dit Peyrolles.

— Pas tant ! pas tant ! fit Ésope II, qui mit un genou en terre et s'installa le plus commodément qu'il put pour écrire.

Il traça rapidement quelques mots au dos de la carte d'invitation.

— Lisez ! fit-il d'un accent de triomphe en se relevant.

Il tendit le papier à Gonzague. Celui-ci lut :

« Chère enfant, ces parures viennent de moi ; j'ai voulu » vous faire une surprise. Faites-vous belle ; une litière » et deux laquais viendront de ma part pour vous con- » duire au bal, où je vous attendrai,

» HENRI DE LAGARDÈRE. »

Cocardasse junior et frère Passepoil, placés trop loin pour entendre, suivaient de l'œil cette scène et n'y comprenaient rien.

— Sandiéou ! dit le Gascon, monseigneur a l'air d'un homme qui a la berlue.

— Mais ce petit bossu, repartit le Normand, regarde donc sa figure ! cette fois comme la première, je soutiens que j'ai vu ces yeux-là quelque part.

Cocardasse haussa les épaules.

— Je ne m'occupe que des hommes au-dessus de cinq pieds quatre pouces.

— Je n'ai que cinq pieds tout juste, fit observer Passepoil avec reproche.

Cocardasse junior lui tendit la main, et prononça ces bienveillantes paroles.

— Une fois pour toute, ma caillou, souviens-toi que tu es en dehors. L'amitié, capédébiou ! est un prisme de cristal à travers lequel je te vois, tout blanc, tout rose, et plus dodu que Cupidon, fils unique de Vénus sortant du sein de l'onde.

Passepoil reconnaissant serra la main qu'on lui tendait.

C'était bien vrai, Gonzague avait l'air d'un homme frappé de stupéfaction. Il regardait Ésope II dit Jonas avec une sorte d'effroi.

— Que veut dire cela ? murmura-t-il.

— Cela veut dire, répliqua le bossu bonnement, qu'avec ce mot d'écrit la jeune fille aura confiance.

— Tu as donc deviné notre dessein ?

— J'ai compris que vous vouliez avoir la jeune fille.

— Et sais-tu ce qu'on risque à surprendre certains secrets ?

— On risque de gagner gros, répondit le bossu qui se frotta les mains.

Gonzague et Peyrolles échangèrent un regard.

— Mais, fit Gonzague à voix basse, cette écriture...

— J'ai mes petits talens, repartit Ésope II ; je vous garantis l'imitation parfaite... Quand une fois je connais l'écriture d'un homme...

— Oui-dà ! cela peut te mener loin !... et l'homme...

— Oh ! l'homme, interrompit le bossu en riant, il est trop grand et je suis trop petit ; je ne peux pas le contrefaire.

— Le connais-tu !

— Assez bien.

— Comment le connais-tu ?

— Relations d'affaires...

— Peux-tu nous donner quelques renseignemens ?

— Un seul : il a frappé hier deux coups ; il en frappera deux demain !

Peyrolles frissonna de la tête aux pieds. Gonzague dit :

— Il y a de bonnes prisons dans les caveaux de mon hôtel !

Le bossu ne prit point garde à son air menaçant et répondit :

— Terrain perdu... Faites-y des cases, et vous les louerez aux marchands de vin.

— J'ai idée que tu es un espion.

— Pauvre idée... L'homme en question n'a pas un écu vaillant, et vous êtes riche à millions. Voulez-vous que je vous le livre ?

Gonzague ouvrit de grands yeux.

— Donnez-moi cette carte, reprit Ésope II en montrant la dernière invitation que Gonzague tenait encore à la main.

— Qu'en ferais-tu ?

— J'en ferais bon usage... Je la donnerais à l'homme... et l'homme tiendrait la promesse que je vous fais ici en son nom... Il irait au bal de monsieur le régent.

— Vive Dieu ! l'ami, s'écria Gonzague, tu dois être un infernal coquin !

— Oh ! oh ! fit le bossu d'un air modeste, il y a plus coquin que moi.

— Pourquoi cette chaleur à me servir ?

— Je suis comme cela... très dévoué à ceux qui me plaisent.

— Et nous avons l'heur de te plaire ?

— Beaucoup.

— Et c'est pour nous témoigner de plus près ton dévouement que tu as payé dix mille écus... ?

— La niche ? interrompit le bossu ; pas s'il vous plaît ! spéculation, affaire d'or ! — Puis il ajouta en ricanant : — Le bossu était mort, vive le bossu ; Ésope 1er a gagné un million et demi sous un vieux parapluie... moi, du moins, j'ai mon étude.

Gonzague fit signe à Cocardasse et à Passepoil, qui s'approchèrent en sonnant le vieux fer.

— Qui sont ceux-là ? demanda Jonas.

— Des gens qui vont te suivre, si j'accepte tes services.

Le bossu salua cérémonieusement.

— Serviteur, serviteur, dit-il ; alors refusez mes services... Mes bons messieurs, ajouta-t-il en s'adressant aux deux braves, ne prenez pas la peine de déménager vos bric-à-brac ; nous ne nous en irons point de compagnie.

— Cependant... fit Gonzague d'un air de menace.

— Il n'y a point de cependant... Diable ! vous connaissez l'homme aussi bien que moi... Il est brusque, excessivement brusque, on pourrait même dire brutal. S'il voyait derrière moi ces tournures de gibier de potence,..

— Pécaïré ! fit Cocardasse indigné.

— Peut-on manquer ainsi de politesse ? ajouta frère Passepoil.

— Je prétends agir seul ou ne pas agir du tout, acheva Ésope II d'un ton péremptoire.

Gonzague et Peyrolles se consultaient.

— Tu tiens donc à ton dos ? fit le premier en raillant.

Le bossu salua et répondit :

— Comme ces braves à leurs rouillardes ; c'est mon gagne-pain.

— Il me répond de toi, prononça Gonzague en le regardant fixement. Tu m'entends : sers-moi fidèlement, et tu seras récompensé ; au cas contraire...

Il n'acheva pas et lui présenta la carte. Le bossu la prit et se dirigea vers la porte à reculons.

Il saluait de trois pas en trois pas et disait :

— La confiance de monseigneur m'honore... Cette nuit, monseigneur entendra parler de moi.

Et comme, sur un signe sournois de Gonzague, Cocardasse et Passepoil allaient l'accompagner.

— Doucement, fit-il, doucement ! Et nos conventions ?

Il écarta Cocardasse et Passepoil d'une main qu'ils n'eussent certes point crue si vigoureuse, salua une dernière fois profondément, et passa le seuil.

Cocardasse et Passepoil voulurent le suivre. Il leur jeta la porte sur le nez.

Quand ils se remirent à sa poursuite, le corridor était vide.

— Eh vite! fit monsieur de Gonzague en s'adressant à Peyrolles; que la maison de la rue du Chantre soit cernée dans une demi-heure, et le reste comme il a été convenu.

Dans la rue Quincampoix, déserte à cette heure, le bossu s'en allait trottinant.

— Les fonds étaient en baisse, murmurait-il. Du diable si je savais où prendre nos cartes d'entrée et la toilette de bal!

---

## TROISIÈME PARTIE

## LES MÉMOIRES D'AURORE

---

### I

#### LA MAISON AUX DEUX ENTRÉES.

C'était dans cette étroite et vieille rue du Chantre, qui naguère salissait encore les abords du Palais-Royal. Elles étaient trois, ces ruelles qui allaient de la rue Saint-Honoré à la montagne du Louvre : la rue Pierre-Lescot, la rue de la Bibliothèque et la rue du Chantre; toutes les trois noires, humides, mal hantées; toutes les trois insultant aux splendeurs de ce Paris central, étonné de ne pouvoir guérir cette lèpre honteuse qui lui faisait une tache en plein visage.

De temps en temps, de nos jours surtout, on entendait dire: « Un crime s'est commis là-bas, dans les profondeurs de cette nuit que le soleil lui-même ne perçait qu'aux beaux jours de l'été. »

Tantôt c'était une prêtresse de la Vénus boueuse assommée par des brigands en goguette.

Tantôt c'était quelque pauvre bourgeois de province dont le cadavre nu se retrouvait scellé dans un vieux mur.

Cela faisait horreur et dégoût. L'odeur ignoble de ces tripots venait jusque sous les fenêtres de ce charmant palais, demeure des cardinaux, des princes et des rois. Mais la pudeur du Palais-Royal lui-même date-t-elle de si loin? Et nos pères ne nous ont-ils pas dit ce qui se passait dans les galeries de bois et dans les galeries de pierre?

Maintenant, le Palais-Royal est un bien honnête carré de maçonnerie. Les galeries de bois ne sont plus. Les autres galeries forment la promenade la plus sage du monde entier.

Paris n'y vient jamais. Tous les parapluies des départemens s'y donnent rendez-vous.

Mais, dans les restaurans à prix fixe qui foisonnent aux étages supérieurs, les oncles de Quimper ou de Carpentras se plaisent encore à rappeler les étranges mœurs du Palais-Royal de l'empire et de la restauration. L'eau leur vient à la bouche, à ces oncles, tandis que les nièces timides dévorent le somptueux festin à deux francs, en faisant mine de ne point écouter.

Maintenant, à la place même où coulaient ces trois ruisseaux fangeux du Chantre, Pierre-Lescot et de la Bibliothèque, un immense hôtel, conviant l'Europe à sa table de mille couverts, étale ses quatre façades sur la place du Palais-Royal, sur la rue Saint-Honoré alignée, sur la rue du Coq élargie, sur la rue de Rivoli allongée.

Des fenêtres de cet hôtel on voit le Louvre neuf, fils légitime et ressemblant du vieux Louvre. La lumière et l'air s'épandent partout librement; la boue s'en est allée on ne sait où, les tripots ont disparu; la lèpre hideuse, soudainement guérie, n'a pas même laissé de cicatrices.

Mais où donc demeurent à présent les brigands et leurs dames?

Au dix-huitième siècle, ces trois rues que nous venons de flétrir dédaigneusement étaient déjà fort laides, mais elles n'étaient pas beaucoup plus étroites ni plus souillées que la grande rue Saint-Honoré, leur voisine.

Il y avait sur leurs voies mal pavées quelques beaux portails: des hôtels nobles, çà et là, parmi les masures.

Les habitans de ces rues étaient tout pareils aux habitans des carrefours voisins : en général de petits bourgeois, merciers, revendeurs ou tailleurs de soupe. Il se rencontrait dans Paris de beaucoup plus vilains endroits.

A l'angle de la rue du Chantre et de la rue Saint-Honoré, s'élevait une maison de modeste apparence, proprette et presque neuve. L'entrée était par la rue du Chantre: une petite porte cintrée au seuil de laquelle on arrivait par un perron de trois marches.

Depuis quelques jours seulement, cette maison était occupée par une jeune famille dont les allures intriguaient passablement le voisinage curieux.

C'était un homme, un jeune homme, du moins si l'on s'en rapportait à la beauté toute juvénile de son visage, au feu de son regard, à la richesse de sa chevelure blonde encadrant un front ouvert et pur. Il s'appelait maître Louis, et ciselait des gardes d'épées.

Avec lui demeurait une toute jeune fille, belle et douce comme les anges, dont personne ne savait le nom.

On les avait entendus se parler. Ils ne se tutoyaient point et ne vivaient point en époux.

Ils avaient pour serviteurs une vieille femme qui ne causait jamais, et un garçonnet de seize à dix-sept ans qui faisait bien ce qu'il pouvait pour être discret.

La jeune personne ne sortait jamais, au grand jamais, si bien qu'on aurait pu la croire prisonnière, si, à toute heure, on n'avait entendu sa voix fraîche et jolie qui chantait des cantiques ou des chansons.

Maître Louis sortait au contraire fort souvent, et rentrait même assez tard dans la nuit. En ces occasions, il ne passait point par la porte du perron. La maison avait deux entrées: la seconde était par l'escalier de la propriété voisine.

C'était par là que maître Louis revenait en son logis.

Depuis qu'ils étaient habitans de la maison, aucun étranger n'en avait passé le seuil, sauf un petit bossu à figure douce et sérieuse, qui entrait et sortait sans mot dire à personne, toujours par l'escalier, jamais par le perron.

C'était une connaissance particulière à maître Louis, sans doute. Les curieux ne l'avaient jamais aperçu dans la salle basse où se tenait la jeune fille avec la vieille femme et le garçonnet.

Avant l'arrivée de maître Louis et de sa famille, personne ne se souvenait d'avoir rencontré ce bossu dans le quartier. Aussi intriguait-il la curiosité générale presque autant que maître Louis lui-même, le beau et taciturne ciseleur.

Le soir, quand les petits bourgeois du voisinage bavardaient au pas de leurs portes, après la tâche finie, on était bien sûr que le bossu et les nouveaux habitans de la maison faisaient les frais de l'entretien.

Qui étaient-ils? d'où venaient-ils? et à quelle heure mystérieuse ce maître Louis, qui avait les mains si blanches taillait-il ses gardes d'épée?

La maison était ainsi aménagée : une grande salle basse avec la petite cuisine à droite, sur la cour, et la chambre de la jeune fille ouvrant sa croisée sur la rue Saint-Honoré ; dans la cuisine, deux soupentes, une pour la vieille Françoise Berrichon, l'autre pour Jean-Marie Berrichon, son petit-fils.

Tout ce rez-de-chaussée n'avait qu'une sortie : la porte du perron.

Mais, au fond de la salle basse, tout contre la cuisine, était adossé un escalier à vis qui montait à l'étage supérieur.

L'étage supérieur était composé de deux chambres : celle de maître Louis, qui s'ouvrait sur l'escalier, et une autre qui n'avait ni issue ni destination connue.

Cette deuxième chambre était constamment fermée à clef. Ni la vieille Françoise, ni Berrichon, ni même la charmante jeune fille, n'avaient pu obtenir la permission d'y entrer.

A cet égard, maître Louis, le plus doux des hommes, se montrait d'une rigueur inflexible.

La jeune fille, cependant, eût bien voulu savoir ce qu'il y avait derrière cette porte close ; Françoise Berrichon en mourait d'envie, bien que ce fût une femme discrète et prudente.

Quant au petit Jean-Marie, il aurait donné deux doigts de sa main pour mettre seulement son œil à la serrure.

Mais la serrure avait par derrière une plaque qui interceptait le regard.

Une seule créature humaine partageait, au sujet de cette chambre, le secret si bien gardé de maître Louis : c'était le bossu.

On avait vu le bossu entrer dans la chambre et en sortir.

Mais comme tout ce qui se rapportait à ce mystère devait être inexplicable et bizarre, chaque fois que le bossu rentrait dans la chambre, on en voyait bientôt sortir maître Louis. Réciproquement, après l'entrée de maître Louis, le bossu parfois sortait tout à coup.

Jamais personne n'avait vu réunis ces deux amis inséparables.

Parmi les voisins curieux était un poëte, habitant naturellement le dernier étage de la maison. Ce poëte, après avoir mis son esprit à la torture, expliqua aux commères de la rue du Chantre que, à Rome, les prêtresses de Vesta, Ops, Rhée ou Cybèle, la bonne déesse, fille du Ciel et de la Terre, femme de Saturne et mère des dieux, étaient chargées d'entretenir un feu sacré qui jamais ne devait s'éteindre. En conséquence, au dire du poëte, ces demoiselles se relayaient : quand l'une veillait au feu, l'autre allait à ses affaires.

Le bossu et maître Louis devaient très certainement avoir fait entre eux quelque pacte analogue. Il y avait là-haut quelque chose qu'on ne pouvait quitter d'une seconde. Maître Louis et le bossu montaient la garde à tour de rôle auprès de ce quelque chose-là.

C'étaient deux façons de vestales, sauf le sexe et le baptême.

La version du poëte ne fut pas sans avoir du succès. Il passait pour être un peu fou ; désormais on le regarda comme un parfait idiot.

Mais on ne trouva point d'explication meilleure que la sienne.

Le jour même où avait eu lieu en l'hôtel de monsieur le prince de Gonzague cette solennelle assemblée de famille, vers la brune, la jeune fille qui tenait la maison de maître Louis était seule dans sa chambrette.

C'était une jolie petite pièce toute simple, mais où chaque objet avait son élégance et sa propreté recherchée. Le lit, en bois de merisier, s'entourait de rideaux de percale éclatans de blancheur. Dans la ruelle, un petit bénitier pendait, couronné d'un double rameau de buis. Quelques livres pieux sur des rayons attenant à la boiserie, un métier à broder, des chaises, une guitare sur l'une d'elles, à

la fenêtre un oiseau mignon dans une cage, tels étaient les objets meublant ou ornant cet humble et gracieux réduit.

Nous oublions pourtant une table ronde, et sur la table quelques feuilles de papier éparses.

La jeune fille était en train d'écrire.

Vous savez comme elles abusent de leurs yeux, les jeunes folles ! laissant courir leur aiguille ou leur plume bien longtemps après le jour tombé.

On n'y voyait presque plus, et la jeune fille écrivait encore.

Les derniers rayons du jour arrivant par la fenêtre, dont les rideaux venaient d'être relevés, éclairaient en plein son visage, et nous pouvons dire du moins comme elle était faite.

C'était une rieuse, une de ces douces filles dont la gaieté rayonne si bien qu'elle suffit toute seule à la joie d'une famille. Chacun de ses traits semblait fait pour le plaisir ; son front d'enfant, son nez aux belles narines roses, sa bouche dont le sourire montrait la parure nacrée.

Mais ses yeux rêvaient ; de grands yeux d'un bleu sombre, dont les cils semblaient une longue frange de soie.

Sans le regard pensif de ses beaux yeux, à peine lui eussiez-vous donné l'âge d'aimer.

Elle était grande ; sa taille était un peu trop frêle. Quand nul ne l'observait, ses poses avaient de chastes et délicieuses langueurs.

L'expression générale de sa figure était la douceur, mais il y avait dans sa prunelle, brillant sous l'arc de ses sourcils noirs dessinés hardiment, une fierté calme et vaillante. Ses cheveux, noirs aussi, à chaud reflet d'or fauve ; ses cheveux longs et riches, si longs qu'on eût dit parfois que sa tête s'inclinait sous leur poids, ondulaient en masses larges sur son cou et sur ses épaules, faisant à son adorable beauté un cadre et une auréole.

Il y en a qui doivent être aimées ardemment, mais un seul jour ; il y en a d'autres qu'on chérit longtemps d'une tranquille tendresse.

Celle-ci devait être aimée passionnément et toujours.

Elle était ange, mais surtout femme.

Son nom, que les voisins ignoraient, et que dame Françoise et Jean-Marie Berrichon avaient défense de prononcer depuis l'arrivée à Paris, était Aurore.

Nom prétentieux et sot pour une belle demoiselle des salons, nom grotesque pour une fille à mains rouges ou pour une tante dont la voix chevrote, nom ravissant pour celles qui peuvent l'enlacer comme une fleur de plus à leur diadème de chère poésie.

Les noms sont comme les parures, qui écrasent les unes et que les autres rehaussent.

Elle était là toute seule. Quand l'ombre du crépuscule lui cacha le bout de sa plume, elle cessa d'écrire et se mit à rêver.

Les mille bruits de la rue arrivaient jusqu'à elle et ne l'éveillaient point.

Sa belle main blanche était dans ses cheveux, sa tête s'inclinait, ses yeux regardaient le ciel.

C'était comme une muette prière. Elle souriait à Dieu.

Puis, parmi son sourire, une larme vint, une perle, qui un moment trembla au bord de sa paupière pour rouler ensuite lentement sur le satin de sa joue.

— Comme il tarde !... — murmura-t-elle. Elle rassembla les pages éparses sur la table, et les serra dans une petite cassette qu'elle poussa derrière le chevet de son lit.

— A demain ! dit-elle, comme si elle eût pris congé d'un compagnon de chaque jour.

Puis elle ferma sa fenêtre et prit sa guitare, dont elle tira quelques accords au hasard.

Elle attendait.

Aujourd'hui, elle avait relu toutes ces pages enfermées maintenant dans la cassette.

Hélas ! elle avait le temps de lire.

Ces pages contenaient son histoire, ce qu'elle savait de son histoire.

L'histoire de ses impressions, de ses sentimens, de son cœur.

Pourquoi avait-elle écrit cela? Les premières lignes du manuscrit répondaient à cette question. Aurore disait :

« Je commence d'écrire un soir où je suis seule, après avoir attendu tout le jour. Ceci n'est point pour lui. C'est la première chose que je fais qui ne lui soit point destinée.

» Je ne voudrais pas qu'il vît ces pages où je parlerai de lui sans cesse, où je ne parlerai que de lui. Pourquoi? Je ne sais pourquoi : j'aurais peine à le dire.

» Elles sont heureuses, celles qui ont des compagnes à qui confier le trop plein de leur âme : peine et bonheur. Mais je n'ai point d'amie; je suis seule, toute seule; je n'ai que lui. Quand je le vois, je deviens muette. Que lui dirais-je? Il ne me demande rien.

» Et pourtant ce n'est pas pour moi que je prends la plume. Je n'écrirais pas si je n'avais l'espoir d'être lue, sinon de mon vivant, au moins après ma mort.

» Je crois que je mourrai bien jeune.

» Je ne le souhaite pas : Dieu me garde de le craindre!

» Si je mourais, il me regretterait. Moi, je le regretterais, même au ciel.

» Mais, d'en haut, je verrais peut-être le dedans de son cœur. Quand cette idée me vient, je voudrais mourir.

» Il m'a dit que mon père était mort. Ma mère doit vivre.

» Ma mère, j'écris pour vous. Mon cœur est à lui tout entier, mais il est tout à vous aussi. Je voudrais demander à ceux qui le savent le mystère de cette double tendresse. Avons-nous deux cœurs?

» J'écris pour vous. Il me semble qu'à vous je ne cacherais rien, et que j'aimerais à vous montrer les plus secrets replis de mon âme. Me trompé-je? Une mère n'est-elle pas l'amie qui doit tout savoir, le médecin qui peut tout guérir?

» Je vis une fois, par la fenêtre ouverte d'une maison, une jeune fille agenouillée devant une femme à la beauté douce et grave. L'enfant pleurait, mais c'étaient de bonnes larmes; la mère, émue et souriante, se penchait pour baiser ses cheveux.

» Oh! le divin bonheur, ma mère! je crois sentir votre baiser sur mon front. Vous aussi, vous devez être bien douce et bien belle! Vous aussi vous devez savoir consoler en souriant!

» Ce tableau est toujours dans mes rêves. J'envie les larmes de la jeune fille. Ma mère, si j'étais entre vous et lui, que pourrait me donner le ciel?

» Moi, je ne me suis agenouillée jamais que devant un prêtre. La parole d'un prêtre fait du bien, mais c'est par la bouche des mères que parle la voix de Dieu.

» M'attendez-vous, me cherchez-vous, me regrettez-vous? Suis-je dans vos prières du matin et du soir? Me voyez-vous, vous aussi, dans vos songes?

» Il me semble, quand je pense à vous, que vous devez penser à moi. Parfois, mon cœur vous parle; m'entendez-vous? Si Dieu m'accorde jamais ce grand bonheur de vous voir, ma mère, ma mère chérie, je vous demanderai s'il n'était pas des instans où votre cœur tressaillait sans motif.

» Je vous dirai : C'est que vous entendiez le cri de mon cœur, ma mère!...

» ... Je suis née en France; on ne m'a pas dit où. Je ne sais pas mon âge au juste, mais je dois avoir aux environs de vingt ans.

» Est-ce rêve, est-ce réalité? Ce souvenir, si c'en est un, est si lointain et si vague! Je crois me rappeler parfois une femme au visage angélique, qui penchait son sourire au-dessus de mon berceau.

» Était-ce vous, ma mère?

» ... Puis, dans les ténèbres, un grand bruit de bataille. Peut-être la nuit de fièvre d'un enfant...,

» Quelqu'un me portait dans ses bras. Une voix de tonnerre me fit trembler. Nous courûmes dans l'obscurité. J'avais froid...

» Il y a une brume autour de tout cela. Mon ami doit tout savoir; mais, quand je l'interroge sur mon enfance, il sourit tristement et se tait.

» Je me vois pour la première fois distinctement habillée en petit garçon, dans les Pyrénées espagnoles. Je menais paître les chèvres d'un quintero montagnard qui nous donnait sans doute l'hospitalité. Mon ami était malade, et j'entendais dire souvent qu'il mourrait. Je l'appelais alors mon père.

» Quand je revenais le soir, il me faisait mettre à genoux près de son lit, joignait lui-même mes petites mains, et me disait en français :

» — Aurore, prie le bon Dieu que je vive. — Une nuit, le prêtre vint lui apporter l'extrême-onction. Il se confessa et pleura. Il croyait que je n'entendais pas; il dit : — Voilà ma pauvre petite fille qui va rester seule!

» — Songez à Dieu, mon fils! exhortait le prêtre.

» — Oui, mon père... oh! oui, je songe à Dieu... Dieu est bon; je ne m'inquiète point de moi... Mais ma pauvre petite fille qui va rester seule sur la terre... Serait-ce un grand péché, mon père, que de l'emmener avec moi?

» — La tuer! se récria le prêtre avec épouvante; mon fils, vous avez le délire!

» Il secoua la tête et ne répondit point. Moi je m'approchai tout doucement.

» — Ami Henri, dis-je en le regardant fixement (et si vous saviez, ma mère, comme sa pauvre figure était maigre et hâve), ami Henri, je n'ai pas peur de mourir et je veux bien aller avec toi au cimetière.

» Il me prit dans ses bras qui brûlaient la fièvre. Et je me souviens qu'il répétait :

» — La laisser seule! la laisser toute seule!...

» Il s'endormit, me tenant toujours dans ses bras. On voulait m'arracher de là, mais il eût fallu me tuer... Je pensais :

» — S'il s'en va, on m'emportera avec lui...

» Au bout de quelques heures, il s'éveilla. J'étais baignée de sa sueur.

» — Je suis sauvé, — dit-il. Et, me voyant serrée contre lui, il ajouta : — Beau petit ange, c'est toi qui m'as guéri!...

» ... Je ne l'avais jamais bien regardé. Un jour, je le vis beau comme il est et comme je le vois toujours depuis.

» Nous avions quitté la ferme du quintero pour aller un peu plus avant dans le pays. Mon ami avait repris ses forces et travaillait aux champs comme un manœuvre. J'ai su depuis que c'était pour me nourrir.

» C'était dans une riche alqueria des environs de Venasque. Le maître cultivait la terre et vendait en outre à boire aux contrebandiers.

» Mon ami m'avait bien recommandé de ne point sortir du petit enclos qui était derrière la maison, et de ne jamais entrer dans la salle commune. Mais, un soir, des seigneurs vinrent manger à l'alqueria, des seigneurs qui arrivaient de France.

» J'étais à jouer avec les enfans du maître dans le clos. Des enfans voulurent voir les seigneurs, je les suivis étourdiment.

» Ils étaient deux à table, entourés de valets et de gens d'armes : sept en tout.

» Celui qui commandait aux autres fit un signe à son compagnon. Tous deux me regardèrent. Le premier seigneur m'appela et me caressa, tandis que l'autre allait parler tout bas au maître de la métairie.

» Quand il revint, je l'entendis qui disait :

» — C'est elle!

» — A cheval! — commanda le grand seigneur. En même temps, il jeta au maître de l'alqueria une bourse pleine d'or. A moi, il me dit : — Viens jusqu'aux champs, petite, viens chercher ton père.

» Le voir un instant plutôt, moi, je ne demandais pas mieux. Je montai bravement en croupe derrière un des gentilshommes.

» La route pour aller aux champs où travaillait mon père, je ne la savais pas. Pendant une demi-heure, j'allai, riant, chantant, me balançant au trot du grand cheval. J'étais heureuse comme une reine !

» Puis, je demandai :

» — Arriverons-nous bientôt auprès de mon ami ?

» — Bientôt, bientôt ! — me fut-il répondu. Et nous allions toujours. Le crépuscule du soir venait. J'eus peur. Je voulus descendre de cheval. Le grand seigneur commanda :

— Au galop !

» Et l'homme qui me tenait me mit sa main sur la bouche pour étouffer mes cris.

» Mais tout à coup, à travers champs, nous vîmes accourir un cavalier qui fendait l'espace comme un tourbillon. Il était sur un cheval de labour, sans selle ni bride ; ses cheveux allaient au vent avec les lambeaux de sa chemise déchirée.

» La route tournait autour d'un bois taillis, coupé par une rivière ; il avait traversé la rivière à la nage et coupé le taillis.

» Il arrivait ! il arrivait ! Je ne reconnaissais pas mon père si doux et si calme, je ne reconnaissais pas mon ami Henri toujours souriant près de moi. Celui-là était terrible et beau comme un ciel d'orage.

» Il arrivait. D'un dernier bond, le cheval franchit le talus de la route et il tomba épuisé.

» Mon ami tenait à la main le soc de sa charrue.

» — Chargez-le ! cria le grand seigneur.

» Mais mon ami l'avait prévenu. Le soc de charrue, brandi à deux mains, avait frappé deux coups. Deux valets armés d'épées étaient tombés par terre et gisaient dans leur sang.

» Et à chaque fois que mon ami frappait, il criait :

» — J'y suis ! j'y suis ! Lagardère ! Lagardère !

» L'homme qui me tenait, poursuivait le manuscrit d'Aurore, voulait prendre la fuite, mais mon ami ne l'avait pas perdu de vue. Il l'atteignit en passant pardessus les corps des deux valets, et l'assomma d'un coup de soc.

» Je ne m'évanouis pas, ma mère. Plus tard, je n'aurais pas été aussi brave, peut-être. Mais pendant toute cette terrible bagarre, je tins mes yeux grands ouverts, agitant mes petites mains tant que je pouvais en criant :

» — Courage, ami Henri ! courage ! courage !

» Je ne sais pas si le combat dura plus d'une minute. Au bout de ce temps, il avait enfourché la monture de l'un des morts, et la lançait au galop, me tenant dans ses bras.

» Nous ne retournâmes point à l'alqueria. Mon ami dit que le maître l'avait trahi. Et il ajouta :

» — On ne peut se bien cacher que dans une ville.

» Nous avions donc à nous cacher. Jamais je n'avais réfléchi à cela. La curiosité s'éveillait en moi en même temps que le vague désir de lui tout devoir. Je l'interrogeai ; il me serra dans ses bras en me disant :

» — Plus tard, plus tard. — Puis, avec une nuance de mélancolie : — Es-tu donc fatiguée déjà de m'appeler ton père ?...

» ..... Il ne faut pas être jalouse, ma mère, ma mère chérie. Il a été pour moi toute la famille : mon père et ma mère à la fois.

» Ce n'est pas de ta faute : tu n'étais pas là...

» Mais quand je me souviens de mon enfance, j'ai les larmes aux yeux. Il a été bon, il a été tendre, et tes baisers, ma mère, n'auraient pas pu être plus doux que ses caresses.

» Lui si terrible ! lui si vaillant !

» Oh ! si tu le voyais, comme tu l'aimerais !...

II

SOUVENIRS D'ENFANCE.

« Je n'étais jamais entrée dans les murs d'une ville. Quand nous aperçûmes de loin les clochers de Pampelune, je demandai ce que c'était que cela.

» — Ce sont des églises, me répondit mon ami. Tu vas voir là beaucoup de monde, ma petite Aurore : de beaux seigneurs et de belles dames ; mais tu n'auras plus les fleurs du jardin.

» Je ne regrettai point les fleurs du jardin dans le premier moment. L'idée de voir tant de beaux seigneurs et tant de belles dames me transportait.

» Nous franchîmes les portes. Deux rangées de maisons hautes et sombres nous dérobèrent la vue du ciel. Avec le peu d'argent qu'il avait, mon ami loua une chambrette. Je fus prisonnière.

» Dans les montagnes, et aussi à l'alqueria, j'avais le grand air et le soleil ; les arbres fleuris, les grandes pelouses, et aussi la compagnie des enfans de mon âge. Ici, quatre murs ; au dehors, le long profil des maisons grises avec le morne silence des villes espagnoles ; au dedans, la solitude.

» Car mon ami Henri sortait dès le matin et ne revenait que le soir.

» Il rentrait les mains noires et le front en sueur. Il était triste. Mes caresses seules pouvaient lui rendre son sourire.

» Nous étions pauvres et nous mangions notre pain dur ; mais il trouvait encore moyen parfois de m'apporter du chocolat, ce régal espagnol, et d'autres friandises.

» Ces jours-là, je revoyais son pauvre beau visage heureux et souriant.

» — Aurore, me dit-il un soir, je m'appelle don Luiz à Pampelune, et l'on vient vous demander votre nom, vous répondrez : Mariquita.

» Je ne savais que ce nom d'Henri qu'on lui avait donné jusqu'alors. Jamais il ne m'a dit lui-même qu'il était le chevalier de Lagardère. Il m'a fallu l'apprendre par hasard.

» Il m'a fallu deviner aussi ce qu'il avait fait pour moi quand j'étais toute petite. Je pense qu'il voulait me laisser ignorer combien je lui suis redevable.

» Henri est fait ainsi, ma mère ; c'est la noblesse, l'abnégation, la générosité, la bravoure poussée jusqu'à la folie. Il vous suffirait de le voir pour l'aimer presque autant que je l'aime.

» J'eusse préféré en ce temps-là moins de délicatesse et plus de complaisance à répondre à mes questions.

« Il changeait de nom : pourquoi ? lui si franc et si hardi ! Une idée me poursuivait ; je me disais sans cesse : C'est pour moi... c'est moi qui fais son malheur.

» Voici comment je sus quel métier il faisait à Pampelune, et comment j'appris du même coup le vrai nom qu'il portait jadis en France.

» Un soir, vers l'heure où d'ordinaire il rentrait, deux gentilshommes frappèrent à notre porte. J'étais à mettre les assiettes de bois sur la table. Nous n'avions point de nappe. Je crus que c'était mon ami Henri. Je courus ouvrir.

» A la vue de deux inconnus, je reculai épouvantée. Personne n'était encore venu nous voir depuis que nous étions à Pampelune.

» C'étaient deux cavaliers hauts sur jambes, maigres, jaunes comme des fiévreux, et portant de longues moustaches en crochets aiguisés. Leurs rapières fines et longues relevaient le pan de leurs manteaux noirs. L'un était vieux et très bavard; l'autre était jeune et taciturne.

» — *A Dios!* ma belle enfant, me dit le premier; n'est-ce pas ici la demeure du seigneur don Henri?

» — Non, senor, répondis-je.

» Les deux Navarrais se regardèrent. Le jeune haussa les épaules, et grommela :

» — Don Luiz!...

» — Don Luiz, sacramento santissimo! s'écria le plus âgé, don Luiz! c'est don Luiz que je voulais dire. — Et comme j'hésitais à répondre : — Entrez don Sanche, mon neveu, reprit-il, entrez!... Nous attendrons ici le seigneur don Luiz... Ne vous inquiétez pas de nous, *conejita.....* Nous voilà bien... Asseyez-vous, mon neveu don Sanche... Il est médiocrement bien logé, ce gentilhomme... mais cela ne nous regarde pas... Allumez-vous une cigarille, mon neveu don Sanche?..... Non? Ce sera comme vous voudrez.

» Le neveu don Sanche ne répondait mot. Il avait une figure de deux aunes, et de temps en temps se grattait l'oreille, comme un grand garçon fort en peine.

» L'oncle, qui s'appelait don Miguel, alluma une pajita, et se mit à fumer en causant avec une imperturbable volubilité.

» Je mourais de peur que mon ami ne me grondât.

» Quand j'entendis son pas dans l'escalier, je courus à sa rencontre; mais l'oncle don Miguel avait les jambes plus longues que moi, et, du haut de l'escalier :

» — Arrivez donc, seigneur don Luiz! s'écria-t-il; mon neveu don Sanche vous attend depuis une demi-heure. A Dios! a Dios! enchanté de faire votre connaissance... mon neveu don Sanche aussi... Je me nomme don Miguel de la Crencha. Je suis de Santiago, près de Roncevaux, où Roland le preux fut occis. Mon neveu don Sanche est du même nom et du même pays : c'est le fils de mon frère, don Ramon de la Crencha, alcade mayor de Tudèle... Je vous baisons bien les mains, seigneur don Luiz, de bon cœur, sainte Trinité! de bon cœur!

» Le neveu don Sanche s'était levé, mais il ne parlait point.

» Mon ami s'arrêta au haut des marches. Ses sourcils étaient froncés, et une expression d'inquiétude se montrait sur son visage.

» — Que voulez-vous? demanda-t-il.

» — Entrez donc! fit l'oncle don Miguel, qui s'effaça courtoisement pour lui livrer passage.

» — Que voulez-vous? demanda encore Henri.

» — D'abord, je vous présente mon neveu don Sanche.

» — Par le diable! s'écria Henri en frappant du pied, que voulez-vous?

» Il me faisait trembler quand il était ainsi.

» L'oncle Miguel recula d'un pas en voyant son visage, mais il se remit bien vite. C'était un heureux caractère d'hidalgo.

» — Voici ce qui nous amène, répliqua-t-il, puisque vous n'êtes pas en humeur de causer... Notre cousin Carlos de Burgos, qui a suivi l'ambassade de Madrid en l'an quatre-vingt-quinze, vous a reconnu chez Cuença, l'arquebusier. Vous êtes le chevalier Henri de Lagardère. — Henri pâlit et baissa les yeux. Je crus qu'il allait dire non. — La première épée de l'univers! continua l'oncle Miguel, l'homme à qui nul ne résiste!... Ne niez pas, chevalier, je suis sûr de ce que j'avance.

» — Je ne nie pas, dit Henri d'un air sombre; mais, senores, il vous en coûtera peut-être cher pour avoir découvert mon secret :

» En même temps, il alla fermer la porte de l'escalier.

» Ce grand escogriffe de don Sanche se mit à trembler de tous ses membres.

» — Por Dios! s'écria l'oncle don Miguel sans se déconcerter, cela nous coûtera ce que vous voudrez, seigneur cavalier! Nous arrivons tous les poches pleines... Allons, mon neveu, vidons la *bolsa!* — Le neveu don Sanche, dont les longues dents claquaient, posa sur la

table, sans mot dire, deux ou trois bonnes poignées de quadruples; l'oncle en fit autant. Henri les regardait avec étonnement. Moi, je m'étais cachée dans l'alcôve. — Hé! hé! fit l'oncle en remuant le tas d'or, on n'en gagne pas tant que cela, n'est-ce pas, à limer des gardes d'épée chez maître Cuença? Ne vous fâchez pas, seigneur cavalier, nous ne sommes pas ici pour surprendre votre secret... Nous ne voulons point savoir pourquoi le brillant Lagardère s'abaisse à ce métier qui gâte la blancheur des mains et fatigue la poitrine... n'est-ce pas, neveu? — Le neveu s'inclina gauchement. — Nous venons, acheva le verbeux hidalgo, pour vous entretenir d'une affaire de famille.

» — J'écoute, dit Henri.

» L'oncle prit un siége et ralluma sa pajita.

» — Une affaire de famille, continua-t-il, une simple affaire de famille... N'est-ce pas, mon neveu?... Il faut donc vous dire, seigneur cavalier, que nous sommes tous braves dans notre maison, comme le Cid, pour ne pas dire davantage... Moi qui vous parle, je rencontrai un jour deux hidalgos de Tolose, en Biscaye... C'étaient tous grands et forts lurons... Mais je vous conterai l'anecdote un autre jour... Il ne s'agit pas de moi... il s'agit de mon neveu don Sanche... Mon neveu don Sanche courtisait honnêtement une jolie fille de Salvatierra... Quoiqu'il soit bien fait de sa personne, riche et pas sot, non, la fillette fut longtemps à se décider... Enfin elle prit de l'amour, mais ce fut pour un autre que lui : figurez-vous, seigneur cavalier... N'est-ce pas, mon neveu? — Le taciturne don Sanche fit entendre un grognement approbateur. — Vous savez, reprit l'oncle don Miguel, deux coqs pour une poule, c'est bataille! La ville n'est pas grande; nos deux jeunes gens se rencontraient tous les jours. Les têtes s'échauffèrent. Mon neveu, à bout de patience, leva la main... mais il manqua de promptitude, seigneur cavalier : ce fut lui qui reçut un soufflet. Or, vous sentez, s'interrompit-il, un Crencha qui reçoit un soufflet!... mort et sang!... n'est-ce pas, mon neveu don Sanche? il faut du fer pour venger cette injure!

» L'oncle Miguel ayant ainsi parlé, regarda Henri et cligna de l'œil d'un air bonhomme et terrible à la fois.

» Il n'y a que certains Espagnols pour réunir Croquemitaine à Sancho Pança.

» — Vous ne m'avez pas appris ce que vous voulez de moi, dit Henri.

» Deux ou trois fois ses yeux s'étaient tournés malgré lui vers l'or étalé sur la table.

» Nous étions si pauvres!

» — Eh bien! eh bien! fit l'oncle Miguel, cela se devine, que diable! N'est-ce pas, mon neveu don Sanche? Les Crencha n'ont jamais reçu de soufflet. C'est la première fois que cela se voit dans l'histoire. Les Crencha sont des lions, voyez-vous, seigneur cavalier! et spécialement mon neveu don Sanche; mais...

» Il fit une pause après ce mot.

» La figure de mon ami Henri s'éclaira, tandis que son regard glissait de nouveau sur le tas de quadruples pistoles.

» — Je crois comprendre, dit-il, et je suis prêt à vous servir.

» — A la bonne heure! s'écria l'oncle don Miguel; par saint Jacques! voici un digne cavalier.

» Le neveu don Sanche, perdant son flegme, se frotta les mains d'un air tout content.

» — Je savais bien que nous allions nous entendre! poursuivit l'oncle; don Ramon ne pouvait pas nous tromper... le faquin se nomme don Ramiro Nuñez Tonadilla, du hameau de San-José... Il est petit, barbu, les épaules hautes...

» — Je n'ai pas besoin de savoir tout cela, interrompit Henri.

» — Si fait, si fait!... Diable!... il ne faudrait pas commettre d'erreur!... L'an dernier, j'allai chez le dentiste de Fontarabie, n'est-ce pas, mon neveu don Sanche? et je lui donnai un doublon pour qu'il m'enlevât une dent dont je souffrais dans le fond de la bouche.... Le drôle garda ma double pistole et m'arracha une dent saine au lieu de celle que j'avais... — Je voyais le front d'Henri se rembrunir et ses sourcils se rapprocher. L'oncle don Miguel ne prenait point garde. — Nous payons, continua-t-il, nous voulons que la besogne soit faite mûrement et comme il faut... N'est-ce pas juste ?... Don Ramiro est roux de cheveux et porte toujours un feutre gris à plumes noires... Il passe tous les soirs vers sept heures devant l'auberge des Trois-Maures, entre San-José et Roncevaux...

» — Une autre que vous rirait de pitié, ma mère, mais je suis bien sûre qu'ici vous allez verser une larme. Lagardère n'avait qu'un livre : c'était un vieux Traité d'escrime par maître François Delapalme, de Paris, prévôt juré, diplômé de Parme et de Florence, membre du Handegenbund de Mannheim et de l'académie della scrima de Naples, maître en fait d'armes de monseigneur le Dauphin, etc. etc., suivi de la Description des différens coups, bottes et pointes courtoises en usage dans l'assaut de pied ferme, par Giov.-Maria Ventura, de ladite accademia della scrima de Naples, corrigé et amendé par J.-F. Delambre Saulxure, prévôt aux cadets. Paris, 1667.

» — Une de ces, interrompit Henri ; nous ne nous sommes pas compris.

» — Comment ! comment ! fit l'oncle.

» — J'ai cru qu'il s'agissait d'apprendre au seigneur don Sanche à tenir son épée.

» Les figures de l'oncle et du neveu s'allongèrent.

» — Santa-Trinidad ! s'écria don Miguel ; nous sommes tous de première force dans la maison de la Crencha... L'enfant s'escrime en salle comme saint Michel archange... mais sur le terrain il peut arriver des accidens... Nous avons pensé que vous vous chargeriez d'attendre don Ramiro Nunez à l'auberge des Trois-Maures... et de venger l'honneur de mon neveu don Sanche.

» Henri ne répondit point cette fois. Le froid sourire qui vint à ses lèvres exprimait un dédain si profond que l'oncle et le neveu échangèrent un regard embarrassé.

» Henri montra du doigt les quadruples qui étaient sur la table.

» Sans mot dire, l'oncle et le neveu les remirent dans leurs poches.

» Henri étendit ensuite sa main vers la porte.

» L'oncle et le neveu passèrent devant lui chapeau bas et l'échine courbée. Ils descendirent l'escalier quatre à quatre.

» Ce jour-là, nous mangeâmes notre pain sec. Henri n'avait rien rapporté pour mettre dans nos assiettes de bois.

» J'étais trop petite assurément pour comprendre toute la portée de cette scène. Cependant, elle m'avait frappée vivement. J'ai pensé longtemps à ce regard que mon ami Henri avait jeté à l'or des deux hidalgos de Navarre.

» Quant au nom de Lagardère, mon âge encore et la solitude où j'avais vécu m'empêchaient de connaître l'étrange renommée qui le suivit. Mais ce nom eut au dedans de moi comme un retentissement sonore. J'écoutais une fanfare de guerre. Je me souvins de l'effroi de mes ravisseurs lorsque mon ami Henri leur avait jeté ce nom à la face, lui seul contre eux tous.

» Plus tard j'appris ce que c'était que le chevalier Henri de Lagardère. J'en fus triste. Son épée avait joué avec la vie des hommes ; son caprice avait joué avec le cœur des femmes.

» J'en fus triste, bien triste ! mais cela m'empêcha-t-il de l'aimer ?

» Mère chérie, je ne sais rien du monde. Peut-être les autres jeunes filles sont-elles faites autrement que moi. Je l'aimai parce que je sus combien il avait péché.

» Il me sembla qu'il avait besoin de mes prières auprès de Dieu. Il me sembla que je pourrais le payer ainsi de ses bienfaits.

» Il me sembla que j'étais un grand élément dans sa vie. Il avait si bien changé depuis qu'il s'était fait mon père adoptif !

» Mère, ne m'accuse pas d'être une orgueilleuse ! je sentais que j'étais sa douceur, sa sagesse et sa vertu. Quand je dis que je l'aimai davantage, je me trompe peut-être : je l'aimai autrement.

» Ses baisers paternels me firent rougir, et je commençai à pleurer tout bas dans ma solitude.

» Mais j'anticipe, et je te parle là des choses d'hier...

» ..... Ce fut à Pampelune que mon ami Henri entreprit mon éducation. Il n'avait guère de temps pour m'instruire, et point d'argent pour acheter des livres, car ses journées étaient longues et bien peu rétribuées. Il faisait alors l'apprentissage de cet art qui l'a rendu célèbre dans toutes les Espagnes, sous le nom de Cincelador. Il était lent et maladroit. Son maître ne le traitait pas bien.

» Et lui l'ancien chevau-léger du roi Louis XIV, lui le hautain jeune homme qui tuait naguère pour un mot, pour un regard, supportait patiemment les reproches et les injures d'un artisan espagnol !

» Il avait une fille ! quand il rentrait à la maison avec les quelques maravédis gagnés à la sueur de son front, il était heureux comme un roi, parce que je lui souriais.

» Ne vous étonnez point de ma mémoire. Ce sont les premières lignes que j'aie épelées. Je m'en souviens comme de mon catéchisme.

» Mon ami Henri m'apprit à lire dans son vieux traité d'escrime.

» Je n'ai jamais tenu d'épée dans ma main, mais je suis forte en théorie, je connais la tierce et la quarte, parades naturelles ; de demi-instinct ; la feinte et seconde, de demi-instinct ; les deux contres, parades universelles et composées ; le demi-cercle, les coupés simples et de revers... le coup droit, les feintes, les dégagemens.

» La croix de Dieu ne vint que quand mon ami Henri eût économisé cinq douros pour m'acheter l'alfabeto de Salamanque.

» Le livre n'y faisait rien, croyez-moi, ma mère. Tout dépend du professeur. J'appris bien vite à déchiffrer cet absurde fatras, rédigé par un trio de spadassins ignorans.

» Que m'importaient ces grossiers principes de l'art de tuer ? mon ami Henri me montrait les lettres patiemment et doucement.

» J'étais sur ses genoux. Il tenait le livre, j'avais à la main une paille, et je suivais chaque lettre en la nommant.

» Ce n'était pas un travail, c'était une joie.

» Quand j'avais bien lu, il m'embrassait.

» Puis nous nous mettions à genoux tous les deux, et il me récitait la prière du soir.

» Je vous dis que c'était une mère !...

» Une mère tendre et coquette pour sa petite fille chérie ! Ne m'habillait-il pas, ne lissait-il pas lui-même mes cheveux.

» Son pourpoint s'en allait, mais j'avais toujours de bonnes robes.

» Une fois, je le surpris l'aiguille à la main, essayant une reprise à ma jupe déchirée...

» Oh ! ne riez pas, ne riez pas, ma mère ! C'était Lagardère qui faisait cela, le chevalier Henri de Lagardère, l'homme devant qui tombent ou s'abaissent les plus redoutables épées !

» Le dimanche, quand il avait bouclé mes cheveux et noué ma résille, quand il avait rendu brillans comme l'or les boutons de cuivre de mon petit corsage et noué autour de mon cou ma croix d'acier, son premier présent, à l'aide d'un ruban de velours, il me conduisait bien brave et bien fière à l'église des dominicains de la basse ville. Nous entendions la messe ; il était devenu pieux par moi et pour moi. Puis, la messe finie, nous franchissions les murs, laissant derrière nous la cité sombre et triste.

» Comme le grand air était bon à nos pauvres poitrines prisonnières ! Comme le soleil était radieux et doux !

» Nous allions par les campagnes désertes. Il voulait être de mes jeux. Il était plus enfant que moi.

» Vers le haut du jour, quand la fatigue me prenait, il me conduisait à l'ombre d'un bois touffu. Il s'asseyait au pied d'un arbre, et je m'endormais dans ses bras.

» Il veillait, lui, écartant de moi les mosquitos et les lances ailées. Parfois je faisais semblant de dormir, et je le regardais à travers mes paupières demi closes.

Ses yeux étaient toujours sur moi ; en me berçant il souriait.

» Je n'ai qu'à fermer les yeux pour le revoir ainsi, mon ami, mon père, mon noble Henri ! L'aimez-vous à présent, ma mère ?

» Avant le sommeil ou après, selon mon caprice, car j'étais reine, le dîner était servi sur l'herbe : un peu de pain noir dans du lait.

» Souvenez-vous de vos plus délicieux festins, ma mère. Vous me les décrirez à moi qui ne les connais pas. Je suis bien sûre que nos fêtes valaient mieux que les vôtres, notre pain, notre lait, le dictame trempé dans l'ambroisie ! La joie du cœur, les bonnes caresses, le rire fou à propos de rien, les chers enfantillages, les chansons, que sais-je ?

» Puis, le jeu encore ; il voulait me faire forte et grande.

» Puis, le long de la route, au retour, la calme causerie, interrompue par cette fleur qu'il fallait conquérir, par ce papillon brillant qu'on voulait faire captif, par cette blanche chèvre qui bêlait là-bas, comme si elle eût demandé une caresse.

» Dans ces entretiens, il formait à mon insu mon esprit et mon cœur. Il lisait en cachette, et se faisait femme pour m'instruire. J'appris à connaître Dieu et l'histoire de son peuple, les merveilles du ciel et de la terre.

» Parfois, dans ces instans où nous étions seuls tous deux, j'essayai de l'interroger et de savoir ce qu'était ma famille ; souvent, je lui parlais de vous, ma mère.

» Il devenait triste et ne répondait pas.

» Seulement, il me disait :

» — Aurore, je vous promets que vous connaîtrez votre mère.

» Cette promesse, faite depuis si longtemps, s'accomplira, je l'espère, j'en suis sûre, car Henri n'a jamais menti.

» Et si j'en crois les avertissemens de mon cœur, l'instant est proche. Oh ! ma mère, comme je vais vous adorer !

» Mais je veux finir tout de suite ce qui a rapport à mon éducation. Je continuai à recevoir ses leçons bien longtemps après que nous eûmes quitté Pampelune et la Navarre. Jamais je n'eus d'autre maître que lui.

» Ce ne fut point sa faute. Quand son merveilleux talent d'artiste eut percé, quand chaque grand d'Espagne voulut avoir à prix d'or la poignée de sa rapière ciselée par don Luiz el Cincelador , il me dit : « Vous allez être savante, ma fille chérie ; Madrid a des pensions célèbres où les jeunes filles apprennent tout ce qu'une femme doit plus tard connaître.

» — Je veux que vous soyez vous-même mon professeur, répondis-je, toujours, toujours !

» Il sourit, et répliqua :

» — Je vous ai appris tout ce que je savais, ma pauvre Aurore.

» — Eh bien ! m'écriai-je, bon ami, je n'en veux point savoir plus long que vous.

## III

### LA GITANITA.

« .......... Je pleure souvent, ma mère, depuis que je suis grande ; mais je suis faite comme les enfans : le sourire chez moi n'attend pas les larmes séchées.

» Vous vous êtes dit peut-être déjà, en lisant ce bavardage incohérent, mes impressions de bataille, l'histoire des deux hidalgos, l'oncle don Miguel et le neveu don Sanche, mes premières études dans un livre d'escrime, le récit de mes pauvres plaisirs d'enfant ; vous vous êtes dit peut-être : C'est une folle !

» C'est vrai, la joie me rend folle ; mais je ne suis pas lâche dans la douleur.

La joie m'enivre. Je ne sais pas ce que c'est que le plaisir mondain, et peu m'importe ; ce qui m'attire, c'est la joie du cœur

» Je suis gaie, je suis enfant, je m'amuse avec tout, hélas ! comme si je n'avais pas déjà bien souffert...

» Il fallut quitter Pampelune, où nous commencions à être moins pauvres. Henri avait même pu amasser une petite épargne, et bien lui en prit.

» Je pense que j'avais alors dix ans ou à peu près.

» Il rentra un soir, inquiet et tout soucieux. J'augmentai sa préoccupation en lui disant que tout le jour un homme, enveloppé d'un manteau sombre, avait fait sentinelle dans la rue, sous nos croisées.

» Henri ne se mit point à table. Il prépara ses armes et s'habilla comme pour un long voyage. La nuit venue, il me fit passer à mon tour un corsage de drap, et me laça mes brodequins. Il sortit avec son épée. J'étais dans les transes. Depuis longtemps je ne l'avais pas vu si agité.

» Quand il revint, ce fut pour faire un paquet de ses hardes et des miennes.

» — Nous allons partir, Aurore, me dit-il.

» — Pour longtemps ? demandai-je.

» — Pour toujours.

» — Quoi ! m'écriai-je en regardant notre pauvre petit ménage, nous allons laisser tout cela ?

» — Oui, tout cela, fit-il en souriant tristement, je viens d'aller chercher au coin de la rue un pauvre homme qui sera notre héritier..... Il est content comme un roi, lui... Ainsi va le monde !

» — Mais où allons-nous, ami ? demandai-je encore.

» — Dieu le sait ! me répondit-il en essayant de paraître gai ; en route ! ma petite Aurore... il est temps !

» Nous sortîmes.

» Ici se place quelque chose de terrible, ma mère. Ma plume s'est arrêtée un instant, mais je ne veux rien te cacher.

» Comme nous descendions les marches du perron, je vis un objet sombre au milieu de la rue déserte. Henri voulut m'entraîner dans la direction des remparts ; mais je lui échappai, embarrassé qu'il était par son fardeau, et je m'élançai vers l'objet qui avait attiré mon attention.

» Henri poussa un cri ; c'était pour m'arrêter. Je ne lui avais jamais désobéi, mais il était trop tard. Je distinguais déjà une forme humaine sous un manteau, et je croyais reconnaître le manteau de la mystérieuse sentinelle qui s'était promenée sous nos fenêtres durant tout le jour.

» Je soulevai le manteau. C'était bien l'homme que j'avais vu dans la journée. Il était mort, et son sang l'inondait.

» Je tombai à la renverse, comme si j'eusse reçu moi-même le coup de la mort.

» Il y avait eu combat, là, tout près de moi, car en

sortant Henri avait pris son épée. Henri avait encore une fois risqué sa vie pour moi... pour moi, j'en étais sûre.

« ..... Je m'éveillai au milieu de la nuit. J'étais seule, ou du moins je me croyais seule. C'était une chambre encore plus pauvre que celle dont nous sortions, cette chambre qui se trouve d'ordinaire au premier étage des fermes espagnoles dont les maîtres sont de pauvres hidalgos.

» Il y avait un bruit de voix à peine sensible dans la pièce située au-dessous, sans doute la salle commune de la ferme.

» J'étais couché dans un lit à colonnes vermoulues, sur une paillasse recouverte d'une serpillière en lambeaux. La lumière de la lune entrait par les fenêtres sans carreaux. Je voyais en face du lit le feuillage léger de deux grands chênes liège qui se balançaient doucement à la brise nocturne.

» J'appelai doucement Henri, mon ami ; on ne me répondit point.

» Mais je vis une ombre qui rampait sur le sol, et, l'instant d'après, Henri se dressait à mon chevet. Il me fit signe de la main de me taire, et me dit tout bas à l'oreille :

» — Ils ont découvert nos traces. Ils sont en bas.

» — Qui donc ? demandai-je.

» — Les compagnons de celui qui était sous le manteau. — Le mort ! je me sentis frémir de la tête aux pieds, et je crus que j'allais m'évanouir de nouveau. Henri me serra le bras et reprit : — Ils étaient là tout à l'heure derrière la porte. Ils ont essayé de l'ouvrir. J'ai passé mon bras comme une barre dans les anneaux. Ils n'ont pas deviné la nature de l'obstacle. Ils sont descendus pour chercher une pince, afin de jeter la porte en dedans ; ils vont revenir ! ~

» — Mais que leur avez-vous donc fait, Henri, mon ami, m'écriai-je pour qu'ils vous poursuivent avec tant d'acharnement ?

» — Je leur ai arraché la proie qu'ils allaient déchirer, les loups ! me répondit-il.

» Moi ! c'était moi ! je le comprenais bien ; cette pensée m'emplissait le cœur et le navrait : J'étais cause de tout, j'avais brisé sa vie. Cet homme si beau naguère, si brillant, si heureux, se cachait maintenant comme un criminel. Il m'avait donné son existence tout entière.

» Pourquoi ?...

» — Père, lui dis-je, père chéri, laissez-moi ici et sauvez-vous, je vous en supplie.

» Il mit sa main sur ma bouche.

» — Petite folle ! murmura-t-il, s'ils me tuent, je serai bien forcé de t'abandonner... mais ils ne me tiennent pas encore... Lève-toi !

» Je fis effort pour obéir ; j'étais bien faible.

» J'ai su depuis que mon ami Henri, harassé de fatigue, car il m'avait porté dans ses bras, demi-morte que j'étais, depuis Pampelune jusqu'à cette maison éloignée, était entré là pour demander un gîte.

» C'étaient de pauvres gens. On lui donna cette chambre où nous étions.

» Henri allait s'étendre sur une couche de paille préparée pour lui, lorsqu'il entendit un bruit de chevaux dans la campagne. Les chevaux s'arrêtèrent à la porte de la maison isolée. Henri devina bien tout de suite qu'il fallait remettre le sommeil à une autre nuit.

» Au lieu de se coucher, il ouvrit tout doucement la porte et descendit quelques marches de l'escalier.

» On causait dans la salle basse. Le fermier en haillons disait :

» — Je suis gentilhomme et je ne livrerai pas mes hôtes !

» Henri entendit le bruit d'une poignée d'or qu'on jetait sur la table.

» Le fermier-gentilhomme eut la bouche fermée.

» Une voix qu'il connaissait ordonna :

» — A la besogne, et que ce soit bien vite fait !

» Henri rentra précipitamment et referma la porte de son mieux. Il s'élança vers la fenêtre pour voir s'il y avait moyen de fuir.

» Les branches des deux grands liéges frôlaient la croisée aux carreaux. C'était un petit potager, clos d'une haie. Au delà une prairie, puis la rivière d'Arga, que la lune montrait au travers des arbres.

» On montait l'escalier. Henri replaça la barre absente par son bras qu'il mit en travers. On essaya d'ouvrir, on poussa, on pesa, on jura, mais le bras d'Henri valait une barre de fer.

» — Te voilà bien pâle, ma petite Aurore, reprit Henri quand il me vit levée ; mais tu es brave et tu me seconderas.

» — Oh oui ! m'écriai-je, transportée d'aise à la pensée de le servir.

» Il m'entraîna vers la fenêtre.

» — Descendrais-tu bien dans le verger par cet escalier-là ? me demanda-t-il en me montrant les branches et le tronc de l'un des liéges.

» — Oui, répondis-je, oui, père, si tu me promets de me rejoindre bien vite.

» — Je te le promets, ma petite Aurore. Bien vite ou jamais, pauvre chérie !—ajouta-t-il à voix basse en me prenant dans ses bras. J'étais bien ébranlée. Je ne compris point ; ce fut heureux. Henri ouvrit le châssis au moment où les pas se faisaient entendre de nouveau dans l'escalier. Je m'accrochais aux branches de liége, tandis qu'il s'élançait vers la porte. — Quand tu seras en bas, me dit-il encore, tu jetteras un petit caillou dans la chambre, ce sera le signal ; ensuite tu te glisseras le long de la haie jusqu'à la rivière.

» J'étais encore tout contre la fenêtre lorsque j'entendis le bruit de la pince qu'on introduisait sous la porte. Je restai ; je voulais voir.

» — Descends ! descends ! fit Henri avec impatience.

» J'obéis. En bas, je pris un petit caillou que je lançai par l'ouverture de la croisée.

» J'entendis aussitôt un sourd fracas à l'étage supérieur. Ce devait être la porte qu'on forçait. Cela m'ôta mes jambes : je restai clouée à ma place.

» Deux coups de feu retentirent dans la chambre, puis Henri m'apparut debout sur l'appui de la croisée.

» D'un saut, et sans s'aider du liége, il fut auprès de moi.

» — Ah ! malheureuse ! fit-il en me voyant, je te croyais déjà sauvée !... Ils vont tirer.

» Il m'enlevait déjà dans ses bras. Plusieurs détonations se firent entendre à la croisée. Je le sentis violemment tressaillir.

» — Etes-vous blessé ? m'écriai-je.

» Il était au milieu du verger. Il s'arrêta en pleine lumière, et, tournant sa poitrine vers les bandits qui rechargeaient leurs armes à la croisée, il cria par deux fois :

» — Lagardère ! Lagardère !

» Puis il franchit la haie et gagna la rivière.

» On nous poursuivait. L'Arga est en ce lieu rapide et profonde. Je cherchais déjà des yeux un batelet, lorsque Henri, sans ralentir sa course, et me tenant toujours dans ses bras, se jeta au milieu du courant.

» C'était un jeu pour lui, je le vis bien. D'une main il m'élevait au-dessus de sa tête, de l'autre il fendait le fil de l'eau. Nous gagnâmes la rive opposée en quelques minutes.

» Nos ennemis se consultaient sur l'autre bord.

» — Ils vont chercher le gué, dit Henri, nous ne sommes pas encore sauvés. — Il me réchauffait contre sa poitrine ; car j'étais trempée et je grelottais. Nous entendîmes bientôt les chevaux galoper sur l'autre rive. Nos ennemis cherchaient le gué pour passer l'Arga et nous poursuivre. Ils comptaient bien que nous ne pourrions leur échapper longtemps. Quand le bruit de leur course s'étouffa au lointain, Henri rentra dans l'eau et traversa de nouveau l'Arga en ligne droite. — Nous voici en sûreté, ma petite

Aurore, me dit-il en touchant le bord à l'endroit même d'où nous étions partis... Maintenant, il faut te sécher et me panser.

» — Je savais bien que vous étiez blessé ! m'écriai-je.

» — Bagatelle... Viens ! — Il se dirigeait vers la maison du fermier qui nous avait trahis. Le fermier et sa femme riaient en causant dans leur salle basse, ayant entre eux un bon brasier ardent. Terrasser l'homme et le garrotter en un seul paquet avec sa femme fut pour Henri l'affaire d'un instant. — Taisez-vous, leur dit-il, car ils croyaient qu'on allait le tuer et poussaient des cris lamentables. J'ai vu le temps où j'aurais mis le feu à votre taudis, comme vous l'avez mérité si bien. Mais il ne vous sera point fait de mal : voici l'ange qui vous garde ! — Il passait sa main dans mes cheveux mouillés. Je voulus l'aider à se panser. Sa blessure était à l'épaule et saignait abondamment par les efforts qu'il avait faits. Pendant que mes habits séchaient, j'étais enveloppée dans son grand manteau, qu'il avait laissé en fuyant dans la chambre du haut. Je fis de la charpie ; je bandai la plaie. Il me dit : — Je ne souffre plus... tu m'as guérie ! — Le fermier-gentilhomme et sa femme ne bougeaient pas plus que s'ils eussent été morts. Henri monta à notre chambre et redescendit bientôt avec notre petit bagage. Vers trois heures de nuit, nous quittâmes la maison, montés sur une grande vieille mule qu'Henri avait prise à l'écurie, et pour laquelle il jeta deux pièces d'or sur la table. En partant, il dit au mari et à la femme : — S'ils reviennent, présentez-leur les complimens du chevalier de Lagardère, et dites-leur ceci : « Dieu et la Vierge protègent l'orpheline... En ce moment, Lagardère n'a pas le loisir de s'occuper d'eux... mais l'heure viendra ! »

» La vieille grande mule valait mieux qu'elle n'en avait l'air. Nous arrivâmes à Estella vers le point du jour, et nous fîmes marché avec un arriero pour gagner Burgos, de l'autre côté des montagnes. Henri voulait s'éloigner définitivement des frontières de France. Les ennemis étaient des Français.

» Il avait dessein de ne s'arrêter qu'à Madrid.

» Nous autres, pauvres enfans, nous avons le champ libre. Notre imagination travaille toujours, dès qu'il s'agit de nos parens inconnus. Etes-vous bien riche, ma mère ? Il faut que vous soyez grande, pour que cette poursuite obstinée se soit attachée à votre fille.

» Si vous êtes riche, vous ne pouvez guère vous faire idée d'un long voyage à travers cette belle et noble terre d'Espagne, étalant sa misère orgueilleuse sous les splendides éblouissemens de son ciel.

» La misère est mauvaise au cœur de l'homme. Je sais cela, quoique je sois bien jeune. Cette chevaleresque race des vainqueurs du Maure est déchue en ce moment. De toutes leurs anciennes et illustres qualités, ils n'ont guère gardé que l'orgueil.

» Un orgueil de comédie, drapé dans des lambeaux.

» Le paysage est merveilleux ; les habitans sont tristes, paresseux, plongés jusqu'au cou dans la malpropreté honteuse. Cette belle fille qui passe, poétique de loin et portant avec grâce sa corbeille de fruits, ce n'est pas la peau de son visage que vous voyez, c'est un masque épais de souillures.

» Il y a des fleuves pourtant, mais l'Espagnol n'a pas encore découvert l'usage de l'eau.

» Quand il y a quelque part cent voleurs de grand chemin, cela s'appelle un village. On nomme un alcade. L'alcade et tous ses administrés sont également gentilshommes. Autour du village, la terre reste en friche. Il passe toujours assez de voyageurs, si déserte que soit la route, pour que les cent et un gentilshommes et leurs familles aient un ognon à manger par jour.

» L'alcade, meilleur gentilhomme que ses concitoyens, est aussi plus voleur et plus gourmand. On a vu de ces autocrates manger jusqu'à deux ognons en vingt-quatre heures. Mais ceux qui font ainsi un dieu de leur ventre finissent mal. L'espingole les guette. Il ne faut pas que l'opulence abuse insolemment des dons du ciel.

» Il est rare qu'on trouve à manger dans les auberges. Elles sont instituées pour couper la gorge aux voyageurs, qui s'en vont sans souper dans l'autre monde.

» Le posadero, homme fier et taciturne, vous fournit un petit tas de paille recouvert d'une loque grise. C'est un lit. Si par hasard on ne vous a pas égorgé pendant la nuit, vous payez et vous partez sans déjeuner.

» Inutile de parler des moines et des alguazils.

» Les gueux à escopette sont également connus dans l'univers entier. Personne n'ignore que les muletiers sont les associés naturels des brigands de la montagne.

» Un Espagnol qui a trois lieues à faire dans une direction quelconque envoie chercher le garde-notes et dicte son testament.

» De Pampelune à Burgos, nous eûmes des centaines d'aventures, mais aucune qui eût trait à nos persécuteurs. C'est de celle-là seulement, ma mère, que je veux vous entretenir. Nous devions les retrouver encore une fois avant d'arriver à Madrid.

» Nous avions pris par Burgos afin d'éviter le voisinage des sierras de la Vieille-Castille. L'épargne de mon ami s'épuisait rapidement, et nous avancions peu, tant la route était pavée d'obstacles. Le récit d'un voyage en Espagne ressemble à un entassement d'accidens rassemblés à plaisir par une imagination romanesque et moqueuse.

» Enfin nous laissâmes derrière nous Valladolid et les dentelles de son clocher sarrasin. Nous avions fait plus de la moitié de notre route.

» C'était le soir ; nous allions côtoyant les frontières du Léon pour arriver à Ségovie. Nous étions montés tous deux sur la même mule, et nous n'avions point de guide. La route était belle. On nous avait enseigné une auberge sur l'Adaja, où nous devions faire grande chère.

» Cependant, le soleil se couchait derrière les arbres maigres de la forêt qui va vers Salamanque, et nous n'apercevions nulle trace de posada. Le jour baissait ; les muletiers devenaient plus rares sur le chemin ; c'était l'heure des mauvaises rencontres.

» Nous n'en devions point faire ce soir, grâce à Dieu : il n'y avait qu'une bonne action sur notre route.

» Ce fut ce soir-là, ma mère, que nous trouvâmes ma petite Flor, ma chère gitanita, ma première et ma seule amie.

» Voilà bien longtemps que nous sommes séparées, et pourtant je suis bien sûre qu'elle se souvient de moi. Deux ou trois jours après notre arrivée à Paris, j'étais dans la salle basse et je chantais. Tout à coup j'entendis un cri dans la rue : je crus reconnaître la voix de Flor. Un carrosse passait, un grand carrosse de voyage sans armoiries. Les stores en étaient baissés. Je m'étais sans doute trompée.

» Mais bien souvent, depuis lors, je me suis mise à la fenêtre, espérant voir sa fine taille si souple, son pied de fée effleurant la pointe des pavés, et son œil noir brillant derrière son voile de dentelles.

» Je suis folle ! Pourquoi Flor serait-elle à Paris ?

» La route passait au-dessus d'un précipice. Au bord même du précipice, il y avait un enfant qui dormait. Je l'aperçus la première, et je priai Henri, mon ami, d'arrêter la mule. Je sautai à terre, et j'allai me mettre à genoux auprès de l'enfant.

» C'était une petite bohémienne de mon âge, et jolie !

» Je n'ai jamais rien vu de si mignon que Flor : c'était la grâce, la finesse, la douce espièglerie.

» Flor doit être maintenant une adorable jeune fille.

» Je ne sais pourquoi j'eus tout de suite envie de l'embrasser. Mon baiser l'éveilla. Elle me le rendit en souriant, mais la vue d'Henri l'effraya.

» — Ne crains rien, lui dis-je, c'est mon bon ami, mon père chéri, qui t'aimera, puisque déjà je t'aime. Comment t'appelles-tu ?

» — Flor... Et toi ?

» — Aurore.

» Elle reprit son sourire.

» — Le vieux poëte, murmura-t-elle, celui qui fait nos chansons, parle souvent des pleurs d'Aurore qui brillent comme des perles au calice de la fleur. Tu n'as jamais pleuré, toi, je parie; moi je pleure souvent. — Je ne savais ce qu'elle voulait dire avec son vieux poëte. Henri nous appelait. Elle mit la main sur sa poitrine et s'écria tout à coup : — Oh ! que j'ai faim ! — Et je la vis toute pâle. Je la pris dans mes bras. Henri mit pied à terre à son tour. Flor nous dit qu'elle n'avait pas mangé depuis la veille au matin. Henri avait un peu de pain qu'il lui donna avec le vin de Xérès qui était au fond de sa gourde. Elle mangea avidement. Quand elle eut bu, elle regarda Henri en face, puis moi. — Vous ne vous ressemblez pas, murmura-t-elle. Pourquoi n'ai-je personne à aimer, moi ? — Ses lèvres effleurèrent la main d'Henri, tandis qu'elle ajoutait : — Merci, seigneur cavalier, vous êtes aussi beau que beau... Je vous en prie, ne me laissez pas la nuit sur le chemin !

» Henri hésitait : les gitanos sont de dangereux et subtils coquins. L'abandon de cet enfant pouvait être un piége ; mais je fis tant et j'intercédai si bien qu'Henri finit par consentir à emmener la petite bohémienne,

» Nous voilà bien heureuse ! au contraire de la pauvre mule qui avait maintenant trois fardeaux.

» En route, Flor nous raconta son histoire. Elle appartenait à une troupe de gitanos qui venaient du Léon et qui allaient, eux aussi, à Madrid. La veille au matin, je ne sais à quel propos, la bande avait été poursuivie par une escouade de la Sainte-Hermandad. Flor s'était cachée dans les buissons pendant que ses compagnons fuyaient.

» Une fois l'alerte passée, Flor voulut rejoindre ses compagnons, mais elle eut beau marcher, elle eut beau courir, elle ne les trouva plus sur la route. Les passans à qui elle les demandait lui jetaient des pierres. De singuliers chrétiens, parce qu'elle n'était point baptisée, lui enlevèrent ses pendans d'oreilles en cuivre argenté et son collier de fausses perles.

» La nuit vint. Flor la passa dans une meule. Qui dort dîne, heureusement ! car la pauvre petite Flor n'avait point dîné.

» Le lendemain, elle marcha tout le jour sans rien se mettre sous la dent. Les chiens des quinterias aboyaient derrière elle, et les petits enfans lui envoyaient leurs huées. De temps en temps, elle trouvait sur la route l'empreinte conservée d'une sandale égyptienne ; cela la soutenait.

» Les gitanos, en campagne, ont généralement un lieu de halte et de rendez-vous avant le but du voyage. Flor savait où retrouver les siens, mais bien loin, bien loin, dans une gorge du mont Baladron, situé en face de l'Escurial, à sept ou huit lieues de Madrid.

» C'était notre route : j'obtins de mon ami Henri qu'il conduirait la petite Flor jusque-là.

» Elle eut place auprès de moi sur ma paille, à l'hôtellerie ; elle eut part de la splendide *marmite pourrie* qui nous fut servie pour notre souper.

» Ces *ollas podridas* de la Castille sont des mets qu'on se procurerait difficilement dans le reste de l'Europe. Il faut, pour la faire, un jarret de porc, un peu de cuir de bœuf, la moitié de la corne d'une chèvre morte de maladie, des tiges de choux, des épluchures de raves, une souris de terre, et un boisseau et demi de gousses d'ail. Tels furent du moins les ingrédiens que nous reconnûmes dans notre fameuse *marmite pourrie* du bourg de Saint-Lucar, entre Pesquera et Ségovie, dans l'une des plus somptueuses auberges qui se puissent trouver dans les Etats du roi d'Espagne.

» A dater du moment où la jolie petite Flor fut notre compagne, la route devint moins monotone. Elle était gaie presque autant que moi, et bien plus avisée. Elle savait

dansor, elle savait chanter. Elle nous amusait en nous racontant les tours pendables de ses frères les gitanos.

» Nous lui demandâmes quel dieu ils adoraient. Elle nous répondit : Une cruche.

» Mais à Zamore, dans le pays de Léon, elle avait rencontré un bon frère de la Miséricorde qui lui avait dit les grandeurs du Dieu des chrétiens. Flor désirait le baptême.

» Elle fut huit jours entiers avec nous : le temps d'aller de Saint-Lucar de Castille au mont Baladron.

» Quand nous arrivâmes en vue de cette montagne sombre et rocheuse où je devais me séparer de ma petite Flor, je devins triste ; je ne savais pas que c'était un pressentiment.

» J'étais habituée à Flor. Nous allions depuis huit jours assises sur la même mule, nous tenant l'une à l'autre, et babillant tout le long du chemin. Elle m'aimait bien, moi je la regardais comme ma sœur.

» Il faisait chaud. Le ciel avait été couvert tout le jour ; l'air pesait aux approches d'un orage. Dès le bas de la montagne, de larges gouttes de pluie commencèrent à tomber, Henri nous donna son manteau pour nous envelopper toutes deux, et nous continuâmes de grimper, pressant notre mule paresseuse sous une torrentielle averse.

» Flor nous avait promis l'hospitalité la plus cordiale au nom de ses frères. Une ondée n'était pas faite pour effrayer mon ami Henri, et nous deux, Flor et moi, nous étions d'humeur à partager la plus terrible tempête sous l'abri flottant qui nous unissait.

» Les nuées couraient, roulant l'une sur l'autre, et laissant parfois entre elles des déchirures où apparaissait parfois le bleu profond du ciel. La ligne de l'horizon, vers le couchant, semblait un chaos empourpré. C'était la seule lumière qui restât au ciel. Elle teignait tous les objets en rouge. La route grimpait en spirale une rampe raide et pierreuse. Les rafales étaient si fortes que notre mule tremblait sur ses jambes.

» — C'est drôle ! m'écriai-je, comme cette lumière fait voir toutes sortes d'objets... Là-bas, à la crête de ce roc, j'ai cru apercevoir deux hommes taillés dans la pierre.

» Henri regardait vivement de ce côté.

» — Je ne vois rien, dit-il.

» — Il n'y sont plus... prononça Flor à voix basse.

» — Il y avait donc réellement deux hommes ? demanda Henri.

» Je sentis venir en moi une vague terreur que la réponse de Flor augmenta.

» — Non pas deux, répliqua-t-elle, mais dix pour le moins.

» — Armés ?

» — Armés.

» — Ce ne sont pas tes frères ?

» — Non, certes.

» — Et nous guettent-ils depuis longtemps ?

» — Depuis hier matin ils rôdent autour de nous.—Henri regardait Flor avec défiance ; moi-même je ne pus me défendre d'un soupçon. Pourquoi ne nous avait-elle pas prévenus ?—J'ai cru d'abord que c'étaient des voyageurs comme vous, dit-elle, répondant d'elle-même ma pensée ; ils suivaient le vieux sentier vers l'ouest ; nos hidalgos font presque tous ainsi. Il n'y a guère que le menu peuple à fréquenter les routes nouvelles... C'est seulement depuis notre entrée dans la montagne que leurs mouvemens me sont devenus suspects... Je ne vous ai point avertis parce qu'ils sont en avant de nous désormais, et engagés dans une voie où nous ne pouvons plus les rencontrer.

» Elle nous expliqua que la vieille route, abandonnée à cause de ses difficultés, passait du côté nord de Baladron, tandis que la nôtre tournait de plus en plus vers le sud à mesure qu'on approchait des gorges. Les deux routes se réunissaient à un passage unique, appelé *el paso de los Rapadores*, bien au delà du campement des bohémiens.

» Par le fait, en avançant dans l'intérieur de la montagne, nous n'aperçûmes plus ces fantastiques silhouettes découpant leur profils sur le ciel écarlate.

» Les roches étaient désertes aussi loin que l'œil pouvait se porter. On n'apercevait d'autre mouvement que le frémissement des hêtres agités par la rafale.

## IV

### OU FLOR EMPLOIE UN CHARME.

» Là nuit tomba. Nous ne songions plus à nos rôdeurs inconnus. D'énormes ravins et des défilés infranchissables les séparaient de nous maintenant. Toute notre attention était pour notre mule, dont le pied sûr avait grand'peine à surmonter les obstacles du chemin.

» Il était nuit close quand un cri de joie de Flor nous annonça la fin de nos peines. Nous avions devant les yeux un grand et magnifique spectacle.

» Depuis quelques minutes, nous marchions entre deux hautes rampes qui nous cachaient l'horizon et le ciel. On aurait dit deux gigantesques remparts. L'averse avait cessé. Le vent du nordo-ouest, chassant devant soi les nuées, balayait le firmament, toujours plus étincelant après l'orage. La lune épandait à flots sa blanche lumière.

» Au sortir du défilé, nous nous trouvâmes en face d'une sorte de vallée circulaire, entourée de pics dentelés où croissaient encore çà et là quelques bouquets de pins de montagne : c'était la *Taza del diablillo* (la Tasse du diablotin), point central du mont Baladron, dont les plus hauts sommets sont jetés de côté et penchent vers l'Escurial.

» La *Taza del diablillo* nous apparaissait en ce moment comme un gouffre sans fond. Les rayons de la lune, qui éclairaient vivement le tour de la Tasse et ses dentelures, laissaient le vallon dans l'ombre et lui donnaient une effrayante profondeur.

» Juste vis-à-vis de nous s'ouvrait une gorge pareille à celle que nous quittions, de telle sorte que l'une continuait l'autre, et que la Tasse située entre deux était évidemment le produit de quelque grande convulsion du sol.

» Un bon feu s'allumait à l'entrée de cette deuxième gorge. Autour du feu, des hommes et des femmes étaient assis.

» Leurs figures maigres et vigoureusement accentuées se rougissaient aux lueurs du brasier, ainsi que les saillies des rocs voisins, tandis que tout près de là les reflets blafards de la lune glissaient sur les rampes mouillées.

» A peine sortîmes-nous du défilé que notre présence fut signalée. Ces sauvages ont une finesse de sens qui nous est inconnue. On ne cessa point de boire, de fumer et de causer autour du feu, mais deux éclaireurs se jetèrent rapidement à droite et à gauche. L'instant d'après, Flor les montra rampant vers nous dans la vallée.

» Elle poussa un cri particulier. Les éclaireurs s'arrêtèrent.

» A un second cri, ils rebroussèrent chemin et vinrent paisiblement reprendre leur place au-devant du brasier.

» C'était loin de nous encore, ce brasier. Au premier moment, j'avais cru apercevoir des ombres noires derrière le cercle de gitanos ; mais j'étais en garde désormais contre les illusions de la montagne. Je me tus, et, en approchant, je ne vis plus rien.

» Plût à Dieu que j'eusse parlé !

» Nous étions à peu près au milieu de la vallée, lorsqu'un grand gaillard à face basanée se dressa au-devant du bûcher, tenant à la main une escopette d'une longueur démesurée. Il cria en langue orientale une sorte de qui vive, et Flor lui répondit dans la même langue.

» — Soyez les bienvenus ! dit l'homme à l'escopette ; nous vous donnons le pain et le sel, puisque notre sœur vous amène.

» Ceci était pour nous.

» Les gitanos d'Espagne, et généralement toutes les bandes qui vivent en dehors de la loi dans les différens royaumes de l'Europe, jouissent d'une réputation méritée sous le rapport de l'hospitalité. Le plus sanguinaire brigand respecte son hôte ; ceci même en Italie, où les brigands ne sont pas des lions, mais des hyènes.

» Une fois promis le sel et l'eau, nous n'avions plus rien à craindre, selon la commune croyance.

» Nous approchâmes sans défiance. On nous fit bon accueil. Flor baisa les genoux du chef, qui lui imposa les mains fort solennellement.

» Après quoi ce même chef fit verser du brandevin dans une coupe de bois sculptée, et le présenta à Henri en grande cérémonie.

» Henri but. Le cercle se reforma autour du foyer.

» Une gitana vint chanter et danser à l'intérieur du cercle, se jouant avec la flamme et faisant voltiger son écharpe au-dessus du brasier.

» Dix minutes s'écoulèrent, puis la voix d'Henri s'éleva, rauque et changée.

» — Coquins ! s'écria-t-il, qu'avez-vous mis dans ce breuvage ?

» Il voulut se lever ; mais ses jambes chancelèrent, et il tomba lourdement sur le sol.

» Je sentis que mon cœur ne battait plus.

» Henri était à terre et luttait contre un engourdissement qui garrottait chacun de ses membres.

» Ses paupières alourdies allaient se fermer.

» Les gitanos riaient silencieusement autour du feu. Derrière eux, je vis surgir de grandes formes sombres : cinq ou six hommes enveloppés dans leurs manteaux, et dont les visages disparaissaient complètement sous les larges bords de leurs feutres.

» Ceux-là n'étaient pas des bohémiens.

» Quand mon ami Henri cessa de lutter, je le crus mort. Je demandai à Dieu ardemment de mourir.

» Un des hommes au manteau jeta une lourde bourse au milieu du cercle.

» — Finissez-en et vous aurez le double ! dit-il.

» Je ne reconnus point la voix de cet homme.

» Le chef des bohémiens répondit :

» — Il faut le temps et l'distance... douze heures et douze milles. La mort ne peut être donnée ni au même lieu ni le même jour que l'hospitalité.

» — Momeries que tout cela ! fit l'homme en haussant les épaules ; en besogne, ou laissez-nous faire !

» En même temps, il s'avança vers Henri gisant sur la terre. Le bohémien se mit au-devant de lui.

» — Tant que douze heures ne seront pas écoulées, prononça-t-il résolument, tant que douze milles ne seront pas franchis, nous défendrons notre hôte, fût-ce contre le roi !

» Singulier foi ! étrange honneur ! Tous les gitanos se rangèrent autour d'Henri.

» J'entendis Flor qui murmurait à mon oreille :

» — Je vous sauverai tous deux ou je mourrai !...

» .... C'était vers le milieu de la nuit. On m'avait couchée sur un sac de toile plein de mousse desséchée, dans la tente du chef, qui dormait non loin de moi.

» Il y avait auprès de lui son escopette d'un côté, son cimeterre de l'autre.

» Je voyais, à la lueur de la lampe allumée, ses yeux dont les paupières demi ouvertes semblaient avoir des regards, même dans le sommeil.

» Aux pieds du chef, un gitano était blotti comme un chien et ronflait.

» J'ignorais où l'on avait mis mon ami Henri, et Dieu sait que je n'avais garde de fermer les yeux.

» J'étais sous la surveillance d'une vieille bohémienne

faisant près de moi l'office de geôlière. Elle s'était couchée en travers, la tête sur mon épaule, et, par surcroît de précaution, elle tenait en dormant ma main droite entre les siennes.

» Ce n'était pas tout : au dehors, j'entendais le pas régulier de deux sentinelles.

» L'horloge à sable marquait une heure après minuit, lorsque j'entendis un bruit léger vers l'entrée de la tente.

» Je me tournai pour voir. Ce simple mouvement fit ouvrir les yeux de ma duègne noire. Elle s'éveilla à demi en grondant.

» Je ne vis rien et le bruit cessa.

» Seulement, je n'entendis bientôt plus qu'un pas de sentinelle. Au bout d'un quart d'heure, l'autre sentinelle cessa aussi de se promener.

» Un silence complet régnait autour de la tente.

» Je vis la toile osciller entre deux piquets, puis se soulever lentement, puis un visage espiègle et souriant apparaître.

» C'était Flor. Elle me fit un petit signe de tête. Elle n'avait pas peur.

» Son corps souple et fluet passa après sa tête. Quand elle se mit sur ses pieds, ses beaux yeux noirs triomphaient.

» — Le plus fort est fait ! prononça-t-elle des lèvres seulement.

» Je n'avais pu retenir un léger mouvement de surprise, et ma duègne s'était encore éveillée.

» Flor resta deux ou trois minutes immobile, un doigt sur la bouche.

» La duègne était rendormie. Je pensais :

» — Il faudrait être fée pour dégager mon épaule et ma main !

» J'avais bien raison. Mais ma petite Flor était fée.

» Elle fit un pas bien doucement, puis deux. Elle ne venait pas à moi ; elle allait vers la natte où dormait le chef entre son sabre et son escopette.

» Elle se plaça devant lui et le regarda un instant durement. La respiration du chef devint plus tranquille. Flor se pencha sur lui au bout de quelques secondes, et appuya légèrement l'index et le pouce contre ses tempes. Les paupières du chef se fermèrent.

» Elle me regarda ; ses yeux pétillaient comme deux gerbes d'étincelles.

» — Et d'un ! dit-elle.

» Le gitano ronflait toujours, la tête sur ses genoux.

» Elle lui posa la main sur le front, tandis que son regard impérieux le couvrait. Peu à peu les jambes du gitano s'allongèrent, et sa tête renversée alla toucher le sol. Vous eussiez dit un mort.

» J'ai vu cela, ma mère ; je l'ai vu de mes yeux, et j'étais bien éveillée, puisque je craignais pour la vie de mon ami Henri.

» Flor riait, le charmant petit démon !

» — Et de deux ! dit-elle.

» Restait ma terrible duègne. Flor prit avec elle plus de précautions.

» Elle s'approcha lentement, lentement, la couvant du regard comme le serpent qui veut fasciner l'oiseau. Quand elle fut à portée, elle étendit une seule main qu'elle tint suspendue à la hauteur des yeux de l'Égyptienne. Je sentis celle-ci tressaillir intérieurement.

» A un moment, elle fit effort pour se dresser. Flor dit :

» — Je ne veux pas !

» La vieille poussa un grand soupir.

» La main de Flor descendit lentement du front à l'estomac, et s'y arrêta. Un de ses doigts faisait la pointe et semblait émettre je ne sais quel fluide mystérieux.

» Je sentais moi-même à travers le corps de la duègne l'influence étrange de ce fluide. Mes paupières voulaient se fermer.

» — Reste éveillée ! me commanda Flor avec un coup d'œil de reine.

» Les ombres qui voltigeaient déjà autour de mes yeux disparurent.

» Mais je croyais rêver.

» La main de Flor se releva, glissa une seconde fois au-dessus du front de la vieille bohémienne, et revint pointer entre ses deux yeux. Tout son corps s'affaissa. Je la sentis plus lourde.

» Flor était droite, grave, impérieuse. Sa main descendit encore pour se relever de nouveau. Au bout de deux ou trois minutes elle se rapprocha, et fit comme un mouvement de brusque aspersion au-dessus du crâne de la vieille.

» Ce crâne était de plomb.

» — Dors-tu, Mabel ? demanda-t-elle tout bas.

» — Oui, je dors, répondit la vieille.

» Mon premier mouvement fut de croire à une comédie.

» Avant de regagner le campement, Flor avait pris de mes cheveux et de ceux d'Henri pour les mettre dans un petit médaillon qu'elle portait au cou.

» Elle ouvrit le médaillon et plaça les cheveux d'Henri dans la main inerte de la vieille.

» — Je veux savoir où il est ! — dit-elle encore. La vieille s'agita et gronda. J'eus crainte de la voir s'éveiller. Flor la poussa du pied rudement, comme pour me prouver la profondeur de son sommeil. Puis elle répéta : — Entends-tu, Mabel, je veux savoir où il est ?

» — J'entends, repartit la bohémienne ; je le cherche. Quel est donc ce lieu ? une grotte ?... un souterrain ? On l'a dépouillé de son manteau et de son pourpoint. Ah ! s'interrompit-elle en frissonnant, je vois ce que c'est... C'est une tombe !

» Tous mes pores rendirent une sueur glacée.

» — Il vit cependant ? interrogea Flor.

» Il vit, répliqua Mabel, il dort.

» — Et la tombe, où est-elle ?

» — Au nord du camp. Voilà deux ans qu'on y enterra le vieux Hadji. L'homme a la tête appuyée contre les os d'Hadji.

» — Je veux aller à cette tombe, dit Flor.

» — Au nord du camp, répéta la vieille femme, la première fissure entre les roches... une pierre à soulever, trois marches à descendre.

» — Et comment l'éveiller ?

» — Tu as ton poignard...

» — Viens ! me dit Flor. — Et sans prendre aucune précaution, elle rejeta de côté la tête de Mabel, qui tomba sur le sac de mousse. La vieille resta là comme une masse. Je vis avec stupéfaction qu'elle avait les yeux grands ouverts... Nous sortîmes de la tente. Autour du feu qui allait s'éteignant, il y avait un cercle de gitanos endormis. Flor avait pris à la main la lampe, qu'elle couvrait d'un pan de sa mante. Elle me montra une seconde tente au loin, et me dit : — C'est là que sont les chrétiens.

» Ceux qui voulaient assassiner Henri, mon pauvre ami.

» Nous allâmes au nord du camp. Chemin faisant, Flor me fit détacher trois petits chevaux de la Galice qui paissaient les basses branches des arbres, retenus à des piquets par leur licol. Les gitanos ne se servent jamais de mules.

» Au bout de quelques pas, nous trouvâmes la fissure entre deux roches. Nous nous y engageâmes. Trois degrés taillés dans le granit descendaient à l'entrée d'un caveau fermé par une grosse pierre que nos efforts réunis firent tomber.

» Derrière la pierre, la lueur de la lampe nous montra Henri à demi dépouillé, plongé dans un sommeil de mort et couché sur la terre humide, la tête appuyée contre un squelette humain.

» Je m'élançai, j'entourai de mes bras le cou de Henri, je l'appelai. Rien !

» Flor était derrière nous.

» — Tu l'aimes bien, Aurore, me dit-elle ; tu l'aimeras mieux !

» — Réveille-le! réveille-le! m'écriai-je, au nom de Dieu. réveille-le!

» Elle prit les deux mains d'Henri après avoir déposé la lampe sur le sol.

» — Mon charme ne peut rien ici, répondit-elle; il a bu le psaw des gypsies d'Écosse; il dormira jusqu'à ce que le fer chaud ait touché le creux de ses mains et la plante de ses pieds.

» — Le fer chaud! répétai-je sans comprendre.

» — Et dépêchons! ajouta Flor, car maintenant je risque ma vie tout autant que vous deux! — Elle souleva sa basquine et tira des plis de son jupon, alourdis par les morceaux de plomb cousus dans l'ourlet, un petit poignard à manche de corne. — Déchausse-le! — commanda-t-elle. J'obéis machinalement. Henri portait des sandales avec des guêtres de majo. Ma main tremblait si fort que je ne pouvais délacer les courroies. — Vite! vite! — répétait Flor.

» Pendant cela, elle faisait rougir la pointe de son petit poignard à la flamme de la lampe. J'entendis un frémissement court: c'était le poignard brûlant qui s'enfonçait dans la paume de la main d'Henri. Le fer, mis au feu de nouveau, perça également le creux de l'autre main. Henri ne fit aucun mouvement. — A la plante des pieds! s'écria Flor; vite! vite!... il faut les quatre douleurs à la fois. — La pointe du poignard sépara encore une fois la flamme de la lampe. Flor se prit à chanter un chant dans sa langue inconnue. Puis elle piqua les deux pieds d'Henri dont les lèvres se crispèrent. — Je lui devais bien cela, disait Flor en guettant son réveil, ô cher jeune seigneur!... et à toi aussi, ma pauvre Aurore... Sans vous je serais morte de faim... Sans moi vous n'auriez point pris cette route... c'est moi qui vous ai attirés dans le piège.

» Le psaw des sorcières d'Écosse est fait avec le suc de cette laitue rousse et frisée que les Espagnols nomment lechuga pequena, joint à certaine quantité de tabac distillé et à l'extrait simple du pavot des champs. C'est un narcotique foudroyant.

» Quant à la manière de mettre fin à ce redoutable sommeil qui ressemble à la mort, je vous dis ce que j'ai vu, ma mère. Les piqûres de fer rouge sans le chant bohême (au dire de ma petite Flor) ne produiraient absolument aucun résultat. De même que, dans les contes hongrois que disait si bien ma jolie compagnie, la clef du trésor de Pesth ne saurait ouvrir la porte de cristal de roche, si celui qui la porte ne connaissait le mot fée maramaradno.

» Quand Henri rouvrit les yeux, mes lèvres étaient sur son front. Il regarda tout autour de lui d'un air égaré. Nous eûmes chacune un sourire de sa pauvre bouche pâle. Quand ses yeux tombèrent sur le squelette du vieux Hadji, il reprit son air sérieux et froid.

» — Oh! oh! dit-il, voici donc le compagnon qu'ils m'avaient choisi... Dans un mois, nous aurions fait la paire!

» — En route! s'écria Flor; il faut qu'au lever du soleil nous soyons hors de la montagne.

» Henri était déjà debout.

» Les petits chevaux nous attendaient à l'entrée de la fissure. Flor se mit en avant comme guide, car elle était déjà venue plusieurs fois en ce lieu. Nous commençâmes à gravir au clair de la lune les derniers sommets du Baladron.

» Au soleil levant, nous étions en face de l'Escurial. Le soir, nous arrivions dans la capitale des Espagnes.

» Je fus bien heureuse, car il fut convenu que Flor resterait avec nous. Elle ne pouvait retourner près de ses frères après ce qu'elle avait fait. Henri me dit:

» — Ma petite Aurore, tu auras une sœur.

» Ceci alla très bien pendant un mois. Flor avait désiré être instruite dans la religion chrétienne; elle fut baptisée au couvent de l'Incarnation, et fit sa première communion avec moi dans la chapelle des mineures. Elle était pieuse à sa façon et de bon cœur; mais les religieuses de l'Incarnation, dont elle dépendait en sa qualité de convertie, voulaient une autre piété,

» Ma pauvre Flor, ou plutôt Maria de la Santa-Cruz, ne pouvaient leur donner ce qu'elle n'avait point.

» Un beau matin, nous la vîmes avec son ancien costume de gitanita. Henri se mit à sourire et lui dit:

» — Gentil oiseau, tu as bien tardé à prendre la volée.

» Moi je pleurais, ma mère, car je l'aimais, ma chère petite Flor, je l'aimais de toute mon âme!

» Quand elle m'embrassa, les larmes lui vinrent aux yeux aussi, mais c'était plus fort qu'elle. Elle partit en promettant bien de revenir. Hélas! le soir, je la vis sur la Plaza-Santa, au milieu d'un groupe de gens du peuple. Elle dansait au son d'un tambour de basque avant de dire la bonne aventure aux passans.

» Nous demeurions au revers de la calle Real, dans une petite rue de modeste apparence dont les derrières donnaient sur de vastes et beaux jardins.

» C'est parce que je suis Française, ma mère, que je ne regrette pas à Paris le climat enchanté de l'Espagne.

» Nous ne souffrions plus du besoin. Henri avait pris sa place tout de suite parmi les premiers ciseleurs de Madrid. Il n'avait pas encore cette grande renommée qui lui eût permis de faire si facilement sa fortune, mais les maîtres intelligens appréciaient son habileté.

» Ce fut une période de calme et de bonheur. Flor venait les matins. Nous causions. Elle regrettait de ne plus être ma compagne, mais quand je lui proposais de reprendre notre vie d'autrefois, elle se sauvait en riant.

» Une fois, Henri me dit:

» — Aurore, cette enfant n'est pas l'amie qu'il vous faut.

» Je ne sais ce qui eut lieu, mais Flor ne vint plus que de loin en loin. Nous étions plus froides en face l'une de l'autre. Quand Henri, mon ami, a parlé, c'est son cœur qui obéit. Les choses et les personnes qu'il n'aime plus cessent de me plaire.

» Ma mère, n'est-ce pas ainsi qu'il faut aimer.

» Pauvre petite Flor! si je la voyais, je ne pourrais cependant m'empêcher de tomber dans ses bras...

» ... Que je vous dise, ma mère, une chose qui précéda de bien peu le départ de mon ami, car je devais éprouver bientôt la plus grande douleur de ma vie: Henri allait me quitter, j'allais rester seule et longtemps, bien longtemps sans le voir.

» Deux ans, bonne mère, deux ans, comprenez-vous cela? Moi qui chaque matin m'éveillais par son baiser de père! moi qui n'avais jamais été un jour entier sans le voir!

» Quand je songe à ces deux années, elles me semblent plus longues que tout le reste de mon existence.

» Je savais qu'Henri amassait un petit trésor pour entreprendre un voyage; il devait visiter l'Allemagne et l'Italie. La France seule lui était fermée, et j'ignorais pourquoi.

» Les motifs de ce voyage étaient aussi un secret pour moi.

» Un jour qu'il était parti dès le matin, selon sa coutume, j'entrai chez lui pour mettre sa chambre en ordre. Son secrétaire était ouvert, un secrétaire dont il emportait toujours la clef.

» Sur la table du secrétaire il y avait un paquet de papiers enfermés dans une enveloppe jaunie par le temps. A cette enveloppe pendaient deux cachets pareils portant des armoiries avec un mot latin pour devise: Adsum.

» Mon confesseur, à qui je demandais la signification de ce mot, me répondit: J'y suis!

» Vous vous souvenez, ma mère, que quand Henri, mon ami, courut après moi à Venasque, il prononça ce mot en se ruant sur mes ravisseurs: « J'y suis! j'y suis! »

» L'enveloppe portait un troisième sceau qui semblait appartenir à une chapelle où à une église.

» J'avais déjà vu ces papiers une fois.

» Le jour où nous nous échappâmes de la maison au bord de l'Arga, en sortant de Pampelune, ce fut pour ravoir ce paquet précieux qu'Henri voulut retourner à la ferme,

» Quand il le retrouva intact, sa figure rayonna de joie. Je me rappelais tout cela.

» Auprès du paquet, dont l'enveloppe ne montrait aucune écriture, il y avait une sorte de liste, écrite récemment.

» Je fis mal, je la lus... Hélas! ma mère, j'avais tant d'envie de savoir pourquoi mon ami Henri me quittait.

» La liste ne m'apprit rien que des noms et des demeures. Je ne connaissais aucun de ces noms.

» C'étaient sans doute ceux des gens qu'Henri devait voir dans son voyage.

» La liste était ainsi faite :

» 1. Le capitaine Lorrain. — Naples.

» 2. Staupitz. — Nuremberg.

» 3. Pinto. — Turin.

» 4. El Matador. — Glascow.

» 5. Joël de Jugan. — Morlaix.

» 6. Faënza. — Paris.

» 7. Saldagne. — Paris.

» Puis deux numéros encore qui n'avaient point de nom au bout, les nᵒˢ 8 et 9.

## V

#### OU AURORE S'OCCUPE D'UN PETIT MARQUIS.

« Je veux vous finir tout de suite, ma mère, l'aventure de cette liste.

» Quand Henri revint de son voyage, après deux ans, je revis la liste. Bien des noms y étaient effacés, sans doute les noms de ceux qu'il avait pu joindre.

» Par contre, il y avait deux noms nouveaux qui remplissaient les blancs.

» Le capitaine Lorrain était effacé, le numéro 1. — Le numéro 2, Staupitz, avait une large barre ; Pinto aussi, le Matador aussi, Joël de Jugan de même.

» Ces cinq barres étaient à l'encre rouge.

» Faënza et Saldagne restaient intacts.

Le numéro 8 portait le nom de Peyrolles ; le numéro 9 celui de Gonzague, tous deux à Paris.

» . . Je fus deux ans sans le voir, ma mère. Que fit-il pendant ces deux années, et pourquoi sa conduite fut-elle toujours un mystère pour moi ?

» Deux siècles, deux longs siècles ! Je ne sais pas comment j'ai fait pour vivre tant de jours sans mon ami ! Si l'on me séparait de lui maintenant, je suis bien sûre que je mourrais !

» J'étais retirée au couvent de l'Incarnation. Les religieuses furent bonnes pour moi, mais elles ne pouvaient pas me consoler. Toute ma joie s'était envolée avec mon ami. Je ne savais plus ni chanter ni sourire.

» Oh ! mais quand il revint, que je fus bien payée de ma peine ! Ce long martyre était fini ! Mon père chéri, mon ami, mon protecteur m'était rendu. Je n'avais point de parole pour lui dire combien j'étais heureuse.

» Après le premier baiser, il me regarda, et je fus étonnée de l'expression que prit son visage.

» — Vous voilà grande, Aurore, me dit-il, et je ne pensais pas vous retrouver si belle.

» J'étais donc belle ! il me trouvait belle ! La beauté est un don de Dieu, ma mère : je remerciai Dieu dans mon cœur.

» J'avais seize ou dix-sept ans quand il me dit cela. Je n'avais pas encore deviné qu'on pût éprouver tant de bonheur à s'entendre dire : Vous êtes belle.

» Henri ne me l'avait pas encore dit.

» Je sortis du couvent de l'Incarnation le jour même, et nous retournâmes à notre ancienne demeure. Tout

y était bien changé. Nous ne devions plus vivre seuls, Henri et moi ; j'étais une demoiselle.

» Je trouvai à la maison une bonne vieille femme, Françoise Berrichon, et son petit-fils Jean-Marie.

» La vieille Françoise dit en me voyant :

» — Elle lui ressemble !

» A qui ressemblais-je ? Il y a des choses sans doute que je ne dois point savoir, car on a été à mon égard d'une discrétion inflexible.

» Je pensai tout de suite, et cette opinion s'est fortifiée en moi depuis, que Françoise Berrichon était quelque ancienne servante de ma famille. Elle a dû connaître mon père ; elle a dû vous connaître, ma mère ! Combien de fois n'ai-je pas essayé de savoir !... Mais Françoise, qui parle si volontiers d'ordinaire, devient muette dès qu'on aborde certains sujets.

» Quant à son petit-fils Jean-Marie, il est plus jeune que moi et ne sait pas.

» Je n'avais pas revu ma petite Flor une seule fois au couvent de l'Incarnation. Je la fis chercher aussitôt que je fus libre. On me dit qu'elle avait quitté Madrid. Cela n'était pas, car je la vis peu de jours après chantant et dansant sur la Plaza-Santa. Je m'en plaignis à Henri, qui me dit :

» — On a eu tort de vous tromper, Aurore... On a bien fait de ne vous point rapprocher de cette pauvre enfant... Souvenez-vous qu'il est des choses qui éloigneraient de vous ceux que vous devez aimer.

» Qui donc dois-je aimer ?

» Vous, ma mère, vous d'abord, vous surtout ! Eh bien ! vous déplairait-il que j'eusse de l'affection pour ma première amie, de la reconnaissance pour celle qui nous sauva d'un grand péril ?

» Je ne crois pas cela. Ce n'est pas ainsi que je vous aime.

» Mon ami s'exagère vos sévérités. Vous êtes bonne encore plus que fière. Et puis je vous aimerai si bien ! Est-ce que mes caresses vous laisseront le temps d'être sévère !...

» J'étais donc une demoiselle. On me servait. Le petit Jean-Marie pouvait passer pour mon page. La vieille Françoise me tenait fidèle compagnie. J'étais bien moins seule qu'autrefois ; j'étais bien loin d'être aussi heureuse.

» Mon ami avait changé ; ses manières n'étaient plus les mêmes ; je le trouvais froid toujours, et parfois bien triste. Il semblait qu'il y eût désormais une barrière entre nous.

» Je vous l'ai dit, ma mère, une explication avec Henri était chose impossible. Henri garde mon secret, même vis-à-vis de moi.

» Je devinais bien qu'il souffrait et qu'il se consolait par le travail. De tous côtés on venait solliciter son aide. L'aisance était chez nous, presque le luxe. Les armuriers de Madrid mettaient en quelque sorte le Cincelador aux enchères.

» Medina-Sidonia, le favori de Philippe V, avait dit : J'ai trois épées ; la première est d'or, je la donnerais à mon ami ; la seconde est ornée de diamans, je la donnerais à ma maîtresse ; la troisième est d'acier bruni, mais le Cincelador l'a taillée, je ne la donnerais qu'au roi !

» Les mois s'écoulèrent. Je pris de la tristesse. Henri s'en aperçut et devint malheureux.

» ..... Ma chambre donnait sur ces immenses jardins qui étaient derrière la calle Real. Le plus grand et le plus beau de ces jardins appartenait à l'ancien palais du duc d'Ossuna, tué en duel par monsieur de Favas, gentilhomme de la reine. Depuis la mort du maître, le palais était désert.

» Un jour, je vis se relever les jalousies tombées. Les salles vides s'emplirent de meubles somptueux, et de magnifiques draperies flottèrent aux croisées. En même temps, le jardin abandonné s'emplit de fleurs nouvelles.

« Le palais avait un hôte.

» J'étais curieuse comme toutes les recluses. Je voulus

savoir son nom. Quand j'appris le nom, il me frappa ; celui qui venait habiter le palais d'Ossuna se nommait Philippe de Mantoue, prince de Gonzague.

» Gonzague ! j'avais vu ce nom sur la liste de mon ami Henri.

» C'était le second des deux noms inscrits pendant le voyage.

» C'était le dernier des quatre qui restaient : Faënza, Saldagne, Peyrolles et Gonzague.

» Je pensai que mon Henri devait être l'ami de ce grand seigneur, et je m'attendais presque à le voir.

» Le lendemain, Henri fit clouer des jalousies à mes fenêtres qui n'en avaient point.

» — Aurore, me dit-il, je vous prie de ne vous point montrer à ceux qui viendront promener dans ce jardin.

» Je confesse, ma mère, qu'après cette défense, ma curiosité redoubla.

» Il n'était pas difficile d'avoir des renseignemens sur le prince de Gonzague ; tout le monde parlait de lui.

» C'était l'un des hommes les plus riches de France, et l'ami particulier du régent. Il venait à Madrid pour une mission intime. On le traitait en ambassadeur ; il avait une cour.

» Tous les matins, le petit Jean-Marie venait me raconter ce qui se disait dans le quartier. Le prince était beau, le prince avait de belles maîtresses, le prince jetait les millions par la fenêtre.

» Ses compagnons étaient tous de jeunes fous qui faisaient dans Madrid des équipées nocturnes, escaladant les balcons, brisant les lanternes, défonçant les portes et battant les tuteurs jaloux.

» Il y en avait un qui avait dix-huit ans à peine, un démon ! Il se nommait le marquis de Chaverny.

» On le disait frais et rose comme une jeune fille ; et l'air si doux ! de grands cheveux blonds sur un front blanc, une lèvre imberbe, des yeux espiègles comme ceux des jeunes filles.

» C'était le plus terrible de tous ! Ce chérubin troublait tous les cœurs des senoritas de Madrid.

» Par les fentes de ma jalousie, moi je voyais parfois, sous les ombrages de ce beau jardin d'Ossuna, un jeune gentilhomme à la mine élégante, à la tournure un peu efféminée, mais ce ne pouvait être ce diablotin de Chaverny.

» Mon petit gentilhomme avait l'apparence si sage et si modeste !

» Il se promenait dès le matin. Ce Chaverny, lui, devait se lever tard, après avoir passé la nuit à mal faire.

» Tantôt sur un banc, tantôt couché dans l'herbe, tantôt allant pensif et la tête inclinée, mon petit gentilhomme avait presque toujours un livre à la main. C'était un adolescent studieux.

» Ce Chaverny ne se fût pas ainsi embarrassé d'un livre !

» Il y avait là impossibilité. Ce petit gentilhomme était exactement l'opposé de monsieur le marquis de Chaverny, à moins que la renommée n'eût déplorablement calomnié monsieur le marquis.

» La renommée n'avait eu garde. Mais mon petit gentilhomme était cependant bien le marquis de Chaverny.

» Le diablotin, le démon ! Je crois que je l'aurais aimé si Henri n'eût point été sur terre.

» Un bon cœur, ma mère, un cœur perdu par ceux qui égaraient sa jeunesse, mais noble encore, ardent et généreux.

» Je pense que le vent avait dû soulever par hasard un coin de ma jalousie, car il m'avait vue, et depuis lors il ne quittait plus le jardin.

» Ah ! certes, je lui ai épargné bien des folies ! Dans le jardin, il était doux comme un petit saint. Tout au plus s'enhardissait-il parfois jusqu'à baiser une fleur cueillie qu'il lançait ensuite dans la direction de ma fenêtre.

» Une fois, je le vis venir avec une sarbacane : il visa

ma jalousie, et très adroitement il fit passer un petit billet à travers les planchettes.

» Le charmant petit billet, si vous saviez, ma mère ! Il voulait m'épouser, et me disait que j'arracherais une âme à l'enfer. J'eus grand'peine à me retenir de répondre, car c'eût été là une bonne œuvre. Mais la pensée d'Henri m'arrêta, et je ne donnai même pas signe de vie.

» Le pauvre petit marquis attendit longtemps, les yeux fixés sur ma jalousie, puis je le vis essuyer sa paupière, où sans doute il y avait des larmes.

» Mon cœur se serra, mais je tins bon.

» Le soir de ce jour, j'étais au balcon de la tourelle en colimaçon qui flanquait notre maison, à l'angle de la calle Real.

» Le balcon avait vue sur la grande rue et sur la ruelle obscure.

» Henri tardait ; je l'attendais.

» J'entendis tout à coup que l'on parlait à voix basse dans la ruelle. Je me tournai. J'aperçus deux ombres le long du mur : Henri et le petit marquis.

» Les voix bientôt s'élevèrent.

» — Savez-vous à qui vous parlez, l'ami, dit fièrement Chaverny ; je suis le cousin de monsieur le prince de Gonzague !

» A ce nom, l'épée d'Henri sembla sauter d'elle-même hors du fourreau.

» Chaverny dégaina de même, et se mit en garde d'un petit air crâne. La lutte me sembla si disproportionnée que je ne pus m'empêcher de crier :

» — Henri ! Henri ! c'est un enfant !

» Henri baissa aussitôt son épée.

» Le marquis de Chaverny me salua, et je l'entendis qui disait :

» — Nous nous retrouverons !

» J'eus peine à reconnaître Henri quand il rentra l'instant d'après. Sa figure était toute bouleversée. Au lieu de me parler, il se promenait à grands pas dans la chambre.

» — Aurore, me dit-il enfin d'une voix changée, je ne suis pas votre père...

» Je le savais bien. Je crus qu'il allait poursuivre, et j'étais tout oreilles.

» Il se tut. Il reprit sa promenade. Je vis qu'il essuyait son front en sueur.

» — Qu'avez-vous donc, ami ? demandai-je bien doucement.

» Au lieu de répondre, il interrogea lui-même et me dit :

» — Connaissez-vous ce jeune gentilhomme ?

» Je dus rougir un peu en répondant.

» — Non, bon ami, je ne le connais pas.

» Et pourtant, c'était la vérité. Henri reprit après un silence :

» — Aurore, je vous avais priée de tenir vos jalousies closes. — Il ajouta, non sans une certaine nuance d'amertume dans la voix : — Ce n'était pas pour moi, c'était pour vous.

» J'étais piquée ; je répondis :

» — Ai-je donc commis quelque crime pour être obligée de me cacher toujours ainsi ?

» — Ah ! fit-il en se couvrant le visage de ses mains, cela devait venir ! Que Dieu ait pitié de moi !

» Je comprenais seulement que je l'avais blessé. Les larmes inondèrent ma joue.

» — Henri, mon ami, m'écriai-je, pardonnez-moi, pardonnez-moi !

» — Et que faut-il vous pardonner, Aurore ? s'écria-t-il en relevant sur moi son regard étincelant !

» — La peine que je vous ai faite, Henri. Je vous vois triste, je dois avoir tort.

» Il s'arrêta tout à coup pour me regarder encore.

» — Il est temps ! — murmura-t-il. Puis il vint s'asseoir auprès de moi. — Parlez franchement et ne craignez rien, Aurore, dit-il ; je ne veux qu'une chose en ce monde, votre bonheur. Auriez-vous quelque peine à quitter le séjour de Madrid ?

» — Avec vous ? demandai-je.

» — Avec moi.

» — Partout où vous serez, ami, répondis-je lentement et en le regardant bien en face, j'irai avec plaisir. J'aime Madrid parce que vous y êtes.

» Il me baisa la main.

» — Mais, fit-il avec embarras, ce jeune homme...

» Je mis ma main sur sa bouche en riant.

» — Je vous pardonne, ami, l'interrompis-je ; mais n'ajoutez pas un mot, et, si vous le voulez, partons.

» Je vis ses yeux qui devenaient humides. Ses bras faisaient effort pour ne point s'ouvrir. Je crus que son émotion allait l'entraîner. Mais il est fort contre lui-même.

» Il me baisa la main une seconde fois, en disant avec une bonté toute paternelle :

» — Puisque cela ne vous contrarie point, Aurore, nous allons partir ce soir même.

» — Et c'est sans doute pour moi, m'écriai-je avec une véritable colère, non point pour vous !

» — Pour vous, non point pour moi, répondit-il en prenant congé.

» Il sortit. Je fondis en larmes.

» — Ah ! me disais-je, il ne m'aime pas, il ne m'aimera jamais !

» Et chaque fois que je pleure, ma mère, c'est que cette idée-là me revient : Henri ne m'aime pas, Henri ne m'aimera jamais !

» Cependant...

» Hélas ! on cherche à se tromper soi-même. Il me chérit comme si j'étais sa fille. Il m'aime pour moi, non pour lui. Je mourrai jeune.

» Le départ fut fixé à dix heures de nuit. Je devais monter en chaise de poste avec Françoise. Henri devait nous escorter en compagnie de quatre espadins. Il était riche.

» Pendant que je faisais mes malles, le jardin d'Ossuna s'illuminait. Monsieur le prince de Gonzague donnait une grande fête, cette nuit-là. J'étais triste et découragée. La pensée me vint que les plaisirs de ce monde brillant tromperaient peut-être ma peine.

» Vous savez cela, vous, ma mère ? Sont-elles soulagées, celles qui souffrent et qui peuvent se réfugier dans ces joies ?

» Je vous parle maintenant de choses toutes récentes. C'était hier. Quelques mois se sont à peine écoulés depuis que nous avons quitté Madrid.

» Mais le temps m'a semblé long. Il y a quelque chose entre mon ami et moi. Oh ! que j'aurais besoin de votre cœur pour y verser le mien, ma mère !

» Nous partîmes à l'heure dite, pendant que l'orchestre jetait ses premiers accords sous les grands orangers du palais.

» Henri chevauchait à la portière. Il me dit :

» — Ne regrettez-vous rien, Aurore ?

» — Je regrette mon ami d'autrefois, répondis-je.

» Notre itinéraire était fixé d'avance. Nous allions en droite ligne à Saragosse, pour gagner de là les frontières de France, franchir les Pyrénées vis-à-vis de Venasque, et redescendre à Bayonne, où nous devions prendre la mer et retenir passage pour Ostende.

» Henri avait besoin de faire cette pointe en France ; il devait s'arrêter dans la vallée de Louron, entre Luz et Bagnères-de-Luchon.

» De Madrid à Saragosse, aucun accident ne marqua notre voyage. Même absence d'événements de Saragosse à la frontière. Et sans la visite que nous fîmes au vieux château de Caylus, après avoir passé les monts, je n'aurais rien à vous dire, ma mère.

» Mais, sans que je puisse expliquer pourquoi, cette visite a été l'une des pages les plus émouvantes de ma vie. Je n'ai couru là aucun danger, à proprement parler ; rien ne m'y est advenu ; et pourtant, dussé-je vivre cent ans, je me souviendrai des impressions que ce lieu a fait naître en moi.

» Henri voulait s'entretenir avec un vieux prêtre nommé dom Bernard, et qui avait été chapelain de Caylus sous le dernier seigneur de ce nom.

» Une fois passé la frontière, nous laissâmes Françoise et Jean-Marie dans un petit village au bord de la Clarabide. Nos quatre espadins étaient restés de l'autre côté des Pyrénées. Nous nous dirigeâmes seuls, Henri et moi, à cheval, vers la bizarre éminence qu'on appelle dans le pays le Hachaz, et qui sert de base à la noire forteresse.

» C'était par une matinée de février, froide, triste, mais sans brume. Les sommets neigeux que nous avions traversés la veille détachaient à l'horizon, sur le ciel sombre, l'éclatante dentelle de leurs crêtes. A l'orient, un soleil pâle brillait et blanchissait encore les pics couverts de frimas.

» Le vent venait de l'ouest et amenait lentement les grands nuages, suspendus comme un terne rideau derrière la chaîne des Pyrénées.

» Nous voyions se dresser devant nous, repoussé par le ciel blafard de l'est, et debout sur son piédestal géant, ce noir colosse de granit, le château de Caylus-Tarrides.

On chercherait longtemps avant de trouver un édifice qui parle plus éloquemment des lugubres grandeurs du passé.

» Il était là comme une sentinelle, ce manoir assassin et pillard ; il guettait le voyageur passant dans la vallée. Ses fauconneaux muets et les meurtrières silencieuses avaient alors une voix ; les chênes ne croissaient pas dans les murs crevassés ; les remparts n'avaient point ce glacial manteau de lierre mouillé, et les tourelles montraient leurs menaçans créneaux, cachés aujourd'hui par cette couronne rougeâtre ou dorée que leur font les giroflées et les énormes touffes de gueules-de-loup.

» Rien qu'à le voir, l'esprit s'ouvre à mille pensées mélancoliques ou terribles. C'est grand, c'est effrayant. Là-dedans, personne n'a jamais dû être heureux.

» Aussi le pays est plein de légendes noires comme de l'encre.

» A lui tout seul, le dernier seigneur, qu'on appelait Caylus-Verrou, a tué, dit-on, ses deux femmes, sa fille, son gendre, etc.

» Les autres, ses ancêtres, avaient fait de leur mieux avant lui.

» Nous arrivâmes au plateau du Hachaz par une route étroite et tortueuse, qui autrefois aboutissait au pont-levis. Il n'y a plus de pont-levis. On voit seulement les débris d'une passerelle en bois dont les poutres vermoulues pendent dans le fossé.

» A la tête du pont est une petite Vierge dans sa niche.

» Le château de Caylus est maintenant inhabité. Il a pour gardien un vieillard grondeur et d'abord repoussant, qui est à demi sourd et à demi aveugle. Il nous dit que le maître actuel n'y était pas venu depuis seize ans.

» C'est le prince Philippe de Gonzague. Remarquez-vous, ma mère, comme ce nom semble me poursuivre depuis quelque temps ?

» Le vieillard apprit à Henri que dom Bernard, l'ancien chapelain de Caylus, était mort depuis plusieurs années. Il ne voulut point nous laisser voir l'intérieur du château.

» Je pensais que nous allions retourner dans la vallée ; il n'en fut rien, et je dus bientôt m'apercevoir que ce lieu rappelait à mon ami quelque tragique et touchant souvenir.

» Nous nous rendîmes pour déjeuner au hameau de Tarrides, dont les dernières maisons touchent presque les douves du manoir. La maison la plus proche des douves et de cette ruine de pont dont je vous ai parlé était justement une auberge.

» Nous nous assîmes sur deux escabelles, devant une pauvre table en bois de hêtre, et une femme de quarante à quarante-cinq ans vint nous servir.

» Henri la regarda attentivement.

— Bonne femme, lui dit-il tout à coup, vous étiez déjà ici la nuit du meurtre ?

» Elle laissa tomber un broc de vin qu'elle tenait à la main. Puis fixant sur Henri son œil plein de défiance :

» — Oh ! oh ! fit-elle, pour en parler, vous, est-ce que vous y étiez ?

» J'avais froid dans les veines, mais une curiosité invincible me tenait. Que s'était-il donc passé en ce lieu ?

» — Peut-être, répliqua Henri ; mais cela ne vous importe point, bonne femme... Il y a des choses que je veux savoir... Je payerai pour cela,

» Elle ramassa son broc en grommelant ces étranges paroles :

» — Nous fermâmes nos portes à double tour et les volets de nos croisées. Le mieux est de ne rien voir dans ces affaires-là.

» — Combien trouva-t-on de morts dans le fossé le lendemain ? demanda Henri.

» — Sept, en comptant le jeune seigneur.

» — Et la justice vint-elle ?

» — Le bailli d'Argelès... et le lieutenant criminel de Tarbes... et d'autres... Oui, oui, la justice vint... la justice vient toujours assez, mais elle s'en retourne... On dit que notre vieux monsieur avait eu raison... à cause de cette petite fenêtre-là qu'on avait trouvée ouverte... — Elle montrait du doigt une fenêtre basse, percée dans la douve même, sous l'assise chancelante du pont. Je compris que les gens de justice accusèrent le jeune seigneur défunt d'avoir voulu s'introduire dans le château par cette voie. Mais pourquoi ? La vieille femme répondit elle-même à cette question que je m'adressais. — Et parce que, acheva-t-elle, notre jeune demoiselle était riche. — C'était toujours une lamentable histoire racontée en quelques paroles. Cette fenêtre basse me fascinait. Je n'en pouvais détacher les yeux. Là, sans doute, s'étaient donné les rendez-vous d'amour. Je repoussais l'assiette de bois qu'on avait fait placer devant moi. Henri fit de même. Il paya notre repas et nous sortîmes de l'auberge. Devant la porte passait un chemin qui conduisait dans les douves. Nous prîmes ce chemin. La bonne femme nous suivait. — Ce fut là, dit-elle en montrant le poteau qui faisait une de ses assises du pont du côté du rempart, ce fut là que le jeune seigneur déposa son enfant.

» — Ah ! m'écriai-je, il y avait un enfant !

» Le regard qu'Henri tourna vers moi fut extraordinaire, et je ne puis encore le définir. Parfois, mes paroles les plus simples lui causaient ainsi des émotions soudaines et qui me paraissaient n'avoir point de motif.

» Cela donnait carrière à mon imagination. Je passais ma vie à chercher en vain le mot de toutes ces énigmes qui étaient autour de moi.

» Ma mère, on se moque volontiers des pauvres orphelines qui voient partout un indice de leur naissance. Moi, je vois dans cet instinct quelque chose de providentiel et de souverainement touchant. Eh bien ! oui, notre rôle est de chercher sans cesse, de ne nous point lasser dans notre tâche difficile et ingrate. Si l'obstacle que nous avons soulevé à demi retombe et nous terrasse, nous nous redressons plus vaillantes, jusqu'à l'heure où le désespoir nous prend. Cette heure-là, c'est la mort.

» Que d'espoirs avant que cette heure arrive ! que de chimères ! que de déceptions !

» Le regard d'Henri semblait me dire : L'enfant, Aurore, c'était vous !

» Mon cœur battit, et ce fut avec d'autres yeux que je regardais le vieux manoir.

» Mais, tout de suite après, Henri demanda :

» — Qu'est devenu l'enfant ?

» Et la bonne femme répondit :

» — Il est mort !...

## VI

### EN METTANT LE COUVERT.

« Le fond des douves était une prairie. Du point où nous étions, au delà de l'arche brisée du pont de bois, on voyait s'abaisser la lèvre du fossé qui découvrait le petit village de Tarrides et les premières futaies de la forêt d'Ens. A droite, par-dessus le rempart, la vieille chapelle de Caylus montrait sa flèche aiguë et dentelée.

» Henri promenait sur ce paysage un long et mélancolique regard.

» Il semblait parfois s'orienter. Son épée, qu'il tenait à la main comme une canne, traçait des lignes dans l'herbe. Sa bouche remuait comme s'il se fût parlé à lui-même.

» Il désigna enfin du doigt l'endroit où j'étais debout, et s'écria :

» — C'est là... ce doit être là !

» — Oui, dit la bonne femme, c'est là que nous trouvâmes étendu le corps du jeune seigneur.

» Je me reculai en frissonnant de la tête aux pieds.

» Henri demanda :

» — Que fit-on du corps ?

» — J'ai ouï dire qu'on l'emmena à Paris pour être enterré au cimetière Saint-Magloire.

» — Oui, pensa tout haut Henri, Saint-Magloire était fief de Lorraine.

» Ainsi, ma mère, ce pauvre jeune seigneur, mis à mort dans cette terrible nuit, était de la noble maison de Lorraine.

» Henri avait la tête penchée sur sa poitrine. Il rêvait. De temps en temps, je voyais qu'il me regardait à la dérobée.

» Il essaya de monter le petit escalier placé à la tête du pont, mais les marches vermoulues cédèrent sous ses pieds. Il revint vers le rempart, et du pommeau de son épée il éprouva les contrevens de la fenêtre basse.

» La bonne femme, qui le suivait comme un cicerone, dit :

» — C'est solide et doublé de fer... On n'a pas ouvert la fenêtre depuis le jour où les magistrats vinrent.

» — Et qu'entendîtes-vous cette nuit-là, bonne femme, demanda Henri, à travers vos volets fermés ?

» — Ah ! seigneur Dieu ! mon gentilhomme, tous les démons semblaient déchaînés sous le rempart... Nous ne pûmes fermer l'œil... Les brigands étaient venus boire chez nous dans la journée. J'avais dit en me couchant : « Que Dieu prenne en sa garde ceux qui ne verront point demain le lever du soleil ! » Nous entendîmes un grand bruit de fer, des cris, des blasphèmes... et deux voix mêlés qui disaient en temps : « J'y suis ! »

» Un monde de pensées s'agitait en moi, ma mère. Je connaissais ce mot ou cette devise. Dès mon enfance, je l'avais entendu sortir de la bouche d'Henri, et je l'avais retrouvé traduit en langue latine sur les sceaux qui fermaient cette mystérieuse enveloppe que mon ami conservait comme un trésor.

» Henri avait été mêlé à tout ce drame. Comment ? Lui seul eût pu me le dire.

» ... Le soleil descendait à l'horizon quand nous reprîmes le chemin de la vallée... J'avais le cœur serré. Je me retournai bien des fois pour voir encore le sombre géant de granit, debout sur son énorme base.

» Cette nuit, je vis des fantômes : une femme en deuil, portant un petit enfant dans ses bras et penchée au-dessus d'un pâle jeune homme qui avait le flanc ouvert.

» Était-ce vous, ma mère ?...

» Le lendemain, sur le pont du navire qui devait nous

porter à travers l'Océan et la Manche jusqu'aux rivages de la Flandre, Henri me dit :

» — Bientôt vous saurez tout, Aurore... Fasse Dieu que vous en soyez plus heureuse !

» Sa voix était triste en disant cela.

» Se pourrait-il que le malheur me vînt avec la connaissance de ma famille !

» Dût-ce être la vérité, je veux vous connaître, ma mère...!

» ... Nous débarquâmes à Ostende. A Bruxelles, Henri reçut une large missive cachetée aux armes de France. Le lendemain, nous partîmes pour Paris.

» Il faisait noir déjà quand nous franchîmes l'arc de triomphe qui borne la route de Flandre et commence la grande ville. J'étais en chaise avec Françoise. Henri chevauchait au-devant de nous. Quelque chose me disait : Elle est là !

» Vous êtes à Paris, ma mère, j'en suis sûre. Je reconnais l'air que vous respirez.

» Nous descendîmes une longue rue, bordée de maisons hautes et grises ; puis nous entrâmes dans une ruelle étroite qui nous conduisit au-devant d'une église qu'un cimetière entourait.

» J'ai su depuis que c'étaient l'église et le cimetière Saint-Magloire.

» En face s'élevait un grand hôtel d'aspect fier et seigneurial, l'hôtel de Gonzague.

» Henri mit pied à terre et vint m'offrir la main pour descendre. Nous entrâmes dans le cimetière. Au revers de l'église, un espace, clos par une simple grille de bois, contient une rotonde ouverte où se voient plusieurs tombes monumentales à travers les arcades.

» Nous franchîmes la grille de bois.

» Une lampe, pendue à la voûte, éclairait faiblement la rotonde.

» Henri s'arrêta devant un mausolée de marbre sur lequel était sculptée l'image d'un jeune homme. Henri mit un long baiser au front de la statue.

» Je l'entendis qui disait avec des larmes dans la voix :

» — Frère, me voici. Dieu m'est témoin que j'ai accompli ma promesse de mon mieux... — Un bruit léger se fit derrière nous. Je me retournai. La vieille Françoise Berrichon et Jean-Marie son petit-fils étaient agenouillés dans l'herbe de l'autre côté de la grille de bois. Henri s'était aussi agenouillé. Il pria silencieusement et longtemps. En se relevant, il me dit : — Baisez cette image, Aurore. — J'obéis et je demandai pourquoi. Sa bouche s'ouvrit pour me répondre ; puis il hésita ; puis il dit enfin : — Parce que c'était un noble cœur, ma fille, et parce que je l'aimais !

» Je mis un second baiser au front glacé de la statue. Henri me remercia en posant ma main contre son cœur.

» Comme il aime, quand il aime, ma mère ! Peut-être est-il écrit qu'il ne peut pas m'aimer !

» Quelques minutes après, nous étions dans la maison où j'achève de vous écrire ces lignes, ma mère chérie. Henri l'avait fait retenir d'avance. Depuis que j'en ai franchi le seuil, je ne l'ai plus quittée.

» Je suis là, plus seule que jamais, car Henri a plus d'affaires à Paris qu'ailleurs. C'est à peine si je le vois aux heures des repas.

» Il m'est défendu de sortir. Je dois prendre des précautions pour me mettre à la croisée.

» Ah ! s'il était jaloux, ma mère, comme je serais heureuse de lui obéir, de me voiler, de me cacher, de me garder toute à lui ! Mais je me souviens de la phrase de Madrid :

» — Ce n'est pas pour moi, c'est pour vous.

» Ce n'est pas pour lui, ma mère ; on est jaloux seulement de celle qu'on aime...

» Je suis seule. A travers mes rideaux baissés, je vois la foule affairée et bruyante. Tous ces gens sont libres.

» Je vois les maisons de l'autre côté de la rue. A cha-

que étage il y a une famille, des jeunes femmes qui ont de beaux enfants souriants. Elles sont heureuses.

» Je vois encore les fenêtres du Palais-Royal, bien souvent éclairées, le soir, pour les fêtes du régent.

» Les dames de la cour passent dans leurs chaises avec de beaux cavaliers aux portières.

» J'entends la musique des danses.

» Parfois mes nuits n'ont point de sommeil.

» Mais si seulement il me fait une caresse, s'il lui échappe une douce parole, j'oublie tout cela, ma mère, et je suis heureuse...

» J'ai l'air de me plaindre. N'allez pas croire, ma mère, qu'il me manque quelque chose. Henri me comble toujours de bontés et de prévenances. S'il est froid avec moi depuis longtemps, peut-on lui en faire un crime ?...

» Tenez, ma mère, une idée m'est venue parfois. J'ai pensé, car je connais la chevaleresque délicatesse de son cœur, j'ai pensé que ma race était au-dessus de la sienne ; ma fortune aussi peut-être. Cela l'éloigne de moi. Il a peur de m'aimer.

» Oh ! si j'étais sûre de cela, comme je renoncerais à ma fortune, comme je foulerais aux pieds ma noblesse !

» Que sont donc les avantages de la naissance auprès des joies du cœur ? Est-ce que je vous aimerais moins, ma mère, si vous étiez une pauvre femme ?

» ... Il y a deux jours, le bossu vint le voir. Mais je ne vous ai pas parlé encore de ce gnome mystérieux, le seul être qui ait entrée dans notre solitude.

» Le bossu vient chez nous à toute heure, c'est-à-dire chez Henri, dans l'appartement du premier étage. On le voit entrer et sortir. Les gens du quartier le regardent un peu comme un lutin.

» Jamais on n'a vu Henri et lui ensemble, et ils ne se quittent pas !

» Tel est le mot des commères de la rue du Chantre.

» Par le fait, jamais liaison ne fut plus bizarre et plus mystérieuse. Nous mêmes, j'entends Françoise, Jean-Marie et moi, nous n'avons jamais aperçu ensemble ces deux inséparables. Ils restent enfermés des journées entières dans la chambre du haut, puis l'un d'eux sort, tandis que l'autre reste à la garde de je ne sais quel trésor inconnu.

» Cela dure depuis quinze grands jours que nous sommes arrivés, et malgré les promesses d'Henri, je n'en sais pas plus qu'à la première heure.

» Je voulais donc vous dire : le bossu vint voir Henri l'autre soir ; il ne ressortit point. Toute la nuit, ils restèrent enfermés ensemble. Le lendemain, Henri était plus triste. En déjeunant, la conversation tomba sur les grands seigneurs et les grandes dames. Henri dit avec une amertume profonde :

» — Ceux qui sont placés trop haut ont le vertige. Il ne faut pas compter sur la reconnaissance des princes... Et d'ailleurs, s'interrompit-il en baissant les yeux, quel service peut-on payer avec cette monnaie odieuse, la reconnaissance ?... Si la grande dame pour qui j'aurais risqué mon honneur et ma vie ne pouvait plus m'aimer parce qu'elle serait en haut et moi en bas, je m'en irais si loin que je ne saurais même pas si elle m'insulte de sa reconnaissance.

» Ma mère, je suis sûre que le bossu lui avait parlé de vous.

» Ah ! c'est que c'est bien vrai. Il a risqué pour votre fille son honneur et sa vie. Il a fait plus, beaucoup plus : il a donné à votre fille dix-huit années de sa fière jeunesse.

» Avec quoi payer cette largesse inouïe ?

» Ma mère ! ma mère ! comme il se trompe, n'est-ce pas ? comme vous l'aimerez, comme vous me mépriseriez si tout mon cœur, sauf la part qui est à vous, n'était pas à lui.

» Je n'osai dire cela, parce que, en sa présence, quelque chose me retient souvent de parler. Je sens que je redeviens timide autrement, mais bien plus qu'au temps de mon enfance.

» Mais ce ne serait pas de l'ingratitude, cela ; ce serait de l'infamie ! Mais je suis à lui ; il m'a sauvée, il m'a faite. Sans lui, que serais-je ? un peu de poussière au fond d'une pauvre petite tombe.

» Et quelle mère, fût-elle duchesse et cousine du roi, quelle mère ne serait donc orgueilleuse d'avoir pour gendre le chevalier Henri de Lagardère, le plus beau, le plus brave, le plus généreux, le plus loyal des hommes ?

» Certes, je ne suis qu'une pauvre enfant : je ne puis juger les grands de la terre, je ne les connais pas ; mais s'il y avait parmi ces grands seigneurs et ces grandes dames un cœur assez perdu, une âme assez pervertie pour m'a dire à moi, Aurore : « Oublie Henri, ton ami...»

» Tenez, ma mère, cela me rend folle ! une idée extravagante vient de me donner la sueur froide. Je me suis dit : Si ma mère.....

» Mais Dieu me garde d'exprimer cela par des paroles. Je croirais blasphémer,

» Oh ! non, vous êtes telle que je vous ai rêvée et adorée, ma mère. J'aurai de vous des baisers et puis des sourires. Quel que soit le grand nom que le ciel vous ait donné, vous avez quelque chose de meilleur que votre nom, c'est votre cœur. La pensée que j'ai eue vous outrage, et je me mets à vos genoux pour avoir mon pardon.

» Tenez, le jour me manque ; je quitte la plume et je ferme les yeux pour voir votre doux visage dans mon rêve. Venez, mère bien-aimée, venez..... »

C'étaient là les dernières paroles du manuscrit d'Aurore.

Ces pages, sa meilleure compagnie, elle les aimait. En les renfermant dans sa cassette, elle leur dit :

— A demain !

La nuit était tout à fait venue. Les maisons s'éclairaient de l'autre côté de la rue Saint-Honoré.

La porte s'ouvrit bien doucement, et la figure simplette de Jean-Marie Berrichon se détacha en noir sur le lambris plus clair de la pièce voisine, où il y avait une lampe.

Jean-Marie était le fils de ce page mignon que nous vîmes, aux premiers chapitres de cette histoire, apporter la lettre de Nevers au chevalier de Lagardère.

Le page était mort soldat, sa vieille mère n'avait plus qu'un petit-fils.

— Notre demoiselle, dit Jean-Marie, grand'maman demande comme ça s'il faut mettre le couvert ici ou dans la salle.

— Quelle heure est-il donc ? fit Aurore réveillée en sursaut.

— L'heure du souper, notre demoiselle, répondit Berrichon.

— Comme il tarde ! répéta Aurore. Puis elle ajouta : — Mets le couvert ici.

— Je veux bien, notre demoiselle.

Berrichon apporta la lampe, qu'il posa sur la cheminée.

Du fond de la cuisine qui était au bout de la salle, la voix mâle de la vieille Françoise s'éleva :

— Les rideaux ne sont pas bien fermés, petiot, dit-elle, rapproche-les.

Berrichon haussa un petit peu les épaules, tout en se hâtant d'obéir.

— Ma parole ! grommela-t-il, on dirait que nous avons peur des galères.

Berrichon était un peu dans la position d'Aurore.

Il ignorait tout et avait grande envie de savoir.

— Tu es sûr qu'il n'est pas rentré par l'escalier ? demanda la jeune fille.

— Sûr ? répéta Jean-Marie ; est-ce qu'on est jamais sûr de rien chez nous ?... J'ai vu entrer le bossu sur le tard... J'ai été écouter...

— Tu as eu tort, interrompit Aurore sévèrement.

— Histoire de savoir si maître Louis était arrivé... Quant à être curieux, pas de ça !

— Et tu n'as rien entendu ?

— Rien de rien !

Il étendait la nappe sur la table.

— Où peut-il être allé ? se demandait cependant Aurore.

— Ah dame ! fit Berrichon, il n'y a que le bossu pour savoir ça, notre demoiselle... et c'est bien drôle tout de même de voir un homme si droit que monsieur le chevalier... je veux dire maître Louis... fréquenter un bancroche, tortu comme un tire-bouchon !... Nous autres, nous n'y voyons que du feu, c'est certain... il va, il vient par sa porte de derrière.

— N'est-il pas le maître ? interrompit encore la jeune fille.

— Pour ça, il est le maître, répliqua Berrichon ; le maître d'entrer, le maître de sortir, le maître de se renfermer avec son singe... et il ne s'en gêne pas, non ! N'empêche que les voisins jasent pas mal, notre demoiselle.

— Vous causez trop avec les voisins, Berrichon, dit Aurore.

— Moi ! se récria l'enfant ; ah ! Seigneur de Dieu, si on peut dire !... Alors je suis un bavard, pas vrai ?... Merci. Dis donc, grand'mère, continua-t-il en mettant sa blonde tête à la porte, voilà que je suis un bavard !...

— Je sais ça depuis longtemps, petiot, repartit la brave femme ; et un paresseux aussi.

Berrichon se croisa les bras sur sa poitrine.

— Bon ! fit-il, ah dame ! voilà qui est bon !... alors faut me pendre, si j'ai tous les vices... ce sera plus tôt fait... Moi qui jamais, au grand jamais, ne dis un mot à personne... En passant, j'écoute le monde, voilà tout. Est-ce un péché ? Et je vous promets qu'ils en disent ! Mais pour me mêler à la conversation de tous ces échoppiers, il donc je tiens mon rang. Quoique ça, reprit-il plus bas, qu'on a bien de la peine à s'empêcher, quand le monde vous font des questions...

— On t'a donc fait des questions, Jean-Marie ?

— En masse, notre demoiselle.

— Quelles questions ?

— Des questions bien embarrassantes, allez.

— Mais enfin, dit Aurore avec impatience, que t'a-t-on demandé ?

Berrichon se mit à rire d'un air innocent.

— On m'a demandé tout, répliqua-t-il ; ce que nous sommes, ce que nous faisons, d'où nous venons, où nous allons... votre âge... l'âge de monsieur le chevalier, je veux dire maître Louis, si nous sommes Français... si nous sommes catholiques... si nous comptons nous établir ici... si nous nous déplaisions dans l'endroit que nous avons quitté... si vous faites maigre le vendredi et le samedi, vous, mademoiselle... si votre confesseur est à Saint-Eustache ou à Saint-Germain-l'Auxerrois... — Il reprit haleine, et continua tout d'un trait : — Et ci et l'autre, patati, patata ; pourquoi nous sommes venus demeurer ailleurs ; pourquoi vous ne sortez jamais, et, à ce sujet, madame Moyneret, la sage-femme, a parié avec la Guichard que vous n'aviez qu'une jambe de bonne ; pourquoi maître Louis sort si souvent ; pourquoi le boss... Ah ! s'interrompit-il, c'est le bossu qui les intrigue ! La mère Balahault dit qu'il a l'air d'un quelqu'un qui a commercé avec le mauvais...

— Et tu te mêles à tous ces cancans, toi Berrichon ! fit Aurore.

— C'est ce qui vous trompe, notre demoiselle ; n'y a pas comme moi pour savoir garder son quant à soi... Mais faut les entendre..... les femmes surtout... Ah ! Dieu de Dieu ! les femmes !... N'y a pas à dire, je ne peux pas mettre tant seulement les pieds dans la rue sans avoir les oreilles toutes chaudes... « Holà ! Berrichon ! chérubin du bon Dieu ! me crie la regrattière d'en face, viens çà que je te fasse goûter de mon moust... » Elle en a du bon,

notre demoiselle... « Tiens ! tiens ! fait la grosse gargo-
tière, il humerait bien un bouillon, cet ange-là !... » Et
la beurrière ! et la qui raccommode les vieilles fourrures !
et jusqu'à la femme du procureur, quoi !... Moi, je passe,
fier comme un valet d'apothicaire. La Guichard et la Moyneret, la Balahault, la regrattière d'en face, la beurrière,
la qui rafistole les fourrures, et lesautres, y perdent leurs
peines. Ça ne les corrige pas. Écoutez voir commé elles
font, notre demoiselle, s'interrompit-il ; ça va vous amuser... Voilà la Balahault, une maigre et noire avec des
lunettes sur le nez. « Elle est tout de même mignonnette
et bien tournée, cette enfant-là ! » c'est de vous qu'elle parle
« çà à vingt ans, pas vrai, d'amour ? — Je ne sais pas ! » répondait Berrichon prenant sa grosse voix. Puis, on faussait :
» — Pour mignonnette, elle est mignonnette... (voilà la
Moyneret qui dégoise) et l'on ne dirait pas que c'est la
nièce d'un simple forgeron... Au fait, est-elle sa nièce,
mon poulet ? — Non ! » fit Berrichon basse-taille. Berrichon ténor poursuivait : « — Sa fille, alors, bien sûr ? Pas
vrai, minet ? — Non ! » Et j'essaye de passer, notre demoiselle. Mais je t'en souhaite ? Elles se mettent en cercle
autour de moi... La Guichard, la Durand, la Morin, la
Bertrand. « — Mais si ce n'est pas sa fille, qu'elles font,
c'est donc sa femme, alors ? — Non. — Sa petite sœur ?
— Non. — Comment, comment ! ce n'est ni sa femme, ni
sa sœur, ni sa fille, ni sa nièce ! C'est donc une orpheline
qu'il a recueillie... une enfant élevée par charité ? — Non !
non ! non ! non ! » cria Berrichon à tue-tête.

Aurore mit sa belle main blanche sur son bras.

— Tu as eu tort, Berrichon, dit-elle d'une voix douce et
triste ; tu as menti... Je suis une enfant qu'il a recueillie... je suis une orpheline élevée par charité...

— Par exemple ! voulut se récrier Jean-Marie.

— La prochaine fois qu'elles t'interrogeront, poursuivit
Aurore, tu leur répondras cela... Je n'ai point honte...
Pourquoi cacher les bienfaits de mon ami ?

— Mais, notre demoiselle...

— Ne suis-je pas une pauvre fille abandonnée ? continuait Aurore en rêvant. Sans lui, sans ses bienfaits...

— Pour le coup, s'écria Berrichon, si maître Louis,
comme il faut l'appeler, entendait cela, il se mettrait dans
une belle colère...! De la charité!... des bienfaits!... il
donc, notre demoiselle !

— Plût à Dieu qu'on ne prononçât pas d'autres paroles
en parlant de lui et de moi ! murmura la jeune fille, dont
le beau front pâle prit des nuances rosées.

Berrichon se rapprocha vivement.

— Vous savez donc ? balbutia-t-il.

— Quoi ? demanda Aurore tremblante.

— Dame !... notre demoiselle...

— Parle, Berrichon, je le veux ! — Et comme l'enfant
hésitait, elle se dressa impérieuse, et dit : — Je t'ai ordonné de parler... j'attends !

Berrichon baissa les yeux, tortillant avec embarras la
serviette qu'il tenait à la main.

— Quoi donc ! fit-il, c'est des cancans... rien que des
cancans ! Elles disent comme ça : « Nous savons bien ! il
est trop jeune pour être son père... Puisqu'il prend tant
de précautions, il n'est pas son mari... »

— Achève, dit Aurore, dont le front livide était mouillé
de sueur.

— Dame ! notre demoiselle, quand on n'est ni le père,
ni le frère, ni le mari...,

Aurore se couvrit le visage de ses mains.

## VII

### MAÎTRE LOUIS.

Berrichon se repentait amèrement déjà de ce qu'il avait
dit. Il regardait avec effroi la poitrine d'Aurore soulevée
par les sanglots, et il pensait :

— S'il allait entrer à ce moment !

Aurore avait la tête baissée. Ses beaux cheveux tombaient par masses sur ses mains, au travers desquelles les
larmes coulaient.

Quand elle se redressa, ses yeux étaient baignés, mais
le rouge était revenu à ses joues.

— Quand on n'est ni le père, ni le frère, ni le mari
d'une pauvre enfant abandonnée, prononça-t-elle lentement, et qu'on s'appelle Henri de Lagardère, on est son
ami, on est son sauveur et son bienfaiteur. Oh ! s'écria-t-
elle en joignant ses mains qu'elle leva vers le ciel, leurs
calomnies même me montrent combien il est au-dessus
des autres hommes. Puisqu'on le soupçonne, c'est qu'il
les autres font ce qu'il n'a pas fait. Eh bien, ils seront cause que je l'adorerai comme un Dieu !

— C'est ça, notre demoiselle, fit Berrichon, adorez-le,
rien que pour les faire enrager.

— Henri, murmurait la jeune fille, le seul être au
monde qui m'ait protégée et qui m'ait aimée !

— Oh ! pour vous aimer, s'écria Berrichon, qui revenait à son couvert trop longtemps négligé, ça va bien,
c'est moi qui vous le dis. Tous les matins nous voyons
ça, nous deux grand'maman... « Comment a-t-il passé
la nuit ? Son sommeil a-t-il été tranquille ? Lui avez-vous
bien tenu compagnie hier ? Est-elle triste ? Souhaite-t-
elle quelque chose ? » Et quand nous avons pu surprendre un de vos désirs, il est si content... si heureux !... Ah
dame ! pour vous aimer, ça y est !

— Oui, fit Aurore en se parlant à elle-même, il est bon,
il m'aime comme sa fille.

— Et encore autrement, glissa Berrichon d'un air malin.

Aurore secoua la tête. Aborder ce sujet était un si grand
besoin de son cœur qu'elle ne réfléchissait ni à l'âge ni à
la condition de son interlocuteur.

Jean-Marie Berrichon, en train de mettre son couvert,
passait à l'état de confident.

— Je suis seule, dit-elle, seule et triste toujours...

— Bah ! riposta l'enfant, notre demoiselle, dès qu'il sera rentré, vous retrouverez votre sourire.

— La nuit est venue, poursuivait Aurore, et je l'attends
toujours... Et cela est ainsi chaque soir, depuis que nous
sommes dans ce Paris...

— Ah dame ! fit Berrichon, c'est l'effet de la capitale...
Là !... voilà mon couvert mis, et un peu bien... Le souper
est-il prêt, la mère ?

— Depuis une heure au moins, répondit le viril organe
de Françoise au fond de la cuisine.

Berrichon se gratta l'oreille.

— Il y a pourtant gros à parier qu'il est là-haut, fit-il,
avec son diable de bossu....., Et ça m'ennuie de voir que
notre demoiselle se fait comme ça de la peine. Si j'osais...

— Il avait traversé la salle basse. Son pied toucha la première marche de l'escalier qui conduisait à l'appartement
de maître Louis. — C'est défendu, pensa-t-il ; je n'aimerais pas à voir monsieur le chevalier en colère comme
l'autre fois. Dieu de Dieu ! Ah çà ! notre demoiselle, reprit-
il en se rapprochant, pourquoi donc qu'il se cache tout
de même ? Ça fait jaser. Moi d'abord je sais que je jase-
rais si j'étais à la place des voisins, et pourtant certes je
ne suis pas bavard,..... je dirais comme les autres : C'est
un conspirateur... ou bien : C'est un sorcier.

— Ils disent donc cela ? demanda Aurore.

Au lieu de répondre, Berrichon se mit à rire.

— Ah ! Seigneur Dieu ! s'écria-t-il, s'ils savaient comme moi ce qu'il y a là haut : un lit, un bahut, deux chaises, une épée pendue au mur, voilà tout le mobilier. Par exemple, s'interrompit-il, dans la pièce fermée, je ne sais pas... je n'ai vu qu'une chose...

— Quoi donc ? interrompit Aurore vivement.

— Oh ! fit Berrichon, pas la mer à boire..... C'était un soir qu'il avait oublié de mettre la petite plaque qui bouche la serrure par derrière... vous savez ?...

— Je sais. Mais osas-tu bien regarder par le trou !

— Mon Dieu ! notre demoiselle, je n'y mis point de malice, allez. J'étais monté pour l'appeler de votre part..... le trou brillait... J'y mis mon œil.

— Et que vis-tu ?

— Je vous dis, pas le Pérou ! Le bossu n'était là. Il n'y avait que maître Louis, assis devant une table. Sur la table était une cassette, la petite cassette qui ne le quitte jamais en voyage. J'avais toujours eu envie de savoir ce qu'elle renfermait. Ma foi ! il y tiendrait encore pas mal de quadruples pistoles; mais ce ne sont pas des pistoles que maître Louis met dans sa cassette, c'est un paquet de paperasses, comme qui dirait une grande lettre carrée, avec trois cachets de cire rouge qui pendent, larges chacun comme un écu de six livres. — Aurore reconnaissait cette description. Elle garda le silence. — Voilà, reprit Berrichon, et ce paquet-là faillit me coûter gros. Il paraît que j'avais fait du bruit, quoique je sois adroit de mes pieds. Il vint ouvrir la porte. Il n'eus que le temps de me jeter en bas de l'escalier, et je tombai sur mes reins... que ça me fait encore mal quand j'y touche... On ne m'y reprendra plus. Mais vous, notre demoiselle, s'interrompit-il, vous à qui tout est permis, vous qui ne pouvez rien craindre, je vas vous dire, j'aimerais bien qu'on soupe un peu de bonne heure pour aller voir entrer le monde au bal du Palais-Royal. Si vous montiez, si vous alliez l'appeler un petit peu avec votre voix si douce ?...

— Aurore ne répondit point. — Avez-vous vu, continua Berrichon, qui n'était pas bavard, avez-vous vu passer, toute la journée, les voitures de fleurs et de feuillages, les fourgons de lampions, les pâtisseries et les liqueurs?

— Il passa le bout de sa langue gourmande sur ses lèvres. — Ça sera beau ! s'écria-t-il. Ah ! si j'étais seulement là-dedans, je m'en donnerais !

— Va aider ta grand'mère, Berrichon, dit Aurore.

— Pauvre petite demoiselle, pensa-t-il en se retirant, elle meurt d'envie d'aller danser !

La tête pensive d'Aurore s'inclinait sur sa main. Elle ne songeait guère ni au bal ni à la danse.

Elle se disait en elle-même :

— L'appeler? à quoi bon l'appeler? Il n'y est pas, j'en suis sûre... Chaque jour ses absences se prolongent davantage. J'ai peur, s'interrompit-elle en frissonnant; oui j'ai peur quand je réfléchis à tout cela ! Ce mystère m'épouvante... Il me défend de sortir, de voir, de recevoir personne... il cache son nom, il dissimule ses démarches. Tout cela, je le comprends bien, c'est le danger d'autrefois qui est revenu... c'est l'éternelle menace autour de nous... la guerre sourde des assassins... Qui sont-ils, les assassins ? fit-elle après un silence; ils sont puissants, ils l'ont prouvé... ce sont ses ennemis implacables... ou plutôt les miens... C'est parce qu'il me défend qu'ils en veulent à sa vie ! Et il ne me dit rien, s'écria-t-elle, jamais rien ! comme si mon cœur ne devait pas tout deviner, comme s'il était possible de fermer des yeux qui aiment! Il entre, il reçoit mon baiser, il s'assied, il fait ce qu'il peut pour sourire. Il ne voit pas que son âme est devant moi toute nue, que d'un regard je sais lire dans ses yeux son triomphe ou sa défaite! Il se défie de moi; il ne veut pas que je sache l'effort qu'il fait, le combat qu'il ne comprend donc pas, mon Dieu! qu'il me faut mille fois plus de courage pour dévorer mes pleurs qu'il ne m'en faudrait pour partager sa tâche et combattre à ses côtés!

Un bruit se fit dans la salle basse, un bruit bien connu sans doute, car elle se leva tout à coup radieuse.

Ses lèvres s'entr'ouvrirent pour laisser passer un petit cri de joie.

Le bruit, c'était une porte qui s'ouvrait au haut de l'escalier intérieur.

Oh! que Berrichon avait bien raison! Sur ce délicieux visage de vierge, vous n'eussiez retrouvé en ce moment aucune trace de larmes, aucun reflet de tristesse.

Tout était au plaisir. Le sein battait, mais de plaisir. Le corps affaissé se relevait gracieux et souple. C'était cette chère fleur de nos parterres que la nuit froide penche demi flétrie sur sa tige, et qui s'épanouit plus fraîche et plus parfumée au premier baiser du soleil.

Aurore se leva et s'élança vers son miroir. En ce moment, elle avait peur de ne pas être assez belle.

Elle maudissait les larmes qui battent les yeux et qui éteignent le feu diamanté des prunelles.

Deux fois par jour ainsi elle était coquette.

Mais son miroir lui dit que son inquiétude était vaine. Son miroir lui renvoya un sourire si jeune, si tendre, si charmant qu'elle remercia Dieu dans son cœur.

Maître Louis descendit l'escalier. En bas des degrés, Berrichon tenait une lampe et l'éclairait.

Maître Louis, quel que fût son âge, était un jeune homme. Ses cheveux blonds, légers et bouclés, jouaient autour d'un front pur comme celui d'un adolescent. Ses tempes larges et pleines n'avaient point subi l'injure du ciel espagnol : c'était un Gaulois, un homme d'ivoire, et il fallait le mâle dessin de ses traits pour corriger ce que cette carnation avait d'un peu efféminé.

Mais ses yeux de feu, sous la ligne fière de ses sourcils, son nez droit, arrêté vivement, sa bouche, dont les lèvres semblaient sculptées dans le bronze et qu'ombrageait une fine moustache retroussée légèrement, son menton à la courbe puissante, donnaient à sa tête un admirable caractère de résolution et de force.

Son costume entier, chausses, soubreveste et pourpoint, était de velours noir, avec des boutons de jais unis. Il avait la tête nue, et ne portait point d'épée.

Il était encore au haut de l'escalier que son regard cherchait déjà Aurore.

Quand il la vit, il réprima un mouvement. Ses yeux se baissèrent de force, et son pas, qui voulait se presser, s'attarda. Un de ces observateurs qui voient tout pour tout analyser eût découvert peut-être du premier coup d'œil le secret de cet homme.

Sa vie se passait à se contraindre. Il était près du bonheur et ne le voulait point toucher.

Or, la volonté de maître Louis était de fer.

Elle était assez forte pour donner une trempe stoïque à ce cœur tendre, passionné, brûlant comme un cœur de femme.

— Vous m'avez attendu, Aurore? dit-il en descendant les marches.

Françoise Berrichon vint montrer son visage hautement coloré à la porte de la cuisine. Elle dit de sa voix retentissante, et qui eût fait honneur à un sergent commandant l'exercice :

— Si ça a du bon sens, maître Louis, de faire pleurer ainsi une pauvre enfant !

— Vous avez pleuré, Aurore ? dit vivement le nouvel arrivant.

Il était au bas des marches. La jeune fille lui jeta ses bras autour du cou.

— Henri, mon ami, fit-elle en lui tendant son front à baiser, vous savez bien que les jeunes filles sont folles... La bonne Françoise a mal vu, je n'ai point pleuré... regardez mes yeux, Henri ; voyez s'il y a des larmes.

Elle souriait si heureuse, si pleinement heureuse, que maître Louis resta un instant à la contempler malgré lui.

— Que m'as-tu donc dit, petiot ? fit dame Françoise en regardant sévèrement Jean-Marie, que notre demoiselle n'avait fait que pleurer ?

— Ah, dame ! fit Berrichon, écoutez donc, grand'maman... moi, je ne sais pas... vous avez peut-être mal entendu... ou bien moi j'ai mal vu... à moins que notre demoiselle n'ait pas envie qu'on sache qu'elle a pleuré.

Ce Berrichon était une graine de bas Normand.

Françoise traversa la chambre, portant le principal plat du souper.

— N'empêche, dit-elle, que notre demoiselle est toujours toute seule, et que ça n'est pas une existence.

— Vous ai-je priée de faire mes plaintes, Françoise ? murmura Aurore rouge de dépit.

Maître Louis lui offrit la main pour passer dans la chambre à coucher, où la table était servie.

Ils s'assirent l'un en face de l'autre. Berrichon, comme c'était sa coutume, se plaça derrière Aurore pour la servir.

Au bout de quelques minutes employées à faire semblant de manger, maître Louis dit :

— Laissez-nous, mon enfant, nous n'avons plus besoin de vous.

— Faudra-t-il apporter les autres plats ? demanda Berrichon.

— Non, s'empressa de répondre Aurore.

— Alors je vais vous donner le dessert.

— Allez ! fit maître Louis qui lui montra la porte.

Berrichon sortit en riant sous cape.

— Grand'maman, dit-il à Françoise en rentrant dans la cuisine, m'est avis qu'ils vont s'en dire de rudes tous les deux. — La bonne femme haussa les épaules. — Maître Louis a l'air bien fâché, reprit Jean-Marie.

— A ta vaisselle ! fit Françoise ; maître Louis en sait plus long que nous tous ; il est fort comme un taureau, malgré sa fine taille, et plus brave qu'un lion... mais, sois tranquille, notre petite demoiselle Aurore en battrait quatre comme lui !

— Bah ! s'écria Berrichon stupéfait, elle n'a pas l'air.

— C'est justement ! — repartit la bonne femme. Et, fermant la discussion, elle ajouta : — Tu n'as pas l'âge... A ta besogne !

— Vous n'êtes pas heureuse, à ce qu'il paraît, Aurore, dit maître Louis, quand Berrichon eut quitté la chambre à coucher.

— Je vous vois bien rarement ! répondit la jeune fille.

— Et m'accusez-vous, chère enfant ?

— Dieu m'en préserve !... Je souffre parfois, c'est vrai, mais qui peut empêcher les folles idées de naître dans la pauvre tête d'une recluse ? Vous savez, Henri, dans les ténèbres les enfants ont peur, et, dès que vient le jour, ils oublient leurs craintes. Je suis de même, et il suffit de votre présence pour dissiper mes capricieux ennuis.

— Vous avez pour moi la tendresse d'une fille soumise, Aurore, dit maître Louis en détournant les yeux, je vous en remercie.

— Avez-vous pour moi la tendresse d'un père, Henri ? — demanda la jeune fille. Maître Louis se leva et fit le tour de la table. Aurore lui avança d'elle-même un siége, et dit avec une joie non équivoque : — C'est cela ! venez ! Il y a bien longtemps que nous n'avons causé ainsi. Vous souvenez-vous comme autrefois les heures passaient ?

Mais Henri était rêveur et triste. Il répondit :

— Les heures ne sont plus à nous.

Aurore lui prit les deux mains et le regarda en face, si doucement que ce pauvre maître Louis eut sous les paupières cette brûlure qui précède et provoque les larmes.

— Vous aussi, vous souffrez, Henri ? murmura-t-elle.

Il secoua la tête en essayant de sourire, et répondit :

— Vous vous trompez, Aurore. Il y eut un jour où je fis un beau rêve, un rêve si beau qu'il me prit tout mon repos. Mais ce ne fut qu'un jour et ce n'était qu'un rêve. Je suis éveillé, je n'espère plus, j'ai fait un serment, je remplis ma tâche. Le moment arrive où ma vie va changer... Je suis bien vieux à présent, mon enfant chérie, pour recommencer une existence nouvelle...

— Bien vieux ! répéta Aurore qui montra toutes ses belles dents en un franc éclat de rire.

Maître Louis ne riait pas.

— A mon âge, prononça-t-il tout bas, les autres ont une femme, les autres ont déjà une famille...

Aurore devint tout à coup sérieuse.

— Et vous n'avez rien de tout cela, l'interrompit-elle ; Henri, mon ami, vous n'avez que moi ! — Maître Louis ouvrit la bouche vivement, mais la parole s'arrêta entre ses lèvres. Il baissa les yeux encore une fois. — Vous n'avez que moi, répéta Aurore ; et que suis-je pour vous ?... Un obstacle au bonheur ? — Il voulut l'arrêter, mais elle poursuivit : — Savez-vous ce qu'ils disent ? Ils disent : Celle-là n'est ni sa fille, ni sa sœur, ni sa femme... Ils disent...

— Aurore, interrompit maître Louis à son tour, depuis dix-huit ans vous avez été tout mon bonheur...

— Vous êtes généreux et je vous rends grâce... — murmura la jeune fille. Ils restèrent un instant silencieux. L'embarras de maître Louis était visible. Ce fut Aurore qui rompit la première le silence. — Henri, dit-elle, je ne sais rien de vos pensées ni de vos actions ; et de quel droit vous ferais-je un reproche ? mais je suis toujours seule, et toujours je pense à vous, mon unique ami. Je suis bien sûre qu'il y a des heures où je vous devine. Quand mon cœur se serre, quand les pleurs me viennent aux yeux, c'est que je me dis : « Sans moi, une femme aimée égayerait sa solitude ; sans moi, sa maison serait grande et riche ; sans moi, il pourrait se montrer partout à visage découvert. » Henri, vous faites plus que m'aimer comme un bon père ; vous me respectez, et vous avez dû réprimer à cause de moi l'élan de votre cœur.

Cela partait de l'âme. Aurore l'avait en effet pensé. Mais la diplomatie est innée chez les filles d'Eve. Cela était surtout un stratagème pour savoir.

Le coup ne porta point. Aurore n'eut que cette froide réponse :

— Chère enfant, vous vous trompez. — Le regard de maître Louis se perdait dans le vide. — Le temps passe, — murmura-t-il. Puis soudain, et comme s'il lui eût été impossible de se retenir : — Quand vous ne me verrez plus, Aurore, vous souviendrez-vous de moi ?

Les fraîches couleurs de le jeune fille s'évanouirent. Si maître Louis eût relevé les yeux, il aurait vu toute son âme dans le regard profond qu'elle lui jeta.

— Est-ce que vous allez me quitter encore ? balbutia-t-elle.

— Non... fit maître Louis d'une voix mal assurée ; je ne sais... peut-être...

— Je vous en prie ! je vous en prie ! murmura-t-elle, ayez pitié de moi, Henri ! Si vous partez, emmenez-moi avec vous. — Comme il ne répondit point, elle reprit, les larmes aux yeux : — Vous m'en voulez peut-être parce que j'ai été exigeante, injuste... Oh ! Henri, mon ami, ce n'est pas moi qui vous ai parlé de mes larmes... Je ne le ferai plus, Henri ! écoutez-moi et croyez-moi, je ne le ferai plus !... Mon Dieu ! je sais bien que j'ai tort... Je suis heureuse puisque je vous vois chaque jour... Henri, vous ne m'écoutez pas ?... Henri, m'écoutez-vous ? — Il avait la tête tournée. Elle lui prit le cou avec un geste d'enfant pour le forcer à le regarder. Les yeux de maître Louis étaient baignés de larmes. Aurore se laissa glisser hors de son siége et se mit à genoux. — Henri, Henri, dit-elle, mon ami cher... mon père, le bonheur serait à vous tout seul si vous étiez heureux... mais je veux ma part de vos larmes !

Il l'attira contre lui d'un mouvement plein de passion. Mais tout à coup ses bras se détendirent.

— Nous sommes deux fous, Aurore ! prononça-t-il avec un sourire amer et contraint, si l'on nous voyait ?... Que signifie tout ceci ?

— Cela signifie, répliqua la jeune fille, qui ne renonçait pas ainsi, cela signifie que vous êtes égoïste et méchant ce soir, Henri... Depuis le jour où vous m'avez dit : « Tu n'es pas ma fille, » vous avez bien changé !...

— Le jour où vous me demandâtes la grâce de monsieur le marquis de Chaverny ?... Je me souviens de cela, Aurore, et je vous annonce que monsieur le marquis est de retour à Paris.

Elle ne repartit point, mais son noble et doux regard eut de si éloquentes surprises que maître Henri se mordit la lèvre.

Il prit sa main, qu'il baisa comme s'il eût voulu s'éloigner.

Elle le retint de force.

— Restez, dit-elle ; si cela continue, un jour, en rentrant, vous ne me trouverez plus dans votre maison, Henri... Je vois que je vous gêne... je m'en irai... Mon Dieu ! je ne sais pas ce que je ferai, mais vous serez délivré, vous, d'un fardeau qui devient trop lourd.

— Vous n'aurez pas le temps, murmura maître Louis. Pour me quitter, Aurore, vous n'aurez pas besoin de fuir.

— Est-ce que vous me chasseriez ! — s'écria la pauvre fille, qui se redressa comme si elle eût reçu un choc violent dans la poitrine. Maître Louis se couvrit le visage de ses mains. Ils étaient encore tous deux l'un auprès de l'autre : Aurore, assise sur un coussin et la tête appuyée contre les genoux de maître Louis. — Ce qu'il me faudrait, murmura-t-elle, pour être heureuse..... mais bien heureuse ?... hélas ! Henri, bien peu de chose. Y a-t-il donc si longtemps que j'ai perdu mon sourire ? N'étais-je pas toujours contente et gaie quand je m'élançais à votre rencontre autrefois ?... — Les doigts de maître Louis lissaient les belles masses de ses cheveux, où la lumière de la lampe mettait des reflets d'or bruni. — Faites comme autrefois, poursuivit-elle, je ne vous demande que cela... Dites-moi quand vous avez été heureux, dites-moi surtout quand vous avez eu de la peine, afin que je me réjouisse avec vous, ou que votre tristesse passe dans mon cœur. Allez ! cela soulage. Si vous aviez une fille, Henri, une fille bien-aimée, n'est-ce pas comme cela que vous feriez avec elle ?

— Une fille !... répéta maître Louis dont le front se rembrunit.

— Je ne vous suis rien, je le sais, ne me le dites plus... Maître Louis passa le revers de sa main sur son front.

— Aurore, dit-il, comme s'il n'eût point entendu ses dernières paroles, il est une vie brillante, une vie de plaisirs, d'honneurs, de richesses, la vie des heureux de ce monde... Vous ne la connaissez pas, chère enfant.

— Et qu'ai-je besoin de la connaître ?

— Je veux que vous la connaissiez... Il le faut. — Il ajouta en baissant la voix malgré lui : — Vous aurez peut-être à faire un choix ; pour choisir, il faut connaître... — Il se leva. L'expression de son noble visage était désormais une résolution ferme et réfléchie. — C'est votre dernier jour de doute et d'ignorance, Aurore, prononça-t-il lentement ; moi, c'est peut-être mon dernier jour de jeunesse et d'espoir !

— Henri, au nom de Dieu ! expliquez-vous ? s'écria la jeune fille.

Maître Louis avait les yeux au ciel.

— J'ai fait selon ma conscience, murmura-t-il ; celui qui est là haut me voit ; je n'ai rien à lui cacher. Adieu, Aurore, reprit-il ; vous ne dormirez point cette nuit... voyez et réfléchissez, consultez votre raison avant votre cœur. Je ne veux rien vous dire ; je veux que votre impression soit soudaine et entière. Je craindrais, en vous prévenant, d'agir dans un but d'égoïsme. Souvenez-vous seulement que, si étranges qu'elles soient, vos aventures de cette nuit auront pour origine ma volonté, pour but votre intérêt. Si vous tardiez à me revoir, ayez confiance. De près ou de loin, je veille sur vous.

Il lui baisa la main, et reprit le chemin de son appartement particulier.

Aurore, muette et toute saisie, le suivait des yeux. En arrivant au haut de l'escalier, maître Louis, avant de franchir le seuil de la porte, lui envoya un signe de tête paternel avec un baiser.

## VIII

### DEUX JEUNES FILLES.

Aurore était seule. L'entretien qu'elle venait d'avoir avec Henri, son ami, s'était dénoué d'une façon tellement imprévue qu'elle restait là stupéfaite et comme aveuglée moralement. Ses pensées confuses se mêlaient en désordre. Sa tête était en feu. Son cœur, mécontent et blessé, se repliait sur lui-même.

Elle venait de faire effort pour savoir ; elle avait provoqué une explication de son mieux ; elle l'avait poursuivie avec toutes ces ingénieuses finesses que l'ingénuité même n'exclut point chez la femme. Non-seulement l'explication n'avait point abouti, mais encore, menace ou promesse, tout un mystérieux horizon s'ouvrait au-devant d'elle.

Il lui avait dit : « Vous ne dormirez point cette nuit. »

Il lui avait dit encore : « Si étranges que puissent vous paraître vos aventures de cette nuit, elles auront pour origine ma volonté, pour but votre intérêt. »

Des aventures ! Certes, la vie errante d'Aurore avait été jusque-là pleine d'aventures. Mais son ami n'avait la responsabilité ; son ami, placé près d'elle toujours comme un vigilant garde du corps, comme un sauveur infaillible, lui épargnait jusqu'à la terreur.

Les aventures de cette nuit devaient changer d'aspect. Elle allait les affronter seule.

Mais quelles aventures ? Et pourquoi ces demi-mots ?

Il fallait connaître une vie toute différente de celle que jusqu'alors elle avait menée : une vie brillante, une vie luxueuse, la vie des grands et des heureux.

« Pour choisir, » lui avait-on dit. Choisir sans doute entre cette vie inconnue et sa vie actuelle.

Le choix n'était-il pas tout fait ?

Il s'agissait de savoir de quel côté de la balance était Henri, son ami.

L'idée de sa mère vint à la traverse de son trouble. Elle sentit ses genoux fléchir.

Choisir ! pour la première fois naquit en elle cette navrante pensée : Si sa mère était d'un côté de la balance et Henri de l'autre ?...

— C'est impossible ! s'écria-t-elle, repoussant cette pensée de toute sa force ; Dieu ne peut vouloir cela.

Elle entr'ouvrit les rideaux de sa fenêtre et s'accouda sur le balcon pour donner un peu d'air à son front en feu.

Il y avait un grand mouvement dans la rue. La foule se massait autour de l'entrée du Palais-Royal pour voir passer les invités. Déjà la queue des litières et des chaises se faisait entre les deux haies de curieux.

Au premier abord, Aurore ne donna pas grande attention à tout cela. Que lui importaient ce mouvement et ce bruit ? Mais elle vit dans une chaise qui passait deux femmes parées pour la fête : une mère et sa fille.

Les larmes lui vinrent ; puis une sorte d'éblouissement se fit au-devant de ses yeux.

— Si ma mère était là ! pensa-t-elle.

C'était possible. C'était probable.

Alors elle regarda de plus près ce que l'on pouvait voir des splendeurs de la fête. Au delà des murailles du palais, elle devina des splendeurs autres et plus grandes. Elle eut comme un vague désir qui bientôt alla grandissant.

Elle envia ces jeunes filles splendidement parées qui avaient des perles autour du cou, des perles encore et des fleurs dans les cheveux, non pour leurs fleurs, non pour leurs perles, non pour leurs parures, mais parce qu'elles étaient assises auprès de leurs mères.

Puis elle ne voulut plus voir, car toutes ces joies insultaient à sa tristesse. Ces cris contens, ce monde qui s'agitait, ce fracas, ces rires, ces étincelles, les échos de l'orchestre qui déjà chantait au lointain, tout cela lui pesait.

Elle cacha sa tête brûlante entre ses mains.

Dans la cuisine, Jean-Marie Berrichon remplissait auprès de la mâle Françoise, sa grand'maman, le rôle de serpent tentateur.

Il n'y avait pas eu, Dieu merci ! beaucoup de vaisselle à laver. Aurore et maître Louis n'avaient fait usage que d'une seule assiette chacun.

En revanche, le repas avait été plantureux à la cuisine. Françoise et Berrichon en avaient eu pour quatre à eux deux.

— Quoique ça, dit Jean-Marie, je vas aller jusqu'au bout de la rue regarder voir... Madame Balahault dit que c'est les délices des enchantemens, là-bas, de tous les palais des fées et métamorphoses de la fable... J'ai envie d'y jeter un coup d'œil.

— Et ne sois pas longtemps, fillot, grommela la grand'mère.

Elle était faible, malgré l'ampleur profonde de sa basse-taille.

Berrichon s'envola. La Guichard, la Balahault, la Morin et d'autres lui firent fête dès qu'il eut touché le pavé malpropre de la rue du Chantre.

Françoise vint à la porte de sa cuisine et regarda dans la chambre d'Aurore.

— Tiens ! fit-elle, déjà parti !... La pauvre ange est encore toute seule !

La bonne pensée lui vint d'aller tenir compagnie à sa jeune maîtresse, mais Jean-Marie rentrait en ce moment.

— Grand'mère ! s'écria-t-il, des ifs, des banderolles de lanternes, des soldats à cheval, des femmes tout en diamant... que celles qui ne sont qu'en satin broché sont de la saint-jean ! Viens voir ça, grand'mère !

La bonne femme haussa les épaules.

— Ça ne me fait rien, dit-elle.

— Ah ! grand'mère, rien qu'au bout de la rue... Madame Balahault dit les noms et raconte l'histoire de tous les seigneurs et de toutes les dames qui passent. C'est joliment édifiant !... Viens voir... le temps de jeter un coup de pied au coin de la rue.

— Et qui gardera la maison ? demanda la vieille Françoise un peu ébranlée.

— Nous serons à dix pas... Nous veillerons sur la porte... Viens, grand'mère, viens !...

Il la saisit à bras le corps et l'entraîna.

La porte resta ouverte.

Ils étaient à dix pas. Mais la Balahault, la Guichard, la Durand, la Morin et le reste étaient de fières femmes. Une fois qu'elles eurent conquis Françoise, elles ne la lâchèrent point.

Cela entrait-il dans les plans mystérieux de maître Louis ? Nous nous permettrons d'en douter.

Le flot des commères, entraînant Jean-Marie Berrichon vers la place du Palais-Royal toute éblouissante de lumières, dut passer sous la fenêtre d'Aurore, mais elle n'eut garde de les voir. Sa rêverie l'aveuglait.

— Pas une amie ! se disait-elle, pas une compagne à qui demander conseil !

Elle entendit un léger bruit derrière elle, dans la chambre à coucher. Elle se retourna vivement.

Puis elle poussa un cri de frayeur auquel répondit un joyeux éclat de rire.

Une femme était devant elle en domino de satin rose, masquée et coiffée pour le bal.

— Mademoiselle Aurore ? dit-elle avec une cérémonieuse révérence.

— Est-ce que je rêve ? s'écria Aurore, cette voix !...—Le masque tomba et l'espiègle visage de dona Cruz se montra parmi les frais chiffons. — Flor ! s'écria Aurore, est-il possible !... est-ce bien toi ? — Dona Cruz, légère comme une sylphide, vint vers elle les bras ouverts. On échangea ces légers et rapides baisers de jeunes filles. Avez-vous

vu deux colombes se becqueter en jouant ? — Moi qui justement me plaignais de n'avoir point de compagnie ! dit Aurore. Flor, ma petite Flor, que je suis contente de te voir ! Puis, saisie d'un scrupule subit, elle ajouta : — Mais qui t'a laissé entrer ? J'ai défense de recevoir personne.

— Défense ! répéta dona Cruz d'un air mutin.

— Prière, si tu aimes mieux, fit Aurore en rougissant.

— Voici ce que j'appelle une prison bien gardée, s'écria Flor ; la porte grande ouverte, et personne pour dire gare !

Aurore entra vivement dans la salle basse. Il n'y avait personne en effet, et les deux battans de la porte étaient ouverts.

Elle appela Françoise et Jean-Marie. Point de réponse. Nous savons où étaient en ce moment Jean-Marie et Françoise.

Mais Aurore l'ignorait. Après la sortie singulière de maître Louis, qui l'avait prévenue que la nuit serait remplie de bizarres aventures, elle ne put penser que ceci :

— C'est lui sans doute qui l'a voulu.

Elle ferma la porte au loquet seulement, et revint vers dona Cruz, occupée à faire des grâces devant le miroir.

— Que je te regarde à mon aise ! dit celle-ci ; mon Dieu que te voilà grandie et embellie !

— Et toi, donc ! repartit Aurore. Elles se contemplèrent toutes deux avec une joyeuse admiration. — Mais, ce costume... reprit Aurore.

— Ma toilette de bal, ma toute belle, repartit dona Cruz avec un petit air suffisant ; t'y connais-tu ? te semble-t-elle jolie ?

— Charmante ! répondit Aurore. Elle écarta le domino pour voir la jupe et le corsage. — Charmante ! répéta-t-elle ; c'est d'une richesse... je parie que je devine... Tu joues la comédie ici, ma petite Flor.

— Fi donc ! s'écria dona Cruz, moi jouer la comédie !... Je vais au bal, voilà tout.

— A quel bal ?

— Il n'y a qu'un bal ce soir.

— Au bal du régent ?

— Mon Dieu ! oui, au bal du régent, ma toute belle ; on m'attend au Palais-Royal pour être présentée à S. A. R. par la princesse palatine, sa mère... tout simplement, ma bonne petite. — Aurore ouvrit de grands yeux. — Cela t'étonne ? reprit dona Cruz en repoussant du pied la queue de sa robe de cour ; pourquoi cela t'étonne-t-il ?... Mais, au fait, cela m'étonne bien moi-même... Des histoires, vois-tu, ma mignonne ! il y a des histoires ! Les histoires pleuvent... je te conterai tout cela !

— Mais comment as-tu trouvé ma demeure ? demanda Aurore.

— Je la savais... J'avais permission de te voir... car moi aussi j'ai un maître...

— Moi, je n'ai pas de maître ! interrompit Aurore avec un mouvement de fierté.

— Un esclave, si tu veux, un esclave qui commande. Je devais venir demain matin ; mais je me suis dit : Comme j'irais bien faire une visite à ma petite Aurore !

— Tu m'aimes donc toujours ?

— A la folie !... Mais laisse-moi te conter ma première histoire ; après celle-ci, une autre. Je te dis qu'il en pleut ! Il s'agissait, moi qui n'ai pas encore mis le pied dehors depuis mon arrivée, il s'agissait de trouver ma route dans ce grand Paris inconnu, depuis l'église Saint-Magloire jusqu'ici.

— L'église Saint-Magloire ! interrompit Aurore, tu demeures de ce côté ?

— Oui... j'ai ma cage comme tu as la tienne, gentil oiseau... Seulement la mienne est plus jolie,... mon Lagardère, à moi, fait mieux les choses...

— Chut ! fit Aurore en mettant un doigt sur sa bouche.

— Bien ! bien ! je vois que nous habitons toujours le pays des mystères... J'étais donc bien embarrassée, lorsque j'entends gratter à ma porte... On entre avant que j'aie pu aller ouvrir. C'était un petit homme tout noir, tout

laid, tout contrefait. Il me salue jusqu'à terre... je lui
rends son salut sans rire, et je prétends que c'est un beau
trait... Il me dit : « Si mademoiselle veut bien me suivre,
je la conduirai où elle souhaite aller... »

— Un bossu ? dit Aurore qui rêvait.

— Oui, un bossu... C'est toi qui l'as envoyé ?

— Non... pas moi...

— Tu le connais ?

— Je ne lui ai jamais parlé.

— Ma foi ! je n'avais pas prononcé une parole qui pût
apprendre à âme qui vive que je voulais avancer ma visite
projetée pour demain matin... Je suis fâchée que tu con-
naisses ce gnome... j'aurais aimé à le regarder jusqu'au
bout comme un être surnaturel... Du reste, il faut bien
qu'il soit un peu sorcier pour avoir trompé la surveillance
de mes argus... Sans vanité, vois-tu, ma toute belle, je
suis autrement gardée que toi !... Tu sais que je suis
brave ; sa proposition chatouille ma manie d'aventures ;
je l'accepte sans hésiter... Il me fait un second salut plus
respectueux que le premier, ouvre une petite porte, à moi
inconnue, dans ma propre chambre, conçois-tu cela ?...
Puis il me fait passer par des couloirs que je ne soupçon-
nais absolument que toi... Nous sortons sans être vus... un
carrosse stationnait dans la rue... il me donne la main
pour y monter ; dans le carrosse, il est d'une convenance
parfaite... Nous descendons tous deux à la porte ; le carrosse repart au galop... je monte les degrés... et quand je
me retourne pour le remercier, personne !

Aurore écoutait toute rêveuse.

— C'est lui, murmura-t-elle, ce doit être lui !

— Que dis-tu ? fit dona Cruz.

— Rien ! mais sous quel prétexte vas-tu être présentée
au régent, Flor, ma gitana ?

Dona Cruz se pinça les lèvres.

— Ma bonne petite, répondit-elle en s'installant dans
une bergère, il n'y a pas ici plus de gitana que dans le
creux de la main ; il n'y a jamais eu de gitana... c'est une
chimère, une illusion, un mensonge, un songe ! Nous
sommes la noble fille d'une princesse, tout uniment.

— Toi ! fit Aurore stupéfaite.

— Eh bien ! qui donc, répondit dona Cruz, à moins que
ce ne soit toi ?... Vois-tu, chère belle, les bohémiens n'en
font jamais d'autres... Ils s'introduisent dans les palais par
le tuyau des cheminées, à l'heure où le feu est éteint... ils
s'emparent de quelques objets de prix, et ne manquent
jamais d'emporter avec eux le berceau où dort la jeune
héritière volée par les bohémiens... la plus riche héritière
de l'Europe à ce que je me suis laissé dire !

On ne savait si elle raillait ou si elle parlait sérieusement. Peut-être ne le savait-elle point elle-même.

La volubilité de son débit mettait de belles couleurs à ses
joues un peu brunes. Ses yeux, plus noirs que le jais,
pétillaient d'intelligence et de hardiesse.

Aurore écoutait bouche béante. Son charmant visage
peignait la naïveté crédule, et le plaisir qu'éprouvait
du bonheur de sa petite amie se lisait franchement dans
ses beaux yeux.

— Charmant ! fit-elle. Et comment te nommes-tu, Flor ?

Dona Cruz disposa les larges plis de sa robe et répondit
noblement :

— Mademoiselle de Nevers.

— Nevers ! s'écria Aurore ; un des plus grand noms de
France !

— Hélas ! oui, ma bonne. Il paraît que nous sommes un
peu cousins de Sa Majesté.

— Mais comment ?...

— Ah ! comment ! comment ! s'écria dona Cruz, quittant tout à coup ses grands airs pour revenir à sa gaieté
folle qui lui allait bien mieux, voilà ce que je ne sais pas.
On ne m'a pas encore fait l'honneur de m'apprendre ma
généalogie. Quand j'interroge, on me dit : Chut !... Il paraît que j'ai des ennemis. Toute grandeur, ma petite, appelle la jalousie. Je ne sais rien ; cela m'est égal ; je me
laisse faire avec une tranquillité parfaite.

Aurore, qui semblait réfléchir depuis quelques minutes,
l'interrompit et dit tout à coup :

— Flor ! si j'en savais plus long que toi sur ta propre
histoire ?

— Ma foi ! ma petite Aurore, cela ne m'étonnerait pas ;
rien ne m'étonne plus ; mais si tu sais mon histoire,
garde-la pour toi, mon tuteur doit me la dire cette nuit
en détail, mon tuteur et mon ami, monsieur le prince de
Gonzague.

— Gonzague ! répéta Aurore en tressaillant.

— Qu'as-tu ? fit dona Cruz.

— Tu as dit Gonzague ?

— J'ai dit Gonzague, le prince de Gonzague, celui qui
défend mes droits, le mari de la duchesse de Nevers, ma
mère...

— Ah ! fit Aurore, ce Gonzague est le mari de la duchesse de Nevers ?

Elle se souvenait de sa visite aux ruines de Caylus.

Le drame nocturne se dressait devant elle. Les personnages inconnus hier avaient des noms aujourd'hui.

L'enfant dont avait parlé la cabaretière de Tarrides, l'enfant qui dormait pendant la terrible bataille, c'était Flor.

Mais l'assassin ?

— A quoi penses-tu ? demanda dona Cruz.

— Je pense à ce nom de Gonzague, répondit Aurore.

— Pourquoi ?

— Avant de te le dire, je veux savoir si tu l'aimes.

— Modérément, répliqua dona Cruz ; j'aurais pu l'aimer, mais il n'a pas voulu. — Aurore gardait le silence.—
Voyons, parle ! s'écria l'ancienne gitanita, dont le pied
frappa le plancher avec impatience.

— Si tu l'aimais !... voulut dire Aurore.

— Parle, te dis-je !

— Puisqu'il est ton tuteur... le mari de ta mère...

— Caramba ! jura franchement la soi-disant mademoiselle de Nevers, faut-il donc tout te dire ?... Je l'ai vue,
ma mère !... Je la respecte beaucoup... il y a plus, je l'aime,
car elle a bien souffert... mais à sa vue mon cœur n'a
pas battu... mes bras ne se sont pas ouverts malgré moi...
Ah ! vois-tu, Aurore, s'interrompit-elle dans un véritable
élan de passion, il me semble qu'on doit se mourir de
joie quand on est en face de sa mère !

— Cela me semble aussi, dit Aurore.

— Eh bien ! je suis restée froide, trop froide. Parle, il
s'agit de Gonzague, et ne crains rien ; ne crains rien et
parle, quand même il s'agirait de madame de Nevers.

— Il ne s'agit que de Gonzague, repartit Aurore. Ce
nom de Gonzague, est dans mes souvenirs, mêlé à toutes
mes terreurs d'enfant, à toutes mes angoisses de jeune
fille. La première fois que mon ami Henri joua sa vie
pour me sauver, j'entendis prononcer ce nom de Gonzague ; je l'entendis encore cette fois où nous fûmes atta-
qués dans une ferme des environs de Pampelune. Cette
nuit où tu te servis de ton charme pour endormir mes
gardiens dans la tente du chef des gitanos, ce nom de
Gonzague vint pour la troisième fois frapper mes oreilles.
A Madrid, encore Gonzague ; au château de Caylus, Gonzague encore !

Dona Cruz réfléchissait à son tour.

— Don Luiz, ton beau Cincelador, t'a-t-il dit parfois que
tu étais la fille d'une grande dame ? demanda-t-elle brusquement.

— Jamais, répondit Aurore, et pourtant je le crois.

— Ma foi ! s'écria l'ancienne gitanita, je n'aime pas à
méditer longtemps, moi, ma petite Aurore. J'ai beaucoup
d'idées dans ma tête, mais elles sont confuses et ne veulent point sortir... Quant à devenir une grande demoiselle, cela t'irait mieux qu'à moi, c'est mon avis ; mais
mon avis est aussi qu'il ne faut point se rompre la cervelle
à deviner des énigmes... Je suis chrétienne, et cependant
j'ai gardé ce bon côté de la foi de mes pères... de mes
pères nourriciers : prendre le temps comme il vient, les
événemens comme ils arrivent et se consoler de tout en
disant : C'est le sort ! Par exemple, s'interrompit-elle, une

chose que je ne puis admettre, c'est que monsieur de Gonzague soit un coureur de grandes routes et un assassin ; il est trop bien élevé pour cela. Je te dirai qu'il y a beaucoup de Gonzague en Italie... beaucoup de vrais, beaucoup de faux : le tien est sans doute un faux Gonzague... je te dirai en outre que, si monsieur le prince de Gonzague était ton persécuteur, maître Louis ne t'aurait pas amenée justement à Paris, où monsieur le prince de Gonzague fait notoirement sa résidence.

— Aussi, dit Aurore, de quelles précautions nous entoure-t-il! Défense de sortir, de se montrer même à la croisée!

— Bah! fît dona Cruz, il est jaloux?

— Oh! Flor!... murmura Aurore avec reproche.

Dona Cruz exécuta une pirouette; puis elle appela autour de ses lèvres le plus mutin de ses sourires.

— Je ne serai princesse que dans deux heures d'ici, fît-elle, je puis encore parler la bouche ouverte... Oui, ton beau ténébreux, ton maître Louis, ton Lagardère, ton chevalier errant, ton roi, ton Dieu, est jaloux... Eh, palsambleu! comme on dit à la cour, ne vaux-tu pas bien la peine?

— Flor! Flor! répéta Aurore.

— Jaloux, jaloux, jaloux, ma toute belle! Et ce n'est pas monsieur de Gonzague qui vous a chassée de Madrid. Ne sais-je pas, moi qui suis un peu sorcière, mademoiselle, que les amoureux mesuraient déjà la hauteur de vos jalousies. — Aurore devint rouge comme une cerise. Toute sorcière qu'elle était, dona Cruz ne se doutait guère combien son trait avait touché juste. Elle regardait Aurore qui n'osait plus relever les yeux. — Tenez, fît-elle en la baisant au front, la voilà rouge d'orgueil et de plaisir! elle est contente qu'on soit jaloux d'elle. Est-il toujours beau comme un astre? et fier? et plus doux qu'un enfant? Voyons, dites-moi cela ; voici mon oreille, avoue-le tout bas... tu l'aimes!

— Pourquoi tout bas? fît Aurore en se redressant.

— Tout haut si tu veux.

— Tout haut en effet : je l'aime.

— A la bonne heure! voilà qui est parlé! Je t'embrasse pour ta franchise. Et... reprit-elle en fixant sur sa compagne le regard perçant de ses grands yeux noirs, tu es heureuse?

— Assurément.

— Bien heureuse?

— Puisqu'il est là.

— Parfait! — s'écria la gitanita. Puis elle ajouta, en jetant tout autour d'elle un regard passablement dédaigneux : — *Pobre dicha, dicha dulce!* — C'est le proverbe espagnol d'où nos vaudevillistes ont tiré le fameux axiome : Une chaumière et son cœur. Quand dona Cruz eut tout regardé, elle dit : — L'amour n'est pas de trop ici. La maison est laide, la rue est noire, les meubles sont affreux. Je sais bien, bonne petite, tu vas me faire la réponse obligée : Un palais sans lui...

— Je vais te faire une autre réponse, interrompit Aurore : Si je voulais un palais, je n'aurais qu'un mot à dire.

— Ah bah!

— C'est ainsi.

— Est-il donc devenu si riche?

— Je n'ai jamais rien souhaité qu'il ne me l'ait donné aussitôt.

— Au fait, murmura dona Cruz qui ne riait plus, cet homme-là ne ressemble pas aux autres hommes... Il y a en lui quelque chose d'étrange et de supérieur... Je n'ai jamais baissé les yeux que devant lui. Tu ne sais pas, s'interrompit-elle; on a beau dire, il y a des magiciens... Je crois que ton Lagardère en est un.

Elle était toute sérieuse.

— Quelle folie! s'écria Aurore.

— J'en ai vu! prononça gravement la gitanita. Je veux en avoir le cœur net. Voyons, souhaite quelque chose en pensant à lui. — Aurore se mit à rire. Dona Cruz s'assit

auprès d'elle. — Pour me faire plaisir, ma petite Aurore, dit-elle avec caresses ; ce n'est pas bien difficile, voyons!

— Est-ce que tu parles sérieusement? fît Aurore étonnée.

Dona Cruz mit sa bouche tout contre son oreille et murmura :

— J'aimais quelqu'un... j'étais folle... Un jour, il a posé sa main sur mon front en me disant : « Flor, celui-là ne peut pas t'aimer. » J'ai été guérie. Tu vois bien qu'il est sorcier.

— Et celui que tu aimais, demanda Aurore toute pâle, qui est-ce? — La tête de dona Cruz se pencha sur son épaule. Elle ne répondit point. — C'était lui! s'écria Aurore avec une indicible terreur; je suis sûre que c'était lui!

## IX

### LES TROIS SOUHAITS.

Dona Cruz avait les yeux mouillés. Un tremblement fiévreux agitait les membres d'Aurore.

Elles étaient belles toutes deux et à la fois jolies. Le rapport de leurs natures se déplaçait en ce moment : la mélancolie douce était pour dona Cruz, d'ordinaire si pétulante et si hardie ; un éclair de jalouse passion jaillissait des yeux d'Aurore.

— Toi... ma rivale!... murmura-t-elle.

Dona Cruz l'attira vers elle malgré sa résistance et l'embrassa.

— Il t'aime, dit-elle à voix basse; il t'aime et n'aimera jamais que toi!...

— Mais toi?...

— Moi, je suis guérie... Je puis voir en souriant, sans haine, avec bonheur, votre mutuelle tendresse... tu vois bien que ton Lagardère est sorcier!

— Ne me trompes-tu point? fît Aurore.

Dona Cruz mit la main sur son cœur.

— S'il ne fallait que mon sang pour cela, dit-elle le front haut et les yeux ouverts, vous seriez heureux! Aurore lui jeta les deux bras autour du cou. — Mais je veux mon épreuve! s'écria dona Cruz ; ne me refuse pas, ma petite Aurore... souhaite quelque chose!

— Je n'ai rien à souhaiter.

— Quoi! pas un désir.

— Pas un!

Dona Cruz la fît se lever de force et l'entraîna vers la fenêtre. Le Palais-Royal resplendissait. Sous le péristyle, on voyait couler comme un flot de femmes brillantes et parées.

— Tu n'as pas même envie d'aller au bal du régent? dit brusquement dona Cruz.

— Moi!... balbutia Aurore, dont le sein battit sous sa robe.

— Ne mens pas!

— Pourquoi mentirais-je?

— Bon! qui ne dit mot consent. Tu souhaites d'aller au bal du régent. — Elle frappa dans ses mains en comptant : — Une!

— Mais, objecta Aurore qui se prêtait en riant aux extravagances de sa compagne, je n'ai rien, ni bijoux, ni robes, ni parures...

— Deux! fît dona Cruz qui frappa dans ses mains pour la seconde fois ; tu souhaites des bijoux, des robes, des parures? et fais bien attention de penser à lui, sans cela rien de fait! — A mesure que l'opération marchait, la gitanita devenait plus sérieuse. Ses beaux grands yeux noirs n'avaient plus leur regard assuré. Elle croyait aux diableries, cette ravissante enfant; elle avait peur, mais elle avait désir; et sa curiosité l'emportait sur ses frayeurs. —

27

Fais ton troisième souhait, dit-elle en baissant la voix malgré elle.

— Mais je ne veux pas du tout aller au bal ! s'écria Aurore ; cessons ce jeu !

— Comment ! insinua dona Cruz ; si tu étais sûr de l'y rencontrer ?

— Henri ?

— Oui... ton Henri !... tendre, galant... et qui te trouverait plus belle sous tes brillans atours !

—Comme cela, fit Aurore en baissant les yeux, je crois que j'irais bien...

— Trois ! s'écria la gitanita qui frappa bruyamment dans ses mains l'une contre l'autre.

Elle faillit tomber à la renverse. La porte de la salle basse s'ouvrit avec fracas, et Berrichon se précipitant essoufflé, cria dès le seuil :

— Voilà toutes les fanferluches et les faridondaines qu'on apporte pour notre demoiselle... qu'il y a dans plus de vingt cartons... des robes, des dentelles, des fleurs... Entrez, vous autres, entrez : c'est ici le logis de monsieur le chevalier de Lagardère !...

— Malheureux ! s'écria Aurore effrayée.

— N'ayez pas peur : on sait ce qu'on fait, répliqua Jean-Marie d'un air suffisant, n'y a plus à se cacher... A bas le mystère !... Nous jetons le masque, saperlotte !

Mais comment dire la surprise de dona Cruz ? elle avait évoqué le diable, et le diable docile répondait à son appel ; et certes, il ne s'était point fait attendre. Elle était sceptique un peu, cette belle fille. Tous les sceptiques sont superstitieux. Dona Cruz, souvenons-nous-en, avait passé son enfance sous la tente des bohémiens errans. C'est là le pays des merveilles.

Elle restait bouche béante et les yeux ouverts.

Par la porte de la salle basse, cinq ou six jeunes filles entrèrent, suivies d'autant d'hommes qui portaient des paquets et des cartons.

Dona Cruz se demandait si, dans ces cartons et dans ces paquets, il y avait de vrais atours ou des feuilles sèches.

Aurore ne put s'empêcher de sourire en voyant la mine bouleversée de sa compagne.

— Eh bien ! fit-elle.

— Il est sorcier, balbutia la gitanita ; je m'en doutais !

— Entrez, messieurs ; entrez, mesdemoiselles, criait cependant Berrichon ; entrez tout le monde. C'est ici maintenant la maison du bon Dieu ! Je vas aller chercher maman Balahault, qui a si grande envie de voir comment c'est fait chez nous... Je n'ai jamais rien bu de si bon que sa crème d'angélique. Entrez, mesdemoiselles ; entrez, messieurs !

Ces messieurs et ces demoiselles ne demandaient pas mieux. Fleuristes, brodeuses et couturières déposèrent leurs cartons sur la grande table qui était au milieu de la salle basse.

Derrière les fournisseurs des deux sexes venait un page qui ne portait point de couleurs.

Il marcha droit à Aurore, qu'il salua profondément avant de lui remettre un pli galamment lacé de soie.

Il s'inclina de nouveau et sortit.

— Attendez donc au moins la réponse, vous ! fit Berrichon en courant après lui.

Mais le page était au détour de la rue déjà. Berrichon le vit s'aboucher avec un gentilhomme couvert d'un long manteau d'aventures.

Berrichon ne connaissait point ce gentilhomme.

Le gentilhomme demanda au page :

— Est-ce fait ? — Et, sur sa réponse affirmative, il ajouta : — Où as-tu laissé nos hommes ?

— Ici près, rue Pierre-Lescot.

— La litière y est ?

— Il y a deux litières.

— Pourquoi cela ? demanda le gentilhomme étonné.

Le pan de son manteau qui cachait le bas de son visage se dérangea. Nous eussions reconnu le menton pâle et pointu de ce bon monsieur de Peyrolles.

Le page répondit :

— Je ne sais, mais il y a deux litières.

— Un malentendu, sans doute, pensa Peyrolles. Il eut envie d'aller jeter un coup d'œil à la porte de la maison de Lagardère, mais la réflexion l'arrêta. — On n'aurait qu'à me voir, murmura-t-il, tout serait perdu !... — Tu vas retourner à l'hôtel, dit-il au page, à toutes jambes ; tu m'entends bien ?

— A toutes jambes.

— A l'hôtel, tu trouveras ces deux braves, qui ont encombré l'office toute la journée.

— Maître Cocardasse et son ami Passepoil ?

— Précisément... Tu leur diras : « Votre besogne est toute taillée... vous n'avez plus qu'à vous présenter... » A-t-on prononcé tout à l'heure le nom du gentilhomme à qui appartient la maison ?

— Oui... monsieur de Lagardère.

— Tu te garderas bien de répéter ce nom... S'ils t'interrogent, tu leur diras que la maison ne contient que des femmes...

— Et je les ramènerai ?

— Jusqu'à ce coin, d'où tu leur montreras la porte.

Le page partit au galop. Monsieur de Peyrolles, rejetant son manteau sur son visage, se perdit dans la foule.

A l'intérieur de la maison, Aurore venait d'arracher l'enveloppe de la missive apportée par le page.

— C'est son écriture ! s'écria-t-elle.

— Et voici une carte d'invitation semblable à la mienne, ajouta dona Cruz, qui n'était pas au bout de ses surprises ; notre lutin n'a rien oublié.

Elle retourna la carte entre ses doigts.

La carte, chargée de fines et gentilles vignettes, représentant des amours ventrus, des raisins et des guirlandes de roses, n'avait absolument rien de diabolique.

Pendant cela, Aurore lisait. La missive était ainsi conçue :

« Chère enfant, ces parures viennent de moi ; j'ai voulu vous faire une surprise. Faites-vous belle ; une litière et deux laquais viendront de ma part vous conduire au bal, où je vous attendrai.

» HENRI DE LAGARDÈRE. »

Aurore passa la lettre à dona Cruz, qui se frotta les yeux avant de lire, car elle avait des éblouissemens.

— Et crois-tu à cela ? demanda-t-elle quand elle eut achevé.

— J'y crois, répondit Aurore ; j'ai mes raisons pour y croire.

Elle souriait d'un air sûr d'elle-même. Henri ne lui avait-il pas dit de ne s'étonner de rien ?

Dona Cruz, elle, n'était pas éloignée de regarder la sécurité d'Aurore en de si étranges conjonctures comme un nouveau tour de l'esprit malin.

Cependant les caisses, cartons et paquets étalaient maintenant leur éblouissant contenu sur la grande table. Dona Cruz put bien voir que ce n'étaient point là des feuilles sèches : il y avait une toilette complète de cour, plus un pardessus ou domino de satin rose tout pareil à celui de mademoiselle de Nevers.

La robe était d'armure blanche, brodée d'argent : des roses semées, avec une teinte fine au centre de chacune d'elles ; les basques, la pointe, les manches, le tour brodé de plumes d'oiseau mouche.

C'était la mode suprême. Madame la marquise d'Aubignac, fille du financier Soulas, avait fait sa fortune et sa réputation à la cour par une robe semblable que monsieur Law lui avait donnée.

Mais la robe n'était rien. Les dentelles et les broderies pouvaient passer véritablement pour magnifiques. L'écrin valait une charge de brigadier des armées...

— C'est un sorcier ! répétait dona Cruz en faisant l'inventaire de tout cela, c'est manifestement un sorcier ! On a beau être le Cincelador... à tailler des gardes d'épées on ne gagne pas de quoi faire de pareils cadeaux.

L'idée lui revint que toutes ces belles choses, à une heure donnée, se changeraient en sciure de bois ou en rubans de menuisier.

Berrichon admirait et ne se faisait pas faute d'exprimer son admiration. La vieille Françoise, qui venait de rentrer, hochait sa tête grise d'un air qui voulait dire bien des choses.

Mais il y avait à cette scène un spectateur dont nul ne soupçonnait la présence et qui, certes, ne se montrait pas le moins curieux.

Il était caché derrière la porte de l'appartement du haut, dont il entre-bâillait l'unique battant avec précaution. De ce poste élevé, il regardait la corbeille étalée sur la table, par-dessus les têtes des assistants.

Ce n'était point le beau maître Louis avec sa tête noble et mélancolique. C'était un petit homme tout de noir habillé, celui qui avait amené doña Cruz, celui qui avait commis ce faux en contrefaisant l'écriture de Lagardère, celui qui avait loué la niche de Médor : c'était le bossu Ésope II dit Jonas, vainqueur de la Balcine.

Il riait dans sa barbe et se frottait les mains.

— Têtebleu ! disait-il à part lui, monsieur le prince de Gonzague fait bien les choses, et ce coquin de Peyrolles est décidément un homme de goût.

Il était là, ce bossu, depuis l'entrée de doña Cruz. Sans doute il attendait monsieur de Lagardère.

Aurore était fille d'Ève. A la vue de tous ces splendides chiffons, son cœur avait battu. Cela venait de son ami : double joie !

Aurore ne fit même pas cette réflexion qui était venue à doña Cruz ; elle n'essaya point de supputer ce que ces royaux atours devaient coûter à son ami.

Elle se donnait tout entière au plaisir. Elle était heureuse, et cette émotion qui prend les jeunes filles au moment de paraître dans le monde lui était douce.

N'allait-elle pas avoir là-bas son ami pour protecteur ?

Une chose l'embarrassait : elle n'avait pas de chambrière, et la bonne Françoise était meilleure pour la cuisine que pour la toilette.

Deux des jeunes filles s'avancèrent comme si elles eussent deviné son désir.

— Nous sommes aux ordres de madame, dirent-elles.

Sur un signe qu'elles firent, porteurs et porteuses s'éloignèrent après de respectueux saluts.

Doña Cruz prit le bras d'Aurore.

— Est-ce que tu vas te mettre entre les mains de ces créatures ? demanda-t-elle.

— Pourquoi non ?

— Est-ce que tu vas revêtir cette robe ?

— Mais sans doute.

— Tu es brave ! murmura la gitanita.

Au fait, se reprit-elle, ce diable est d'une exquise galanterie... Tu as raison... fais-toi belle... cela ne peut jamais nuire.

Aurore, doña Cruz et les deux cameristes qui faisaient partie de la corbeille entrèrent dans la chambre à coucher. Dame Françoise resta seule dans la salle basse avec Jean-Marie Berrichon, son petit-fils.

— Qu'est-ce que c'est que cette effrontée ? demanda la bonne femme.

— Quelle effrontée, grand'maman ?

— Celle qui a un domino rose.

— La petite brune ?... Elle a des yeux qui sont tout de même pas mal reluisants, grand'maman !

— L'as-tu vue entrer ?

— Non !... elle était là avant moi.

Dame Françoise tira son tricot de sa poche et se mit à réfléchir.

— Je vais te dire, reprit-elle de sa voix la plus grave et la plus solennelle ; je ne comprends rien de rien à tout ce qui se passe...

— Voulez-vous que je vous explique ça, grand'maman ?

— Non... mais si tu veux me faire un plaisir...

— Ah ! grand'maman, vous plaisantez... si je veux vous faire un plaisir !...

— C'est de te taire quand je parle ! interrompit la bonne femme. On ne m'ôtera pas de l'idée qu'il y a du micmac là-dessous.

— Mais du tout, grand'maman !

— Nous avons eu tort de sortir... Le monde est méchant. Qui sait si cette Balahault ne nous a pas induits ?

— Ah ! grand'maman, une si brave femme ! qu'a de si bonne angélique !

— Enfin, j'aime y voir clair, moi, petiot, et toute cette histoire-là ne me va pas.

— C'est pourtant simple comme bonjour, grand'maman... Notre demoiselle avait regardé toute la journée les voiturées de fleurs et de feuillages qui arrivaient au Palais-Royal... Et, dame ! elle poussait de fiers soupirs en regardant çà et là la pauvre mignonnette !... Donc, elle a retourné maître Louis dans tous les sens pour qu'il lui achète une invitation... Ça se vend, les invitations, grand'maman... madame Balahault en avait une par le valet de garde-robe dont elle est parente par sa domestique (la domestique du valet de garde-robe), qui se fournit de tabac chez madame Balahault la jeune, de la rue des Bons-Enfants... La domestique avait eu la carte pour l'avoir trouvée sur le bureau de son maître... Il y a eu trente louis à partager entre les deux Balahault et la domestique... C'est pas voler, ça, pas vrai, grand'maman ?

Dame Françoise était la plus honnête cuisinière de l'Europe, mais elle était cuisinière.

— Pardié, non, petiot, répondit-elle, c'est pas voler... un méchant chiffon de papier !

— Y a donc, reprit Berrichon, que maître Louis s'est laissé emboiner, et qu'il est sorti pour aller acheter une carte. En route, il a marchandé des affutiaux pour dames, et il a envoyé tout ça, tout chaud.

— Mais il y en a pour une somme énorme ! fit la vieille femme en s'arrêtant de tricoter.

Berrichon haussa les épaules.

— Ah ! que vous êtes donc jeune, allez, grand'maman ! se récria-t-il ; du vieux satin brodé en faux et de petits morceaux de verre !

On frappa doucement à la porte de la rue.

— Qui nous vient encore là ? demanda Françoise avec mauvaise humeur ; mets la barre.

— Pourquoi mettre la barre ? Nous ne jouons plus à cache-cache, grand'maman.

On frappa un peu plus fort.

— Si c'étaient pourtant des voleurs ! pensa tout haut Berrichon qui n'était pas brave.

— Des voleurs ! fit la bonne femme, quand la rue est éclairée comme en plein midi et pleine de monde !... Va ouvrir.

— Réflexion faite, grand'maman, j'aime mieux mettre la barre...

Mais il n'était plus temps ; on était las de frapper. La porte s'ouvrit discrètement, et une mâle figure, ornée de moustaches énormes, se montra sur le seuil.

Le propriétaire des moustaches jeta un rapide coup d'œil tout autour de la chambre.

— As pas pur ! fit-il, ce doit être ici le nid de la colombe ! — Puis, se tournant vers le dehors, il ajouta : — Donne-toi la peine d'entrer, mon bon ; il n'y a qu'une respectable duègne et son poulet. Nous allons prendre langue.

En même temps il s'avança, le nez au vent, le poing sur la hanche, faisant osciller avec majesté les plis de son manteau. Il avait un paquet sous le bras.

Celui qu'il avait appelé « mon bon » parut à son tour. C'était aussi un homme de guerre, mais moins terrible à voir. Il était beaucoup plus petit, très maigre, et sa moustache indigente faisait de vains efforts pour figurer ce rodoutable croc qui va si bien au visage des héros. Il avait également un paquet sous le bras.

Il jeta, comme sou chef de file, un regard autour de la chambre, mais ce regard fut beaucoup plus long et plus attentif.

C'est Jean-Marie Berrichon qui se repentait amèrement de n'avoir point posé la barre en temps utile! Il rendait cette justice aux nouveaux venus de s'avouer à lui-même qu'il n'avait jamais vu deux coquins d'aussi mauvaise mine.

Cette opinion prouvait que Berrichon n'avait point fréquenté le beau monde, car, certes, Cocardasse junior et frère Amable Passepoil étaient deux magnifiques gredins.

Il se glissa prudemment derrière sa grand'mère, qui, plus vaillante, demanda de sa grosse voix :

— Que venez-vous chercher ici, vous autres?

Cocardasse toucha son feutre avec cette courtoisie noble des gens qui ont usé beaucoup de sandales dans la poussière des salles d'armes. Puis il cligna de l'œil en regardant frère Passepoil.

Frère Passepoil répondit par un clin d'œil pareil.

Cela voulait dire sans doute bien des choses. Berrichon tremblait de tous ses membres.

— Eh donc! respectable dame, dit enfin Cocardasse junior, vous avez un timbre qui me va droit au cœur... Et toi, Passepoil?

Passepoil, nous le savons bien, était de ces âmes tendres que la vue d'une femme impressionne toujours fortement. L'âge n'y faisait rien. Il ne détestait même pas que la personne du sexe eût des moustaches plus fournies que les siennes.

Passepoil approuva d'un sourire et mit son regard en coulisse. Mais admirez cette riche nature! sa passion pour la plus belle moitié du genre humain n'endormit point sa vigilance : il avait déjà fait dans sa tête la carte de céans.

La colombe, comme l'appelait Cocardasse, devait être dans cette chambre fermée, sous la porte de laquelle un rayon de vive lumière s'échappait. De l'autre côté de la salle basse, il y avait une porte ouverte, et à cette porte une clef.

Passepoil toucha le cou de Cocardasse et dit tout bas :

— La clef est en dehors!

Cocardasse approuva du bonnet.

— Vénérable dame, reprit-il, nous venons pour faire une affaire d'importance... N'est-ce point ici que demeure...?

— Non, répondit Berrichon derrière sa grand'mère, ce n'est pas ici.

Passepoil sourit. Cocardasse frisa sa moustache.

— Capédébiou! fit-il, voilà un adolescent de bien belle espérance.

— L'air candide, ajouta Passepoil.

— Et de l'esprit comme quatre bagassas. Mais comment peut-il savoir que la personne en question n'est pas ici, puisque je ne l'ai point nommée?

— Nous demeurons seuls tous deux, répliqua sèchement Françoise.

— Passepoil? dit le Gascon.

— Cocardasse? répondit le Normand.

— Aurais-tu cru que la vénérable dame pût mentir aussi effrontément?

— Ma parole, reprit frère Passepoil d'un ton pénétré, je ne l'aurais pas cru.

— Allons! allons! s'écria dame Françoise, dont les oreilles s'échauffaient, pas tant de bavardages... Il n'est pas l'heure de s'attarder chez les gens... Hors d'ici!

— Mon bon, dit Cocardasse, il y a une apparence de raison là-dedans, l'heure est indue.

— Positivement, approuva Passepoil.

— Et cependant, reprit Cocardasse, nous ne pouvons nous en aller sans avoir obtenu de réponse.

— C'est évident.

— Je propose donc de visiter la maison honnêtement et sans bruit.

— J'obtempère! fit Amable Passepoil. Et, se rapprochant vivement, il ajouta : — Prépare ton mouchoir! j'ai le mien... Tu vas prendre le petit, je me charge de la femme.

Dans les grandes occasions, ce Passepoil se montrait parfois supérieur à Cocardasse lui-même.

Leur plan était tracé : Passepoil se dirigea vers la porte de la cuisine. L'intrépide Françoise s'élança pour lui barrer le passage, tandis que Berrichon essayait de gagner la rue afin d'appeler du secours.

Cocardasse le saisit par une oreille et lui dit :

— Si tu cries, je t'étrangle, pécaïre!

Berrichon terrifié ne dit mot. Cocardasse lui noua son mouchoir sur la bouche.

Pendant cela, Passepoil, au prix de trois égratignures et de deux bonnes poignées de cheveux, bâillonnait dame Françoise solidement. Il la prit dans ses bras, et l'emporta à la cuisine où Cocardasse apportait Berrichon.

Quelques personnes prétendent qu'Amable Passepoil profita de la position où était dame Françoise pour déposer un baiser sur son front. S'il le fit, il eut tort : elle avait été laide dès sa plus tendre jeunesse. Mais nous tenons à n'accepter aucune responsabilité au sujet de Passepoil. Ses mœurs étaient légères : tant pis pour lui !

Berrichon et sa grand'mère n'étaient pas au bout de leurs peines. On les garrotta ensemble et on les attacha fortement au pied du bahut à vaisselle, puis on referma sur eux la porte à double tour.

Cocardasse junior et Amable Passepoil étaient maîtres absolus du terrain.

## X

### DEUX DOMINOS.

Au dehors, dans la rue du Chantre, les boutiques étaient toutes fermées. Parmi les commères, celles qui ne dormaient pas encore faisaient foule et tapage à la porte du Palais-Royal. La Guichard et la Durand, madame Balahault et madame Morin, étaient toutes les quatre du même avis : jamais on n'avait vu entrer tant et de si riches toilettes aux fêtes de S. A. R. Toute la cour était là.

Madame Balahault, qui était une personne considérable, jugeait en dernier ressort les toilettes préalablement discutées par madame Morin, la Guichard et la Durand.

Mais, par une transition habile, on arrivait aux personnes, après avoir épluché la soie et les dentelles. Parmi toutes ces belles dames, il en était bien peu qui eussent conservé aux yeux de madame Balahault la robe nuptiale dont parle l'Ecriture.

Mais ce n'était plus déjà pour les dames que nos commères se pressaient aux abords du Palais-Royal, bravant les invectives des porteurs et des cochers, défendant leurs places contre les tard-venus, et piétinant dans la boue avec une longanimité digne d'éloges ; ce n'était pas non plus pour les princes ou les grands seigneurs ; on était blasé sur les dames, on avait eu des grands seigneurs et des princes en veux-tu en voilà! On n'était vu passer madame de Soubise avec madame de Laferté, les deux belles Lafayette, la jeune duchesse de Rosny, cette blonde aux yeux noirs qui brouilla le ménage d'un fils de Louis XIV ; les demoiselles de Bourbon-Busset, cinq ou six Rohan de divers crûs, des Broglie, des Chastellux, des Bauffremont, des Choiseul, des Coigny, des Coigny, et le reste. On avait vu passer monsieur le comte de Toulouse, frère de monsieur du Maine, avec la princesse sa femme. Les présidens ne se comptaient plus, les ministres marquaient à peine ; on regardait par-dessus les épaules les ambassadeurs.

La foule restait pourtant et s'augmentait même de minute en minute. Qu'attendait donc la foule ? Elle n'eût pas montré tant de persévérance pour monsieur le régent lui-même !

Mais c'est qu'il s'agissait, en vérité, d'un bien autre personnage !

Le jeune roi ? Non pas. Montez encore.

Le dieu, l'Ecossais, monsieur Law, la providence de tout ce peuple qui allait devenir un peuple millionnaire ; monsieur de Law de Lauriston, le sauveur et le bienfaiteur !

Monsieur Law, que cette même foule devait essayer d'étrangler à cette même place quelques mois plus tard !

Monsieur Law, dont les chevaux ne travaillaient plus, remplacés qu'ils étaient sans cesse par des attelages humains !

La foule attendait ce bon monsieur Law. La foule était bien décidée à l'attendre jusqu'au lendemain matin.

Quand on songe que les poëtes accusent volontiers la foule d'inconstance, de légèreté, que sais-je ? cette excellente foule, plus patiente qu'un troupeau de moutons, cette foule inébranlable, cette foule tenace, cette foule infatigable qu'on vit de tout temps encombrer les trottoirs mouillés, quinze heures durant, pour voir passer ceci ou cela, pas grand chose souvent, parfois rien du tout !

Si les bœufs gras des cinquante derniers siècles savaient écrire !...

La rue du Chantre, noire et déserte, malgré le voisinage de cette cohue et de ces lumières, semblait dormir. Ses deux ou trois réverbères tristes se miraient dans son ruisseau fangeux. Au premier abord, on n'y découvrait âme qui vive.

Mais à quelques pas de la maison de maître Louis, de l'autre côté de la rue, dans un enfoncement profond, formé par la récente démolition de deux masures, six hommes vêtus de couleurs sombres se tenaient immobiles et muets.

Deux chaises à porteurs étaient à terre derrière eux. Ce n'était point monsieur Law que ceux-ci attendaient.

Ils avaient les yeux fixés sur la porte close de la maison de maître Louis depuis que Cocardasse junior et frère Passepoil y étaient entrés.

Ceux-ci, restés seuls dans la salle basse après leur expédition victorieuse contre Berrichon et dame Françoise, se posèrent en face l'un de l'autre, et se regardèrent avec une mutuelle admiration.

— Sandiéou ! l'enfant, dit Cocardasse, tu n'as pas encore oublié ton métier.

— Ni toi non plus : c'est fait promptement... mais nous en sommes pour nos mouchoirs.

Si nous avons eu parfois à blâmer Passepoil, ce n'a point été par suite d'une injuste partialité. La preuve, c'est que nous ne craignons pas de signaler à l'occasion ses côtés vertueux : il était économe.

Cocardasse, entaché au contraire de prodigalité, ne releva point ce qui avait trait aux mouchoirs.

— Eh donc ! reprit-il, le plus fort est fait...

— Du moment qu'il n'y a pas du Lagardère dans une affaire, fit observer Passepoil, tout va comme sur des roulettes.

— Et, Dieu merci, le Lagardère est loin !

— Soixante lieues de pays entre nous et la frontière.

Ils se frottèrent les mains.

— Ne perdons pas de temps, mon bon, reprit Cocardasse ; sondons le terrain. Voici deux portes.

Il montrait l'appartement d'Aurore et le haut de l'escalier tournant.

Passepoil se caressa le menton.

— Je vais glisser un coup d'œil par la serrure, dit-il en se dirigeant déjà vers la chambre d'Aurore.

Un regard terrible de Cocardasse junior l'arrêta.

— Capédébiou ! fit le Gascon, je ne souffrirai pas cela. Ç'ta petite couquine est à faire sa toilette : respectons la décence.

Passepoil baissa les yeux humblement.

— Ah ! mon noble ami, fit-il, que tu es heureux d'avoir de bonnes mœurs !

— Tron de l'air ! je suis comme cela...... et sois sûr, mon bon, que la fréquentation d'un homme tel que moi finira par te corriger..... Le vrai philosophe commande à ses passions.

— Je suis l'esclave des miennes, soupira Passepoil ; mais c'est qu'elles sont si fortes !

Cocardasse lui toucha la joue paternellement.

— A vaincre sans péril, déclama-t-il avec gravité, on triomphe sans agrément... Monte un peu voir ce qu'il y a là-haut.

Passepoil grimpa aussitôt comme un chat.

— Fermée ! dit-il en levant le loquet de la porte de maître Louis.

— Et par le trou ?... Ici, la décence le permet.

— Noir comme un four.

— Viens çà !... Récapitulons un peu les instructions de ce bon monsieur de Gonzague.

— Il nous a promis, dit Passepoil, cinquante pistoles à chacun.

— A certaines conditions. Primo...

Au lieu de poursuivre, il prit le paquet qu'il avait sous le bras. Passepoil fit de même.

A ce moment, la porte que Passepoil avait trouvée close au haut de l'escalier tourna sans bruit sur ses gonds. La figure pâle et futée du bossu parut dans la pénombre. Il se prit à écouter.

Les deux maîtres d'armes regardaient leurs paquets d'un air indécis.

— Est-ce absolument nécessaire ? demanda Cocardasse, qui frappa sur le sien d'un air mécontent.

— Pure formalité, répliqua Passepoil.

— Eh donc ! Normand, tire-nous de là.

— Rien de plus simple. Gonzague nous a dit : « Vous porterez des habits de laquais »; nous les portons fidèlement... sous notre bras.

Le bossu se mit à rire.

— Sous notre bras ! s'écria Cocardasse enthousiasmé ; tu as de l'esprit comme quatre, ma caillou !

— Sans mes passions et leur tyrannique empire, répliqua sérieusement Passepoil, je crois que j'aurais été loin.

Ils déposèrent les deux sur la table leurs paquets, qui contenaient des habits de livrée.

Cocardasse poursuivit :

— Monsieur de Gonzague nous a dit en second lieu : « Vous vous assurerez que la litière et les porteurs attendent dans la rue du Chantre. »

— C'est fait, dit Passepoil.

— Oui bien, fit Cocardasse en se grattant l'oreille ; mais il y a deux chaises... que penses-tu de cela, toi ?

— Abondance de biens ne nuit pas, décida Passepoil ; je n'ai jamais été en chaise.

— Ni moi non plus.

— Nous nous ferons porter à tour de rôle pour revenir à l'hôtel.

— Réglé. Troisièmement : « Vous vous introduirez dans la maison. »

— Nous y sommes.

— « Dans la maison, il y a une jeune fille... »

— Tiens, mon noble ami, s'écria frère Passepoil, regarde... me voilà tout tremblant...

— Et tout blême.... Qu'as-tu donc ?

— Rien que pour entendre parler de ce sexe auquel je dois tous mes malheurs.

Cocardasse lui frappa rudement sur l'épaule.

— As pas pur ! fit-il, mon bon ; entre soi, on se doit des égards..... Chacun a ses petites faiblesses ; mais si tu me romps encore les oreilles avec tes passions, sandiéou ! je te les coupe.

Passepoil ne releva point la faute de grammaire, et comprit bien qu'il s'agissait de ses oreilles. Il y tenait, bien qu'il les eût longues et rouges.

— Tu n'as pas voulu que je m'assure si la jeune fille était là... dit-il.

— Elle y est, répliqua Cocardasse ; écoute plutôt.— Un joyeux éclat de rire se fit entendre dans la pièce voisine. Frère Passepoil mit la main sur son cœur. — « Vous prendrez la jeune fille, poursuivit Cocardasse récitant sa leçon, ou plutôt vous la prierez poliment de monter dans la litière, que vous ferez conduire au pavillon... »

— « Et vous n'emploierez la violence, ajouta Passepoil, que s'il n'y a pas moyen de faire autrement. »

— C'est cela !..... Et je dis que cinquante pistoles font un bon prix pour une pareille besogne !

— Ce Gonzague est-il assez heureux ! — soupira tendrement Passepoil. Cocardasse toucha la garde de sa rapière. Passepoil lui prit la main. — Mon noble ami, dit-il, tue-moi tout de suite, c'est la seule manière d'éteindre le feu qui me dévore. Voilà mon sein, perce-le du coup mortel.

Le Gascon le regarda un instant d'un air de compassion profonde.

— Pécaïre ! fit-il, ce que c'est que de nous ! Voici une bagasse qui n'emploiera pas une seule de ses cinquante pistoles à jouer ou à boire !

Le bruit redoubla dans la chambre voisine. Cocardasse et Passepoil tressaillirent, parce qu'une petite voix grêle et stridente prononça tout bas derrière eux :

— Il est temps !

Ils se retournèrent vivement. Le bossu de l'hôtel de Gonzague était debout auprès de la table, et défaisait tranquillement leurs paquets.

— Oh ! oh ! fit Cocardasse, par où est-il passé celui-ci ? Passepoil s'était prudemment reculé.

Le bossu tendit une veste de livrée à Passepoil, une autre à Cocardasse.

— Et vite ! commanda-t-il sans élever la voix.

Ils hésitèrent. Le Gascon surtout ne pouvait point se faire à l'idée d'endosser cet habit de laquais.

— Capédébiou ! s'écria-t-il, de quoi te mêles-tu, toi ?

— Chut !... siffla le bossu, dépêchez...

On entendit à travers la porte la voix de dona Cruz qui disait :

— C'est parfait ! Il ne manque plus que la litière.

— Dépêchez ! répéta impérieusement le bossu.

En même temps il éteignit la lampe.

La porte de la chambre d'Aurore s'ouvrit, jetant dans la salle basse une lueur vague.

Cocardasse et Passepoil se retirèrent derrière la cage de l'escalier pour faire rapidement leur toilette.

Le bossu avait entr'ouvert une des fenêtres donnant sur la rue du Chantre.

Un léger coup de sifflet retentit dans la nuit.

Une des litières s'ébranla.

Les deux caméristes traversaient en ce moment la chambre à tâtons. Le bossu leur ouvrit la porte.

— Êtes-vous prêts ? demanda-t-il tout bas.

— Nous sommes prêts, répondirent Cocardasse et Passepoil.

— A votre besogne !

Dona Cruz sortait de la chambre d'Aurore en disant :

— Il faudra bien que je trouve une litière !... Le diable galant n'a donc pas songé à cela ?

Derrière elle, le bossu referma la porte.

La salle basse fut plongée dans une complète obscurité. Dona Cruz s'arrêta interdite. Elle entendait des mouvements dans l'ombre.

— Aurore ! dit-elle d'une voix mal assurée, ouvre-moi... éclaire-moi !

Faut-il l'avouer ? cette charmante dona Cruz n'avait pas peur des hommes ; c'était vers le démon que l'obscurité tournait ses terreurs. On venait d'évoquer le diable

en riant : dona Cruz croyait déjà sentir ses cornes dans les ténèbres.

Comme elle revenait vers la porte d'Aurore pour l'ouvrir, elle rencontra deux mains rudes et velues qui saisirent les siennes. Ces mains appartenaient à Cocardasse junior. Dona Cruz essaya de crier. Sa gorge, convulsivement serrée par l'épouvante, étrangla sa voix au passage.

Aurore, qui se lournait et se retournait devant son miroir, car la parure la faisait coquette, Aurore ne l'entendit point, étourdie qu'elle était par les murmures de la foule massée sous ses fenêtres.

On venait d'annoncer que le carrosse de monsieur Law, qui venait de l'hôtel d'Angoulême, était à la hauteur de la croix du Trahoir.

— Il vient ! il vient ! criait-on de toutes parts.

Et la cohue se prit à s'agiter follement.

— Mademoiselle, dit Cocardasse en dessinant un profond salut qui fut perdu, faute de quinquet, permettez-moi de vous offrir...

Dona Cruz était déjà à l'autre bout de la chambre.

Là, elle rencontra deux autres mains, moins poilues mais plus calleuses, qui étaient la propriété de frère Amable Passepoil. Cette fois, elle réussit à pousser un grand cri.

— Le voici ! le voici ! disait la foule.

Le cri de la pauvre dona Cruz fut perdu, comme le salut de Cocardasse.

Elle échappa à cette seconde étreinte, mais Cocardasse la serrait de près. Passepoil et lui s'arrangeaient pour lui fermer toute autre issue que la porte du perron. Quand elle arriva auprès de cette porte, les deux battants s'ouvrirent. La lueur des réverbères éclaira son visage. Cocardasse ne put retenir un mouvement de surprise. Un homme qui se tenait sur le seuil, en dehors, jeta une mante sur la tête de dona Cruz. On la saisit, demi-folle d'effroi, et on la poussa dans la chaise, dont la portière se referma aussitôt.

— A la petite maison derrière Saint-Magloire ! ordonna Cocardasse.

La chaise partit. Passepoil rentra, frétillant comme un goujon sur l'herbe. Il avait touché de la soie ! Cocardasse était tout pensif.

— Elle est mignonne ! dit le Normand, mignonne, mignonne !... Oh ! le Gonzague !

— Capédébiou ! s'écria Cocardasse, en homme qui veut chasser une idée importune, j'espère que voici une affaire menée adroitement !...

— Quelle petite main satinée !

— Les cinquante pistoles sont à nous... Je te l'ai dit : du moment qu'il n'y a pas de Lagardère dans une aventure...

Il regarda tout autour de lui, comme s'il n'eût point été parfaitement convaincu de ce qu'il avançait.

— Et la taille ! fit Passepoil. Je n'envie à Gonzague ni ses titres ni son or, mais...

— Allons ! interrompit Cocardasse, en route !

— Elle m'empêchera longtemps de dormir !

Cocardasse le saisit au collet et l'entraîna ; puis, se ravisant :

— La charité nous oblige à délivrer la vieille et son petit, dit-il.

— Ne trouves-tu pas que la vieille est bien conservée ? demanda frère Passepoil.

Il eut un maître coup de poing dans le dos. Cocardasse fit tourner la clef dans la serrure. Avant qu'il eût ouvert, la voix du bossu, qu'ils avaient presque oublié, se fit entendre du côté de l'escalier.

— Je suis assez content de vous, mes braves, dit-il mais votre besogne n'est pas finie... Laissez cela.

— Il a le verbe haut, ce petit homme, grommela Cocardasse.

— Maintenant qu'on ne le voit plus, ajouta Passepoil, sa voix me fait un drôle d'effet. On dirait que je l'ai entendue quelque part autrefois.

Un bruit sec et répété annonça que le bossu battait le briquet. La lampe se ralluma.

— Qu'avons-nous donc encore à faire, s'il vous plaît, maître Esope ? demanda le Gascon ; c'est ainsi qu'on vous nomme, je crois ?

— Esope, Jonas... et d'autres noms encore, repartit le petit homme. Attention à ce que je vais vous ordonner !

— Salue Son Excellence, Passepoil !... Ordonner, peste ! Il mit la main au chapeau. Passepoil l'imita en ajoutant d'un ton railleur :

— Nous attendons les ordres de Son Excellence !

— Et bien vous faites ! prononça sèchement le bossu.

Nos deux estafiers échangèrent un regard. Passepoil perdit son air de moquerie et murmura :

— Cette voix-là, bien sûr je l'ai entendue !

Le bossu prit derrière l'escalier deux de ces lanternes à manche qu'on portait au-devant des chaises, la nuit. Il les alluma.

— Prenez ceci, dit-il.

— Eh donc ! fit Cocardasse avec mauvaise humeur ; croyez-vous que nous pourrons rattraper la chaise ?

— Elle est loin, si elle court toujours ! ajouta Passepoil.

— Prenez ceci.

Ce bossu était entêté. Nos deux braves prirent chacun une des lanternes.

Le bossu montra du doigt la chambre d'où dona Cruz était sortie quelques minutes auparavant.

— Il y a là une jeune fille, dit-il.

— Encore ! s'écrièrent à la fois Cocardasse et Passepoil.

Et ce dernier pensa tout haut :

— L'autre litière !

— Cette jeune fille, poursuivit le bossu, achève de s'habiller. Elle va sortir par cette porte, comme l'autre...

Cocardasse désigna d'un coup d'œil la lampe rallumée.

— Alors, que ferons-nous ? demanda le Gascon.

— Je vais vous le dire : vous aborderez la jeune fille franchement, mais respectueusement. Vous lui direz : « Nous sommes ici pour vous conduire au bal du palais. »

— Il n'y avait pas un mot de cela dans nos instructions, fit observer Passepoil.

Et Cocardasse ajouta :

— La jeune fille nous croira-t-elle ?

— Elle vous croira si vous lui dites le nom de celui qui vous envoie.

— Le nom de monsieur de Gonzague ?

— Non pas !... Et si vous ajoutez que votre maître l'attendra, minuit sonnant... souvenez-vous bien de cela !... dans les jardins du palais, au rond-point de Diane.

— Avons-nous donc deux maîtres à présent, sandiéou ? s'écria Cocardasse.

— Non, répondit le bossu, vous n'avez qu'un maître, mais il ne s'appelle pas Gonzague.

Le bossu, disant cela, gagna l'escalier tournant. Il mit le pied sur la première marche.

— Et comment s'appelle-t-il notre maître ? interrogea Cocardasse, qui faisait de vains efforts pour garder son insolent sourire. Esope II, sans doute ?...

— Où Jonas, balbutia Passepoil.

Le bossu les regarda ; ils baissèrent les yeux. Le bossu prononça lentement :

— Votre maître se nomme Henri de Lagardère !

Ils tressaillirent tous deux, et parurent soudain rapetissés.

— Lagardère ! firent-ils de la même voix sourde et tremblante.

Le bossu monta l'escalier. Quand il fut en haut, il les regarda un instant courbés et domptés, puis il dit ces seuls mots :

— Marchez droit !

Et il disparut.

— Aïe ! fit Passepoil quand la porte du haut fut refermée.

— As pas pur ! grommela Cocardasse, nous avons vu le diable.

— Marchons droit, mon noble ami.

— Capédébiou ! soyons sages comme des images..... et marchons droit. Figure-toi, se reprit le Gascon, que j'avais cru reconnaître...

— Le petit Parisien ?

— Non... la jeune fille... celle que nous avons mise en chaise... pour la gentille bohémienne que j'ai vue là-bas, en Espagne, au bras de Lagardère...

Passepoil poussa un cri : la chambre d'Aurore venait de s'ouvrir.

— Qu'est-ce donc ? fit le Gascon en frissonnant.

Car tout l'épouvantait désormais.

— La jeune fille que j'ai vue au bras de Lagardère, là-bas, en Flandre ! balbutia Passepoil.

Aurore était sur le seuil.

— Flor ! appela-t-elle, où donc es-tu ? — Cocardasse et Passepoil, tenant à la main leurs lanternes, s'avancèrent, l'échine courbée. Leur détermination de marcher droit s'enracinait de plus en plus. C'étaient du reste deux laquais du plus magnifique modèle, avec leurs épées en verrouil. Bien peu de suisses de paroisse auraient pu lutter avec eux pour l'aisance et la bonne tenue. Aurore était si délicieusement belle sous son costume de cour qu'ils restèrent en admiration devant elle. — Où est Flor ? est-ce que la folle est partie sans moi ?

— Sans vous, renvoya le Gascon comme un écho.

Et le Normand répéta :

— Sans vous !

Aurore donna son éventail à Passepoil, son bouquet à Cocardasse. Vous eussiez dit qu'elle avait eu de grands laquais toute sa vie.

— Je suis prête, dit-elle, partons !

Les échos :

— Partons !

— Partons !

Et, au moment de monter en chaise :

— A-t-il dit où je le retrouverais ? demanda Aurore.

— Au rond-point de Diane, murmura Cocardasse avec une voix de ténor.

— À minuit, acheva Passepoil.

Tous deux les bras pendants et le corps incliné.

On partit. Par-dessus la chaise qu'ils accompagnaient, la lanterne à la main, Cocardasse junior et frère Passepoil échangèrent un dernier regard.

Ce regard voulait dire :

— Marchons droit !

L'instant d'après, on eût pu voir sortir, par la porte de l'allée qui conduisait à l'appartement particulier de maître Louis, un petit homme noir qui longea la rue du Chantre en trottinant.

Il traversa la rue Saint-Honoré au moment où le carrosse de ce bon monsieur Law allait passer, et la foule se moqua bien de sa bosse.

De ces moqueries, le bossu ne semblait point beaucoup se soucier.

Il fit le tour du Palais-Royal, et entra dans la cour des Fontaines.

Rue de Valois, il y avait une petite porte qui donnait accès dans la partie des bâtimens appelés les prisés de Monsieur. C'était là que Philippe d'Orléans, régent de France, avait son cabinet de travail.

Le bossu frappa d'une certaine sorte. On lui ouvrit aussitôt, et, du fond d'un corridor noir, une grosse voix s'éleva :

— Ah ! c'est toi, Riquet à la Houppe, dit-elle ; monte vite, on t'attend !

# I

## SOUS LA TENTE.

Les pierres aussi ont leurs destinées. Les murailles vivent longtemps et voient les générations passer ; elles savent bien des histoires ! Ce serait un curieux travail que la monographie d'un de ces tubes taillés dans le liais ou dans le tuf, dans le granit ou dans le grès. Que de drames à l'entour, comédies et tragédies ! Que de grandes et que de petites choses ! combien de rires ! combien de pleurs !

Ce fut la tragédie qui fonda le Palais-Royal. Armand Duplessis, cardinal de Richelieu, immense homme d'État, lamentable poëte, acheta au sieur Dufresne l'ancien hôtel de Rambouillet, au marquis d'Estrées le grand hôtel de Mercœur ; sur l'emplacement de ces deux demeures seigneuriales, il donna l'ordre à l'architecte Lemercier de lui bâtir une maison digne de sa haute fortune. Quatre autre fiefs furent acquis pour dessiner les jardins. Enfin, pour dégager la façade, où étaient les armoiries des Duplessis surmontées du chapeau de cardinal, on fit emplette de l'hôtel de Sillery, en même temps qu'on ouvrait une grande rue pour permettre au carrosse de Son Eminence d'arriver sans encombre à ses fermes de la Grange-Batelière.

La rue devait garder le nom de Richelieu ; la ferme, sur les terrains de laquelle s'élève maintenant le plus brillant quartier de Paris, baptisa longtemps l'arrière-façade de l'Opéra ; le palais seul n'eut point de mémoire.

Tout battant neuf, il échangea son titre de Cardinal pour un titre plus élevé encore. Richelieu dormait à peine dans la tombe que sa maison s'appelait déjà le Palais-Royal.

Il aimait le théâtre, ce terrible prêtre ! on pourrait presque dire qu'il bâtit son palais pour y mettre des théâtres. Il en fit trois, bien qu'à la rigueur il n'en fallût qu'un, pour représenter sa chère tragédie de *Mirame*, fille idolâtrée de sa propre muse.

Elle était en vérité trop lourde pour exceller au jeu des vers, cette main qui trancha la tête du connétable de Montmorency. *Mirame* fut représentée devant trois mille fils et filles des croisés qui eurent bien le cœur d'applaudir. Cent odes, autant de dithyrambes, le double de madrigaux, tombèrent le lendemain en pluie fade sur la ville, célébrant les gloires du redoutable poëte ; puis tout ce lâche bruit se tut. On parla tout bas d'un jeune homme qui faisait aussi des tragédies, qui n'était pas cardinal, et qui s'appelait Corneille.

Un théâtre de deux cents spectateurs, un théâtre de cinq cents, un théâtre de trois mille : Richelieu ne se contenta pas à moins. Tout en suivant la politique pittoresque de Tarquin, tout en faisant tomber systématiquement les têtes effrontées qui dépassaient le niveau, il s'occupait de ses décors et de ses costumes, comme un excellent directeur qu'il était. On dit qu'il inventa la *mer agitée*, qui fait vivre maintenant dans le *premier dessous* tant de pères de famille, les nuages de gaze, les rampes mobiles et les *praticables*. Il imagina lui-même le ressort qui faisait rouler le rocher de Sisyphe, fils d'Éole, dans la pièce de Desmarest.

On ajoute qu'il tenait bien plus à ces divers petits talens, y compris celui de danser, qu'à sa gloire politique. C'est la règle.

Néron ne fut point immortel, malgré ses succès de joueur de flûte.

Richelieu mourut. Anne d'Autriche et son fils Louis XIV vinrent habiter le Palais-Cardinal. La Fronde fit tapage autour de ces murailles toutes neuves. Mazarin, qui ne faisait point de tragédies, écouta plus d'une fois, riant sous cape et tremblant à la fois, les grands cris du peuple ameuté sous ses fenêtres.

Mazarin avait pour retraite les appartemens qui servirent plus tard à Philippe d'Orléans, régent de France. C'était l'aile orientale, ayant retour sur la galerie actuelle des Proues, vers la cour des Fontaines.

Il était là, au printemps de l'année 1640, quand les frondeurs pénétrèrent de force au palais pour se bien assurer par eux-mêmes qu'on ne leur avait point enlevé le jeune roi. Un tableau de la galerie du Palais-Royal représente ce fait et montre Anne d'Autriche soulevant, en présence du peuple, les langes de Louis XIV enfant.

A ce sujet, on rapporte un mot de l'un des petits-neveux du régent, le roi des Français, Louis-Philippe. Ce mot va bien au Palais-Royal, qui est un monument sceptique, charmant, froid, sans préjugés, un esprit fort en pierres de taille, qui se planta sur l'oreille la cocarde verte de Camille Desmoulins, mais qui caressa les cosaques ; ce mot va bien aussi à la race de l'élève de Dubois, le plus spirituel prince qui ait jamais perdu le temps et l'or de l'État à faire l'orgie.

Casimir Delavigne, regardant ce tableau, qui est de Mauzaisse, s'étonnait de voir la reine sans gardes au milieu de cette multitude. Le duc d'Orléans, depuis Louis-Philippe, se prit à sourire et répondit :

— Il y a, mais on ne les voit pas.

Ce fut au mois de février 1672 que Monsieur, frère du roi, tige de la maison d'Orléans, entra en possession du Palais-Royal. Louis XIV, le 21 de ce mois, lui en constitua la propriété en apanage. Henriette-Anne d'Angleterre, duchesse d'Orléans, y tint une cour brillante.

Le duc de Chartres, fils de Monsieur, le futur régent, y épousa, vers la fin de l'année 1692, mademoiselle de Blois, la dernière des filles naturelles du roi et de madame de Montespan.

Sous la régence, il ne s'agissait plus de tragédie. L'ombre triste de Mirame dut se voiler pour ne point voir ces fameux petits soupers que le duc d'Orléans faisait, dit Saint-Simon, « en des compagnies fort étranges ; » mais les théâtres servirent, car la mode était aux filles d'Opéra.

La belle duchesse de Berri, fille du régent, toujours entre deux vins et le nez barbouillé de tabac d'Espagne, faisait partie de l'*étrange compagnie* où n'entraient, ajoute le même Saint-Simon, « que des dames de moyenne » vertu et des gens de peu, mais brillant par leur esprit » et leur débauche... »

Mais au fond, Saint-Simon, malgré d'intimes rapports, n'aimait pas le régent. Si l'histoire ne peut cacher entièrement les regrettables faiblesses de ce prince, du moins nous montre-t-elle les grandes qualités que ses excès ne parvinrent point à étouffer.

Ses vices étaient à son infâme précepteur. Ce qu'il avait de vertu lui appartenait d'autant mieux qu'on avait fait plus d'efforts pour le tuer en lui. Ses orgies, et ceci est rare, n'eurent point de revers sanglant. Il fut humain, il fut bon. Peut être eût-il été grand sans les exemples et les conseils qui empoisonnèrent sa jeunesse.

Le jardin du Palais-Royal était alors beaucoup plus vaste qu'aujourd'hui. Il touchait d'un côté aux maisons de la rue Richelieu, de l'autre aux maisons de la rue des Bons-Enfans. Au fond, du côté de la Rotonde, il allait jusqu'à la rue Neuve-des-Petits-Champs. Ce fut longtemps après seulement, sous le règne de Louis XVI, que Louis-Philippe-Joseph, duc d'Orléans, bâtit ce que l'on appelle les galeries de pierre, pour isoler le jardin et l'embellir.

Au temps où se passe notre histoire, d'énormes charmilles, toutes taillées en portiques italiens, entouraient les berceaux, les massifs et les parterres. La belle allée de marronniers d'Inde, plantée par le cardinal de Richelieu, était dans toute sa vigueur. L'arbre de Cracovie, dernier représentant de cette avenue, existait encore au commencement de ce siècle.

Deux autres avenues d'ormes, taillés en boule, allaient

erceaux, les massifs et les parterres. La belle allée de marronniers d'Inde, plantée par le cardinal de Richelieu, était dans toute sa vigueur. L'arbre de Cracovie, dernier représentant de cette avenue, existait encore au commencement de ce siècle.

Deux autres avenues d'ormes, taillés en boule, allaient dans le sens de la largeur. Au centre était une demi-lune avec bassin d'eau jaillissante. A droite et à gauche, en revenant vers le palais, on rencontrait le rond-point de Mercure et le rond-point de Diane, entourés de massifs d'arbrisseaux. Derrière le bassin se trouvait le quinconce de tilleuls, entre les deux grandes pelouses.

L'aile orientale du palais, plus considérable que celle où fut construit plus tard le Théâtre-Français, sur l'emplacement de la célèbre galerie de Mansart, se terminait par un pignon à fronton qui portait cinq fenêtres de façade sur le jardin. Ces fenêtres regardaient le rond-point de Diane. Le cabinet de travail du régent était là.

Le grand théâtre, qui avait subi fort peu de modifications depuis le temps du cardinal, servait aux représentations de l'Opéra. Le palais proprement dit, outre les salons d'apparat, contenait les appartemens d'Elisabeth Charlotte de Bavière, princesse palatine, duchesse douairière d'Orléans, seconde femme de Monsieur ; ceux de la duchesse d'Orléans, femme du régent, et ceux du duc de Chartres. Les princesses, à l'exception de la duchesse de Berri et de l'abbesse de Chelles, habitaient l'aile occidentale, qui allait vers la rue de Richelieu.

L'Opéra, situé de l'autre côté, occupait une partie de l'emplacement actuel de la cour des Fontaines et de la rue de Valois. Il avait ses derrières sur la rue des Bons-Enfans. Un passage, connu sous le nom galant de cour aux Ris, séparait l'entrée particulière de ces dames des appartemens du régent.

Elles jouissaient à titre de tolérance du jardin du palais.

Celui-ci n'était point ouvert au public comme de nos jours, mais il était facile d'en obtenir l'entrée. En outre, presque toutes les maisons des rues des Bons-Enfans, de Richelieu et Neuve-des-Petits-Champs avaient des balcons, des terrasses régnantes, des portes basses, et même des perrons qui donnaient accès dans les massifs. Les habitans de ces maisons se croyaient si bien en droit de jouir du jardin, qu'ils firent plus tard un procès à Louis-Philippe-Joseph d'Orléans, lorsque ce prince voulut enclore le Palais-Royal.

Tous les auteurs contemporains s'accordent à dire que le jardin du palais était un *séjour délicieux*, et certes, sous ce rapport, nous avons beaucoup à regretter. Rien de moins délicieux que le promenoir carré envahi par les bonnes d'enfans, où s'alignent maintenant les deux allées d'ormes malades. Il faut croire que la construction des galeries, en interceptant l'air, nuit à la végétation. Notre Palais-Royal est une très belle cour ; ce n'est plus un jardin.

Cette nuit-là, c'était un enchantement, un paradis, un palais de fées ! Le régent, qui n'avait pas beaucoup de goût à la représentation, sortait de son habitude et faisait les choses magnifiquement. On disait, il est vrai, que ce bon monsieur Law fournissait l'argent de la fête. Mais qu'importait cela ? En ce monde, beaucoup de gens sont de cet avis qu'il ne faut voir que le résultat.

Si Law payait les violons en son propre honneur, c'était un homme qui entendait bien la publicité, voilà tout. Il eût mérité de vivre en nos jours d'habileté où tel écrivain s'est fait une renommée en achetant tous les exemplaires des quatorze premières éditions de son livre, si bien que la quinzième a fini par se vendre ou à peu près ; où tel dentiste, pour gagner vingt mille francs, dépense dix mille écus en annonces ; où tel directeur de théâtre met chaque soir trois ou quatre cents humbles amis dans sa salle, pour prouver à deux cent cinquante spectateurs vrais que l'enthousiasme n'est pas mort en France.

Ce n'est pas seulement à titre d'inventeur de l'agio que ce bon monsieur Law peut-être regardé comme le véritable précurseur de la banque contemporaine.

Cette fête était pour lui ; cette fête avait pour but de glorifier son système et aussi sa personne. Pour que la poudre qu'on jette aille bien dans les yeux éblouis, il faut jeter de haut. Ce bon monsieur Law avait senti le besoin d'un piédestal d'où il pût jeter sa poudre. On devait cuire une nouvelle fournée d'actions le lendemain.

Comme l'argent ne lui coûtait rien, il fit sa fête splendide.

Nous ne parlerons point des salons du palais, décorés pour cette circonstance avec un luxe inouï. La fête était surtout dans le jardin, malgré la saison avancée. Le jardin était entièrement tendu et couvert. La décoration générale représentait un campement de colons dans la Louisiane, sur les bords du Mississipi, ce fleuve d'or. Toutes les serres de Paris avaient été mises à contribution pour composer des massifs d'arbustes exotiques : on ne voyait partout que fleurs tropicales et fruits du paradis terrestre. Les lanternes qui pendaient à profusion aux arbres et aux colonnes étaient des lanternes indiennes, on se le disait ; seulement, les tentes des Indiens sauvages, jetées çà et là, semblaient trop jolies.

Mais les amis de monsieur Law allaient répétant :

— Vous ne vous figurez pas comme les naturels de ce pays sont avancés !

Une fois admis le style un peu fantastique des tentes, il est certain que tout était d'un rococo délicieux. Il y avait des lointains ménagés, des forêts sur toile, des rochers de carton à l'aspect terrible, des cascades qui écumaient comme si l'on eût mis du savon dans leur eau.

Le bassin central était surmonté de la statue allégorique du Mississipi, qui avait un peu les traits de ce bon monsieur Law. Ce dieu tenait une urne d'où l'eau s'échappait. Derrière le dieu, dans le bassin même, on avait placé une machine ayant mission de figurer une de ces chaussées que construisent les castors dans les cours d'eau de l'Amérique septentrionale.

Monsieur de Buffon n'avait pas encore fait l'histoire de ces intéressans animaux, ingénieux et méthodiques.

Nous avons placé ce détail de la chaussée des castors, parce qu'il dit tout et vaut à lui seul la description la plus étendue.

C'était autour de la statue du dieu Mississipi que la Nivelle, mademoiselle Desbois-Duplant, mademoiselle Hernoux, Leguac, Salvator et Pompignan, devaient danser le ballet indien, pour lequel cinq cents sujets étaient engagés.

Les compagnons de plaisir du régent, le marquis de Cossé, le duc de Brissac, Lafare le poëte, madame de Tencin, madame de Royan et la duchesse de Berri, s'étaient bien un peu moqués de tout cela, mais pas tant que le régent lui-même.

Il n'y avait guère qu'un homme pour surpasser le régent dans ses railleries : c'était ce bon monsieur Law !

Les salons étaient déjà encombrés, et Brissac avait ouvert le bal, par ordre, avec madame de Toulouse. Il y avait foule dans les jardins, et le lansquenet allait sous toutes les tentes plus ou moins sauvages. Malgré les piquets de gardes françaises (déguisés en Indiens d'Opéra), posés à toutes les portes des maisons voisines donnant sur les jardins, plus d'un intrus était parvenu à se glisser. On voyait çà et là des dominos dont l'apparence n'était rien moins que catholique.

C'était un grand bruit, une foule remuante et joyeuse, ayant parti pris de s'amuser quand même.

Cependant les rois de la fête n'avaient point fait encore leur entrée. On n'avait vu ni le régent, ni les princesses, ni ce bon monsieur Law. On attendait.

Dans un wigwam en velours nacarat, orné de crépines d'or, où les sachems du grand fleuve eussent bien voulu fumer le calumet de paix, on avait réuni plusieurs tables. Ce wigwam était situé non loin du rond-point de Diane, sous les fenêtres mêmes du cabinet du régent. Il contenait nombreuse compagnie.

Autour d'une table de marbre recouverte d'une natte, un lansquenet turbulent se faisait. L'or roulait à grosse poignées ; on criait, on riait. Non loin de là, un groupe de vieux gentilshommes causaient discrètement auprès d'une table de reversis.

A la table du lansquenet, nous eussions reconnu Chaverny, le beau petit marquis. Choisy, Navailles, Gironne, Nocé, Taranne, Albret et d'autres. Monsieur de Peyrolles était là et gagnait.

C'était une habitude qu'il avait ; on la lui connaissait. Ses mains étaient généralement surveillées. Du reste, sous la régence, tromper au jeu n'était pas péché mortel.

On n'entendait que des chiffres qui allaient se croisant et rebondissant de l'un à l'autre. Cent louis ! cinquante ! deux cents ! quelques jurons de mauvais joueurs, et le rire involontaire des gagnans.

Toutes les figures, bien entendu, étaient découvertes autour de la table. Dans les avenues, au contraire, beaucoup de masques et beaucoup de dominos allaient causant. Des laquais, en livrée de fantaisie et pour la plupart masqués pour ne pas dénoncer l'incognito de leurs maîtres, se tenaient de l'autre côté du petit perron du régent.

— Gagnez-vous, Chaverny ? demanda un petit domino bleu qui vint mettre sa tête encapuchonnée à l'ouverture de la tente.

Chaverny jetait le fond de sa bourse sur la table.

— Cidalise, s'écria Gironne, à notre secours, nymphe des forêts vierges !

Un autre domino parut derrière le premier.

— Plaît-il ? demanda ce second domino.

— Ce n'est pas une personnalité, Desbois, ma mignonne, lui fut-il répondu ; il s'agit de forêts.

— A la bonne heure ! fit mademoiselle Desbois-Duplant qui entra.

Cidalise donna sa bourse à Gironne.

Un des vieux gentilshommes assis à la table de reversis fit un geste de dégoût.

— De notre temps, monsieur de Barbanchois, dit-il à son voisin, cela se faisait autrement.

— Tout est gâté, monsieur de La Hunaudaye, répondit le voisin, tout est perverti.

— Rapetissé, monsieur de Barbanchois.

— Abâtardi, monsieur de La Hunaudaye.

— Travesti.

— Galvaudé.

— Sali.

Et tous deux en chœur, avec un grand soupir :

— Où allons-nous, baron, où allons-nous !

Monsieur le baron de Barbanchois poursuivit, en prenant un des boutons d'agate qui décoraient l'antique pourpoint de monsieur de La Hunaudaye :

— Qui sont ces gens, monsieur le baron ?

— Monsieur le baron, je vous le demande ?

— Tiens-tu, Taranne ? criait en ce moment Montaubert ; cinquante !

— Taranne ? grommela monsieur de Barbanchois, ce n'est pas un homme, c'est une rue !

— Tiens-tu, Albret ?

— Cela s'appelle, fit monsieur de La Hunaudaye, comme la mère de Henri le Grand... Où pêchent-ils leurs noms ?

— Où Bichon, l'épagneul de madame la baronne, a-t-il pêché le sien ? répliqua monsieur de Barbanchois en ouvrant sa tabatière.

Cidalise, qui passait, y fourra effrontément ses deux doigts; monsieur le baron resta bouche béante.

— Il est bon ! dit la fille d'Opéra.

— Madame, repartit gravement le baron de Barbanchois, je n'aime point mêler... veuillez accepter la boîte. — Cidalise ne se formalisa point. Elle prit la boîte et toucha d'un geste caressant le vieux menton du gentilhomme indigné. Puis elle fit une pirouette et s'éloigna. — Où allons-nous ! répéta monsieur de Barbanchois, qui suffoquait. Que dirait le feu roi s'il voyait de pareilles choses ?

Au lansquenet :

— Perdu, Chaverny, encore perdu !

— C'est égal, j'ai ma terre de Chaneilles. Je tiens tout !...

— Son père était un digne soldat, dit le baron de Barbanchois. A qui appartient-il ?

— A monsieur le prince de Gonzague.

— Dieu nous garde des Italiens !

— Les Allemands valent-ils mieux, monsieur le baron ?

Un comte de Horn roué en Grève pour assassinat !

— Un parent de Son Altesse ! Où allons-nous !

— Je vous dis, monsieur le baron, qu'on finira par s'égorger en plein midi dans les rues !

— Eh ! monsieur le baron, c'est déjà commencé. N'avez-vous point lu les nouvelles ? Hier, une femme assassinée près du Temple... la Lauvet, une agioteuse.

— Ce matin, un commis du trésor de la guerre, le sieur Sandrier, retiré de la Seine au pont Notre-Dame.

— Pour avoir parlé trop haut de cet Écossais maudit, prononça tout bas monsieur de Barbanchois.

— Chut ! fit monsieur de la Hunaudaye ; c'est le onzième depuis huit jours !

— Oriol ! Oriol, à la rescousse ! crièrent en ce moment les joueurs.

Le gros petit traitant parut à l'entrée de la tente. Il avait le masque, et son costume, d'une richesse grotesque, lui avait fait dans le bal un haut succès de rire :

— C'est étonnant, dit-il, tout le monde me connaît !

— Il n'y a pas deux Oriol ! s'écria Navailles.

— Ces dames trouvent que c'est assez d'un ! fit Nocé.

— Jaloux ! s'écria-t-on de toutes parts en riant.

Oriol demanda :

— Messieurs, n'avez-vous point vu Nivelle ?

— Dire que ce pauvre ami, déclama Gironne, sollicite en vain depuis huit mois la place de financier bafoué et dévoré auprès de notre chère Nivelle !

— Jaloux ! dit-on encore.

— As-tu vu d'Hozier, Oriol ?

— As-tu tes parchemins ?

— Oriol, sais-tu le nom de l'aïeul que tu vas envoyer aux croisades ?

Et les rires d'éclater.

Monsieur de Barbanchois joignait les mains ; monsieur de la Hunaudaye disait :

— Ce sont des gentilshommes, monsieur le baron, qui raillent ces saintes choses !

— Où allons-nous, Seigneur, où allons-nous !

— Peyrolles, dit le petit traitant qui s'approcha de la table, je vous fais les cinquante louis puisque c'est vous ; mais relevez vos manchettes.

— Plaît-il ?... fit le factotum de monsieur de Gonzague, je ne plaisante qu'avec mes égaux, mon petit monsieur !

Chaverny regarda les laquais derrière le perron du régent.

— Parbleu ! murmura-t-il, ces coquins ont l'air de s'ennuyer là-bas... va les chercher, Taranne, pour que cet honnête monsieur de Peyrolles ait un peu avec qui plaisanter.

Le factotum n'entendit point cette fois. Il ne se fâchait qu'à bonnes enseignes. Il se contenta de gagner les cinquante louis d'Oriol.

— Et du papier ! disait le vieux Barbanchois, toujours du papier !

— On nous paye nos pensions en papier, baron !

— Et nos fermages... Que représentent ces chiffons ?

— L'argent s'en va !

— L'or aussi... Voulez-vous que je vous dise, baron : nous marchons à une catastrophe.

— Monsieur mon ami, repartit La Hunaudaye en serrant furtivement la main de Barbanchois, nous y marchons ; c'est l'avis de madame la baronne.

Parmi les clameurs, les rires et les quolibets croisés, la voix d'Oriol s'éleva de nouveau.

— Connaissez-vous la nouvelle, demanda-t-il, la grande nouvelle ?

— Non, voyons la grande nouvelle.

— Je vous la donne en mille... Mais vous ne devineriez pas...

— Monsieur Law s'est fait catholique ?

— Madame de Berri boit de l'eau ?

— Monsieur du Maine a fait demander une invitation au régent ?

Et cent autres impossibilités.

— Vous n'y êtes pas, vous n'y êtes pas, très cher ! vous n'y serez jamais !... madame la princesse de Gonzague, la veuve inconsolable de monsieur de Nevers, Artémise vouée au deuil éternel...

A ce nom de madame la princesse de Gonzague, tous les vieux gentilshommes avaient dressé l'oreille.

— Eh bien ! reprit Oriol, Artémise a fini de boire la cendre de Mausole... madame la princesse de Gonzague est au bal. — On se récria : c'était chose incroyable. — Je l'ai vue, affirma le petit traitant, de mes yeux vue, assise auprès de la princesse palatine. Mais j'ai vu quelque chose de plus extraordinaire encore.

— Quoi donc ? demanda-t-on de toute part.

Oriol se rengorgea. Il tenait le dé.

— J'ai vu, reprit-il, et pourtant je n'avais pas la berlue... et j'étais bien éveillé... j'ai vu monsieur le prince de Gonzague refusé à la porte du régent.

On fit silence. Cela intéressait tout le monde. Tout ce qui entourait cette table de lansquenet attendait sa fortune de Gonzague.

— Qu'y a-t-il d'étonnant à cela ? demanda Peyrolles ; les affaires de l'État...

— A cette heure, Son Altesse Royale ne s'occupe point des affaires de l'État.

— Cependant si un ambassadeur...

— Son Altesse Royale n'était point avec un ambassadeur.

— Si quelque caprice nouveau...

— Son Altesse Royale n'était pas avec une dame.

C'était Oriol qui faisait ces réponses nettes et catégoriques. La curiosité générale grandissait.

— Mais avec qui donc était Son Altesse Royale ?

— On se le demandait, repartit le petit traitant ; monsieur de Gonzague lui-même s'en informait avec beaucoup de mauvaise humeur.

— Et que lui répondaient les valets ? interrogea Navailles.

— Mystère, messieurs, mystère !... Monsieur le régent est triste depuis certaine missive qu'il reçut d'Espagne... Monsieur le régent a donné ordre aujourd'hui d'introduire par la petite porte de la cour des Fontaines un personnage qu'aucun de ses valets ordinaires n'a vu, sauf Blondeau, qui a cru entrevoir dans le second cabinet un petit homme tout noir de la tête aux pieds... un bossu...

— Un bossu ! répéta-t-on à la ronde, il en pleut, des bossus !...

— Son Altesse Royale s'est enfermée avec lui. Et Lafare, et Brissac, et la duchesse de Phalaris elle-même ont trouvé porte close.

Il y eut un silence. Par l'ouverture de la tente on pouvait apercevoir les fenêtres éclairées du cabinet de S. A. Oriol regarda de ce côté par hasard.

— Tenez ! tenez ! s'écria-t-il en étendant la main ; ils sont encore ensemble.

Tous les yeux se tournèrent à la fois vers les fenêtres du pavillon. Sur les rideaux blancs, la silhouette de Philippe d'Orléans se détachait, il marchait. Une autre ombre indécise, placée du côté de la lumière, semblait l'accompagner. Ce fut l'affaire d'un instant : les deux ombres avaient dépassé la fenêtre.

Quand elles revinrent, elles avaient changé de place en tournant. La silhouette du régent était vague, tandis que celle de son mystérieux compagnon se dessinait avec netteté sur le rideau ; quelque chose de difforme : une grosse bosse sur un petit corps, et de longs bras qui gesticulaient avec vivacité.

## II

### ENTRETIEN PARTICULIER.

La silhouette de Philippe d'Orléans et celle de son bossu ne se montrèrent plus aux rideaux du cabinet. Le prince venait de se rasseoir ; le bossu restait debout devant lui, dans une attitude respectueuse, mais ferme.

Le cabinet du régent avait quatre fenêtres : deux sur le jardin, deux sur la cour des Fontaines.

On y arrivait par trois entrées, dont l'une était publique, la grande antichambre, les deux autres dérobées. Mais c'était là le secret de la comédie. Après l'Opéra, ces demoiselles, bien qu'elles n'eussent à traverser que la cour aux Ris, arrivaient à la porte du duc d'Orléans, précédées de lanternes à manche, et faisaient battre la porte à toute volée. Cossé, Brissac, Gonzague, Lafare et le marquis de Bonnivet, ce bâtard de Gouffier que la duchesse de Berri avait pris à son service « pour avoir un outil à couper les oreilles, » venaient frapper à l'autre porte en plein jour.

L'une de ces issues s'ouvrait sur la cour aux Ris, l'autre sur la cour des Fontaines, déjà dessinée en partie par la maison du financier Maret de Fontbonne, et le pavillon Réault. La première avait pour concierge une brave vieille, ancienne chanteuse de l'Opéra ; la seconde était gardée par Le Bréant, ex-palefrenier de Monsieur. C'étaient de bonnes places. Le Bréant était en outre l'un des surveillans du jardin, où il avait une loge derrière le rond-point de Diane.

C'est la voix de Le Bréant que nous avons entendue au fond du corridor noir, quand le bossu entra par la cour des Fontaines.

On l'attendait en effet. Le régent était seul ; le régent était soucieux.

Le régent avait encore sa robe de chambre, bien que la fête fût commencée depuis longtemps. Ses cheveux, qu'il avait très beaux, étaient en papillotes, et il portait de ces gants préparés pour entretenir la blancheur des mains. Sa mère, dans ses mémoires, dit que ce goût excessif pour le soin de sa personne lui venait de Monsieur. Monsieur, en effet, jusqu'aux derniers jours de sa vie, fut autant et plus coquet qu'une femme.

Le régent avait dépassé sa quarante-cinquième année. On lui eût donné quelque peu davantage à cause de la fatigue extrême qui jetait comme un voile sur ses traits. Il était beau néanmoins ; son visage avait de la noblesse et du charme ; ses yeux, d'une douceur toute féminine, peignaient la bonté poussée jusqu'à la faiblesse.

Sa taille se voûtait légèrement quand il ne représentait point. Ses lèvres et surtout ses joues avaient cette mollesse, cet affaissement qui est comme un héritage dans la maison d'Orléans.

La princesse palatine, sa mère, lui avait donné quelque chose de sa bonhomie allemande et de son esprit argent comptant, mais elle ne lui avait pas gardé la meilleure part. Si l'en en croit ce que cette excellente femme dit d'elle-même dans ses souvenirs, chef-d'œuvre de rondeur et d'originalité, elle n'avait eu garde de lui donner la beauté qu'elle n'avait point.

Sur certains tempéramens d'élite, la débauche laisse peu de traces. Il y a des hommes de fer ; Philippe d'Orléans n'était point de ceux-là. Son visage et toute l'habitude de son corps disaient énergiquement quelle fatigue lui laissait l'orgie. On pouvait pronostiquer déjà que cette vie, prodigue, usait ses dernières ressources et que la mort guettait là quelque part au fond d'un flacon de champagne.

Le bossu trouva au seuil du cabinet un seul valet de chambre qui l'introduisit.

— C'est vous qui m'avez écrit d'Espagne? demanda le régent qui le toisa d'un coup d'œil.

— Non, monsieur, répondit le bossu respectueusement.

— Et de Bruxelles?

— Non plus de Bruxelles.

— Et de Paris?

— Pas davantage.

Le régent lui jeta un second coup d'œil.

— Il m'étonnait que vous fussiez ce Lagardère, — murmura-t-il. Le bossu salua en souriant. — Monsieur, dit le régent avec douceur et gravité, je n'ai point voulu faire allusion à ce que vous pensez... Je n'ai jamais vu ce Lagardère.

— Monseigneur, repartit le bossu qui souriait toujours, on l'appelait le beau Lagardère quand il était chevau-léger de votre royal oncle... je n'ai jamais pu être beau ni chevau-léger.

Il ne plaisait point au duc d'Orléans d'appuyer sur ce sujet.

— Comment vous nommez-vous? demanda-t-il.

— Maître Louis, monseigneur, dans ma maison... Au dehors, les gens comme moi n'ont d'autre nom que le sobriquet qu'on leur donne.

— Où demeurez-vous?

— Très loin.

— C'est un refus de me dire votre demeure?

— Oui, monseigneur.

Philippe d'Orléans releva sur lui son œil sévère, et prononça tout bas:

— J'ai une police, monsieur... elle passe pour être habile... je puis aisément savoir...

— Du moment que Votre Altesse Royale semble y tenir, interrompit le bossu, je fais taire mes répugnances... Je demeure à l'hôtel de monsieur le prince de Gonzague.

— A l'hôtel de Gonzague! répéta le régent étonné.

Le bossu salua et dit froidement:

— Les loyers y sont chers!

Le régent semblait réfléchir.

— Il y a longtemps, fit-il, bien longtemps que j'entends parler pour la première fois de ce Lagardère... C'était autrefois un spadassin effronté...

— Il a fait de son mieux depuis lors pour expier ses folies.

— Que lui êtes-vous?

— Rien... et tout... Il n'a point d'amis.

— Pourquoi n'est-il pas venu lui-même?

— Parce qu'il m'avait sous la main.

— Si je voulais le voir, où le trouverais-je?

— Je ne puis répondre à cette question, monsieur.

— Cependant...

— Vous avez une police... elle passe pour habile... essayez.

— Est-ce un défi, monsieur?

— C'est une menace, monseigneur... Dans une heure d'ici, Henri de Lagardère peut être à l'abri de vos recherches... et la démarche qu'il a faite pour l'acquit de sa conscience, jamais il ne la renouvellera.

— Il l'a donc faite à contre-cœur, cette démarche? demanda Philippe d'Orléans.

— A contre-cœur, c'est le mot, repartit le bossu.

— Pourquoi?

— Parce que le bonheur entier de son existence est l'enjeu de cette partie qu'il aurait pu ne point jouer.

— Et qui l'a forcé à jouer cette partie?

— Un serment.

— Fait à qui?

— A un homme qui allait mourir.

— Et cet homme s'appelait?

— Vous le savez bien, monseigneur... cet homme s'appelait Philippe de Lorraine, duc de Nevers.

Le régent laissa tomber sa tête sur sa poitrine.

— Voilà vingt ans de cela, murmura-t-il d'une voix véritablement altérée; je n'ai rien oublié, rien! Je l'aimais, mon pauvre Philippe, il m'aimait. Depuis qu'on

me l'a tué, je ne sais pas si j'ai touché la main d'un ami sincère. — Le bossu le dévorait du regard. Une émotion puissante était sur ses traits. Un instant il ouvrit la bouche pour parler, mais il se contint par un violent effort. Son visage redevint impassible. Philippe d'Orléans se redressa et dit avec lenteur: — J'étais le proche parent de monsieur le duc de Nevers... Ma sœur a épousé son cousin, monsieur le duc de Lorraine... Comme prince et comme allié, je dois protection à sa veuve, qui du reste est la femme d'un de mes plus chers amis... Si sa fille existe, je promets qu'elle sera une riche héritière et qu'elle épousera un prince si elle veut... Quant au meurtre de mon pauvre Philippe, on dit que je n'ai qu'une vertu, c'est l'oubli de l'injure... et cela est vrai: la pensée de la vengeance naît et meurt en moi à la même minute; mais, moi aussi, je fis un serment quand on vint me dire: « Philippe est mort!...» A l'heure qu'il est, je conduis l'Etat; punir l'assassin de Nevers ne sera plus vengeance, mais justice. — Le bossu s'inclina en silence. Philippe d'Orléans reprit:

— Il me reste plusieurs choses à savoir... Pourquoi ce Lagardère a-t-il tardé si longtemps à s'adresser à moi?

— Parce qu'il s'était dit: « Au jour où je me dessaisirai de ma tutelle, je veux que mademoiselle de Nevers soit femme et qu'elle puisse connaître ses amis et ses ennemis.»

— Il a les preuves de ce qu'il avance?

— Il les a... sauf une seule.

— Laquelle?

— La preuve qui doit confondre l'assassin.

— Il connaît l'assassin?

— Il croit le connaître... et il a une marque certaine pour vérifier du même coup ses soupçons.

— Cette marque ne peut servir de preuve?

— Votre Altesse Royale en jugera sous peu... Quant à la naissance et à l'identité de la jeune fille, tout est en règle.

Le régent réfléchissait.

— Quel serment avait fait ce Lagardère? demanda-t-il après un silence.

— Il avait promis d'être le père de l'enfant, répondit le bossu.

— Il était donc là au moment de la mort?

— Il était là... Nevers mourant lui confia la tutelle de sa fille.

— Ce Lagardère tira-t-il l'épée pour défendre Nevers?

— Il fit ce qu'il put... Après la mort du duc il emporta l'enfant, bien qu'il fût seul désormais contre vingt...

— Je sais qu'il n'y a point au monde de plus redoutable épée, murmura le régent; mais il y a de l'obscurité dans vos réponses, monsieur... Si ce Lagardère assistait à la lutte, comment dites-vous qu'il a seulement des soupçons au sujet de l'assassin?

— Il faisait nuit noire. L'assassin était masqué. Il frappa par derrière.

— Ce fut donc le maître lui-même qui frappa?

— Ce fut le maître. Et Nevers tomba sur le coup en criant: « Ami, venge-moi! »

— Et ce maître, poursuivit le régent avec une hésitation visible, n'était-ce point monsieur le marquis de Caylus-Tarrides?

— Monsieur le marquis de Caylus-Tarrides est mort depuis des années, répliqua le bossu; l'assassin est vivant... Votre Altesse Royale n'a qu'un mot à dire, Lagardère le lui montrera cette nuit.

— Alors, fit le régent avec vivacité, ce Lagardère est à Paris? — Le bossu se mordit la lèvre. — S'il est à Paris, ajouta le régent qui se leva, il est à moi! — Sa main agita une sonnette, et il dit au valet qui entra: — Que monsieur de Machault vienne ici sur-le-champ!

Monsieur de Machault était le lieutenant de police.

Le bossu avait repris son calme.

— Monseigneur, dit-il en regardant sa montre, à l'heure où je vous parle, monsieur de Lagardère m'attend, hors de Paris, sur une route que je ne vous indiquerai point, dussiez-vous me donner la question... Voici onze heures de nuit qui vont sonner. Si monsieur de Lagardère ne reçoit de moi aucun message avant onze heures et demie, son cheval galopera vers la frontière. Il a des relais... votre lieutenant de police n'y peut rien.

— Vous serez otage ! s'écria le régent.

— Oh ! moi, fit le bossu qui se prit à sourire, pour peu que vous teniez à me garder prisonnier, je suis en votre pouvoir.

Il croisa ses bras sur sa poitrine. Le lieutenant de police entrait. Il était myope, et, ne voyant point le bossu, il s'écria avant qu'on l'interrogeât :

— Voici du nouveau ! Votre Altesse Royale verra si on peut user de clémence envers de pareils brouillons. Je tiens la preuve de leurs intelligences avec Alberoni. Cellamare est là-dedans jusqu'au cou... et monsieur de Villeroy, et monsieur de Villars, et toute la vieille cour qui est avec le duc et la duchesse du Maine...

— Silence ! — fit le régent. Monsieur de Machaut apercevait justement le bossu. Il s'arrêta tout interdit. Le régent fut une bonne minute avant de reprendre la parole. Pendant ce temps, il regarda plus d'une fois le bossu à la dérobée. Celui-ci ne sourcillait pas.

— Machault, dit enfin le régent, je vous avais précisément appelé pour vous parler de monsieur de Cellamare... et des autres. Allez m'attendre, je vous prie, dans le premier cabinet. Machault lorgna curieusement le bossu et se dirigea vers la porte. Comme il allait franchir le seuil, le régent ajouta : — Faites-moi passer, je vous prie, un sauf-conduit tout scellé, et contre-signé en blanc.— Avant de sortir, monsieur de Machault lorgna encore. Le régent, ne pouvant être bien longtemps si sérieux que cela : — Où diable va-t-on prendre des myopes pour les mettre à la tête de l'affût ? — grommela-t-il. Puis il ajouta. — Monsieur, ce chevalier de Lagardère traite avec moi de puissance à puissance. Il m'envoie des ambassadeurs, qui me dicte lui-même dans sa dernière missive la teneur du sauf-conduit qu'il réclame. Il y a là-dessous probablement quelque intérêt en jeu... Ce chevalier de Lagardère exigera sans doute une récompense...

— Votre Altesse Royale se trompe, repartit le bossu ; monsieur de Lagardère n'exigera rien. Il ne serait pas au pouvoir du régent de France lui-même de récompenser le chevalier de Lagardère.

— Peste ! fit le duc, il faudra bien que nous voyions ce mystérieux et romanesque personnage. Il est capable d'avoir un succès fou à la cour, et de ramener la mode perdue des chevaliers errans... Combien de temps nous faudra-t-il l'attendre ?

— Deux heures.

— C'est au mieux ! Il servira d'intermède entre le ballet indien et le souper sauvage... Cela n'est point dans le programme. — Le valet entra. Il apportait le sauf-conduit contre-signé par le ministre Le Blanc et M. de Machault. Le régent remplit lui-même les blancs et signa.— Monsieur de Lagardère, reprit-il tout en écrivant, n'avait point commis de ces fautes qu'on ne puisse pardonner. Le feu roi était sévère à l'endroit des duels ; il avait raison. Les mœurs ont changé, Dieu merci ! depuis le temps, et les rapières tiennent mieux dans le fourreau. La grâce de monsieur Lagardère sera enregistrée demain, et voici le sauf-conduit. — Le bossu avança la main. Le régent ne lâcha point encore l'acte. — Vous préviendrez monsieur de Lagardère que toute violence de sa part rompra l'effet de ce parchemin.

— Le temps de la violence est passé, prononça le bossu avec une sorte de solennité.

— Qu'entendez-vous par là, monsieur ?

— J'entends que le chevalier de Lagardère n'aurait pu accepter cette clause il y a deux jours.

— Parce que ?... fit le duc d'Orléans avec défiance et hauteur.

— Parce que son serment le lui eût interdit.

— Il avait donc juré autre chose que de servir de père à l'enfant ?

— Il avait juré de venger Nevers...

Le bossu s'interrompit court.

— Achevez, monsieur, ordonna le régent.

— Le chevalier de Lagardère, répondit le bossu lentement, au moment où il emportait la petite fille, avait dit aux assassins : « Vous mourrez tous de ma main ! » Ils étaient neuf ; le chevalier en avait reconnu sept... ceux-là sont mort...

— De sa main ?—interrogea le régent qui pâlit. Le bossu s'inclina froidement en signe d'affirmation.—Et les deux autres ? demanda encore le régent.

Le bossu fit une pause avant de répondre.

— Il est des têtes, monseigneur, que les chefs de gouvernement n'aiment point à voir tomber sur l'échafaud, répondit-il enfin en regardant le prince en face. Le bruit que font ces têtes en tombant ébranle le trône... Monsieur de Lagardère donnera le choix à Votre Altesse Royale... il m'a chargé de lui dire : « Le huitième assassin n'est qu'un valet, monsieur de Lagardère ne le compte pas ; le neuvième est le maître... il faut que cet homme meure. Si Votre Altesse Royale ne veut pas du bourreau, on donnera une épée à cet homme, et cela regardera monsieur de Lagardère. »

Le régent tendit une seconde fois le parchemin.

— La cause est juste, murmura-t-il ; je fais ceci en mémoire de mon pauvre Philippe... Si monsieur de Lagardère a besoin d'aide...

— Monseigneur, monsieur de Lagardère ne demande qu'une seule chose à Votre Altesse Royale.

— Quelle chose ?

— La discrétion... Un mot imprudent peut tout perdre.

— Je serai muet. — Le bossu salua profondément, mit le parchemin plié dans sa poche, et se dirigea vers la porte.

— Donc, dans deux heures ? dit le régent.

— Dans deux heures.

Et le bossu sortit.

— As-tu ce qu'il te faut, petit homme ? demanda le vieux concierge Le Bréant quand il vit revenir le bossu.

Celui-ci glissa un double louis dans sa main.

— Oui, dit-il, mais à présent je veux voir la fête.

— Têtebleu ! s'écria Le Bréant, le beau danseur que voilà !

— Je veux, en outre, continua le bossu, que tu me donnes la clef de ta loge dans le jardin.

— Pourquoi faire, petit homme ? — Le bossu lui glissa un second double louis. — A-t-il de drôles de fantaisies, ce petit homme-là ! fit Le Bréant ; tiens, voici la clef de ma loge.

— Je veux enfin, acheva le bossu, que tu portes dans ta loge le paquet que je t'ai confié ce matin.

— Et y a-t-il encore un double louis pour la commission ?

— Il y en a deux.

— Bravo !... Oh ! l'honnête petit homme !... Je suis sûr que c'est pour un rendez-vous d'amour...

— Peut-être, fit le bossu en souriant.

— Si j'étais femme, moi, je t'aimerais malgré ta bosse... à cause de tes jolies yeux... Mais, s'interrompit ici le bon vieux Le Bréant, il faut une carte pour entrer là-dedans... Les piquets de gardes françaises ne plaisantent pas !...

— J'ai la mienne, répliqua le bossu ; porte seulement le paquet.

— Tout de suite, mon petit homme. Reprends le corridor... tourne à droite, le vestibule est éclairé ; tu descendras le perron... Divertis-toi bien, et bonne chance !

## III

#### UN COUP DE LANSQUENET.

Dans le jardin, l'affluence augmentait sans cesse. On se pressait principalement du côté du rond-point de Diane, qui avoisinait les appartemens de Son Altesse Royale. Chacun voulait savoir pourquoi le régent se faisait attendre.

Nous ne nous occuperons pas beaucoup de conspirations. Les intrigues de monsieur du Maine et de la princesse sa femme, les menées du vieux parti Villeroy et de l'ambassade d'Espagne, bien que fertiles en incidens dramatiques, n'entrent point dans notre sujet. Il nous suffit de remarquer en passant que le régent était entouré d'ennemis. Le parlement le détestait et le méprisait au point de lui disputer en toute occasion la préséance ; le clergé lui était généralement hostile à cause de l'affaire de la constitution ; les vieux généraux de l'armée active ne pouvaient avoir que du dédain pour sa politique débonnaire ; enfin, dans le conseil de régence même, il éprouvait de la part de certains membres une opposition systématique.

On ne peut pas se dissimuler que la parade financière de Law lui fut d'un immense secours pour détourner l'animadversion publique.

Personnellement, nul, excepté les princes légitimés, ne pouvait avoir une haine bien vigoureuse pour ce prince appartenant au genre neutre, qui n'avait pas un grain de méchanceté dans le cœur, mais dont la bonté était un peu de l'insouciance. On ne déteste bien que les gens qu'on eût pu aimer fortement. Or, Philippe d'Orléans comptait des compagnons de plaisir et point d'amis.

La banque de Law servit à acheter les princes. Le mot est dur, mais l'histoire inflexible ne permet point d'en choisir un autre. Une fois les princes achetés, les ducs suivirent ; et les légitimités restèrent dans l'isolement, n'ayant d'autre consolation que quelques visites *à la vieille*, comme on appelait alors madame de Maintenon déchue.

Monsieur de Toulouse se soumit franchement ; c'était un honnête homme. Monsieur du Maine et sa femme durent chercher un point d'appui à l'étranger.

On dit qu'au temps où parurent les satires du poëte Lagrange, intitulées les *Philippiques*, le régent insista tellement auprès du duc de Saint-Simon, alors son familier, que ce duc consentit à lui en faire lecture.

On dit que le régent écouta sans sourciller et même en riant les passages où le poëte, traînant dans la boue sa vie privée et de famille, le montre assis auprès de sa propre fille à la même table d'orgie (1).

Mais on dit aussi qu'il pleura et qu'il s'évanouit à la lecture des vers qui l'accusaient d'avoir empoisonné successivement toute la postérité de Louis XIV.

Il avait raison. Ces accusations, lors même qu'elles sont des calomnies, font sur le vulgaire une impression profonde. « Il en reste toujours quelque chose, » a dit Beaumarchais, qui savait à quoi s'en tenir.

L'homme qui a parlé de la régence avec le plus de calme et le plus d'impartialité, c'est l'historiographe Duclos dans ses *Mémoires secrets*. On voit bien que l'avis de Duclos est celui-ci : La régence du duc d'Orléans n'aurait pas tenu sans la banque de Law.

Le jeune roi Louis XV était adoré. Son éducation était confiée à des mains hostiles au régent. D'ailleurs, dans le public indifférent, il y avait de sourdes inquiétudes sur la probité de ce prince. On craignait d'un instant à l'autre

(1) Le poëte va beaucoup plus loin que cela.

de voir disparaître l'arrière-petit-fils de Louis XIV comme on avait vu disparaître son père et son aïeul.

C'était là un admirable prétexte à conspirations. Certes, monsieur du Maine, monsieur de Villeroy, le prince de Cellamare, monsieur de Villars, Alberoni, et le parti breton-espagnol n'intriguaient point pour leur propre intérêt. Fi donc ! Ils travaillaient pour soustraire le jeune roi aux funestes influences qui avaient abrégé la vie de ses parens.

Philippe d'Orléans ne voulut opposer d'abord à ces attaques que son insouciance. Les meilleures fortifications sont de terre molle. Un simple matelas pare mieux la balle qu'un bouclier d'acier. Philippe d'Orléans put dormir tranquille assez longtemps derrière son insouciance.

Quand il fallut se montrer, il se montra. Et comme le troupeau des assaillans qui l'entouraient n'avaient ni valeur ni vertu, il n'eut besoin que de se montrer.

A l'époque où se continue notre histoire, Philippe d'Orléans était encore derrière son matelas. Il dormait, et les clabauderies de la foule ne troublaient point son sommeil. Dieu sait pourtant que la foule clabaudait assez haut, tout près de son palais, sous ses fenêtres et jusque dans sa propre maison ! Elle avait bien des choses à dire, la foule : sauf ces infamies qui dépassaient le but, sauf ces accusations d'empoisonnement que l'existence même du jeune roi Louis XV démentait avec énergie, le régent ne prêtait que trop le flanc à la médisance. Sa vie était un éhonté scandale ; sous son règne, la France ressemblait à l'un de ces grands vaisseaux désarmés qui s'en vont à la remorque d'un autre navire. Le remorqueur était l'Angleterre. Enfin, malgré le succès de la banque de Law, tous ceux qui prenaient la peine de pronostiquer la banqueroute prochaine de l'État trouvaient auditoire.

S'il y avait cette nuit, dans le jardin du régent, un parti de l'enthousiasme, la cabale mécontente ne manquait pas non plus : mécontens politiques, mécontens financiers, mécontens moraux ou d'instinct.

A cette dernière classe, composée de tous ceux qui avaient été jeunes et brillans sous Louis XIV, appartenaient monsieur le baron de la Hunaudaye et monsieur le baron de Barbanchois. Ce n'étaient pas de grands débris, mais ils se consolaient entre eux, déclarant que de leur temps les dames étaient bien plus belles, les hommes bien plus spirituels, le ciel plus bleu, le vent moins froid, le vin meilleur, les laquais plus fidèles et les cheminées moins sujettes à fumer.

Ce genre d'opposition, remarquable par son innocence, était connu du temps d'Horace, qui appelle le vieillard « courtisan du passé, *laudator temporis acti.* »

Mais disons tout de suite qu'on ne parlait pas beaucoup politique parmi cette foule dorée, souriante, pimpante et masquée de velours qui traversait incessamment les cours du palais pour venir donner son coup d'œil aux décorations du jardin, et qui affluait surtout aux abords du rond-point de Diane. On était tout à la fête, et si le nom de la duchesse du Maine sortait de quelque jolie bouche, c'était pour la plaindre d'être absente.

Les grandes entrées commençaient à se faire. Le duc de Bourbon était là, donnant la main à la princesse de Conti ; le chancelier d'Aguesseau menait la princesse palatine ; lord Stairs, ambassadeur d'Angleterre, se faisait faire la cour par l'abbé Dubois. Un bruit se répandit tout à coup dans les salons, dans les cours, sous les charmilles, un bruit fait pour affoler toutes ces dames, un bruit qui fit oublier le retard du régent et l'absence de ce bon monsieur Law lui-même :

Le czar était au Palais-Royal ! le czar Pierre de Russie, sous la conduite du maréchal de Tessé, qu'on appelait son cornac, et suivi de trente gardes du corps qui avaient charge de ne le quitter jamais.

Emploi difficile ! Pierre de Russie avait les mouvemens brusques et les fantaisies soudaines. Tessé et ses gardes du corps faisaient parfois de rudes traites pour le joindre quand il échappait à leur respectueuse surveillance.

Il était logé à l'hôtel de Lesdiguières, auprès de l'Arsenal. Le régent l'y traitait magnifiquement; mais la curiosité parisienne, violemment excitée par l'arrivée de ce sauvage souverain, n'avait pu encore s'assouvir, parce que le czar n'aimait point qu'on s'occupât de lui. Quand les passans s'avisaient de s'attrouper aux abords de son hôtel, il envoyait le pauvre Tessé avec ordre de charger.

Cet infortuné maréchal eût mieux aimé faire dix campagnes. L'honneur qu'il eut de garder le prince moscovite le vieillit de dix ans.

Pierre le Grand venait à Paris pour compléter son éducation de prince instaurateur et fondateur. Le régent n'avait point désiré cette terrible visite, mais il fit contre fortune bon cœur, et essaya du moins d'éblouir le czar par la splendeur de son hospitalité. Cela n'était point aisé: le czar ne voulait pas être ébloui. En entrant dans la magnifique chambre à coucher qu'on lui avait préparée à l'hôtel de Lesdiguières, il se fit mettre un lit de camp au milieu de la salle et se coucha dessus. Il allait bien partout, visitant les boutiques et causant familièrement avec les marchands, mais c'était incognito. La curiosité parisienne ne savait où le prendre.

A cause de cela précisément et des choses bizarres qui se racontaient, la curiosité parisienne arrivait au délire. Les privilégiés qui avaient vu le czar faisaient ainsi son portrait: Il était grand, très bien fait, un peu maigre, le poil d'un brun fauve, le teint brun, très animé, les yeux grands et vifs, le regard perçant, quelquefois farouche. Au moment où on y pensait le moins, un tic nerveux et convulsif décomposait tout à coup son visage. On attribuait cela au poison que l'écuyer Zoubow lui avait donné dans son enfance.

Quand il voulait faire accueil à quelqu'un, sa physionomie devenait gracieuse et charmante. On sait le prix des grâces que font les animaux féroces. La créature qui a le plus de succès à Paris est l'ours du jardin des plantes, parce que c'est un monstre de bonne humeur.

Pour les Parisiens de ce temps, un czar moscovite était assurément un animal plus étrange, plus fantastique et plus invraisemblable qu'un ours vert ou qu'un singe bleu.

Il mangeait comme un ogre, au dire de Verton, maître d'hôtel du roi, qu'on avait chargé de sa table; mais il n'aimait point les petits pieds. Il faisait par jour quatre repas considérablement copieux. A chaque repas, il buvait deux bouteilles de vin, et une bouteille de liqueur au dessert, sans compter la bière et la limonade entre deux. Cela faisait journellement douze bouteilles de liquide capiteux.

Le duc d'Antin, partant de là, affirmait que c'était l'homme le plus capable de son siècle. Le jour où ce duc le traita en son château de Petit-Bourg, Pierre le Grand ne put se lever de table. On l'emporta à bras. Il avait trouvé le vin bon.

On se demanda ce qu'il fallait de bon vin pour mettre en cet état le robuste Sarmate.

Ses mœurs amoureuses étaient encore plus excentriques que ses habitudes de table. Paris en parlait beaucoup; nous n'en parlerons point.

Dès qu'on sut que le czar était dans le bal, il y eut beaucoup de remue-ménage. Cela n'était pas dans le programme. Chacun le voulut voir. Comme personne ne savait dire précisément où il était, on suivit les indications les plus diverses, et les courans de la foule allaient se heurtant à tous les carrefours.

Le Palais-Royal n'est pas la forêt de Bondy; on devait bien finir par le trouver!

Tout ce mouvement inquiétait fort peu nos joueurs de lansquenet, abrités sous la tente à l'indienne. Aucun d'eux n'avait lâché prise. L'or et les billets roulaient toujours sur le tapis.

Peyrolles avait fait une main superbe. Il tenait la banque en ce moment.

Chaverny, un peu pâle, riait encore, mais du bout des lèvres.

— Dix mille écus! dit Peyrolles.

— Je tiens, répliqua Chaverny.

— Avec quoi? demanda Navailles.

— Sur parole.

— On ne joue pas sur parole chez le régent, — dit monsieur de Tresmes qui passait. Et il ajouta d'un ton de dégoût profond: — C'est un véritable tripot!

— Sur lequel vous n'avez pas votre dîme, monsieur le duc, riposta Chaverny qui le salua de la main.

Un éclat de rire suivit cette réponse, et monsieur de Tresmes s'éloigna en haussant les épaules.

Ce duc de Tresmes, gouverneur de Paris, avait le dixième sur tous les bénéfices des maisons où l'on donnait à jouer. Il avait la réputation de soutenir lui-même une de ces maisons, rue Bailleul. Ceci n'était point déroger. L'hôtel de madame la princesse de Carignan était un des plus dangereux tripots de la capitale.

— Dix mille écus! répéta Peyrolles.

— Je tiens, fit une voix mâle parmi les joueurs.

Et une liasse de billets de crédit tomba sur la table.

On n'avait point encore entendu cette voix. Tout le monde se retourna. Personne autour de la table ne connaissait le tenant.

C'était un gaillard bien découplé, haut sur jambes, portant perruque ronde sans poudre et col de toile. Son costume contrastait étrangement avec l'élégance de ses voisins. Il avait un gros pourpoint de bouracan marron, des chausses de drap gris, des bottes de bon gros cuir terne et gras. Un large ceinturon lui serrait la taille et soutenait un sabre de marin.

Etait-ce l'ombre de Jean-Bart? Il lui manquait la pipe.

En un tour de cartes, Peyrolles eut gagné les dix mille écus.

— Double! dit l'étranger.

— Double, répéta Peyrolles, bien que ce fût intervertir les rôles.

Une nouvelle poignée de billets tomba sur la table.

Il y a de ces corsaires qui portent des millions dans leurs poches.

Peyrolles gagna.

— Double! dit le corsaire d'un ton de mauvaise humeur.

— Double, soit!

Les cartes se firent.

— Palsambleu! dit Oriol, voilà quarante mille écus lestement perdus.

— Double! disait cependant l'habit de bouracan marron.

— Vous êtes donc bien riche, monsieur? demanda Peyrolles.

L'homme au sabre ne le regarda pas seulement. Les cent vingt mille livres étaient sur la table.

— Gagné, Peyrolles! cria le chœur des assistans.

— Double!

— Bravo! dit Chaverny. Voilà un beau joueur.

L'habit de bouracan écarta de deux vigoureux coups de coude les joueurs qui le séparaient de Peyrolles, et vint se placer debout auprès de lui.

Peyrolles lui gagna ses deux cent quarante mille livres, puis le demi-million.

— Assez, — dit l'homme au sabre. Puis il ajouta froidement: — Donnez-moi de la place, messieurs!

En même temps, il dégaina son sabre d'une main, tandis que l'autre saisissait l'oreille gauche de Peyrolles.

— Que faites-vous? que faites-vous? s'écria-t-on de toutes parts.

— Ne le voyez-vous pas? répondit l'habit de bouracan sans s'émouvoir. Cet homme est un coquin!

Peyrolles essayait de tirer son épée. Il était plus pâle qu'un cadavre.

— Voilà de ces scènes, monsieur le baron! dit le vieux Barbanchois; nous en sommes là!

— Que voulez-vous, monsieur le baron, répliqua La Hunaudaye, c'est la nouvelle mode!

Ils prirent tous deux un air de lugubre résignation.

Cependant l'homme au sabre n'était pas un manchot. Il savait se servir de son arme. Un moulinet rapide, exécuté selon l'art, fit reculer les joueurs. Un fendant sec et bien appliqué brisa en deux l'épée que Peyrolles était parvenu à dégainer.

— Si tu bouges, dit l'homme au sabre, je ne réponds pas de toi; si tu ne bouges pas, je ne te couperai que les deux oreilles.

Peyrolles poussait des cris étouffés. Il proposait de rendre l'argent. Que faut-il de temps à la foule pour s'amasser? Une cohue compacte se pressait déjà aux alentours.

L'homme au sabre, prenant son arme à moitié comme un rasoir, s'apprêtait à commencer froidement l'opération chirurgicale qu'il avait annoncée, lorsqu'un grand tumulte se fit à l'entrée de la tente indienne.

Le général prince Kourakine, ambassadeur de Russie près la cour de France, se précipita sous la tente impétueusement; il avait le visage inondé de sueur, ses cheveux et ses habits étaient en désordre.

Derrière lui accourait le maréchal de Tessé, suivi des trente gardes du corps chargés de veiller sur la personne du czar.

— Sire! sire! s'écrièrent en même temps le maréchal de Tessé et le prince de Kourakine, au nom de Dieu! arrêtez!

Tout le monde se regarda. Qui donc appelait-on sire?

L'homme au sabre se retourna. Tessé se jeta entre lui et sa victime, mais il ne le toucha point et mit chapeau bas.

On comprit que ce grand gaillard en habit de bouracan était Pierre, l'empereur Pierre de Russie.

Celui-ci fronça le sourcil légèrement.

— Que me voulez-vous? demanda-t-il à Tessé; je fais justice.

Kourakine lui glissa quelques mots à l'oreille. Il lâcha aussitôt Peyrolles et se prit à sourire en rougissant un peu.

— Tu as raison, dit-il, je ne suis pas ici chez moi... c'est un oubli.

Il salua de la main la foule stupéfaite, avec une grâce altière qui, ma foi! lui allait fort bien, et sortit de la tente, entouré des gardes du corps.

Ceux-ci étaient habitués à ses escapades. Ils passaient leur vie à courir sur ses traces.

Peyrolles rétablit le désordre de sa toilette et mit froidement dans sa poche l'énorme somme que le czar n'avait pas daigné reprendre.

— Insulte de prince ne compte pas! dit-il en jetant à la ronde un regard à la fois cauteleux et impudent; je pense que personne ici n'a le moindre doute sur ma loyauté!

Chacun s'éloigna de lui, tandis que Chaverny répliquait:

— Des doutes, assurément non, monsieur de Peyrolles... nous sommes fixés parfaitement.

— A la bonne heure! dit entre haut et bas le factotum; je ne suis pas homme à supporter un outrage.

Tous ceux qui ne s'intéressaient point au jeu s'étaient éloignés à la suite du czar. Ils furent désappointés. Le czar sortit du palais, sauta dans le premier carrosse venu, et s'en alla décoiffer ses trois bouteilles avant de se coucher.

Navailles prit les cartes des mains de Peyrolles, qu'il poussa doucement hors du cercle, et commença une banque.

Oriol tira Chaverny à part.

— Je voudrais te demander un conseil, dit le gros petit traitant d'un ton de mystère.

— Demande, fit Chaverny.

— Maintenant que je suis gentilhomme, je ne voudrais pas agir en pied-plat. Voici mon cas: Tout à l'heure, j'ai fait cent louis contre Taranne... je crois qu'il n'a pas entendu...

— Tu as gagné?

— Non, j'ai perdu...

— Tu as payé?

— Non, puisque Taranne ne demande rien...

Chaverny prit une pose de docteur.

— Si tu avais gagné, interrogea-t-il, aurais-tu réclamé les cent louis?

— Naturellement, répondit Oriol, puisque j'aurais été sûr d'avoir parié.

— Le fait d'avoir perdu diminue-t-il cette certitude?

— Non... mais si Taranne n'a pas entendu, il ne m'aurait pas payé...

Ce disant, il jouait avec son portefeuille. Chaverny mit la main dessus.

— Ça me paraissait plus simple au premier abord, fit-il avec gravité; le cas est complexe...

— Il reste cinquante louis! cria Navailles.

— Je tiens! dit Chaverny.

— Comment! comment! protesta Oriol en le voyant ouvrir son portefeuille.

Il voulut ressaisir son bien, mais Chaverny le repoussa d'un geste plein d'autorité.

— La somme en litige doit être déposée en mains tierces, décida-t-il; je la prends... et, partageant le différend par moitié, je me déclare redevable de cinquante louis à toi, et de cinquante louis à Taranne... et je défie la mémoire du roi Salomon!—Il jeta le portefeuille à Oriol décontenancé. — Je tiens! je tiens! répéta-t-il en retournant à la table de jeu.

— Tu tiens mon argent! grommela Oriol; décidément, on serait mieux au coin d'un bois.

— Messieurs, messieurs, dit Nocé qui arrivait du dehors, laissez là vos cartes, vous jouez sur un volcan. Monsieur de Machault vient de découvrir trois douzaines de conspirations, dont la moindre fait honte à celle de Catilina... Le régent effrayé s'est enfermé avec le petit homme noir pour savoir sa bonne aventure.

— Bah! fit-on, le petit homme noir est sorcier?

— Des pieds à la tête, répondit Nocé. Il a prédit au régent que monsieur Law se noierait dans le Mississipi, et que madame la duchesse de Berri épouserait ce faquin de Riom en secondes noces.

— La paix! la paix! dirent les moins fous.

Les autres éclatèrent de rire.

— On ne parle que de cela, reprit Nocé; le petit homme noir a prédit aussi que Dubois aurait le chapeau de cardinal.

— Par exemple! fit Peyrolles.

— Et que monsieur de Peyrolles, ajouta Nocé, deviendrait honnête homme avant de mourir. — Il y eut une explosion de gaieté; puis tout le monde déserta la table, et vint à l'entrée de la tente, parce que Nocé, regardant par hasard du côté du perron, s'était écrié: — Tenez! tenez! le voilà! Non pas le régent, mais le petit homme noir.

Chacun put le voir en effet, avec sa bosse et ses jambes bizarrement tordues, descendre à pas lents le perron du pavillon. Un sergent de gardes françaises l'arrêta au bas des marches. Le petit homme noir montra sa carte, sourit, salua et passa.

## IV

### SOUVENIRS DES TROIS PHILIPPE.

Le petit homme noir avait un binocle à la main; il lorgnait les décorations de la fête en véritable amateur. Il saluait les dames avec beaucoup de politesse, et semblait rire dans sa barbe comme un bossu qu'il était. Il portait un masque de velours noir.

A mesure qu'il avançait, nos joueurs le regardaient avec plus d'attention; mais celui qui le regardait le mieux était sans contredit monsieur de Peyrolles.

— Quelle diable de créature est-ce là? s'écria enfin Chaverny. Eh mais!... on dirait...

— Eh! oui! fit Navailles.

— Quoi donc? demanda le gros Oriol qui était myope.

— L'homme de tantôt, répondit Chaverny.

— L'homme aux dix mille écus...?

— L'homme à la niche...?

— Esope II! dit Jonas.

— Pas possible! fit Oriol; un pareil être dans le cabinet du régent!

Peyrolles pensait:

— Qu'a-t-il pu dire à Son Altesse Royale? Je n'ai jamais eu bonne idée de ce drôle.

Le petit homme noir avançait toujours. Il ne paraissait point faire attention au groupe rassemblé devant l'entrée de la tente indienne. Il lorgnait, il souriait, il saluait. Impossible de voir un petit homme noir d'humeur meilleure et plus poli.

Déjà il était assez près pour qu'on pût l'entendre grommeler entre ses dents.

— Charmant!... charmant!... tout cela est charmant!... Il n'y a que Son Altesse Royale pour faire ainsi les choses... Ah! je suis bien content d'avoir vu tout cela!... bien content!... bien content!

A l'intérieur de la tente les voix s'élevèrent. Une autre compagnie avait pris place autour de la table abandonnée par nos joueurs. Ceux-ci étaient presque tous des gens d'âge respectable et haut titrés.

L'un d'eux dit:

— Ce qui est arrivé, je l'ignore, mais je viens de voir Bonnivet qui faisait doubler les postes par ordre exprès du régent.

— Il y a, reprit un autre, deux compagnies de gardes françaises dans la cour aux Ris.

— Et le régent n'est pas abordable.

— Machault a cent coups.

— Monsieur de Gonzague lui-même n'a pu obtenir un traître mot!

Nos joueurs se prirent à écouter, mais les nouveaux venus baissèrent aussitôt la voix.

— Il va se passer ici quelque chose, dit Chaverny, j'en ai le pressentiment.

— Demandez au sorcier! fit Nocé en riant. Le petit homme noir le salua d'un air tout aimable.

— Positivement, dit-il, quelque chose?... mais quoi?... — Il essuya son binocle avec soin. — Positivement, positivement, reprit-il; quelque chose... quelque chose de fort inattendu... Hé, hé, hé! s'interrompit-il en donnant à sa voix stridente et grêle un accent tout particulier de mystère; je sors d'un endroit chaud... très chaud... le froid me saisit... Permettez-moi d'entrer là-dedans, messieurs, je vous serai obligé... — Il eut un petit frisson. — Nos joueurs s'écartèrent, tous les yeux étaient fixés sur le bossu. Le bossu se glissa sous la tente avec force saluts. Quand il aperçut le groupe de grands seigneurs assis maintenant autour de la table, il secoua la tête d'un air

content et dit: — Oui, oui, il y a quelque chose... Le régent est soucieux, la garde est doublée; mais personne ne sait ce qu'il y a. Monsieur le duc de Tresmes ne le sait pas, lui qui est gouverneur de Paris; monsieur de Machault ne le sait pas, lui qui est lieutenant de police. Le savez-vous, monsieur de Rohan-Chabot? le savez-vous, monsieur de La Ferté-Senneterre? Et vous, messieurs, s'interrompit-il en se retournant vers nos joueurs qui reculèrent instinctivement, le savez-vous? — Nul ne répondit. Messieurs de Rohan-Chabot et de La Ferté-Senneterre ôtèrent leurs masques. On en usait ainsi quand on voulait forcer poliment un inconnu à montrer son visage. Le bossu, riant et saluant, leur dit: — Messieurs, cela ne servirait à rien... vous ne m'avez jamais vu...

— Monsieur le baron, demanda Barbanchois à son voisin fidèle, connaissez-vous cet original?

— Non, monsieur le baron, repartit La Hunaudaye, c'est un singulier olibrius...

— Je vous le donnerais bien en mille, reprit le bossu, pour deviner ce qu'il y a... Ce serait du temps perdu... Il ne s'agit point de choses qui occupent journellement vos entretiens publics et vos secrètes pensées... il ne s'agit point de choses qui font l'objet de vos prudentes appréhensions, mes chers seigneurs... Ce disant, il regardait Rohan, La Ferté, les vieux seigneurs assis à la table. — Il ne s'agit point, poursuivit-il en regardant Chaverny, Oriol et les autres à leur tour, de ce qui enflamme vos ambitions plus ou moins légitimes, de ce à quoi votre fortune est encore à faire... il ne s'agit ni des menées de l'Espagne, ni des troubles de France, ni des méchantes humeurs du parlement, ni des petites éclipses de soleil que monsieur Law appelle son système... non, non...! et cependant le régent est soucieux... et cependant on a doublé la garde.

— Et de quoi s'agit-il, beau masque? demanda monsieur de Rohan-Chabot avec un mouvement d'impatience.

Le bossu demeura un instant pensif. Sa tête s'inclina sur sa poitrine, puis, se redressant tout à coup et laissant échapper un éclat de rire sec.

— Croyez-vous aux revenants?—demanda-t-il. Le fantastique ordinairement n'existe point hors d'un certain milieu. Les soirs d'hiver, dans une grande salle de château dont les fenêtres pleurent à la bise, autour d'une haute cheminée de chêne noir sculpté, là-bas, dans les solitudes du Morvan ou dans les forêts de Bretagne, on fait peur aux gens aisément avec la moindre légende, avec la moindre histoire. Les sombres boiseries dévorent la lumière de la lampe qui met de vagues reflets aux dorures rougies des portraits de famille. Le manoir a ses traditions lugubres et mystérieuses. On sait dans quel corridor le vieux comte revient traîner ses chaînes, dans quelle chambre il s'introduit quand l'horloge tinte le douzième coup, pour s'asseoir devant l'âtre sans feu et grelotter la fièvre des trépassés... Mais ici, au Palais-Royal, sous la tente indienne, au milieu de la fête des écus, parmi les éclats de rire douteurs et les sceptiques causeries, à deux pas de la table du joueur déloyal, il n'y avait point place pour ces vagues terreurs qui prennent parfois les braves de l'épée et même les esprits forts, ces spadassins de la pensée. Pourtant, il y eut un froid dans les veines quand le bossu prononça ce mot « revenant ». Il riait en disant cela, le petit homme noir, mais sa gaieté donnait le frisson. Il y eut un froid, malgré le flot ruisselant des lumières, malgré le bruit joyeux du jardin, malgré la molle harmonie que l'orchestre envoyait de loin. — Hé! hé! fit le bossu, qui croit aux revenants?.. Personne, à midi, dans la rue... tout le monde. A minuit, au fond de l'alcôve solitaire, quand la veilleuse s'est éteinte par hasard. Il y a une fleur qui s'ouvre au regard des étoiles... la conscience est une belle-de-nuit... Rassurez-vous, messieurs, je ne suis pas un revenant.

— Vous plaît-il de vous expliquer, oui ou non, beau masque? prononça monsieur de Rohan-Chabot qui se leva.

Le cercle s'était fait autour du petit homme noir. Peyrolles se cachait au second rang, mais il écoutait de toutes ses oreilles.

— Monsieur le duc, répondit le bossu, nous ne sommes pas plus beaux l'un que l'autre : trêve de complimens... Hé! hé! ceci, voyez-vous, est une affaire de l'autre monde. Un mort qui soulève la pierre de sa tombe après vingt années, monsieur le duc. — Il s'interrompit pour grommeler en ricanant : — Est-ce qu'on se souvient ici, à la cour, des gens morts depuis vingt années?

— Mais que veut-il dire? s'écria Chaverny.

— Je ne vous parle pas, monsieur le marquis, répliqua le petit homme ; ce fut l'année de votre naissance, vous êtes trop jeune; je parle à ceux qui ont des cheveux gris. — Et changeant tout à coup de ton, il ajouta : — C'était un galant seigneur... c'était un noble prince... jeune, brave, opulent, heureux, bien aimé... visage d'archange, taille de héros... Il avait tout... tout ce que Dieu donne à ses favoris en ce monde...

— Où les plus belles choses, interrompit Chaverny, ont le pire destin.

Le petit homme lui toucha du doigt l'épaule, et lui dit doucement :

— Souvenez-vous, monsieur le marquis, que les paroles mentent parfois, et qu'il y a des fêtes sans lendemain... Chaverny devint pâle. Le bossu l'écarta de la main et vint tout auprès de la table. — Je parle à ceux qui ont des cheveux gris, répéta le bossu. A vous, monsieur de La Hunaudaye, qui seriez couché maintenant en Flandres sous six pieds de terre, s'il n'eût fendu le crâne du miquelet qui vous tenait sous son genou — le vieux baron resta bouche béante, et si profondément ému que la parole lui manqua — A vous, monsieur de Marillac, dont la fille prit le voile pour l'amour de lui... à vous, monsieur le duc de Rohan-Chabot, qui fîtes créneler, à cause de lui, le logis de mademoiselle Feron, votre maîtresse... à vous, monsieur le duc de La Ferté, qui perdîtes un soir contre lui votre château de Senneterre... à vous, monsieur de La Vauguyon, dont l'épaule ne peut avoir oublié ce bon coup d'épée...

— Nevers! s'écrièrent vingt voix à la fois; Philippe de Nevers!

Le bossu se découvrit et prononça lentement :

— Philippe de Lorraine, duc de Nevers, assassiné sous les murs de château de Caylus-Tarrides le 24 novembre 1697!

— Assassiné lâchement et par derrière, à ce qu'on dit, murmura monsieur de La Vauguyon.

— Dans un guet-apens, ajouta La Ferté.

— On accusa, si je ne me trompe, dit monsieur de Rohan-Chabot, monsieur le marquis de Caylus-Tarrides, père de madame la princesse de Gonzague.

Parmi les jeunes gens :

— Mon père m'a parlé de cela plus d'une fois, dit Navailles.

— Mon père était l'ami du feu duc de Nevers, fit Chaverny.

Peyrolles écoutait et se faisait petit.

Le bossu reprit d'une voix basse et profonde :

— Assassiné lâchement... par derrière... dans un guet-apens... tout cela est vrai... mais le coupable n'avait pas nom Caylus-Tarrides.

— Comment s'appelait-il donc? demanda-t-on de toutes parts.

La fantaisie du petit homme noir n'était point de répondre.

Il poursuivit, d'un ton railleur et léger sous lequel perçait l'amertume :

— Cela fit du bruit, messieurs... ah peste! cela fit grand bruit... On ne parla que de cela pendant toute une semaine... La semaine d'après, on en parla un peu moins... Au bout du mois, ceux qui prononçaient encore le nom de Nevers avaient l'air de revenir de Pontoise...

— Son Altesse Royale, interrompit ici monsieur de Rohan, fit l'impossible...

— Oui, oui, je sais... Son Altesse Royale était un des trois Philippe... Son Altesse Royale voulut venger son meilleur ami... Mais le moyen? Ce château de Caylus est au bout du monde... La nuit du 24 novembre garda son secret. Il va sans dire que monsieur le prince de Gonzague... N'y a-t-il point ici, s'interrompit le petit homme noir, un digne serviteur de monsieur de Gonzague qui a nom monsieur de Peyrolles? — Oriol et Nocé se rangèrent pour découvrir le factotum qui se déconcentrança. — J'allais ajouter, reprit le bossu : il va sans dire que monsieur le prince de Gonzague, qui était également un des trois Philippe, dut remuer ciel et terre pour venger son ami... Mais tout fut inutile. Nul indice... nulle preuve!... Bon gré, mal gré, il fallut s'en remettre au temps, c'est-à-dire à Dieu, du soin de trouver le coupable. — Peyrolles n'avait plus qu'une pensée : s'esquiver pour aller prévenir Gonzague. Il restait pour savoir jusqu'où le bossu pousserait l'audace dans sa trahison. Le bossu avait raison : la cour n'a point de mémoire ; les morts de vingt années sont vingt fois oubliés. Mais il y avait ici une circonstance tout exceptionnelle : le mort faisait partie d'une sorte de trinité dont deux membres étaient vivans et tout puissans : Philippe d'Orléans et Philippe de Gonzague. Le fait certain, c'est que vous eussiez dit, à voir l'intérêt éveillé que suivait toutes les physionomies, qu'il était question d'un meurtre commis hier. Si l'intention du bossu avait été de ressusciter l'émotion de ce drame mystérieux et lointain, il avait succès complet. — Eh! eh! fit-il en jetant à la ronde un coup d'œil rapide et perçant; eh! eh!... s'en remettre au ciel, c'est le pis-aller. Je sais cependant des gens sages qui ne dédaignent point cette suprême ressource... Eh! eh!... franchement, messieurs, on pourrait choisir plus mal... le ciel a des yeux encore meilleurs que ceux de la police... le ciel est patient... il a le temps... Il tarde parfois... des jours se passent, des mois, des années... mais quand l'heure est venue...— Il s'arrêta. Sa voix vibrait sourdement. L'impression produite par lui était si vive et si forte que chacun la subissait, comme si la menace implicite, voilée sous sa parole aiguë, eût été dirigée contre tout le monde à la fois. Il n'y avait là qu'un coupable, un subalterne, un instrument : Peyrolles. Tous les autres frémissaient. L'armée des affidés de Gonzague, entièrement composée de gens trop jeunes pour pouvoir même être soupçonnés, s'agitait sous le poids de je ne sais quelle oppression pénible. Sentaient-ils déjà que chaque jour écoulé rivait de plus près la chaîne mystérieuse qui les attachait au maître! Devinaient-ils que l'épée de Damoclès allait pendre, soutenue par un fil, sur la tête de Gonzague lui-même? On ne sait. — Ces instincts ne se raisonnent point. Ils avaient peur. — Quand l'heure est venue, reprit le bossu, et toujours elle vient, que ce soit tôt ou tard... un homme... un messager du tombeau... un fantôme sort de terre, parce que Dieu le veut. Cet homme accomplit, malgré lui parfois, la mission fatale... S'il est fort, il frappe... s'il est faible, son bras est comme le mien et ne peut pas porter le poids du glaive, il se glisse, il rampe, il va... jusqu'à ce qu'il arrive à mettre son humble bouche au niveau de l'oreille des puissans... et, tout bas ou tout haut, à l'heure dite, le vengeur étonné entend tomber des nues le nom révélé du meurtrier...

Il y eut un grand et solennel silence.

— Quel nom? demanda monsieur de Rohan-Chabot.

— Le connaissons-nous? firent Chaverny et Navailles.

Le bossu semblait subir l'excitation de sa propre parole. Ce fut d'une voix saccadée qu'il poursuivit :

— Si vous le connaissez... qu'importe!... qu'êtes-vous?... que pouvez-vous?... Le nom de l'assassin vous épouvanterait comme un coup de tonnerre... mais là-haut, sur la première marche du trône, un homme est assis... Tout à l'heure, la voix est tombée des nuages... « Altesse ! l'assassin est là !... » et le vengeur a tressailli... « Altesse ! dans cette foule dorée est l'assassin !... » et le vengeur a ouvert les yeux, regardant la foule qui passait sous ses fenêtres... « Altesse ! hier à votre table, à votre table demain, l'assassin s'asseyait, l'assassin s'assoira !... » et le vengeur repassait dans sa mémoire la liste de ses convives... « Altesse ! chaque jour, le matin et le soir, l'assassin vous tend sa main sanglante... » et le vengeur s'est levé en disant : « Par le Dieu vivant ! justice sera faite ! » — On vit une chose étrange : tous ceux qui étaient là, les plus grands et les plus nobles, se jetèrent des regards de défiance. — Voilà pourquoi, messieurs, ajouta le bossu d'un ton leste et tranchant, le régent de France est soucieux ce soir... et voilà pourquoi la garde du palais a été doublée.

Il salua et fit mine de sortir.

— Ce nom ! s'écria Chaverny.

— Ce fameux nom ! appuya Oriol.

— Ne voyez-vous pas, voulut dire Peyrolles, que l'impudent bouffon s'est moqué de vous ?

Le bossu s'était arrêté au seuil de la tente. Il mit le binocle à l'œil et regarda son auditoire. Puis il revint sur ses pas, en riant son petit rire sec comme un cri de crécelle :

— Là ! là ! fit-il, voilà que vous n'osez plus, vous approcher les uns des autres ; chacun croit que son voisin est le meurtrier. Touchant effet de la mutuelle estime ! Messieurs, les temps sont bien changés, la mode n'y est plus. De nos jours, on ne se tue plus guère avec ces armes brutales de l'ancien régime : le pistolet ou l'épée. Nos âmes sont dans nos portefeuilles ; pour tuer un homme, il suffit de vider sa poche. Eh ! eh ! eh ! Dieu merci ! les assassins sont rares à la cour du régent !... Ne vous écartez pas ainsi les uns des autres, l'assassin n'est pas là. Eh ! eh ! eh ! s'interrompit-il tournant la dos aux vieux seigneurs pour s'adresser seulement à la bande de Gonzague, vous voici maintenant avec des mines d'une aune !... Avez-vous donc des remords ?... Voulez-vous que je vous égaye un peu ?... Tenez ! voici monsieur de Peyrolles qui se sauve ; il perd beaucoup... Savez-vous où se rend monsieur de Peyrolles ?

Celui-ci disparaissait déjà derrière les massifs de fleurs, dans la direction du palais.

Chaverny toucha le bras du bossu.

— Le régent sait-il le nom ? demanda-t-il.

— Eh ! monsieur le marquis, répliqua le petit homme noir, nous n'en sommes plus là... nous rions ! Mon fantôme est de bonne humeur ; il a bien vu que le tragique n'est point ici de mode ; il passe à la comédie... Et comme il sait tout, ce diable de fantôme, les choses du présent comme celles du passé... il est venu dans la fête... eh ! eh ! ici, vous comprenez bien, et il attend son Altesse Royale pour lui montrer au doigt... — Son doigt tendu piquait dans le vide. — Au doigt, vous entendez ! les mains habiles après les mains sanglantes. La petite pièce suit toujours la grande ; il faut se délasser en riant du poison ou du poignard. Au doigt, messieurs, au doigt, les adroits gentilshommes qui font sauter la coupe à cette vaste table de lansquenet où monsieur Law a l'honneur de tenir la banque ! — Il se découvrit, dévotement au nom de Law, et poursuivit : — Au doigt, les pipeurs de dés, les chevaliers de l'agio, les danseurs de la rue Quincampoix, au doigt !... Monsieur le régent est bon prince, et le préjugé ne l'étouffe point. Mais il ne sait pas tout, et s'il savait tout, il aurait peut-être honte...

Un mouvement s'éleva parmi les joueurs.

Monsieur de Rohan dit :

— Ceci est la vérité.

— Bravo ! applaudirent le baron de La Hunaudaye et le baron de Barbanchois.

— N'est-ce pas, messieurs ? reprit le bossu ; la vérité, cela se dit toujours en riant... Ces jeunes gens ont bonne envie de me jeter dehors, mais ils se retiennent par respect pour votre âge. Je m'en rapporte à messieurs de Chaverny, Oriol, Taranne et autres... belle jeunesse où la noblesse un peu déchue se mêle à la roture mal savonnée, comme les fils de diverses couleurs dans le tricot... poivre et sel !... Pour Dieu ! ne vous fâchez pas, mes illustres maîtres, nous sommes au bal masqué, et je ne suis qu'un pauvre bossu... demain vous me jetterez un écu pour acheter mon dos transformé en pupitre... Vous haussez les épaules ? A la bonne heure ! je ne mérite, en conscience, que votre dédain...

Chaverny prit le bras de Navailles.

— Que faire à ce drôle ?... grommela-t-il ; allons-nous-en !

Les vieux seigneurs riaient de bon cœur. Nos joueurs s'éloignèrent l'un après l'autre.

— Et, après avoir montré au doigt, reprit le bossu qui se tourna vers Rohan-Chabot et ses vénérables compagnons, les fabricans de fausses nouvelles, les réaliseurs, les escamoteurs de la hausse, les jongleurs de la baisse... toute l'armée des saltimbanques qui bivouaque à l'hôtel de Gonzague, je montrerai encore à monsieur le régent... au doigt, messieurs, au doigt, les ambitions déçues, les rancunes envenimées... Au doigt... ceux dont l'égoïsme ou l'orgueil ne peut s'habituer au silence... les cabaleurs inquiets, les écervelés en cheveux blancs qui voudraient ressusciter la Fronde... les suivans de madame du Maine... les habitués de l'hôtel de Cellamare ! Au doigt... les conspirateurs ridicules ou odieux qui vont entraîner la France dans je ne sais quelle guerre extravagante, pour reconquérir des places perdues ou des bonneurs regrettés... les calomniateurs de ce qui est, les polichinelles qui s'intitulent eux-mêmes les débris du grand siècle, les Gérontes... — Le bossu n'avait plus d'auditeurs. Les deux derniers, Barbanchois et La Hunaudaye, s'éloignaient clopin-clopant, savoir : le baron de La Hunaudaye goutteux de la jambe droite, et le baron de Barbanchois podagre de la jambe gauche. Le petit homme noir eut un rire silencieux.

— Au doigt ! au doigt !... — murmura-t-il sourdement.

Puis il tira de sa poche un parchemin scellé aux armes de la couronne, et s'assit pour le lire à la table de jeu restée vide. Le parchemin commençait par ces mots : » Louis, par la grâce de Dieu, roi de France et de Navarre... » Au bas était la signature de Louis, duc d'Orléans, régent, avec les contre-seings du secrétaire d'État Le Blanc, et de monsieur de Machault, lieutenant de police. — Voilà qui est parfait ! dit le petit homme après l'avoir parcouru ; pour la première fois depuis vingt ans nous pouvons lever la tête, regarder les gens en face, et jeter notre nom à la tête de ceux qui nous poursuivent... Je promets bien que nous en userons !

## V

### LES DOMINOS ROSES.

Entre le protocole et les signatures, le parchemin scellé aux armes de France contenait un sauf-conduit fort en règle, accordé par le gouvernement au chevalier Henri de Lagardère, ancien chevau-léger du feu roi.

Cet acte, conçu dans la forme la plus large adoptée récemment pour les agens diplomatiques non publiquement accrédités, donnait au chevalier de Lagardère licence d'aller et de venir partout dans le royaume sous la garantie de l'autorité, et de quitter le territoire français en toute sécurité, tôt ou tard, et quoi qu'il advînt.

— Quoi qu'il advienne ! répéta plusieurs fois le bossu. Monsieur le régent peut avoir des travers, mais il est honnête homme et tient à sa parole. Quoi qu'il advienne !... Avec ceci, Lagardère a carte blanche. Nous allons lui faire

faire son entrée, et Dieu veuille qu'il manœuvre comme il faut !

Il consulta sa montre et se leva.

La tente indienne avait deux entrées. A quelques pas de la seconde issue se trouvait un petit sentier qui conduisait, à travers les massifs, à la loge rustique de maître Le Bréant, concierge et gardien du jardin. On avait profité de la loge comme de tout le reste pour les décors. La façade enjolivée recevait la lumière d'un réflecteur placé dans le feuillage d'un grand tilleul et terminant de ce côté le paysage.

D'ordinaire, le soir, c'était un endroit isolé, très couvert et très sombre, spécialement surveillé par messieurs les gardes françaises.

Comme le bossu sortait de la tente, il vit en avant du massif l'armée entière de Gonzague, qui s'était reformée là après sa déroute. On causait de lui précisément. Oriol, Taranne, Nocé, Navailles et autres riaient du mieux qu'ils pouvaient, mais Chaverny était pensif.

Le bossu n'avait pas de temps à perdre apparemment, car il alla droit à eux.

Il mit le binocle à l'œil, et fit mine d'admirer le décor comme au moment de son entrée.

— Il n'y a que monsieur le régent pour faire ainsi les choses ! grommela-t-il. Charmant ! charmant ! — Nos joueurs veut s'écartèrent pour le laisser passer. Il fit mine de les reconnaître tout à coup. — Ah ! ah ! s'écria-t-il, les autres sont partis aussi. Au doigt ! eh ! eh ! eh ! au doigt ! la liberté du bal masqué. Messieurs, je suis bien votre serviteur !

Personne n'était resté sur la route, excepté Chaverny. Le bossu ôta son chapeau et voulut suivre son chemin. Chaverny l'arrêta.

Cela fit rire le bataillon sacré de Gonzague.

— Chaverny veut sa bonne aventure, dit Oriol.

— Chaverny a trouvé son maître, ajouta Navailles.

— Un plus caustique et un plus bavard que lui.

Chaverny disait au petit homme noir :

— Un mot, s'il vous plaît, monsieur ?

— Tous les mots que vous voudrez, marquis.

— Ces paroles que vous avez prononcées : « Il y a des fêtes qui n'ont point de lendemain, » s'appliquent-elles à moi personnellement ?

— Personnellement à vous.

— Veuillez me les traduire, monsieur.

— Marquis, je n'ai pas le temps.

— Si je vous y contraignais ?

— Marquis, je vous en défie !... Monsieur de Chaverny tuant en combat singulier Esope II dit Jonas, locataire de la niche du chien de monsieur de Gonzague... ce serait mettre le comble à votre renommée ! — Chaverny fit néanmoins un mouvement pour lui barrer le passage. Il avança la main pour cela. Le bossu la lui prit et la serra entre les siennes. — Marquis, prononça-t-il à voix basse, vous valez mieux que vos actes. Dans mes courses en ce beau pays d'Espagne, où tous les deux nous avons voyagé, je vis une fois un fait assez bizarre... un noble genet de guerre conquis par des marchands juifs et parqué parmi les mulets de charge... c'était à Oviédo. Quand je repassai par là, le genet était mort à la peine... Marquis, vous n'êtes point à votre place : vous mourrez jeune, parce que vous aurez trop de peine à devenir un coquin !

Il salua et passa. On ne le vit bientôt plus derrière les arbustes.

Chaverny était resté immobile, la tête penchée sur sa poitrine.

— Enfin le voilà parti ! s'écria Oriol.

— C'est le diable en personne que ce petit homme ! fit Navailles.

— Voyez donc comme ce pauvre Chaverny est soucieux !

— Mais quel jeu joue donc ce bossu d'enfer ?

— Chaverny, que t'a-t-il dit ?

— Chaverny, conte-nous cela !

Ils l'entouraient. Chaverny les regarda d'un air absorbé ; et, sans savoir s'il parlait, il murmura :

— Il y a des fêtes qui n'ont point de lendemain !

La musique se taisait dans les salons. C'était entre deux menuets. La foule n'en était que plus compacte dans le jardin, où nombre d'intrigues mignonnes se nouaient.

Monsieur de Gonzague, las de faire antichambre, s'était rendu dans les salons. Sa bonne grâce et l'éclat de sa parole lui donnaient grande faveur auprès des dames, qui disaient volontiers que Philippe de Gonzague, pauvre et de menue noblesse, eût encore fait un cavalier accompli.

Vous jugez que son titre de prince, dont la légitimité était à peine contestée par quelques voix timides, et ses millions, que nul ne pouvait mettre en doute, ne gâtaient point l'affaire.

Bien qu'il vécût dans l'intimité du régent, il n'affectait point ces manières débraillées qui étaient alors si fort à la mode. Sa parole était courtoise et réservée, ses façons dignes. Le diable cependant n'y perdait rien.

Madame la duchesse d'Orléans le tenait en haute estime, et ce bon abbé de Fleury, précepteur du jeune roi, devant qui personne ne trouvait grâce, n'était pas éloigné de le regarder comme un saint.

Ce qui s'était passé aujourd'hui même à l'hôtel de Gonzague avait été raconté amplement et diversement par les gazetiers de la cour. Ces dames trouvaient en général que la conduite de Gonzague à l'égard de sa femme dépassait les bornes de l'héroïsme. C'était un apôtre que cet homme, et un martyr ! Vingt années de souffrance patiente ! vingt années de douceur inépuisable en face d'un infatigable dédain ! L'histoire ancienne a consigné des faits bien moins beaux que celui-là.

Les princesses savaient déjà le magnifique mouvement d'éloquence que monsieur de Gonzague avait eu devant le conseil de famille. La mère du régent, qui était bonhomme, lui donna franchement sa grosse main bavaroise ; la duchesse d'Orléans le fit complimenter ; la belle petite abbesse de Chelles lui promit ses prières, et la duchesse de Berri lui dit qu'il était un niais sublime.

Quant à cette pauvre princesse de Gonzague, on aurait voulu la lapider pour avoir fait le malheur d'un si digne homme.

C'est en Italie, vous le savez bien, que Molière trouva cet admirable nom de Tartufe !

Gonzague, au milieu de sa gloire, aperçut tout à coup dans l'embrasure d'une porte la figure longue de son Peyrolles. D'ordinaire, la physionomie de ce fidèle serviteur ne suait point une gaieté folle, mais aujourd'hui c'était comme un vivant signal de détresse.

Il était blême, il avait l'air effaré ; il essuyait avec son mouchoir la sueur de ses tempes.

Gonzague l'appela. Peyrolles traversa le salon gauchement, et vint à l'ordre. Il prononça quelques mots à l'oreille de son maître.

Celui-ci se leva vivement, et, avec une présence d'esprit qui n'appartient qu'à ces superbes coquins d'outre-monts :

— Madame la princesse de Gonzague, dit-il, vient d'entrer dans le bal ?... Je vais courir à sa rencontre. — Peyrolles lui-même fut étonné. — Où la trouverai-je ? lui demanda Gonzague.

Peyrolles n'en savait rien assurément. Il s'inclina, et prit les devants.

— Il y a des hommes qui sont aussi par trop bons ! dit la mère du régent avec un juron joli qu'elle avait apporté de Bavière.

Les princesses regardaient d'un œil attendri la retraite précipitée de Gonzague.

Le pauvre homme !

— Que me veux-tu ? demanda-t-il à Peyrolles dès qu'ils furent seuls.

— Le bossu est ici dans le bal, répondit le factotum.

— Parbleu ! je le sais bien, puisque c'est moi qui lui ai donné sa carte.

— Vous n'avez pas eu de renseignemens sur ce bossu ?

— Où veux-tu que j'en aie pris ?

— Je me défie de lui.

— Défie-toi si tu veux... Est-ce tout ?

— Il a entretenu le régent ce soir pendant plus d'une demi-heure...

— Le régent !—répéta Gonzague d'un air étonné. Mais il se remit tout de suite et ajouta : — C'est que sans doute il avait beaucoup de choses à lui dire.

— Beaucoup de choses en effet, riposta Peyrolles, et je vous en fais juge.

Ici, le factotum raconta la scène qui venait d'avoir lieu sous la tente indienne.

Quand il eut fini, Gonzague se prit à rire avec pitié.

— Ces bossus ont tous de l'esprit ! dit-il négligemment, mais un esprit bizarre et difforme comme leurs corps ; ils posent, ils jouent sans cesse d'inutiles comédies. Celui qui brûla le temple d'Ephèse pour faire parler de lui devait avoir une bosse.

— Voilà tout ce que vous en donnez ! s'écria Peyrolles.

— A moins, poursuivit Gonzague qui réfléchissait, à moins que ce bossu ne veuille se faire acheter très cher.

— Il nous trahit, monseigneur ! dit Peyrolles avec énergie.

Gonzague le regarda en souriant et par-dessus l'épaule.

— Mon pauvre garçon , murmura-t-il , nous aurons grand'peine à faire quelque chose de toi. Tu n'as pas encore deviné que ce bossu fait du zèle dans nos intérêts ?

— Non... j'avoue, monseigneur, que je n'ai pas deviné cela.

— Je n'aime pas le zèle, poursuivit Gonzague ; le bossu sera tancé vertement. Mais il n'en est pas moins sûr et certain qu'il nous donne une excellente idée.

— Si monseigneur daignait m'expliquer...

Ils étaient sous la charmille qui occupait l'emplacement actuel de la rue Montpensier. Gonzague prit familièrement le bras de son factotum.

— Avant tout, répliqua-t-il, dis-moi ce qui s'est passé rue du Chantre.

— Vos ordres ont été ponctuellement exécutés, répondit Peyrolles ; je ne suis entré au palais qu'après avoir vu de mes yeux la litière qui se dirigeait vers Saint-Magloire.

— Et dona Cruz ?... mademoiselle de Nevers ?...

— Dona Cruz doit être ici.

— Tu la chercheras.... Ces dames t'attendent... j'ai tout préparé... elle va avoir un prodigieux succès... Maintenant, revenons au bossu... Qu'a-t-il dit au régent?

— Voilà ce que nous ne savons pas.

— Moi, je le sais... ou du moins je le devine... Il a dit au régent : « L'assassin de Nevers existe... »

— Chut ! fit involontairement monsieur de Peyrolles qui tressaillit violemment de la tête aux pieds.

— Il a bien fait, poursuivit Gonzague sans s'émouvoir. L'assassin de Nevers existe. Quel intérêt ai-je à le cacher, moi le mari de la veuve de Nevers, moi le juge naturel, moi le légitime vengeur ? L'assassin de Nevers existe ! Je voudrais que la cour tout entière fût là pour m'entendre.

— Peyrolles suait à grosses gouttes.

— Et puisqu'il existe, continua Gonzague, palsambleu ! nous le trouverons. —

Il s'arrêta pour regarder son factotum en face. Celui-ci tremblait, et des tics nerveux agitaient sa face. — As-tu compris ? fit Gonzague.

— Je comprends que c'est jouer avec le feu, monseigneur.

— Voilà l'idée du bossu, reprit le prince en baissant la voix tout à coup ; elle est bonne, sur ma parole ! Seulement, pourquoi l'a-t-il eue, et de quel droit se mêle-t-il d'être plus avisé que nous ?... Nous éclaircirons cela... Ceux qui ont tant d'esprit sont voués à une mort précoce.

Peyrolles releva la tête vivement. On cessait enfin de lui parler hébreu.

— Est-ce pour cette nuit ? murmura-t-il.

Gonzague et Peyrolles arrivaient à l'arcade centrale de la charmille par où l'on apercevait la longue échappée des bosquets illuminés et la statue du dieu Mississipi, autour de laquelle le jet d'eau envoyait ses gerbes irisées. Une femme en sévère toilette de cour, recouverte d'un vaste domino noir et masquée, venait à eux par l'autre bout de la charmille. Elle était au bras d'un vieillard à cheveux blancs.

Au moment de passer l'arcade, Gonzague repoussa Peyrolles et le contraignit à s'effacer dans l'ombre.

La femme masquée et le vieillard franchirent l'arcade.

— L'as-tu reconnue ? demanda Gonzague.

— Non, répondit le factotum.

— Mon cher président, disait en ce moment la femme masquée, veuillez ne pas m'accompagner plus loin.

— Madame la princesse aura-t-elle encore besoin de mes services cette nuit ? demanda le vieillard.

— Dans une heure, vous me retrouverez à cette place.

— C'est le président de Lamoignon ! murmura Peyrolles.

Le président salua sa compagne et se perdit dans une allée latérale.

Gonzague dit :

— Madame la princesse m'a tout l'air de n'avoir pas encore trouvé ce qu'elle cherche... Ne la perdons pas de vue.

La femme masquée, qui était en effet madame la princesse de Gonzague, rabattit le capuchon de son domino sur son visage et se dirigea vers le bassin.

La foule entrait en fièvre de nouveau. On annonçait l'arrivée du régent et de ce bon monsieur Law, la seconde personne du royaume.

Le petit roi ne comptait pas encore.

— Monseigneur ne m'a pas fait l'honneur de me répondre, insista cependant Peyrolles. Ce bossu, sera-ce pour cette nuit ?

— Ah çà ! il te fait donc bien peur, ce bossu ?

— Si vous l'aviez entendu comme moi...

— Parler de tombeaux qui s'ouvrent... de fantômes... de justice céleste ?... Je connais tout cela... Je veux causer avec ce bossu... Non, ce ne sera pas pour cette nuit... Cette nuit, nous suivons la route qu'il nous a indiquée... Entends-moi bien, et tâche de comprendre : Cette nuit, s'il tient la promesse qu'il nous a faite... et il la tiendra, j'en réponds... nous tiendrons, nous, la promesse qu'il a faite au régent en notre nom... Un homme va venir dans cette fête... ce terrible ennemi de toute ma vie... celui qui vous fait tous trembler comme des femmes.

— Lagardère !... murmura Peyrolles.

— A celui-là, sous les lustres allumés, en présence de cette foule vaguement émue déjà et qui attend je ne sais quel grand drame avant la fin de la nuit, à celui-là nous arracherons son masque et nous dirons : Voici l'assassin de Nevers !...

— As-tu vu ? demanda Navailles.

— Sur mon honneur ! on dirait madame la princesse, répondit Gironne.

— Seule dans cette foule, dit Choisy ; sans cavalier ni page !

— Elle cherche quelqu'un.

— Corbleu ! la belle fille ! s'écria Chaverny tout à coup, réveillé de sa mélancolie.

— Ou cela ? ce domino rose ? C'est Vénus en personne, pour le coup !

— C'est mademoiselle de Clermont qui me cherche, dit Nocé.

— Le fat ! s'écria Chaverny. Ne vois-tu pas que c'est la maréchale de Tessé qui est en quête de moi, tandis que son vaillant époux court après le czar ?

— Cinquante louis pour mademoiselle de Clermont !

— Cent pour la maréchale !

— Allons lui demander si elle est la maréchale ou mademoiselle de Clermont.

Les deux fous s'élancèrent à la fois. Ils s'aperçurent seulement alors que la belle inconnue était suivie à distance par deux gaillards à rapière d'une aune et demie, qui s'en allaient le poing sur la hanche et le nez au vent sous leur masque.

— Peste! firent-ils ensemble, ce n'est ni mademoiselle de Clermont ni la maréchale; c'est une aventure.

Ils étaient tous rassemblés non loin du bassin. Une visite faite aux dressoirs chargés de liqueurs et de pâtisseries les avait remis en bonne humeur.

Oriol, le nouveau gentilhomme, brûlait d'envie de faire quelque action d'éclat pour gagner ses éperons,

— Messieurs, dit-il en se haussant sur ses pointes, ne serait-ce point plutôt mademoiselle Nivelle?

On lui faisait cette niche de ne jamais répondre quand il parlait de mademoiselle Nivelle. Depuis six mois, il avait bien dépensé pour elle cinquante mille écus.

Sans les méchantes plaisanteries dont l'amour accable les gros petits financiers, ils seraient aussi trop heureux en ce monde.

La belle inconnue avait l'air fort dépaysée au milieu de cette cohue. Son regard interrogeait tous les groupes. Le masque était impuissant à déguiser son embarras.

Les deux grands gaillards allaient côte à côte, à dix ou douze pas derrière elle.

— Marchons droit, frère Passepoil!

— Cocardasse, mon noble ami, marchons droit!

Capédédiou! il ne s'agissait pas de plaisanter. Ce diable de bossu leur avait parlé au nom de Lagardère.

Quelque chose leur disait que l'œil d'un surveillant sévère était sur eux. Ils étaient graves et raides comme des soldats en faction.

Pour pouvoir circuler dans le bal en exécution des ordres du bossu, ils avaient été reprendre leurs pourpoints neufs et délivrer par la même occasion dame Françoise et Berrichon son petit-fils.

Il y avait bien une heure que la pauvre Aurore, perdue dans cette foule, cherchait en vain Henri, son ami.

Elle croisa madame la princesse de Gonzague et fut sur le point de l'aborder, car les regards de tous ces écervelés la brûlaient, et la peur la prenait. Mais que dire pour obtenir la protection d'une de ces grandes dames, qui dans cette fête étaient chez elles?

Aurore n'osa pas.

D'ailleurs, elle avait hâte d'atteindre ce rond-point de Diane qui était le lieu du rendez-vous.

— Messieurs, dit Chaverny, ce n'est ni mademoiselle de Clermont, ni la maréchale, ni Nivelle, ni personne que nous connaissions... C'est une beauté merveilleuse et toute neuve. Une petite bourgeoise n'aurait point ce port de reine; une provinciale donnerait son âme au démon qu'elle n'atteindrait point à cette grâce enchanteresse; une dame de la cour n'aurait garde d'éprouver ce charmant embarras... Je fais une proposition.

— Voyons ta proposition, marquis! s'écria-t-on de toutes parts.

Et le cercle des fous se resserra autour de Chaverny.

— Elle cherche quelqu'un, n'est-ce pas? reprit celui-ci.

— On peut l'affirmer, répondit Nocé.

— Sans trop s'avancer, ajouta Navailles.

Et tous les autres:

— Oui, oui, elle cherche quelqu'un.

— Eh bien! messieurs, reprit Chaverny, ce quelqu'un-là est un heureux coquin!

— Accordé. Mais ce n'est pas une proposition.

— Il est injuste, reprit le petit marquis, qu'un pareil trésor soit accaparé par un quidam qui ne fait point partie de notre vénérable confrérie.

— Injuste! répondit-on, inique! criant! abusif!

— Je propose donc, conclut Chaverny, que la belle enfant ne trouve point celui qu'elle cherche.

— Bravo! cria-t-on de toutes parts.

— Voici pour le coup Chaverny ressuscité!

— Item, poursuivit le petit marquis, je propose qu'à la place du quidam la belle enfant trouve l'un de nous.

— Bravo encore! bravissimo! vive Chaverny!

On faillit le porter en triomphe.

— Mais, fit Navailles, lequel d'entre nous trouvera-t-elle?

— Moi! moi! moi! s'écria tout le monde à la fois, Oriol lui-même, le nouveau chevalier, sans respect pour les droits de mademoiselle Nivelle. Chaverny réclama le silence d'un geste magistral.

— Messieurs, dit-il, ces débats sont prématurés. Quand nous aurons conquis la belle fille sur ses gardiens, nous jouerons loyalement aux dés, au pharaon, au doigt mouillé ou à la courte paille, à qui aura l'honneur de lui tenir compagnie.

Un avis si sage devait avoir l'approbation générale.

— A l'assaut donc! s'écria Navailles.

— Un instant, messieurs! dit Chaverny; je réclame l'honneur de diriger l'expédition.

— Accordé! accordé! A l'assaut!

Chaverny regarda tout autour de lui.

— La question, reprit-il, est de ne pas faire du bruit. Le jardin est plein de gardes françaises, et il serait pénible de se faire mettre à la porte avant le souper... Il faut user de stratagème... Ceux d'entre vous qui ont de bons yeux n'avisent-ils point à l'horizon quelque domino rose?

— Mademoiselle Nivelle en a un, glissa Oriol.

— En voici deux, trois, quatre! fit-on dans le cercle.

— J'entends un domino rose de connaissance.

— Par ici... mademoiselle Desbois! s'écria Navailles.

— Par là... Cidalise! fit Taranne.

— Il ne nous en faut qu'un... Je choisis Cidalise, qui est à peu près de la même taille que notre belle enfant... Qu'on m'apporte Cidalise!

Cidalise était au bras d'un vieux domino, duc et pair pour le moins, et moisi comme quatre. On apporta Cidalise à Chaverny.

— Amour, lui dit le petit marquis, Oriol, qui est gentilhomme à présent, te promet cent pistoles si tu nous sers adroitement... Il s'agit de détourner deux chiens hargneux qui sont là-bas, et c'est toi qui vas leur donner le change.

— Et va-t-on rire un petit peu? demanda Cidalise.

— A se tenir les côtes, répondit Chaverny.

## VI

### LA FILLE DU MISSISSIPI.

Oriol ne protesta point contre la promesse de cent pistoles, parce qu'on avait dit qu'il était gentilhomme.

Cidalise ne demandait que plaies et bosses, la bonne fille. Elle dit:

— Du moment qu'on va rire un petit peu, j'en suis!

Son éducation ne fut pas longue à faire. L'instant d'après, elle se glissait de groupe en groupe et atteignait son poste, qui était entre nos deux maîtres d'armes et Aurore.

En même temps une escouade détachée par le général Chaverny escarmouchait contre Cocardasse et Passepoil; une autre escouade manœuvrait pour couper Aurore.

Cocardasse reçut le premier un coup de coude. Il jura un terrible « capédédiou! » et mit la main à sa rapière, mais Passepoil lui dit à l'oreille:

— Marchons droit!

Cocardasse rongea son frein. Une franche bourrade fit chanceler Passepoil.

— Marchons droit! lui dit Cocardasse qui vit ses yeux s'allumer. Ainsi les rudes pénitents de la Trappe s'abordent et se séparent avec le stoïque: « Frère, il faut mourir! » — As pas pur! — Un lourd talon se posa sur coude-pied du Gascon, tandis que le Normand trébuchait une seconde fois parce qu'on lui avait mis un fourreau d'épée entre les jambes. — Marchons droit ! — Taranne, encouragé, vint donner en plein contre Passepoil et l'appela maladroit ; Gironne heurta rudement Cocardasse, et pour surcroît le traîta de bélître. — Marchons droit ! marchons droit ! — Mais les oreilles de nos deux braves étaient rouges comme du sang. — Ma caillou, murmura Cocardasse à la quatrième offense et en regardant piteusement Passepoil, je crois que je vais me fâcher.

Passepoil soufflait comme un phoque ; il ne répondit point, mais quand Taranne revint à la charge, ce financier imprudent reçut un colossal soufflet.

Cocardasse poussa un soupir de soulagement profond. Ce n'était pas lui qui avait commencé. Du même coup de poing, il envoya Gironne et l'innocent Oriol rouler dans la poussière.

Il y eut bagarre. Ce ne fut qu'un instant ; mais la seconde escouade, conduite par Chaverny en personne, avait eu le temps d'entourer et de détourner Aurore.

Cocardasse et Passepoil, ayant mis en fuite les assaillants, regardèrent au-devant d'eux. Ils virent toujours le domino rose à la même place. C'était Cidalise qui gagnait ses cent pistoles.

Cocardasse et Passepoil, heureux d'avoir fait impunément le coup de poing, se mirent à surveiller Cidalise en répétant avec triomphe :

— Marchons droit !

Pendant cela, Aurore, désorientée et ne voyant plus ses deux protecteurs, était obligée de suivre le mouvement de ceux qui l'entouraient. Ceux-ci faisaient semblant de céder à la foule et se dirigeaient insensiblement vers le bosquet situé entre la pièce d'eau et le rond-point de Diane.

C'était au centre de ce bosquet que s'élevait la loge de maître Le Bréant.

Les petites allées percées dans les massifs allaient en tournant, selon la mode anglaise qui commençait à s'introduire. La foule suivait les grandes avenues, et laissait ces sentiers à peu près déserts. Auprès de la loge de maître Le Bréant surtout, il y avait un berceau en charmille qui était presque une solitude.

Ce fut là qu'on entraîna la pauvre Aurore.

Chaverny porta la main à son masque. Elle poussa un grand cri, car elle l'avait reconnu pour le jeune homme de Madrid.

Au cri poussé par Aurore, la porte de la loge s'ouvrit. Un homme de haute taille, masqué, entièrement caché par un ample domino noir, parut sur le seuil.

Il avait à la main une épée nue.

— Ne vous effrayez pas, charmante demoiselle, dit le petit marquis ; ces messieurs et moi, nous sommes unanimement vos soumis admirateurs.

Ce disant, il essaya de passer son bras autour de la taille d'Aurore, qui cria au secours. Elle ne cria qu'une fois, parce qu'Albret, qui s'était glissé derrière elle, lui mit un mouchoir de soie sur la bouche. Mais une fois suffit.

Le domino noir mit l'épée dans la main gauche. De la droite, il saisit Chaverny par la nuque et l'envoya tomber à dix pas de là. Albret eut le même sort.

Dix rapières furent tirées. Le domino, reprenant la sienne de la main droite, désarma de deux coups de fouet Gironne et Noé qui étaient en avant. Oriol, voyant cela, ne fit ni une ni deux. Gagnant tout d'un coup ses éperons, ce gentilhomme nouveau prit la fuite en criant : A l'aide. Montaubert et Choisy chargèrent : Montaubert tomba à genoux, d'un fendant qu'il eut sur l'oreille ; Choisy, moins heureux, eut une balafre en plein visage.

Les gardes françaises arrivèrent, cependant, au bruit. Nos coureurs d'aventures, tous plus ou moins malmenés, se dispersèrent comme une volée d'étourneaux. Les gardes françaises ne trouvèrent plus personne sous le berceau, car le domino noir et la jeune fille avaient aussi disparu comme par enchantement.

Ils entendirent seulement le bruit de la porte de maître Le Bréant qui se refermait.

— Tubleu ! dit Chaverny en retrouvant Navailles dans la foule, quelle bourrade ! Je veux joindre ce gaillard-là, ne fût-ce que pour lui faire compliment de son poignet.

Gironne et Noé arrivaient la tête basse. Choisy était dans un coin, avec son mouchoir sanglant sur la joue ; Montaubert cachait son oreille écrasée du mieux qu'il pouvait. Cinq ou six autres avaient aussi des horions plus ou moins apparens à dissimuler. Oriol seul était intact, le brave petit ventru !

Ils se regardèrent tous d'un air penaud. L'expédition avait mal réussi, et chacun parmi eux se demandait quel pouvait être ce rude jouteur.

Ils savaient les salles d'armes de Paris sur le bout du doigt. Les salles d'armes de Paris ne faisaient point florès comme à la fin du siècle précédent. On n'avait plus le temps. Personne, parmi les virtuoses de la rapière, n'était capable de mettre en désarroi huit ou dix porteurs de brette, et encore sans trop de gêne, en vérité. Le domino noir n'avait eu garde de s'embarrasser dans les longs plis de son vêtement. C'est à peine s'il s'était fendu deux ou trois fois, bien posément. Un maître poignet, il n'y avait pas à dire non.

C'était un étranger. Dans les salles d'armes, personne, y compris les prévôts et les maîtres, n'était de cette merveilleuse force.

Tout à l'heure on avait parlé de ce duc de Nevers tué à la fleur de l'âge. Voilà un homme dont le souvenir était resté dans toutes les académies, un tireur vite comme la pensée, pied d'acier, œil de lynx !

Mais il était mort, et certes chacun ici pouvait témoigner que le domino noir n'était pas un fantôme.

Il y avait un homme du temps de Nevers, un homme plus fort que Nevers lui-même, un chevau-léger du roi qui avait nom Henri de Lagardère.

Mais qu'importait le nom du terrible ferrailleur ? La chose certaine, c'est que nos roués n'avaient pas de chance cette nuit. Le bossu les avait battus avec la langue, le domino noir avec l'épée. Ils avaient deux revanches à prendre.

— Le ballet ! le ballet !

— Son Altesse Royale !... les princesses !... par ici ! par ici !

— Monsieur Law ! par ici ! monsieur Law, avec milord Stairs, ambassadeur de la reine Anne !

— Ne poussez pas, que diable !... Place pour tout le monde !

— Maladroit ! insolent ! butor !...

Et le reste, le plaisir des cohues : des côtes enfoncées, des pieds broyés, des femmes étouffées !

Du fond de la foule, on entendait des cris aigus. Les petites femmes aiment de passion à se noyer dans la foule. Elles ne voient rien absolument, elles souffrent le martyre, mais elles ne peuvent résister à l'attrait de ce supplice.

— Monsieur Law ! tenez, voici monsieur Law qui monte à l'estrade du régent !

— Celle-ci, en domino gris de perle, est madame de Parabère.

— Celle-là, en domino puce, est madame la duchesse de Phalaris.

— Comme monsieur Law est rouge ! Il aura bien dîné !

— Comme Son Altesse Royale est pâle... Il aura eu de mauvaises nouvelles d'Espagne !

— Silence ! la paix ! Le ballet ! le ballet !

L'orchestre, assis autour du bassin, frappa son premier accord, le fameux *premier coup d'archet* dont on parlait encore en province, voilà quinze ou vingt ans.

L'estrade s'élevait du côté du palais, auquel elle tournait le dos. C'était comme un coteau fleuri de femmes.

Du côté opposé, un rideau de fond monta lentement par un mécanisme invisible. Il représentait naturellement un paysage de la Louisiane, des forêts vierges lançant jusqu'au ciel leurs arbres géans, autour desquels les lianes s'entortillaient comme des boas ; des prairies à perte de vue, des montagnes bleues, et cet immense fleuve d'or, le Mississipi, père des eaux.

Sur ses bords on voyait de rians aspects, et partout ce vert tendre que les peintres du dix-huitième siècle affectionnaient particulièrement. Des bocages enchanteurs, rappelant le paradis terrestre, se succédaient, coupés par des cavernes tapissées de mousse, où Calypso eût été bien pour attendre le jeune et froid Télémaque. Mais point de nymphes mythologiques : la couleur locale essayait de naître. De jeunes filles indiennes erraient sous ces beaux ombrages, avec leurs écharpes pailletées et les plumes brillantes de leur couronne. Des jeunes mères suspendaient gracieusement le berceau du nouveau-né aux branches des sassafras balancées par la brise. Des guerriers tiraient de l'arc ou lançaient la hache ; des vieillards fumaient le calumet autour du feu du conseil.

En même temps que le rideau du fond, diverses pièces de décor ou *fermes*, comme on dit en langage de manique, sortirent de terre, de sorte que la statue du Mississipi, placée au centre du bassin, se trouva comme encadrée dans un splendide paysage.

On applaudit du haut en bas de l'estrade, on applaudit d'un bout à l'autre du jardin.

Oriol était fou. Il venait de voir entrer en scène mademoiselle Nivelle, qui remplissait le principal rôle dans le ballet, le rôle de la fille du Mississipi.

Le hasard l'avait placé entre monsieur le baron de Barbanchois et monsieur le baron de La Hunaudaye.

— Hein ! fit-il en leur donnant à chacun un coup de coude, comment trouvez-vous ça ? — Les deux barons, tous deux hauts sur jambes comme des hérons, abaissèrent jusqu'à lui leurs regards dédaigneux. — Est-ce stylé ? poursuivit le *gros petit traitant*, est-ce dessiné ? est-ce léger ? est-ce brillant ? est-ce doré ? La jupe seule me coûte cent trente pistoles... les ailes vont à trente-deux louis..., la ceinture vaut cinq cents écus... le diadème une action entière !... Bravo, adorée ! bravo !

Les deux barons se regardèrent par-dessus sa tête.

— Une si belle créature ! dit le baron de Barbanchois.

— Prendre ses nippes à pareille enseigne ! continua le baron de La Hunaudaye.

Et tous deux, se regardant tristement par-dessus la tête poudrée du *gros petit traitant*, ajoutèrent à l'unisson :

— Où allons-nous, monsieur le baron ! où allons-nous !

Un tonnerre d'applaudissemens répondit au premier bravo lancé par Oriol. La Nivelle était ravissante, et le pas qu'elle dansa au bord de l'eau, parmi les nénuphars et la folle avoine, fut trouvé délicieux.

Sur l'honneur, ce monsieur Law était un bien brave homme d'avoir inventé un pays où l'on dansait si bien que cela !

La foule se retournait pour lui envoyer tous ses sourires ; la foule était amoureuse de lui ; la foule ne se sentait pas de joie.

Il y avait pourtant là deux âmes en peine qui ne prenaient point part à l'allégresse générale. Cocardasse et Passepoil avaient suivi religieusement, pendant dix minutes environ, mademoiselle Cidalise et son domino rose ; puis le domino rose de mademoiselle Cidalise avait tout à coup disparu, comme si la terre se fût ouverte pour l'engloutir.

C'était derrière le bassin, à l'entrée d'une sorte de tente en feuilles de papier gaufré représentant des feuilles de palmier. Quand Cocardasse et Passepoil y voulurent entrer, deux gardes françaises leur croisèrent la baïonnette sous le menton.

La tente servait de loge à ces dames du corps du ballet.

— Capédébiou ! mes camarades... voulut dire Cocardasse.

— Au large ! lui fut-il répondu.

— Mon brave ami... fit à son tour Passepoil.

— Au large !

Ils se regardèrent d'un air piteux. Pour le coup, leur affaire était bonne : ils avaient laissé envoler l'oiseau confié à leurs soins ; tout était perdu !

Cocardasse tendit la main à Passepoil.

— Eh donc ! mon bon, dit-il avec une profonde mélancolie, nous avons fait ce que nous avons pu.

— La chance n'y est pas, voilà tout, riposta le Normand.

— As pas pur ! c'est fini de nous !... Mangeons bien, buvons bien tant que nous sommes ici... et puis, ma foi ! *va à Dios !* comme ils disent là-bas.

Frère Passepoil poussa un gros soupir.

— Je le prierai seulement, dit-il, de me dépêcher par un bon coup dans la poitrine... Ça doit lui être égal.

— Pourquoi un coup dans la poitrine ? demanda le Gascon.

Passepoil avait les larmes aux yeux ; cela ne l'embellissait point. Cocardasse dut s'avouer à cet instant suprême qu'il n'avait jamais vu d'homme plus laid que *sa caillou.*

Voici pourtant ce que répondit Passepoil en baissant modestement ses paupières sans cils :

— Je désire, mon noble ami, mourir d'un coup dans la poitrine, parce que, ayant été habitué généralement à plaire aux dames, il me répugnerait de penser qu'une ou plusieurs personnes de ce sexe à qui j'ai voué ma vie pussent me voir défiguré après ma mort.

— Pécaïre ! grommela Cocardasse.

Mais il n'eut pas la force de rire.

Ils se mirent tous les deux à tourner autour du bassin. Ils ressemblaient à deux somnambules marchant sans entendre et sans voir.

C'était quelque chose de bien curieux que le ballet intitulé la *Fille du Mississipi.* Depuis que le ballet était inventé, on n'avait rien vu de pareil.

La fille du Mississipi, sous les jolis traits de la Nivelle, après avoir papilloné parmi les roseaux, les nénuphars et la folle avoine, appelait gracieusement ses compagnes, qui étaient probablement des nièces du Mississipi, et qui accouraient tenant à la main des guirlandes de fleurs. Toutes ces dames sauvages, parmi lesquelles étaient Cidalise, mademoiselle Desbois, Duplant, la Fleury et les autres célébrités sautantes de l'époque, dansaient en pas d'ensemble, à la satisfaction universelle. Cela signifiait qu'elles étaient heureuses et libres sur ces bords fleuris. Tout à coup d'affreux Indiens, nullement vêtus et coiffés de cornes, s'élancèrent hors des roseaux. Nous ne savons quel degré de parenté ils avaient avec le Mississipi, mais ils avaient bien mauvaise mine.

Gambadant, gesticulant, exécutant des pas épouvantables, ces sauvages s'approchèrent des jeunes filles et se mirent en devoir de les immoler avec leurs haches, afin d'en faire leur nourriture.

Bourreaux et victimes, pour bien expliquer cette situation, dansèrent un menuet qui fut bissé.

Mais au moment où ces pauvres filles allaient être dévorées, les violons se turent et une fanfare de clairons éclata au loin.

Une troupe de marins français se précipita sur la plage, en dansant vigoureusement une gigue nouvelle. Les sauvages, toujours dansant, se mirent à leur montrer le poing, et les demoiselles dansèrent de plus belle en levant leurs mains vers le ciel.

Bataille dansante.

Pendant la bataille, le chef des Français et celui des sauvages eurent un combat singulier, qui était un pas de deux.

Victoire des Français, figurée par une bourrée ; déroute des sauvages, par une courante.

Puis, pas de guirlandes, représentant sans équivoque l'avénement de la civilisation dans ces contrés farouches.

Mais le plus joli, c'était le final. Tout ce qui précède n'est rien auprès du final. Le final prouvait tout uniment que l'auteur du livret était un homme de génie.

Voici quel était le final :

La fille du Mississipi, dansant avec un impertubable acharnement, jetait sa guirlande et prenait une coupe de carton. Elle montait en dansant le sentier abrupte qui conduisait à la statue du dieu son père. Arrivée là, elle se tenait sur la pointe d'un seul pied et emplissait sa coupe de l'eau du fleuve. Pirouette. Après quoi, la fille du Mississipi, à l'aide de l'eau magique qu'elle avait puisée, aspergeait les Français qui dansaient au bas.

Miracle ! ce n'était pas de l'eau qui tombait de cette coupe, c'était une pluie de pièces d'or.

Fi de ceux qui ne saisiraient pas l'allusion délicate et bien sentie !

Danse frénétique au bord du fleuve en ramassant les pièces d'or ; bal général des nièces du Mississipi, des matelots et même des sauvages, qui, revenus à des sentimens meilleurs, jetaient leurs cornes dans le fleuve.

Cela eut un succès extravagant. Lorsque le corps de ballet disparut dans les roseaux, trois ou quatre mille voix émues crièrent : Vive monsieur Law !

Mais ce n'était pas fini ; il y eut une cantate. Et qui chanta la cantate ? Devinez ? Ce fut la statue du fleuve.

La statue était le signor Angelini, première haute-contre de l'Opéra.

Certes, il y a bien des gens pour dire que les cantates sont des poëmes fatigans, et que les confiseurs suffisent pour occuper les bardes échevelés qui riment ces sortes d'absurdités. Mais nous ne sommes pas du tout de cet avis. Une cantate sans défauts vaut seule une tragédie.

C'est notre opinion ; ayons-en le courage.

La cantate était encore plus ingénieuse que le ballet, si c'est possible. Le génie de la France y venait dire, en parlant du bon monsieur Law.

Et le fils immortel de la Calédouie,
Aux rivages gaulois envoyé par les dieux,
Apporte l'opulence avecque l'harmonie...

Il y avait aussi une strophe pour le jeune roi et un couplet pour le régent.

Tout le monde devait être content.

Quand le dieu eut fini sa cantate, on le releva de sa faction et le bal continua.

Monsieur de Gonzague avait été obligé de prendre place sur l'estrade pendant la représentation. Sa conscience lui faisait craindre un changement dans les manières du régent à son égard. Mais l'accueil de Son Altesse Royale fut excellent. Evidemment, on ne l'avait point encore prévenue.

Avant de monter à l'estrade, Gonzague avait chargé Peyrolles de ne point perdre de vue madame la princesse, et de le faire avertir si quelqu'un d'inconnu s'approchait d'elle. Aucun message ne lui vint pendant la représentation.

Tout marchait donc au mieux.

Après la représentation, Gonzague rejoignit son factotum sous la tente indienne du rond-point de Diane.

Madame la princesse était là seule, assise à l'écart.

Elle attendait.

Au moment où Gonzague allait se retirer pour ne point effaroucher par sa présence le gibier qu'il voulait prendre au piége, la troupe folle de nos roués fit irruption dans la tente en riant aux éclats. Ils avaient oublié déjà leur mésaventures et disaient pis que pendre du ballet et de la cantate.

Chaverny imitait le grognement des sauvages ; Nocé chantait, avec des roulades impossibles,

Et le fils immortel de la Calédonie, etc.

— A-t-elle eu un succès ! criait le petit Oriol. Bis ! bis ! le costume y est bien pour quelque chose !

— Et toi par conséquent ! concluaient ces messieurs. Tressons des couronnes à Oriol !

— A ce fils immortel de la place Maubert !

La vue de Gonzague fit tomber tout ce bruit. Chacun prit attitude de courtisan, excepté Chaverny, et vint rendre ses devoirs.

— Enfin on vous trouve, monsieur mon cousin ! dit Navailles ; nous étions inquiets...

— Sans ce cher prince, point de fêtes ! s'écria Oriol.

— Ah çà, cousin ! dit Chaverny sérieusement, sais-tu ce qui se passe.

— Il se passe bien des choses, répliqua Gonzague.

— En d'autres termes, reprit Chaverny, t'a-t-on fait rapport de ce qui a eu lieu ici même, à l'heure ?

— J'en ai rendu compte à monseigneur, dit Peyrolles.

— A-t-il parlé de l'homme au sabre de marin ? demanda Nocé.

— Nous rirons plus tard, dit Chaverny ; la faveur du régent est mon dernier patrimoine, et je ne l'ai que de seconde main... Je tiens à ce que mon illustre cousin reste bien en cour... S'il pouvait aider le régent dans ses recherches...

— Nous sommes tous à la disposition du prince, dirent les roués.

— D'ailleurs, poursuivit Chaverny, cette affaire de Nevers, qui revient sur l'eau après tant d'années, m'intéresse comme le plus bizarre de tous les romans... Voyons, cousin, as-tu quelque soupçon ?

— Non, répondit Gonzague.

— Rien qui te puisse mettre sur la voie ?

— Si fait, interrompit le prince, comme si une idée le frappait ; il y a un homme...

— Quel homme ?

— Vous êtes trop jeunes... vous ne l'avez pas connu.

— Son nom ?

— Cet homme-là, pensait tout haut Gonzague, pourrait bien dire quelle main a frappé mon pauvre Philippe de Nevers...

— Son nom ? répétèrent plusieurs voix.

— Chevalier Henri de Lagardère.

— Il est ici ! s'écria étourdiment Chaverny. Alors c'est bien sûr notre domino noir !

— Qu'est cela ? demanda Gonzague avec vivacité. Vous l'avez vu ?

— Une sotte affaire... Nous ne connaissons ce Lagardère ni d'Ève ni d'Adam, cousin... mais si par hasard il était dans ce bal...

— S'il était dans ce bal, acheva le prince de Gonzague, je me chargerais bien de montrer à Son Altesse Royale, l'assassin de Philippe de Nevers.

— J'Y SUIS ! prononça derrière lui une voix mâle et grave.

Cette voix fit tressaillir Gonzague si violemment que Nocé fut obligé de le soutenir.

Au son de cette voix, madame de Gonzague se leva toute droite, puis resta immobile, la main sur son cœur qui battait à rompre sa poitrine.

## VII

### LA CHARMILLE.

Le prince de Gonzague fut un instant avant de se retourner. Ses courtisans, à la vue de son trouble, restaient interdits et stupéfaits.

Chaverny fronça le sourcil.

— Est-ce cet homme qui s'appelle Lagardère ? demanda-t-il en posant la main sur la garde de son épée.

Gonzague se retourna enfin et jeta un regard vers l'homme qui avait prononcé ces mots : J'y suis !

Cet homme se tenait debout, immobile et les bras croisés sur sa poitrine. Il avait le visage découvert.

Gonzague lui dit à voix basse :

— Oui, c'est lui !

La princesse écoutait et n'osait s'avancer. C'était cet homme-là qui tenait son destin dans sa main.

Lagardère avait un costume complet de cour en satin blanc brodé d'argent. C'était bien toujours le beau Lagardère ; c'était le beau Lagardère plus que jamais. Sa taille, sans rien perdre de sa souplesse, avait pris de l'ampleur et de la majesté. L'intelligence virile, la noble volonté brillaient sur son visage. Il y avait, pour tempérer le feu de son regard, je ne sais quelle tristesse résignée et douce.

La souffrance est bonne aux grandes âmes : c'était une âme grande et qui avait souffert.

Mais c'était un corps de bronze. Comme le vent, la pluie, la neige et la tempête glissent sur le front dur des statues, le temps, la fatigue, la douleur, la joie, la passion avaient glissé sur son front hautain sans y laisser de trace.

Il était beau, il était jeune ; cette nuance d'or bruni que le soleil des Espagnes avait mise à ses joues allait bien à ses cheveux blonds. C'est là l'opposition héroïque : molle chevelure faisant cadre aux traits fièrement basanés d'un soldat.

Il y avait là des costumes aussi riches, aussi brillans que celui de Lagardère ; il n'y en avait point de porté pareillement. Lagardère avait l'air d'un roi.

Lagardère ne répondit même pas au geste fanfaron du petit marquis de Chaverny.

Il jeta un coup d'œil rapide du côté de la princesse, comme pour lui dire : « Attendez-moi ; » puis il saisit le bras droit de Gonzague et l'entraîna à l'écart.

Gonzague ne fit point de résistance.

Peyrolles dit à voix basse :

— Messieurs, tenez-vous prêts.

Il y eut des rapières dégainées. Madame de Gonzague vint se placer entre le groupe formé par son mari causant avec Lagardère et les roués.

Comme Lagardère ne parlait point, Gonzague lui demanda d'une voix altérée :

— Monsieur, que me voulez-vous ? — Ils étaient placés sous un lustre. Leurs deux visages s'éclairaient également et vivement. Ils étaient tous deux pâles et leurs regards se choquaient. Au bout d'un instant, les yeux fatigués du prince de Gonzague battirent, puis se baissèrent. Il frappa du pied avec fureur, et tâcha de dégager son bras en disant une seconde fois : — Monsieur, que me voulez-vous ?

— C'était une main d'acier qui le retenait. Non-seulement il ne parvint pas à se dégager, mais on put voir quelque chose d'étrange. Lagardère sans perdre sa contenance impassible, commença à lui serrer la main. Le poignet de Gonzague, broyé dans cet étau, se contracta. — Vous me faites mal ! murmura-t-il, tandis que la sueur découlait déjà de son front.

Henri garda le silence et serra plus fort.

La douleur arracha un cri étouffé à Gonzague. Ses doigts crispés se détendirent malgré lui.

Les doigts de sa main droite.

Alors Lagardère, toujours froid, toujours muet, lui arracha son gant.

— Souffrirons-nous cela, messieurs ? s'écria Chaverny, qui fit un pas en avant, l'épée haute.

— Dites à vos hommes de se tenir en repos ! ordonna Lagardère.

Monsieur de Gonzague se tourna vers ses affidés et dit :

— Messieurs, je vous prie, ne vous mêlez point de ceci.

Sa main était nue. Le doigt de Lagardère se posa sur une longue cicatrice qu'il avait à la naissance du poignet.

— C'est moi qui ai fait ceci !... murmura-t-il avec une émotion profonde.

— Oui, c'est vous ! répliqua Gonzague, dont les dents,

malgré lui, grinçaient ; je m'en souviens ! qu'avez-vous besoin de me le rappeler ?

— C'est la première fois que nous nous voyons face à face, monsieur de Gonzague, répondit Henri lentement, ce ne sera pas la dernière... Je ne pouvais avoir que des soupçons ; il me fallait une certitude... Vous êtes l'assassin de Nevers !

Gonzague eut un rire convulsif.

— Je suis le prince de Gonzague, prononça-t-il en relevant la tête ; j'ai assez de millions pour acheter toute la justice qui reste sur la terre... et le régent ne voit que par mes yeux... Vous n'êtes pas venu, me voici ! Vous n'avez qu'une ressource contre moi, l'épée. Dégainez seulement, je vous en défie !

Il glissa un regard du côté de ses gardes du corps.

— Monsieur de Gonzague, repartit Lagardère, votre heure n'est pas sonnée. Je choisirai mon lieu et mon temps. Je vous ai dit une fois : « Si vous ne venez pas à Lagardère, Lagardère ira à vous. » Vous n'êtes pas venu, me voici ! Dieu est juste et Philippe de Nevers va être vengé !

Il lâcha le poignet de Gonzague, qui recula aussitôt de plusieurs pas.

Lagardère en avait fini avec lui. Il se tourna du côté de la princesse et la salua avec respect.

— Madame, dit-il, je suis à vos ordres.

La princesse s'élança vers son mari et lui dit à l'oreille :

— Si vous tentez quelque chose contre cet homme, monsieur, vous me trouverez sur votre chemin.

Puis elle revint à Lagardère et lui offrit sa main.

Gonzague était assez fort pour dissimuler la rage qui lui faisait bouillir le sang.

Il dit en rejoignant ses affidés :

— Messieurs, celui-là veut vous prendre tout d'un coup votre fortune et votre avenir ; mais celui-là est un fou, et le sort nous le livre. Suivez-moi !

Il marcha droit au perron, et se fit ouvrir la porte des appartemens du régent.

Le souper venait d'être annoncé au palais et sous les riches tentes dressées dans les cours. Le jardin se faisait désert. Il n'y avait plus personne sous les massifs.

A peine apercevait-on encore quelques retardataires dans les grandes allées. Parmi eux nous eussions reconnu monsieur le baron de Barbanchois et monsieur le baron de La Hunaudaye qui se hâtaient clopin-clopant, en répétant :

— Où allons-nous, monsieur le baron ! où allons-nous !

— Souper, leur répondit mademoiselle Cidalise qui passait au bras d'un mousquetaire.

Lagardère et madame la princesse de Gonzague furent bientôt seuls dans la belle charmille qui longeait le revers de la rue de Richelieu.

— Monsieur, dit la princesse dont l'émotion faisait trembler la voix, je viens d'entendre votre nom. Après vingt années écoulées, votre voix a éveillé en moi un poignant souvenir. Ce fut vous... ce fut vous, j'en suis sûre, qui reçûtes ma fille dans vos bras au château de Caylus.

— Ce fut moi, répondit Lagardère.

— Pourquoi me trompâtes-vous en ce temps-là, monsieur... Répondez avec franchise, je vous en supplie.

— Parce que la bonté de Dieu m'inspira, madame... Mais ceci est une longue histoire dont les détails vous seront rapportés plus tard... J'ai défendu votre époux, j'ai eu sa dernière parole, j'ai sauvé votre enfant... madame, vous en faut-il davantage pour croire en moi ?

La princesse le regarda.

— Dieu a mis la loyauté sur votre front, murmura-t-elle ; mais je ne sais rien, et j'ai été si souvent trompée.

Lagardère était froid, ce langage le fit presque hostile.

— J'ai les preuves de la naissance de votre fille, dit-il.

— Ces mots que vous avez prononcés... J'y suis !

— Je les ai appris, madame, non point de la bouche de votre mari... mais de la bouche des assassins...

— Vous les prononçâtes autrefois dans les fossés de Caylus.

— Et je donnai ainsi la vie une seconde fois à votre enfant, madame.

— Qui donc les a prononcés près de moi, ces mots, aujourd'hui même, dans les grands salons de l'hôtel de Gonzague?

— Mon envoyé... un autre moi-même,

Là femme semblait chercher ses paroles.

Certes, entre ce sauveur et cette mère l'entretien n'aurait dû n'être qu'une longue et ardente effusion. Il s'engageait comme une de ces luttes diplomatiques dont le dénoûment doit être une rupture mortelle.

Pourquoi? c'est qu'il y avait entre eux un trésor dont tous deux étaient également jaloux.

C'est que le sauveur avait des droits, la mère aussi;

C'est que la mère, pauvre femme brisée par la douleur, et femme fière que la solitude avait durcie, se défiait.

Et que le sauveur, en face de cette femme qui ne montrait point son cœur, était pris également de terreurs et de défiance.

— Madame, reprit Lagardère froidement, avez-vous des doutes sur l'identité de votre fille?

— Non, répondit madame de Gonzague; quelque chose me dit que ma fille, ma vraie fille, est réellement entre vos mains... Quel prix me demandez-vous pour cet immense bienfait? Ne craignez pas d'élever trop haut vos prétentions, monsieur; je vous donnerais la moitié de ma vie.

La mère se montrait, mais la recluse aussi. Elle blessait à son insu. Elle ne connaissait point le monde.

Lagardère retint une réplique amère et s'inclina sans mot dire.

— Où est ma fille? demanda la princesse.

— Il faut d'abord, répondit Henri, que vous consentiez à m'écouter.

— Je vous comprends, monsieur... Mais je vous ai dit déjà...

— Non, madame, interrompit Henri sévèrement, vous ne me comprenez pas; et la crainte me vient que vous n'ayez pas ce qu'il faut pour me comprendre.

— Que voulez-vous dire?

— Votre fille n'est pas ici, madame.

— Elle est chez vous!—s'écria la princesse avec un mouvement de hauteur. Puis se reprenant: — Cela est tout simple, dit-elle; vous avez veillé sur ma fille depuis sa naissance... elle ne vous a jamais quitté...

— Jamais, madame.

— Il est donc naturel qu'elle soit chez vous... Sans doute vous avez des serviteurs?

— Quand votre fille eut douze ans, madame, je pris dans ma maison une vieille et fidèle servante de votre premier mari... dame Françoise.

— Françoise Berrichon! — s'écria la princesse avec vivacité. Puis, prenant la main de Lagardère, elle ajouta: — Monsieur, voilà qui est d'un gentilhomme, et je vous remercie! — Ces paroles serrèrent le cœur d'Henri comme une insulte. Madame de Gonzague était préoccupée trop puissamment pour s'en apercevoir. — Conduisez-moi vers ma fille, dit-elle; je suis prête à vous suivre.

— Moi, je ne suis pas prêt, répliqua Lagardère.

La princesse dégagea son bras qui était dans le sien.

— Ah! fit-elle, reprise par toutes ses défiances à la fois, vous n'êtes pas prêt?...

Elle le regardait en face avec une sorte d'épouvante. Lagardère ajouta:

— Madame, il y a autour de nous de grands périls.

— Autour de ma fille?... Je suis là... je la défendrai.

— Vous?... fit Lagardère qui ne put empêcher sa voix d'éclater; vous, madame? — Son regard étincela. — Ne vous êtes-vous point fait cette question, reprit-il en forçant ses yeux à se baisser, cette question si naturelle à une mère: Pourquoi cet homme a-t-il tardé si longtemps à me ramener ma fille?

— Si, monsieur, je me la suis faite.

— Vous ne me l'avez point adressée, madame...

— Mon bonheur est entre vos mains, monsieur.

— Et vous avez peur de moi? — La princesse ne répondit point. Henri eut un sourire plein de tristesse. — Si vous me l'eussiez adressée, cette question, dit-il avec une fermeté tempérée par une nuance de compassion, je vous aurais répondu franchement... autant que me l'eussent permis le respect et la courtoisie.

— Je vous l'adresse, répondez-moi... en mettant de côté, si vous voulez, la courtoisie et le respect.

— Madame, dit Lagardère, si j'ai tardé pendant de si longues années à vous ramener votre enfant, c'est qu'au fond de mon exil une nouvelle m'arriva... une nouvelle étrange à laquelle je ne voulus point croire d'abord... une nouvelle incroyable en effet... la veuve de Nevers avait changé de nom, la veuve de Nevers s'appelait la princesse de Gonzague! — Celle-ci baissa la tête et le rouge lui vint au visage. — La veuve de Nevers! répéta Henri. Madame, quand j'eus pris mes informations, quand je sus à n'en pouvoir douter que la nouvelle était vraie, je me dis: La fille de Nevers aura-t-elle pour asile l'hôtel de Gonzague?

— Monsieur!... voulut dire la princesse.

— Vous ignorez bien des choses, madame, interrompit Henri. Vous ignorez pourquoi la nouvelle de votre mariage révolta ma conscience comme s'il se fût agi d'un sacrilége... vous ignorez pourquoi la présence à l'hôtel de Gonzague de la fille de celui qui fut mon ami pendant une heure, et qui m'appela son frère à son dernier soupir, me semblerait un outrage à la tombe, un blasphème odieux et impie...

— Et ne me l'apprendrez-vous point, monsieur? demanda la princesse dont la prunelle s'alluma vaguement.

— Non, madame... Ce premier et dernier entretien sera court... il n'y sera traité que des choses indispensables... Je vois d'avance avec chagrin, mais avec résignation, que nous ne sommes point faits pour nous entendre, dit Lagardère à la princesse de Gonzague... Quand j'appris cette nouvelle, je me fis encore une autre question. Connaissant mieux que vous la puissance des ennemis de votre fille, je me demandai: Comment pourra-t-elle défendre son enfant celle qui n'a pas su se défendre elle-même?

La princesse se couvrit le visage de ses mains.

— Monsieur, monsieur, s'écria-t-elle d'une voix entrecoupée par les sanglots, vous me brisez le cœur!

— A Dieu ne plaise que telle fût mon intention, madame!

— Vous ne savez pas quel homme était mon père... vous ne savez pas les tortures de mon isolement... la contrainte employée... les menaces...

Lagardère s'inclina profondément.

— Madame, dit-il d'un ton de sincère respect, je sais de quel saint amour vous chérissiez monsieur le duc de Nevers... Le hasard qui mit entre mes mains le berceau de votre fille me fit entrer malgré moi dans les secrets d'une belle âme... Vous l'aimiez ardemment, profondément, je le sais... Cela me donne raison, madame... car vous êtes une noble femme... car vous étiez une épouse fidèle et courageuse... Et cependant vous avez cédé à la violence.

— Pour faire constater mon premier mariage et la naissance de ma fille.

— La loi française n'admet pas ce moyen tardif... Les vraies preuves de votre mariage et de la naissance d'Aurore, c'est moi qui les ai.

— Vous me les donnerez! s'écria la princesse.

— Oui, madame. Vous avez, disais-je, malgré votre fermeté, malgré les souvenirs si récens d'un bonheur perdu, cédé à la violence. Eh bien! la violence employée contre la mère ne pouvait-elle pas, ne peut-elle pas être renouvelée vis-à-vis de la fille? N'avais-je pas, n'ai-je pas encore le droit de préférer ma protection à toute autre, moi qui n'ai jamais plié devant la force, moi qui tout jeune avais l'épée pour jouet, moi qui dis à la violence : Sois la bienvenue, tu es mon élément !

La princesse fut quelques secondes avant de répondre. Elle le regardait avec un véritable effroi.

— Est-ce que j'ai deviné ?... prononça-t-elle enfin à voix basse ; est-ce que vous allez me refuser ma fille ?

— Non, madame, je ne vous refuserai point votre fille... J'ai fait quatre cents lieues et j'ai risqué ma tête, rien que pour vous la ramener... Mais j'ai ma tâche tracée... Voilà dix-huit ans que je défends votre fille... sa vie m'appartient dix fois, car je l'ai dix fois sauvée...

— Monsieur, monsieur, s'écria la pauvre mère, sais-je s'il faut vous adorer ou vous haïr ? Mon cœur s'élance vers vous et vous le repoussez... Vous avez sauvé la vie de mon enfant, vous l'avez défendue !...

— Et je la défendrai encore, madame, interrompit froidement Henri.

— Même contre sa mère ? dit la princesse qui se redressa.

— Peut-être, fit Henri ; cela dépend.

Un éclair de ressentiment jaillit des yeux de madame de Gonzague.

— Vous jouez avec ma détresse ! murmura-t-elle. Expliquez-vous, je ne vous comprends pas.

— Je suis venu pour m'expliquer, madame, et j'ai hâte que l'explication soit achevée. Veuillez donc me prêter attention. Je ne sais pas comment vous me jugez ; je crois que vous me jugez mal. Ainsi peut-on, dans certains cas, esquiver par la colère les corvées de la reconnaissance. Avec moi, madame, on n'esquive rien. Ma ligne est tracée d'avance, je la suis ; tant pis pour les obstacles. Il faut compter avec moi de plus d'une manière. J'ai mes droits de tuteur.

— De tuteur ! s'écria la princesse.

— Quel autre nom donner à l'homme qui, pour accomplir la prière d'un mourant, brise sa propre vie et se donne tout entier à autrui ? C'est trop peu, n'est-ce pas, madame, ou c'est trop ? C'est pour cela que vous avez protesté... ou bien votre trouble vous aveugle, et vous n'avez pas senti que mon serment accompli avec religion et dix-huit années de protection incessante m'ont fait une autorité qui est l'égale de la vôtre.

— Oh !... protesta encore madame de Gonzague, l'égale !

— Qui est supérieure à la vôtre ! acheva Lagardère en élevant la voix ; car l'autorité solennellement déléguée par le père mourant suffit pour compenser votre autorité de mère... et j'ai de plus l'autorité payée au prix d'un tiers de mon existence... Ceci, madame, ne me donne qu'un droit : veiller avec plus de soin, avec plus de tendresse, avec plus de sollicitude sur l'orpheline. Je prétends user de ce droit vis-à-vis de sa mère elle-même.

— Avez-vous donc méfiance de moi ? murmura la princesse.

— Vous avez dit ce matin, madame... j'étais là caché dans la foule, je l'ai entendu... vous avez dit : « Ma fille n'eût-elle oublié qu'un seul instant la fierté de sa race, je voilerais mon visage et je dirais : Nevers est mort tout entier ! »

— Dois-je craindre ?... voulut interrompre la princesse en fronçant le sourcil.

— Vous ne devez rien craindre, madame ! La fille de Nevers est restée, sous ma garde, pure comme les anges du ciel !

— Eh bien ! monsieur, en ce cas...

— Eh bien ! madame, si vous ne devez rien craindre, moi je dois avoir peur. — La princesse se mordit la lèvre. On pouvait voir qu'elle ne contiendrait pas longtemps désormais sa colère. Lagardère reprit : — J'arrivais confiant, heureux, plein d'espérance... Cette parole m'a glacé le cœur, madame. Sans cette parole, votre fille serait déjà dans vos bras. Quoi ! s'interrompit-il avec une chaleur nouvelle, cette pensée est venue la première de toutes !

Avant même d'avoir vu votre fille, votre unique enfant, l'orgueil parlait déjà plus haut en vous que l'amour ! La grande dame me montrait son écusson quand je cherchais le cœur de la mère ! Je vous le dis, j'ai peur ; parce que je ne suis pas femme, moi, madame, mais parce que je comprends autrement l'amour des mères, parce que si l'on me disait : « Votre fille est là ; votre fille, l'enfant unique de l'homme que vous avez adoré, elle va mettre son front dans votre sein, vos larmes de joie vont se confondre... » si l'on me disait cela, madame, il me semble que je n'aurais qu'une pensée, une seule, qui me rendrait ivre et folle... embrasser, embrasser mon enfant !...

La princesse pleurait, mais son orgueil ne voulait point laisser voir ses larmes.

— Vous ne me connaissez pas, dit-elle, et vous me jugez !

— Sur un mot, oui, madame, je vous juge... S'il s'agissait de moi, j'attendrais... il s'agit d'elle, je n'ai pas le temps d'attendre... Dans cette maison où vous n'êtes pas la maîtresse, quel sera le sort de cette enfant ? Quelles garanties me donnez-vous contre votre second mari et contre vous-même ?... Parlez : ce sont des questions que je vous adresse... Quelle vie nouvelle avez-vous préparée ?... quel bonheur autre en échange du bonheur qu'elle va perdre ?... Elle sera grande, n'est-ce pas ?... elle sera riche... elle aura plus d'honneurs, si elle a moins de joie, plus d'orgueil, si moins de tranquille vertu ?... Madame, ce n'est pas cela que nous venons chercher. Nous donnerions toutes les grandeurs du monde, toutes les richesses, tous les honneurs, pour une parole venant de l'âme, et nous attendons encore cette parole... Où est-il, votre amour ? je ne le vois pas. Votre fierté frémit, votre cœur se tait. J'ai peur, entendez-vous, j'ai peur, non plus de monsieur de Gonzague, mais de vous... de vous, sa mère !... Le danger est là, je le devine, je le sens ; et si je ne sais pas défendre la fille de Nevers contre ce danger, comme je l'ai défendue contre tous les autres, je n'ai rien fait, je suis parjure au mort ! — Il s'arrêta pour attendre une réponse ; la princesse garda le silence. — Madame, reprit-il en faisant effort pour se calmer, pardonnez-moi ; mon devoir m'oblige... mon devoir m'ordonne de faire, avant tout, mes conditions... Je veux qu'Aurore soit heureuse. Je veux qu'elle soit libre... et, plutôt que de la voir esclave...

— Achevez, monsieur ! dit la princesse d'un ton qui laissait percer la provocation.

Lagardère cessa de marcher.

— Non, madame, répondit-il, je n'achèverai pas... par respect pour vous-même... Vous m'avez suffisamment compris.

Madame de Gonzague eut un sourire amer, et, se redressant tout à coup pour le regarder en face, elle jeta ces mots à Henri stupéfait :

— Mademoiselle de Nevers est la plus riche héritière de France... Quand on croit tenir cette proie, on peut bien se débattre... Je vous ai compris, monsieur, beaucoup mieux que vous ne le pensez.


VIII


### AUTRE TÊTE-A-TÊTE.


Ils étaient au bout de la charmille qui rejoignait l'aile de Mansard. La nuit était fort avancée. Le bruit joyeux des verres qui se choquaient augmentait à chaque instant, mais les illuminations pâlissaient, et l'ivresse même, dont la rauque voix commençait à se faire entendre, annonçait la fin de la fête.

Du reste, le jardin était de plus en plus désert. Rien ne

semblait devoir troubler l'entrevue de Lagardère et de madame la princesse de Gonzague.

Rien n'annonçait non plus qu'ils dussent tomber d'accord. La fierté révoltée d'Aurore de Caylus venait de porter un coup terrible, et dans ce premier moment elle s'en applaudissait.

Lagardère avait la tête baissée.

— Si vous m'avez vue froide, monsieur, reprit la princesse avec plus de hauteur encore, si vous n'avez point entendu sortir de ma poitrine ce cri d'allégresse dont vous avez parlé avec tant d'emphase, c'est que j'avais tout deviné! Je savais que la bataille n'était point finie et qu'il n'était pas temps de chanter encore victoire... Dès que je vous ai vu, j'ai eu le frisson dans les veines. Vous êtes beau, vous êtes jeune, vous n'avez point de famille; votre patrimoine, ce sont vos aventures... l'idée vous devait venir de faire ainsi fortune tout d'un coup...

— Madame! s'écria Lagardère qui mit la main sur son cœur, celui qui est là-haut me voit et me venge de vos outrages!

— Osez donc dire, repartit violemment la princesse de Gonzague, que vous n'avez pas fait ce rêve insensé?...

Il y eut un long silence. La princesse défiait Henri du regard. Celui-ci changea par deux fois de couleur.

Puis il reprit d'une voix profonde et grave.

— Je ne suis qu'un pauvre gentilhomme. Suis-je un gentilhomme? Je n'ai point de nom; mon nom me vient des murailles ruinées où j'abritais mes nuits d'enfant abandonné... Hier, j'étais un proscrit... Et pourtant vous avez dit vrai, madame: j'ai fait ce rêve, non point un rêve insensé... j'ai fait un rêve radieux et divin. Ce que je vous avoue aujourd'hui, madame, était encore un mystère pour moi; je m'ignorais moi-même. — La princesse sourit avec ironie. — Je vous le jure, madame, continua Lagardère, sur mon honneur et sur mon amour! — Il prononça ce dernier mot avec force. La princesse lui jeta un regard de haine. — Hier encore, poursuivit-il, Dieu m'est témoin que je n'avais qu'une seule pensée, rendre à la veuve de Nevers le dépôt sacré qui m'était confié... Je dis la vérité, madame, et peu m'importe d'être cru, car je suis le maître de la situation et le souverain juge de la destinée de votre fille... Dans ces jours de fatigue et de lutte, avais-je eu le loisir d'interroger mon âme?... J'étais heureux de mes seuls efforts, et mon dévouement avait son prix en lui-même... Quand je suis parti de Madrid pour venir vers vous, je n'ai ressenti aucune tristesse... Il me semblait que la mère d'Aurore devait ouvrir ses bras à ma vue et me serrer, tout poudreux encore du voyage, sur son cœur ivre de joie!... Mais, le long de la route, à mesure que l'heure de la séparation approchait, j'ai senti en moi comme une plaie qui s'ouvrait, qui grandissait et qui s'envenimait... Ma bouche essayait encore de prononcer ce mot : Ma fille... ma bouche mentait : Aurore n'est plus ma fille! Je la regardais et j'avais des larmes dans les yeux... Elle me souriait, madame... hélas! pauvre sainte, elle me souriait à son insu et malgré elle, autrement qu'on ne sourit à son père.

La princesse agita son éventail et murmura entre ses dents serrées ;

— Votre rôle est de me dire qu'elle vous aime.

— Si je ne l'espérais pas, repartit Lagardère avec feu, je voudrais mourir à l'instant même!

Madame de Gonzague se laissa choir sur un des bancs qui bordaient la charmille.

Sa poitrine agitée se soulevait par soubresauts.

En ce moment, ses oreilles se fermaient d'elles-mêmes à la persuasion. Il n'y avait en elle que courroux et rancune. Lagardère était le ravisseur de sa fille!

Sa colère était d'autant plus grande qu'elle n'osait point l'exprimer. Ces mendiants à escopette, il faut prendre garde de les blesser, alors même qu'on leur jette sa bourse.

Ce Lagardère, cet aventurier, semblait ne vouloir point faire marché à prix d'or.

Elle demanda :

— Aurore sait-elle le nom de sa famille?

— Elle se croit une pauvre fille abandonnée et par moi recueillie, — répliqua Henri sans hésiter. Et comme la princesse relevait involontairement la tête. — Cela vous donne espoir, madame, s'interrompit-il; vous respirez plus à l'aise. Quand elle saura quelle distance nous sépare tous les deux...

— Le saura-t-elle seulement? fit madame de Gonzague avec défiance.

— Elle le saura, madame... Si je la veux libre de votre côté, pensez-vous que ce soit pour l'enchaîner du mien? Dites-moi, la main sur votre conscience : « Par la mémoire de Nevers, ma fille vivra près de moi en toute liberté e sûreté, » dites-moi cela, et je vous la rends! — Là princesse était loin de s'attendre à cette conclusion, et cependant elle ne fut point désarmée. Elle crut à quelque stratagème nouveau. Elle voulut opposer la ruse à la ruse. Sa fille était au pouvoir de cet homme. Ce qu'il fallait, c'était ravoir sa fille. — J'attends! dit Lagardère, voyant qu'elle hésitait.

La princesse lui tendit la main tout à coup. Il fit un geste de surprise.

— Prenez, dit-elle, et pardonnez à une pauvre femme qui n'a jamais eu autour d'elle que des ennemis et des pervers... Si je me suis trompée, monsieur de Lagardère, je vous ferai réparation à deux genoux...

— Madame...

— Je l'avoue, je vous dois beaucoup. Ce n'était pas ainsi que nous devions nous revoir, monsieur de Lagardère. Peut-être avez-vous eu tort de me parler comme vous l'avez fait; peut-être, de mon côté, ai-je montré trop d'orgueil. J'aurai dû vous dire tout de suite que les paroles prononcées par moi devant le conseil de famille étaient à l'adresse de monsieur de Gonzague et provoquées par l'aspect même de cette jeune fille qu'on me donnait pour mademoiselle de Nevers. Je me suis irritée trop vite; mais la souffrance aigrit, vous le savez bien; et moi j'ai tant souffert!... — Lagardère se tenait debout et incliné devant elle, dans une respectueuse attitude. — Et puis, — poursuivit-elle avec un mélancolique sourire, car toute femme est comédienne supérieure, — je suis jalouse de vous, ne le devinez-vous point? Cela porte à la colère... Je suis jalouse de vous qui m'avez tout pris : sa tendresse, ses petits cris d'enfant, ses premières larmes et son premier sourire... Oh! oui, je suis jalouse!... dix-huit ans de sa chère vie que j'ai perdue!... et vous me disputez ce qui me reste... Tenez... voulez-vous me pardonner?

— Je suis heureux... bien heureux de vous entendre parler ainsi, madame.

— M'avez-vous donc cru un cœur de marbre?... Que je le voie seulement!... Je suis votre obligée, monsieur de Lagardère, je suis votre amie... je m'engage à ne jamais l'oublier...

— Je ne suis rien, madame... il ne s'agit pas de moi...

— Ma fille! s'écria la princesse en se levant, rendez-moi ma fille!... Je promets tout, sur mon honneur et sur le nom de Nevers!

Une nuance de tristesse plus sombre couvrit le visage de Lagardère.

— Vous avez promis, madame, dit-il, votre fille est à vous. Je ne vous demande désormais que le temps de l'avertir et de la préparer. C'est une âme tendre qu'une émotion trop forte pourrait briser.

— Vous faut-il longtemps pour préparer ma fille?

— Je vous demande une heure.

— Elle est donc bien près d'ici?

— Elle est en lieu sûr, madame.

— Et ne puis-je du moins savoir...

— Ma retraite? A quoi bon? Dans une heure, ce ne sera plus celle d'Aurore de Nevers.

— Faites donc à votre volonté, dit la princesse... Au

revoir, monsieur de Lagardère. Nous nous séparons amis!

— Je n'ai jamais cessé d'être le vôtre, madame.

— Moi, je sens que je vous aimerai... Au revoir... et espérez...

Lagardère se précipita sur sa main qu'il baisa avec effusion.

— Je suis à vous, madame, dit-il; corps et âme à vous!

— Où vous retrouverai-je? demanda-t-elle.

— Au rond-point de Diane, dans une heure.

Elle s'éloigna. Dès qu'elle eut franchi la charmille, son sourire tomba. Elle se prit à courir au travers du jardin.

— J'aurai ma fille! s'écria-t-elle, folle qu'elle était; je l'aurai! Jamais, jamais elle ne reverra cet homme!

Elle se dirigea vers le pavillon du régent.

Lagardère aussi était fou, fou de joie, de reconnaissance et de tendresse.

— Espérez!... se disait-il. J'ai bien entendu; elle a dit: Espérez!... Oh! comme je me trompais sur cette femme, sur cette sainte... Elle a dit: Espérez!... Est-ce que je lui demandais tant que cela? Moi qui lui marchandais son bonheur, moi qui me défiais d'elle, moi qui croyais qu'elle n'aimait pas assez sa fille...! Oh! comme je vais la chérir!... et quelle joie quand je vais mettre sa fille dans ses bras!

Il redescendit la charmille pour gagner la pièce d'eau, qui n'avait plus d'illuminations et autour de laquelle la solitude régnait.

Malgré sa fièvre d'allégresse, il ne négligea point de prendre ses précautions pour n'être point suivi. Deux ou trois fois il s'engagea dans des allées détournées, puis, revenant sur ses pas en courant, il gagna tout d'un trait la loge de maître Le Bréant, au milieu des arbres.

Avant d'entrer, il s'arrêta et jeta son regard perçant à la ronde.

Personne ne l'avait suivi. Tous les massifs voisins étaient déserts.

Il crut entendre seulement un bruit de pas vers la tente indienne, qui était tout près de là.

Les pas s'éloignaient rapidement. Le moment était propice. Lagardère introduisit la clef dans la serrure de la loge, ouvrit la porte et entra.

Il ne vit point d'abord mademoiselle de Nevers. Il l'appela et n'eut pas de réponse.

Mais bientôt, à la lueur d'une girandole voisine qui éclairait l'intérieur de la loge, il aperçut Aurore penchée à une fenêtre et qui semblait écouter.

Il l'appela. Aurore quitta aussitôt la fenêtre et s'élança vers lui.

— Quelle est donc cette femme? s'écria-t-elle.

— Quelle femme? demanda Lagardère étonné.

— Celle qui était tout à l'heure avec vous.

— Comment savez-vous cela, Aurore?...

— Cette femme est votre ennemie, Henri, n'est-ce pas?... votre ennemie mortelle?

Lagardère se prit à sourire.

— Pourquoi pensez-vous qu'elle soit mon ennemie, Aurore? demanda-t-il.

— Vous souriez, Henri? Je me suis trompée; tant mieux!...laissons cela, et dites-moi bien vite pourquoi je suis restée prisonnière au milieu de cette fête? Aviez-vous honte de moi? N'étais-je pas assez belle?

La coquette entr'ouvrait son domino, dont le capuchon retombait déjà sur ses épaules, montrant à découvert son délicieux visage.

— Pas assez belle! s'écria Lagardère; vous, Aurore!

C'était de l'admiration; mais, il faut bien l'avouer, c'était une admiration un peu distraite.

— Comme vous dites cela! murmura la jeune fille tristement. Henri, vous me cachez quelque chose... vous paraissez affligé... préoccupé... Hier, vous m'aviez promis que ce serait mon dernier jour d'ignorance... je ne sais

rien pourtant de plus qu'hier.—Lagardère la regardait en face et semblait rêver. — Mais je ne me plains pas, reprit-elle en souriant; vous voilà... je ne me souviens plus d'avoir si longtemps attendu... Je suis heureuse... Vous allez enfin me montrer le bal...

— Le bal est achevé, dit Lagardère.

— C'est vrai... On n'entend plus ces joyeux accords qui venaient jusqu'ici railler la pauvre recluse... Voilà du temps déjà que je n'ai vu passer personne dans les sentiers voisins... excepté cette femme...

— Aurore, interrompit Lagardère avec gravité, je vous prie de me dire pourquoi vous avez pensé que cette femme était mon ennemie.

— Voilà que vous m'effrayez! s'écria la jeune fille; Est-ce que ce serait vrai?

— Répondez, Aurore... Était-elle seule quand elle a passé près d'ici?

— Non... elle était avec un gentilhomme en riche et brillant costume... il portait un cordon bleu passé en sautoir...

— Elle n'a point prononcé son nom?

— Elle a prononcé le vôtre. C'est pour cela que l'idée m'est venue de vous demander si elle ne vous quittait point, par hasard.

— Répondez-moi, Aurore; avez-vous entendu ce que cette femme disait en passant sous la fenêtre du pavillon?

— Quelques paroles seulement. Elle était en colère, et ressemblait à une folle. « Monseigneur, » disait-elle...

— Monseigneur! répéta Lagardère.

— « Si Votre Altesse Royale ne vient pas à mon secours... »

— Mais c'était le régent! fit Lagardère qui tressaillit.

Aurore frappa ses belles petites mains l'une contre l'autre avec une joie d'enfant.

— Le régent! s'écria-t-elle, j'ai vu le régent!

— « Si Votre Altesse Royale ne vient pas à mon secours... » reprit Lagardère. Après?...

— Après? je n'ai plus bien entendu.

— Est-ce après qu'elle a prononcé mon nom?

— C'est avant..... J'étais à la fenêtre..... j'ai cru entendre..... mais c'est que je crois reconnaître partout votre nom, Henri... Elle était bien loin encore... En se rapprochant, elle disait : « La force! il n'y a que la force pour réduire cette indomptable volonté! »

— Ah! fit Lagardère, qui laissa tomber ses bras le long de son corps, elle a dit cela?

— Oui... elle a dit cela.

— Tu l'as entendu?...

— Oui... Mais comme vous êtes pâle, Henri!... comme votre regard brûle!

Henri était pâle en effet, et son regard brûlait.

On lui eût mis la pointe d'un poignard dans le cœur qu'il n'aurait pas souffert davantage.

Le rouge lui vint au front tout à coup.

— La violence! fit-il en contenant sa voix qui voulait éclater; la violence après la ruse!... Égoïsme profond! perversité du cœur!... Rendre le bien pour le mal, cela est d'un saint ou d'un ange! Mal pour mal, bien pour bien, voilà l'équité humaine... mais rendre le mal pour le bien, par le nom du Christ! cela est odieux et infâme... Cette pensée-là ne peut venir que de l'enfer! Elle me trompait....! Je comprends tout... on va essayer de m'accabler sous le nombre... où va nous séparer...

— Nous séparer! répéta Aurore, bondissant sur place à ce mot comme une jeune lionne; qui?... cette misérable femme?

— Aurore, dit Lagardère qui posa la main sur son épaule, il ne faut rien dire contre cette femme.

L'expression de ses traits était en ce moment si étrange que la jeune fille recula épouvantée.

— Au nom du ciel! s'écria-t-elle, qu'y a-t-il?

Elle revint vers Henri, qui avait mis sa tête entre ses mains, et voulut lui jeter les bras autour du cou.

Il la repoussa avec une sorte d'effroi.

— Laissez-moi ! laissez-moi ! dit-il ; cela est horrible ! Il y a une malédiction autour de nous et une malédiction sur nous !

Les larmes vinrent aux yeux d'Aurore.

— Vous ne m'aimez plus, Henri ! balbutia-t-elle.

Il la regarda encore. Il avait l'air d'un fou.

Il se tordait les bras, et un éclat de rire douloureux souleva sa poitrine.

— Ah ! — fit-il, chancelant comme un homme ivre, car son intelligence et sa force fléchissaient à la fois, — je ne sais pas... sur l'honneur ! je ne sais plus. Qu'y a-t-il dans mon cœur ? La nuit... le vide !... Mon amour... mon devoir... lequel des deux, conscience ? — Il se laissa choir sur un siége, murmurant de ce ton plaintif des innocens privés de raison : — Conscience, conscience, lequel des deux ? mon devoir ou mon amour ? ma mort ou ma vie ? Elle a des droits, cette femme ? Et moi, moi, n'en ai-je pas aussi ?

Aurore n'entendait point ces paroles qui tombaient inarticulées de la bouche de son ami.

Mais elle voyait sa détresse, et son cœur se brisait.

— Henri ! Henri ! dit-elle en s'agenouillant devant lui.

— Ils s'achètent pas ces droits sacrés, reprenait Lagardère en qui l'affaissement succédait à la fièvre ; ils ne s'achètent pas, même au prix de la vie. J'ai donné ma vie, c'est vrai. Que me doit-on pour cela ? Rien !

— Au nom de Dieu ! mon Henri, calmez-vous, expliquez-vous !

— Rien...! Et l'ai-je fait pour qu'on me doive quelque chose. Que vaut mon dévouement ? Folie ! folie ! — Aurore lui tenait les deux mains. — Folie ! reprit-il avec révolte. J'ai bâti sur le sable, un souffle de vent a renversé le frêle édifice de mon espoir ; mon rêve n'est plus ! — Il ne sentait point la douce pression des doigts d'Aurore, il ne sentait point les larmes brûlantes qui roulaient sur sa main. — Je suis venu ici, fit-il en s'essuyant le front, pourquoi ? Avait-on besoin de moi ici ?... Que suis-je ?... Cette femme n'a-t-elle pas eu raison ?... j'ai parlé haut... j'ai parlé comme un insensé... Qui me dit que vous seriez heureuse ?... s'interrompit-il en relevant sur Aurore son regard égaré. Vous pleurez...?

— Je pleure de vous voir ainsi, Henri, balbutia la pauvre enfant.

— Plus tard, si je vous voyais pleurer, je mourrais...

— Pourquoi me verriez-vous pleurer ?

— Le sais-je ?..... Aurore, Aurore, sait-on jamais le cœur des femmes !... Sais-je seulement, moi, si vous m'aimez ?...

— Si je vous aime !... — s'écria la jeune fille avec une ardente expansion. Henri la contempla avidement.

— Vous me demandez si je vous aime, répéta Aurore, vous, Henri ?

Lagardère lui mit sa main sur la bouche. Elle la baisa. Il la retira comme si la flamme l'eût touchée.

— Pardonnez-moi, reprit-il, je suis bouleversé... Et pourtant il faut bien que je sache... vous ne vous connaissez pas vous-même, Aurore... il faut que je sache !... Écoutez bien... réfléchissez bien... nous jouons ici le bonheur ou le malheur de toute notre vie... répondez, je vous en supplie, avec votre conscience, avec votre cœur...

— Je vous répondrai comme à mon père, dit Aurore.

Il devint livide et ferma les yeux.

— Pas ce nom-là !... balbutia-t-il d'une voix si faible qu'Aurore eut peine à l'entendre, jamais ce nom-là !... Mon Dieu ! reprit-il après un silence et en relevant ses yeux humides, c'est le seul que je lui aie appris !... Qui voit-elle en moi, sinon son père ?

— Oh ! Henri !... voulut dire Aurore, que sa rougeur subite faisait plus charmante.

— Quand j'étais enfant, — pensa tout haut Lagardère, les hommes de trente ans me semblaient des vieillards. Sa voix était tremblante et douce lorsqu'il poursuivit : Quel âge croyez-vous que j'aie, Aurore ?

— Que m'importe votre âge, Henri ?

— Je veux connaître votre pensée... Quel âge ?

Il était en vérité comme un coupable qui attend son arrêt.

L'amour, cette terrible et puissante passion, a d'étranges enfantillages.

Aurore baissa les yeux, son sein battit.

Pour la première fois, Lagardère vit sa pudeur éveillée et la porte du ciel sembla s'ouvrir pour lui.

— Je ne sais pas votre âge, Henri, dit-elle, mais ce nom que je vous donnais tout à l'heure, ce nom de père, ai-je pu jamais le prononcer sans sourire ?

— Pourquoi non, ma fille ? Je pourrais être votre père.

— Moi je ne pourrais pas être votre fille, Henri !

L'ambroisie qui enivrait les dieux immortels était vinaigre et fiel auprès des enchantemens de cette voix.

Et pourtant Lagardère reprit, voulant boire son bonheur jusqu'à la dernière goutte :

— J'étais plus âgé que vous ne l'êtes maintenant quand vous vîntes au monde, Aurore... J'étais un homme déjà.

— C'est vrai, répondit-elle, puisque vous avez pu tenir mon berceau d'une main, votre épée de l'autre...

— Aurore, mon enfant bien-aimée, ne me regardez pas au travers de votre reconnaissance... voyez-moi tel que je suis...

Elle appuya ses deux belles mains tremblantes sur ses épaules et se prit à le contempler longuement.

— Je ne sais rien au monde, prononça-t-elle ensuite, le sourire au lèvres et les paupières demi voilées, rien de meilleur, rien de plus noble, rien de si beau que vous !


## IX

### OU FINIT LA FÊTE.

C'était vrai, surtout en ce moment où le bonheur mettait au front de Lagardère sa rayonnante couronne. Lagardère était jeune comme elle était belle, beau comme Aurore elle-même.

Et si vous l'aviez vue, la vierge amoureuse, cachant l'ardeur pudique de son regard derrière la frange soyeuse de ses longs cils baissés, le sein palpitant, le sourire ému aux lèvres ! si vous l'aviez vue ! l'amour chaste et grand, la sainte tendresse qui doit mettre deux existences en une seule, marier étroitement deux âmes ; l'amour, ce cantique sublime que Dieu dans sa bonté laisse entendre à la terre, l'enivrante manne qu'apporte la rosée du ciel ; l'amour qui sait embellir la laideur elle-même, l'amour qui met à la beauté une auréole divine, l'amour était-là, couronnant ce doux visage de jeune fille.

Lagardère pressa contre son cœur sa fiancée frémissante.

Il y eut un long silence. Leurs lèvres ne se touchèrent point.

— Merci ! merci ! — murmura-t-il. Leurs yeux se parlaient. — Dis-moi, reprit Lagardère, dis-moi, Aurore, avec moi as-tu toujours été heureuse ?

— Oui, bien heureuse ! répondit la jeune fille.

— Et pourtant, Aurore, aujourd'hui tu as pleuré !

— Vous savez cela, Henri ?

— Je sais tout ce qui te regarde. Pourquoi pleurais-tu ?

— Pourquoi pleurent les jeunes filles ? dit Aurore, voulant éluder la question.

— Tu n'es pas comme les autres, toi, quand tu pleures... Je t'en prie, pourquoi pleurais-tu ?

— De votre absence, Henri... je vous vois bien rarement, et aussi de cette pensée...

Elle hésita. Son regard se détourna.

— Quelle pensée ? demanda Lagardère.

— Je suis une folle, Henri, balbutia la jeune fille toute

confuse ; la pensée qu'il y a des femmes bien belles dans ce Paris... que toutes les femmes doivent avoir envie de vous plaire, et que peut-être...

— Peut-être...? répéta Lagardère acharné à sa coupe de nectar.

— Que peut-être vous en aimez une autre que moi... Elle cacha son front rougisssant dans le sein de Lagardère.

— Dieu me donnerait-il donc cette félicité? murmura celui-ci en extase ; faut-il croire...?

— Il faut croire que je t'aime ! dit Aurore étouffant sur la poitrine de son amant le son de sa propre voix qui l'effrayait.

— Tu m'aimes... toi, Aurore !... Sens-tu mon cœur battre ? Oh ! s'il était vrai ?... Mais le sais-tu bien toi-même, Aurore, fille chérie ?... Connais-tu ton cœur ?

— Il parle, je l'écoute.

— Hier, tu étais un enfant...

— Aujourd'hui, je suis une femme. Henri, Henri, je t'aime ! Lagardère appuya ses deux mains contre sa poitrine. — Et toi? reprit Aurore.

Il ne put que balbutier, la voix tremblante, les paupières humides :

— Oh ! je suis heureux !... je suis heureux !

Puis un nuage vint encore à son front. Voyant ce nuage, la mutine frappa du pied et dit :

— Qu'est-ce encore ?

— Si jamais tu avais des regrets...? prononça tout bas Henri qui baisa ses cheveux.

— Quels regrets puis-je avoir si tu restes près de moi ?

— Ecoute... J'ai voulu soulever pour toi cette nuit un coin du rideau qui te cachait les splendeurs du monde... Tu as entrevu la cour, le luxe, la lumière... tu as entendu les voix de la fête... Que penses-tu de la cour ?

— La cour est belle, répondit Aurore, mais je n'ai pas tout vu, n'est-ce pas ?.

— Te sens-tu faite pour cette vie ?... Ton regard brille... tu aimerais le monde ?

— Avec toi, oui.

— Et sans moi ?

— Rien sans toi !

Lagardère pressa ses mains réunies contre ses lèvres.

— As-tu vu, reprit-il encore pourtant, ces femmes qui passaient souriantes ?...

— Elles semblaient heureuses, interrompit Aurore, et bien belles.

— Elles sont heureuses, en effet, ces femmes... elles ont des châteaux et des hôtels...

— Quand tu es dans notre maison, Henri, je l'aime mieux qu'un palais.

— Elles ont des amis...

— Ne t'ai-je pas ?

— Elles ont une famille...

— Ma famille, c'est toi.

Aurore faisait toutes ces réponses sans hésiter, avec son franc sourire aux lèvres.

C'était son cœur qui parlait.

Mais Lagardère voulait l'épreuve complète. Il fit appel à tout son courage et reprit après un silence :

— Elles ont une mère.

Aurore pâlit. Elle n'avait plus de sourire. Une larme perla entre ses paupières demi closes.

Lagardère lâcha ses mains qui se joignirent sur sa poitrine.

— Une mère ! répéta-t-elle les yeux au ciel ; je suis souvent en compagnie de ma mère. Après vous, Henri, c'est à ma mère que je pense le plus souvent.—Ses beaux yeux semblaient prier ardemment. — Si je l'avais, ma mère, ici, avec vous, Henri, poursuivit-elle ; si je l'entendais vous appeler : Mon fils... oh ! que seraient de plus les joies du paradis ? Mais, se reprit-elle après une courte pause, s'il me fallait choisir entre ma mère et vous... — Son sein agité tressaillait ; son charmant visage exprimait une mélancolie profonde. Lagardère attendait, anxieux, haletant.

— C'est mal peut-être ce que je vais dire, prononça-t-elle avec effort ; je le dis parce que je le pense : S'il me fallait choisir entre ma mère et vous...—Elle n'acheva pas, mais elle tomba brisée entre les bras d'Henri et s'écria, la voix pleine de sanglots:—Je t'aime ! oh ! je t'aime , je t'aime!

Lagardère se redressa. D'une main il la soutenait faible contre sa poitrine, de l'autre il semblait prendre le ciel à témoin.

— Dieu qui nous vois, s'écria-t-il avec exaltation, Dieu qui nous entends et qui nous juges, tu me la donnes; je la prends, et je jure qu'elle sera heureuse ! — Aurore entr'ouvrit les yeux et montra ses dents blanches en un pâle sourire. — Merci ! merci ! poursuivit Lagardère en haussant son front jusqu'à ses lèvres; tiens ! regarde le bonheur que tu fais : Je ris, je pleure... je suis ivre et fou !... Oh ! te voilà donc à moi, Aurore, toute à moi ! Mais que disais-je tout à l'heure ? s'interrompit-il. Ne crois pas ce que j'ai dit, Aurore. Je suis jeune... Oh ! j'ai menti ! je sens déborder en moi la jeunesse, la force, la vie. Allons-nous être heureux ! heureux longtemps !... Cela est certain, adorée, ceux de mon âge sont plus vieux que moi... Sais-tu pourquoi ? Je vais te le dire... Les autres font ce que je faisais avant d'avoir rencontré ton berceau sur mon chemin... les autres aiment, les autres boivent, les autres jouent... que sais-je !... les autres, quand ils sont riches comme je l'étais, riches d'ardeur, riches de téméraire courage, les autres s'en vont prodiguant follement le trésor de leur jeunesse. Tu es venue, Aurore ! je me suis fait avare aussitôt. Un instinct providentiel m'a dit d'arrêter court ces largesses de cœur. J'ai thésaurisé pour te garder toute mon âme. J'ai renfermé la fougue de mes belles années dans un coffre-fort. Je n'ai plus rien aimé, rien désiré. Ma passion, sommeillant comme la Belle au Bois Dormant, s'éveille, naïve et robuste ; mon cœur n'a que vingt ans !... Tu m'écoutes, tu souris, tu me crois fou... Je suis fou d'allégresse, c'est vrai, mais je parle sagement. Qu'ai-je fait durant toutes ces années ? je les ai passées toutes, toutes, à te regarder grandir et fleurir... je les ai passées à guetter l'éveil de ton âme... je les ai passées à chercher ma joie dans ton sourire !... Par le nom de Dieu ! tu avais raison, j'ai l'âge d'être heureux, l'âge de t'aimer ! Tu es à moi !... Nous serons tout l'un pour l'autre !... Tu as encore raison : hors de nous deux, rien en ce monde !... Nous irons en quelque retraite ignorée, loin d'ici, bien loin !... Notre vie, je vais te la dire: l'amour à pleine coupe ; l'amour, toujours l'amour !... Mais parle donc, Aurore, parle donc !

Elle écoutait avec ravissement.

— L'amour ! répéta-t-elle comme un songe heureux, toujours l'amour !...

— As pas pur ! disait Cocardasse qui tenait par les pieds monsieur le baron de Barbanchois ; voici un ancien qui pèse son poids, ma caillou !

Passepoil tenait la tête du même baron de Barbanchois, homme mécontent que les orgies de la régence dégoûtaient ardemment, mais qui était ivre, pour le présent, comme trois ou quatre czars faisant leur tour de France.

Cocardasse et Passepoil avaient été chargés par monsieur le baron de La Hunaudaye, moyennant petite finance, de reporter en son logis monsieur le baron de Barbanchois.

Ils traversaient le jardin désert et assombri.

— Eh donc ! fit le Gascon à une centaine de pas de la tente où l'on avait soupé, si nous nous reposions, mon bon !

— J'obtempère, répondit Passepoil ; le vieux est lourd et le payement léger.

Ils déposèrent sur le gazon monsieur le baron de Barbanchois, qui, à moitié réveillé par la fraîcheur de la nuit, se prit à répéter son refrain favori :

— Où allons-nous, où allons-nous !

— Pécaïre ! lui répondit Cocardasse, je n'en sais rien, ou le diable m'emporte !

— Est-il curieux, ce vieil ivrogne ? ajouta Passepoil.

Ils s'assirent tous les deux sur un banc. Passepoil tira

sa pipe de sa poche et se mit à la bourrer tranquillement.

— Si c'est notre dernier souper, dit-il, il était bon.

— Il était bon, répondit Cocardasse en battant le briquet. Capédébiou ! j'ai mangé une volaille et demie...

— Ah ! fit Passepoil, c'est la petite qui était devant moi... avec ses cheveux blonds poudrés et son pied qui aurait tenu dans le creux de ma main...

— Fameuse ! s'écria Cocardasse ; sandiéou ! et les fonds d'artichaut qui étaient autour !

— Et sa taille ! à prendre avec dix doigts... l'as-tu remarquée ?

— J'aime mieux la mienne ! dit gravement Cocardasse.

— Par exemple ! se récria Passepoil ; rousse et louche, la tienne !

Il parlait de la voisine de Cocardasse.

Celui-ci le saisit par la nuque et le fit lever.

— Ma caillou, dit-il, je ne souffrirai pas que tu insultes mon souper.... fais des excuses, capédébiou ! sinon je te fends sans pitié.

Ils avaient bu tous deux, pour se consoler de leurs peines deux fois plus que cet austère baron de Barbanchois.

Passepoil, las de la tyrannie de son noble ami, ne voulut pas faire d'excuses.

On dégaina, on se donna d'énormes horions en pure perte, puis on se prit aux cheveux, et l'on finit par tomber sur le corps de monsieur le baron de Barbanchois, qui s'éveilla de nouveau pour chanter :

— Où allons-nous, bon Dieu ! où allons-nous !

— Eh donc ! j'avais oublié le vieux, dit Cocardasse.

— Emportons-le, ajouta Passepoil.

Mais, avant de reprendre leur fardeau, ils s'embrassèrent avec effusion, en versant des larmes abondantes.

Ce serait ne point les connaître que de penser qu'ils avaient oublié d'emplir leurs gourdes au buffet. Ils avalèrent chacun une bonne rasade, remirent leurs brettes au fourreau, et rechargèrent monsieur le baron de Barbanchois.

Celui-ci rêvait qu'il assistait à la fête de Vaux-le-Vicomte, donnée par monsieur le surintendant Fouquet au jeune roi Louis XIV, et qu'il glissait sous la table après souper.

Autre temps, autres mœurs, dit le proverbe menteur.

— Et tu ne l'as pas revue ? demanda Cocardasse.

— Qui ça ? Celle qui était devant moi ?

— Eh ! non, la petite au domino rose.

— Pas l'ombre. J'ai fureté dans toutes les tentes.

— As pas pur ! moi je suis entré jusque dans le palais, et je te promets qu'on me regardait, ma caillou ! Il y avait des dominos roses en veux-tu, en. voilà ! mais ce n'était pas le nôtre. J'ai voulu parler à l'un d'eux, qui m'a donné une croquignole sur le bout du nez en m'appelant défunt Croquemitaine. Pécaïre ! ai-je répondu, mon illustre ami le régent reçoit ici une société un peu bien mêlée !

— Et lui, demanda Passepoil, l'as-tu rencontré ?

Cocardasse baissa le ton.

— Non, répondit-il, mais j'ai entendu parler de lui. Le régent n'a pas soupé. Il est resté enfermé plus d'une heure avec le Gonzague. Toute la séquelle que nous avons vue à l'hôtel ce matin piaule et menace. Sandiéou ! s'ils ont seulement la moitié autant de courage que de ramage, notre pauvre petit Parisien n'a qu'à se bien tenir !

— J'ai bien peur, soupira frère Passepoil, qu'ils ne nous débarrassent de lui.

Cocardasse, qui était en avant, s'arrêta, ce qui arracha une plainte à monsieur le baron de Barbanchois.

— Mon bon, fit-il, sois sûr que lou couquin se tirera de là, il en a vu bien d'autres.

— Tant va la cruche à l'eau... murmura Passepoil.

Il n'acheva pas son proverbe. Un bruit de pas se faisait du côté de la pièce d'eau.

Nos deux braves se jetèrent dans un fourré, par pure

habitude. Leur premier mouvement était toujours de se cacher.

Les pas s'approchaient. C'était une troupe d'hommes armés, en tête de laquelle marchait ce grand spadassin de Bonnivet, écuyer de madame de Berri.

A mesure que cette patrouille passait dans une allée, les lumières s'éteignaient.

Cocardasse et Passepoil entendirent bientôt ce qui se disait dans la troupe.

— Il est dans le jardin ! affirmait un sergent aux gardes ; j'ai interrogé tous les piquets et les grand'gardes des portes ; son costume était facile à reconnaître ; on ne l'a point vu sortir.

— Vingt dieux ! répéta un soldat, celui-là n'aura pas volé son affaire ! Je l'ai vu secouer monsieur de Gonzague comme un pommier dont on veut avoir les pommes.

— Ce bon garçon doit être un pays, murmura Passepoil, attendri par cette métaphore normande.

— Attention, enfans, ordonna Bonnivet ; vous savez que c'est un dangereux compagnon !...

Ils s'éloignèrent.

Une autre patrouille cheminait du côté du palais, une autre vers la charmille qui bordait les maisons de la rue Neuve-des-Petits-Champs. Partout les lumières s'éteignaient sur leur passage.

On eût dit que, dans cette frivole demeure du plaisir, quelque sinistre exécution se préparait.

— Ma caillou, dit Cocardasse, c'est à lui qu'ils en veulent.

— Ça me paraît clair, répondit Passepoil.

— J'avais entendu dire déjà au palais que lou couquin avait rudement malmené monsieur de Gonzague... C'est lui qu'ils cherchent.

— Et pour le trouver, ils éteignent les lumières ?...

— Non, pas pour le trouver... pour avoir raison de lui.

— Ma foi ! dit Passepoil, ils sont quarante ou cinquante contre un... s'ils le manquent, cette fois...

— Mon bon, interrompit le Gascon, ils le manqueront. Lou petit couquin a le diable dans le corps... Si tu m'en crois, nous allons le chercher, nous aussi, et lui faire cadeau de nos personnes.

Passepoil était prudent. Il ne put retenir une grimace, et dit :

— Ce n'est pas le moment.

— As pas pur ! Veux-tu discuter contre moi ? s'écria le bouillant Cocardasse ; c'est le moment ou jamais. Eh donc ! s'il n'avait pas besoin de nous, il nous recevrait avec la botte de Nevers ! Nous sommes en faute.

— C'est vrai, dit Passepoil, nous sommes en faute !... Mais du diable si ce n'est pas une mauvaise affaire !

Il résulta de là que monsieur le baron de Barbanchois ne coucha point dans son lit. Ce gentilhomme fut déposé proprement par terre, et continua son sommeil. La suite de cette histoire dira où et comment il se réveilla.

Cocardasse et Passepoil se mirent en quête.

La nuit était noire. Il ne restait plus guère de lampions allumés dans le jardin, sauf aux abords de la tente indienne.

On vit s'éclairer les fenêtres au premier étage du pavillon du régent.

Une croisée s'ouvrit. Le régent lui-même parut au balcon, et dit à ses serviteurs invisibles :

— Messieurs, sur vos têtes, qu'on le prenne vivant !

— Merci-Dieu ! grommela Bonnivet dont l'escouade était au rond-point de Diane, si le gueux a entendu cela, il va nous tailler des croupières !

Nous sommes bien forcés d'avouer que les patrouilles n'allaient point à ce jeu de bon cœur. Monsieur de Lagardère avait une si terrible réputation à quatre que volontiers chaque soldat eût fait son testament.

Bonnivet, le bretteur, eût mieux aimé se battre avec deux douzaines de cadets de province, des grives, comme on les appelait alors dans les tripots et sur le terrain, partout où on les dévorait, que d'affronter pareille besogne.

Lagardère et Aurore venaient de prendre la résolution de fuir.

Lagardère ne se doutait pas de ce qui se passait dans le jardin. Il espérait pouvoir passer avec sa compagne par la porte dont maître Le Bréant était le gardien.

Il avait remis son domino noir, et le visage d'Aurore se cachait de nouveau sous son masque.

Ils quittèrent la loge. Deux hommes étaient agenouillés sur le seuil en dehors.

— Nous avons fait ce que nous avons pu, monsieur le chevalier, dirent ensemble Cocardasse et Passepoil, qui avaient achevé de vider leurs gourdes pour se donner du cœur ; pardonnez-nous !

— Eh donc ! ajouta Cocardasse, c'était un feu follet que ce domino rose !

— Doux Jésus ! s'écria frère Passepoil, le voici !

Cocardasse se frotta les yeux.

— Debout ! — ordonna Lagardère. Puis, apercevant tout à coup les mousquets des gardes françaises au bout de l'allée : — Que veut dire ceci ? ajouta-t-il.

— Cela veut dire que vous êtes bloqué, mon pauvre enfant ! répondit Passepoil.

C'était au fond de sa gourde qu'il avait puisé cette liberté de langage.

Lagardère ne demanda même pas d'explication. Il avait tout deviné.

La fête était finie, voilà ce qui faisait son effroi. Les heures avaient passé pour lui comme des minutes ; il n'avait point mesuré le temps ; il s'était attardé.

Le tumulte seul de la fête aurait pu favoriser sa fuite.

— Êtes-vous avec moi solidement et franchement ? demanda-t-il.

— A la vie, à la mort ! répondirent les deux braves la main sur le cœur.

Et ils ne mentaient point. La vue de ce diable de petit Parisien venait en aide au fond de la gourde et achevait de les enivrer.

Aurore tremblait pour Lagardère et ne songeait point à elle-même.

— A-t-on relevé les gardes des portes ? interrogea Henri.

— On les a renforcées, répondit Cocardasse ; il faut jouer serré, sandieou !

Lagardère se prit à réfléchir, puis il continua tout à coup :

— Connaissez-vous par hasard maître Le Bréant, concierge de la cour aux Ris ?

— Comme notre poche, répondirent à la fois Cocardasse et Passepoil.

— Alors il ne vous ouvrira point sa porte ! dit le Lagardère avec un geste de dépit.

Nos deux braves approuvèrent du bonnet cette conclusion éminemment logique.

Ceux-là seulement qui ne les connaissaient pas pouvaient leur ouvrir la porte.

Un bruit vague se faisait cependant derrière le feuillage, aux alentours. On eût dit que des gens s'approchaient de tous côtés avec précaution. Lagardère et ses compagnons ne pouvaient rien voir. L'endroit où ils étaient avait plus de lumières que les allées voisines. Quant aux massifs, c'était partout désormais ténèbres profondes.

— Écoutez, dit Lagardère, il faut risquer le tout pour le tout. Ne vous occupez point de moi, je sais comment me tirer d'affaire ; j'ai là un déguisement qui pourra tromper les yeux de mes ennemis... Emmenez cette jeune fille. Vous entrerez avec elle sous le vestibule du régent, vous tournerez à gauche... la porte de monsieur Le Bréant est au bout du premier corridor... vous passerez masqués et vous direz : « De la part de celui qui est au jardin, dans votre loge... » il vous ouvrira la porte de la rue, et vous irez m'attendre derrière l'oratoire du Louvre.

— Entendu ! fit Cocardasse.

— Un mot encore... Êtes-vous homme à vous faire tuer plutôt que de livrer cette jeune fille ?

— As pas pur ! nous casserons tout ce qui nous barrera le passage, promit le Gascon.

— Gare aux mouches ! ajouta Passepoil avec une fierté qu'on ne lui connaissait point.

Et tous deux en même temps :

— Cette fois-ci, vous serez content de nous !

Lagardère baisa la main d'Aurore et lui dit :

— Courage ! c'est ici notre dernière épreuve.

Elle partit, escortée par nos deux braves. Il fallait traverser le rond-point de Diane.

— Ohé ! fit un soldat, en voici une qui a été du temps avant de trouver sa route !

— Mes mignons, dit Cocardasse, c'est une dame du corps de ballet.

Il écarta de la main sans façon ceux qui étaient devant lui, et ajouta effrontément :

— Son Altesse Royale nous attend !

Les soldats se prirent à rire et donnèrent passage.

Mais, dans l'ombre d'un massif d'orangers en caisse qui flanquait l'angle du pavillon, il y avait deux hommes qui semblaient à l'affût.

Gonzague et son factotum, monsieur de Peyrolles.

Ils étaient là pour Lagardère, qu'on s'attendait à voir paraître d'instant en instant.

Gonzague dit quelques mots à l'oreille de Peyrolles.

Celui-ci s'aboucha avec une demi-douzaine de coquins à longues épées embusqués derrière le massif. Tous s'élancèrent sur les pas de nos deux braves, qui venaient de monter le perron escortant toujours le domino rose.

Monsieur Le Bréant ouvrit la porte de la cour aux Ris, comme Lagardère s'y était attendu.

Seulement, il l'ouvrit deux fois, la première pour Aurore et son escorte, la seconde pour monsieur de Peyrolles et ses compagnons.

Lagardère, lui, s'était glissé jusqu'au bout du sentier pour voir si sa fiancée atteindrait le pavillon sans encombre.

Quand il voulut regagner la loge, la route était barrée : un piquet de gardes françaises fermait l'avenue.

— Holà ! monsieur le chevalier ! cria le chef avec un peu d'altération dans la voix, ne faites point de résistance, je vous prie, vous êtes cerné de tous côtés.

C'était l'exacte vérité. Dans tous les massifs voisins, la crosse des mousquets sonna contre le sol.

— Que veut-on de moi ? demanda Lagardère, qui ne tira même pas l'épée. Le vaillant Bonnivet, qui s'était avancé à pas de loup par derrière, le saisit à bras le corps.

Lagardère n'essaya point de se dégager, et demanda pour la deuxième fois : — Que veut-on de moi ?

— Pardieu ! mon camarade, répondit le marquis de Bonnivet, vous allez bien le voir ! — Puis il ajouta : — En avant messieurs !... au palais !... J'espère que vous me rendrez témoignage : j'ai fait à moi tout seul cette importante capture.

Ils étaient bien une soixantaine. On entoura Henri, et on le porta plutôt qu'on ne le conduisit dans les appartemens de Philippe d'Orléans.

Puis on ferma la porte du vestibule, et il n'y eut plus dans le jardin âme qui vive, excepté ce bon monsieur de Barbanchois, ronflant comme un juste sur le gazon mouillé.

X

GUET-APENS.

Ce que l'on appelait le grand cabinet, ou mieux le premier cabinet du régent, était une salle assez vaste où il avait coutume de recevoir les ministres et le conseil de régence. Il y avait une table ronde couverte d'un tapis de lampas, un fauteuil pour Philippe d'Orléans, un fauteuil pour le duc de Bourbon, des chaises pour les autres membres titulaires du conseil, et des pliants pour les secrétaires d'État.

Au-dessus de la principale porte était l'écusson de France avec le lambel d'Orléans.

Les affaires du royaume se réglaient là chaque jour, un peu à la diable, après le dîner. Le régent dînait tard, l'Opéra commençait de bonne heure, on n'avait vraiment pas le temps.

Quand Lagardère entra, il y avait là beaucoup de monde ; cela ressemblait à un tribunal.

Messieurs de Lamoignon, de Tresmes et de Machault se tenaient à côté du régent qui était assis. Les ducs de Saint-Simon, de Luxembourg et d'Harcourt étaient auprès de la cheminée.

Il y avait des gardes aux portes, et Bonnivet, le triomphateur, essuyait la sueur de son front devant une glace.

— Nous avons eu du mal, disait-il à demi-voix, mais enfin nous le tenons ! Ah ! le diable d'homme !

— A-t-il fait beaucoup de résistance ? demanda Machault, le lieutenant de police.

— Si je n'avais pas été là, répondit Bonnivet, Dieu sait ce qui serait arrivé !

Dans les embrasures pleines, vous eussiez reconnu le vieux Villeroy, le cardinal de Bissy, Voyer-d'Argenson, Leblanc, etc. Quelques-uns des affidés de Gonzague avaient pu se faire jour : Navailles, Choisy, Nocé, Gironne et le gros Oriol, masqué entièrement par son confrère Taranne.

Chaverny causait avec monsieur de Brissac, qui dormait debout pour avoir passé trois nuits à boire.

Douze ou quinze hommes, armés jusqu'aux dents, se tenaient derrière Lagardère.

Il n'y avait là qu'une seule femme : madame la princesse de Gonzague, qui était assise à la droite du régent.

— Monsieur, dit celui-ci brusquement dès qu'il aperçut Lagardère, nous n'avions pas mis dans nos conditions que vous viendriez troubler notre fête et insulter dans notre propre maison les plus grands seigneurs du royaume ! Vous êtes accusé aussi d'avoir tiré l'épée dans l'enceinte du Palais-Royal. C'est nous faire repentir trop vite de notre clémence à votre égard.

Depuis son arrestation, le visage de Lagardère était de marbre.

Il répondit d'un ton froid et respectueux.

— Monseigneur, je n'ai pas crainte qu'on répète ce qui s'est dit entre monsieur de Gonzague et moi... Quant à la seconde accusation, j'ai tiré l'épée, c'est vrai, mais ce fut pour défendre une dame... Parmi ceux qui sont ici, plusieurs pourraient me donner leur témoignage.

Il y en avait là une demi-douzaine. Chaverny seul répondit :

— Monsieur, vous avez dit vrai.

Henri le regarda avec étonnement, et vit que ses compagnons le gourmandaient.

Mais le régent, qui était bien las et qui voulait dormir, ne pouvait s'arrêter longtemps à ces bagatelles.

— Monsieur, reprit-il, on vous eût pardonné tout cela ; mais, prenez garde, il est une chose qu'on ne vous pardonnera point. Vous avez promis à madame de Gonzague que vous lui rendriez sa fille. Est-ce vrai ?

— Oui, monseigneur, je l'ai promis.

— Vous m'avez envoyé un messager qui m'a fait en votre nom la même promesse. Le reconnaissez-vous ?

— Oui, monseigneur.

— Vous devinez, je le pense, que vous êtes devant un tribunal. Les cours ordinaires ne peuvent connaître du fait qu'on vous reproche. Mais, sur ma foi ! monsieur, je vous jure qu'il sera fait justice de vous si vous le méritez. Où est mademoiselle de Nevers ?

— Je l'ignore, répondit Lagardère.

— Il ment ! s'écria impétueusement la princesse.

— Non, madame... J'ai promis au-dessus de mon pouvoir, voilà tout. — Il y eut dans l'assemblée un murmure désapprobateur. Henri reprit en élevant la voix et en promenant son regard à la ronde : — Je ne connais pas mademoiselle de Nevers.

— C'est de l'impudence ! dit monsieur le duc de Tresmes, gouverneur de Paris.

Tout ce qui appartenait à Gonzague répéta :

— C'est de l'impudence !

Monsieur de Machault, nourri des saines traditions de la police, conseilla incontinent d'appliquer à cet insolent la question extraordinaire. Pourquoi chercher midi à quatorze heures ?

Le régent regarda sévèrement Lagardère.

— Monsieur, fit-il, réfléchissez bien à ce que vous dites.

— Monseigneur, la réflexion n'ajoute rien à la vérité et n'en retranche rien : j'ai dit la vérité.

— Souffrirez-vous cela, monseigneur ? dit la princesse qui avait peine à se contenir... Sur mon honneur, sur mon salut, il ment !... Il sait où est ma fille, puisqu'il me l'a dit lui-même tout à l'heure, à dix pas d'ici, dans le jardin...

— Répondez ! ordonna le régent.

— Alors comme maintenant, répliqua Lagardère, j'ai dit la vérité... alors j'espérais encore accomplir ma promesse.

— Et maintenant ? balbutia la princesse hors-d'elle-même.

— Maintenant je ne l'espère plus.

Madame de Gonzague retomba épuisée sur son siège.

La partie grave de l'assistance, les ministres, les magistrats, les ducs, regardaient avec curiosité cet étrange personnage dont tant de fois le nom avait frappé leurs oreilles au temps de leur jeunesse : le beau Lagardère ! Lagardère le spadassin ! Cette figure intelligente et calme n'allait point à un vulgaire traîneur d'épée.

Certains, dont le regard était plus perçant, essayaient de voir ce qu'il y avait derrière cette apparente tranquillité. C'était comme une résolution triste et profondément réfléchie.

Les gens de Gonzague se sentaient trop petits en ce lieu pour faire beaucoup de bruit. Ils étaient entrés là, grâce au nom de leur patron, partie intéressée dans le débat ; mais leur patron ne venait pas.

Le régent reprit :

— Et c'est sur de vagues espoirs que vous avez écrit au régent de France ? Quand vous me faisiez dire : La fille de votre ami vous sera rendue...

— J'espérais qu'il en serait ainsi.

— Vous espériez !

— L'homme est sujet à se tromper.

Le régent consulta du regard Tresmes et Machault, qui semblaient être ses conseils.

— Mais, monseigneur, s'écria la princesse qui se tordait les bras, ne voyez-vous pas qu'il me vole mon enfant !... Il l'a, j'en fais serment ! Il la tient cachée ! C'est à lui que j'ai remis ma fille la nuit du meurtre... je m'en souviens ! je le sais ! je le jure !

— Vous entendez, monsieur ? dit le régent.

Un imperceptible mouvement agita les tempes de Lagardère. Sous ses cheveux perlèrent des gouttes de sueur. Mais il répondit sans démentir son calme :

— Madame la princesse se trompe.

— Oh ! fit-elle avec folie, et ne pouvoir confondre cet homme !

— Il ne faudrait qu'un témoin, commença le régent.

Il s'interrompit parce qu'Henri s'était redressé de son haut, provoquant du regard Gonzague, qui venait de se montrer à la porte principale.

L'entrée de Gonzague fit une courte sensation. Il salua de loin la princesse sa femme et Philippe d'Orléans. Il resta près de la porte.

Son regard croisa celui d'Henri, qui prononça d'un accent de défi :

— Que le témoin se montre donc, et que le témoin ose me reconnaître !

Les yeux de Gonzague battirent comme s'il eût essayé en vain de soutenir le regard de l'accusé.

Chacun vit bien cela. Mais Gonzague parvint à sourire, et l'on se dit :

— Il a pitié !

Un silence profond régnait cependant dans la salle.

Un léger mouvement se fit du côté de la porte. Gonzague se rapprocha du seuil, et la jaune figure de Peyrolles sortit de l'ombre.

— Elle est à nous, dit-il à voix basse.

— Et les papiers ?

— Et les papiers.

Le rouge vint aux joues de Gonzague, tant il éprouvait de joie.

— Par la mort de Dieu ! s'écria-t-il, avais-je raison de te dire que ce bossu valait son pesant d'or ?

— Ma foi ! répondit le factotum, j'avoue que je l'avais mal jugé... Il nous a donné un fier coup d'épaule !

— Personne ne répond, vous le voyez bien, monseigneur, disait cependant Lagardère. Puisque vous êtes juge, soyez équitable. Qu'y a-t-il devant vous en ce moment ? Un pauvre gentilhomme trompé comme vous-même dans son espoir. J'ai cru bien faire ; j'ai cru pouvoir compter sur un sentiment qui d'ordinaire est le plus pur et le plus ardent de tous ; j'ai promis avec la témérité d'un homme qui souhaite sa récompense... Il s'arrêta et reprit avec effort : — Car je pensais avoir droit à une récompense.

Ses yeux se baissèrent malgré lui et sa voix s'embarrassa dans sa gorge.

— Qu'y a-t-il en cet homme-là ? demanda le vieux Villeroy à Voyer-d'Argenson.

Le vice-chancelier répondit :

— Cet homme-là est un grand cœur ou le plus lâche de tous les coquins.

Lagardère fit sur lui-même un suprême effort et poursuivit :

— Le sort s'est joué de moi, monseigneur ; voilà tout mon crime... Ce que je pensais tenir m'a échappé... Je me punis moi-même et je retourne en exil.

— Voilà qui est commode ! dit Navailles.

Machault parlait bas au régent.

— Je me mets à vos genoux, monseigneur !... commença la princesse.

— Laissez, madame ! — interrompit Philippe d'Orléans. Son geste impérieux réclama le silence, et chacun se tut dans la salle. Il reprit en s'adressant à Lagardère : — Monsieur, vous êtes gentilhomme, du moins vous le dites... Ce que vous avez fait est indigne d'un gentilhomme... Ayez pour châtiment votre propre honte... Votre épée, monsieur !

Lagardère essuya son front baigné de sueur. Au moment où il détacha le ceinturon de son épée, une larme roula sur sa joue.

— Sang-Dieu ! grommela Chaverny qui avait la fièvre et ne savait pourquoi, j'aimerais mieux qu'on le tuât !

Au moment où Lagardère rendait son épée au marquis de Bonnivet, Chaverny détourna les yeux.

— Nous ne sommes plus au temps, reprit le régent, où l'on brisait les éperons des chevaliers convaincus de félonie... mais la noblesse existe, Dieu merci ! et la dégradation de noblesse est la peine la plus cruelle que puisse subir un soldat... Monsieur, vous n'avez plus le droit de porter une épée ! Écartez-vous, messieurs, et donnez-lui passage... cet homme n'est plus digne de respirer le même air que vous.

Un instant, on eût dit que Lagardère allait ébranler les colonnes de cette salle, et, comme Samson, ensevelir ces Philistins sous les décombres. Son puissant visage exprima d'abord un courroux si terrible que ses voisins s'écartèrent bien plus par frayeur que par obéissance à l'ordre du régent. Mais l'angoisse succéda vite à la colère, et l'angoisse fit place à cette froideur résolue qu'il montrait depuis le commencement de la séance.

— Monseigneur, dit-il en s'inclinant, j'accepte le jugement de Votre Altesse Royale, et je n'en appellerai point.

Une lointaine solitude et l'amour d'Aurore, voilà le tableau qui passait devant ses yeux.

Cela ne valait-il pas le martyre ?

Il se dirigea vers la porte au milieu du silence général.

Le régent avait dit tout bas à la princesse :

— Ne craignez rien, on le suivra.

Vers le milieu de la salle, Lagardère trouva au-devant de lui monsieur le prince de Gonzague qui venait de quitter Peyrolles.

— Altesse, dit Gonzague en s'adressant au duc d'Orléans, je barre le passage à cet homme.

Chaverny était dans une agitation extraordinaire. Il semblait qu'il eût envie de se jeter sur Gonzague.

— Ah ! fit-il, si Lagardère avait encore son épée.

Taranne poussa le coude d'Oriol.

— Le petit marquis devient fou, murmura-t-il.

— Pourquoi barrez-vous le passage à cet homme ? demanda le régent.

— Parce que votre religion a été trompée, monseigneur, répondit Gonzague. La dégradation de noblesse n'est point le châtiment qui convient aux assassins !

Il y eut un grand mouvement dans toute la salle et le régent se leva.

— Celui-là est un assassin ! acheva Gonzague qui mit son épée nue sur l'épaule de Lagardère.

Et nous pouvons vous affirmer qu'il tenait ferme la poignée.

Mais Lagardère n'essaya pas de le désarmer.

Au milieu du tumulte général, car les partisans de Gonzague poussaient des cris et faisaient mine de charger, Lagardère eut un convulsif éclat de rire.

Il écarta seulement l'épée et saisit le poignet de Gonzague en le serrant si violemment que l'arme tomba. Lagardère ne la ramassa point.

Il amena Gonzague ou plutôt il le traîna jusqu'à la table, et, montrant sa main que la douleur tenait ouverte, il dit :

— Ma marque !... ma marque !

Le regard du régent était sombre.

Toutes les respirations suspendues s'arrêtaient.

— Gonzague est perdu ! murmura Chaverny.

Gonzague eut une magnifique audace.

— Altesse, dit-il, voilà dix-huit ans que j'attendais cela !... Philippe, mon frère, vous êtes vengé. Cette blessure, je l'ai reçue en défendant la vie de Nevers.

La main de Lagardère lâcha prise, et son bras retomba le long de son flanc.

Il resta un instant atterré, tandis qu'un grand cri s'élevait dans la salle :

— L'assassin de Nevers ! l'assassin de Nevers !

Et Navailles, et Nocé, et Choisy, et tous les autres ajoutaient :

— Ce diable de bossu nous l'avait bien dit !

La princesse avait mis ses mains au-devant de son visage avec horreur. Elle ne bougeait plus. Elle était évanouie.

Lagardère sembla s'éveiller quand les archers, Bonnivet à leur tête, l'entourèrent sur un signe du régent.

— Infâme ! gronda-t-il comme un lion qui rugit, infâme ! infâme ! — Puis rejetant à dix pas Bonnivet, qui avait voulu lui mettre la main au collet : — Hors de là ! s'écria-t-il d'une voix de tonnerre, et meure qui me touche ! — Il se tourna vers Philippe d'Orléans, et ajouta : — Monseigneur, je suis sacré... j'ai sauf-conduit de Votre Altesse Royale. — Ce disant, il tira de la poche de son pourpoint un parchemin qu'il déplia. — Libre, quoi qu'il advienne ! lut-il à haute voix ; vous l'avez écrit... vous l'avez signé.

— Surprise !... voulut dire Gonzague.

— Du moment qu'il y a tromperie, ajoutèrent messieurs de Tresmes et de Machault...

Le régent leur imposa silence d'un geste.

— Voulez-vous donner raison à ceux qui disent que Philippe d'Orléans a plus d'une parole? s'écria-t-il. C'est écrit, c'est signé... cet homme est libre... à la 'quarante-huit heures pour passer la frontière. — Lagardère ne bougea pas. — Vous m'avez entendu, monsieur, fit le régent avec dureté, sortez!

Lagardère se prit à déchirer lentement le parchemin, dont il jeta les morceaux aux pieds du régent.

— Monseigneur, dit-il, vous ne me connaissez pas; je vous rends votre parole. De cette liberté que vous m'offrez et qui m'est due, je ne prends, moi, que vingt-quatre heures; c'est tout ce qu'il me faut pour démasquer un scélérat et faire triompher une juste cause. Assez d'humiliations comme cela! je relève la tête, et sur l'honneur de mon nom, entendez-vous, messieurs, sur mon honneur à moi, Henri de Lagardère, qui vaut votre honneur à vous, je me charge de le prouver... sur mon honneur, je promets et je jure que demain, à pareille heure, madame de Gonzague aura sa fille et Nevers sa vengeance, ou que je serai prisonnier de Votre Altesse Royale! Vous pouvez convoquer les juges. — Il salua le régent et écarta de la main ceux qui l'entouraient en disant: — Faites place, je prends mon droit!

Gonzague l'avait précédé. Gonzague avait disparu.

— Faites place, messieurs, répéta Philippe d'Orléans. Vous, monsieur, demain, à pareille heure, vous comparaîtrez devant vos juges... et, sur Dieu! justice sera faite.

— Les affidés de Gonzague se glissèrent vers la porte; leur rôle était fini en ce lieu. Le régent resta un instant pensif, puis il dit en essuyant son front contre sa main: — Messieurs, voici une affaire étrange!

— Un effronté coquin!... murmura le lieutenant de police Machault.

— Ou bien un preux des anciens jours, pensa tout haut le régent: nous verrons cela demain!

Lagardère descendit seul et sans armes le grand escalier du pavillon.

Sous le vestibule, il trouva réunis Peyrolles, Taranne, Montaubert, Gironne, tous ceux qui, parmi les affidés de Gonzague, avaient jeté leur bonnet par-dessus les moulins.

Trois estafiers gardaient l'entrée du corridor qui menait chez maître Le Bréant.

Gonzague était debout au milieu du vestibule, l'épée nue à la main.

La grande porte qui donnait sur le jardin avait été ouverte.

Tout ceci respirait une méchante odeur de guet-apens.

Lagardère n'y fit pas attention seulement. Il avait les défauts de sa vaillance: il se croyait invulnérable.

Il marcha droit à monsieur de Gonzague, qui croisa l'épée devant lui.

— Ne soyons pas si pressé, monsieur de Lagardère, dit-il, nous avons à causer. Toutes les issues sont fermées, et personne ne nous écoute, sauf ces amis dévoués, ces autres nous-mêmes; nous pouvons, par la sambleu! parler à cœur ouvert. — Il riait un rire sarcastique et méchant. Lagardère s'arrêta et croisa ses bras sur sa poitrine. — Le régent vous ouvre les portes, reprit Gonzague, mais moi je vous les ferme. J'étais l'ami de Nevers comme le régent, et j'ai bien aussi le droit de venger sa mort. Ne m'appelez pas infâme! s'interrompit-il, c'est peine perdue: nous savons que les perdans injurient toujours au jeu.... Monsieur de Lagardère, voulez-vous que je vous dise une chose qui va mettre votre conscience bien à l'aise? Vous croyez avoir fait un mensonge, un gros mensonge en disant qu'Aurore n'était pas en votre pouvoir? — La figure d'Henri s'altéra. — Eh bien! reprit Gonzague jouissant cruellement de son triomphe, vous n'avez commis qu'une toute petite inexactitude,... une nuance! un rien! Si vous

aviez mis *plus* au lieu de *pas*, si vous aviez dit: Aurore n'est *plus* en mon pouvoir...

— Si je croyais.... commença Lagardère qui ferma les poings. Mais tu mens, se reprit-il, je te connais!

— Si vous aviez dit cela, acheva paisiblement Gonzague, c'eût été l'exacte et pure vérité. — Lagardère plia les jarrets comme pour fondre sur lui, mais Gonzague pointa l'épée entre ses deux yeux et murmura: — Attention, vous autres! — Puis il reprit raillant toujours: — Mon Dieu! oui, nous avons gagné une assez jolie partie. Aurore est en notre pouvoir...

— Aurore! s'écria Lagardère d'une voix étranglée.

— Aurore... et certaines pièces... — Il tomba lourdement à la renverse. D'un bond, Lagardère, passant par-dessus son corps, s'était élancé dans le jardin. Gonzague se releva en souriant. — Pas d'issue? demanda-t-il à Peyrolles, qui était sur le seuil en dehors.

— Pas d'issues.

— Et combien sont-ils là?

— Cinq, répondit Peyrolles qui prêta l'oreille.

— C'est bien, c'est assez, il n'a pas son épée.

Ils sortirent tous deux pour écouter de plus près. Sous le vestibule, les affidés, pâles et la sueur au front, prêtaient aussi l'oreille.

Ils avaient fait du chemin depuis la veille! L'or seul avait sali leurs mains jusque-là; Gonzague les voulait habituer à l'odeur du sang.

La pente était glissante, ils descendaient.

Gonzague et Peyrolles s'arrêtèrent au bas du perron.

— Comme ils tardent! murmura Gonzague.

— Le temps semble long, fit Peyrolles; ils sont là-bas derrière la tente.

Le jardin était noir comme un four. On n'entendait que le vent d'automne fouettant tristement les toiles de tenture.

— Où avez-vous pris la jeune fille? demanda Gonzague, comme s'il eût voulu causer pour tromper son impatience.

— Rue du Chantre, à la porte même de sa maison.

— A-t-elle été bien défendue?

— Deux rudes lames, mais qui ont pris la fuite quand nous leur avons dit que Lagardère était sur le carreau.

— Vous n'avez pas vu leurs visages?

— Non.... ils ont pu garder leurs masques jusqu'au bout.

— Et les papiers, où étaient-ils?

Peyrolles n'eut pas le temps de répondre: un cri d'agonie se fit entendre derrière la tente indienne, du côté de la loge de maître Le Bréant.

Les cheveux de Gonzague se dressèrent sur son crâne.

— C'est peut-être l'un des nôtres, murmura Peyrolles tout tremblant.

— Non, dit le prince, j'ai reconnu sa voix.

Au même instant, cinq ombres noires débouchèrent du rond-point de Diane.

— Qui est le chef? demanda Gonzague.

— Gendry, répondit le factotum.

Gendry était un grand gaillard bien bâti, qui avait été caporal aux gardes.

— C'est fait, dit-il. Un brancard et deux hommes: nous allons l'emporter.

On entendait cela dans le vestibule. Nos joueurs de lansquenet, nos roués de petite espèce n'avaient pas une goutte de sang dans les veines.

Les dents d'Oriol claquaient à se briser.

— Oriol! appela Gonzague; Montaubert!

Ils vinrent tous deux.

— C'est vous qui porterez le brancard, — leur dit Gonzague. Et comme ils hésitaient: — Nous avons tous tué, puisque le meurtre profite à tous.

Il fallait se hâter avant que le régent ne renvoyât son monde. Bien qu'on eût l'habitude de sortir par la grande porte, qui était tout à l'autre bout de la galerie, sur la cour des Fontaines, quelque habitué du palais pouvait

avoir l'idée de prendre par la cour aux Ris pour se retirer.

Oriol, le cœur défaillant, Montaubert, indigné, prirent le
brancard. Gendry les précéda dans le fourré.

— Tiens ! tiens ! dit ce dernier en arrivant derrière la
tente indienne, le coquin était pourtant bien mort !

Oriol et Montaubert furent sur le point de s'enfuir. Montaubert était une manière de gentilhomme capable de bien
des peccadilles, mais qui n'avait jamais conçu la pensée
d'un crime. Oriol, poltron paisible et bon enfant, avait
horreur du sang.

Ils étaient là pourtant tous deux, et les autres attendaient : Taranne, Albret, Choisy, Gironne. Gonzague
croyait s'assurer ainsi de leur discrétion.

Ils s'étaient donnés à lui ; ils n'existaient que par lui.
Reculer, c'était tout perdre et affronter en outre la vengeance d'un homme à qui rien ne résistait.

Si on leur eût dit au début : Vous en arriverez là, personne parmi eux peut-être n'eût fait le premier pas. Mais
le premier pas était fait, le second aussi. Plus d'un bourgeois et plus d'un gentilhomme prouvèrent en ce temps
que la cloison est mince qui sépare l'immoralité du crime.

Ils ne pouvaient plus reculer : voilà l'excuse banale et
terrible.

Gonzague l'avait dit : « Qui n'est pas avec moi est contre moi. » Le mal, c'est qu'ils n'étaient plus dans cette situation de l'honnêteté commune où l'on a plus peur de sa
conscience que d'un homme.

Le vice tue la conscience.

Assurément ils eussent reculé devant le meurtre commis de leur propre main ; mais ils se trouvaient sans force
morale pour protester hautement contre le crime commis
par un autre.

Gauthier Gendry reprit :

— Il aura été mourir un peu plus loin. — Il tâta le sol
autour de lui, et se prit à chercher, rampant sur les pieds
et sur les mains. Il fit ainsi le tour de la loge, dont la porte
était fermée. A quelques vingt-cinq pas de là, il s'arrêta en
disant : — Le voici !

Oriol et Montaubert le rejoignirent avec leur brancard.

— A prendre, dit Montaubert, le coup est porté.
Nous ne faisons point de mal.

Oriol avait la langue paralysée.

Ils aidèrent Gendry à mettre sur le brancard un cadavre qui était étendu sur la terre au beau milieu d'un
massif.

— Il est encore tout chaud, dit l'ancien caporal aux
gardes. Allez !

Oriol et Montaubert allèrent. Ils arrivèrent au pavillon
avec leur fardeau. Le gros des affidés de Gonzague eut
alors permission de sortir.

Quelque chose les avait bien effrayés. En repassant devant la loge rustique de maître Le Bréant, ils avaient entendu un bruit de feuilles sèches. Ils eussent juré que les
pas courts et précipités les avaient suivis depuis lors.

En effet, le bossu était derrière leurs talons quand ils
montèrent le perron.

Le bossu était extrêmement pâle et semblait avoir peine
à se soutenir ; mais il riait son rire aigre et strident.

Sans Gonzague, on lui eût fait un mauvais parti.

Il dit à Gonzague, qui ne prit point garde à l'altération
de sa voix :

— Eh bien ! eh bien ! est-il venu ?

Il montrait d'un doigt convulsif le cadavre sur lequel
Gendry venait de jeter un manteau. Gonzague lui frappa
sur l'épaule.

Le bossu chancela et fut prêt à tomber.

— Il est ivre ! dit-on.

Et tout le monde entra dans le corridor.

Maître Le Bréant n'eut garde d'insister pour connaître le
nom du gentilhomme qu'on emportait ainsi à bras
parce qu'il avait trop soupé.

Au Palais-Royal, on était tolérant et discret.

Il était quatre heures du matin. Les réverbères fumaient et n'éclairaient plus. La foule des roués se dispersa
en tous sens. Monsieur de Gonzague regagna son hôtel
avec Peyrolles.

Oriol, Montaubert et Gendry avaient mission de porter
le cadavre à la Seine.

Ils prirent la rue Pierre-Lescot. Arrivés là, nos deux
roués sentirent que le cœur leur manquait.

Moyennant une pistole chacun, l'ancien caporal aux
gardes leur permit de déposer le corps sur un tas de débris. Il reprit son manteau, on porta le brancard un peu
plus loin, et l'on s'alla coucher.

Voilà pourquoi, le lendemain matin, monsieur le baron
de Barbanchois, innocent assurément de tout ce qui précède, s'éveilla au milieu du ruisseau de la rue Pierre-Lescot, dans un état qu'il est inutile de décrire.

C'était lui le cadavre qu'Oriol et Montaubert avaient
porté sur leur brancard.

Monsieur le baron ne se vanta point de cette aventure,
mais sa haine contre la régence augmenta. Du temps du
feu roi, il avait roulé vingt fois sous la table et jamais
rien de pareil ne lui était arrivé.

En allant retrouver madame la baronne, sans doute
fort inquiète à son sujet, il se disait :

— Quelles mœurs ! jouer des tours semblables à un
homme de ma qualité !... je vous le demande, où allons-
nous ?...

Le bossu sortit le dernier, par la petite porte de maître
Le Bréant. Il fut longtemps à traverser la cour aux Ris,
qui cependant n'était point large. De l'entrée de la cour
des Fontaines à la rue Saint-Honoré, il fut obligé de
s'asseoir plusieurs fois sur les bornes qui étaient le long
des maisons.

Quand il se relevait, sa poitrine rendait comme un gémissement.

On s'était trompé sous le vestibule : le bossu n'était pas
ivre. Si monsieur de Gonzague n'eût pas eu tant d'autres
sujets de préoccupation, il aurait bien vu que cette nuit
le ricanement du bossu n'était pas bon aloi.

Du coin du palais au logis de monsieur de Lagardère,
dans la rue du Chantre, il n'y avait que dix pas. Le bossu
fut dix minutes à faire ces dix pas.

Il n'en pouvait plus. Ce fut en rampant sur les pieds et
sur les mains qu'il monta l'escalier conduisant à la chambre de maître Louis.

En passant, il avait vu la porte de la rue forcée et
grande ouverte.

La porte de l'appartement de maître Louis était grande
ouverte et forcée aussi.

Le bossu entra dans la première pièce. La porte de la
deuxième chambre, celle où personne ne pénétrait jamais,
avait été jetée en dedans. Le bossu s'appuya au cham-
branle ; sa gorge râlait.

Il essaya d'appeler Françoise et Jean-Marie, mais sa voix
ne sortit point.

Il tomba sur ses genoux et se reprit à ramper ainsi
jusqu'au coffre qui contenait naguère le paquet scellé de
trois grands sceaux dont nous avons donné plusieurs fois
la description.

Le coffre avait été brisé à coups de hache ; le paquet
avait disparu.

Le bossu s'étendit sur le sol comme un pauvre patient
qui reçoit le coup de grâce.

Cinq heures de nuit sonnèrent à l'oratoire du Louvre.
Les premières lueurs du crépuscule parurent.

Lentement, bien lentement, le bossu se releva sur ses
mains.

Il parvint à déboutonner son vêtement de laine noire, et
en retira un pourpoint de satin blanc horriblement souillé
de sang. On eût dit que ce brillant pourpoint, chiffonné à
pleines mains, avait servi à tamponner une large plaie.

Gémissant et rendant des plaintes faibles, le bossu se
traîna jusqu'à un bahut, où il trouva du linge et de l'eau

C'était de quoi laver au moins cette blessure qui avait ensanglanté le pourpoint.

Le pourpoint était celui de Lagardère, mais la blessure saignait à l'épaule du bossu.

Il la pansa de son mieux et but une gorgée d'eau.

Puis il s'accroupit, éprouvant un peu de soulagement.

— Rien !... murmura-t-il ; seul !... Ils m'ont tout pris... mes armes et mon cœur ! — Sa tête lourde tomba entre ses mains. Quand il se redressa, ce fut pour dire : —Soyez avec moi, mon Dieu ! J'ai vingt-quatre heures pour recommencer ma tâche de dix-huit années!

## CINQUIÈME PARTIE.

### LE CONTRAT DE MARIAGE.

#### I

##### ENCORE LA MAISON D'OR.

On avait travaillé toute la nuit à l'hôtel de Gonzague. Les cases étaient faites. Dès le matin, chaque marchand était venu meubler ses quatre pieds carrés. La grand'salle elle-même avait ses loges toutes neuves, et l'on y respirait l'âcre odeur du sapin raboté.

Dans les jardins, l'installation était complète aussi. Rien n'y restait des magnificences passées. Quelques arbres déshonorés se montraient encore çà et là, quelques sculptures aux carrefours des cinq ou six rues de cabanes qu'on avait percées sur l'emplacement des parterres.

Au centre d'une petite place située non loin de l'ancienne niche de Médor et tout en face du perron de l'hôtel, on voyait, sur son piédestal de marbre, une statue mutilée de la Pudeur.

Le hasard a de ces moqueries. Qui sait si l'emplacement de notre Bourse actuelle ne servira pas, dans les siècles à venir, à quelque monument candide ?

Et tout cela était plein dès l'aube. Les courtiers ne manquaient point. L'art en enfance était déjà de l'art. On s'agitait, on se démenait, on vendait, on achetait, on mentait, on volait : on faisait des affaires.

Les fenêtres de madame la princesse de Gonzague qui donnaient sur le jardin étaient fermées de leurs contrevens épais. Celles du prince au contraire n'avaient que leurs rideaux de lampas brochés d'or.

Il ne faisait jour ni chez le prince ni chez la princesse Monsieur de Peyrolles, qui avait son logement dans les combles, était encore au lit, mais il ne dormait point. Il venait de compter son gain de la veille et de l'ajouter au contenu d'une cassette de taille très respectable qui était à son chevet. Il était riche, ce fidèle monsieur de Peyrolles ; il était avare, ou plutôt avide, car, s'il aimait l'argent passionnément, c'était pour les bonnes choses que l'argent procure.

Nous n'en sommes plus à dire qu'il n'avait aucune espèce de préjugé. Il prenait de toutes mains, et comptait bien être un fort grand seigneur sur ses vieux jours.

C'était le Dubois de Gonzague. Le Dubois du régent voulait être cardinal. Nous ne savons quelle était précisément l'ambition de ce discret monsieur de Peyrolles; mais les Anglais avaient inventé déjà ce titre : *milord Million*

Peyrolles voulait être tout simplement monseigneur Million.

Gendry était en train de lui faire son rapport. Gendry lui racontait comme quoi ces deux pauvres conscrits, Oriol et Montaubert, avaient porté le cadavre de Lagardère jusqu'à l'arche Marion, où ils l'avaient précipité dans le fleuve.

Peyrolles bénéficiait de moitié sur le payement des coquins employés par son maître. Il solda Gendry et le congédia ; mais celui-ci dit avant de partir :

— Les bons vivans deviennent rares. Vous avez là sous votre croisée un ancien soldat de ma compagnie qui pourrait donner à l'occasion un honnête coup de main.

— Tu l'appelles ?

— La Baleine. Il est fort et stupide comme un bœuf.

— Engage-le, répondit Peyrolles ; ceci par prudence, car j'espère bien que nous en avons fini avec toutes ces violences.

— Moi, dit Gendry, j'espère bien le contraire. Je vais engager La Baleine.

Il descendit au jardin, où La Baleine était dans l'exercice de ses fonctions, essayant en vain de lutter contre la vogue croissante de son heureux rival Ésope II dit Jonas.

Peyrolles se leva et se rendit chez son maître.

Il apprit avec étonnement que d'autres l'avaient devancé.

Le prince de Gonzague donnait en effet audience à nos deux amis Cocardasse junior et frère Passepoil : tous deux en belle tenue, malgré l'heure matinale, brossés de frais, et ayant fait déjà leur tour à l'office.

— Mes drôles, commença monsieur de Peyrolles dès qu'il les aperçut, qu'avez-vous fait hier pendant la fête ?

Passepoil haussa les épaules et Cocardasse tourna le dos.

— Autant il y a pour nous d'honneur et de bonheur, dit le Gascon éloquent, à servir un illustre patron tel que vous, monseigneur, autant il est pénible d'avoir affaire à monsieur... Pas vrai, ma caillou ?

— Mon ami, répondit Passepoil, a lu dans mon cœur.

— Vous m'avez entendu, fit Gonzague, qui avait l'air exténué ; il faut que vous ayez des nouvelles ce matin même,... des nouvelles certaines... des preuves palpables... Je veux savoir s'il est vivant ou mort.

Cocardasse et Passepoil saluèrent de cette ample et belle façon qui faisait d'eux les coupe-jarrets les plus distingués de l'Europe. Ils passèrent raides devant monsieur de Peyrolles et sortirent.

— M'est-il permis de vous demander, monseigneur, dit Peyrolles déjà tout blême, de qui vous parliez ainsi : vivant ou mort ?

— Je parlais du chevalier de Lagardère, répliqua Gonzague, qui remit sa tête fatiguée sur l'oreiller.

— Mais, fit Peyrolles stupéfait, pourquoi ce doute ?... Je viens de payer Gendry.

— Gendry est un méchant coquin... et toi tu te fais vieillot, mon Peyrolles ! nous sommes mal servis. Pendant que tu dormais, j'ai déjà travaillé ce matin... J'ai vu Oriol et j'ai vu Montaubert. Pourquoi nos hommes ne les ont-ils pas accompagnés jusqu'à la Seine ?

— La besogne était achevée... Monseigneur a eu lui-même cette pensée de forcer deux de ses amis...

— Amis !... — répéta Gonzague avec un dédain si profond que Peyrolles resta bouche close. — J'ai bien fait, reprit le prince, et tu as raison ; ce sont mes amis... Tudieu ! il faut qu'ils le croient !... ce sont mes amis... De qui userait-on sans mesure, sinon de ses amis ?... Je veux les mater, devines-tu cela ?... je veux les lier à triple nœud... les enchaîner... Si monsieur de Horn avait eu seulement une centaine de bavards derrière lui, le régent se fût bouché les oreilles... Le régent aime avant tout son repos... Ce n'est pas que je craigne le sort fâcheux du comte de Horn... — Il s'interrompit, voyant que le regard de Peyrolles était fixé sur lui avidement. — Vive Dieu!

dit-il avec un rire un peu contraint, en voici un qui a déjà la chair de poule !

— Est-ce que vous en êtes à redouter quelque chose de monsieur le régent ? demanda Peyrolles.

— Écoute ! fit Gonzague qui se souleva sur le coude, je te jure devant Dieu que si je tombe tu seras pendu ! — Peyrolles recula de trois pas. Les yeux lui sortaient de la tête. Gonzague, pour le coup, éclata de rire franchement.

— Roi des trembleurs ! s'écria-t-il. De ma vie, je n'ai été si bien en cour... mais on ne sait pas ce qui peut arriver... En cas d'attaque, je veux être gardé... Je veux qu'il y ait autour de moi, non pas des amis... il n'y a plus d'amis... mais des esclaves ; non pas des esclaves achetés, mais des esclaves enchaînés... des êtres vivant de mon souffle pour ainsi dire... et sachant bien qu'ils mourraient de ma mort.

— Pour ce qui est de moi, balbutia Peyrolles, monseigneur n'avait pas besoin...

— C'est juste... toi, je te tiens depuis longtemps... mais les autres ?... Sais-tu qu'il y a de beaux noms dans cette bande ? Sais-tu qu'une clientèle semblable est un bouclier ?... Navailles est de sang ducal, Montaubert est allié aux Molé de Champlâtreux, des seigneurs de robe dont la voix sonne comme le bourdon de Notre-Dame ! Choisy est le cousin de Mortemart, Nocé est l'allié des Lauzun, Gironne tient à Cellamare, Chaverny aux princes de Soubise...

— Oh ! celui-là... interrompit Peyrolles.

— Celui-là, dit Gonzague, sera lié comme les autres... il ne s'agit que de trouver une chaîne à sa fantaisie... Si nous n'en trouvons pas, se reprit-il d'un air sombre, ce serait tant pis pour lui !... Mais poursuivons notre revue : Taranne est protégé par monsieur Law en personne ; Oriol, ce grotesque, est le propre neveu du secrétaire d'État Leblanc ; Albret appelle monsieur de Fleury mon cousin. Il n'y a pas jusqu'à cet épais baron de Batz qui n'ait ses entrées chez la princesse palatine. Je n'ai pas pris mes gens à l'aveugle, sois sûr de cela. Vauxménil me donne la duchesse de Berri ; j'ai l'abbesse de Chelles par le petit Saveuse. Par la sambleu ! je sais bien qu'ils me livreraient pour trente écus, tous tant qu'ils sont ; mais les voici dans ma main depuis hier soir, et demain matin je les veux sous mes pieds. — Il rejeta sa couverture et sauta hors du lit. — Mes pantoufles ! — dit-il. Peyrolles s'agenouilla aussitôt, et le chaussa de la meilleure grâce du monde. Cela fait, il aida Gonzague à passer sa robe de chambre. C'était une bête à toutes fins. — Je te dis tout cela, mon ami Peyrolles, reprit Gonzague, car tu es mon ami, toi aussi.

— Oh ! monseigneur ! allez-vous me confondre avec...

— Du tout !... il n'y en a pas un qui l'ait mérité, interrompit le prince avec un sourire amer ; mais je te tiens si parfaitement mon fait, Peyrolles, que je te puis parler comme à mon confesseur... On a besoin parfois de faire ses confidences : cela récorde... Nous disions donc qu'il nous les faut pieds et poings liés. La corde que je leur ai mise au cou ne fait encore qu'un tour ; nous serrerons cela... Tu vas juger tout de suite combien la chose presse : nous avons été trahis cette nuit.

— Trahis ! se récria Peyrolles, et par qui ?

— Par Gendry, par Oriol et par Montaubert.

— Est-il possible !

— Tout est possible tant que la corde ne les étranglera pas.

— Et comment monseigneur sait-il...? demanda Peyrolles.

— Je ne sais rien, sinon que nos coquins n'ont pas fait leur devoir.

— Gendry vient de m'affirmer qu'il avait porté le corps à l'arche Marion.

— Gendry a menti. Je ne sais rien... j'avoue même que je renonce difficilement à l'espoir d'être débarrassé de ce démon de Lagardère...

— Et d'où vous viennent ces doutes ?

Gonzague prit sous son oreiller un papier roulé et le déploya lentement.

— Je ne connais guère de gens qui voulussent se moquer de moi, murmura-t-il ; ce serait un jeu dangereux qu'une semblable espièglerie vis-à-vis du prince de Gonzague !... — Peyrolles attendait qu'il s'expliquât plus clairement. — Et d'un autre côté, poursuivit celui-ci, ce Gendry a du moins la main sûre... Nous avons entendu le cri d'agonie.

— Que vous dit-on là-dedans, monseigneur ? demanda Peyrolles au comble de l'inquiétude.

Gonzague lui passa le papier déroulé, et Peyrolles lut avidement.

Le papier contenait une liste ainsi conçue :

« Le capitaine Lorrain, — Naples.
» Staupitz, — Nuremberg.
» Pinto, — Turin.
» El Matador, — Glascow.
» Joël de Jugan, — Morlaix.
» Faenza, — Paris.
» Saldagne, — Id.
» Peyrolles,..
» Philippe de Mantoue, prince de Gonzague, — ... »

Ces deux derniers noms étaient écrits à l'encre rouge ou au sang.

Il n'y avait point de nom de ville à leur suite, parce que le vengeur ne savait pas encore en quel lieu il devait les punir.

Les sept premiers noms, écrits à l'encre noire, étaient marqués d'une croix rouge.

Gonzague et Peyrolles ne pouvaient ignorer ce que signifiait cette marque.

Peyrolles avait le papier entre les mains et tremblait comme la feuille.

— Quand avez-vous reçu cela ? balbutia-t-il.

— Ce matin... de bonne heure... mais pas avant que les portes ne fussent ouvertes, car j'entendais déjà le bruit infernal que font tous ces fous dedans et dehors.

Par le fait, c'était un assourdissant tapage. L'expérience n'avait pas appris encore à régler une bourse et à donner au tripot un joli air de décence. Tout le monde criait à la fois, et ce concert de voix tonnait comme le bruit d'une émeute.

Mais Peyrolles songeait-il à cela ?

— Comment l'avez-vous reçu ? demanda-t-il encore.

Gonzague montra la fenêtre qui faisait face à son lit et dont un des carreaux était brisé.

Peyrolles comprit et chercha des yeux sur le tapis, où il vit bientôt un caillou parmi les éclats de vitre.

— C'est cela qui m'a éveillé, dit Gonzague. J'ai lu, et l'idée m'est venue que Lagardère avait pu se sauver... — Peyrolles courba la tête. — A moins, reprit Gonzague, que cet acte audacieux n'ait été exécuté par quelque affidé ignorant le sort de son maître.

— Espérons-le ! murmura Peyrolles.

— En tout cas, j'ai mandé sur-le-champ Oriol et Montaubert... J'ai feint de tout ignorer... j'ai plaisanté, je les ai poussés... Ils m'ont avoué qu'ils avaient déposé le cadavre sur un monceau de débris dans la rue Pierre-Lescot.

Le poing fermé de Peyrolles frappa son genou.

— Il n'en faut pas davantage ! s'écria-t-il ; un blessé peut recouvrer la vie...

— Nous saurons dans peu le vrai de l'affaire... Cocardasse et Passepoil sont sortis pour cela.

— Est-ce que vous vous fiez à ces deux renégats, monseigneur ?

— Je ne me fie à personne, ami Peyrolles, pas même à toi... Si je pouvais tout faire par moi-même, je ne me servirais de personne... Ils se sont enivrés cette nuit ; ils ont eu tort ; ils le savent... raison de plus pour qu'ils marchent droit... Je les ai fait venir, je leur ai ordonné de me trouver les deux braves qui ont défendu cette nuit la jeune aventurière qui prend le nom d'Aurore de Nevers... — Il ne put s'empêcher do sourire en prononçant ces derniers mots. Peyrolles resta sérieux comme un croquemort. — Et de remuer ciel et terre, acheva Gonzague, pour savoir si notre bête noire nous a encore échappé. — Il sonna et dit au domestique qui entra : — Qu'on prépare ma chaise ! Toi, mon ami Peyrolles, reprit-il, tu vas monter chez madame la princesse afin de lui porter, comme d'habitude, l'assurance de mon respect profond. Tâche d'avoir de bons yeux. Tu me diras quelle physionomie a l'antichambre de madame la princesse, et de quel ton sa cameriste t'aura répondu.

— Où retrouverai-je monseigneur ?

— Je vais d'abord au pavillon. J'ai hâte de voir notre jeune aventurière de la rue Pierre-Lescot. Il paraît qu'elle et cette folle de dona Cruz font une paire d'amies. J'irai ensuite à l'hôtel de monsieur Law, qui me néglige ; puis je me montrerai au Palais-Royal, où mon absence ne ferait pas bien. Qui sait quelles calomnies on pourrait répandre sur mon compte ?

— Tout cela sera long...

— Tout cela sera court... J'ai besoin de voir nos amis... nos bons amis... Cette journée ne sera pas oisive, et je médite pour ce soir certain petit souper... Mais nous reparlerons de cela.

Il s'approcha de la fenêtre et ramassa le caillou qui était sur le tapis.

— Monseigneur, dit Peyrolles, avant de vous quitter, souffrez que je vous mette en garde contre ces deux chenapans.

— Cocardasse et Passepoil ?... Je sais qu'ils t'ont fort maltraité, mon pauvre Peyrolles.

— Il ne s'agit pas de cela... Quelque chose me dit qu'ils trahissent.... Et tenez, s'il fallait une preuve... ils étaient à l'affaire des fossés de Caylus, et cependant je ne les ai point vus sur la liste de mort...

Gonzague, qui considérait le caillou d'un air pensif, déplia vivement le papier qu'il avait repris.

— Cela est vrai, murmura-t-il ; leurs noms manquent ici... Mais si c'est Lagardère qui a dressé cette liste, et si nos deux coquins étaient à Lagardère, il eût mis leurs noms les premiers pour dissimuler la tromperie.

— Ceci est trop subtil, monseigneur. Il ne faut rien négliger dans un combat à outrance. Depuis hier, vous pontez sur l'inconnu... Cette créature étrange, ce bossu qui est entré comme malgré vous dans vos affaires...

— Tu m'y fais penser, interrompit Gonzague ; il faut que celui-là me vide son sac jusqu'au fond. — Il regarda par la croisée. Le bossu était justement au-devant de sa niche et dardait un coup d'œil perçant vers les fenêtres de Gonzague. A la vue de ce dernier, le bossu baissa les yeux et salua respectueusement. Gonzague regarda encore son caillou. — Nous saurons cela, murmura-t-il ; nous saurons tout cela. J'ai idée que la journée vaudra la nuit. Va, mon ami Peyrolles ; voici ma chaise, à bientôt !

Peyrolles obéit. Monsieur de Gonzague monta dans sa chaise et se fit conduire au pavillon de dona Cruz.

En traversant les corridors pour se rendre chez madame de Gonzague, Peyrolles se disait :

— Je n'ai pas pour la France, ma belle patrie, une de ces tendresses idiotes comme j'en ai vues parfois... Avec de l'argent, on trouve des patries partout... Ma tirelire est à peu près pleine, et en vingt-quatre heures je puis faire ma main dans les coffres du prince... Le prince me paraît baisser... Si les choses ne vont pas mieux d'ici à demain, je boucle ma valise, et je vais chercher un air qui convienne davantage à ma santé délicate. Que diable ! d'ici à demain la mine n'aura pas eu le temps de sauter.

Cocardasse junior et frère Passepoil avaient promis de se multiplier pour mettre fin aux incertitudes de monsieur le prince de Gonzague.

Ils étaient gens de parole. Nous les retrouvons non loin de là, dans un cabaret borgne de la rue Aubry-le-Boucher, buvant et mangeant comme quatre.

La joie brillait sur leurs visages.

— Il n'est pas mort ! dit Cocardasse en tendant son gobelet.

Passepoil l'emplit et répéta :

— Il n'est pas mort !

Et tous deux trinquèrent à la santé du chevalier Henri de Lagardère.

— Ah ! capédébiou ! reprit Cocardasse, nous en doit-il des coups de plat pour toutes les sottises que nous avons faites depuis hier au soir !

— Nous étions gris, mon noble ami, repartit Passepoil ; l'ivresse est crédule... D'ailleurs, nous l'avions laissé dans un si mauvais pas...

— Est-ce qu'il y a des mauvais pas pour c'ta couquinlà ! s'écria Cocardasse avec enthousiasme. As pur ! je le verrais maintenant lardé comme une poularde que je dirais encore : Sandiéou ! il s'en tirera !

— Le fait est, murmura Passepoil en buvant sa piquette à petites gorgées, que c'est un bien joli sujet !... Ça nous rehausse fièrement d'avoir contribué à son éducation.

— Mon bon, tu viens d'exprimer les sentimens de mon cœur... Qu'il nous donne des coups de plat tant qu'il voudra ; je suis à lui corps et âme !

Passepoil remit son verre vide sur la table.

— Mon noble ami, reprit-il, s'il m'était permis de t'adresser une observation, je te dirais que tes intentions sont bonnes ; mais ta fatale faiblesse pour le vin...

— Morbioux ! interrompit le Gascon, écoutez la caillou !... tu étais trois fois plus gris que moi...

— Bien ! bien ! du moment que tu le prends ainsi... Holà ! la fille , un autre broc !

Il prit dans ses doigts longs, maigres et crochus la taille de la servante, qui avait la tournure d'un tonneau.

Cocardasse le contempla d'un air de compassion.

— Eh donc ! dit-il, mon bon, mon pauvre bon ! tu vois une paille dans l'œil du voisin... ôte donc la poutre qui est dans le tien, bagasse !

En arrivant chez Gonzague, le matin de ce jour, ils étaient d'autant mieux convaincus de la fin violente de Lagardère qu'ils s'étaient rendus dès l'aube à la maison de la rue du Chantre, dont ils avaient trouvé les portes forcées.

Le rez-de-chaussée était vide. Les voisins ne savaient pas ce qu'étaient devenus la belle jeune fille, Françoise et Jean-Marie Berrichon.

Au premier étage, auprès du coffre, dont la fermeture était brisée, il y avait une mare de sang. C'en était fait : les coquins qui avaient attaqué cette nuit le domino rose qu'ils étaient chargés de défendre avaient dit vrai : Lagardère était mort !

Mais Gonzague lui-même venait de leur rendre l'espoir par la commission qu'il leur avait donnée. Gonzague voulait qu'on lui retrouvât le cadavre de son mortel ennemi.

Gonzague avait assurément ses raisons pour cela. Il n'en fallait pas plus à nos deux amis pour trinquer gaiement à la santé de Lagardère vivant.

Quant à la seconde partie de leur mission : chercher les deux braves qui avaient défendu Aurore, c'était chose faite.

Cocardasse se versa rasade et dit :

— Il faudra trouver une histoire.

— Deux histoires, répondit frère Passepoil ; une pour toi, une pour moi.

— Eh donc ! je suis Gascon, les histoires ne me coûtent guère.

— Je suis Normand, pardienne !... nous verrons la meilleure histoire !

— Tu me provoques, je crois, pécaïre ?

— Amicalement, mon noble camarade... ce sont des jeux de l'esprit... Souviens-toi seulement que nous devons avoir trouvé dans notre histoire le cadavre du petit Parisien.

Cocardasse haussa les épaules.

— Capédébiou ! grommela-t-il en humant la dernière goutte du second broc, la caillou veut en remonter à son maître !...

Il était encore trop tôt pour retourner à l'hôtel. Il fallait le temps de chercher.

Cocardasse et Passepoil se mirent à chercher chacun son histoire. Nous verrons lequel des deux était le meilleur conteur. En attendant, ils s'endormirent la tête sur la table, et nous ne saurions à qui des deux décerner la palme pour la vigueur et la sonorité du ronflement.

## II

### UN COUP DE BOURSE SOUS LA RÉGENCE.

Le bossu était entré l'un des premiers à l'hôtel de Gonzague, et, dès l'ouverture des portes, on l'avait vu arriver avec un petit commissionnaire qui portait une chaise, un coffre, un oreiller et un matelas.

Le bossu meublait sa niche et voulait évidemment en faire son domicile, comme il en avait le droit par son bail.

Il avait en effet succédé aux droits de Médor, et Médor couchait dans sa niche.

Les locataires des cahutes du jardin de Gonzague eussent voulu des jours de vingt-quatre heures. Le temps manquait à leur appétit de négoce. En route, pour aller chez eux ou en revenir, ils agiotaient ; ils se réunissaient pour dîner, afin d'agioter en mangeant. Les heures seules du sommeil étaient perdues.

N'est-il pas humiliant de penser que l'homme, esclave d'un besoin matériel, ne peut pas agioter en dormant ?

Le vent était à la hausse. La fête du Palais-Royal avait produit un immense effet. Bien entendu, personne, parmi ce petit peuple de spéculateurs, n'avait mis le pied à la fête, mais quelques-uns, perchés sur les terrasses des maisons voisines, avaient pu entrevoir le ballet ; on ne parlait que du ballet. La fille du Mississipi, puisant à l'urne de son respectable père de l'eau qui se changeait en pièces d'or, voilà une fine et charmante allégorie, quelque chose de vraiment français et qui pouvait faire pressentir à quelle hauteur s'élèverait dans les siècles suivans le génie dramatique de ce peuple qui, né malin, créa le vaudeville !

Au souper, entre la poire et le fromage, on avait accordé une nouvelle création d'actions.

C'étaient les *petites-filles*. Elles avaient déjà dix pour cent de prime avant d'être gravées. Les *mères* étaient blanches, les *filles* étaient jaunes, les *petites-filles* devaient être bleues, couleur du ciel, du lointain, de l'espoir et des rêves.

Il y a, quoiqu'on en dise, une large et profonde poésie dans un registre-souche !

En général, les boutiques qui faisaient le coin des rues baraquées étaient des débits de boissons dont les maîtres vendaient le ratafia d'une main et jouaient de l'autre. On buvait beaucoup : cela met de l'entrain dans les transactions. A chaque instant on voyait les spéculateurs heureux porter rasade aux gardes françaises postés en sentinelles aux avenues principales.

Ces tours de faction étaient très recherchés ; cela valait une campagne aux Porcherons.

Incessamment, des portefaix, des voituriers à bras, amenaient des masses de marchandises qu'on entassait dans les cases ou au dehors, au beau milieu de la voie. Le port était payé un prix fou. Une seule chose, de nos jours, peut donner l'idée du tarif de la rue Quincampoix : c'est le tarif de San-Francisco, la ville du *golden fever*, où les malades de cette *fièvre d'or* payent, dit-on, deux dollars pour faire cirer leurs bottes.

La rue Quincampoix avait d'étonnans rapports avec la Californie. Notre siècle n'a rien inventé en fait d'extravagances.

Ce n'était ni l'or ni l'argent, ce n'étaient pas non plus les marchandises qu'on recherchait ; la vogue était aux petits papiers. Les blanches, les jaunes, les *mères*, les *filles*, enfin ces chers anges qui allaient naître, les *petites-filles*, les bleues, ces tendres actions dont le berceau s'entourait déjà de tant de sollicitude, voilà ce qu'on demandait de toutes parts à grands cris, voilà ce qu'on voulait, voilà ce qui véritablement excitait le délire de tous !

Veuillez réfléchir : un louis vaut 24 francs aujourd'hui ! demain il vaudra encore 24 francs, tandis qu'une *petite-fille* de mille livres, qui ce matin ne vaut que cinq cents pistoles, peut valoir deux mille écus demain soir.

A bas la monnaie, lourde, vieille, immobile ! Vive le papier, léger comme l'air, le papier magique, qui accomplit au fond même des portefeuilles je ne sais quel travail d'alchimiste ! Une statue à ce bon monsieur Law, une statue haute comme le colosse de Rhodes !

Esope II dit Jonas bénéficiait de cet engouement. Son dos, ce pupitre commode dont lui avait fait cadeau la nature, ne chômait pas un seul instant. Les pièces de six livres et les pistoles tombaient sans relâche dans sa sacoche de cuir. Mais ce gain le laissait impassible. C'était déjà un financier enduri.

Il n'était point gai ce matin, il avait l'air malade. A ceux qui avaient la bonté de l'interroger à ce sujet, il répondait :

— Je me suis un peu trop fatigué cette nuit.

— Où cela, Jonas, mon ami ?

— Chez monsieur le régent, qui m'avait invité à sa fête. On riait, on sifflait, on payait : c'était une bénédiction !

Vers dix heures du matin, une acclamation immense, terrible, foudroyante, fit trembler les vitres de l'hôtel de Gonzague. Le canon qui annonce la naissance des fils des souverains ne fait pas, à beaucoup près, autant de bruit que cela. On battait des mains. On hurlait, les chapeaux volaient en l'air, la joie avait des éclats et des spasmes, des trépignemens et des défaillances.

Les actions bleues, les *petites-filles*, avaient vu le jour ! Elles sortaient toutes fraîches, toutes vierges, toutes mignonnes, des presses de l'imprimerie royale.

N'y avait-il pas de quoi faire crouler la rue Quincampoix ? Les *petites-filles*, les actions bleues, les *dernières* nées, portant la signature vénérable du sous-contrôleur Labastide !

— A moi ! dix de prime !

— Quinze !

— Vingt, à moi !... comptant, espèces.

— Vingt-cinq ! payées en laine du Berri.

— En épices de l'Inde... en soie grége... en vins de Gascogne...

— Ne foulez pas, corbleu ! la mère. Fi ! à votre âge !

— Oh ! le vilain, qui malmène les femmes. N'avez-vous pas de honte ?

— Gare ! gare !... Une partie de bouteilles de Rouen.

— Gare ! toiles de Quintin, plein la main... trente de prime.

Cris de femmes bousculées, cris de petits hommes étouffés, glapissemens de ténors, grands murmures de basses tailles, horions échangés de bonne foi ; ces actions bleues avaient là un succès tout à fait digne d'elles.

Oriol et Montaubert descendirent les marches du perron de l'hôtel. Ils venaient d'avoir leur entrevue avec Gonzague, qui les avait gourmandés d'importance. Ils étaient silencieux et tout penauds.

— Ce n'est plus un protecteur, dit Montaubert en touchant le sol du jardin.

— C'est un maître, grommela Oriol, et qui nous mène là où nous ne voulions point aller... J'ai bien envie...

— Et moi donc, interrompit Montaubert.

Un valet à la livrée du prince les aborda, et leur remit à chacun un petit paquet cacheté.

Ils rompirent le sceau. Les paquets contenaient chacun une liasse d'actions bleues.

Oriol et Montaubert se regardèrent.

— Palsambleu ! fit le gros petit financier déjà tout ragaillardi, en caressant son jabot de dentelles, j'appelle ceci une attention délicate.

— Il a des façons d'agir, dit Montaubert attendri, qui n'appartiennent qu'à lui.

On compta les *petites-filles*, qui étaient en nombre raisonnable.

— Mêlons, dit Montaubert.

— Mêlons, accepta Oriol.

Les scrupules étaient déjà loin ; la gaieté revenait.

Il y eut comme un écho derrière eux.

— Mêlons, mêlons.

Toute la bande folle descendait le perron. Navailles, Taranne, Choisy, Nocé, Albret, Gironne et le reste. Chacun de ceux-ci avait également trouvé en arrivant un chasse-remords et une consolation. Ils se formèrent en groupe.

— Messieurs, dit Albret, voici des croquants de marchands qui ont des écus jusque dans leurs bottes..... En nous associant, nous pouvons tenir le marché aujourd'hui et faire un coup de partie... J'ai une idée.

Ce ne fut qu'un cri :

— Associons-nous , associons-nous.

— En suis-je ? demanda une petite voix aigrelette qui semblait sortir de la poche du grand baron de Batz.

On se retourna. Le bossu était là, prêtant son dos à un marchand de faïence qui donnait le fonds de son magasin pour une douzaine de chiffons, et qui était heureux.

— Au diable ! fit Navailles en reculant, je n'aime pas cette créature.

— Va plus loin, ordonna brutalement Gironne.

— Messieurs, je suis votre serviteur, repartit le bossu avec politesse ; j'ai loué ma place, et le jardin est à moi comme à vous.

— Quand je pense, dit Oriol, que ce démon, qui nous a tant intrigué cette nuit, n'est qu'un méchant pupitre ambulant.

— Pensant... écoutant... parlant.... prononça le bossu en piquant chacun de ces mots.

Il salua, sourit, et alla à ses affaires.

Navailles le suivit du regard.

— Hier, je n'avais pas peur de ce petit homme, murmura-t-il.

— Ce qu'hier, dit Montaubert à voix basse, nous pouvions encore choisir notre chemin.

— Ton idée, Albret, ton idée, s'écrièrent plusieurs voix.

On se serra autour d'Albret, qui parla pendant quelques minutes avec vivacité.

— C'est superbe, dit Gironne ; je comprends.

— C'est ziperbe, répéta le baron de Batz, ché gombrends... mais egsbliguez-moi engore ?

— Eh ! fit Nocé, c'est inutile... à l'œuvre ! il faut que dans une heure la râfle soit faite !

Ils se dispersèrent aussitôt. La moitié environ sortit par la cour et la rue Saint-Magloire, pour se rendre rue Quincampoix par le grand tour. Les autres allèrent seuls ou par petits groupes, causant çà et là bonnement des affaires du temps.

Au bout d'un quart d'heure environ, Taranne et Choisy rentrèrent par la porte qui donnait rue Quincampoix. Ils firent une percée à grands coups de coudes, et, interpellant Oriol qui causait avec Gironne :

— Une fureur ! s'écrièrent-ils, une folie !... Elles font trente et trente-cinq au cabaret de Venise... quarante et

jusqu'à cinquante chez Foulon... Dans une heure, elles feront cent... Achetez, achetez !

Le bossu riait dans son coin.

— On te donnera un os à ronger, petit, lui dit Nocé à l'oreille ; sois sage !

— Merci, mon digne monsieur, répondit Esope II humblement, c'est tout ce qu'il me faut.

Le bruit s'était cependant répandu en un clin d'œil que les bleues allaient faire cent avant la fin de la journée. Les acheteurs se présentèrent en foule. Albret, qui avait toutes les actions de l'association dans son portefeuille, vendit en masse à cinquante au comptant ; il se fit fort, en outre, pour une quantité considérable à livrer au même taux sur le coup de deux heures.

Alors débouchèrent, par la même porte donnant sur la rue Quincampoix, Oriol et Montaubert avec des visages de deux aunes.

— Messieurs, dit Oriol à ceux qui lui demandaient pourquoi cet air consterné, je ne crois pas qu'il faille volontiers répéter ces fatales nouvelles... cela ferait baisser les fonds.

— Et, quoique nous en ayons, ajouta Montaubert avec un profond soupir, la chose se fera toujours assez vite.

— Manœuvre ! manœuvre ! cria un gros marchand qui avait les poches gonflées de *petites-filles*.

— La paix, Oriol ! fit monsieur de Montaubert; vous voyez à quoi vous nous exposez.

Mais le cercle avide et compacte des curieux se massait déjà autour d'eux.

— Parlez, messieurs, dites ce que vous savez, s'écriait-on ; c'est un devoir d'honnête homme.

Oriol et Montaubert restèrent muets comme des poissons.

— Ché fais vu le tire, moi, dit le baron de Batz qui arrivait ; tépâcle ! tépâcle ! tépâcle !

— Débâcle ?... Pourquoi ?

— Manœuvre, vous dit-on.

— Silence, vous, le gros homme !..... Pourquoi débâcle ?

— Ché sais pas, répondit gravement le baron ; zinguande bur zent le répent !

— Cinquante pour cent de baisse !

— En tix minides.

— En dix minutes ! mais c'est une dégringolade !

— Ya, c'est eine técrincolâte ! eine tésâsdre ! eiие bânigue !

— Messieurs, messieurs, dit Montaubert, tout beau ! n'exagérons rien...

— Vingt bleues à quinze de prime ! criait-on déjà aux alentours.

— Quinze bleues, quinze !....., à dix de prime et du temps.

— Vingt-cinq au pair...

— Messieurs, messieurs, c'est de la folie ! l'enlèvement du jeune roi n'est pas encore un fait officiel...

— Rien ne prouve, ajouta Oriol, que monsieur Law ait pris la fuite...

— Et que monsieur le régent soit prisonnier au Palais-Royal, acheva Montaubert d'un air profondément désolé.

Il y eut un silence de stupeur, puis une grande clameur composée de mille cris :

— Le jeune roi enlevé ! monsieur Law en fuite ! le régent prisonnier !

— Trente actions à cinquante de perte !

— Quatre-vingt bleues à soixante !

— A cent !

— A cent cinquante !

— Messieurs, messieurs, faisait Oriol, ne vous pressez pas.

— Moi, je vends toutes les miennes à trois cents de perte ! s'écria Navailles, qui n'en avait plus une seule ; les prenez-vous ?

Oriol fit un geste d'énergique refus.

Les bleues firent aussitôt quatre cents de perte. Montaubert continuait :

— On ne surveillait pas assez les du Maine... ils avaient des partisans. Monsieur le chancelier d'Aguesseau était du coup, monsieur le cardinal de Bissy, monsieur de Villeroy, et le maréchal de Villars. Ils ont eu de l'argent par monsieur le prince de Cellamare. Judicaël de Malestroit, marquis de Poncallec, le plus riche gentilhomme de Bretagne, a pris le jeune roi sur la route de Versailles, et l'a emmené à Nantes. Le roi d'Espagne passe en ce moment les Pyrénées avec une armée de 300,000 hommes : c'est là un fait malheureusement avéré.

— Soixante bleues à cinq cents de perte ! cria-t-on dans la foule toujours croissante.

— Messieurs, messieurs, ne vous pressez pas. Il faut du temps pour amener une armée des monts pyrénéens jusqu'à Paris. D'ailleurs, ce sont des on dit, rien que des on dit...

— Tes on dit, tes on dit, répéta le baron de Batz. Ch'ai encore eine action ; ché la tonne pur zing zents vrancs !... foilà.

Personne ne voulut de l'action du baron de Batz, et les offres recommencèrent à grands cris.

— Au pis aller, reprit Oriol, si monsieur Law n'était pas en fuite...

— Mais, demanda-t-on, qui retient le régent prisonnier ?

— Bon Dieu ! répondit Montaubert, vous m'en demandez plus que je n'en sais, mes bonnes gens. Moi, je n'achète ni ne vends, Dieu merci !..... Monsieur le duc de Bourbon était mécontent, à ce qu'il paraît..... On parle aussi du clergé, pour l'affaire de la constitution... Il y en a qui prétendent que le czar est mêlé à tout cela et veut se faire proclamer roi de France.

Ce fut un cri d'horreur. Le baron de Batz proposa son action pour cent écus.

A ce moment de panique universelle, Albret, Taranne, Gironne et Nocé, qui avaient les fonds sociaux, firent un petit achat, et furent signalés aussitôt. On se les montrait au doigt comme une partie carrée d'idiots : ils achetaient. En un clin d'œil la foule les entoura, les assiégea, les étouffa.

— Ne leur dites pas vos nouvelles, fit-on à l'oreille d'Oriol et de Montaubert.

Le gros petit traitant avait grand'peine à s'empêcher de rire.

— Les pauvres insensés ! — murmura-t-il en montrant ses complices d'un geste plein de pitié. Puis il ajouta en s'adressant à la foule : — Je suis gentilhomme, mes amis ; je vous ai dit mes nouvelles gratis et pro Deo ; faites-en ce que vous voudrez, je m'en lave les mains.

Montaubert, poussant encore plus loin la complaisance, criait aux innocents :

— Achetez, mes amis, achetez ! Si ce sont de faux bruits, vous allez faire une magnifique affaire.

On signait deux à la fois sur le dos du bossu. Il recevait des deux mains, et ne voulait plus que de l'or. Réaliser ! réaliser ! c'était le cri général.

Ce qu'on appelait le pair pour les actions bleues ou petites-filles, c'était 5,000 livres, taux de leur émission, bien que leur valeur nominale ne fût que de 1,000 livres. En vingt minutes, elles tombèrent à quelques centaines de francs.

Taranne et ses lieutenans firent rafle. Leurs portefeuilles se gonflèrent comme le sac de cuir d'Ésope II, dit Jonas, lequel riait tout tranquillement, et prêtait son dos à ces fiévreuses transactions.

Le tour était fait. Oriol et Montaubert disparurent.

Bientôt, de toutes parts, des gens arrivèrent essoufflés :

— Monsieur Law est à son hôtel.

— Le jeune roi est aux Tuileries.

— Et monsieur le régent assiste présentement à son déjeuner.

— Manœuvre ! manœuvre ! manœuvre !

— Manèfre ! manèfre ! manèfre ! répéta le baron de Batz indigné ; ché fus tisais pien que z'édait des manèfres...

Il y eut des gens qui se pendirent.

Sur le coup de deux heures, Albret se présenta pour livrer ses actions vendues au taux de cinq mille cinquante francs. Malgré les gens pendus et ceux qui firent banqueroute en se bornant à s'arracher les cheveux, Albret réalisa encore un fabuleux bénéfice.

En signant le dernier transfert sur le dos du bossu, Albret lui glissa une bourse dans la main. Le bossu cria :

— Viens çà, La Baleine.

L'ancien soldat aux gardes vint, parce qu'il avait vu la bourse. Le bossu la lui jeta au nez.

Ceux de nos lecteurs qui trouveront le stratagème d'Oriol, Montaubert et compagnie par trop élémentaire n'ont qu'à lire les notes de Cl. Berger sur les *Mémoires secrets* de l'abbé de Choisy. Ils y verront des manœuvres bien plus grossières couronnées d'un plein succès.

Le récit de ces coquineries amusait les ruelles. On faisait sa réputation d'homme d'esprit en même temps que sa fortune en montant ces audacieuses escroqueries.

C'étaient de bons tours qui faisaient rire tout le monde, excepté les pendus.

Pendant que nos habiles étaient à partager le butin quelque part, monsieur le prince de Gonzague et son fidèle Peyrolles descendirent le perron de l'hôtel. Le suzerain venait rendre visite à ses vassaux. L'agio avait repris avec fureur. On jouait sur nouveaux frais. D'autres nouvelles, plus ou moins controuvées, circulaient. La maison d'Or, un instant étourdie par un spasme, avait pris le dessus et se portait bien.

Monsieur de Gonzague tenait à la main une large enveloppe à laquelle pendaient trois sceaux, retenus par des lacs de soie. Quand le bossu aperçut cet objet, ses yeux s'ouvrirent tout grands, tandis que le sang montait violemment à son visage pâle.

Il ne bougea point et continua son office. Mais son regard était cloué désormais sur Peyrolles et Gonzague.

— Que fait la princesse ? demanda celui-ci.

— La princesse n'a point fermé l'œil de cette nuit, répondit le factotum ; sa camériste l'a entendue qui répétait : « Si c'était pourtant la fille de Nevers ! »

— Vive Dieu ! murmura Gonzague ; en est-elle là déjà ? Si jamais elle voyait cette belle fille, tout serait dit !

— Il y a ressemblance ? demanda Peyrolles.

— Tu verras cela : deux gouttes d'eau. Te souviens-tu de Nevers ?

— Oui, répliqua Peyrolles. C'était un beau jeune homme.

— Sa fille est belle comme un ange. Le même regard, le même sourire.

— Est-ce qu'elle sourit déjà ?

— Elle est avec dona Cruz ; elles se connaissent ; dona Cruz la console. Cela m'a fait quelque chose de voir cette enfant-là !... Si j'avais une fille comme elle, ami Peyrolles, je crois... Mais ce sont des folies. s'interrompit-il. De quoi me repentirais-je ? Ai-je fait le mal pour le mal ? J'ai mon but, j'y marche... S'il y a des obstacles...

— Tant pis pour les obstacles ! murmura Peyrolles en souriant.

Gonzague passa le revers de sa main sur son front. Peyrolles toucha l'enveloppe scellé.

— Monseigneur pense-t-il que nous ayons rencontré juste ?

— Il n'y a pas à en douter, répondit le prince ; le cachet de Nevers et le grand sceau de la chapelle paroissiale de Caylus-Tarrides.

— Vous croyez que ce sont les pages arrachées au registre ?

— J'en suis sûr.

— Monseigneur pourrait, du reste, vérifier le fait en ouvrant l'enveloppe.

— Y penses-tu ? s'écria Gonzague, briser des cachets !

de beaux cachets intacts! Vive Dieu! chacun de ceux-ci vaut une douzaine de témoins... Nous briserons les sceaux, ami Peyrolles, quand il en sera temps, quand nous représenterons au conseil de famille assemblée la véritable héritière de Nevers....

— La véritable?... répéta involontairement le factotum.

— Celle qui doit être pour nous la véritable... Et l'évidence sortira de là tout d'une pièce.

Peyrolles s'inclina. Le bossu le regardait.

— Mais, reprit le factotum, que ferons-nous de l'autre jeune fille, monseigneur?

— Damné bossu! s'écria l'agioteur qui signait en ce moment sur le dos de Jonas, pourquoi remues-tu ainsi?

Le bossu, en effet, avait fait un mouvement involontaire pour se rapprocher de Gonzague.

Celui-ci réfléchissait.

— J'ai songé à cela! dit-il en se parlant à lui-même. Que ferais-tu de cette jeune fille, toi, ami Peyrolles, si tu étais à ma place? — Le factotum eut son équivoque et bas sourire. Gonzague comprit sans doute, car il reprit: — Non non! je ne veux pas... j'ai une autre idée. Dis-moi... quel est le plus perdu... le plus ruiné de tous nos satellites?

— Chaverny, répondit Peyrolles sans hésiter.

— Tiens-toi donc tranquille, bossu! fit un nouvel endosseur.

— Chaverny! répéta Gonzague dont le visage s'éclaira; je l'aime, ce garçon-là!... mais il me gêne... cela me débarrassera de lui,

### III

#### CAPRICE DE BOSSU.

Nos heureux spéculateurs, Taranne, Albret et compagnie, ayant fini leurs partages, commençaient à se remontrer dans la foule. Ils avaient grandi de deux ou trois coudées. On les regardait avec respect.

— Où donc est-il, ce cher Chaverny? demanda Gonzague.

Au moment où monsieur de Peyrolles allait répondre, un tumulte affreux se fit dans la cohue. Tout le monde se précipita vers le perron, où deux gardes françaises entraînaient un pauvre diable qu'ils avaient saisi aux cheveux.

— Fausse! disait-on, elle est fausse!

— Et c'est une infamie! falsifier le signe du crédit!

— Profaner le symbole de la fortune publique!

— Entraver les transactions! ruiner le commerce!

— A l'eau, le faussaire! à l'eau, le misérable!

Le gros petit traitant Oriol, Montaubert, Taranne et les autres, criaient comme des aigles. Avoir besoin d'être sans péché pour jeter la première pierre, c'était bon du temps de Notre-Seigneur!

On amena le pauvre malheureux, terrifié, à demi mort, devant Gonzague. Son crime était d'avoir passé au bleu une action blanche, pour bénéficier de la petite prime affectée temporairement aux titres à la mode.

— Pitié! pitié! criait-il, je n'avais pas compris toute l'énormité de mon crime.

— Monseigneur, dit Peyrolles, on ne voit ici que faussaires!

— Monseigneur, ajouta Montaubert, il faut un exemple! Et la foule:

— Horreur! infamie! un faux! ah, le scélérat! point de pardon!

— Qu'on le jette dehors! décida Gonzague en détournant les yeux,

La foule s'empara aussitôt du pauvre diable, en criant:

— A la rivière! à la rivière!

Il était cinq heures du soir. Le premier son de la cloche de fermeture tinta dans la rue Quincampoix. Les terribles accidens qui chaque jour se renouvelaient avaient déterminé l'autorité à défendre la négociation des actions après la brune tombée. C'était toujours à ce dernier moment que le délire du jeu arrivait à son comble. Vous eussiez dit que l'on prenait au collet. Les clameurs se croisaient si bien qu'on n'entendait plus qu'un seul et même hurlement.

Dieu sait que le bossu avait de la besogne, mais son regard ne quittait pas monsieur de Gonzague.

Il avait entendu le nom de Chaverny.

— On va fermer! on ferme!... criait la cohue. Dépêchons! dépêchons!

Si Esope II dit Jonas eût eu plusieurs douzaines de bosses, quelle fortune!

— Que vouliez-vous me dire du marquis de Chaverny, monseigneur? demanda Peyrolles.

Gonzague était en train de rendre un signe de tête protecteur et hautain au salut de ses affidés.

Il avait réellement grandi depuis la veille, par rapport à eux qui s'étaient rapetissés.

— Chaverny? répéta-t-il d'un air distrait; ah! oui, Chaverny. Fais-moi penser tout à l'heure qu'il faut que je parle à ce bossu.

— Et la jeune fille? n'est-il pas dangereux de la laisser au pavillon?

— Très dangereux... Elle n'y restera pas longtemps... Pendant que j'y songe, ami Peyrolles, nous souperons chez dona Cruz... une réunion d'intimes... Que tout soit prêt.

Il ajouta quelques mots à son oreille. Peyrolles s'inclina et dit:

— Monseigneur, il suffit.

— Bossu! s'écria un endosseur mécontent, tu trépignes comme un petit fou! tu ne sais plus ton métier. Messieurs, il nous faudra reprendre La Baleine.

Peyrolles s'éloignait. Monsieur de Gonzague le rappela.

— Et trouvez-moi Chaverny, dit-il, mort ou vif, je veux Chaverny!

Le bossu secoua son dos sur lequel on était en train de signer.

— Je suis las, dit-il, voici la cloche... j'ai besoin de repos.

La cloche tintait en effet, et les concierges passaient en faisant sonner leurs grosses clefs.

Quelques minutes après, on n'entendait plus d'autre bruit que celui des cadenas que l'on fermait. Chaque locataire avait sa serrure, et les marchandises non vendues ou échangées restaient dans les loges. Les gardiens pressaient vivement les retardataires.

Nos spéculateurs associés, Navailles, Taranne, Oriol et compagnie, s'étaient rapprochés de Gonzague qu'ils entouraient chapeau bas.

Gonzague avait les yeux fixés sur le bossu, qui, assis sur un pavé, à la porte de sa niche, n'avait point l'air de se disposer à sortir. Il comptait paisiblement le contenu de son grand sac de cuir, et avait, en apparence du moins, beaucoup de plaisir à cette besogne.

— Nous sommes venus ce matin savoir des nouvelles de votre santé, monsieur mon cousin, dit Navailles.

— Et nous avons été heureux, ajouta Nocé, d'apprendre que vous ne vous étiez point trop ressenti des fatigues de la fête d'hier.

— Il y a quelque chose qui fatigue plus que le plaisir, messieurs, répondit Gonzague, c'est l'inquiétude.

— Le fait est, dit Oriol, qui voulait à tout prix placer son mot, le fait est que l'inquiétude... moi, je suis comme cela... Quand on est inquiet...

Ordinairement Gonzague était bon prince et venait au

ecours de ses courtisans qui se noyaient ; mais cette fois il laissa Oriol perdre plante.

Le bossu riait sur son pavé.

Quand il eut achevé de compter son argent, il tordit le cou à son sac de cuir et l'attacha soigneusement avec une corde. Puis il se disposa à rentrer dans sa cabane.

— Allons, Jonas, lui dit un gardien, est-ce que tu comptes coucher ici ?

— Oui, mon ami, répondit le bossu, j'ai apporté ce qu'il faut pour cela.

Le gardien éclata de rire. Ces messieurs l'imitèrent, sauf le prince de Gonzague, qui garda son grand sérieux.

— Voyons ! voyons ! fit le gardien ; pas de plaisanteries, mon petit homme ! Déguerpissons... et vite !

Le bossu lui ferma la porte au nez.

Comme le gardien frappait à grands coups de pied dans la niche, le bossu montra sa tête pâlotte au petit œil-de-bœuf qui était sous le toit.

— Justice, monseigneur ! s'écria-t-il.

— Justice ! répétèrent joyeusement ces messieurs.

— C'est dommage que Chaverny ne soit pas ici, ajouta Navailles ; on l'aurait chargé de rendre cette importante et grave sentence.

Gonzague réclama le silence d'un geste.

— Chacun doit sortir au son de cloche, dit-il, c'est le règlement.

— Monseigneur, répliqua Esope II dit Jonas, du ton bref et précis d'un avocat qui pose ses conclusions, je vous prie de vouloir bien considérer que je ne suis pas dans la position de tout le monde... tout le monde n'a pas loué la loge de votre chien...

— Bien trouvé ! crièrent les uns.

Les autres dirent :

— Que prouve cela ?

— Médor, répondit le bossu, avait-il coutume, oui ou non, de coucher dans sa niche.

— Bien trouvé ! bien trouvé !

— Si Médor avait, comme je puis le prouver, l'habitude de coucher dans sa niche, moi, qui suis substitué moyennant trente mille livres aux droits et priviléges de Médor, je prétends faire comme lui, et je ne sortirai d'ici que si l'on m'expulse par la violence.

Gonzague sourit cette fois. Il exprima son approbation par un signe de tête. Le gardien se retira.

— Viens çà, dit le prince.

Jonas sortit aussitôt de sa niche.

Il s'approcha et salua en homme de bonne compagnie.

— Pourquoi veux-tu demeurer là-dedans ? lui demanda Gonzague.

— Parce que la place est sûre et que j'ai de l'argent.

— Penses-tu avoir fait une bonne affaire avec ta niche.

— Une affaire d'or, monseigneur... je le savais d'avance.

Gonzague lui mit la main sur l'épaule. Le bossu poussa un petit cri de douleur.

Cela lui était arrivé déjà cette nuit, dans le vestibule des appartemens du régent.

— Qu'as-tu donc ? demanda le prince étonné.

— Un souvenir du bal, monseigneur... une courbature.

— Il a trop dansé, firent ces messieurs.

Gonzague tourna vers eux son regard où il y avait du dédain.

— Vous êtes disposés à vous moquer, messieurs, dit-il, moi aussi peut-être... Mais que nous aurions grand tort, et que celui-ci pourrait bien plutôt se moquer de nous !...

— Ah ! monseigneur, fit Jonas modestement.

— Je vous le dis comme je le pense, messieurs, reprit Gonzague, voici votre maître. — On avait bonne envie de se récrier. — Voici votre maître ! répéta le prince ; il m'a été plus utile à lui tout seul que vous tous ensemble. Il nous avait promis monsieur de Lagardère au bal du régent, et nous avons eu monsieur de Lagardère.

— Si monseigneur eût bien voulu nous charger... commença Oriol...

— Messieurs, reprit Gonzague sans lui répondre, on ne fait pas marcher comme on veut monsieur de Lagardère. Je souhaite que nous n'ayons pas bientôt à nous en convaincre de nouveau. — Tous les regards interrogèrent. — Nous pouvons parler la bouche ouverte, dit Gonzague : je compte m'attacher ce garçon-là... j'ai confiance en lui.

— Le bossu se rengorgea fièrement à ce mot. Le prince poursuivit : — J'ai confiance, et je dirai devant lui comme je le dirais devant vous, messieurs : Si Lagardère n'est pas mort, nous sommes tous en danger de périr !

Il y eut un silence. Le bossu avait l'air le plus étonné de tous.

— L'avez-vous donc laissé échapper ? murmura-t-il.

— Je ne sais !... mes hommes tardent bien... Je suis inquiet... Je donnerais beaucoup pour savoir à quoi m'en tenir.

Autour de lui, financiers et gentilshommes tâchaient de faire bonne contenance. Il y en avait de braves : Navailles, Choisy, Nocé, Gironne, Montaubert avaient fait leurs preuves. Mais les trois traitans, surtout Oriol, étaient tout pâles, et le baron de Batz tournait au vert.

— Nous sommes, Dieu merci ! assez nombreux et assez forts... commença Navailles.

— Vous parlez sans savoir ! interrompit Gonzague ; je souhaite que personne ne tremble plus que moi s'il nous faut enfin frapper un grand coup.

— De par Dieu ! monseigneur, s'écria-t-on de toute part, nous sommes tout à vous.

— Messieurs, je le sais bien, répliqua le prince sèchement ; je me suis arrangé pour cela. — S'il y a des mécontens on ne le vit point. — En attendant, reprit Gonzague, réglons le passé... L'ami, vous nous avez rendu un grand service.

— Qu'est-ce que cela, monseigneur ?

— Pas de modestie, je vous prie !... vous avez bien travaillé... demandez votre salaire.

Le bossu avait encore à la main son sac de cuir, il se prit à le tortiller.

— En vérité, balbutia-t-il, ça ne vaut pas la peine.

— Têtebleu ! s'écria Gonzague, tu veux donc nous demander une bien forte récompense ? — Le bossu le regarda en face et ne répondit point. — Je te l'ai dit, continua le prince avec un commencement d'impatience, je n'accepte rien pour rien, l'ami. Pour moi tout service gratuit est trop cher, car il cache une trahison. Fais-toi payer, je le veux.

— Allons, Jonas, mon ami, cria la bande, fais un souhait, voici le roi des génies !

— Puisque monseigneur l'exige... dit le bossu avec un embarras croissant, mais comment oser faire cette demande à monseigneur. — Il baissa les yeux, tortilla son sac et balbutia : — Monseigneur va se moquer, j'en suis sûr !

— Cent louis que notre ami Jonas est amoureux ! s'écria Navailles.

Il y eut un long éclat de rire. Gonzague et le bossu furent les seuls qui ne prirent point part à cette gaieté.

Gonzague était convaincu qu'il aurait encore besoin du bossu.

Gonzague était avide, mais non pas avare ; l'argent ne lui coûtait rien, à l'occasion il savait le répandre à pleines mains.

En ce moment il voulait deux choses : acquérir ce mystérieux instrument et le connaître. Or, il manœuvrait pour atteindre ce double but.

Loin de le gêner, ses courtisans lui servaient à rendre plus évidente la bienveillance qu'il montrait au petit homme.

— Pourquoi ne serait-il pas amoureux ? dit-il sérieusement ; s'il est amoureux et que cela dépende de moi, je jure qu'il sera heureux. Il y a des services qui ne se payent pas seulement avec de l'argent.

— Monseigneur, prononça le bossu d'un ton pénétré, je vous remercie. Amoureux, ambitieux, curieux, sais-je quel nom donner à la passion qui me tourmente ?... Ces gens rient, ils ont raison, moi je souffre ! — Gonzague lui tendit la main. Le bossu la baisa, mais ses lèvres frémirent. Il poursuivit d'un ton si étrange que nos roués perdirent leur gaieté : — Curieux, ambitieux, amoureux... qu'importe le nom du mal?... La mort est la mort, qu'elle vienne par la fièvre, par le poison, par l'épée. — Il secoua tout à coup son épaisse chevelure, et son regard brilla. — L'homme est petit, dit-il, mais il remue le monde. Avez-vous vu parfois la mer, la grande mer, en fureur? avez-vous vu les vagues hautes jeter follement leur écume à la face voilée du ciel? avez-vous entendu cette voix rauque et profonde, plus profonde et plus rauque que la voix du tonnerre lui-même ? C'est immense, c'est immense ! rien ne résiste à cela, pas même le granit du rivage, qui s'affaisse de temps en temps miné par la rude sape du flot ; je vous le dis et vous le savez : c'est immense ! Eh bien ! il y a une planche qui flotte sur ce gouffre, une planche frêle qui tremble et qui gémit ; sur la planche, qu'est-ce ? un être plus frêle encore, qui paraît de loin moindre que l'oiseau noir du large... et l'oiseau a ses ailes... un être, un homme. Il ne tremble pas ; je ne sais quelle magique puissance est sous sa faiblesse... elle vient du ciel... ou de l'enfer... l'homme a dit (ce nain tout nu, sans serres, sans toison, sans ailes), l'homme a dit : « Je veux ; » l'Océan est vaincu !... — On écoutait. Le bossu, pour tous ceux qui l'entouraient, changeait de physionomie. — L'homme est petit, reprit-il, tout petit !... Avez-vous vu parfois la flamboyante chevelure de l'incendie ? le ciel de cuivre où monte la fumée comme une coupole épaisse et lourde ?... Il fait nuit, nuit noire... mais les édifices lointains sortent de l'ombre à cette autre et terrible aurore... les murs voisins regardent tout pâles... la façade ; avez-vous vu cela ? C'est plein de grandeur et cela donne le frisson ; la façade, ajourée comme une grille, montre ses fenêtres sans châssis, ses portes sans vantaux, toutes ouvertes comme des trous derrière lesquels est l'enfer, et qui semblent la double ou triple rangée des dents de ce monstre qu'on appelle le feu !... Tout cela est grand aussi, furieux comme la tempête, menaçant comme la mer. Il n'y a pas à lutter contre cela, non ! Cela réduit le marbre en poussière, cela tord ou fond le fer, cela fait des cendres avec le tronc géant des vieux chênes... Eh bien ! sur le mur incandescent qui fume et qui craque, parmi les flammes qui ondulent et fouettent, couchées par le vent complice, voici une ombre, un objet noir, un insecte, un atome... c'est un homme... Il n'a pas peur du feu... pas plus que du feu de l'eau... Il est roi... Il dit : « Je veux ! » Le feu impuissant se dévore lui-même et meurt... — Le bossu s'essuya le front. Il jeta un regard sournois autour de lui, et tout à coup ce petit rire sec et crépitant que nous lui connaissons. — Hé ! hé ! hé ! hé ! fit-il, tandis que son auditoire tressaillait ; jusqu'ici j'ai vécu une misérable vie... hé ! hé ! hé ! Je suis petit, mais je suis homme. Pourquoi ne serais-je pas amoureux, mes bons maîtres ? pourquoi pas curieux ? pourquoi pas ambitieux ? Je ne suis plus jeune... je n'ai jamais été jeune. Vous me trouvez laid, n'est-ce pas ? J'étais plus laid encore autrefois. C'est le privilége de la laideur : l'âge l'use comme la beauté. Vous perdez, je gagne : dans le tombeau nous serons tous pareils. — Il ricana en regardant tour à tour les affidés de Gonzague. — Quelque chose de pire que la laideur, reprit-il, c'est la pauvreté... J'étais pauvre... je n'avais point de parens... je pense que mon père et ma mère ont eu peur de moi le jour de ma naissance, et qu'ils ont mis mon berceau dehors... Quand j'ai ouvert les yeux, j'ai vu le ciel gris sur ma tête, le ciel qui versait de l'eau froide sur mon pauvre petit corps tremblotant... Quelle femme m'a donna son lait?... je l'ignore aimée... Ne riez plus !... S'il est quelqu'un qui prie pour moi au ciel, c'est elle... La première sensation dont je me souvienne, c'est la douleur que donnent les coups ; aussi appris-je que j'existais par le fouet qui déchira ma chair... Mon lit, c'était le pavé... mon repas c'était ce que les chiens repus laissaient au coin de la borne... Bonne école, messieurs, bonne école ! Si vous saviez comme je suis dur au mal !...

Le bien m'étonne et m'enivre comme la goutte de vin monte à la tête de celui qui n'a jamais bu que de l'eau... — Tu dois haïr beaucoup, l'ami, murmura Gonzague. — Hé ! hé !... beaucoup... oui, monseigneur... J'ai entendu çà et là des heureux regretter leurs premières années... moi tout enfant j'ai eu la colère dans le cœur... Savez-vous ce qui me faisait jaloux ? c'était la joie d'autrui... Les autres étaient beaux, les autres avaient des pères et des mères... Avaient-ils du moins pitié, les autres, de celui qui était seul et brisé ? Non... Tant mieux ! Ce qui a fait mon âme, ce qui l'a durcie, ce qui l'a trempée, c'est la raillerie, c'est le mépris... Cela tue quelquefois... cela ne m'a pas tué... La méchanceté m'a révélé ma force... Une fois fort, ai-je été méchant ?... Mes bons maîtres, ceux qui furent mes ennemis ne sont plus là pour le dire. — Il y avait quelque chose de si étrange et de tellement inattendu dans ces paroles que chacun faisait silence. Nos roués, saisis à l'improviste, avaient perdu leur sourire moqueur. Gonzague écoutait, attentif et surpris. L'effet produit ressemblait au froid que donne une vague menace. — Dès que j'ai été fort, poursuivit le bossu, une envie m'a pris : j'ai voulu être riche. Pendant dix ans, peut-être plus, j'ai travaillé au milieu des rires et des huées. Le premier denier est difficile à gagner, le second moins, le troisième vient tout seul. Il faut douze deniers pour faire un sou tournois, vingt sous pour faire une livre. J'ai sué du sang pour conquérir mon premier louis d'or ; je l'ai gardé. Quand je suis bien las et découragé, je le contemple : sa vue ranime mon orgueil, c'est l'orgueil qui est la force de l'homme ! Sou à sou, livre à livre, j'amassais. Je ne mangeais pas à ma faim ; je buvais mon content, parce qu'il y a de l'eau gratis aux fontaines... J'avais des haillons, je couchais sur la dure... Mon trésor augmentait... j'amassais, j'amassais toujours !

— Tu es donc avare ? interrompit Gonzague avec empressement, comme s'il eût un intérêt ou plaisir à découvrir le côté faible de cet être bizarre.

Le bossu haussa les épaules.

— Plût à Dieu ! monseigneur, répondit-il ; si seulement le ciel m'eût fait avare ! si seulement je pouvais aimer mes pauvres écus comme l'amant adore sa maîtresse... ! c'est une passion, cela !... j'emploierais mon existence à l'assouvir. Qu'est-ce le bonheur, sinon un but, la vie, un prétexte pour s'efforcer et pour vivre ?... Mais n'est pas avare qui veut... J'ai longtemps espéré que je deviendrais avare... je n'ai pas pu... je ne suis pas avare. — Il poussa un gros soupir et croisa ses bras sur sa poitrine. — J'eus un jour de joie, continua-t-il, rien qu'un jour... Je venais de compter mon trésor... je passai un jour tout entier à me demander ce que j'en ferais... j'avais le double, le triple de ce que je croyais... je répétais dans mon ivresse : je suis riche !... je suis riche !... je vais acheter le bonheur !... Je regardai autour de moi... personne !... Je pris un miroir. Des rides et des cheveux blancs !... déjà ! déjà !... N'était-ce pas hier qu'on me battait enfant ! Le miroir ment ! me dis-je. Je brisai le miroir. Une voix me cria : « Tu as bien fait ! Ainsi doit-on traiter les effrontés qui parlent franc ici-bas ! » Et la même voix encore : « L'or est beau ! l'or est jeune ! sème l'or, bossu ! vieillard, sème l'or ! tu récolteras jeunesse et beauté ! » Qui parlait ainsi, monseigneur ?... Je vis bien que j'étais fou. Je sortis. J'allais au hasard par les rues, cherchant un regard bienveillant, un visage pour me sourire. « Bossu ! bossu ! » disaient les hommes à qui je tendais la main. « Bossu ! bossu ! » répétaient les femmes vers qui s'élançait la pauvre virginité de mon cœur. « Bossu ! bossu ! bossu ! » Et ils riaient. Ils mentent donc ceux qui disent que l'or est le roi du monde !

— Il fallait le montrer, ton or ! s'écria Navailles.

Gonzague était tout pensif.

— Je le montrai, reprit Esope II dit Jonas ; les mains se tendirent, non point pour serrer les miennes, mais pour fouiller dans mes poches... Je voulais amener chez moi des amis, une maîtresse... je n'y attirai que des voleurs !

Vous souriez encore... moi je pleurai... je pleurai des larmes sanglantes. Mais je ne pleurai qu'une nuit. L'amitié, l'amour, extravagances ! À moi le plaisir, à moi tout ce qui du moins se vend à tout le monde !

— L'ami, interrompit Gonzague avec froideur et fierté, saurai-je enfin ce que vous voulez de moi ?

— J'y arrive, monseigneur, répliqua le bossu, qui changea une fois de ton. Je sortis de nouveau de ma retraite, timide encore, mais ardent. La passion de jouir s'allumait en moi ; je devenais philosophe... J'allai... j'errai... je me mis à la piste, flairant le vent des carrefours, pour deviner d'où soufflait le vent de la volupté inconnue...

— Eh bien ? fit Gonzague.

— Prince, répondit le bossu en s'inclinant, le vent venait de chez vous.


## IV

### GASCON ET NORMAND.

Ceci fut dit d'un ton allègre et gai. Ce diable de bossu semblait avoir le privilége de régler le diapason de l'humeur générale. Les roués qui entouraient Gonzague, et Gonzague lui-même, tout à l'heure si sérieux, se prirent incontinent à rire.

— Ah ! ah ! fit le prince, le vent soufflait de chez nous !

— Oui, monseigneur... J'accourus. Dès le seuil, j'ai senti que j'étais au bon endroit... Je ne sais quel parfum a saisi mon cerveau... sans doute le parfum du noble et opulent plaisir... Je me suis arrêté pour savourer cela... Cela enivre, monseigneur ; j'aime cela.

— Il n'est pas dégoûté, le seigneur Esope ! s'écria Navailles.

— Quel connaisseur ! fit Oriol.

Le bossu le regarda en face.

— Vous qui portez des fardeaux la nuit, dit-il à voix basse, vous comprendrez qu'on est capable de tout pour satisfaire un désir.

Oriol pâlit. Montaubert s'écria :

— Que veut-il dire ?

— Expliquez-vous, l'ami ! ordonna Gonzague.

— Monseigneur, répliqua le bossu bonnement, l'explication ne sera pas longue. Vous savez que j'ai eu l'honneur de quitter le Palais-Royal hier en même temps que vous... J'ai vu deux gentilshommes attelés à une civière ; ce n'est pas la coutume ; j'ai pensé qu'ils étaient bien payés pour cela.

— Et sait-il...? commença Oriol étourdiment.

— Ce qu'il y avait dans la litière ? interrompit le bossu ; assurément. Il y avait un vieux seigneur ivre à qui j'ai prêté plus tard le secours de mon bras pour regagner son hôtel.

Gonzague baissa les yeux et changea de couleur. Une expression de stupeur profonde se répandit sur tous les visages.

— Et savez-vous aussi ce qu'est devenu monsieur de Lagardère ? demanda Gonzague à voix basse.

— Eh ! eh ! Gendry a bonne lame et bonne poigne, répondit le bossu ; j'étais tout près de lui quand il a frappé... le coup était bien donné, j'y engage ma parole... Ceux que vous avez envoyés à la découverte vous apprendront le reste...

— Ils tardent bien !

— Il faut le temps. Maître Cocardasse et frère Passepoil...

— Vous les connaissez donc ? interrompit Gonzague abasourdi.

— Monseigneur, je connais un peu tout le monde...

— Palsambleu ! l'ami, savez-vous que je n'aime pas ceux qui connaissent tant de monde et tant de choses ?

— Cela peut être dangereux, monseigneur, j'en conviens, repartit paisiblement le bossu, mais cela peut servir aussi... Soyons juste... Si je n'avais pas connu monsieur de Lagardère...

— Du diable si je me servirais de cet homme-là ! murmura Navailles derrière Gonzague.

Il croyait n'avoir point été entendu, mais le bossu répondit :

— Vous auriez tort.

Tout le monde, du reste, partageait l'opinion de Navailles.

Gonzague hésitait. Le bossu poursuivit, comme s'il eût voulu jouer avec son irrésolution :

— Si l'on ne m'eût point interrompu, j'allais répondre d'avance à vos soupçons... Quand je m'arrêtai au seuil de votre maison, monseigneur, j'hésitais, moi aussi, je m'interrogeais, je doutais... C'était là le paradis... le paradis que je voulais... non point celui de l'Eglise, mais celui de Mahomet... toutes les délices réunies : les belles femmes et le bon vin, les nymphes auréolées de fleurs, le nectar couronné de mousse... Etais-je prêt à tout faire... tout... pour mériter l'entrée de cet Eden voluptueux... pour abriter mon néant sous le pan de votre manteau de prince ?... Avant d'entrer, je me suis demandé cela... et je suis entré, monseigneur.

— Parce que tu te sentais prêt à tout ? interrompit Gonzague.

— A tout ! répondit le bossu résolûment.

— Vive Dieu ! quel furieux appétit de plaisirs et de noblesse !

— Voici quarante ans que je rêve !... mes désirs couvent sous des cheveux gris.

— Ecoute, dit le prince, la noblesse peut s'acheter ; demande à Oriol.

— Je ne veux point de la noblesse qui s'achète.

— Demande à Oriol ce que pèse un nom.

Esope II montra sa bosse d'un geste comique :

— Un nom pèse-t-il autant que cela ? — fit-il. Puis il reprit d'un accent plus sérieux : — Un nom, une bosse, deux fardeaux qui n'écrasent que les pauvres d'esprit ! Je suis un trop petit personnage pour être comparé à un financier d'importance comme monsieur Oriol. Si son nom l'écrase, tant pis pour lui ; ma bosse me me gêne pas, la maréchal de Luxembourg est bossu : l'ennemi a-t-il vu son dos à la bataille de Nerwinde ! Le héros des comédies napolitaines, l'homme invincible à qui personne ne résiste, Pulcinella, est bossu par derrière et par devant. Tyrtée était boiteux et bossu ; bossu et boiteux était Vulcain, le forgeron de la foudre ; Esope, dont vous me donnez le nom glorieux, avait sa bosse, qui était la sagesse. La bosse du géant Atlas était le monde. Sans placer la mienne au même niveau que toutes ces illustres bosses, je dis qu'elle vaut, au cours du jour, cinquante mille écus de rentes. Que serais-je sans elle ? J'y tiens. Elle est d'or !

— Il y a du moins de l'esprit dedans, l'ami, dit Gonzague ; je te promets que tu seras gentilhomme.

— Grand merci, monseigneur... Quand cela ?

— Peste ! fit-on, il est pressé !

— Il faut le temps ! dit Gonzague.

— Ils ont dit vrai, répliqua le bossu, je suis pressé... Monseigneur, excusez-moi... vous venez de me dire que vous n'aimez pas les services gratuits... cela me met à l'aise pour réclamer mon salaire tout de suite.

— Tout de suite, se récria le prince, mais c'est impossible !

— Permettez ! il ne s'agit plus de gentilhommerie ! Il se rapprocha, et d'un ton insinuant : — Pas n'est besoin d'être gentilhomme pour s'asseoir auprès de monsieur Oriol, par exemple, au petit souper de cette nuit.

Tout le monde éclata de rire, excepté Oriol et le prince.

— Tu sais aussi cela ! dit ce dernier en fronçant le sourcil.

— Deux mots entendus par hasard, murmura le bossu avec humilité.

Les autres criaient déjà :

— On soupe donc?... on soupe donc?

— Ah! prince, fit le bossu d'un ton pénétré, c'est le supplice de Tantale que j'endure!... Une petite maison! mais je la devine avec ses issues dérobées, son jardin ombreux, ses boudoirs où le jour pénètre plus doux à travers les draperies discrètes. Il y a des peintures aux plafonds, des nymphes et des amours, des papillons et des roses. Je vois le salon doré! je le vois! le salon des fêtes voluptueuses tout plein de sourires ; je vois les girandoles, elles m'éblouissent! — Il mit la main au-devant de ses yeux.

— Je vois des fleurs, je respire leurs parfums, et qu'est cela sinon le vin exquis débordant de la coupe, tandis qu'un essaim de femmes adorables...

— Il est ivre déjà, dit Navailles, avant même d'être invité.

— C'est vrai, fit le bossu qui avait les yeux flamboyans, je suis ivre.

— Si monseigneur veut, glissa le gros Oriol à l'oreille de Gonzague, je préviendrai mademoiselle Nivelle.

— Elle est prévenue, — répliqua le prince. Et comme s'il eût voulu exalter encore l'extravagant caprice du bossu : — Messieurs, ce n'est pas ici un souper comme les autres.

— Qu'y aura-t-il donc?... Aurons-nous le czar?

— Devinez ce que nous aurons.

— La comédie?... Monsieur Law?... Les singes de la foire Saint-Germain?

— Mieux que cela, messieurs!... Renoncez-vous?

— Nous renonçons, répondirent-ils tous à la fois.

— Il y aura une noce, dit Gonzague.

Le bossu tressaillit, mais on mit cela sur le compte de sa bonne envie.

— Une noce! répéta-t-il en effet, les mains jointes et les yeux tournés ; une noce à la fin d'un petit souper!

— Une noce réelle, reprit Gonzague ; un vrai mariage en grande cérémonie.

— Et qui marie-t-on? fit l'assemblée d'une seule voix.

Le bossu retenait son souffle. Au moment où Gonzague allait répondre, Peyrolles parut sur le perron et s'écria :

— Vivat! vivat! voici enfin nos hommes!

Cocardasse et Passepoil étaient derrière lui, portant sur leurs visages cette fierté calme qui va bien aux hommes utiles.

— L'ami, dit Gonzague au bossu, nous n'avons pas fini tous deux. Ne vous éloignez pas.

— Je suis aux ordres de monseigneur, répondit Esope II<sup>s</sup> qui se dirigea vers sa niche.

Il songeait, sa tête travaillait. Quand il eut franchi le seuil de sa niche et fermé la porte, il se laissa choir sur son matelas.

— Un mariage, murmura-t-il, un scandale!... mais ce ne peut être une inutile parodie ; cet homme ne fait rien sans but. Qu'y a-t-il sous cette profanation? Sa trame m'échappe, et le temps passe!

Sa tête disparut entre ses mains crispées.

— Oh! qu'il le veuille ou non, reprit-il avec une étrange énergie, je jure Dieu que je serai du souper!

— Eh bien! eh bien! quelles nouvelles? criaient no, courtisans curieux.

Les histoires de Lagardère commençaient à les intéresser très personnellement.

— Ces deux braves ne veulent parler qu'à monseigneur répondit Peyrolles.

Cocardasse et Passepoil, reposés par une bonne journée de sommeil sous la table du cabaret de Venise, étaient frais comme les roses. Ils passèrent fièrement à travers les rangs des roués de bas ordre, et vinrent droit à Gonzague, qu'ils saluèrent avec la dignité folâtre de véritables maîtres en fait d'armes.

— Voyons, dit le prince, parlez vite.

Cocardasse et Passepoil se tournèrent l'un vers l'autre.

— A toi, mon noble ami, dit le Normand.

— Je n'en ferai rien, mon bon, répliqua le Gascon. A toi!

— Palsambleu! s'écria Gonzague, allez-vous nous tenir en suspens?

Ils commencèrent alors tous deux à la fois, d'une voix haute et avec volubilité :

— Monseigneur, pour mériter l'honorable confiance...

— La paix! fit le prince étourdi ; parlez chacun à votre tour.

Nouveau combat de politesse. Enfin, Passepoil :

— Comme étant le plus jeune et le moins élevé en grade, j'obéis à mon noble ami et je prends la parole... J'ai rempli ma mission avec bonheur, je commence par le dire... Si j'ai été plus heureux que mon noble ami, cela ne dépend point de mon mérite.

Cocardasse souriait d'un air fier, et caressait son énorme moustache.

Nous n'avons point oublié qu'il y avait défi de mensonge entre ces deux aimables coquins.

Avant de les voir lutter d'éloquence comme les Arcadiens de Virgile, nous devons dire qu'ils n'étaient pas sans inquiétude. En sortant du cabaret de Venise, ils s'étaient rendus pour la seconde fois à la maison de la rue du Chantre.

Point de nouvelles de Lagardère.

Qu'était-il devenu? Cocardasse et Passepoil étaient à ce sujet dans la plus complète ignorance.

— Soyez bref, ordonna Gonzague.

— Concis et précis, ajouta Navailles.

— Voici la chose en deux mots, dit frère Passepoil ; la vérité n'est jamais longue à exprimer... et ceux qui vont chercher midi à quatorze heures, c'est pour enjôler le monde... tel est mon avis... Si je pense ainsi, c'est que j'en ai sujet. L'expérience... mais ne nous embrouillons pas. Je suis donc sorti ce matin avec les ordres de monseigneur... Mon noble ami et moi, nous nous sommes dit : « Deux chances valent mieux qu'une ; suivons chacun notre piste. » En conséquence, nous nous sommes séparés devant le marché des Innocens... Ce qu'a fait mon noble ami, je l'ignore... moi, je me suis rendu au Palais-Royal, où les ouvriers enlevaient déjà les décors de la fête. On ne parlait là que d'une chose. On avait trouvé une mare de sang entre la tente indienne et la petite loge du jardinier-concierge, maître Le Bréant... Voilà donc qui est bon : j'étais sur qu'un coup d'épée avait été donné... Je suis allé inspecter la mare de sang, qui m'a paru raisonnable... puis j'ai suivi une trace... Ah! ah! il faut des yeux pour cela!... depuis la tente indienne jusqu'à la rue Saint-Honoré, en passant par le vestibule du pavillon de monsieur le régent... Les valets me demandaient : « L'ami! qu'as-tu perdu? — Le portrait de ma maîtresse, » répondais-je. Et ils riaient comme des plats coquins qu'ils sont... Si j'avais fait faire les portraits de toutes mes maîtresses, jarnicoton! je payerais un fier loyer pour avoir où les mettre!...

— Abrége! fit Gonzague.

— Monseigneur, je fais de mon mieux. Voilà donc qui est bon! Dans la rue Saint-Honoré, il passe tant de chevaux et de carrosses que la trace était effacée. Je poussai droit à l'eau.

— Par où? interrompit le prince.

— Par la rue de l'Oratoire, — répondit Passepoil. Gonzague et ses affidés échangèrent un regard. Si Passepoil eût parlé de la rue Pierre-Lescot, la folle aventure d'Oriol et de Montaubert étant désormais connue, il aurait perdu du coup toute créance. Mais Lagardère avait bien pu descendre par la rue de l'Oratoire. Frère Passepoil reprit ingénument : — Je vous parle comme à mon confesseur, illustre prince... Les traces recommençaient rue de l'Oratoire, et je les ai pu suivre jusqu'à la rive du fleuve. Là, plus rien... Cependant, il y avait des mariniers qui causaient ; je me suis approché ; l'un d'eux, qui avait l'accent picard, disait : « Ils étaient trois ; le gentilhomme était blessé ; après lui avoir coupé sa bourse, ils l'ont jeté du haut de la berge du Louvre. « Mes maîtres, ai-je demandé, s'il vous plaît, l'avez-vous vu, le gentilhomme ? » A quoi ils n'ont voulu rien répondre, pensant d'abord que j'étais une mouche de monsieur le lieutenant. Mais j'ai ajouté : « Je suis de la maison de ce gentilhomme qui a nom monsieur de Saint-Saurin, natif de Brie et bon chrétien. — Dieu ait son âme! ont-ils fait alors; nous l'avons vu. — Comment était-il costumé, mes vrais amis? — Il avait un masque noir sur la figure, et sur le corps un pourpoint de satin blanc. »

Il y eut un murmure. On échangea des signes. Gonzague secouait la tête d'un air approbatif.

Maître Cocardasse junior conservait seul son sourire sceptique.

Il se disait :

— La caillou est un fin Normand, sandiéou!... Mais as pas pur ! as pas pur ! notre tour va venir.

— Voilà donc qui est bon ! poursuivit Passepoil, encouragé par le succès de son conte. Si je ne m'exprime pas comme un homme de plume, mon métier est de tenir l'épée... et puis la présence de monseigneur m'intimide : je suis trop franc pour le cacher... Mais enfin la vérité est la vérité... Fais ton devoir et moque-toi du qu'en dira-t-on! Je descends le long du Louvre, je passe entre la rivière et les Tuileries jusqu'à la porte de la Conférence... Je suis la Cours-la-Reine, la route de Billy, le halage de Passy ; je passe devant le Point-du-Jour et devant Sèvres. J'avais mon idée, vous allez voir... J'arrive au pont de Saint-Cloud.

— Les filets !... murmura Oriol.

— Les filets, répéta Passepoil en clignant de l'œil; monsieur a mis le doigt dessus.

— Pas mal ! pas mal ! se disait maître Cocardasse ; nous finirons par faire quelque chose de c'ta coquin de Passepoil.

— Et qu'as-tu trouvé dans les filets ? demanda Gonzague, qui fronça le sourcil d'un air de doute.

Frère Passepoil déboutonna son justaucorps. Cocardasse ouvrait de grands yeux. Il ne s'attendait pas à cela.

Ce que Passepoil tira de son justaucorps, ce n'était pas dans les filets de Saint-Cloud qu'il l'avait trouvé. Il n'avait jamais vu les filets de Saint-Cloud. Alors, comme aujourd'hui, les filets de Saint-Cloud étaient peut-être une erreur populaire.

Ce que Passepoil tira de son pourpoint, il l'avait trouvé dans l'appartement particulier de Lagardère, lors de sa première visite, le matin de ce jour. Il avait pris cela sans aucun dessein arrêté, uniquement par la bonne habitude qu'il avait de ne rien laisser traîner.

Cocardasse ne s'en était seulement pas aperçu.

Ce n'était rien moins que le pourpoint de satin blanc porté par Lagardère au bal du régent.

Passepoil l'avait trempé dans un seau d'eau au cabaret de Venise.

Il le tendit au prince de Gonzague, qui recula avec un mouvement d'horreur.

Chacun éprouva quelque chose de ce sentiment, car on reconnaissait parfaitement la dépouille de Lagardère.

— Monseigneur, dit Passepoil avec modestie, le cadavre était trop lourd ; je n'ai pu le rapporter que cela.

— Ah! capédébiou ! pensa Cocardasse, je n'ai qu'à me bien tenir.

— Et tu as vu le cadavre? demanda monsieur de Peyrolles.

— Je vous prie, répondit frère Passepoil en se redressant, quels troupeaux avons-nous gardés ensemble ? Je ne vous tutoie pas... Mettez de côté cette familiarité malséante, sauf le bon plaisir de monseigneur.

— Réponds à la question, dit Gonzague.

— L'eau est trouble et profonde, répliqua Passepoil. A Dieu ne plaise que j'affirme un fait quand je n'ai pas une complète certitude!

— Eh donc ! s'écria Cocardasse, je l'attendais là... Si mon cousin avait menti, sandiéou ! je ne l'aurais revu de

ma vie. — Il s'approcha du Normand et lui donna l'accolade chevaleresque, en ajoutant : — Mais tu n'as pas menti, ma caillou ! Dieu va !... Comment le cadavre serait-il aux filets de Saint-Cloud, puisque je viens de le voir à deux bonnes lieues de là, en terre ferme !

Passepoil baissa les yeux. Tous les regards se tournèrent vers Cocardasse.

— Mon bon, reprit ce dernier en s'adressant toujours à son compagnon, monseigneur va me permettre de rendre un éclatant hommage à ta sincérité. Les hommes tels que toi sont rares, et je suis fier de t'avoir pour frère d'armes.

— Laissez, dit Gonzague en l'interrompant, je veux adresser une question à cet homme.

Il montrait Passepoil, qui était debout devant lui, l'innocence et la candeur peintes sur le visage.

— Et ces deux braves, demanda le prince, les défenseurs de la jeune femme en domino rose?

— J'avoue, monseigneur, repartit Passepoil, que j'ai donné tout mon temps à l'autre affaire.

— As pas pur ! fit Cocardasse junior en haussant légèrement les épaules. Ne demandez pas à un bon garçon plus qu'il ne peut vous donner. Mon camarade Passepoil a fait ce qu'il a pu. Eh donc! entends-tu, Passepoil, je l'approuve hautement... je suis content de toi; ma caillou, mais je ne prétends pas dire que tu sois à ma hauteur.

— Vous avez fait mieux? demanda Gonzague d'un air de défiance :

— Oun' per poc', monseigneur, comme disent ceux de Florence... Quand Cocardasse se mêle de chercher, sandiéou ! il trouve autre chose que des guenilles au fond de l'eau.

— Voyons ce que tu as fait?

— D'abord, prince, j'ai causé avec les deux coquins comme j'ai l'avantage de causer avec vous en ce moment... Secundo, deuxièmement, j'ai vu le corps...

— Tu en es sûr? ne put s'empêcher de dire Gonzague.

— En vérité?... parlez! parlez! ajoutèrent les autres.

Cocardasse mit le poing sur la hanche.

— Procédons par ordre, dit-il ; j'ai l'amour de mon état, et ceux qui croient que le premier venu peut réussir dans la partie sont des écervelés ; on peut être dans les bons, comme le cousin Passepoil, sans atteindre à mon niveau ; il faut des dispositions naturelles, en plus de l'acquit et des connaissances spéciales ; de l'instinct, morbioux! du coup d'œil, du flair et l'oreille fine, bon pied, bon bras, cœur solide. As pas pur ! nous avons tout cela, Dieu merci!... En quittant mon cher camarade au marché des Innocens, je me suis dit : Eh donc! Cocardasse, mon trésor, réfléchis un peu, je te prie; où trouve-t-on les traîneurs de brette?... A la taverne... Bien... ! je cherchais des traîneurs de brette; j'ai été de porte en porte, j'ai mis le nez partout... Vous connaissez la Tête-Noire, là-bas, rue Saint-Thomas? C'est toujours plein de ferraille!... Vers deux heures, deux coquins sont sortis de la Tête-Noire. « Adioux pays! j'ai dit. — Eh ! bonjour, Cocardasse!» Je les connais tous comme père et mère. « — Va bien!» Je les ai menés sur la berge, de l'autre côté de Saint-Germain-l'Auxerrois, dans l'ancien fossé de l'abbaye. Nous avons causé oun' per poc' en tierce et en quarte... Dieu bon! ceux-là ne défendront plus personne, ni la nuit ni le jour.

— Vous les avez mis hors de combat? — dit Gonzague, qui ne comprenait pas bien.

Cocardasse se fendit deux fois, faisant mine de détacher deux bottes à fond, coup sur coup. Puis il reprit sa posture grave et fière.

— Voilà! dit-il effrontément; ils n'étaient que deux... J'en ai, capédébiou ! avalé bien d'autres !

## V

### L'INVITATION.

Passepoil regardait son noble ami avec une admiration mêlée d'attendrissement.

A peine Cocardasse était-il au début de sa menterie, que Passepoil s'avouait déjà vaincu dans la sincérité de son cœur.

Douce et bonne nature, âme modeste, sans fiel, presque aussi recommandable par ses humbles vertus que Cocardasse junior lui-même avec toutes ses brillantes qualités !

Les courtisans de Gonzague échangèrent des regards étonnés. Il y eut un silence, coupé de longs chuchotemens.

Cocardasse redressait superbement les crocs gigantesques de sa moustache.

— Monseigneur m'avait donné deux commissions, reprit-il, et d'une !... J'arrive à l'autre... Je m'étais dit en quittant Passepoil : « Cocardasse, ma caillou, réponds avec franchise : où trouve-t-on les cadavres ? le long de l'eau... » Va bien ! Avant de chercher mes deux bagasses, j'ai fait un petit tour de promenade le long de la Seine... Il faut être matinal... le soleil était déjà sur le Châtelet ; rien au bord de la Seine... eh donc ! la rivière ne charriait que des bouchons ! Pécaïre ! nous avions manqué le coche. Ce n'était pas tout à fait de ma faute ; mais c'est égal, capédébiou ! je me suis dit comme cela : « Cocardasse, ma fille, tu périrais de honte si tu revenais vers ton illustre maître comme oune pigeoun, sans avoir rempli ses petites instructions... Va bien ! Quand on a le fil, les ressources ne manquent pas, non !... » J'ai passé le pont Neuf, tout en me promenant les mains derrière le dos, et je dis : « Troun de l'air ! que la statue d'Henri IV y fait bien, là où elle est !... » J'ai monté le faubourg Saint-Jacques... Hé ! Passepoil !

— Cocardasse ? répondit le Normand.

— Te souviens-tu, mon bon, de c'ta petit conquin de Provençal, le rousseau Massabiou, de la Canebière, qui tirait les manteaux au tournant Notre-Dame ?

— Il a été pendu !

— Non pas, viva Diou ! joli garçon, bon vivant ! Massabiou gagne sa vie à vendre aux chirurgiens de la chair fraîche.

— Passez, dit Gonzague.

— Eh donc ! monseigneur, il n'y a pas de sot métier ; mais si j'abuse des instans de monseigneur, sandiéou ! me voilà muet comme un brochet.

— Arrivez au fait, ordonna le prince.

— Le fait, c'est que j'ai rencontré le petit Massabiou qui descendait le faubourg vers la rue des Mathurins. « Adieu, Massabiou, petit, que j'ai dit. — Adieu, Cocardasse, qu'il a fait. — La santé, clampin ? — Tout doucement, et toi ? — Tout doucement... Et d'où viens-tu, petit ? — De l'hôpital là-bas, porter de la marchandise... » — Cocardasse fit une pause. Gonzague s'était retourné vers lui. Chacun écoutait avidement. Passepoil avait envie de fléchir les genoux pour adorer un petit peu son noble ami. — Vous entendez, reprit Cocardasse, sûr désormais de son effet. La caillou revenait de l'hôpital, et il avait encore son grand sac sur l'épaule... « Va bien, mon bon ! » j'ai dit... et pendant que Massabiou descendait, moi j'ai continué de monter jusqu'au Val-de-Grâce...

— Et là, interrompit Gonzague, qu'as-tu trouvé ?

— J'ai trouvé maître Jean Petit, le chirurgien du roi, qui disséquait, pour l'instruction de ses élèves, le cadavre vendu par l'ami Massabiou...

— Et tu l'as vu ?

— De mes deux yeux, sandiéou !

— Lagardère ?

— Oui bien... As pas pur ! en propre original... ses cheveux blonds... sa taille... sa figure... — Le scalpel était dedans... Mais le coup de couteau ! reprit-il en montrant son épaule d'un geste terrible de cynisme, parce qu'il voyait le doute assombrir les visages ; le coup ! Pour nous autres, les blessures sont aussi reconnaissables que les visages !

— C'est vrai, dit Gonzague.

On n'attendait que ce mot. Un long murmure de joie s'éleva parmi les courtisans.

— Il est bien mort ! bien mort !

Gonzague lui-même poussa un long soupir de soulagement et répéta :

— Bien mort !

Il jeta sa bourse à Cocardasse, qui fut entouré, interrogé, félicité.

— Voilà qui va donner du montant au champagne, s'écria Oriol ; tiens, brave, prends ceci !

Et chacun voulut faire quelque largesse au héros Cocardasse. Celui-ci, malgré sa fierté, prenait de toute main.

Un valet descendit les degrés du perron. Le jour était déjà bas. Le valet tenait un flambeau d'une main, de l'autre au lèvres un papier sur lequel il y avait une lettre.

— Pour monseigneur ! dit le valet.

Les courtisans s'écartèrent. Gonzague prit la lettre et l'ouvrit.

On vit son visage changer, puis se remettre aussitôt.

Il jeta sur Cocardasse un regard perçant. Frère Passepoil eut la chair de poule.

— Viens çà ! dit Gonzague au spadassin. Cocardasse s'avança aussitôt. — Sais-tu lire ? demanda le prince, qui avait aux lèvres un sourire amer. Et pendant que Cocardasse épelait : — Messieurs, reprit Gonzague, voici des nouvelles toutes fraîches.

— Des nouvelles du mort ! s'écria Navailles. Abondance de bien ne nuit pas.

— Que dit le défunt ? demanda Oriol, transformé en esprit fort.

— Ecoutez, vous allez le savoir. Lis tout haut, toi, prévôt !

On fit cercle. Cocardasse n'était pas un homme très lettré, mais il savait lire, en y mettant le temps. Néanmoins, en cette circonstance, il lui fallut l'aide de frère Passepoil, qui n'était pas beaucoup plus savant que lui.

— Accousta, mon bon ! dit-il ; j'ai la vue trouble.

Passepoil s'approcha et jeta les yeux sur la lettre à son tour. Il rougit ; mais, en vérité, on eût dit que c'était de plaisir.

On eût dit également que Cocardasse junior avait grande peine à s'empêcher de rire.

Ce fut l'affaire d'un instant. Leurs coudes se rencontrèrent. Ils s'étaient compris.

— Voilà une histoire ! s'écria le candide Passepoil.

— As pas pur ! il faut le voir pour le croire ! répondit le Gascon, qui prit un air consterné.

— Qu'est-ce donc ? qu'est-ce donc ?... cria-t-on de toutes parts.

— Lis, Passepoil, la voix me manque... Eh donc ! j'appelle cela un miracle !

— Lis, Cocardasse, j'en ai la chair de poule !

Gonzague frappa du pied. Cocardasse se redressa et dit au domestique :

— Eclaire !

Quand il eut le flambeau à portée, il lut d'une voix haute et distincte :

« Monsieur le prince, pour régler d'une fois nos comptes divers, je m'invite à votre souper de ce soir... Je serai chez vous à neuf heures... »

— La signature ! s'écrièrent dix voix en même temps. Cocardasse acheva sa lecture.

« Chevalier Henri de Lagardère ! »

Chacun répéta ce nom qui désormais était un épouvantail.

Un grand silence se fit.

Dans l'enveloppe qui avait contenu la lettre, un objet se trouvait. Gonzague l'avait pris. Personne n'en avait pu reconnaître la nature. C'était un gant.

C'était le gant que Lagardère avait arraché à Gonzague chez monsieur le régent.

Gonzague le serra. Il reprit la lettre des mains de Cocardasse.

Peyrolles voulut lui parler ; il le repoussa.

— Eh bien ! fit-il en s'adressant aux deux braves, que dites-vous de cela ?

— Je dis, répliqua doucement Passepoil, que l'homme est sujet à faire erreur. J'ai rapporté fidèlement la vérité... D'ailleurs, ce pourpoint est un témoignage irrécusable.

— Mais cette lettre, la récusez-vous ?

— As pas pur ! s'écria Cocardasse, moi, je dis que lou couquin de Massabiou peut certifier si je l'ai rencontré dans la rue Saint-Jacques. Qu'on le fasse venir ! Maître Jean Petit est-il chirurgien du roi, oui ou non ?... J'ai vu le corps, j'ai reconnu la blessure....

— Mais cette lettre ? fit Gonzague, dont les sourcils se froncèrent.

— Il y a longtemps que ces drôles vous trompent, murmura Peyrolles à son oreille.

Les courtisans de Gonzague s'agitaient et chuchotaient.

— Ceci passe les bornes, disait le gros petit traitant Oriol ; cet homme est un sorcier.

— C'est le diable ! s'écria Navailles.

Cocardasse dit tout bas, contenant la fièvre qui lui faisait battre le cœur ;

— C'est un homme, capédébiou ! pas vrai, mon bon !

Passepoil lui serra la main à la dérobée et murmura :

— C'est Lagardère !

— Messieurs, reprit Gonzague d'une voix légèrement altérée, il y a là-dessous quelque chose d'incompréhensible ; nous sommes trahis, par ces hommes sans doute.

— Ah ! monseigneur ! protestèrent à la fois Cocardasse et Passepoil.

— Silence ! Le défi qu'on m'envoie, je l'accepte !

— Bravo ! fit Navailles faiblement.

— Bravo ! bravo ! répétèrent les autres à contre-cœur.

— Si monseigneur me permet un conseil, dit Peyrolles, au lieu du souper projeté...

— On soupera, de par le ciel ! interrompit Gonzague qui releva la tête.

— Alors, insista Peyrolles, portes closes, à tout le moins.

— Portes ouvertes ! portes grandes ouvertes !

— A la bonne heure ! dit encore Navailles.

Il y avait là de vigoureuses lames : Navailles lui-même, Nocé, Choisy, Gironne, Montaubert et d'autres. Les financiers étaient l'exception.

— Vous portez tous l'épée, messieurs, reprit Gonzague.

— Nous aussi ! murmura Cocardasse en clignant de l'œil à l'adresse de Passepoil.

— Saurez-vous vous en servir à l'occasion ? demanda le prince.

— Si cet homme vient seul... commença Navailles sans prendre souci de cacher sa répugnance.

— Monseigneur, monseigneur, dit Peyrolles, ceci est affaire à Gendry et à ses cousins !

Gonzague regardait ses affidés, les sourcils froncés et les lèvres tremblantes.

— Sur ma vie ! s'écria-t-il au dedans de lui-même, ils y viendront ! je les veux esclaves, ou la sainte-barbe sautera !

— Fais comme moi, dit tout bas Cocardasse junior à Passepoil, c'est le moment !

Ils s'avancèrent tous deux, solennellement drapés dans leurs manteaux de bravaches, et vinrent se camper au-devant de Gonzague.

— Monseigneur, dit Cocardasse, trente ans d'une conduite honorable, je dirai même chevaleresque, militent en faveur de deux braves que les apparences décevantes semblent accuser... Ce n'est pas en un seul jour qu'on ternit ainsi le lustre de toute une existence ! Regardez-nous ! L'Être suprême a mis sur chaque visage le signe de la fidélité ou de la félonie... Regardez-nous et regardez monsieur de Peyrolles, notre accusateur... — Il était superbe, ce Cocardasse junior, en disant cela. Son accent ultragascon prêtait je ne sais quelle saveur à ces paroles choisies. Quant à frère Passepoil, il était toujours bien beau de modestie et de candeur. Ce malheureux Peyrolles semblait fait tout exprès pour servir de point de comparaison. Depuis vingt-quatre heures, sa pâleur chronique tournait au vert-de-gris. C'était le type parfait de ces audacieux poltrons qui frappent en tremblant, qui assassinent avec la colique. Gonzague songeait. Cocardasse reprit : — Monseigneur, vous qui êtes grand, vous qui êtes puissant, vous pouvez juger de haut... Ce n'est pas d'aujourd'hui que vous connaissez vos dévoués serviteurs. Souvenez-vous des fossés de Caylus, où nous étions ensemble...

— La paix ! s'écria Peyrolles épouvanté.

Gonzague, sans s'émouvoir, dit en regardant ses amis.

— Ces messieurs ont déjà tout deviné... S'ils ignorent quelque chose, on le leur apprendra... Ces messieurs comptent sur moi comme nous comptons sur eux. Il y a entre nous réciprocité d'indulgence... nous nous connaissons les uns les autres.

Monsieur de Gonzague appuya sur ces derniers mots. Y avait-il un seul de ces roués qui n'eût quelque péché sur la conscience ? Quelques-uns d'entre eux avaient eu déjà besoin de Gonzague dans leurs démêlés avec les lois ; en outre, leur conduite dans cette nuit les faisait complices. Oriol se sentait défaillir ; Navailles, Choisy et les gentilshommes tenaient les yeux baissés.

Si l'un d'eux eût protesté, tout était dit, les autres eussent suivi ; mais nul ne protesta.

Gonzague dut remercier le hasard qui avait éloigné le petit marquis de Chaverny.

Chaverny, malgré ses défauts, n'était point de ceux qu'on fait taire. Gonzague pensait bien se débarrasser de lui cette nuit, et pour longtemps.

— Je voulais seulement dire à monseigneur, reprit Cocardasse, que de vieux serviteurs comme nous ne doivent point être condamnés légèrement. Nous avons, Passepoil et moi, de nombreux ennemis, comme tous les gens de mérite. Voici mon opinion que je soumets à monseigneur avec ma franchise ordinaire ; de deux choses l'une : ou le chevalier de Lagardère est ressuscité, ce qui me paraît invraisemblable, ou cette lettre est un faux fabriqué par quelque coquin pour nuire à deux honnêtes garçons... J'ai dit.

— Je craindrais d'ajouter un seul mot, dit frère Passepoil, tant mon noble ami a éloquemment rendu ma pensée.

— Vous ne serez pas punis, prononça Gonzague d'un air distrait ; éloignez-vous !

Ils n'eurent garde de bouger.

— Monseigneur ne nous a pas compris, fit Cocardasse avec dignité.

Le Normand ajouta, la main sur son cœur :

— Nous n'avons pas mérité d'être ainsi méconnus.

— Vous serez payés, fit Gonzague impatienté ; que voulez-vous de plus ?

— Ce que nous voulons, monseigneur !... — c'était Cocardasse qui parlait, et il avait dans la voix ce tremblement qui vient du cœur, — ce que nous voulons, c'est la preuve pleine et entière de notre innocence... As pas pur ! je vois que vous ne savez pas à qui vous avez affaire.

— Non, dit Passepoil qui avait les larmes aux yeux tout naturellement et par infirmité, non !... oh non ! vous ne le savez pas !

— Ce que nous voulons, c'est une justification éclatante ;

et pour y arriver, voici ce que je vous propose : cette lettre dit que monsieur de Lagardère ira vous braver cette nuit jusque chez vous ; nous prétendons, nous, que monsieur de Lagardère est mort. Que l'événement soit juge ! Nous nous rendons prisonniers... Si nous avons menti et que monsieur de Lagardère vienne, nous consentons à mourir, n'est-il pas vrai, Passepoil ?

— Avec joie ! répondit le Normand, qui pour le coup fondit en larmes.

— Si au contraire, reprit le Gascon, monsieur de Lagardère ne vient pas, réparation d'honneur. Monseigneur ne refusera pas de permettre à deux bons garçons de continuer à lui dévouer leurs existences.

— Soit ! dit Gonzague, vous nous suivrez au pavillon ; l'événement jugera.

Les deux braves se précipitèrent sur ses mains et les baisèrent avec effusion.

— La justice de Dieu ! prononcèrent-ils ensemble en se redressant comme de vrais Romains.

Mais ce n'était pas à eux que Gonzague faisait attention en ce moment ; il contemplait avec dépit la piteuse mine de ses fidèles.

— J'avais ordonné qu'on fît venir Chaverny ! —dit-il en se tournant vers Peyrolles. Celui-ci sortit aussitôt. — Eh bien ! messieurs, reprit le prince, qu'avez-vous donc ? Dieu me pardonne, vous voilà pâles et muets comme des fantômes !

— Le fait est, murmura Cocardasse, qu'ils ne sont pas d'une gaieté folle... Eh !

— Avez-vous peur ? continua Gonzague.

Les gentilshommes tressaillirent et Navailles dit :

— Prenez garde, monseigneur !

— Si vous n'avez pas peur, reprit le prince, c'est donc que vous répugnez à me suivre ? — Et comme on gardait le silence. — Prenez garde vous-mêmes, messieurs mes amis ! s'écria-t-il. Souvenez-vous de ce que je vous disais hier dans la grand'salle de mon hôtel : Obéissance passive !... Je suis la tête, vous êtes le bras... Il y a pacte entre nous.

— Personne ne songe à rompre le pacte, dit Taranne, mais...

— Point de mais !.... je n'en veux pas !... Songez bien à ce que je vous ai dit et à ce que je vais vous dire... Hier, vous auriez pu vous séparer de moi ; aujourd'hui, non : vous avez mon secret... Aujourd'hui, celui qui n'est pas avec moi est contre moi... Si quelqu'un manquait à l'appel cette nuit...

— Eh ! fit Navailles, personne n'y manquera.

— Tant mieux ! nous sommes tout près du but. Vous me croyez entamé, depuis hier j'ai grandi de moitié... votre part a doublé... vous êtes riches déjà sans le savoir autant que des ducs et pairs. Je veux que ma fête soit complète, j'en ai besoin.

— Elle le sera, monseigneur, dit Montaubert qui était parmi les âmes damnées.

La promesse contenue dans les dernières paroles de Gonzague ranimait les chancelans.

— Je veux qu'elle soit joyeuse ! ajouta-t-il.

— Elle le sera, pardieu ! elle le sera !

— Moi, d'abord, dit le petit Oriol qui avait froid jusque dans la moelle des os, je me sens déjà tout guilleret... Nous allons rire.

— Nous allons rire, nous allons rire ! répétèrent les autres, prenant leur parti en braves.

Ce fut à ce moment que Peyrolles ramena Chaverny.

— Pas un mot de ce qui vient de se passer, messieurs, dit Gonzague.

— Chaverny ! Chaverny ! s'écria-t-on de toutes parts en affectant la plus aimable gaieté, arrive donc ! on t'attend !

A ce nom, le bossu, qui était immobile au fond de sa niche, sembla s'éveiller. Sa tête s'encadra dans l'œil-de-bœuf et il le regarda.

Cocardasse et Passepoil l'aperçurent à la fois.

— Attention ! fit le Gascon.

— On est à son affaire, répondit le Normand.

— Voilà ! voilà ! fit Chaverny.

— D'où viens-tu donc ? demanda Navailles.

— D'ici près... de l'autre côté de l'église... Ah ! cousin ! il vous faut deux odalisques à la fois ?...

Gonzague pâlit. A l'œil de bœuf, la figure du bossu s'éclaira, puis disparut.

Le bossu était derrière sa porte et contenait les battemens de son cœur à deux mains.

Ce seul mot venait de le frapper comme un trait de lumière.

— Fou ! incorrigible fou ! s'écria Gonzague presque gaiement.

Sa pâleur avait fait place au sourire.

— Mon Dieu ! reprit Chaverny, l'indiscrétion n'est pas grande... J'ai tout simplement escaladé le mur pour faire un tour de promenade dans le jardin d'Armide... Armide est double... il y a deux Armides... manquant toutes les deux de Renaud.

On s'étonnait de voir le prince si calme en face de cette insolente escapade.

— Et te plaisent-elles ? demanda-t-il en riant ?

— Je les adore toutes deux... Mais qu'y a-t-il, cousin ? se reprit-il ; pourquoi m'avez-vous fait appeler ?

— Parce que tu es de noce, ce soir, répliqua Gonzague

— Ah bah ! fit Chaverny, vraiment !... On se marie donc encore ? Et qui se marie ?

— Une dot de cinquante mille écus.

— Comptant ?

— Comptant.

— De beaux yeux, la cassette !... Avec qui ?

Son regard faisait le tour du cercle.

— Devine, répliqua Gonzague qui riait toujours.

— Voilà bien des mines de mariés, repartit Chaverny ; je ne devine pas : il y en a trop... Ah ! si fait ! c'est peut-être moi ?

— Juste ! fit Gonzague.

Tout le monde éclata de rire.

Le bossu ouvrit doucement la porte de sa niche et resta debout sur le seuil.

Sa figure avait changé d'expression. Ce n'était plus cette tête pensive, ce regard avide et profond : c'était Ésope II dit Jonas, le ricanement vivant.

— Et la dot ? demanda Chaverny.

— La voici, répondit Gonzague, qui tira une liasse d'actions de son pourpoint ; elle est prête.

Chaverny hésita un instant. Les autres le félicitaient en riant.

Le bossu s'avança lentement et vint présenter son dos à Gonzague, après lui avoir donné la plume trempée dans l'encre et la planchette.

— Tu acceptes ? demanda Gonzague avant de signer les endos.

— Ma foi ! oui, répondit le petit marquis ; il faut bien se ranger.

Gonzague signa. En signant, il dit au bossu :

— Eh bien ! l'ami, tiens-tu toujours à ta fantaisie ?

— Plus que jamais, monseigneur.

Cocardasse et Passepoil regardaient cela bouche béante.

— Pourquoi plus que jamais ? demanda encore Gonzague.

— Parce que je sais le nom du marié, monseigneur.

— Et que t'importe ce nom ?

— Je ne saurais pas vous dire cela... Il est des choses qui ne s'expliquent point. Comment vous expliquer, par exemple, la conviction où je suis que sans moi monsieur de Lagardère n'accomplira point sa promesse fanfaronne ?

— Tu as donc entendu ?

— Ma niche est là tout près... Monseigneur, je vous ai servi une fois...

— Sers-moi deux fois, et tu ne souhaiteras plus rien.

— Cela dépend de vous, monseigneur.

— Tiens, Chaverny, — dit Gonzague en lui tendant les

actions signées. Et, se tournant vers le bossu, il ajouta :
— Tu seras de la noce, je t'invite.

Tout le monde battit des mains, tandis que Cocardasse échangeait un regard rapide avec Passepoil, en murmurant :
— Le loup dans la bergerie!... Capédébiou! ils ont raison : nous allons rire!

Tous les courtisans de Gonzague avaient entouré le bossu. Il partageait les félicitations avec le marié.

— Monseigneur, dit-il en s'inclinant pour remercier, je ferai de mon mieux pour me rendre digne de cette haute faveur. Quant à ces messieurs, nous avons déjà jouté en paroles. Ils ont de l'esprit, mais pas autant que moi. Hé! hé! sans manquer au respect que je dois à monseigneur, j'aurai le mot pour rire, je vous le promets. Vous verrez le bossu à table, il passe pour un bon vivant.... Vous verrez! vous verrez!

## VI

### LE SALON ET LE BOUDOIR.

Il existait encore sous Louis-Philippe, dans la rue Folie-Méricourt, à Paris, un échantillon de cette petite et précieuse architecture des premières années de la régence. Il y avait là-dedans un peu de fantaisie, un peu de grec, un peu de chinois. Les ordonnances faisaient ce qu'elles pouvaient pour se rattacher à quelqu'un des quatre styles helléniques, mais l'ensemble tenait du kiosque, et les lignes fuyaient tout autrement qu'au Parthénon.

C'étaient des bonbonnières dans toute l'acception du mot. Au *Fidèle berger*, on fabrique encore quantité de ces boîtes en carton à renflures turques ou siamoises, hexagones pour la plupart, et dont la forme heureuse fait la joie des acheteurs de bon goût.

La petite maison de Gonzague avait la figure d'un kiosque déguisé en temple. La Vénus poudrée du dix-huitième siècle y eût choisi ses autels.

Un petit péristyle blanc, flanqué de deux petites galeries blanches, dont les colonnes corinthiennes supportaient un premier étage caché derrière une terrasse; le second étage, sortant tout à coup des proportions carrées du bâtiment, s'élevait en belvédère à six pans, surmonté d'une toiture en chapeau chinois.

C'était hardi, selon l'opinion des amateurs d'alors.

Les possesseurs de certaines villas *délicieuses* répandues autour de Paris pensent avoir inventé ce style macaron. Ils sont dans l'erreur : le chapeau chinois et le belvédère datent de l'enfance de Louis XV. Seulement, l'or jeté à profusion donnait aux excentricités d'alors un aspect que nos villas économiques, quoique *délicieuses*, ne peuvent point avoir.

L'extérieur de ces cages à jolis oiseaux pouvait être blâmé par un goût sévère, mais il était mignon, coquet, élégant. Quant à l'intérieur, personne n'ignore les sommes extravagantes qu'un grand seigneur aimait à enfouir dans sa petite maison.

Monsieur le prince de Gonzague, plus riche, lui tout seul, qu'une demi-douzaine de très grands seigneurs ensemble, n'avait pu manquer de sacrifier à cette mode fastueuse. Sa folie passait pour une merveille.

C'était un grand salon hexagone, dont les six pans formaient les fondations du belvédère. Quatre portes s'ouvraient sur quatre chambres ou boudoirs, qui eussent été de forme trapézoïde sans les serres-enclaves qui la régularisaient. Les deux autres portes, qui étaient en même temps des fenêtres, donnaient sur des terrasses ouvertes et chargées de fleurs.

Nous avons peur de nous exprimer mal. Cette forme était un raffinement exquis dont le Paris de la régence offrait tout au plus trois ou quatre exemples. Pour être mieux compris, nous prierons le lecteur de se figurer un premier étage qui serait un parterre, et de tailler dans ce parterre, sans s'occuper des rognures, une pièce centrale escortée de quatre boudoirs carrés placés comme les ailes d'un moulin à vent, les deux pans principaux s'ouvrant sur des terrasses. Les rognures telles quelles, ou modifiées par l'adjonction de cabinets, formaient un parterre intérieur communiquant avec les deux terrasses et laissant pénétrer, dès qu'on le voulait, l'air avec le jour.

Le duc d'Antin avait dessiné lui-même cette mignarde croix de Saint-André, pour la folie supplémentaire qu'il avait au hameau de Miroménil.

Dans le salon de la Folie-Gonzague, le plafond et les frises étaient de Vanloo l'aîné et de son fils Jean-Baptiste, qui tenait alors le sceptre de la peinture française. Deux jeunes gens, dont l'un n'avait encore que quinze ans, Carl Vanloo, frère cadet de Jean-Baptiste, et Jacques Boucher, avaient eu les panneaux. Ce dernier, élève du vieux maître Lemoine, fut célèbre du coup, tant il mit de charme et de voluptueux abandon dans ses deux compositions : les *Filets de Vulcain* et la *Naissance de Vénus*. L'ornement des quatre boudoirs consistait en copies de l'Albane et de Primatice, confiées au pinceau de Louis Vanloo, le père.

C'était princier dans toute la force du terme. Les deux terrasses, en marbre blanc, avaient des sculptures antiques : on n'en voulait point d'autres, et l'escalier, aussi de marbre, était cité comme le chef-d'œuvre d'Oppenort.

Il était huit heures du soir environ. Le souper promis avait lieu. Le salon était plein de lumières et de fleurs. La table resplendissait sous le lustre, et le désordre des mets prouvait que l'action était déjà depuis longtemps engagée.

Les convives étaient nos roués à la suite, parmi lesquels le petit marquis de Chaverny se distinguait par une ivresse prématurée. On n'était encore qu'au second service et déjà il avait perdu à peu près complètement la raison.

Choisy, Navailles, Montaubert, Taranne et Albret avaient meilleure tête, car ils se tenaient droit et gardaient conscience des folies qu'ils pouvaient dire. Le baron de Batz, muet et raide, semblait n'avoir bu que de l'eau.

Il y avait des dames, bien entendu, et, bien entendu ces dames appartenaient en majeure partie à l'Opéra.

C'était d'abord mademoiselle Fleury, pour qui *monsieur* de Gonzague avait des bontés; c'était ensuite mademoiselle Nivelle, la fille du Mississipi; la grosse et ronde Cidalise, bonne fille, nature d'éponge qui absorbait madrigaux et mots spirituels pour les rendre en sottises, pour peu qu'on la pressât; mademoiselle Desbois, mademoiselle Dorbigny, et cinq ou six autres demoiselles également ennemies de la gêne et des préjugés.

Elles étaient toutes belles, jeunes, gaies, hardies, folles et prêtes à rire, même quand elles avaient envie de pleurer. Telle est la qualité de l'emploi : on ne prend pas un avocat pour qu'il ne plaide pas. Une danseuse triste est un pernicieux produit qu'il faut laisser pour compte.

Certaines gens pensent que le plus lugubre point de ces existences navrantes et parfois navrées qui frétillent dans la gaze rose comme le poisson dans la poêle, c'est de n'avoir point le droit de pleurer.

Gonzague était absent. On venait de le mander au Palais-Royal.

Outre le siège qui l'attendait, il y avait trois autres sièges vides.

D'abord, celui de dona Cruz, qui s'était sauvée lors du départ de Gonzague.

Dona Cruz avait ensorcelé tout le monde autour de la table, bien qu'elle eût empêché l'entretien d'arriver à ce haut diapason qu'atteignait, dit-on, dès le premier service, une orgie de la régence.

On ne savait pas bien au juste si le prince de Gonzague avait forcé dona Cruz à venir ou si la charmante folle avait forcé le prince à lui faire place. La chose certaine, c'est qu'elle avait été éblouissante, et que tout le monde l'adorait, sauf le bon petit Oriol, qui restait fidèlement l'esclave de mademoiselle Nivelle.

Le second siége vide n'avait point encore été occupé.

Le troisième appartenait au bossu Esope II dit Jonas, que Chaverny venait de vaincre en combat singulier, à coups de verres de champagne.

Au moment où nous entrons, Chaverny, abusant de sa victoire, entassait des manteaux, des douillettes, des mantes de femmes sur le corps de ce malheureux bossu, enseveli dans une immense bergère.

Le bossu, ivre mort, ne se plaignait point. Il était complétement caché sous ce monceau de dépouilles, et Dieu sait qu'il courait grand risque d'étouffer.

Au reste, c'était bien fait ! Le bossu n'avait point tenu ce qu'il avait promis : il s'était montré taciturne, maussade, inquiet, préoccupé. A quoi pouvait penser ce pupître ?

A bas le bossu ! C'était bien la dernière fois qu'il assistait à semblable fête !

Une question que l'on s'était adressée plus d'une fois avant d'être ivre, c'était à savoir pourquoi dona Cruz elle-même y assistait.

Gonzague avait l'habitude de ne rien faire au hasard. Jusqu'alors, il avait caché cette dona Cruz aussi soigneusement que s'il eût été son tuteur espagnol : et maintenant il la faisait souper avec une douzaine de vauriens, c'était pour le moins fort étrange.

Chaverny avait demandé si c'était là sa fiancée ; Gonzague avait secoué la tête négativement. Chaverny avait voulu savoir où était sa fiancée ; on lui avait répondu : « Patience ! »

Quel avantage Gonzague pouvait-il avoir à traiter ainsi une jeune fille qu'il voulait produire à la cour sous le nom de mademoiselle de Nevers ?

C'était son secret. Gonzague disait ce qu'il lui plaisait de dire, rien de plus.

On avait bu en conscience. Ces dames étaient fort gaies, excepté la Nivelle, qui avait le vin mélancolique. Cidalise et Desbois chantaient la gaudriole ; la Fleury s'égosillait à demander les violons.

Oriol, rond comme une boule, racontait ses triomphes d'amour, auxquels personne ne voulait croire. Les autres buvaient, riaient, criaient, chantaient ; le vin était exquis, la gaieté délicieuse : nul ne gardait souvenir des menaces qui planaient sur ce festin de Balthazar.

Monsieur de Peyrolles seul conservait sa figure de carême-prenant. La gaieté générale, qu'elle fût ou non de bon aloi, ne le gagnait point.

— Est-ce que personne n'aura la charité de faire taire monsieur Oriol ? demanda la Nivelle d'un ton triste et ennuyé.

Sur dix femmes galantes, il y en a cinq pour le moins qui ont cette manière de se divertir.

— La paix, Oriol ! fit-on.

— Je ne parle pas si haut que Chaverny, répondit le gros petit traitant ; Nivelle est jalouse ; je ne lui dirai plus mes fredaines.

— Innocent ! murmura la Nivelle qui se gargarisait avec un verre de champagne.

— Combien t'en a-t-il donné ? demandait Cidalise à Fleury.

— Trois, ma chère.

— Des bleues ?

— Deux bleues et une blanche.

— Et tu le reverras ?

— Jamais ! il n'en a plus !

— Mesdames, dit la Desbois, je vous dénonce le petit Mailly qui veut être aimé pour lui-même.

— Quelle horreur ! fit tout d'une voix la partie féminine de l'assemblée.

En face de cette prétention blasphématoire, volontiers eussent-elles répété, comme monsieur le baron de Barbanchois : « Où allons-nous ! où allons-nous ! »

Chaverny était revenu s'asseoir.

— Si ce coquin d'Esope s'éveille, dit-il, je le noie...

Son regard alourdi fit le tour de la salle.

— Je ne vois plus la divinité de notre Olympe ! s'écria-t-il ; j'ai besoin de sa présence pour vous expliquer ma position...

— Pas d'explications, au nom du ciel ! fit Cidalise.

— J'en ai besoin, reprit Chaverny qui chancelait sur son fauteuil ; c'est une affaire de délicatesse. Cinquante mille écus, ne voilà-t-il pas le Pérou ! Si je n'étais pas amoureux...

— Amoureux de qui ? interrompit Navailles ; tu ne connais pas ta fiancée.

— Voilà l'erreur !... Je vais vous expliquer ma position.

— Non, non ! Si, si ! gronda le chœur.

— Une petite blonde ravissante, contait Oriol à Choisy, qui dormait ; elle me suivait comme un bichon ; impossible de m'en débarrasser ! Vous sentez, j'avais peur que Nivelle ne nous rencontrât ensemble. Au fond, il n'y a pas de tigresse pour être jalouse comme cette Nivelle... Enfin...!

— Alors, cria Chaverny, si vous ne voulez pas me laisser parler, dites-moi où est dona Cruz... ? je veux dona Cruz !

— Dona Cruz ! dona Cruz ! répéta-t-on de toutes parts ; Chaverny a raison, il nous faut dona Cruz !

— Vous pourriez bien dire mademoiselle de Nevers, prononça sèchement Peyrolles.

Un long éclat de rire couvrit sa voix, et chacun répéta :

— Mademoiselle de Nevers ! c'est juste ! mademoiselle de Nevers !

On se leva en tumulte.

— Ma position... commença Chaverny.

Tout le monde se sauva de lui et courut à la porte par où dona Cruz était sortie.

— Oriol ! fit la Nivelle, ici, tout de suite !

Le gros petit traitant ne se fit point prier. Il eût voulu seulement que cette familiarité n'échappât à personne.

— Asseyez-vous près de moi, ordonna Nivelle en baillant à se fendre la mâchoire, et contez-moi l'histoire de Peau-d'Ane : j'ai sommeil.

— Il était une fois... commença aussitôt le docile Oriol.

— As-tu joué aujourd'hui ? demanda Cidalise à Desbois.

— Ne m'en parle pas !... Sans Lafleur, mon laquais, j'aurais été obligée de vendre mes diamans.

— Lafleur !... Comment ?

— Lafleur est millionnaire depuis hier et me protège depuis ce matin.

— Je l'ai vu, s'écria la Fleury ; il a, ma foi ! fort bon air.

— Il a acheté les équipages du marquis de Bellegarde, qui est en fuite.

— Il a la maison du vicomte de Villedieu, qui s'est pendu.

— On parle de lui ?

— Je crois bien ! il a fait une chose adorable... une distraction à Brancas ! Aujourd'hui, comme il sortait de la maison d'Or, son carrosse l'attendait dans la rue : l'habitude l'a emporté, il est monté derrière.

— Dona Cruz ! dona Cruz ! criaient ces messieurs.

Chaverny frappa à la porte du boudoir où l'on supposait que la charmante Espagnole s'était retirée.

— Si vous ne venez pas, menaça Chaverny, nous faisons le siége !

— Oui, oui ! un siége !

— Messieurs, messieurs ! disait Peyrolles.

Chaverny le saisit au collet.

— Si tu ne te tais, toi, hibou, s'écriait-il, nous nous servons de toi comme d'un bélier pour enfoncer la porte !

Dona Cruz n'était point dans le boudoir, dont elle avait fermé la porte à clef en se retirant. Le boudoir communiquait avec le rez-de-chaussée par un escalier dérobé.

Dona Cruz était descendue au rez-de-chaussée, où elle avait sa chambre à coucher.

Sur le sofa, la pauvre Aurore était là toute tremblante et les yeux fatigués de larmes.

Il y avait quinze heures qu'Aurore était dans cette maison. Sans dona Cruz, elle fût morte de chagrin et de peur.

Dona Cruz était déjà venue deux fois la voir depuis le commencement du souper.

— Quelles nouvelles? demanda Aurore d'une voix faible.

— Monsieur de Gonzague vient d'être mandé au palais, répondit dona Cruz. Tu as tort d'avoir peur, va, ma pauvre petite sœur; là-haut, ce n'est pas bien terrible... et si je ne te savais pas ici, inquiète, triste, accablée, je m'amuserais de tout mon cœur.

— Que fait-on dans le salon?... le bruit vient jusqu'ici...

— Des folies... On rit à gorge déployée... le champagne coule... Ces gentilshommes sont gais, spirituels, charmants... un surtout, que l'on nomme Chaverny...

Aurore passa le revers de sa main sur son front comme pour rappeler un souvenir.

— Chaverny! répéta-t-elle.

— Tout jeune... tout brillant... ne craignant Dieu ni diable!... Mais il m'est défendu de m'occuper trop de lui, s'interrompit-elle; il est fiancé.

— Ah! fit Aurore d'un ton distrait.

— Devine avec qui, petite sœur?

— Je ne sais... que m'importe cela!

— Il t'importe, assurément... c'est avec toi que le jeune marquis de Chaverny est fiancé.

Aurore releva lentement sa tête pâle et sourit tristement.

— Je ne plaisante pas, insista dona Cruz.

— De ses nouvelles, à lui, murmura Aurore, ma sœur, ma petite Flor, ne m'apportes-tu point de ses nouvelles?

— Je ne sais rien... absolument rien.

La belle tête d'Aurore retomba sur sa poitrine, tandis qu'elle poursuivait en pleurant:

—Hier, ces hommes ont dit, lorsqu'ils nous attaquèrent: « Il est mort... Lagardère est mort. »

— Quant à cela, fit dona Cruz, moi je suis sûre qu'il n'est pas mort.

— Qui te donne cette certitude? demanda vivement Aurore.

— Deux choses: la première, c'est qu'ils ont encore peur de lui là-haut; la seconde, c'est que cette femme... celle qu'ils ont voulu me peindre sous les traits de ma mère...

— Son ennemie? celle que j'ai vue la nuit dernière au Palais-Royal?

— Oui, son ennemie... D'après ta description, je l'ai bien reconnue. La seconde raison, disais-je, c'est que cette femme le poursuit toujours; son acharnement n'a point diminué. Quand j'ai été me plaindre aujourd'hui à monsieur de Gonzague du singulier traitement qu'on m'avait fait subir chez toi, rue Pierre-Lescot, je l'ai vue, cette femme, et je l'ai entendue. Elle disait à un seigneur en cheveux blancs, qui sortait de chez elle: « Cela me regarde, c'est mon devoir et mon droit; j'ai les yeux ouverts, il ne m'échappera pas; et quand la vingt-quatrième heure sonnera, il sera arrêté, fallût-il pour cela ma propre main!»

— Oh! dit Aurore, ce ne peut-être que la même femme! je la reconnais à sa haine, et voilà plus d'une fois que l'idée me vient...

— Quelle idée? demanda dona Cruz.

— Rien... je ne sais... je suis folle.

— Il me reste une chose à te dire, reprit dona Cruz avec hésitation; c'est presque un message que je t'apporte. Monsieur de Gonzague a été bon pour moi, mais je n'ai plus confiance en monsieur de Gonzague... Toi, je t'aime de plus en plus, ma pauvre petite Aurore. — Elle s'assit sur le sofa auprès de sa compagne et poursuivit: — Monsieur de Gonzague m'a certainement dit cela pour que je te le répète.

— Que t'a-t-il dit? interrogea Aurore.

— Tout à l'heure, répondit dona Cruz, quand tu m'as interrompue pour me parler de ton beau chevalier Henri de Lagardère, j'en étais à t'apprendre qu'on voulait te marier avec le jeune marquis de Chaverny.

— Mais de quel droit me marier?

— Je l'ignore... mais on ne semble pas se préoccuper beaucoup de la question de savoir si l'on a droit ou non... Gonzague a lié conversation avec moi... Dans le cours de l'entretien, il a glissé ces propres paroles: « Si elle se montre obéissante, elle sauvera d'un danger mortel tout ce qu'elle a de plus cher au monde. »

— Lagardère!... s'écria Aurore.

— Je crois, répondit l'ancienne gitanita, qu'il voulait parler de Lagardère.

Aurore cacha sa tête entre ses mains.

— Il y a comme un brouillard sur ma pensée, murmura-t-elle. Dieu n'aura-t-il pas pitié de moi!

Dona Cruz l'attira contre son cœur.

— N'est-ce pas Dieu qui m'a mise là près de toi? fit-elle doucement. Je ne suis qu'une femme, mais je suis forte et je n'ai pas peur de mourir. S'ils t'attaquaient, Aurore, tu aurais quelqu'un pour te défendre. — Aurore lui rendit son étreinte. On commençait à entendre les voix tumultueuses de ceux qui appelaient dona Cruz. — Il faut que je m'en aille! — dit celle-ci. Puis sentant qu'Aurore tremblait tout à coup dans ses bras. — Pauvre chère enfant, reprit-elle, comme la voilà pâle!

— J'ai peur ici quand je suis toute seule, balbutia Aurore; ces valets, ces servantes, tout me fait peur.

— Tu n'as rien à craindre, répondit dona Cruz. Ces valets, ces servantes savent que je t'aime; ils croient que mon pouvoir est grand sur l'esprit de Gonzague. — Elle s'interrompit et parut réfléchir. — Il y a des instans où je te crois moi-même, poursuivit-elle; l'idée me vient parfois que Gonzague a besoin de moi...

A l'étage supérieur, le bruit redoublait.

Dona Cruz se leva et reprit le verre de champagne qu'elle avait déposé sur la table.

— Conseille-moi... guide-moi! dit Aurore.

— Rien n'est perdu s'il a vraiment besoin de moi! s'écria dona Cruz... Il faut gagner du temps.

— Mais ce mariage... je préférerais mille fois la mort!

— Il est toujours temps de mourir, chère petite sœur. Comme elle faisait un mouvement pour se retirer, Aurore la retint par sa robe.

— Vas-tu donc m'abandonner tout de suite? dit-elle.

— Ne les entends-tu pas?... Ils m'appellent!... Mais, fit-elle en se ravisant tout à coup, t'ai-je parlé du bossu?

— Non, répondit Aurore. Quel bossu?

— Celui qui me fit sortir d'ici hier au soir par des chemins que je ne connaissais pas moi-même... celui qui me conduisit jusqu'à la porte de ta maison... il est ici!

— Au souper?

— Au souper... Comme je me suis souvenue de ce que tu m'as dit... de cet étrange personnage qui seul est admis dans la retraite de ton beau Lagardère...

— Ce doit être le même! fit Aurore.

— J'en jurerais!... Je me suis rapprochée de lui pour lui dire que, le cas échéant, il pouvait compter sur moi.

— Eh bien...?

— C'est le bossu le plus bizarre qui ait abusé jamais du droit de caprice. Il a fait semblant de ne me point reconnaître; impossible de tirer de lui une parole. Il était tout entier à ces dames, qui s'amusaient de lui et le faisaient boire furieusement... si bien qu'il est tombé sous la table.

— Il y a donc des femmes en haut? demanda Aurore.

— Je crois bien! répondit dona Cruz.

— Quelles femmes?

— Des grandes dames, répliqua la gitana de bonne foi; ce sont bien là les Parisiennes que j'avais rêvées dans notre Madrid!... Les dames de la cour, ici, chantent, rient, boivent, jurent comme des mousquetaires... C'est charmant!

— Es-tu bien sûre que ce soient des dames de la cour? — Dona Cruz fut presque offensée. — Je voudrais bien les voir, dit encore Aurore... sans être vue, ajouta-t-elle eu rougissant.

— Et ne voudrais-tu point voir aussi ce joli petit marquis de Chaverny ? demanda dona Cruz avec un peu de moquerie.

— Si fait, répondit Aurore simplement ; je voudrais bien le voir.

La gitana, sans lui donner le temps de la réflexion, la saisit par le bras en riant et l'entraîna vers l'escalier dérobé.

Là, les deux jeunes filles n'étaient plus séparées de la fête que par l'épaisseur d'une porte.

On entendait vingt voix qui criaient, parmi le choc des verres et les éclats de rire :

— Faisons le siége du boudoir ! A l'assaut ! à l'assaut !

## VII

### UNE PLACE VIDE.

Monsieur de Peyrolles, représentant peu accrédité du maître de céans, voyait son autorité complétement méconnue. Chaverny et deux ou trois autres lui avaient déjà demandé des nouvelles de son oreille. Il était désormais impuissant à réprimer le tumulte.

De l'autre côté de la porte, Aurore, plus morte que vive, regrettait amèrement d'avoir quitté sa retraite.

Dona Cruz riait, l'espiègle et l'intrépide. Il eût fallu pour l'effrayer bien autre chose que cela.

Elle souffla les bougies qui éclairaient le boudoir, non point pour elle, mais pour que, du salon, personne ne pût voir sa compagne.

— Regarde ! dit-elle en montrant le trou de la serrure.

Mais l'humeur curieuse d'Aurore était passée.

— Allez-vous nous laisser longtemps pour cette demoiselle ? demanda Cidalise.

— Voilà qui en vaut ta peine ! ajouta la Desbois.

— Elles sont jalouses, les marquises ! pensa tout haut dona Cruz.

Aurore avait l'œil à la serrure.

— Cela ! des marquises ! fit-elle avec doute.

Dona Cruz haussa les épaules d'un air capable et dit :

— Tu ne connais pas la cour.

— Dona Cruz ! dona Cruz ! nous voulons dona Cruz ! criait-on dans le salon.

La gitanita eut un naïf et orgueilleux sourire.

— Ils me veulent !—murmura-t-elle.On secoua la porte. Aurore se recula vivement. Dona Cruz mit l'œil à la serrure à son tour. — Oh ! oh ! oh ! s'écria-t-elle en éclatant de rire, quelle bonne figure a ce pauvre Peyrolles !

— La porte résiste, dit Navailles.

— J'ai entendu parler, ajouta Nocé.

— Un levier ! une pince !

— Pourquoi pas du canon ? demanda la Nivelle en s'éveillant à demi.

Oriol se pâma.

— J'ai mieux que cela ! s'écria Chaverny, une sérénade !

— Avec les verres, les couteaux, les bouteilles et les assiettes, enchérit Oriol en regardant sa Nivelle.

Celle-ci sommeillait de nouveau.

— Il est charmant, ce petit marquis ! murmura dona Cruz.

— Lequel est-ce ? demanda Aurore en se rapprochant de la porte.

— Mais je ne vois plus le bossu, dit la gitanita au lieu de répondre.

— Y êtes-vous ? criait en ce moment Chaverny.

Aurore, qui avait maintenant l'œil à la serrure, faisait

tous ses efforts pour reconnaître son galant de la calle Réal à Madrid. La confusion était si grande dans le salon qu'elle n'y pouvait parvenir.

— Lequel est-ce ? répéta-t-elle.

— Le plus ivre de tous, répliqua cette fois dona Cruz.

— Nous y sommes ! nous y sommes ! gronda le chœur des exécutans.

Ils s'étaient levés presque tous, les dames aussi. Chacun tenait à la main son instrument d'accompagnement. Cidalise avait un réchaud sur lequel la Desbois frappait. C'était, avant même qu'eût commencé le chant, un charivari épouvantable.

Peyrolles, ayant essayé une observation timide, fut saisi par Navailles et Gironne, et provisoirement accroché à un porte-manteau.

—Qui est-ce qui chante ?

— Chaverny ! Chaverny ! c'est Chaverny qui chante !

Et le petit marquis, poussé de main en main, fut lancé contre la porte.

Aurore le reconnut en ce moment, et se rejeta violemment en arrière.

— Bah ! fit dona Cruz, parce qu'il est un peu gris ?... C'est la mode de la cour... Il est charmant !

Chaverny réclama le silence d'un geste aviné. On se tut.

— Mesdames et messieurs, dit-il, je tiens avant tout à vous expliquer ma position...

Il y eut une tempête de huées.

— Pas de discours ! chante ou tais-toi !

— Ma position est simple, bien qu'au premier abord elle puisse sembler...

— A bas Chaverny ! Un gage ! Accrochons Chaverny auprès de Peyrolles !

— Pourquoi veux-je vous expliquer ma position ? reprenait le petit marquis avec l'imperturbable ténacité de l'ivresse ; c'est que la morale...

—A bas la morale !

— C'est que les circonstances...

— A bas les circonstances !

Cidalise, la Desbois et la Fleury étaient comme trois louves autour de lui. Nivelle dormait.

— Si tu ne veux pas chanter, s'écria Navailles, déclame-nous des vers de tragédie.

Il y eut de violentes protestations.

— Si tu chantes, reprit Nocé, on te laisse expliquer ta position.

— Le jurez-vous ? demanda Chaverny sérieusement.

Chacun prit la pose d'un Horace à la scène du serment.

— Nous le jurons ! nous le jurons !

— Alors, dit Chaverny, laissez-moi expliquer ma position auparavant. — Dona Cruz se tenait les côtes. Mais les gens du salon se fâchaient. On parlait de pendre Chaverny par les pieds en dehors de la fenêtre. Le dix-huitième siècle aussi avait de bien agréables plaisanteries. — Ça ne sera pas long, continuait le petit marquis. Au fond, ma position est bien claire. Je ne connais pas ma femme, ainsi je ne peux pas la détester... J'aime les femmes en général... c'est donc un mariage d'inclination.

Vingt voix, éclatant comme un tonnerre, se mirent à hurler :

— Chante ! chante ! chante !

Chaverny prit une assiette et un couteau des mains de Taranne.

— Ce sont des petits vers, dit-il, composés par un jeune homme.

— Chante ! chante ! chante !

— Ce sont de simples couplets... attention au refrain ! Il chante en s'accompagnant sobrement sur son assiette :

> Qu'une femme
> Ait deux maris,
> On la blâme
> Et moi j'en ris ;

> Mais un mâle bigame,
> A mon sens, est infâme,
> Car aujourd'hui la femme
> Est hors de prix
> A Paris !

— Pas trop mal ! pas trop mal ! fit la censure.

— Oriol connaît le cours du jour !

— Au refrain ! au refrain !

> Mais un mâle bigame,
> A mon sens, est infâme,
> Car aujourd'hui la femme
> Est hors de prix
> A Paris !

— Qu'est-ce qui me donne à boire ? dit Nivelle en sursaut.

— Comment trouvez-vous cela, charmante ? demanda Oriol.

— C'est bête comme tout !... Bravo ! bravo !

— Mais n'aies donc pas peur ! disait à la pauvre Aurore dona Cruz, qui la tenait embrassée.

— Le second couplet !... Courage, Chaverny !

Il continua :

> A la banque
> Du bon régent,
> Rien ne manque,
> Sinon l'argent.

A cet irrévérencieux début, Peyrolles fit un haut-le-corps si désespéré qu'il se décrocha lui-même, et tomba à plat ventre.

— Messieurs ! messieurs ! au nom de monsieur le prince de Gonzague !... fit-il en se relevant.

Mais on ne l'entendait pas.

— C'est faux ! criaient les uns.

— Calomnie ! calomnie !

— Monsieur Law a tous les trésors du Pérou dans sa cave !

— Pas de politique !

— Si fait !

— Non pas !

— Vive Chaverny !

— A bas Chaverny !

— Bâillonnez-le !...

— Laissez-le continuer

Et ces dames cassaient fanatiquement les assiettes et les verres.

— Chaverny, viens m'embrasser ! cria Nivelle.

— Par exemple !... protesta le gros petit traitant.

— Il fait la hausse pour nous ! grommela Nivelle en refermant les yeux ; il est gentil, ce petit marquis !... Il a dit que la femme est hors de prix à Paris : ce n'est pas encore assez cher. Les hommes sont des pot-au-feu ! Tant que je vois un homme garder une pistole au fond de son sac, moi, ça m'énerve !

Dans le boudoir, Aurore, le visage caché derrière ses deux mains, disait d'une voix altérée :

— J'ai froid, j'ai froid jusqu'au fond de l'âme... l'idée qu'on veut me livrer à un pareil homme...

— Bah ! dit dona Cruz, je me chargerais bien, moi, de le rendre doux comme un agneau. Tu ne le trouves donc pas bien gentil ?

— Viens !... emmène-moi !... Je veux passer le reste de la nuit en prières.

Elle chancelait. Dona Cruz la soutint dans ses bras.

La gitanita était le meilleur petit cœur qui fût au monde, mais elle ne partageait point du tout les répulsions de sa compagne.

C'était bien là le Paris qu'elle avait rêvé.

— Viens donc ! — dit-elle, pendant que Chaverny, profitant d'une courte échappée de silence, demandait avec

larmes qu'on lui permît d'expliquer sa position. En descendant l'escalier, dona Cruz dit : — Petite sœur, gagnons du temps ; fais semblant d'obéir, crois-moi. Plutôt que de te laisser dans l'embarras, je l'épouserais, moi, ce Chaverny !

— Tu ferais cela pour moi ! s'écria Aurore dans un élan de naïve gratitude.

— Mon Dieu ! oui... Allons, prie, puisque cela te console. Dès que je pourrai m'échapper, je viendrai te revoir.

— Elle remonta l'escalier, le pied leste, le cœur léger, et brandissant déjà son verre de champagne. — Certes... murmurait-elle, pour l'obliger... avec ce Chaverny on passerait sa vie à rire !

Quoi de mieux ? En arrivant à la porte du boudoir, elle s'arrêta pour écouter.

Chaverny disait d'un accent indigné :

— M'avez-vous promis, oui ou non, que je pourrais vous expliquer ma position ?...

— Jamais !... Chaverny abuse de sa position !... à la porte !

— Décidément, messieurs, fit Navailles, il faut donner l'assaut !... la petite se moque de nous !

Dona Cruz saisit ce moment pour ouvrir la porte.

Elle parut sur le seuil, souriante et gaie, levant son verre au-dessus de sa tête.

Il y eut un long et bruyant applaudissement.

— Allons donc, messieurs, dit-elle en tendant son verre vide, un peu d'entrain ! Est-ce que vous croyez que vous faites du bruit ?

— Nous tâchons, fit Oriol.

— Vous êtes de pauvres tapageurs, reprit dona Cruz, qui vida son verre d'un trait ; on ne vous entend pas seulement derrière cette porte !

— Est-ce vrai ? s'écrièrent nos roués humiliés.

Ils se croyaient de taille à empêcher Paris de dormir.

Chaverny contemplait dona Cruz avec admiration.

— Délicieuse ! murmura-t-il, adorable !

Oriol voulut répéter ces mots qui lui semblaient jolis, mais Nivelle se réveilla pour le pincer jusqu'au sang.

— Voulez-vous bien vous taire ! dit-elle.

— Oui, ma charmante ! répondit le docile Oriol.

Il essaya de s'esquiver, mais la fille du Mississipi le retint par la manche.

— A l'amende ! fit-elle, une bleue !

Oriol tira son portefeuille et donna une action toute neuve, tandis que Nivelle chantonnait :

> Car aujourd'hui la femme
> Est hors de prix
> A Paris !

Dona Cruz cependant cherchait des yeux le bossu. Son instinct lui disait que, malgré ses rebuffades, cet homme était un secret allié.

Mais elle n'avait là personne à qui adresser une question.

Elle dit seulement, pour savoir si le bossu avait accompagné Gonzague :

— Où donc est monseigneur ?

— Son carrosse est de retour, répondit Peyrolles qui rentrait ; monseigneur donne des ordres.

— Pour les violons, sans doute ? ajouta Cidalise.

— Allons-nous vraiment danser ? s'écria la gitanita déjà rouge de plaisir.

La Desbois et la Fleury lui jetèrent un dédaigneux regard.

— J'ai vu un temps, dit sentencieusement Nivelle, où nous trouvions toujours quelque chose sous nos assiettes quand nous venions ici. — Elle releva son assiette et reprit : — Néant !... Pas le moindre grain de millet ! Ah ! mes belles, la régence baisse !

— La régence vieillit ! appuya Cidalise.

— La régence se fane ! Quand nous aurions eu chacune deux ou trois bleues au dessert, Gonzague en aurait-il été plus pauvre ?

— Qu'est-ce que c'est que des bleues ? demanda dona Cruz.

Que dire pour peindre la stupéfaction générale ? Figurez-vous, de nos jours, un souper à la Maison-Dorée, un souper composé de rats et de tortoniens, et figurez-vous une de ces dames ignorant ce que c'est que le Crédit mobilier.

C'est impossible. Eh bien ! la candeur de dona Cruz était tout aussi invraisemblable.

Chaverny fouilla précipitamment dans sa poche où était la dot, il prit une douzaine d'actions qu'il mit dans la main de la gitanita.

— Merci, fit-elle ; monsieur de Gonzague vous les rendra. — Puis, éparpillant les actions devant Nivelle et les autres, elle ajouta avec une grâce charmante : — Mesdames, voilà votre dessert ! Ces dames prirent les actions, et déclarèrent que cette petite était détestable. — Voyons, voyons, poursuivit dona Cruz : il ne faut pas que monseigneur nous trouve endormis !... A la santé de monsieur le marquis de Chaverny !... Votre verre, marquis !

Celui-ci tendit son verre, et poussa un profond soupir.

— Si vous saviez !... murmura-t-il ; si je pouvais vous dire !...

Il but, et pendant cela Navailles s'écria :

— Prenez garde ! il va nous expliquer sa position.

— Pas à vous ; répliqua Chaverny ; je ne veux pour auditeur que la charmante dona Cruz. Vous n'êtes pas dignes de me comprendre.

— C'est pourtant bien simple, interrompit Nivelle ; votre position est celle d'un homme gris.

Tout le monde éclata de rire. On crut que le gros petit Oriol allait étouffer.

— Morbleu ! fit le marquis en brisant son verre sur la table, y a-t-il ici quelqu'un d'assez hardi pour se moquer de moi ? Dona Cruz, je ne plaisante pas ! vous êtes ici comme une étoile du ciel, égarée parmi les lampions.

Bruyante protestation de ces dames.

— C'est trop fort !... trop fort ! dit Oriol.

— Tais-toi, fit Chaverny ; la comparaison ne peut blesser que les lampions... d'ailleurs, je ne vous parle pas, à vous autres... Je somme monsieur de Peyrolles d'arrêter vos indécentes vociférations... et j'ajoute qu'il ne m'a jamais plu qu'un instant en sa vie... c'est quand il était accroché au porte-manteau... il était bien !... Il eut un attendrissement involontaire, et ajouta les larmes aux yeux : — Ah ! il était très bien ! Mais, pour en revenir à ma position... s'interrompit-il en prenant les deux mains de dona Cruz.

— Je la sais sur le bout du doigt, monsieur le marquis, fit la gitanita : vous épousez cette nuit une femme charmante.

— Charmante ? interrogea le chœur.

— Charmante, répéta dona Cruz, jeune, spirituelle, bonne, et n'ayant pas la moindre idée des bleues...

— Une épigramme ! fit Nivelle, cela se forme !

— Vous montez en chaise de poste, continua dona Cruz en s'adressant toujours à Chaverny ; vous enlevez votre femme...

— Ah ! interrompit le petit marquis, si c'était vous, adorable enfant...

Dona Cruz lui emplit son verre jusqu'aux bords.

— Messieurs, dit Chaverny avant de boire, dona Cruz vient d'éclairer ma position ; je ne l'aurais pas mieux fait moi-même. Cette position est romanesque.

— Buvez donc, fit la gitanita en riant.

— Permettez. Depuis longtemps déjà je nourris une pensée...

— Voyons !... voyons la pensée de Chaverny !

Il se leva et prit une pose d'orateur.

— Messieurs, dit-il, voici plusieurs sièges vides. Celui-ci appartient à mon cousin de Gonzague, celui-ci au bossu ; ils ont été occupés tous deux, mais celui-là...

Il montrait un fauteuil placé juste en face de celui de Gonzague, et dans lequel, en effet, depuis le commencement du souper, personne ne s'était assis.

— Voici la pensée que j'ai, poursuivit Chaverny : je veux que ce siége soit occupé... je veux qu'on y mette la mariée.

— C'est juste ! c'est juste ! cria-t-on de toutes parts ; l'idée de Chaverny est raisonnable... La mariée ! la mariée !

Dona Cruz voulut saisir le bras du petit marquis, mais rien n'était capable de le distraire.

— Que diable ! grommela-t-il en se tenant à la table et la figure inondée de ses cheveux, je ne suis pas ivre, peut-être !

— Buvez et taisez-vous ! lui glissa dona Cruz à l'oreille.

— Je veux bien boire, astre divin... oui... Dieu m'est témoin que je veux bien boire... mais je ne veux pas me taire... Mon idée est juste... elle découle de ma position... Je demande la mariée... car... écoutez donc, vous autres !

— Écoutez ! écoutez !... Il est beau comme le dieu de l'éloquence !

Ce fut Nivelle qui s'éveilla tout à fait pour dire cela.

Chaverny frappa du poing la table, et continua en criant plus fort :

— Je dis qu'il est absurde... absurde...

— Bravo, Chaverny ! Superbe, Chaverny !

— Absurde, je le dis, de laisser une place vide...

— Magnifique ! magnifique ! Bravo, Chaverny !

L'assistance entière applaudissait. Le petit marquis faisait des efforts extravagans pour suivre sa pensée.

— De laisser une place vide, acheva-t-il en se cramponnant à la nappe, si l'on n'attend pas quelqu'un.

Au moment où une salve de bravos allait accueillir cette laborieuse conclusion, Gonzague apparut à la porte de la galerie, et dit :

— Aussi attend-on quelqu'un.

## VIII

### UNE PÊCHE ET UN BOUQUET.

La figure de monsieur le prince de Gonzague parut à chacun sévère et même soucieuse. On posa les verres sur la table et le sourire s'évanouit.

— Cousin, dit Chaverny, retombé au fond de son fauteuil, je vous attendais... pour vous parler un peu de ma position.

Gonzague vint jusqu'à la table et lui prit le verre qu'il était en train de porter à ses lèvres.

— Ne bois plus ! dit-il d'un ton sec.

— Par exemple !... protesta Chaverny.

Gonzague jeta le verre par la fenêtre et répéta :

— Ne bois plus.

Chaverny le regardait avec de gros yeux étonnés.

Les convives se rassirent. La pâleur avait déjà remplacé sur plus d'un visage les belles couleurs de l'ivresse naissante.

Il y avait une pensée qu'on avait tenue à l'écart depuis le commencement de cette fête, mais qui planait dans l'air.

L'aspect soucieux de Gonzague la ramenait.

Peyrolles essaya de se glisser vers son maître, mais dona Cruz le prévint.

— Un mot, s'il vous plaît, monseigneur, dit-elle.

Gonzague lui baisa la main et la suivit à l'écart.

— Que veut dire cela ? murmura Nivelle.

— Je crois, ajouta Cidalise, que nous n'aurons pas les violons.

— Ce ne peut être une banqueroute, insinua la Desbois; Gonzague est trop riche.

— On voit des choses si étranges, répliqua Nivelle.

Ces messieurs ne se mêlaient point de l'entretien. La plupart avaient les yeux sur la nappe et semblaient réfléchir.

Chaverny seul chantait je ne sais quel pont-neuf égrillard, et ne prenait point garde à cette sombre inquiétude qui venait d'envahir tout à coup le salon.

Oriol grommela à l'oreille de Peyrolles :

— Est-ce que nous aurions de mauvaises nouvelles ?

Le factotum lui tourna le dos.

— Oriol! — appela Nivelle. Le gros petit traitant se rendit à l'ordre aussitôt, et la fille du Mississipi lui dit : — Quand le prince en aura fini avec cette petite, vous irez lui dire que nous demandons les violons.

— Mais... voulut objecter Oriol.

— La paix ! Vous irez, je le veux !

Le prince n'en avait pas fini; et, à mesure que le silence durait, l'impression de gêne et de tristesse devenait plus évidente.

Ce n'était pas une franche gaieté que celle qui avait régné dans cet essai d'orgie. Si le lecteur a pu croire que nos gens se divertissaient de bon cœur, c'est que nous n'avons point réussi dans notre peinture.

Ils avaient fait ce qu'ils avaient pu. Le vin avait monté le diapason des voix et rougi les visages, mais l'inquiétude n'avait pas cessé d'exister un seul instant derrière les éclats de rire de cette joie mensongère.

Et pour la faire tomber à plat, toute cette allégresse factice, il avait suffi du sourcil froncé de Gonzague.

Ce que le gros Oriol avait dit, tout le monde le pensait :

Il y avait de mauvaises nouvelles.

Gonzague baisa une seconde fois la main de dona Cruz.

— Avez-vous confiance en moi ? lui dit-il d'un accent paternel.

— Certes, monseigneur, répondit la gitanita, dont le regard était suppliant; mais c'est ma seule amie, ma sœur !

— Je ne sais rien vous refuser, chère enfant. Dans une heure, quoi qu'il arrive, elle aura sa liberté.

— Est-ce vrai cela, monseigneur ? s'écria dona Cruz toute joyeuse ; laissez-moi lui annoncer ce grand bonheur.

— Non... pas maintenant... restez. Lui avez-vous dit mon désir ?

— Ce mariage ? Oui, sans doute ; mais elle a de vives répugnances.

— Monseigneur, balbutia Oriol qu'un signe impérieux de la Nivelle avait mis en mouvement, pardon si je vous dérange... mais ces dames réclament les violons.

— Laissez ! dit Gonzague qui l'écarta de la main.

— Il y a quelque chose !... murmura Nivelle.

Gonzague reprit en serrant les deux mains de dona Cruz :

— Je ne vous dis plus qu'un mot : J'aurais voulu sauver celui qu'elle aime...

— Mais, monseigneur ! s'écria dona Cruz, si vous vouliez m'expliquer en quoi ce mariage est utile à monsieur de Lagardère, je rapporterais vos paroles à la pauvre Aurore...

— C'est un fait, interrompit Gonzague : je ne puis rien ajouter à mon affirmation... Pensez-vous que je sois le maître des événements ?... En tous cas, je vous promets qu'il n'y aura point de contrainte.

Il voulut s'éloigner, dona Cruz le retint.

— Je vous en prie, dit-elle, donnez-moi la permission de retourner près d'elle... vos réticences me font peur.

— En ce moment, répondit Gonzague, j'ai besoin de vous.

— De moi ! répéta la gitana étonnée.

— Il va se dire ici des paroles que ces dames ne doivent point entendre.

— Et moi, les entendrai-je ?

— Non... Ces paroles n'ont point trait à votre amie... Vous êtes ici chez vous ; faites votre devoir de maîtresse de maison ; emmenez ces dames dans le salon de Mars.

— Je suis prête à vous obéir, monseigneur.

Gonzague la remercia et regagna la table. Chacun cherchait à lire sur son visage.

Il fit signe à Nivelle, qui s'approcha de lui.

— Vous voyez bien cette enfant, dit-il en montrant dona Cruz, qui restait toute pensive à l'autre bout du salon, tâchez de la distraire, et faites qu'elle ne prête pas attention à ce qui va se passer ici.

— Vous nous chassez, monseigneur ?

— Tout à l'heure on vous rappellera. Il y a dans le petit salon une corbeille de mariage...

— J'ai compris, monseigneur.... Nous donnez-vous Oriol ?

— Non, pas même Oriol... Allez !

— Mes belles petites, dit la Nivelle, voici dona Cruz qui veut nous emmener voir la toilette de la mariée.

Ces dames se levèrent toutes à la fois et entrèrent précédées par la gitanita dans le petit salon de Mars, qui faisait face au boudoir où nous avons vu naguère les deux amies.

Il y avait en effet dans le petit salon une corbeille de mariage. Ces dames l'entourèrent.

Gonzague donna un coup d'œil à Peyrolles, qui alla fermer la porte derrière elles.

A peine fut-elle fermée que dona Cruz s'en rapprocha, mais la Nivelle courut à elle et la ramena par la main.

— C'est à vous de nous montrer tout cela, bel ange, dit-elle ; nous ne vous tenons pas quitte.

Dans le salon, il n'y avait plus que des hommes.

Gonzague vint prendre place au milieu d'un silence profond. Ce silence même éveilla le petit marquis de Chaverny.

— Eh bien ! eh bien ! fit-il, où sont ces dames ? Et comme personne ne répondait. — Je me souviens, murmura-t-il en se parlant à lui même, que j'ai vu deux ravissantes créatures dans le jardin... mais dois-je vraiment épouser l'une d'elles, ou n'est-ce qu'un rêve ?... Ma foi ! je n'en sais rien. Cousin, s'interrompit-il brusquement, il fait lugubre ici ! je vais avec les dames.

— Reste ! ordonna Gonzague. Puis, promenant son regard sur l'assemblée. — Avons-nous notre sang-froid, messieurs ? demanda-t-il.

— Tout notre sang-froid, lui fut-il répondu.

— Pardieu ! s'écria Chaverny, c'est toi, cousin, qui as voulu nous faire boire !

Il avait raison. Le mot sang-froid avait ici pour Gonzague une signification purement relative. Il lui fallait des têtes échauffées et des bras sains.

Excepté Chaverny, tout le monde était à point.

Gonzague avait déjà regardé le petit marquis en secouant la tête d'un air mécontent. Il consulta la pendule et reprit :

— Nous avons juste une demi-heure pour causer... Trève de folies ; je parle pour vous, marquis.

Celui-ci, au moment où Gonzague lui avait ordonné de rester, s'était rassis, non sur son siége, mais sur la nappe.

— Ne vous inquiétez pas de moi, cousin, dit-il en prenant la gravité des ivrognes; souhaitez seulement que personne ici ne soit plus gris que moi. Je suis préoccupé de ma position : c'est tout simple.

— Messieurs, interrompit Gonzague, nous nous passerons de lui s'il le faut. Voici le fait : En ce moment, une jeune fille nous gêne... nous gêne, entendez-vous?... nous gêne tous, car nos intérêts sont désormais unis bien plus étroitement que vous ne pensez; on peut dire que votre fortune est la mienne, et j'ai pris mes mesures pour que le lien qui nous unit fût une véritable chaîne.

— Nous ne saurions tenir de trop près à monseigneur, dit Montaubert.

— Certes, certes, fit-on.

Mais il n'y avait pas d'élan.

— Cette jeune fille... reprit Gonzague.

— Puisque les circonstances semblent s'aggraver, dit Navailles, nous avons le droit de chercher la lumière... Cette jeune fille enlevée hier par vos hommes est-elle la même que celle dont on parlait chez monsieur le régent ?

— Celle que monsieur de Lagardère avait promis de conduire au Palais-Royal ? ajouta Choisy.

— Mademoiselle de Nevers enfin ? conclut Nocé.

On vit Chaverny changer de visage. On l'entendit répéter tout bas et d'un accent étrange :

— Mademoiselle de Nevers !

Gonzague fronça le sourcil.

— Que vous importe son nom ? dit-il avec un mouvement de colère ; elle nous gêne... elle doit être écartée de notre chemin. — On fit silence. Chaverny prit son verre, mais il le déposa sans avoir bu. Gonzague poursuivit : — J'ai horreur du sang, messieurs mes amis, autant et plus que vous... l'épée ne m'a jamais réussi... En conséquence, je ne veux plus de l'épée... je suis pour la douceur... Chaverny, je dépense cinquante mille écus et les frais de ton voyage pour garder la paix de ma conscience.

— C'est cher ! grommela Peyrolles.

— Je ne comprends pas, dit Chaverny.

— Tu vas comprendre... Je laisse une chance à cette belle enfant.

— Est-ce mademoiselle de Nevers ? demanda le petit marquis reprenant machinalement son verre.

— Si tu lui plais... commença Gonzague au lieu de répondre.

— Quant à cela, interrompit Chaverny en buvant, on lui plaira !

— Tant mieux... En ce cas, elle t'épousera de son plein gré.

— Je ne le veux pas autrement, dit Chaverny.

— Ni moi non plus ! fit Gonzague qui avait aux lèvres un sourire équivoque. Une fois marié, tu emmènes ta femme au fond de quelque province, et tu fais durer la lune de miel éternellement, à moins que tu ne préfères revenir seul... dans un temps moral.

— Et si elle refuse ? demanda le petit marquis.

— Si elle refuse... ma conscience ne me reprochera rien... elle sera libre.

Gonzague baissa les yeux malgré lui en prononçant ce dernier mot.

— Vous disiez, murmura Chaverny, qu'elle n'avait qu'une chance... Si elle accepte ma main, elle vit... si elle refuse, elle est libre... Je ne comprends pas.

— C'est que tu es ivre, — répliqua sèchement Gonzague. Les autres gardaient un silence profond. Sous ces lustres étincelants qui éclairaient les riantes peintures du plafond et des murailles, parmi ces flacons vides et ces fleurs fanées, je ne sais quelle sinistre impression planait. De temps en temps, on entendait le rire des femmes dans le salon voisin. Ce rire faisait mal. Gonzague seul avait le front haut et la gaieté aux lèvres. — Vous, messieurs, reprit-il, je suis sûr que vous me comprenez ? — Personne ne répondit, pas même ce coquin endurci, monsieur de Peyrolles. — Il faut donc une explication, continua Gonzague en souriant ; elle sera courte, car nous n'avons pas le temps... Posons d'abord l'axiome de la situation : l'existence de cette enfant nous ruine de fond en comble... Ne prenez pas ces airs sceptiques ; cela est. Si demain je perdais l'héritage de Nevers, après-demain nous serions en fuite.

— Nous ! se récria-t-on de toutes parts.

— Vous ! mes maîtres, repartit Gonzague qui se redressa ; vous tous, sans exception... le prince de Gonzague a suivi la mode : il a des livres comme le moindre marchand... vous êtes tous sur les livres du prince de Gonzague... Peyrolles sait arranger admirablement ces choses-là !... Ma banqueroute entraînerait votre perte complète. —

Tous les regards se tournèrent vers Peyrolles qui ne broncha pas. — En outre, poursuivit le prince, après ce qui s'est passé hier... Mais point de menaces ! s'interrompit-il ; vous êtes liés solidement, voilà tout.... et vous me suivrez dans l'adversité comme des compagnons fidèles. Il s'agit donc de savoir si vous êtes bien pressés de me donner cette marque de dévouement ? — On ne répondit point encore. Le sourire de Gonzague devint plus ouvertement railleur. — Vous voyez bien que vous me comprenez, dit-il ; avais-je tort de compter sur votre intelligence ?... La jeune fille sera libre... je l'ai dit, je le maintiens... libre de sortir d'ici... d'aller où bon lui semblera... oui, messieurs... Cela vous étonne ?... — Tous les yeux stupéfaits l'interrogeaient. Chaverny buvait lentement et d'un air sombre. Il y eut un long silence. Gonzague emplit pour la première fois son verre et ceux de ses voisins. — Je vous l'ai dit souvent, messieurs mes amis, reprit-il d'un ton léger, les bonnes coutumes, les belles manières, la poésie splendide, les parfums exquis, tout cela nous vient d'Italie... On n'étudie pas assez l'Italie !... Écoutez et tâchez de profiter. — Il but une gorgée de champagne et continua : — Voici une anecdote de ma jeunesse... douces années qui ne reviennent plus !... Le comte Annibal Canozza, des princes Amalfi, était mon cousin... un joyeux vivant, ma foi ! et qui fit avec moi plus d'une équipée... Il était riche, très riche... Jugez-en : il avait, mon cousin Annibal, quatre châteaux sur le Tibre, vingt fermes en Lombardie, deux palais à Florence, deux à Milan, deux à Rome, et toute la célèbre vaisselle d'or des cardinaux Allaria, nos oncles vénérés... J'étais l'héritier unique et direct de mon cousin Canozza ; mais il n'avait que vingt-sept ans et promettait de vivre un siècle... Je ne vis jamais plus belle santé que la sienne... Vous prenez froid, messieurs mes amis ; buvez, je vous prie ; une rasade, pour vous remettre le cœur. — On obéit ; on avait besoin de cela. — Un soir, poursuivit monsieur le prince de Gonzague, j'invitai mon cousin Canozza à ma vigne de Spolète... un site enchanteur, et des treilles !... Nous passâmes la soirée sur la terrasse, humant la brise parfumée, et causant, je crois, de l'immortalité de l'âme. Canozza était un stoïcien, sauf le vin et les femmes... Il me quitta frais et dispos, par un beau clair de lune... Il me semble le voir encore monter dans son carrosse... Assurément il était libre, n'est-ce pas ? bien libre d'aller, lui aussi, où bon lui semblerait... à un bal... à un souper... il y a de tout cela en Italie... à un rendez-vous d'amour... mais libre aussi d'y rester.... — Il acheva son verre, et comme tous les yeux l'interrogeaient, il termina : — Le comte Canozza, mon cousin, usa de cette dernière liberté ; il y resta... — Un mouvement se fit parmi les convives. Chaverny serra son verre convulsivement. — Il y resta ! — répéta-t-il. Gonzague prit une pêche dans une corbeille de fruits et la lui jeta. La pêche resta sur les genoux du petit marquis. — Étudie l'Italie, cousin ! — reprit Gonzague. Puis se ravisant : — Chaverny, continua-t-il, est trop ivre pour me comprendre, et c'est peut-être tant mieux ; étudiez l'Italie, messieurs... — En parlant, il roulait des pêches à la ronde. Chaque convive en avait une. Puis il dit d'un ton bref et sec : — J'avais oublié de mentionner cette circonstance frivole : avant de me quitter, le comte Annibal Canozza, mon cousin, avait partagé une pêche avec moi... — Chaque convive déposa précipitamment le fruit qu'il tenait à la main. Gonzague emplit de nouveau son verre. Chaverny fit de même. — Étudiez l'Italie, répéta pour la troisième fois le prince ; là seulement on sait vivre... Il y a un an qu'on ne se sert plus du stylet idiot... A quoi bon la violence ? En Italie, par exemple, vous désirez écarter une jeune fille qui fait obstacle sur votre route... c'est notre cas... vous faites choix d'un galant homme qui consent à l'épouser et à l'emmener je ne sais où... Très bien... c'est encore notre cas... Accepte-t-elle ? tout est dit. Refuse-t-elle ? c'est son droit, en Italie comme ici... alors vous vous inclinez jusqu'à terre, demandant pardon de la liberté grande... vous la reconduisez avec respect... tout en la reconduisant, par galanterie pure, vous lui faites accepter un bouquet... — Ce disant, monsieur de Gonzague prit un bouquet de fleurs naturelles au surtout qui ornait la table. — Peut-on refuser un bouquet ? poursuivit-il en arrangeant les fleurs. Elle s'éloigne, libre assurément, tout comme mon cousin Annibal, d'aller où bon lui semblera, chez son amant, chez son amie, chez elle, mais libre aussi d'y rester.

Il tendit le bouquet. Tous les convives reculèrent en frémissant.

— Elle y reste ! fit Chaverny entre ses dents serrées.

— Elle y reste, prononça froidement Gonzague qui le regardait en face.

Chaverny se leva.

— Ces fleurs sont empoisonnées ! s'écria-t-il.

— Assieds-toi, fit Gonzague en éclatant de rire ; tu es ivre.

Chaverny passa sa main sur son front qui dégouttait de sueur.

— Oui, murmura-t-il, je dois être ivre... S'il en était autrement...

Il chancela. Sa tête tournait.

## IX

### LE NEUVIÈME COUP.

Gonzague promena sur les convives un regard de maître.

— Il n'a pas la tête à lui, murmura-t-il, je l'excuse ; mais s'il en était un parmi vous...

— Elle acceptera, balbutia Navailles pour l'acquit de sa conscience ; elle acceptera la main de Chaverny.

Ceci était assurément une protestation bien timide. C'était peu. Les autres n'en firent pas même autant.

La menace de ruine avait porté.

La honte est comme les morts de Burger, qui vont vite. Et c'est surtout en ces siècles trafiquans que la chute est rapide et profonde.

Gonzague savait qu'il lui était permis désormais de tout oser. Ces gens étaient tous ses complices. Il avait une armée.

Gonzague remit le bouquet à sa place.

— Assez sur ce sujet, dit-il ; nous sommes d'accord. Il est quelque chose de plus grave... Neuf heures ne sont point sonnées.

— Monseigneur a-t-il appris du nouveau ? demanda Peyrolles.

— Rien !... J'ai seulement pris mes mesures... tous les abords du pavillon sont gardés... Gauthier Gendry avec cinq hommes défend l'entrée de la ruelle... La Baleine et deux autres sont en dehors de la porte du jardin... Lavergne et cinq hommes font sentinelle dans le jardin... Au vestibule, nous avons nos domestiques en armes...

— Et ces deux drôles ? demanda Navailles.

— Cocardasse et Passepoil ?... Je ne leur ai point donné de poste... ils attendent comme nous... ils sont là !

Il montrait l'entrée de la galerie, où l'on avait éteint les lustres lors de son arrivée. La porte de la galerie était grande ouverte depuis ce même instant.

— Qui attendent-ils, et qui attendons-nous ? demanda tout à coup Chaverny, dont l'œil morne eut un éclair d'intelligence.

— Tu n'étais pas là hier quand j'ai reçu cette lettre, cousin, dit Gonzague.

— Non... Qui attendez-vous ?

— Quelqu'un pour remplir ce siége, répliqua le prince en montrant le fauteuil resté vide depuis le commencement du souper.

— La ruelle, les jardins, le vestibule, l'escalier, tout cela plein d'estafiers ! prononça Chaverny avec un geste de mépris ; tout cela pour un seul homme !

— Cet homme s'appelle Lagardère, dit Gonzague avec une emphase involontaire.

— Lagardère ! — répéta Chaverny. Puis se parlant à lui-même : — Je le hais ! ajouta-t-il ; mais il m'a tenu sous lui... renversé... et il a eu pitié de moi.

Gonzague se pencha pour l'écouter mieux et secoua de nouveau la tête.

Puis il se redressa.

— Messieurs, dit-il, pensez-vous que les précautions prises soient suffisantes ?

Chaverny haussa les épaules et se mit à rire.

— Vingt contre un ! murmura Navailles, c'est honnête !

— Parbleu ! s'écria Oriol rassuré par le compte de cette formidable garnison, nous n'avions pas peur.

— Pensez-vous, reprit Gonzague, que vingt hommes pour l'attendre, le surprendre, le saisir vivant ou mort, ce soit assez ?

— Trop ! monseigneur ; c'est trop ! s'écria-t-on de toutes parts.

— Alors vous me répondrez d'avance que nul ne me reprochera d'avoir manqué de prudence ?

— Je me porte caution pour cela, s'écria Chaverny ; ce qui manque, ce n'est pas la prudence.

— J'avais besoin de ce témoignage, dit Gonzague ; et maintenant voulez-vous que je vous dise mon avis, à moi ?

— Dites, monseigneur, dites !

Ils s'étaient remis à boire.

Monsieur le prince de Gonzague se leva.

— Mon avis, prononça-t-il d'une voix lente et grave, c'est que rien n'y fera, rien ! Je connais l'homme. Lagardère a dit : « A neuf heures je serai parmi vous. » à neuf heures nous verrons Lagardère face à face... je le sais... j'en jurerais !... il n'y a pas d'armée qui puisse empêcher Lagardère de venir au rendez-vous assigné. Descendra-t-il par la cheminée, sautera-t-il par la fenêtre, surgira-t-il du plancher, je ne sais. Mais, à l'heure dite, ni avant, ni après, nous le verrons s'asseoir à cette table.

— Pardieu ! s'écria Chaverny, qu'on me le donne !... mais homme contre homme...

— Tais-toi ! interrompit Gonzague durement, je n'aime les combats de nain à géant qu'à la foire ! Cette conviction est chez moi si profonde, ajouta-t-il en se tournant vers les autres convives, que tout à l'heure j'éprouvais la trempe de ma rapière. — Il dégaina et fit plier sa lame d'acier souple et brillant. — L'heure vient, acheva-t-il en regardant la pendule du coin de l'œil ; faites comme moi... Je vous engage fort à ne compter que sur vos épées.

Tous les regards suivirent le sien, et interrogèrent le cadran de la magnifique pendule à poids qui grondait dans sa caisse de bois de rose.

L'aiguille allait marquer neuf heures.

Les convives coururent prendre leurs épées déposées çà et là sur les meubles.

— Qu'on me le donne ! répétait Chaverny ; seul à seul !

— Où vas-tu ? demanda Gonzague à Peyrolles qui se dirigeait vers la galerie.

— Fermer cette porte, répondit le prudent factotum.

— Laisse cette porte !... j'ai dit qu'elle resterait grande ouverte... grande ouverte elle restera.

— C'est un signal, messieurs, continua-t-il en s'adressant aux convives en armes. Si les deux battans se referment, réjouissez-vous ; cela voudra dire : « L'ennemi a succombé ; » mais tant qu'ils restent ouverts, veillez !

Peyrolles se mit au dernier rang avec Oriol, Taranne et les financiers. Auprès de Gonzague se tenaient Choisy, Navailles, Nocé, Gironne, tous les gentilshommes. Chaverny était de l'autre côté de la table et le plus près de la table.

Ils avaient tous l'épée à la main. Tous les regards étaient avidement fixés sur la galerie sombre.

Certes, cette attente inquiète et solennelle donnait une grande idée de l'homme qui allait venir.

La pendule eut ce grondement que rendent les rouages à l'instant où l'heure va sonner.

— Vous y êtes, messieurs? dit Gonzague, l'œil sur la porte.

— Nous y sommes! fut-il répondu tout d'une voix.

Ils venaient de se compter. Le nombre fait souvent le courage.

Gonzague, qui avait la pointe de son épée fichée dans le parquet, prit son verre sur la table, et dit d'un air fanfaron, au moment même où sonnait le premier coup de neuf heures.

— A la santé de monsieur de Lagardère... le verre d'une main, l'épée de l'autre !

Il leva son verre.

— Le verre d'une main !... l'épée de l'autre! répéta le chœur sourd.

Puis ils restèrent muets, la tasse emplie jusqu'aux bords, l'œil au guet, l'oreille attentive.

Ils attendaient, l'œil au guet, l'oreille attentive.

Pendant ce grand silence, un bruit de fer se fit au dehors.

L'horloge sonnait lentement. Elle fut un siècle à tinter ses neuf coups.

Au huitième, ce bruit de fer qui avait lieu au dehors cessa. Au neuvième, les deux battants de la porte se refermèrent brusquement.

Il y eut un hourra prolongé. Les épées s'abaissèrent.

— A Lagardère mort! cria Gonzague.

— A Lagardère mort! répétèrent les convives en vidant leurs verres d'un trait.

Chaverny seul ne bougea point et garda le silence.

Mais on vit tout à coup Gonzague tressaillir au moment où il portait son verre à ses lèvres.

Au milieu de la chambre, les capes et les manteaux entassés sur le bossu oscillèrent et se soulevèrent.

Gonzague ne songeait plus au bossu. Il ignorait d'ailleurs la fin de sa folle équipée.

Gonzague avait dit : « Je ne sais pas s'il sautera par la fenêtre, s'il tombera par la cheminée ou s'il surgira du sol, mais, à l'heure dite, il sera parmi nous. »

A la vue de cette masse qui remuait, il s'arrêta de boire et tomba en garde.

Un éclat de rire sec et strident sortit de dessous les manteaux.

— Je suis des vôtres! fit une voix grêle; me voici! me voici!

Ce n'était pas Lagardère.

Gonzague se prit à rire et murmura :

— C'est notre ami le bossu.

Celui-ci sautilla sur ses pieds, saisit un verre, et, se mêlant aux buveurs qui trinquaient :

— A Lagardère ! dit-il; le poltron aura su que j'étais ici : il n'aura pas osé venir !

— Au bossu ! au bossu! cria le chœur en riant; vive le bossu !

— Eh ! eh! messieurs, fit celui-ci avec simplicité; quel qu'un qui ne connaîtrait pas comme moi votre vaillance et qui vous verrait si joyeux croirait que vous avez eu une belle peur. Mais que veulent ces deux braves?

Il montrait, devant la porte close de la galerie, Cocardasse et Passepoil immobiles comme deux statues. Ils avaient l'air triomphant.

— Nous venons apporter nos têtes, dit le Gascon hypocritement.

— Frappez! ajouta le Normand, envoyez deux âmes de plus au ciel.

— Réparation d'honneur! s'écria gaiement Gonzague;

qu'on donne un verre de vin à ces braves; ils trinqueront avec nous.

Chaverny les regardait avec ce dégoût qu'on a en avisant le bourreau. Il s'éloigna de la table quand ils en approchèrent.

— Sur ma parole! dit-il à Choisy qui se trouvait près de lui, je crois que si ce Lagardère fût venu, je me serais mis avec lui.

— Chut! fit Choisy.

Le bossu, qui avait entendu, montra du doigt Chaverny à Gonzague et lui demanda :

— Monseigneur est-il bien sûr de cet homme-là?

— Non, répondit le prince.

Cocardasse et Passepoil trinquaient avec ces messieurs. Chaverny, dégrisé, les écoutait.

Passepoil parlait du pourpoint blanc ensanglanté; Cocardasse racontait de nouveau l'histoire de l'amphithéâtre du Val-de-Grâce.

— Mais tout cela est infâme ! dit Chaverny en poussant droit à Gonzague; mais il est évident qu'on parle ici d'un homme assassiné.

— Hein ! fit le bossu en feignant un étonnement profond ; d'où vient celui-ci?

Cocardasse, insolent et moqueur, présentait en ce moment son verre à Chaverny, qui se détourna avec horreur.

— Palsambleu ! fit encore Esope II, ce gentilhomme me paraît avoir de singulières répugnances.

Les autres convives étaient muets. Gonzague mit sa main sur l'épaule de Chaverny.

— Prends garde, cousin, murmura-t-il, tu as trop bu.

— Au contraire, monseigneur, fit Esope II à son oreille, je trouve, moi, que le cousin n'a pas bu assez... Croyez-moi... je m'y connais...

Gonzague fixa sur lui son œil soupçonneux.

Le bossu riait et secouait la tête comme un homme sûr de son fait.

— C'est bien, dit Gonzague; tu as peut-être raison... je te le livre.

— Merci, monseigneur, répondit Esope II. Puis s'approchant du petit marquis, le verre à la main, il ajouta : — Dédaignerez-vous aussi de trinquer avec moi? C'est une revanche! — Chaverny se mit à rire et tendit son verre. — A vos noces, petit marquis ! s'écria le bossu.

Ils s'assirent en face l'un de l'autre, entourés déjà de leurs parrains et juges du camp. Le duel bachique recommençait entre eux.

Dans ce salon, où l'orgie avait fait long feu jusqu'alors, chacun avait un poids de moins sur le cœur : un poids énorme. Lagardère était mort puisqu'il avait manqué à sa parole fanfaronne. Lagardère vivant et désertant le rendez-vous assigné, c'était l'impossible!

Gonzague lui-même ne doutait plus. Et s'il ordonna à Peyrolles de faire une ronde au dehors et d'inspecter les sentinelles, c'était excès de prudence italienne.

Précaution ne nuit jamais. Les estafiers échelonnés au dehors étaient payés pour la nuit entière. Il n'en coûtait rien de les laisser à leur poste.

Plus on avait eu peur, plus on était joyeux. C'était le vrai commencement de la fête. L'appétit naissait, la soif aussi. La gaieté refoulée faisait invasion de toutes parts.

Tubleu ! nos gentilshommes ne se souvenaient plus d'avoir tremblé; nos financiers étaient braves comme César.

Cependant, à tout ridicule comme à toute faute, il faut un bouc émissaire. Le pauvre gros Oriol avait été choisi pour victime : il expiait la poltronnerie générale. On le harcelait, on le pillait; tous les frissons, toutes les pâleurs, toutes les défaillances étaient accumulées sur sa tête.

Oriol seul avait tremblé; ceci fut bien convenu entre ces messieurs.

Il se débattait comme un beau diable, et proposait des duels à tout le monde.

— Ces dames ! ces dames ! criait-on, pourquoi ne fait-on pas revenir ces dames ?

Sur un signe de Gonzague, Nocé alla ouvrir la porte du boudoir.

Ce fut comme une nuée d'oiseaux s'élançant hors de la volière. Elles entrèrent, parlant toutes à la fois, se plaignant de la longue attente, riant, criant, minaudant.

Nivelle dit à Gonzague en montrant dona Cruz :

— Voici une petite curieuse! je l'ai arrachée dix fois au trou de la serrure.

— Mon Dieu! répondit le prince innocemment, qu'aurait-elle pu voir? Nous vous avons éloignées, charmantes, dans votre propre intérêt... vous n'aimez pas les discussions d'affaires.

— Nous a-t-on rappelées pour quelque chose? s'écria la Desbois.

— Est-ce enfin la noce? demanda la Fleury.

Et Cidalise, prenant d'une main le menton brun de Cocardasse junior, de l'autre la joue rougissante d'Amable Passepoil, fit cette question :

— Est-ce vous qui êtes les violons?

— Capédébiou! répliqua Cocardasse, raide comme un piquet, nous sommes des gentilshommes, la belle!

Frère Passepoil tressaillit de la tête aux pieds au contact de cette main douce qui avait bonne odeur.

Il voulut parler, la voix lui manqua.

— Mesdames, disait cependant Gonzague qui baisait le bout des doigts de dona Cruz, nous ne voulons point avoir de secrets pour vous... Si nous nous sommes privés un instant de votre présence, c'était pour régler les préliminaires de ce mariage qui doit avoir lieu cette nuit.

— C'est donc vrai! s'écrièrent d'une même voix toutes ces folles, nous allons voir la comédie?

Gonzague protesta d'un geste.

— Il s'agit d'une union sérieuse, — prononça-t-il gravement, comme si le lieu même et l'entourage ne lui donnaient pas d'avance un suffisant démenti. Il se pencha vers dona Cruz et ajouta : — Il est temps d'aller prévenir votre amie.

Dona Cruz le regarda d'un air inquiet.

— Vous m'avez fait une promesse, monseigneur, murmura-t-elle.

— Tout ce que j'ai promis, je le tiendrai, — répondit Gonzague. Puis, en reconduisant dona Cruz vers la porte, il ajouta : — Elle peut refuser... je ne m'en dédis point... mais, pour elle-même et pour un autre que je ne veux pas nommer, souhaitez qu'elle accepte.

Dona Cruz ignorait le sort de Lagardère, et Gonzague comptait là-dessus. Dona Cruz ne pouvait pas mesurer la profonde hypocrisie de ce tartufe païen. Cependant elle s'arrêta avant de passer le seuil.

— Monseigneur, dit-elle avec un accent de prière, je ne doute point que vous n'ayez pour agir des motifs nobles et dignes de vous... mais ce sont de bien étranges choses qui se passent depuis hier... Nous sommes là deux pauvres jeunes filles, et nous n'avons point l'expérience qu'il faut pour deviner les énigmes... Par amitié pour moi, monseigneur, par compassion pour cette pauvre enfant que j'aime et qui se désole, dites-moi un mot... un mot qui explique... un seul mot qui puisse m'éclairer et servir d'argument contre ses résistances... Je serais bien forte si je pouvais lui dire ce mariage peut sauvegarder la vie de celui qu'elle aime...

Gonzague l'interrompit.

— N'avez-vous pas confiance en moi, dona Cruz, dit-il d'un ton de reproche, et n'a-t-elle point confiance en vous?... J'affirme, vous croyez; affirmez, elle croira. Et faites vite, acheva-t-il en donnant à ses paroles un accent plus impérieux; je vous attends!

Il salua et dona Cruz se retira.

En ce moment, un grand tumulte se faisait dans le salon. Ce n'étaient que clameurs joyeuses et retentissans éclats de rire.

— Bravo, Chaverny! disaient les uns.

— Hardi, le bossu! criaient les autres.

— Le verre de Chaverny était plus plein!

— Ne trichons pas! C'est un combat à mort!

Et les femmes :

— Ils vont se tuer! ils sont fous!

— Ce petit bossu est un diable!

— S'il a autant d'actions bleues qu'on le dit, murmura la Nivelle, moi, d'abord, j'ai toujours eu un faible pour les bossus!

— Mais voyez donc ce qu'ils absorbent!

— Deux entonnoirs! deux madrépores!

— Deux gouffres! Bravo! Chaverny.

— Hardi, le bossu! Deux abîmes!

Ils étaient là en face l'un de l'autre, Esope II dit Jonas et le petit marquis, entourés d'un cercle qui allait toujours s'épaississant. C'était la seconde fois qu'ils en venaient aux mains.

L'invasion des mœurs anglaises, qui date de cette époque, avait mis à la mode ces tournois de la bouteille.

Auprès d'eux une douzaine de flacons vides témoignait des vaillans coups portés, ou plutôt avalés de part et d'autre.

Chaverny était livide; ses yeux, déjà injectés de sang, semblaient vouloir s'échapper de leurs orbites. Mais il avait l'habitude de ces joutes. C'était, malgré l'élégance de sa taille et le peu de capacité apparente de son estomac, un buveur redoutable. On ne comptait plus ses exploits.

Le bossu, au contraire, montrait un teint animé. Ses yeux brillaient d'un éclat extraordinaire. Il s'agitait, il parlait; ce qui est, comme chacun sait, une condition mauvaise.

Le bavardage enivre presque autant que le vin.

Tout champion de la bouteille doit être muet, dans une rencontre sérieuse. Voyez les poissons!

Les chances semblaient être du côté du petit marquis.

— Cent pistoles pour Chaverny! cria Navailles; le bossu va retourner sous les manteaux.

— Je tiens! riposta le bossu qui chancela sur son fauteuil.

— Mon portefeuille pour le marquis! fit la Nivelle qui vit cela.

— Combien dans le portefeuille? demanda Esope II entre deux lampées.

— Cinq actions bleues... toute ma fortune, hélas!

— Je les tiens contre dix! s'écria le bossu; passez du vin!

— Laquelle aimerais-tu le mieux? murmura Passepoil à l'oreille de son noble ami.

Il regardait tour à tour Cidalise, Nivelle, Fleury, Desbois et les autres.

— Le pécaïre va se noyer, vivadiou! répondit Cocardasse junior, qui ne quittait pas des yeux le bossu. Je n'ai jamais vu qu'un seul homme boire comme cela.

Esope II quitta son siège; on crut qu'il allait tomber. Mais il s'assit gaillardement sur la nappe, promenant à la ronde son regard cynique et moqueur.

— N'avez-vous pas de plus grands verres? s'écria-t-il en jetant le sien au loin; avec ces coquilles de noisettes, nous pourrions rester là jusqu'à demain.


## X

### TRIOMPHE DU BOSSU.

C'était encore cette chambre du rez-de-chaussée où nous avons vu Aurore et dona Cruz, aux premières heures du petit souper. Aurore était seule, agenouillée sur le tapis, mais elle ne priait pas.

Le bruit qui venait du premier étage avait redoublé depuis quelques instants. C'était le combat singulier entre Chaverny et le bossu. Aurore n'y prenait point garde.

Elle songeait. Ses beaux yeux, fatigués par les larmes, s'égaraient dans le vide. Elle ne donna point attention, tant était profonde sa rêverie, au bruit léger que fit dona Cruz en rentrant dans la chambre.

Celle-ci s'approcha sur la pointe des pieds et vint baiser ses cheveux par derrière.

Aurore tourna la tête lentement. Le cœur de la gitanita se serra en voyant ces pauvres joues pâles et ces yeux éteints déjà par les pleurs.

— Je viens te chercher, dit-elle.

— Je suis prête, répondit Aurore.

Dona Cruz ne s'attendait point à cela.

— Tu as réfléchi depuis tantôt ?

— J'ai prié... Quand on prie, les choses obscures deviennent claires...

Dona Cruz se rapprocha vivement.

— Dis-moi ce que tu as deviné ? fit-elle.

Il y avait là encore plus d'intérêt affectueux que de curiosité.

— Je suis prête, répéta Aurore ; prête à mourir.

— Mais il ne s'agit pas de mourir, pauvre petite sœur.

— Il y a longtemps, interrompit Aurore d'un ton de morne découragement, que j'ai eu cette idée pour la première fois. C'est moi qui suis son malheur, c'est moi qui suis le danger dont il est menacé sans cesse, c'est moi qui suis son mauvais ange. Sans moi, il serait libre, il serait tranquille, il serait heureux !

Dona Cruz l'écoutait et ne la comprenait pas.

— Pourquoi, reprit Aurore en essuyant une larme, pourquoi n'ai-je pas fait hier ce que je médite aujourd'hui ?... pourquoi ne me suis-je pas enfuie de la maison ? pourquoi ne suis-je pas morte ?...

— Que dis-tu là ! s'écria la gitanita.

— Tu ne peux pas savoir, Flor, ma sœur chérie, la différence qu'il y a entre hier et aujourd'hui... j'ai vu s'entr'ouvrir pour moi le paradis... Une vie tout entière de belles joies et de saintes délices m'est apparue... Il m'aimait, Flor !...

— Ne le sais-tu donc que depuis hier ? demanda dona Cruz.

— Si je l'avais su plus tôt, Dieu seul peut dire si nous eussions affronté les inutiles dangers de ce voyage !... Je doutais... j'avais peur... Oh ! folles que nous sommes, ma sœur !... Il faudrait frémir et non s'extasier quand s'offrent à nous ces grandes allégresses qui feraient descendre sur terre les félicités du ciel... Cela est impossible, vois-tu.... le bonheur n'est point ici-bas...

— Mais qu'as-tu résolu ? interrompit la gitanita, dont la vocation n'allait point dans le sens du mysticisme.

— Obéir, répondit Aurore, afin de le sauver.

Dona Cruz se leva enchantée.

— Partons ! s'écria-t-elle, partons... le prince nous attend. — Puis, s'interrompant tout à coup, tandis qu'un nuage voilait son sourire : — Sais-tu, dit-elle, que je passe ma vie à faire de l'héroïsme avec toi ?... Je n'aime pas comme toi, certes, mais j'aime à ma manière et je te trouve toujours sur mon chemin. — Le regard étonné d'Aurore l'interrogeait. — Ne t'inquiète pas trop, reprit dona Cruz en souriant, je n'en mourrai pas, je te le promets. Je compte aimer ainsi plus d'une fois avant de mourir... mais il est certain que sans toi je n'eusse pas renoncé ainsi au roi des chevaliers errants... au beau Lagardère !... il est certain encore qu'après le beau Lagardère, le seul homme qui m'ait fait battre le cœur, c'est cet étourdi de Chaverny...

— Quoi !... voulut dire Aurore.

— Je sais !... je sais ! sa conduite peut paraître légère... mais que veux-tu ?... sauf Lagardère, moi je déteste les saints... ce monstre de petit marquis me trotte dans la cervelle...

Aurore lui prit la main en souriant.

— Petite sœur, dit-elle, ton cœur vaut mieux que tes paroles... Et pourquoi d'ailleurs aurais-tu ces délicatesses altières des grandes races ?...

Dona Cruz se pinça les lèvres.

— Il paraît, murmura-t-elle, que tu ne crois pas à ma haute naissance ?

— C'est moi qui suis mademoiselle de Nevers, répondit Aurore avec calme.

La gitanita ouvrit de grands yeux.

— Lagardère te l'a dit ? murmura-t-elle sans même songer à faire des objections.

Celle-là n'était pas ambitieuse.

— Non, répondit Aurore, et c'est là le seul tort que je puisse lui reprocher en ma vie. S'il me l'eût dit...

— Mais alors, fit dona Cruz, qui donc ?

— Personne ; je le sais, voilà tout. Depuis hier, les divers événemens qui se sont passés depuis mon enfance ont pris pour moi une nouvelle signification. Je me suis souvenue, j'ai comparé ; la conséquence s'est dégagée d'elle-même. L'enfant qui dormait dans les fossés de Caylus pendant qu'on assassinait son père, c'était moi... je vois encore le regard de mon ami quand nous visitâmes ce lieu funeste : c'était moi !... Mon ami ne me fit-il pas baiser le visage de marbre de Nevers au cimetière Saint-Magloire ? Et ce Gonzague, dont le nom m'a poursuivie dès mon enfance, ce Gonzague, qui aujourd'hui va me porter le dernier coup, n'est-il pas le mari de la veuve de Nevers ?

— Puisque c'est lui, interrompit la gitanita, qui voulait me rendre à ma mère...

— Ma pauvre Flor, nous n'expliquerons pas tout, je le sais bien. Nous sommes des enfans et Dieu nous a gardé notre bon cœur : comment sonder l'abîme des perversités ? Et à quoi bon ? Ce que Gonzague voulait faire de toi, je l'ignore, mais tu étais un instrument dans ses mains... Depuis hier, j'ai vu cela .. et depuis que je te parle, tu le vois toi-même.

— C'est vrai, murmura dona Cruz qui avait les paupières demi closes et les sourcils froncés.

— Hier seulement, reprit Aurore, Henri m'a avoué qu'il m'aimait.

— Hier seulement ?... interrompit la gitanita au comble de la surprise.

— Pourquoi cela ?... Il y avait donc un obstacle entre nous ? et quel pouvait être cet obstacle, sinon l'honneur ombrageux et scrupuleux de l'homme le plus loyal qui soit au monde ? C'était la grandeur de ma naissance, c'était l'opulence de mon héritage qui m'éloignaient de moi. — Dona Cruz sourit. Aurore la regarda en face, et l'expression de son charmant visage fut une fierté sévère. — Faut-il me repentir de t'avoir parlé comme je l'ai fait ? murmura Aurore.

— Ne me gronde pas ! fit la gitanita, qui lui jeta ses deux bras autour du cou ; je souriais en songeant que je n'aurais point deviné cet obstacle-là, moi qui ne suis pas princesse !

— Plût à Dieu qu'il en fût ainsi de moi ! s'écria Aurore les larmes aux yeux ; la grandeur a ses joies et ses souffrances. Moi qui vais mourir à vingt ans, de la grandeur je n'aurai connu que les larmes ! — Elle ferma d'un geste caressant la bouche de sa compagne, qui allait protester encore, et reprit : — Je suis calme. J'ai foi en la bonté de Dieu, qui ne nous éprouve pas au delà des limites de ce monde. Si je parle de mourir, ne crains pas que je puisse hâter ma dernière heure. Le suicide est un crime, un crime qu'on ne peut expier et qui ferme la porte du ciel. Si je n'allais pas au ciel, où t'attendrais-je ? Non... d'autres se chargeront du soin de ma délivrance. Ceci, je ne le devine point, je le sais.

Dona Cruz était toute pâle.

— Que sais-tu ? interrogea-t-elle d'une voix altérée.

— J'étais ici toute seule, répondit lentement Aurore ; je réfléchissais à tout ce que je viens de te dire... et à d'autres choses encore... Les preuves abondaient... C'est parce que je suis mademoiselle de Nevers qu'on m'a enlevée hier, c'est parce que je suis mademoiselle de Nevers que la princesse de Gonzague poursuit de sa haine Henri, mon ami... Et sais-tu, Flor, c'est cette dernière pensée qui m'a pris tout mon courage... L'idée de me trouver entre ma mère et lui, tous deux ennemis, m'a traversé le cœur comme un coup de poignard... L'heure viendrait où il faudrait choisir... Que sais-je? Depuis que je connais le nom de mon père, j'ai l'âme de mon père... Le devoir m'apparaît pour la première fois, et sa voix, la voix du devoir, est déjà en moi aussi impérieuse que la voix du bonheur lui-même... Hier, je ne sais rien ici-bas qui fût capable de me séparer d'Henri, aujourd'hui...

— Aujourd'hui?—répéta dona Cruz, voyant qu'elle s'arrêtait. Aurore détourna la tête pour essuyer une larme. Dona Cruz la regardait tout émue. Dona Cruz abandonnait ces brillantes illusions que Gonzague avait fait naître en elle, sans effort et sans regret. Elle était comme l'enfant qui sourit à l'heure du réveil aux chimères dorées d'un beau songe. — Ma petite sœur, reprit-elle, tu es Aurore de Nevers, je le crois, il n'y a pas beaucoup de duchesses pour avoir des filles comme toi... Mais tu as prononcé tout à l'heure des paroles qui m'inquiètent et qui me font peur.

— Quelles paroles? demanda Aurore.

— Tu as dit, répliqua dona Cruz : « D'autres se chargeront de ma délivrance... »

— J'oubliais... fit Aurore; j'étais donc ici toute seule, la tête pleine et brûlante... c'est la fièvre sans doute qui m'a donné ce courage... je suis sortie de cette chambre... j'ai pris le chemin que tu m'avais montré... l'escalier dérobé, le couloir... et je me suis retrouvée dans ce boudoir où nous étions toutes deux naguère... je me suis approchée de la porte derrière laquelle ces hommes t'appelaient. Le bruit avait cessé. J'ai mis mon œil à la serrure. Il n'y avait plus aucune femme autour de la table.

— On nous avait éloignées... dit dona Cruz.

— Sais-tu pourquoi, ma petite Flor ?

— Gonzague nous a dit... commença la gitanita.

— Ah ! fit Aurore en frissonnant, cet homme qui semblait commander aux autres, c'était donc Gonzague.

— C'était le prince de Gonzague.

— Je ne sais pas ce qu'il vous a dit, reprit Aurore, mais il a dû mentir.

— Pourquoi supposes-tu cela, petite sœur ?

— Parce que s'il avait dit vrai, tu ne viendrais pas me chercher, ma Flor chérie !

— Quelle est donc la vérité ?... Tu me rendras folle !

Il y eut un silence, pendant lequel Aurore sembla rêver, le front appuyé contre le sein de sa compagne.

— As-tu remarqué, dit-elle ensuite, ces bouquets de fleurs qui ornent la table ?

— Oui... de belles fleurs.

— Et Gonzague ne t'a-t-il pas répété : Si elle refuse, elle sera libre ?

— Ce sont ses propres paroles.

— Eh bien ! poursuivit Aurore en posant sa main sur celle de dona Cruz, c'était ce Gonzague qui parlait quand j'ai regardé par le trou de la serrure... Les convives l'écoutaient immobiles, muets, tous la pâleur au front. J'ai mis mon œil à la place de mon œil... J'ai entendu...

Un bruit se fit du côté de la porte.

— Tu as entendu ? répéta dona Cruz.

Aurore ne répondit point. La figure blême et douce-reuse de monsieur de Peyrolles se montrait sur le seuil.

— Eh bien ! mesdames, dit-il, on vous attend ?

Aurore se leva aussitôt.

— Je suis prête, dit-elle.

En montant l'escalier, dona Cruz se rapprocha d'elle et dit tout bas :

— Achève ! que parlais-tu de ces fleurs ?

Aurore lui serra la main doucement et répondit avec un calme sourire :

— De belles fleurs ! tu l'as dit. Monsieur de Gonzague a des galanteries de grand seigneur... En refusant, non-seulement je serai libre, mais j'aurai un bouquet de ces belles fleurs .

Dona Cruz la regarda fixement ; elle sentait bien qu'i y avait derrière ces paroles quelque chose de menaçant et de tragique ; mais elle ne devinait point.

— Bravo, bossu ! On te nommera roi des tanches !

— Tiens bon, Chaverny ! Ferme ! ferme !

— Chaverny vient de verser un demi-verre sur ses dentelles... c'est triché !

On apportait les grands verres demandés par le bossu. Il y eut un long cri de joie. C'étaient deux *vidercomes* de Bohême, dont on se servait l'été pour les boissons à la glace. Chacun d'eux tenait bien une pinte.

Le bossu versa dans le sien une bouteille de champagne. Chaverny voulut l'imiter, mais sa main tremblait.

— Vas-tu me faire perdre mes cinq petites-filles ! s'écria la Nivelle.

— Comme elle aurait bien prononcé le « Qu'il mourût, » cette Nivelle, dit Navailles.

— Dame ! riposta la fille du Mississipi, on a assez de peine à gagner son argent.

Il y avait foule de paris engagés dans le cercle, et chacun était un peu de l'avis de la Nivelle. La Fleury, qui n'était pas joueuse, ayant risqué l'avis qu'il était temps de mettre le holà, il y eut un cri général de réprobation.

— Nous ne sommes qu'au commencement, dit le bossu en riant ; aidez monsieur le marquis à remplir son verre. Nocé, Choisy, Gironne et Oriol étaient autour de Chaverny. On emplit son vidercome jusqu'aux bords.

— Eh donc ! soupira Cocardasse junior, c'est perdre le vin du bon Dieu !

Quant à Passepoil, ses yeux blancs admiraient tour à tour la Nivelle, la Fleury, la Desbois. Il murmurait à vide des paroles enflammées.

Certes, cette organisation riche et tendre était faite pour inspirer beaucoup d'intérêt.

— A votre santé, messieurs ! dit le bossu qui leva son énorme verre.

— A votre santé ! balbutia Chaverny.

Gironne et Nocé soutenaient son bras tremblotant.

Le bossu reprit, en saluant à la ronde :

— Cette rasade doit être bue d'un trait et sans reprendre haleine.

— C'est un bijou que ce pécaïre ! pensa Cocardasse.

— Vous allez le tuer ! dirent quelques voix de femmes.

— Ferme, marquis ! ferme ! ferme ! cria Nivelle pour ses actions.

Le bossu approcha le verre de ses lèvres et but sans se presser, mais d'une seule lampée.

On battit des mains avec fureur.

Chaverny, déjà soutenu par ses parrains, absorba aussi son vidercome, mais chacun put augurer que c'était son dernier effort.

— Encore un ! proposa le bossu, dispos et gai, en tendant son verre.

— Encore dix ! répondit Chaverny chancelant.

— Tiens bon, marquis ! s'écrièrent les joueurs, ne regarde pas le lustre !

Il eut un rire idiot.

— Restez tranquille, balbutia-t-il, arrêtez la balançoire et empêchez la table de tourner.

Nivelle partit aussitôt son parti. Elle était brave.

— Petit trésor, dit-elle au bossu, c'était pour rire... On m'étranglerait plutôt que de me faire parier contre toi.

Elle fourra son portefeuille dans sa poche et passa, accablant Chaverny d'un dédaigneux regard.

— Allons ! allons ! fit le bossu ; à boire ! j'ai soif.

— A boire ! répéta le petit marquis; je boirais la mer !... Arrêtez la balançoire !

Les verres s'emplirent. Le bossu prit le sien d'une main ferme.

— A la santé de ces dames ! s'écria-t-il.

— A la santé de ces dames ! murmura Passepoil à l'oreille de Nivelle.

Chaverny fit un suprême effort pour lever son verre.

Le vidercome plein s'échappa de sa main tremblante, à la grande indignation de Cocardasse.

— As pas pur ! grommela-t-il ; on devrait mettre en prison ceux qui perdent le vin !

— A recommencer ! dirent les tenans de Chaverny.

Le bossu offrit galamment son vidercome qu'on emplit. Mais les paupières de Chaverny se prirent à battre comme les ailes de ces papillons martyrs que les enfans clouent à la tapisserie avec une épingle. C'est la fin.

— Tu faiblis, Chaverny ! s'écria Oriol.

— Chaverny, tu pâlis !... ajouta Navailles.

— Chaverny, tu chancelles !... Chaverny, tu t'en vas !

— Hurrah, le petit homme ! vive Esope II !

— Portons le bossu en triomphe.

Ce fut un tumulte général, puis un grand silence.

On avait cessé de soutenir Chaverny.

Son corps se prit à vaciller sur son fauteuil, tandis que ses mains amollies essayaient en vain de saisir un point d'appui.

— On n'avait pas dit que la maison tomberait, murmura-t-il ; la maison avait l'air solide... ce n'est pas de jeu !

— Chaverny bat la campagne...

— Chaverny menace ruine... Chaverny perd plante...

— Submergé, Chaverny !... Chaverny disparu !

Chaverny venait de glisser sous la table. Un second hurrah retentit.

Le bossu triomphant leva le verre qu'on venait d'emplir pour le vaincu et l'avala, debout sur la nappe. Il était ferme comme un roc.

La salle faillit crouler sous les applaudissemens.

— Qu'est-ce cela ? demanda le prince de Gonzague, qui s'approcha.

Esope II sauta lestement en bas de la table.

— Vous me l'aviez donné, monseigneur, dit-il.

— Où est Chaverny ? fit encore Gonzague.

Le bossu poussa du pied les jambes du petit marquis qui passaient.

— Le voici ! répondit-il.

Gonzague fronça le sourcil et murmura :

— Ivre mort !... c'est trop... nous avions besoin de lui.

— Pour les fiançailles, monseigneur ? repartit le bossu, qui chiffonna, ma foi ! son jabot en grand seigneur, et salua en jetant son feutre sous l'aisselle.

— Oui, pour les fiançailles, répondit Gonzague.

— Palsambleu ! fit Esope II d'un ton dégagé, un de perdu, un de retrouvé. Si que vous me voyez, monseigneur, je ne serais pas fâché de m'établir, et je m'offre à faire votre affaire.

Un grand éclat de rire accueillit cette proposition inattendue. Gonzague regardait attentivement le bossu, qui s'était campé devant lui tenant toujours son vidercome à la main.

— Sais-tu ce qu'il faudrait faire pour remplacer celui qui est là ? demanda tout bas Gonzague en montrant Chaverny.

— Oui, répondit le bossu ; je sais ce qu'il faudrait faire.

— Et te sens-tu de force... commença le prince.

Esope II eut un sourire à la fois orgueilleux et cruel.

— Vous ne me connaissez pas, monseigneur, dit-il ; j'ai fait mieux que cela !

## XI

### FLEURS D'ITALIE.

On entourait de nouveau la table. On avait recommencé à boire.

— Bonne idée ! disait-on à la ronde, marions le bossu au lieu de Chaverny.

— C'est bien plus amusant ; le bossu fera un mari superbe.

— Et la figure de Chaverny quand il se réveillera veuf !

Oriol fraternisait avec Amable Passepoil, sur l'ordre de mademoiselle Nivelle qui avait pris ce débutant timide sous sa haute protection. On n'avait plus de ces ridicules délicatesses : Cocardasse junior trinquait avec tout le monde.

Il trouvait cela tout simple et n'en était pas plus fier. Ici comme partout, Cocardasse junior se comportait avec une dignité au-dessus de tout éloge.

As pas pur ! le gros Oriol, ayant voulu le tutoyer, fut remis sévèrement à sa place.

Le prince de Gonzague et le bossu étaient un peu à l'écart. Le prince considérait toujours le petit homme avec attention, et semblait scruter sa pensée secrète à travers le masque moqueur qui couvrait son visage.

— Monseigneur ! dit le bossu, quelles garanties vous faut-il ?

— Je veux savoir d'abord, répondit Gonzague, ce que tu as deviné.

— Je n'ai rien deviné... j'étais là... J'ai entendu la parabole de la pêche, l'histoire des fleurs et le panégyrique de l'Italie !

Gonzague suivit de l'œil son doigt pointu, qui montrait la bergère où les manteaux étaient encore amoncelés.

— C'est juste, murmura-t-il, tu étais là ; pourquoi cette comédie ?

— Je voulais savoir et je voulais réfléchir. Ce Chaverny n'était point votre fait.

— C'est vrai, j'avais un faible pour lui.

— La faiblesse est toujours un tort, parce qu'elle fait naître toujours un danger. Ce Chaverny dort maintenant, mais il s'éveillera.

— Savoir !... murmura Gonzague ; mais laissons-là ce Chaverny. Que dis-tu de la parabole de la pêche ?

— C'est joli, mais trop fort pour vos poltrons.

— Et de l'histoire des fleurs ?

— Gracieux, mais toujours trop fort ; ils ont eu peur.

— Je ne parle pas de ces messieurs, dit Gonzague ; je les connais mieux que toi...

— Savoir ! interrompit à son tour le bossu.

Gonzague se prit à sourire en le regardant.

— Réponds pour toi-même, continua-t-il.

— Tout ce qui vient d'Italie me plaît, fit Esope II. Je n'ai jamais ouï conter d'anecdote plus réjouissante que celle du comte Canozza à la vigne de Spolète... mais je ne l'aurais pas dite à ces messieurs.

— Tu te crois donc beaucoup plus fort que ces messieurs ? demanda Gonzague.

Esope II eut un sourire suffisant et ne daigna même pas répondre.

— Eh bien ! demanda de loin Navailles, est-ce arrangé, le mariage ?

Un geste de Gonzague lui imposa silence. La Nivelle dit :

— Ça doit avoir gros comme soi de bleues, cette petite espèce... moi je l'épouserais !

— Vous seriez madame Esope II ! fit Oriol piqué au vif.

— Madame Jonas !... ajouta Nocé.

— Bah ! fit Nivelle qui montra du doigt Cocardasse junior, Plutus est le roi des cieux... Vous voyez bien ce bon garçon ?... avec un peu de poudre du Mississipi, je me chargerais d'en faire un courtisan.

Cocardasse se rengorgea et dit à Passepoil qui fut jaloux :

— La pécaïre a le goût fin !... Elle en tient pour moi, capédébiou !

— Qu'as-tu de plus que Chaverny ? demandait en ce moment Gonzague.

— Des précédens, répondit le bossu ; j'ai déjà été marié.

— Ah ! fit Gonzague dont le regard devint plus perçant.

Esope II se caressa le menton et ne baissa point les yeux.

— J'ai été marié, répéta-t-il, et je suis veuf.

— Ah !... fit encore Gonzague, en quoi cela te donnet-il un avantage sur Chaverny ?

La figure du bossu se rembrunit légèrement.

— Ma femme était belle, prononça-t-il en baissant la voix ; très belle.

— Et jeune ? demanda Gonzague.

— Toute jeune... son père était pauvre.

— Je comprends... L'aimais-tu ?

— A la rage !... Mais notre union fut courte.

La figure du bossu devenait de plus en plus sombre.

— Combien de temps dura votre ménage ? interrogea Gonzague.

— Un jour et demi, répondit Esope II.

— Voilà qui est étrange !... Explique-toi.

Le petit homme eut un rire forcé.

— Pourquoi m'expliquer, si vous me comprenez ?... murmura-t-il.

— Je ne te comprends pas, fit le prince.

Le bossu baissa les yeux et sembla hésiter.

— Après tout, dit-il, je me suis peut-être trompé... Vous n'aviez peut-être besoin que d'un Chaverny !

— Explique-toi, te dis-je ! répéta impérieusement Gonzague.

— Avez-vous expliqué l'histoire du comte Canozza ?... — Le prince lui mit la main sur l'épaule. — Le lendemain de notre mariage, poursuivit le bossu, je lui donnai un jour pour réfléchir et s'habituer à ma tournure. Elle ne put pas.

— Et alors ? — fit Gonzague qui le considérait avidement. Le bossu saisit un verre sur le guéridon et se prit à regarder le prince en face. Leurs yeux se choquèrent. Ceux du bossu exprimèrent tout à coup une cruauté si implacable que le prince murmura : — Si jeune, si belle... tu n'eus pas pitié ?

Le bossu, d'un mouvement convulsif, écrasa le verre sur le guéridon.

— Je veux qu'on m'aime ! dit-il avec un accent de véritable férocité ; tant pis pour celles qui ne peuvent pas.

Gonzague resta un instant silencieux, le bossu avait repris sa mine froide et railleuse.

— Holà ! messieurs, s'écria tout à coup le prince, qui poussa du pied Chaverny endormi, qui emporte cet homme !

La poitrine d'Esope II se souleva. Il fit un effort pour cacher son triomphe.

Navailles, Nocé, Choisy, tous les amis du petit marquis voulurent tenter un dernier effort en sa faveur. Ils le secouèrent ; ils l'appelèrent. Oriol lui jeta une carafe d'eau au visage. Ces dames eurent la charité de le pincer jusqu'au sang.

Et tous criaient, ardens à la besogne :

— Eveille-toi, Chaverny, éveille-toi, on te prend ta femme !

— Et tu seras obligé de restituer la dot ! ajouta Nivelle, toujours occupée de pensées solides.

— Chaverny, Chaverny, éveille-toi !

Vains efforts ! Cocardasse junior et Amable Passepoil, chargeant le vaincu sur leurs épaules, l'emportèrent dans les ténèbres extérieures.

Gonzague leur avait fait un signe. Quand ils passèrent près d'Esope II, celui-ci dit tout bas :

— Pas un cheveu de sa tête... sur votre vie ! et portez la lettre à son adresse.

Cocardasse et Passepoil sortirent avec leur fardeau.

— Nous avons fait ce que nous avons pu, dit Navailles.

— Nous avons été fidèles à l'amitié jusqu'au bout, ajouta Oriol.

— Mais, en définitive, le mariage du bossu est bien plus drôle, décida Nocé.

— Marions le bossu ! marions le bossu ! criaient ces dames.

Esope II sauta d'un bond sur la table.

— Silence ! fit-on de toutes parts ; voici Jonas qui va prononcer un discours.

— Mesdames et messieurs, dit le bossu en gesticulant comme un avocat à la grand'chambre, je suis touché jusqu'au fond de l'âme de l'intérêt flatteur que vous daignez me témoigner... Certes, la conscience de mon peu de mérite devrait me rendre muet...

— Très bien ! fit Navailles ; il parle comme un livre !

— Jonas, dit Nivelle, votre modestie fait encore mieux ressortir vos talens.

— Bravo, Esope II ! bravo ! bravo !

— Merci, mesdames, merci, messieurs ; votre indulgence me donne du courage pour tâcher de m'en rendre digne, ainsi que des bontés de l'illustre prince à qui je devrai ma compagne...

— Très bien !... Bravo, Esope !... un peu plus de voix !

— Quelques gestes de la main gauche ! demanda Navailles.

— Un couplet de circonstance ! cria la Desbois.

— Un pas de menuet !... une gigue sur la nappe !

— Si tu n'es pas un ingrat, Jonas, dit Nocé d'un ton pénétré, déclame-nous la scène d'Achille et d'Agamemnon.

— Mesdames et messieurs, répondit gravement Esope II, ce sont là des vieilleries... je compte vous témoigner ma reconnaissance par quelque chose de mieux... je compte vous donner la comédie nouvelle... une première représentation !

— Les œuvres de Jonas !... Bravissimo !... il a fait une comédie !

— Mesdames et messieurs, je vais du moins la faire... ce sera un impromptu... Je prétends vous montrer comment l'art de la séduction, plus fort que la nature ellemême...

Pour le coup, les vitres du salon grincèrent. Une immense acclamation s'éleva.

— Il va nous donner une leçon ! criait-on ; l'*Art de plaire*, par Esope II dit Jonas !

— Il a dans sa poche la ceinture de Vénus !

— Les jeux, les ris, les grâces et les flèches du jeune Cupidon !

— Bravo, bossu !... Bossu, tu es superbe !

Il salua à la ronde et acheva en souriant.

— Qu'on m'amène ma jeune épouse, et je ferai de mon mieux pour divertir la société.

— Je te fais engager à l'Opéra si tu veux ! s'écria Nivelle enthousiasmé ; on manque de queues rouges !

— La femme du bossu, vociféraient ces messieurs ; servez la femme du bossu !

En ce moment la porte du boudoir s'ouvrit. Gonzague réclama le silence.

Dona Cruz entra, soutenant Aurore chancelante et plus pâle qu'une morte. Monsieur de Peyrolles suivait.

Il y eut un long murmure d'admiration à la vue d'Aurore. Au premier abord, ces messieurs oublièrent toute cette gaieté folle qu'ils venaient de se promettre.

Le bossu lui-même ne trouva point d'écho lorsqu'il dit, le binocle à l'œil et d'un accent cynique :

— Corbleu ! ma femme est belle !

Au fond de ces cœurs plutôt engourdis que perdus, un sentiment de compassion s'éveillait.

Un instant, les femmes elles-mêmes eurent pitié, tant il y avait de douleur profonde et de douce résignation sur cet adorable visage de vierge.

Gonzague fronça le sourcil en regardant son armée. Taranne, Montaubert, Albret, les âmes damnées, eurent honte de leur émotion et dirent :

— Est-il heureux, ce diable de bossu !

C'était l'avis de frère Passepoil, qui rentrait en compagnie de Cocardasse, son noble ami. Mais ce premier mouvement de convoitise fit place à l'étonnement quand il reconnut, ainsi que Cocardasse, les deux jeunes filles de la rue du Chantre :

La jeune fille que le Gascon avait vue au bras de Lagardère à Barcelone, la jeune fille que frère Passepoil avait vue au bras de Lagardère à Bruxelles.

Ils n'étaient ni l'un ni l'autre dans le secret de la comédie : ce qui allait se passer restait pour eux un mystère; mais ils savaient qu'il allait se passer quelque chose d'étrange.

Ils se touchèrent le coude. Le regard qu'ils échangèrent voulait dire : Attention !

Ils n'avaient pas besoin d'éprouver leurs rapières pour savoir qu'elles ne tenaient point au fourreau.

A un coup d'œil que le bossu lui lança, Cocardasse répondit par un léger signe de tête.

— Eh donc! grommela-t-il en s'adressant à Passepoil, il veut savoir si sa lettre est remise; nous n'avions pas loin à courir.

Dona Cruz cherchait des yeux Chaverny.

— Peut-être que le prince a changé d'avis... murmura-t-elle à l'oreille de sa compagne. Je ne vois point monsieur le marquis.

Aurore ne releva point ses paupières baissées. On la vit seulement secouer la tête avec tristesse.

Evidemment elle n'espérait point de merci.

Quand Gonzague se tourna vers elle, dona Cruz la prit par la main et la fit avancer.

Ce Gonzague était très pâle, bien qu'il affectât de sourire.

Le bossu se tenait à ses côtés, faisant ce qu'il pouvait pour prendre une pose galante, et tortillant son jabot d'un air vainqueur.

Les yeux de dona Cruz rencontrèrent les siens. Elle voulut mettre une interrogation dans son regard; le bossu demeura impassible.

— Ma chère enfant.—dit Gonzague dont la voix parut à tous légèrement altérée; — mademoiselle de Nevers vous a-t-elle dit ce que nous attendons de vous.

Aurore répondit sans relever les yeux, mais la tête haute et la voix ferme :

— C'est moi qui suis mademoiselle de Nevers.

Le bossu tressaillit si violemment que son émotion fut remarquée, au milieu même de la surprise générale.

— Palsambleu ! s'écria-t-il en dominant aussitôt son trouble, ma femme est de bonne maison !

— Sa femme ! répéta dona Cruz.

On chuchotait d'un bout à l'autre du salon.

Les femmes n'avaient point pour cette nouvelle venue l'animadversion jalouse qu'elles témoignaient naguère à la gitanita. Sur cette tête candide et charmante dans sa fierté, le nom de Nevers leur semblait à sa place.

Gonzague se tourna vers dona Cruz et lui dit avec colère :

— Est-ce vous qui avez mis ce mensonge dans l'esprit de cette pauvre enfant ?

— Ah ! fit le bossu désappointé ; c'est donc un mensonge ? tant pis ! j'aurais aimé à m'allier avec la maison de Nevers.

Quelques rires éclatèrent; mais il y avait un froid.

Peyrolles était sombre comme un bedeau en deuil.

— Ce n'est pas moi, répliqua dona Cruz, que le courroux du prince effrayait peu ; mais s'il était vrai ?—Gonzague haussa les épaules avec dédain. — Où est monsieur le marquis de Chaverny? reprit la gitanita, et que signifient les paroles de cet homme ?

Elle montrait le bossu, qui faisait bonne contenance au milieu du groupe des courtisans.

— Mademoiselle de Nevers, répondit Gonzague, votre rôle en tout ceci est fini... Si vous êtes en humeur de déserter vos droits, je suis là, Dieu merci! pour les sauvegarder... Je suis votre tuteur... ceux qui nous entourent

appartiennent tous au tribunal de famille qui s'est rassemblé hier en mon hôtel... c'en est presque la majorité... Si j'eusse écouté l'avis général, peut-être me serais-je montré moins clément envers une imposture hardie, effrontée... mais j'ai jugé suivant la bonté de mon cœur et les tranquilles habitudes de ma vie... Je n'ai point voulu donner une portée tragique à des choses qui sont du domaine de la comédie. — Il s'arrêta. Dona Cruz ne comprenait point : ces paroles étaient pour elle de vains sons. Peut-être Aurore comprenait-elle mieux, car un sourire triste et amer vint autour de ses lèvres. Gonzague promena son regard sur l'assemblée. Tous les yeux étaient baissés, sauf ceux des femmes, qui écoutaient curieusement, et ceux du bossu, qui semblait attendre impatiemment la fin de cette homélie.—Je parle ainsi pour vous seule, mademoiselle de Nevers, reprit Gonzague s'adressant toujours à dona Cruz, car vous seule ici avez besoin d'être persuadée. Mes honorables amis et conseils partagent mon opinion ; ma bouche exprime toute leur pensée.— Nul ne protesta. Gonzague poursuivit : — Ce que j'ai dit précédemment sur mon dessein d'éloigner tout châtiment trop sévère vous explique la présence de nos belles amies... S'il s'agissait d'une punition proportionnée à la faute, elles ne seraient point ici.

— Mais quelle faute? demanda Nivelle. Nous sommes sur le gril, monseigneur !

— Quelle faute ? répéta Gonzague faisant mine de réprimer un mouvement d'indignation ; c'est assurément une faute grave... la loi la qualifie de crime... que de s'introduire dans une famille illustre pour combler frauduleusement le vide causé par l'absence ou par la mort...

— Mais la pauvre Aurore n'a rien fait...! voulut s'écrier dona Cruz.

— Silence ! interrompit Gonzague ; il faut un maître et un frein à cette belle coureuse d'aventures... Dieu m'est témoin que je ne lui veux point de mal... je dépense une notable somme pour dénouer gaiement son odyssée : je la marie.

— A la bonne heure ! fit Esope II ; voici la conclusion.

— Et je lui dis, continua Gonzague en prenant la main du bossu : Voici un honnête homme qui vous aime, et qui aspire à l'honneur d'être votre époux.

— Mais vous m'avez trompée, monsieur ! s'écria la gitana rouge de colère ; mais ce n'est pas celui-là... Est-ce qu'il est possible de se donner à un être pareil ?

— S'il a beaucoup de bleues... pensa Nivelle entre haut et bas.

— Pas flatteur !... pas flatteur du tout ! murmura Esope II ; mais j'espère que la jeune personne changera bientôt d'avis.

— Vous, fit dona Cruz, je vous devine !... C'est vous qui emmêlez tous les fils de cette intrigue... C'est vous, je le devine bien maintenant, qui avez dénoncé la retraite d'Aurore.

— Eh ! eh !... fit le bossu d'un air content de lui-même. Eh ! eh ! eh !... j'en suis, pardieu ! bien capable... Monseigneur, cette jeune fille a le défaut du bavardage... Elle a empêché ma femme de répondre...

— Si c'était encore le marquis de Chaverny... commença dona Cruz.

— Laisse, petite sœur, dit Aurore de ce ton ferme et glacé qu'elle avait pris dès l'abord. Si c'était monsieur de Chaverny, je le refuserais comme je refuse celui-ci.

Le bossu ne parut point déconcerté le moins du monde.

— Bel ange, dit-il, ce n'est pas votre bon dernier mot.— La gitanina se mit entre lui et Aurore. Elle ne demandait pas mieux que de se battre avec quelqu'un. Monsieur de Gonzague avait repris son air insoucieux et hautain.

— Point de réponse? fit le bossu en avançant d'un pas, le chapeau sous le bras, la main au jabot, c'est que vous ne me connaissez pas, ma toute belle!... je suis capable de passer ma vie entière à vos genoux... et...

— Quant à cela, c'est trop, fit la Nivelle.

Les autres femmes écoutaient et attendaient. Il y a chez les femmes un sens supérieur qui ressemble à la seconde vue. Elles sentaient je ne sais quel drame lugubre sous cette farce qui, malgré l'effort du bouffon principal, se déroulait si péniblement.

Ces messieurs, qui savaient à quoi s'en tenir, grimaçaient la gaieté.

Mais la gaieté ne vient pas à bille nommée. La gaieté rebelle tenait rigueur.

Quand le bossu parlait, sa voix aigre et grinçante agaçait les nerfs de tous. Quand le bossu se taisait, le silence était sinistre.

— Eh bien ! messieurs ! dit tout à coup Gonzague, pourquoi ne boit-on plus ?

Les verres s'emplirent à bas bruit. Personne n'avait soif.

— Ecoutez-moi, belle enfant, disait cependant le bossu, je serai votre petit mari... votre amant... votre esclave !

— C'est un rêve affreux ! fit dona Cruz ; quant à moi, j'aimerais mieux mourir.

Gonzague frappa du pied ; son regard menaça sa protégée.

— Monseigneur, dit Aurore avec le calme du désespoir, ne prolongez point ceci ; je sais que le chevalier Henri de Lagardère est mort...

Pour la seconde fois, le bossu tressaillit comme s'il eût reçu un choc soudain. Il ne parla plus.

Un silence profond régna dans le salon.

— Mais qui donc vous a si bien instruite, mademoiselle? demanda Gonzague avec une grave courtoisie.

— Ne m'interrogez pas, monseigneur. Arrivons au dénouement de ceci, qui est marqué d'avance. Je l'accepte, je le désire.

Gonzague sembla hésiter. Il ne s'attendait pas à ce qu'on lui demandât le bouquet d'Italie. La main d'Aurore avait fait un visible mouvement vers les fleurs.

Gonzague regardait cette fille toute jeune et si belle.

— Préférez-vous un autre époux ? murmura-t-il en se penchant à son oreille.

— Vous m'avez fait dire, monseigneur, répondit Aurore, que, si je refusais, je serais libre. Je réclame l'accomplissement de votre parole.

— Et vous savez ? commença Gonzague toujours à voix basse.

— Je sais, interrompit Aurore qui releva enfin sur lui son regard de sainte, et j'attends que vous m'offriez ces fleurs.

## XII

### LA FASCINATION.

Pour ne point comprendre ce que la situation avait de terrible, il n'y avait là que dona Cruz et ces dames.

Toute la partie mâle de l'assemblée, financiers et gentilshommes, avait le frisson dans les veines.

Cocardasse et Passepoil tenaient leurs yeux fixés sur le bossu, comme deux chiens tombés en arrêt.

En présence des femmes étonnées, inquiètes, curieuses, en présence de ces hommes énervés par le dégoût, mais qui n'avaient point ce qu'il fallait de force pour rompre leur chaîne, Aurore était calme.

Aurore avait cette douce et radieuse beauté, cette tristesse profonde mais résignée de la sainte qui subit son épreuve suprême sur cette terre de deuil et qui déjà regarde le ciel.

La main de Gonzague s'était tendue vers les fleurs, mais la main de Gonzague retomba.

Cette situation le prenait à l'improviste. Il s'était attendu

à une lutte quelconque, à la suite de laquelle ces fleurs données ostensiblement à la jeune fille eussent scellé la complicité de ses adhérens.

Mais en face de cette belle et douce créature la perversité de Gonzague s'étonna. Ce qui restait de cœur au fond de sa poitrine se soulevait. Le comte Canozza était un homme.

Le bossu fixait sur lui son regard étincelant.

Trois heures de nuit sonnèrent à la pendule.

Au milieu du profond silence, une voix s'éleva derrière Gonzague.

Il y avait là un coquin dont le cœur desséché ne pouvait plus battre. Monsieur de Peyrolles dit à son maître :

— Le tribunal de famille se rassemble demain.

Gonzague détourna la tête et murmura :

— Fais ce que tu voudras.

Peyrolles prit aussitôt le bouquet de fleurs dont Gonzague lui-même avait révélé la destination.

Dona Cruz, saisie d'une vague crainte, dit à l'oreille d'Aurore :

— Que me parlais-tu de ces fleurs ?...

— Mademoiselle, prononçait en ce moment Peyrolles, vous êtes libre... Toutes ces dames ont un bouquet, permettez que je vous offre...

Il fit cela gauchement. Son visage, à cette heure, suait l'infamie.

Aurore, cependant, avança la main pour prendre les fleurs.

— Capédébiou ! fit Cocardasse qui s'essuya le front ; il y a là quelque diablerie !

Dona Cruz, qui regardait Peyrolles avidement d'instinct, mais une autre main l'avait prévenue.

Peyrolles, repoussé durement, recula jusqu'à la cloison. Le bouquet s'échappa de ses mains, et le bossu le foula aux pieds froidement.

Toutes les poitrines furent déchargées d'un fardeau.

— Qu'est-ce à dire ! s'écria Peyrolles, qui mit l'épée à la main.

Gonzague regarda le bossu avec défiance.

— Pas de fleurs ! dit celui-ci. Moi seul ai désormais le droit de faire de ces cadeaux à ma fiancée... Que diable ! vous voilà tous consternés comme des gens qui ont vu tomber la foudre... rien n'est tombé qu'un bouquet de fleurs fanées... j'ai laissé aller les choses pour avoir tout le mérite de la victoire... Rengainez, l'ami... et vite ! — Il s'adressait à Peyrolles. — Monseigneur, reprit-il, ordonnez à ce chevalier de la triste figure de ne point troubler nos plaisirs... Bonté du ciel ! je vous admire !... vous jetez comme cela le manche après la cognée... vous rompez les négociations... Permettez-moi de ne pas renoncer si vite.

— Il a raison ! il a raison ! s'écria-t-on de toutes parts.

Chacun se raccrochait à ce moyen de sortir du noir. La gaieté n'avait pu prendre dans le salon de Gonzague cette nuit.

Il va sans dire que Gonzague lui-même n'espérait rien de la tentative du bossu.

— Cela lui donnait seulement quelques minutes pour réfléchir. C'était précieux.

— J'ai raison, pardieu ! je le sais bien, poursuivit Esope II ; que vous avais-je promis ? une leçon d'escrime amoureuse... Et vous agissez sans moi !... et vous ne me laissez même pas dire un mot... Cette jeune fille me plaît ; je la veux, je l'aurai !

— A la bonne heure ! fit Navailles, voilà qui est parler !

— Voyons, dit le gros petit traitant en arrondissant avec soin sa phrase, voyons si tu es aussi fort aux tournois d'amour qu'aux luttes bachiques.

— Nous serons juges, ajouta Nocé, entame la bataille.

Le bossu regarda Aurore, puis le cercle qui les entourait.

Aurore, épuisée par le suprême effort qu'elle venait de

faire, s'affaissait entre les bras de dona Cruz. Cocardasse roula vers elle un fauteuil. Aurore s'y laissa tomber.

— Les apparences ne sont pas pour ce pauvre Ésope II, murmura Nocé.

Comme Gonzague ne riait pas, on restait sérieux.

Les femmes ne s'occupaient que d'Aurore, excepté Nivelle qui pensait:

— J'ai idée que ce petit homme est un Crésus.

— Monseigneur, dit le bossu, permettez-moi de vous adresser une requête... Vous êtes trop haut placé assurément pour avoir voulu vous jouer de moi... Si l'on dit à un homme : Courez ! il ne faut pas commencer par lui lier les deux jambes... La première condition de succès, c'est la solitude... Où vîtes-vous une femme s'attendrir quand elle se voit entourée de regards curieux ?... Soyez juste, c'est là l'impossible.

— Il a raison ! fit encore le chœur des convives.

— Tout ce monde l'effraye, reprit Ésope II ; moi-même je perds une partie de mes moyens ; car, en amour, le tendre, le passionné, l'entraînant est toujours tout près du ridicule... Comment trouver ces accens qui enivrent les faibles femmes, en présence d'un auditoire moqueur ?

Il était vraiment drôle, ce petit homme, prononçant son discours d'un air avantageux et fat, le poing sur la hanche et la main au jabot.

Sans le sinistre vent qui soufflait cette nuit dans la petite maison de Gonzague, on aurait bien ri.

On rit un peu. Navailles dit à Gonzague :

— Accordez-lui sa requête, monseigneur.

— Que demande-t-il ? fit Gonzague toujours distrait et soucieux.

— Qu'on nous laisse seuls, ma fiancée et moi, répondit le bossu ; je ne demande que cinq minutes pour faire taire les répugnances de cette charmante enfant !

— Cinq minutes ! se récria-t-on ; comme il y a va ! On ne peut pas lui refuser cela, monseigneur.

Gonzague gardait le silence. Le bossu s'approcha de lui tout à coup et lui dit à l'oreille :

— Monseigneur, on vous observe ! Vous puniriez de mort celui qui vous trahirait comme vous vous trahissez vous-même !

— Merci, l'ami, répondit le prince qui changea de visage, l'avis est bon... Nous aurons décidément un gros compte à régler ensemble... et je crois que tu seras grand seigneur avant de mourir.

— Messieurs, reprit-il, je songeais à vous... Nous avons gagué cette nuit une terrible partie... Demain, suivant toute apparence, nous serons au bout de nos peines... mais il ne faut pas échouer en entrant dans le port... Pardonnez ma distraction et suivez-moi.

Il se fait fait un visage riant. Toutes les physionomies s'éclairèrent.

— N'allons pas trop loin, dirent ces dames ; il faut jouir du coup d'œil.

— Dans la galerie ! opina Nocé ; nous laisserons la porte entre-bâillée.

— En besogne, Jonas !... tu as le champ libre !

— Surpasse-toi, bossu ! nous te donnons dix minutes au lieu de cinq... montre la main !

— Messieurs, dit Oriol, les paris sont ouverts.

On jouait sur tout et à propos de tout. Le cours des gageures fut coté à un contre cent pour Ésope II dit Jonas.

En passant auprès de Cocardasse et de Passepoil, Gonzague leur dit :

— Pour une bonne somme, retourneriez-vous bien en Espagne ?

— Nous ferions tout pour obéir à monseigneur, répliquèrent nos deux braves.

— Ne vous éloignez donc pas ! fit le prince en se mêlant à la foule de ses affidés.

Cocardasse et Passepoil n'avaient garde.

Quand tout le monde eut quitté le salon, le bossu se tourna vers la porte de la galerie, derrière laquelle on voyait triple rangée de têtes curieuses.

— Bien ! fit-il d'un air guilleret, très bien ! comme cela vous ne me gênez pas du tout. Ne pariez pas trop contre moi.... et consultez vos montres. J'oubliais une chose, s'interrompit-il en traversant le salon pour se rapprocher de la galerie ; où est monseigneur ?

— Ici, répondit Gonzague. Qu'y a-t-il ?

— Avez-vous un notaire tout prêt ?—demanda le bossu avec un magnifique sérieux. Pour le coup, personne n'y put tenir. Il y eut un franc éclat de gaieté dans la galerie. — Rira bien qui rira le dernier ! murmura Ésope II.

Gonzague répliqua, non sans un mouvement d'impatience :

— Fais vite, l'ami, et ne t'inquiète point... il y a un notaire royal dans ma chambre.

Le bossu salua et revint vers les deux femmes groupées.

Dona Cruz le regardait venir avec une sorte d'effroi. Aurore avait toujours les yeux baissés.

Le bossu vint se mettre à genoux devant le fauteuil d'Aurore.

Gonzague, au lieu de regarder ce spectacle qui avait tant de succès auprès de ses affidés, se promenait à l'écart au bras de Peyrolles.

Ils allèrent s'accouder tout au bout de la galerie.

— D'Espagne, disait Peyrolles, on peut revenir.

— On meurt en Espagne comme à Paris,—murmura Gonzague. Il reprit après un court silence : — Ici, l'occasion est manquée... Ces femmes devineraient... Dona Cruz parlerait...

— Chaverny... commença monsieur de Peyrolles.

— Celui-là sera muet, interrompit Gonzague. Ils échangèrent un regard dans l'ombre, et Peyrolles ne demanda point d'autres explications. — Il faut, poursuivit Gonzague, qu'au sortir d'ici elle soit libre... absolument libre... jusqu'au détour de la rue... — Peyrolles se pencha tout à coup en avant et prêta l'oreille. — C'est le guet qui passe, dit Gonzague.

Un bruit d'armes se faisait au dehors.

Mais ce bruit s'étouffa sous le grand murmure qui s'éleva tout à coup dans la galerie.

— C'est étonnant ! s'écriait-on ; c'est prodigieux !

— Avons-nous la berlue ?... que diable lui dit-il ?

— Parbleu ! fit Nivelle, ce n'est pas difficile à deviner... il lui fait le compte des actions qu'il a.

— Mais voyez donc ! dit Navailles ; qui a parié cent contre un ?

— Personne, répondit Oriol ; je ne gagerais seulement pas à cinquante... Fais-tu vingt-cinq ?

— Pas, s'il vous plaît !... voyez donc ! voyez donc !

Le bossu était toujours à genoux auprès du fauteuil d'Aurore.

Dona Cruz voulut se mettre entre deux. Le bossu l'écarta en disant :

— Laissez...

Il avait parlé bas. Sa voix était si étrangement changée que dona Cruz s'écarta comme malgré elle, et ouvrit de grands yeux.

Au lieu des accens stridens et discords qu'on était accoutumé à entendre sortir de cette bouche, c'était une voix mâle et douce, harmonieuse et profonde.

Cette voix prononça le nom d'Aurore.

Dona Cruz sentit sa jeune compagne tressaillir faiblement entre ses bras.

Puis elle l'entendit murmurer :

— Je rêve...

— Aurore !... répéta le bossu toujours à genoux.

La jeune fille se couvrit la tête de ses mains.

De grosses larmes coulèrent entre ses doigts qui tremblaient.

Ceux qui regardaient dona Cruz par la porte entr'ouverte croyaient assister à une sorte de fascination.

Dona Cruz était debout, la tête rejetée en arrière, la bouche béante, les yeux fixes.

— Par le ciel ! s'écria Navailles, voilà qui tient du miracle.

— Chut !... regardez !... l'autre semble attirée comme par un irrésistible pouvoir.

— Le bossu a un talisman... un charme !

Nivelle seule donnait un nom au charme et au talisman. Cette jolie fille, immuable en ses opinions, croyait au surnaturel pouvoir des actions bleues.

C'était vrai ce que l'on disait derrière la porte. Aurore se penchait comme malgré elle vers la voix qui l'appelait.

— Je rêve !... je rêve ! balbutiait-elle parmi ses sanglots ; c'est affreux... ! je sais qu'il n'est plus !

— Aurore ! répéta le bossu pour la troisième fois.

Et comme dona Cruz allait ouvrir la bouche, il lui imposa silence d'un geste impérieux.

— Ne tournez pas la tête, reprit-il doucement en s'adressant à mademoiselle de Nevers ; nous sommes ici au bord même de l'abîme... un mouvement .. un geste... tout est perdu.

Dona Cruz fut obligée de s'asseoir auprès d'Aurore. Ses jambes chancelaient.

— Je donnerais vingt louis pour savoir ce qu'il leur dit ! s'écria Navailles.

— Palsambleu ! fit Oriol, je commence à croire... Et cependant, il ne lui a rien donné à boire.

— Cent pistoles pour le bossu, au pair ! proposa Nocé : Le bossu poursuivait :

— Vous ne rêvez point, Aurore... votre cœur ne vous a point trompée... c'est moi.

— Vous !... murmura la jeune fille ; je n'ose ouvrir les yeux... Flor, ma sœur, regarde !

Dona Cruz la baisa au front, pour lui dire plus bas et de plus près :

— C'est lui !

Aurore entr'ouvrit ses doigts placés au-devant de ses yeux, et glissa un regard. Son cœur sauta dans sa poitrine, mais elle parvint à étouffer son premier cri. Elle demeura immobile.

— Ces hommes qui ne croient pas au ciel, dit le bossu après avoir lancé un coup d'œil rapide vers la porte, croient à l'enfer... ils sont faciles à tromper... pourvu qu'on feigne le mal... Obéissez, non pas à votre cœur, Aurore, ma bien-aimée, mais à je ne sais quelle bizarre attraction qui est, suivant eux, l'œuvre du démon... soyez comme fascinée par cette main qui vous conjure...

Il fit quelques passes au-dessus du front d'Aurore, laquelle se pencha vers lui obéissante.

— Elle y vient ! s'écria Navailles stupéfait.

— Elle y vient ! répétèrent tous les convives.

Et le gros Oriol, s'élançant tout essoufflé vers la balustrade :

— Vous perdez le plus beau, monseigneur ! s'écria-t-il ; du diable si cela ne vaut pas la peine d'être vu !

Gonzague se laissa entraîner vers la porte.

— Chut, chut ! ne les troublons pas ! disait-on au moment où le prince arrivait.

On lui fit place. Il demeura muet d'étonnement.

Le bossu continuait ses passes. Aurore, entraînée et charmée, s'inclinait de plus en plus vers lui.

Le bossu avait eu raison. Ces hommes qui ne croyaient point en Dieu avaient grande foi en ces billevesées qui venaient d'Italie : les philtres, les charmes, les pouvoirs occultes, la magie.

Gonzague murmura, Gonzague l'esprit fort :

— Cet homme possède un maléfice !

Passepoil, qui était auprès de lui, se signa ostensiblement, et Cocardasse junior grommela :

— Le coquin a de la graisse de pendu ! As pas pur ! cela se voit.

— Ta main, disait tout bas le bossu à Aurore ; lentement... bien lentement... comme si une invincible puissance te forçait à me la donner malgré toi...

La main d'Aurore se détacha de son visage et descendit par un mouvement automatique.

Si les gens de la galerie avaient pu voir son adorable sourire !

Ce qu'ils voyaient, c'était son sein agité, sa jolie tête renversée dans les masses de ses cheveux.

Ils regardaient maintenant le bossu avec une sorte d'épouvante.

— Capédébiou ! fit Cocardasse, elle donne sa main, la pécaïre !

Et tous répétèrent avec un ébahissement profond :

— Il fait d'elle tout ce qu'il veut !... quel démon !

— As pas pur ! ajouta Cocardasse en adressant un coup d'œil à Passepoil ; ces choses-là, il faut les voir pour y croire !

— Quand je les vois, moi, dit monsieur de Peyrolles derrière Gonzague, je n'y crois point.

— Eh pardieu ! protesta-t-on de toutes parts, on ne peut pas nier l'évidence, pourtant !

Peyrolles secoua la tête d'un air chagrin.

— Ne négligeons rien, continua le bossu, qui avait ses raisons sans doute pour compter sur la complicité de dona Cruz ; Gonzague et son âme damnée sont là maintenant... Il s'agit de me tromper aussi... Quand ta main va toucher la mienne, Aurore, il faut tressaillir et jeter autour de toi un regard stupéfait... Bien !

— J'ai joué cela dans la *Belle et la Bête*, à l'Opéra, — dit Nivelle qui haussa les épaules ; — j'étais plus étonnée que cette petite... n'est-ce pas, Oriol ?

— Vous étiez charmante comme toujours, — répondit le gros petit financier — mais quel choc la pauvre enfant a éprouvé quand leurs mains se sont rencontrées !

— Preuve qu'il y a antipathie et domination diabolique ! prononça gravement Taranne.

Le baron de Batz, qui n'était pas un ignorant, dit :

— Ya ! andibadie... ya ! ya !... tôminazion tiapôligue... sacrament !

— Maintenant, reprenait le bossu, tourne-toi vers moi... tout d'une pièce... lentement... lentement... — Il se leva et la domina du regard. — Lève-toi, poursuivit-il, comme un automate... Bien !... regarde-moi... fais un pas... et laisse-toi tomber dans mes bras...

Aurore obéit encore. Dona Cruz restait immobile comme une statue.

— Il y eut derrière la porte, qui s'ouvrit toute grande, un tonnerre d'applaudissements.

La charmante tête d'Aurore s'appuyait contre la poitrine d'Esope II dit Jonas.

— Juste cinq minutes ! s'écria Navailles, montre à la main !

— Est-ce qu'il a changé la jolie senorita en statue de sel ? demanda Nocé.

Le flot des spectateurs envahissait le salon en tumulte.

On entendit le petit rire sec du bossu, qui dit en s'adressant à Gonzague :

— Monseigneur, ce n'est pas plus difficile que cela !

— Monseigneur, disait de son côté Peyrolles, il y a ici quelque chose d'incompréhensible... Ce drôle doit être un adroit jongleur.

— As-tu peur qu'il ne t'escamote ta tête ? — demanda Gonzague. Puis, se tournant vers Esope II dit Jonas, il ajouta : — Bravo, l'ami ! Nous donneras-tu ta recette ?

— Elle est à vendre, monseigneur, répliqua le bossu.

— Et cela tiendra-t-il jusqu'au mariage ?

— Jusqu'au mariage, oui, mais pas au delà.

— Combien le vends-tu, ton talisman, bossu ? s'écria Oriol.

— Presque rien... mais il faut pour s'en servir une denrée qui coûte cher.

— Quelle denrée ? demanda encore le gros petit financier.

— De l'esprit, répondit Esope II ; allez donc au marché, mon gentilhomme.

Oriol fit le plongeon dans la foule. On battit des mains. Choisy, Nocé, Navailles entouraient dona Cruz et l'interrogeaient avidement.

— Qu'a-t-il dit ?... Parlait-il latin ?... Avait-il à la main quelque fiole ?

— Il parlait hébreu ! répondit la gitanita qui se remettait par degrés.

— Et cette jolie fille le comprenait ?

— Couramment... Il a fourré sa main gauche dans sa poche et en a tiré quelque chose qui ressemblait... comment dirais-je ?

— A une corne de bouc ? à un miroir magique ? à un grimoire ?

— A une liasse d'actions plutôt ! amenda Nivelle.

— Cela ressemblait à un mouchoir de poche, repartit la gitanita qui tourna le dos.

— Pardieu ! tu fais un homme précieux, l'ami, dit Gonzague qui lui mit la main sur l'épaule ; je t'admire !

— Pour un débutant, n'est-ce pas, monseigneur ? fit Esope II avec un sourire modeste. Mais, s'interrompit-il, priez ces messieurs de se reculer un peu... à distance !... à distance !... qu'on n'aille pas me l'effaroucher... j'ai eu assez de peine... Où est le notaire ?

— Qu'on fasse venir le notaire royal ! ordonna monsieur de Gonzague.

### XIII

#### LA SIGNATURE DU CONTRAT.

Madame la princesse de Gonzague avait passé toute la journée précédente dans son appartement, mais de nombreux visiteurs avaient rompu la solitude à laquelle la veuve de Nevers se condamnait depuis tant d'années.

Dès le matin, elle avait écrit plusieurs lettres. Les visiteurs empressés apportaient eux-mêmes leurs réponses.

C'est ainsi qu'elle reçut monsieur le cardinal de Bissy, monsieur le duc de Tresmes, gouverneur de Paris, monsieur de Machault, lieutenant de police, monsieur le président de Lamoignon, et le vice-chancelier Voyer d'Argenson.

A tous, elle demanda aide et secours contre monsieur de Lagardère, ce faux gentilhomme qui lui avait enlevé sa fille. A tous elle raconta son entretien avec ce Lagardère, qui, furieux de ne point obtenir l'extravagante récompense qu'il avait rêvée, s'était réfugié derrière d'effrontés démentis.

On était outré contre monsieur de Lagardère. Il y avait, en vérité, de quoi.

Les plus sages, parmi les conseillers de madame de Gonzague, furent bien d'avis que la promesse même faite par Lagardère, la promesse de représenter mademoiselle de Nevers était une première imposture, mais enfin il était bon de savoir.

Malgré tout le respect dont on affectait d'entourer le nom de monsieur le prince de Gonzague, il est certain que la séance de la veille avait laissé contre lui, dans tous les esprits, de fâcheux souvenirs.

Il y avait en tout ceci un mystère d'iniquité que nul ne pouvait sonder, mais qui mettait martel en tête à chacun.

Il y a toujours dans un tel zèle une bonne dose de curiosité.

Monseigneur de Bissy avait le premier flairé quelque prodigieux scandale. Le flair s'éveilla peu à peu chez les autres. Et dès qu'on fût sur la piste du mystère, on se mit en chasse résolûment.

Tous ces messieurs jurèrent de n'en avoir point le démenti.

On conseilla d'abord à madame la princesse de se rendre au Palais-Royal, afin d'éclairer pleinement la religion de monsieur le régent. On lui conseilla surtout de ne point accuser son mari.

Elle monta en litière vers le milieu du jour, et se rendit au Palais-Royal, où elle fut immédiatement reçue. Le régent l'attendait.

Elle eut une audience d'une longueur inusitée. Elle n'accusa point son mari.

Mais le régent interrogea, ce qu'il n'avait pu faire durant le tumulte du bal.

Mais le régent, en qui le souvenir de Philippe de Nevers, son meilleur ami, son frère, s'éveillait violemment depuis deux jours, remonta tout naturellement le cours des années et parla de cette lugubre affaire de Caylus, qui, pour lui, n'avait jamais été éclairée.

C'était la première fois qu'il causait ainsi en tête-à-tête avec la veuve de son ami.

La princesse n'accusa point son époux, mais, à la fin de l'audience, le régent resta triste et pensif.

Et cependant le régent, qui reçut deux fois monsieur le prince de Gonzague, ce jour et la nuit suivante, n'eut aucune explication avec lui.

Pour qui connaissait Philippe d'Orléans, ce fait n'avait pas besoin de commentaires.

La défiance était née dans l'esprit du régent.

Au retour de sa visite au Palais-Royal, madame la princesse de Gonzague trouva sa retraite pleine d'amis.

Tous ces gens qui lui avaient conseillé de ne point accuser le prince lui demandèrent ce que le régent avait décidé par rapport au prince.

Gonzague, qui avait l'instinct d'un orage prochain, ne se doutait cependant pas de tous ces nuages qui s'amoncelaient à son horizon. Il était si puissant et si riche !

Et l'histoire de cette nuit, par exemple, racontée le lendemain, eût été si aisément démentie !

On aurait ri du bouquet de fleurs empoisonnées ; ceci était bon du temps de la Brinvilliers ;

On aurait ri du mariage tragi-comique, et si quelqu'un eût voulu soutenir qu'Esope II fût Jonas avait mission d'assassiner sa jeune femme, pour le coup on se fût tenu les côtes.

Contes à dormir debout ! On n'éventrait plus que les portefeuilles.

L'orage ne soufflait point de là. L'orage venait de l'hôtel de Gonzague.

Ce long, ce triste drame des dix-huit années de mariage forcé allait avoir peut-être un dénoûment.

Quelque chose remuait derrière les draperies noires de l'autel où la veuve de Nevers faisait dire chaque matin l'office des morts.

Parmi ce deuil sans exemple, un fantôme se dressait.

Le crime présent n'aurait point trouvé créance, à cause même de cette foule de témoins, tous complices,

Mais le crime passé, si profondément qu'on l'ait enfoui, finit presque toujours par briser la planche vermoulue du cercueil.

Madame la princesse de Gonzague répondit à ses illustres conseils que monsieur le régent s'était enquis des circonstances de son mariage et de ce qui l'avait précédé. Elle ajouta que monsieur le régent lui avait promis de faire parler ce Lagardère, fallût-il employer la question.

On se rejeta sur ce Lagardère, avec le secret espoir que la lumière viendrait par lui ; car chacun savait ou se doutait bien que ce Lagardère avait été mêlé à la scène nocturne qui, vingt ans auparavant, avait ouvert cette interminable tragédie.

Monsieur de Machault promit ses alguazils, monsieur de Tresmes ses gardes, les présidens leurs lévriers de palais. Nous ne savons pas ce qu'un cardinal peut promettre en cette circonstance, mais enfin Son Eminence offrit ce qu'elle avait.

Il ne restait plus à ce Lagardère qu'à se bien tenir !

Vers cinq heures du soir, Madeleine Girand vint trouver sa maîtresse, qui était seule, et lui remit un billet du lieutenant de police. Ce magistrat annonçait à la princesse que monsieur de Lagardère avait été assassiné la nuit précédente au sortir du Palais-Royal.

La lettre se terminait par ces mots qui devenaient sacramentels :

« N'accusez point votre mari. »

Madame la princesse passa le reste de cette soirée dans les larmes et la prière.

Entre neuf et dix heures, Madeleine Giraud revint avec un nouveau billet.

Celui-ci était d'une écriture inconnue. Il avait été apporté par deux inconnus, gens de méchante mine et ressemblant assez à des coupe-jarrets. L'un grand et insolent, l'autre doucereux et bas sur jambes. Ce billet rappelait à madame la princesse que le délai de vingt-quatre heures accordé à monsieur de Lagardère par le régent expirait cette nuit à quatre heures. Il informait madame la princesse que monsieur de Lagardère serait à cette heure dans le pavillon qui servait de maison de plaisance à monsieur de Gonzague.

Lagardère chez Gonzague ! Pourquoi ? comment ?

Et cette lettre du lieutenant de police qui annonçait sa mort ?.

La princesse ordonna d'atteler. Elle monta dans son carrosse et se fit mener au parvis Saint-Antoine, à l'hôtel de Lamoignon.

Une heure après, vingt gardes françaises, commandés par un capitaine et quatre officiers du Châtelet, bivouaquaient dans la cour de l'hôtel de Lamoignon.

Nous n'avons pas oublié que la fête donnée par monsieur le prince de Gonzague, à sa petite maison derrière Saint-Magloire, avait pour prétexte un mariage : le mariage du marquis de Chaverny avec une jeune inconnue à qui le prince constituait une dot de 50,000 écus.

Le fiancé avait accepté, et nous savons que monsieur de Gonzague croyait avoir ses raisons pour ne point redouter le refus de l'épousée.

Il est donc naturel que monsieur le prince eût pris d'avance toutes ses mesures pour que rien ne retardât l'union projetée. Le notaire royal, un vrai notaire royal, avait été convoqué.

Bien plus, le prêtre, un vrai prêtre, attendait à la sacristie de Saint-Magloire.

Il ne s'agissait point d'un simulacre de noces. C'était un mariage valable qu'il fallait à monsieur de Gonzague, un mariage qui donnât droit sur l'épouse à l'époux,

De telle sorte que la volonté de l'époux pût rendre indéfini l'exil de l'épouse.

Gonzague avait dit vrai. Il n'aimait pas le sang. Seulement, quand les autres moyens faisaient défaut, le sang ne forçait jamais Gonzague à reculer.

Un instant, l'aventure de cette nuit avait mal tourné. Tant pis pour Chaverny ! Mais depuis que le bossu s'était mis en avant, les choses prenaient une physionomie nouvelle et meilleure.

Le bossu était évidemment de ces hommes à qui on peut tout demander.

Gonzague l'avait jugé d'un coup d'œil. C'était un de ces êtres qui font volontiers payer à l'humanité l'injure de leur propre misère, et qui gardent rancune aux hommes de la croix que Dieu mit comme un fardeau trop lourd sur leurs épaules.

La plupart des bossus sont méchans, pensait Gonzague : les bossus se vengent.

Les bossus ont souvent le cœur cruel, l'esprit robuste, parce qu'ils sont en ce monde comme en pays ennemi.

Les bossus n'ont point de pitié. On n'en eut point pour eux.

De bonne heure la raillerie idiote frappa leur âme de tant de coups qu'un calus protecteur se fit autour de leur âme.

Chaverny ne valait rien pour la besogne indiquée. Chaverny n'était qu'un fou ; le vin le faisait franc, généreux et brave. Chaverny eût été capable d'aimer sa femme et de s'agenouiller devant elle après l'avoir battue.

Le bossu, non. Le bossu ne devait mordre qu'un coup de dent.

Le bossu était une véritable trouvaille.

Quand Gonzague demanda le notaire, chacun voulut faire du zèle. Oriol, Albret, Montaubert, Cidalise s'élancèrent vers la galerie, devançant Cocardasse et Passepoil.

Ceux-ci se trouvèrent seuls un instant sous le péristyle de marbre.

— Ma caillou, fit le Gascon, la nuit ne va pas finir sans qu'il pleuve...

— Des horions ! interrompit Passepoil ; la girouette est aux tapes.

— As pas pur ! la main me démange ! et toi ?

— Dame ! il y a déjà du temps qu'on n'a dansé, mon noble ami...

Au lieu d'entrer dans les appartemens du bas, ils ouvrirent la porte extérieure et descendirent dans le jardin. Il n'y avait plus trace de l'embuscade dressée par Gonzague au-devant de la maison. Nos deux braves poussèrent jusqu'à la charmille où monsieur de Peyrolles avait trouvé la veille les cadavres de Saldagne et de Faënza. Personne dans la charmille.

Ce qui leur sembla plus étrange, c'est que la poterne percée sur la ruelle était grande ouverte.

Personne dans la ruelle. Nos deux braves se regardèrent.

— Ce n'est pourtant pas lou couquin de Parisien qui a fait cela, murmura Cocardasse, puisqu'il est là-haut depuis hier au soir.

— Sait-on ce dont il est capable ! riposta Passepoil.

Ils entendirent comme un bruit confus du côté de l'église.

— Reste-là, dit le Gascon ; je vais aller voir.

Il se coula le long des murs du jardin, tandis que Passepoil faisait faction à la poterne. Au bout du jardin était le cimetière Saint-Magloire. Cocardasse vit le cimetière plein de gardes françaises.

— Eh donc ! ma caillou, fit-il en revenant, si l'on danse, les violons ne manqueront pas !

Pendant cela, Oriol et ses compagnons faisaient irruption dans la chambre de Gonzague, où maître Griveau l'aîné, notaire royal, dormait paisiblement sur un sofa, auprès d'un guéridon supportant les restes d'un excellent souper.

Je ne sais pas pourquoi notre siècle s'est acharné contre les notaires. Les notaires sont généralement des hommes propres, frais, bien nourris, de mœurs très douces, ayant le mot pour rire en famille, et doués d'une rare sûreté de coup d'œil au whist. Ils se comportent bien à table ; la courtoisie chevaleresque s'est réfugiée chez eux ; ils sont galans avec les vieilles dames riches, et certes peu de Français portent aussi bien qu'eux la cravate blanche, et une chemise et des lunettes d'or.

Le temps est proche où la réaction se fera. Chacun sera forcé de convenir qu'un jeune notaire blond, grave et doux dans son maintien, et dont le ventre naissant n'a pas encore acquis tout son développement, est une des plus jolies fleurs de notre civilisation.

Maître Griveau aîné, notaire tabellion garde-note royal et du Châtelet, avait l'honneur d'être, en outre, un serviteur dévoué de monsieur le prince de Gonzague. C'était un bel homme de quarante ans, gros, frais, rose, souriant, et qui faisait plaisir à voir.

Oriol le prit par un bras, Cidalise par l'autre, et tous les deux l'entraînèrent au premier étage.

La vue d'un notaire causait toujours un certain attendrissement à la Nivelle : ce sont eux qui prêtent force et valeur aux donations entre vifs.

Maître Griveau aîné, homme de bonne compagnie, salua le prince, ces dames et ces messieurs, avec une convenance parfaite. Il avait sur lui la minute du contrat, préparé d'avance : seulement, le nom de Chaverny était en tête de la minute. Il fallait rectifier cela.

Sur l'invitation de monsieur Peyrolles, maître Griveau aîné s'assit à une petite table, il tira de sa poche plume-encre, grattoir, et se mit en besogne.

Gonzague et le gros des convives étaient restés autour du bossu.

— Cela va-t-il être long ? fit celui-ci en s'adressant au notaire.

— Maître Griveau, dit le prince en riant, vous comprendrez l'impatience bien naturelle de ces jeunes fiancés...

— Je demande cinq minutes, monseigneur, répliqua le notaire.

Ésope II chiffonna son jabot d'une main, et lissa de l'autre d'un air vainqueur les beaux cheveux d'Aurore.

— Juste le temps de séduire une femme ! dit-il.

— Buvons ! s'écria Gonzague, puisque nous avons du loisir... Buvons à l'heureux hyménée !

On décoiffa de nouveau les flacons de champagne. Cette fois, la gaieté semblait vouloir naître tout à fait. L'inquiétude s'était évanouie ; tout le monde se sentait de joyeuse humeur.

Doña Cruz emplit elle même le verre de Gonzague.

— A leur bonheur ! dit-elle en trinquant gaillardement.

— A leur bonheur ! répéta le cercle riant et buvant.

— Or çà ! fit Ésope II, n'y a-t-il point ici quelque poëte habile pour composer mon épithalame ?

— Un poëte ! un poëte ! cria-t-on ; on demande un poëte !

Maître Griveau aîné mit sa plume derrière l'oreille.

— On ne peut pas tout faire à la fois, prononça-t-il d'une voix discrète et douce ; quand j'aurai fini le contrat, je rimerai quelques couplets impromptus...

Le bossu le remercia d'un geste noble.

— Poésie du Châtelet, dit Navailles ; madrigaux de notaire ... Niez donc que ce soit maintenant l'âge d'or !

— Qui songe à nier ? repartit Nocé ; les fontaines vont produire du lait d'amandes et du vin mousseux.

— C'est sur les chardons, ajouta Choisy, que vont naître les roses.

— Puisque les tabellions font des vers !

Le bossu se rengorgea et dit avec une orgueilleuse satisfaction.

— C'est pourtant à propos de mon mariage qu'on dépense tout cet esprit-là ! Mais, se reprit-il, resterons-nous ainsi ?... Il donc ! la mariée est en négligé... Et moi, palsambleu ! je fais honte ! je ne suis pas coiffé, mes manchettes sont fripées.

— La toilette du marié ! la toilette du marié ! crièrent ces dames en accourant.

— Et celle de la mariée, morbleu ! ajouta le bossu : n'ai-je pas entendu parler d'une corbeille ?

Nivelle et Cidalise était déjà dans le boudoir voisin. On les vit bientôt reparaître avec la corbeille. Doña Cruz prit la direction de la toilette.

— Et vite ! dit-elle, la nuit s'avance !... il nous faut le temps de faire le bal !

En un instant, le contenu de la corbeille fut étalé sur les meubles. Doña Cruz et ses compagnes entraînèrent Aurore dans le boudoir.

— Si elles allaient te l'éveiller, bossu ! dit Navailles.

Ésope II avait un miroir d'une main, un peigne de l'autre.

— Chère belle, dit-il à la Desbois au lieu de répondre, un coup par derrière à ma coiffure ! — Puis se tournant vers Navailles : — Elle est à moi, reprit-il, comme vous êtes à monsieur de Gonzague, mes bons enfans... ou plutôt à votre ambition... Elle est à moi comme ce cher monsieur Oriol est à son orgueil... comme cette jolie Nivelle est à son avarice... comme vous êtes tous à votre

péché capital mignon !... Ma belle Fleury, refaites le nœud de ma cravate...

— Voilà ! dit en ce moment maître Griveau aîné ; on peut signer.

— Avez-vous écrit les noms des mariés ? demanda Gonzague.

— Je les ignore, répondit le notaire.

— Ton nom, l'ami ? reprit le prince.

— Signez toujours, monseigneur, repartit Ésope II d'un ton léger : signez aussi, messieurs, car j'espère bien que vous me ferez tous cet honneur. J'écrirai mon nom moi-même... c'est un drôle de nom... et qui vous fera rire.

— Au fait, comment diable peut-il s'appeler ? dit Navailles.

— Signez toujours, signez. Monseigneur, j'aimerais vos manchettes pour cadeau de noce.—Gonzague détacha aussitôt ses manchettes de dentelle et les lui jeta à la volée. Puis il s'approcha de la table pour signer. Ces messieurs s'ingéniaient à trouver un nom pour le bossu. — Ne cherchez pas, dit-il en agrafant les manchettes de Gonzague... vous ne trouveriez jamais... Monsieur de Navailles, vous avez un beau mouchoir. — Navailles lui donna son mouchoir. Chacun voulut ajouter quelque chose à sa toilette : une épingle, une boucle, un nœud de rubans. Il se laissait faire et s'admirait dans son miroir. Ces messieurs, cependant, signaient chacun à son tour. Le nom de Gonzague était en tête. — Allez voir si ma femme est prête ! dit le bossu à Choisy, qui lui attachait un jabot de malines.

— La mariée ! voici la mariée ! cria-t-on à ce moment.

Aurore parut sur le seuil du boudoir, en blanc costume de mariée, et portant dans ses cheveux les fleurs d'oranger symboliques. Elle était belle admirablement, mais ses traits pâles gardaient cette étrange immobilité qui la faisait ressembler à une charmante statue.

Elle était toujours sous le coup du maléfice.

Il y eut à sa vue un long murmure d'admiration. Quand les regards se détournèrent d'elle pour retomber sur le bossu, chacun éprouva un sentiment pénible.

Le bossu, lui, battait des mains avec transport et répétait :

— Corbleu ! j'ai une belle femme !... A nous deux maintenant, ma charmante ; à notre tour de signer.

Il prit sa main des mains de doña Cruz pour la soutenir. On s'attendait à quelque marque de répugnance, mais Aurore le suivit avec une docilité parfaite.

En se retournant pour gagner la table où maître Griveau aîné avait fait signer tout le monde, le regard d'Ésope II rencontra celui de Cocardasse junior, qui venait de rentrer avec son compagnon Passepoil.

Ésope II cligna de l'œil en touchant son flanc d'un geste rapide.

Cocardasse comprit, car il lui barra le passage en s'écriant :

— Capédébion ! il manque quelque chose à la toilette !

— Quoi donc ! quoi donc !... fit-on de toutes parts.

— Quoi donc ! répéta le bossu lui-même bien innocemment.

— As pas pur ! répliqua le Gascon. Depuis quand un gentilhomme se marie-t-il sans épée ?

Ce ne fut qu'un cri dans toute l'honorable assistance.

— C'est vrai, c'est vrai ! réparons cet oubli. Une épée au bossu ! il n'est pas encore assez drôle comme cela.

Navailles mesura de l'œil les rapières, tandis qu'Ésope II faisait des façons et murmurait :

— Je ne suis pas habitué... Cela gênerait mes mouvemens. — Parmi toutes ces épées de parade, il y avait une longue et forte épée de combat ; c'était celle de ce bon monsieur de Peyrolles, qui ne plaisantait jamais. Navailles détacha bon gré mal gré l'épée de Peyrolles. — Il n'est pas besoin, il n'est pas besoin ! — répétait Ésope II. On lui ceignit l'épée en jouant. Cocardasse et Passepoil remarquèrent bien qu'en touchant la garde, sa main éprou va comme un frémissement involontaire et joyeux. Il n'y eut que Cocardasse et Passepoil à remarquer cela. Quand on lui eut ceint l'épée, le bossu ne protesta plus. C'était chose faite. Mais cette arme qui pendait à son flanc lui donna tout à coup un surcroît de fierté. Il se prit à marcher en se pavanant d'une façon si burlesque que la gaieté éclata de toutes parts. On se rua sur lui pour l'embrasser; on le pressa, on le tourna et retourna comme une poupée. Il avait un succès fou ! Il se laissait faire bonnement. Arrivé devant la table il dit : — Là ! là ! vous me chiffonnez. Ne serrez pas ma femme de si près, je vous prie, et donnez-moi trêve, messieurs mes bons amis, afin que nous puissions régulariser le contrat.

Maître Griveau aîné était toujours assis devant la table. Il tenait la plume en arrêt au-dessus de la tête du contrat.

— Vos noms, s'il vous plaît, dit-il, vos prénoms, qualités, lieu de naissance...?

Le bossu donna un petit coup de pied dans la chaise du notaire tabellion garde-note.

Celui-ci se retourna pour regarder.

— Avez-vous signé? demanda le bossu.

— Sans doute, répondit maître Griveau aîné.

— Alors, allez en paix, mon brave homme, dit le bossu qui le poussa de côté.

Il s'assit gravement à sa place. Et l'assemblée de rire. Tout ce que faisait le bossu était désormais matière à hilarité.

— Pourquoi diable veut-il écrire son nom lui-même? demanda cependant Navailles.

Peyrolles causait bas avec monsieur de Gonzague qui haussait les épaules.

Peyrolles voyait dans ce qui se passait un sujet d'inquiétude. Gonzague se moquait de lui et l'appelait trembleur.

— Vous allez voir ! — répondait cependant le bossu à la question de Navailles. Il ajouta avec son petit ricanement sec : — Ça va bien vous étonner ; vous allez voir, vous allez voir ; buvez en attendant. — On suivit son conseil. Les verres s'emplirent. Le bossu commença à remplir les blancs d'une main large et ferme. — Au diable, l'épée ! fit-il en essayant de la placer dans une position moins gênante.

Nouvel éclat de rire. Le bossu s'embarrassait de plus en plus dans son harnais de guerre. La grande épée semblait pour lui un instrument de torture.

— Il écrira ! firent les uns.

— Il n'écrira pas ! ripostèrent les autres.

Le bossu, au comble de l'impatience, arracha l'épée du fourreau et la posa toute nue sur la table à côté de lui.

On rit encore. Cocardasse serra le bras de Passepoil.

— Sandiéou ! voici l'archet tout prêt ! grommela-t-il.

— Gare aux violons ! murmura frère Passepoil.

L'aiguille de la pendule allait toucher quatre heures.

— Signez, mademoiselle, — dit le bossu qui tendit la plume à Aurore. Elle hésita ; il la regarda. — Signez votre vrai nom, murmura-t-il, puisque vous le savez !

Aurore se pencha sur le parchemin et signa.

On vit dona Cruz, penchée au-dessus de son épaule, faire un vif mouvement de surprise.

— Est-ce fait? est-ce fait? demandèrent les curieux.

Le bossu, les contenant d'un geste, prit la plume à son tour et signa.

— C'est fait, dit-il. Venez voir : ça va vous étonner !

Chacun se précipita. Le bossu avait jeté la plume pour prendre négligemment l'épée.

— Attention ! murmura Cocardasse junior.

— On y est ! répondit résolûment frère Passepoil.

Gonzague et Peyrolles arrivèrent les premiers. Gonzague et Peyrolles, en voyant l'en-tête du contrat, reculèrent de trois pas.

— Qu'y a-t-il ?... Le nom? le nom? criaient ceux qui étaient par derrière.

Le bossu avait promis d'étonner son monde. Il tint parole. On vit en ce moment ses jambes déformées se redres-

ser tout à coup, son torse grandir, et l'épée s'affermir dans sa main.

— As pas pur ! grommela Cocardasse ; lou couquin faisait bien d'autres tours dans la cour des Fontaines, quand il était petit !

Le bossu, en se redressant, avait rejeté ses cheveux en arrière. Sur ce corps droit, robuste, élégant, une noble et belle tête rayonnait.

— Venez le lire, ce nom ! dit-il en promenant son regard étincelant sur la foule stupéfaite.

En même temps le bout de son épée piqua la signature. Tous les regards suivirent ce mouvement. Une grande clameur faite d'un seul nom emplit la salle.

— Lagardère ! Lagardère !

— Lagardère, répéta celui-ci, Lagardère qui ne manque jamais aux rendez-vous qu'il donne.

Dans ce premier moment de stupeur, il aurait pu percer peut-être le rangs de ses ennemis en désordre.

Mais il ne bougea pas. Il tenait d'une main Aurore tremblante serrée contre sa poitrine; de l'autre, il avait l'épée haute.

Cocardasse et Passepoil, qui avaient dégainé tous deux, se tenaient debout derrière lui.

Gonzague dégaina à son tour. Tous ses affidés l'imitèrent.

En somme, ils étaient au moins dix contre un.

Dona Cruz voulut se jeter entre les deux camps. Peyrolles la saisit à bras le corps et l'enleva.

— Il ne faut pas que cet homme sorte d'ici, messieurs ! prononça le prince, la pâleur aux lèvres et les dents serrées... En avant !

Navailles, Nocé, Choisy, Gironne et les autres gentilshommes chargèrent impétueusement.

Lagardère n'avait pas même mis la table entre lui et ses ennemis.

Sans lâcher la main d'Aurore, il la couvrit et se mit en garde. Cocardasse et Passepoil l'appuyaient à droite et à gauche.

— Va bien ! ma caillou ! fit le Gascon, nous sommes à jeun depuis plus de six mois !... Va bien !

— J'y suis ! j'y suis ! cria Lagardère en poussant sa première botte.

Après quelques secondes, les gens de Gonzague reculèrent. Gironne et Albret gisaient sur le sol dans une mare de sang.

Lagardère et ses deux bravos, sans blessures, immobiles comme trois statues, attendaient le second choc.

— Monsieur de Gonzague, dit Lagardère, vous avez voulu faire une parodie de mariage... Le mariage est bon, il a votre propre signature...

— En avant ! en avant ! criait le prince qui écumait de fureur.

Cette fois, il s'avançait en tête de ses gens.

Quatre heures de nuit sonnèrent à la pendule.

Un grand bruit se fit au dehors, et des coups retentissans furent frappés à la porte extérieure, tandis qu'une voix criait :

— Au nom du roi !...

C'était un étrange aspect que celui de ce salon où l'orgie laissait partout ses traces. La table était encore couverte de mets et de flacons à demi vides. Les verres, renversés çà et là, mettaient de larges taches de vin parmi les sanglantes éclaboussures du combat.

Au fond, du côté du cabinet où naguère était la corbeille de mariage, et qui maintenant servait d'asile à maître Griveau aîné plus mort que vif, le groupe composé de Lagardère, d'Aurore et des deux prévôts d'armes se tenait immobile et muet. Au milieu du salon, Gonzague et ses gens, arrêtés dans leur élan par ce cri : « Au nom du roi ! » regardaient avec épouvante la porte d'entrée.

Dans tous les coins, les femmes, folles de terreur, se cachaient.

Entre les deux groupes, deux cadavres dans une mare d'un rouge noir.

Les gens qui frappaient à cette heure de nuit à la porte de monsieur le prince de Gonzague s'attendaient bien sans doute à ce qu'on ne leur ouvrirait point tout de suite.

C'étaient les gardes françaises et exempts du Châtelet que nous avons vus successivement dans la cour de l'hôtel de Lamoignon et au cimetière Saint-Magloire.

Leurs mesures étaient prises d'avance. Après trois sommations faites coup sur coup, la porte soulevée fut jetée hors de ses gonds.

Dans le salon, on put entendre le bruit de la marche des soldats.

Gonzague eut froid jusque dans la moelle de ses os. Était-ce la justice qui venait pour lui ?

— Messieurs, dit-il en remettant l'épée au fourreau, on ne résiste pas aux gens du roi... — Mais il ajouta tout bas : — Jusqu'à voir !...

Baudon de Boisguiller, capitaine aux gardes, parut sur le seuil et répéta ;

— Messieurs, au nom du roi !

Puis, saluant froidement le prince de Gonzague, il s'effaça pour laisser entrer ses soldats.

Les exempts pénétrèrent à leur tour dans le salon.

— Monsieur, que signifie ceci ? demanda Gonzague.

Boisguiller regarda les deux cadavres gisant sur le parquet, puis le groupe composé de Lagardère et de ses deux braves, qui gardaient tous trois l'épée à la main.

— Tudieu ! murmura-t-il ; on disait bien que c'était un fier soldat ! Prince, ajouta-t-il en se tournant vers Gonzague, je suis cette nuit aux ordres de la princesse votre femme.

— Et c'est la princesse ma femme... commença Gonzague furieux.

Il n'acheva pas. La veuve de Nevers paraissait à son tour sur le seuil. Elle avait ses vêtemens de deuil.

A la vue de ces femmes, de ces peintures caractéristiques qui couvraient les lambris, à la vue de ces débris mêlés de débauche et de bataille, la princesse rabattit son voile sur son visage.

— Je ne viens pas pour vous, monsieur, — dit-elle en s'adressant à son mari. Puis s'avançant vers Lagardère : — Les vingt-quatre heures sont écoulées, monsieur de Lagardère, reprit-elle ; vos juges sont assemblés... rendez votre épée.

— Et cette femme est ma mère ! balbutia Aurore qui se couvrit le visage de ses mains.

— Messieurs, poursuivit la princesse qui se tourna vers les gardes, faites votre devoir.

Lagardère jeta son épée aux pieds de Baudon de Boisguiller.

Gonzague et les siens ne faisaient pas un mouvement, ne prononçaient pas une parole.

Quand Baudon de Boisguiller montra la porte à Lagardère, celui-ci s'avança vers madame la princesse de Gonzague en tenant toujours Aurore par la main.

— Madame, dit-il, j'étais en train de donner ma vie pour défendre votre fille.

— Ma fille ! répéta la princesse dont la voix trembla.

— Il ment ! dit Gonzague.

Lagardère ne releva point cette injure.

— J'avais demandé vingt-quatre heures pour vous rendre mademoiselle de Nevers, prononça-t-il avec lenteur, tandis que sa belle tête hautaine dominait courtisans et soldats ; la vingt-quatrième heure a sonné... voici mademoiselle de Nevers. — Les deux mains froides de la mère et de la fille se touchèrent. La princesse ouvrit ses bras. Aurore y tomba en pleurant. Une larme vint aux yeux de Lagardère. — Protégez-la, madame, dit-il en faisant effort pour vaincre son angoisse ; aimez-la : elle n'a plus que vous ! — Aurore s'arracha des bras de sa mère pour courir à lui. Il la repoussa doucement. — Adieu, Aurore, reprit-il ; nos fiançailles n'auront pas de lendemain... Gardez ce contrat qui vous fait ma femme devant les hommes, ainsi que vous l'étiez devant Dieu depuis hier. Madame la princesse vous pardonnera cette mésalliance contractée avec un mort. — Il baisa une dernière fois la main de la jeune fille, salua profondément la princesse, et gagna la porte en disant : — Conduisez-moi devant mes juges !

---

## SIXIÈME PARTIE

## LE TÉMOIGNAGE DU MORT

### I

### LA CHAMBRE A COUCHER DU RÉGENT.

Il était huit heures du matin environ. Le marquis de Cossé, le duc de Brissac, le poète La Fare, et trois dames parmi lesquelles le vieux Le Bréant, concierge de la cour aux Ris, avait cru reconnaître la duchesse de Berri, venaient de sortir du Palais-Royal par la petite porte dont nous avons déjà parlé plusieurs fois. Le régent était seul avec l'abbé Dubois dans sa chambre à coucher, et faisait en présence du futur cardinal ses apprêts pour se mettre au lit.

On avait soupé au Palais-Royal comme chez monsieur le prince de Gonzague : c'était la mode. Mais le souper du Palais-Royal s'était achevé plus gaiement.

De nos jours, des écrivains très méritans et très sérieux cherchent à réhabiliter la mémoire de ce bon abbé Dubois sous différens prétextes ; d'abord parce que, disent-ils, le pape le fit cardinal. Mais le pape ne faisait pas toujours les cardinaux qu'il voulait.

En second lieu, parce que l'éloquent et vertueux Massillon fut son ami. Cette raison serait mieux sonnante s'il était prouvé que les hommes vertueux ne peuvent avoir un faible pour les coquins.

Mais depuis que l'histoire parle, l'histoire s'amuse à prouver le contraire.

Du reste, si l'abbé Dubois était vraiment un petit saint, Dieu lui doit une bien belle place en son paradis, car jamais homme ne fut martyrisé par un tel ensemble de calomnies.

Le prince avait le vin somnolent. Il dormait debout, ce matin, tandis que son valet de chambre l'accommodait, et que Dubois à demi ivre (du moins en apparence, car il ne faut jurer de rien) lui chantait l'excellence des mœurs anglaises.

Le prince aimait beaucoup les Anglais, mais il écoutait peu, et pressait la besogne de son valet de chambre.

— Va te coucher, Dubois, mon ami, dit-il au futur prélat, ne me romps pas les oreilles.

— J'irai me coucher tout à l'heure, répliqua l'abbé, mais savez-vous la différence qu'il y a entre votre Mississipi et le Gange ?..... entre vos escadrilles et leurs flottes ?... entre les cabanes de votre Louisiane et les palais de leur Bengale ?... Savez-vous que vos Indes à vous sont un mensonge, et qu'ils ont eux, le vrai pays des Mille et une nuits, la patrie des trésors inépuisables, la terre des parfums, la mer pavée de perles, les montagnes dont le flanc recèle les diamans ?...

— Tu es gris, Dubois, mon vénéré précepteur..... va te coucher.

— Votre Altesse Royale est sans doute à jeun, repartit l'abbé en riant ; je ne vous dis plus qu'un mot : étudiez l'Angleterre... resserrez les liens..,.

— Vive Dieu ! s'écria le prince ; tu as fait ce qu'il fallait et au delà pour gagner la pension dont lord Stair te paye fidèlement les arrérages... Abbé, va te coucher...

Dubois prit son chapeau en grondant, et gagna la porte.

La porte s'ouvrit comme il allait sortir, et un valet annonça monsieur de Machault.

— A midi ! monsieur le lieutenant de police, dit le régent avec mauvaise humeur ; ces gens jouent avec ma santé ; ils me tueront !

— Monsieur de Machault, insista le valet, a des communications importantes.

— Je les connais, interrompit le régent ; il veut me dire que Cellamare intrigue, que le roi Philippe d'Espagne est de caractère chagrin, qu'Albéroni voudrait être pape, que madame du Maine voudrait être régente..... A midi, ou plutôt à une heure ! je me sens mal à l'aise...

Le valet sortit. Dubois revint jusqu'au milieu de la chambre.

— Tant que vous aurez l'appui de l'Angleterre, dit-il, toutes ces méchantes petites intrigues...

— Par la corbleu ! coquin, veux-tu bien t'en aller ! s'écria le régent.

Dubois ne parut point formalisé. Il se dirigea de nouveau vers la porte, et de nouveau la porte s'ouvrit.

— Monsieur le secrétaire d'État Le Blanc ! annonça le valet.

— Au diable ! fit Son Altesse Royale, qui mettait son pied nu sur le tabouret pour monter dans son lit.

Le valet ferma la porte à demi, mais il ajouta, collant sa bouche à la fente :

— Monsieur le secrétaire d'État a des communications importantes...

— Ils ont tous des communications importantes, fit le régent de France en posant sa tête embéguinée sur l'oreiller garni de malines ; cela les divertit de feindre une grande frayeur d'Albéroni ou des du Maine... Ils croient se rendre nécessaires..... ils se rendent importuns, voilà tout... A une heure, monsieur Le Blanc... avec monsieur de Machault... ou plutôt à deux heures... Je sens que je dormirai bien jusque-là.

Le valet sortit. Philippe d'Orléans ferma les yeux.

— L'abbé est-il encore-là ? demanda-t-il à son valet de chambre.

— Je m'en vais..... je m'en vais, se hâta de répondre Dubois...

— Non... viens çà, abbé.... tu vas m'endormir... N'est-ce pas une chose étrange que je n'aie pas une heure pour me reposer de mes fatigues ?... Pas une heure !... Ils viennent au moment où je me mets au lit..... Je meurs à la peine, vois-tu, abbé..... mais cela ne les inquiète point...

— Son Altesse Royale, demanda Dubois, veut-elle que je lui fasse la lecture ?

— Non... réflexion faite, va-t'en... Je te charge de m'excuser poliment auprès de ces messieurs..... J'ai passé la nuit à travailler... ma migraine m'a pris, comme toujours, quand j'écris à la lampe... — Il poussa un gros soupir, et acheva : — Tout cela me tue... positivement... et le roi va me demander encore à son lever..... et monsieur de Fleury pincera ses lèvres de vieille comtesse... Mais, avec la meilleure volonté du monde, on ne peut pas tout faire..... Palsambleu ! ce n'est pas un métier de paresseux que de gouverner la France !

Sa tête fit un trou plus profond dans l'oreiller moelleux On entendit sa respiration égale et bruyante. Il dormait.

L'abbé Dubois échangea un regard avec le valet de chambre. Ils se prirent à rire tous les deux.

Quand le régent était en belle humeur, il appelait l'abbé Dubois maraud. Il y avait du laquais beaucoup dans cette Éminence en herbe.

Dubois sortit, monsieur de Machault et le ministre Le Blanc étaient encore dans l'antichambre.

— Sur les trois heures, dit l'abbé, Son Altesse Royale vous recevra... mais, si vous m'en croyez, vous attendrez jusqu'à quatre !... On a soupé très tard, et Son Altesse Royale est un peu fatiguée.

L'entrée de Dubois avait interrompu la conversation de monsieur de Machault et du secrétaire d'État.

— Cet effronté maraud, dit le lieutenant de police quand Dubois fut parti, ne sait pas même jeter un voile sur les faiblesses de son maître !

— C'est comme cela que Son Altesse Royale les aime, répondit Le Blanc ; mais savez-vous le vrai sur cette affaire de la petite maison du prince de Gonzague ?

— Je sais ce que m'ont rapporté mes exempts : deux hommes morts : le cadet de Gironne et le traitant Albret ; trois hommes arrêtés : l'ancien chevau-léger du corp; Lagardère et deux coupe-jarrets dont le nom importe peu ; madame la princesse pénétrant de force et au nom du roi dans l'antre de son époux ; deux jeunes filles... mais ceci est lettre close... une énigme pour laquelle il faudrait le spinx...

— Une de ces deux jeunes filles est assurément l'héritière de Nevers, dit le secrétaire d'État.

— On ne sait pas... L'une est produite par monsieur de Gonzague, l'autre par ce Lagardère...

— Le régent a-t-il connaissance de ces événemens ? demanda Le Blanc.

— Vous venez d'entendre l'abbé... Le régent a soupé jusqu'à huit heures du matin.

— Quand l'affaire viendra jusqu'à lui, monsieur le prince de Gonzague n'a qu'à se bien tenir !

Le lieutenant de police haussa les épaules et répéta :

— On ne sait pas ! de deux choses l'une : ou monsieur de Gonzague a gardé son crédit ou il l'a perdu.

— Cependant, interrompit Le Blanc, Son Altesse Royale s'est montrée impitoyable dans l'affaire du comte de Horn.

— Il s'agissait du crédit de la banque ; la rue Quimcampoix réclamait un exemple.

— Ici, nous avons également de hauts intérêts en jeu, la veuve de Nevers...

— Sans doute, mais Gonzague est l'ami du régent depuis vingt-cinq ans.

— La chambre ardente a dû être convoquée cette nuit.

— Pour monsieur de Lagardère et aux diligences de la princesse de Gonzague.

— Vous penseriez que Son Altesse Royale est déterminée à couvrir le prince...

— Je suis déterminé, moi, interrompit péremptoirement monsieur de Machault, à ne rien penser du tout tant que je ne saurai pas si Gonzague a perdu quelque chose de son crédit... Tout est là.

Comme il achevait, la porte de l'antichambre s'ouvrit. Monsieur le prince de Gonzague parut seul et sans suite. Il y eut de grands baise-mains échangés entre ces trois messieurs.

— Ne fait-il point jour chez Son Altesse Royale ? demanda Gonzague.

— On vient de nous refuser la porte, répondirent ensemble Le Blanc et de Machault.

— Alors, s'empressa de dire Gonzague, je suis bien certain qu'elle est fermée pour tout le monde.

— Bréon ! appela le lieutenant de police.

Un valet arriva. Le lieutenant de police reprit :

— Allez annoncer monsieur le prince de Gonzague chez Son Altesse Royale.

Gonzague regarda monsieur de Machault avec défiance. Ce mouvement n'échappa point aux deux magistrats.

— Est-ce qu'il y aurait pour moi des ordres particuliers ? demanda le prince.

Dans cette question, il y avait une évidente inquiétude

Lé lieutenant de police et le secrétaire d'Etat s'inclinèrent en souriant.

— Il y a tout simplement, répondit monsieur de Machaul, que Son Altesse Royale, dont la porte est fermée à ses ministres, ne peut que trouver délassement et plaisir en la compagnie de son meilleur ami.

Bréon revint et dit à haute voix sur le seuil :

— Son Altesse Royale consent à recevoir monsieur le prince de Gonzague.

Une surprise pareille, mais dont les motifs étaient bien différens, se montra sur les visages de nos trois seigneurs. Gonzague était ému. Il salua les deux magistrats et suivit Bréon.

— Son Altesse Royale sera toujours le même homme ! gronda Le Blanc avec dépit; le plaisir avant les affaires.

— Du même fait, répliqua monsieur de Machault, qui avait aux lèvres un sourire goguenard, on peut tirer diverses conséquences.

— Ce que vous ne pourrez nier, du moins, c'est que le crédit de ce Gonzague...

— Menace ruine! interrompit le lieutenant de police. Le secrétaire d'Etat leva sur lui un regard étonné. — A moins, poursuivit monsieur de Machault, que ce crédit ne soit à son apogée.

— Expliquez-vous, monsieur mon ami... vous avez de ces subtilités...

— Hier, dit tout simplement monsieur de Machault, le régent et Gonzague étaient bons amis, et Gonzague a fait antichambre avec nous pendant plus d'une heure.

— Et vous concluez ?...

— Dieu me garde de conclure !... Seulement, depuis la régence du duc d'Orléans, la chambre ardente ne s'est encore occupée que de chiffres... Elle a lâché son glaive pour prendre l'ardoise et le crayon... Mais voici qu'on lui jette en pâture ce monsieur de Lagardère... C'est un premier pas... Jusqu'au revoir, monsieur mon ami ; je reviendrai sur les trois heures.

Dans le couloir qui séparait l'antichambre de l'appartement du régent, Gonzague n'eut qu'une seconde pour réfléchir. Il l'employa bien. La rencontre de Machault et de Le Blanc modifia profondément son plan de conduite.

Ces messieurs n'avaient rien dit, et cependant, en les quittant, Gonzague savait qu'un nuage menaçait son étoile.

Peut-être avait-il craint quelque chose de pire.

Le régent lui tendit la main. Gonzague, au lieu de la porter à ses lèvres, comme faisaient quelques courtisans, la serra dans les siennes et s'assit au chevet du lit sans en avoir obtenu permission.

Le régent avait toujours la tête sur l'oreiller et les yeux demi-clos, mais Gonzague voyait parfaitement qu'on l'observait avec attention.

— Eh bien ! Philippe, dit Son Altesse Royale d'un ton d'affectueuse bonhomie, voilà comme tout se découvre ! — Gonzague eut le cœur serré, mais il n'y parut point. — Tu étais malheureux et nous n'en savions rien ! continua le régent; c'est au moins un manque de confiance.

— C'est un manque de courage, monseigneur, prononça Gonzague à voix basse.

— Je te comprends... on n'aime pas à montrer à nu les plaies de la famille... La princesse est, on peut le dire, ulcérée...

— Monseigneur doit savoir, interrompit Gonzague, quel est le pouvoir de la calomnie.

Le régent se leva sur le coude et regarda en face le plus vieux de ses amis. Un nuage passa sur son front sillonné de rides précoces.

— J'ai été calomnié, répliqua-t-il, dans mon honneur, dans ma probité, dans mes affections de famille... dans tout ce qui est cher à l'homme, mais je ne devine pas pourquoi tu me rappelles, toi, Philippe, une chose que mes amis tâchent de me faire oublier.

— Monseigneur, répondit Gonzague, dont la tête se pencha sur sa poitrine, je vous prie de vouloir me pardonner. La souffrance est égoïste; je pensais à moi, non point à Votre Altesse Royale.

— Je te pardonne, Philippe; je te pardonne, à condition que tu me diras tes souffrances.

Gonzague secoua la tête et prononça si bas que le régent eut peine à l'entendre :

— Nous sommes habitués, vous et moi, monseigneur, à déverser le ridicule sur certains sentimens. Je n'ai pas le droit de m'en plaindre, je suis complice; mais il est des sentimens...

— Bien, bien, Philippe ! interrompit le régent ; tu es amoureux de ta femme... c'est une belle et noble créature !... Nous rions de cela quelquefois, c'est vrai, quand nous sommes ivres... mais nous rions aussi de Dieu...

— Nous avons tort, monseigneur, interrompit Gonzague en altérant sa voix; Dieu se venge.

— Comme tu prends cela !... As-tu quelque chose à me dire ?

— Beaucoup de choses, monseigneur... Deux meurtres ont été commis à mon pavillon, cette nuit.

— Le chevalier de Lagardère, je parle ! s'écria Philippe d'Orléans, qui se mit d'un bond sur son séant ; tu as eu tort si tu as fait cela, Philippe... sur ma parole ! tu as confirmé les soupçons...

Il n'avait plus sommeil. Ses sourcils se fronçaient tandis qu'il regardait Gonzague.

Celui-ci s'était redressé de toute sa hauteur. Sa belle tête avait une admirable expression de fierté.

— Des soupçons ! — répéta-t-il comme s'il n'eût pu réprimer son premier mouvement de hauteur. Puis il ajouta d'un accent pénétré : — Monseigneur a donc eu des soupçons contre moi?...

— Eh bien! oui, répliqua le régent après un court silence, j'ai eu des soupçons... Ta présence les éloigne, car tu as le regard d'un homme loyal... Tâche que tes paroles les dissipent : je t'écoute.

— Monseigneur veut-il me faire la grâce de me dire quels sont les soupçons qu'il a eus?

— Il y en a d'anciens... il y en a de nouveaux.

— Les anciens, d'abord, si monseigneur daigne y consentir...

— La veuve de Nevers était riche... tu étais pauvre... Nevers était notre frère...

— Et je n'aurais pas dû épouser la veuve de Nevers? — Le régent remit la tête sur le coude et ne répondit point.

— Monseigneur, reprit Gonzague qui baissa les yeux, je vous l'ai dit : nous avons trop raillé... ces choses du cœur sonnent mal entre nous...

— Que veux-tu dire?... explique-toi.

— Je veux dire que s'il est en ma vie une action qui me doive honorer, c'est celle-là... Notre bien-aimé Nevers mourut entre mes bras, vous le savez, je vous l'ai dit... Vous savez aussi que j'étais au château de Caylus pour fléchir l'aveugle entêtement du vieux marquis, acharné contre notre Philippe qui lui avait pris sa fille... La chambre ardente, dont je vais vous parler tout à l'heure, m'a déjà entendu comme témoin ce matin...

— Ah! interrompit le régent. Dis-moi quel arrêt a rendu la chambre ardente? Ce Lagardère n'a donc pas été tué chez toi?

— Si monseigneur m'avait laissé poursuivre...

— Poursuis, poursuis... Je cherche la vérité... je t'en préviens, rien que la vérité !

Gonzague s'inclina froidement.

— Aussi, répliqua-t-il, je parle à Votre Altesse Royale non plus comme à mon ami, mais comme à mon juge... Lagardère n'a pas été tué chez moi cette nuit; c'est Lagardère qui a tué cette nuit, chez moi, le financier Albret et le cadet de Gironne.

— Ah! fit pour la seconde fois le régent. Et comment ce Lagardère était-il chez toi?

— Je crois que madame la princesse pourrait vous le dire, répondit Gonzague.

— Prends garde!... celle-là est une sainte...

— Celle-là déteste son mari, monseigneur ! prononça Gonzague avec force ; je n'ai pas foi aux saintes que Votre Altesse Royale canonise!

Il put marquer un point, car le régent sourit au lieu de s'irriter.

— Allons, allons, mon pauvre Philippe, dit Son Altesse Royale, j'ai peut-être été un peu dur... mais c'est que, vois-tu, il y a scandale... Tu es grand seigneur... les scandales qui tombent de haut font du bruit... tant de bruit qu'ils ébranlent le trône... Je sens cela, moi qui m'assieds tout près... Reprenons... Tu prétends que ton mariage avec Aurore de Caylus fut une bonne action : prouve-le.

— Est-ce une bonne action, répliqua Gonzague avec une chaleur admirablement jouée, que d'accomplir le dernier vœu d'un mourant?

Le régent resta bouche béante à le regarder.

Il y eut entre eux un long silence.

— Tu n'oserais pas mentir sur ce sujet, murmura enfin Philippe d'Orléans, mentir à moi... Je te crois.

— Monseigneur, repartit Gonzague, vous me traitez de telle sorte que cette entrevue sera la dernière entre nous deux... Les gens de ma maison ne sont point habitués à entendre même les princes du sang leur parler comme vous le faites. Que je purge les accusations portées contre moi, et je dirai adieu pour toujours à l'ami de ma jeunesse, qui m'a repoussé quand j'étais malheureux... Vous me croyez : c'est bien, cela me suffit...

— Philippe, murmura le régent dont la voix trahissait une sérieuse émotion, justifiez-vous seulement, et, sur ma parole, vous verrez si je vous aime !

— Alors, fit Gonzague, je suis accusé? — Comme le duc d'Orléans gardait le silence, il reprit avec cette dignité calme qu'il savait si bien feindre à l'occasion : — Que monseigneur m'interroge, je lui répondrai.

Le régent se recueillit un instant, et dit :

— Vous avez assisté à ce drame sanglant qui eut lieu dans les fossés de Caylus?

— Oui, monseigneur, repartit Gonzague, j'ai défendu votre ami et le mien au risque de ma vie. C'était mon devoir.

— C'était votre devoir. Et vous reçûtes son dernier soupir?

— Avec ses dernières paroles... oui, monseigneur.

— Ce qu'il vous demanda, je désire le savoir.

— Mon intention n'était pas de le cacher à Votre Altesse Royale... Notre malheureux ami me dit, je répète textuellement ses paroles : « Sois l'époux de ma femme, afin d'être le père de ma fille. »

La voix de Gonzague ne trembla pas tandis qu'il proférait ce mensonge impie.

Le régent était absorbé dans ses réflexions.

Sur son visage intelligent et pensif, la fatigue restait, mais les traces de l'ivresse s'étaient évanouies.

— Vous avez bien fait de remplir le vœu du mourant, dit-il ; c'était votre devoir... Mais pourquoi taire cette circonstance pendant vingt années?

— J'aime ma femme, répondit le prince sans hésiter, je l'ai déjà dit à monseigneur.

— Et en quoi cet amour pouvait-il vous fermer la bouche?

Gonzague baissa les yeux et parvint à rougir.

— Il eût fallu accuser le père de ma femme, murmura-t-il.

— Ah! fit le régent, l'assassin fut monsieur le marquis de Caylus?

Gonzague courba la tête et poussa un profond soupir.

Philippe d'Orléans fixait sur lui son regard avide et perçant.

— Si l'assassin fut monsieur le marquis de Caylus, reprit-il, que reprochez-vous à Lagardère?

— Ce qu'on reproche chez nous, en Italie, au bravo dont le stylet s'est vendu pour commettre un meurtre.

— Monsieur de Caylus avait acheté l'épée de ce Lagardère?

— Oui, monseigneur... Mais ce rôle subalterne ne dura qu'un jour... Lagardère l'échangea contre cet autre rôle actif qu'il joue de son chef et obstinément depuis dix-huit années... Lagardère enleva pour son propre compte la fille d'Aurore, et les papiers preuves de sa naissance...

— Qu'avez-vous donc prétendu hier devant le tribunal de famille ? interrompit le régent.

— Monseigneur, répliqua Gonzague mettant à dessein de l'amertume dans son sourire, je remercie Dieu qui a permis cet interrogatoire... Je me croyais au-dessus de ces questions, et c'était mon malheur. On ne peut terrasser que l'ennemi qui se montre... on ne peut réduire à néant que l'accusation qui se produit... L'ennemi se montre, l'accusation se produit : tant mieux ! Vous m'avez forcé déjà d'allumer le flambeau de la vérité dans ces ténèbres que ma piété conjugale se refusait à éclaircir... vous allez me forcer maintenant à vous découvrir le beau côté de ma vie... le côté noble, chrétien, modestement dévoué... J'ai rendu le bien pour le mal, monseigneur, patiemment, résolûment, et cela pendant près de vingt ans... j'ai vaqué nuit et jour à un travail silencieux pour lequel j'ai risqué bien souvent mon existence... j'ai prodigué ma fortune immense... j'ai fait taire la voix entraînante de mon ambition... j'ai donné ce qui me restait de force et de jeunesse, j'ai donné une part de mon sang...

— Le régent fit un geste d'impatience. Gonzague reprit :

— Vous trouvez que je me vante, n'est-ce pas ?... Ecoutez donc mon histoire, monseigneur, vous qui fûtes mon ami, mon frère, comme vous fûtes l'ami et le frère de Nevers... écoutez-moi attentivement, impartialement. Je vous choisis pour arbitre... non pas entre madame la princesse et moi, Dieu m'en garde ! contre elle je ne veux point gagner de procès... non point entre moi et cet aventurier de Lagardère : je m'estime trop haut pour me mettre avec lui dans la même balance... mais entre nous deux, monseigneur, entre les deux survivans des trois Philippe... entre vous, duc d'Orléans, régent de France, ayant en main le pouvoir quasi royal pour venger le père, pour protéger l'enfant, et moi, Philippe de Gonzague, simple gentilhomme, n'ayant pour cette double et sainte mission que mon cœur et mon épée... Je vous prends pour arbitre, et quand j'aurai achevé, je vous demanderai, Philippe d'Orléans, si c'est à vous ou à Philippe de Gonzague que Philippe de Nevers applaudit et sourit là-haut aux pieds de Dieu !

»

## II

### PLAIDOYER

La botte était hardie ; le coup bien asséné ; il porta. Le régent de France baissa les yeux sous le regard sévère de Gonzague.

Celui-ci, rompu aux luttes de la parole, avait préparé d'avance son effet. Le récit qu'il allait faire n'était point une improvisation.

— Oseriez-vous dire, murmura le régent, que j'ai manqué aux devoirs de l'amitié?

— Non, monseigneur, repartit Gonzague; forcé que je suis de me défendre, je vais mettre seulement ma conduite en regard de la vôtre. Nous sommes seuls, Votre Altesse Royale n'aura point à rougir.

Philippe d'Orléans était remis de son trouble.

— Nous nous connaissons dès longtemps, prince, dit-il ; vous allez très loin... prenez garde!

— Vous vengeriez-vous, demanda Gonzague qui le regarda en face, de l'affection que j'ai prouvée à notre frère après sa mort?

— Si l'on vous a fait tort, répliqua le régent, vous aurez justice; parlez!

Gonzague avait espéré plus de colère. Le calme du duc d'Orléans lui fit perdre un mouvement oratoire sur lequel il avait beaucoup compté.

— A mon ami, reprit-il pourtant, au Philippe d'Orléans qui m'aimait hier et que je chérissais, j'aurais conté mon histoire en d'autres termes; au point où nous en sommes, Votre Altesse Royale et moi, c'est un résumé succint et clair qu'il faut. La première chose que je dois vous dire, c'est que ce Lagardère est non-seulement un spadassin de la plus dangereuse espèce, une manière de héros parmi ses pareils, mais encore un homme intelligent et rusé, capable de poursuivre une pensée d'ambition pendant des années, et ne reculant devant aucun effort pour arriver à son but. Je ne puis croire qu'il ait eu dès l'abord l'idée d'épouser l'héritière de Nevers. Pour cela, quand il passa la frontière, il lui fallait encore attendre quinze ou seize ans; c'est trop. Son premier plan fut sans aucun doute de se faire payer quelque énorme rançon; il savait que Nevers et Caylus étaient riches. Moi qui l'ai poursuivi sans relâche depuis la nuit du crime, je sais chacune de ses actions: il avait fondé tout simplement sur la possession de l'enfant l'espoir d'une grande fortune. Ce sont mes efforts mêmes qui l'ont porté à changer de batteries. Il dut comprendre bien vite, à la manière dont je lui menais la chasse contre lui, que toute transaction déloyale était impossible. Je passai la frontière peu de temps après lui, et je l'atteignis aux environs de la petite ville de Vénasque, en Navarre. Malgré la supériorité de notre nombre, il parvint à s'échapper, et, prenant un nom d'emprunt, il s'enfonça dans l'intérieur de l'Espagne. Je ne vous dirai point en détail les rencontres que nous eûmes ensemble. Sa force, son courage, son adresse tiennent véritablement du prodige. Outre la blessure qu'il me fit dans les fossés de Caylus, tandis que je défendais notre malheureux ami... — Ici Gonzague ôta son gant et montra la marque de l'épée de Lagardère. — ... Outre cette blessure, continua-t-il, je porte en plus d'un endroit la trace de sa main. Il n'y a point de maître en fait d'armes qui puisse lui tenir tête. J'avais à ma solde une véritable armée, car mon dessein était de le prendre vivant, afin de constater par lui l'identité de ma jeune et chère pupille. Mon armée était composée des plus renommés prévôts de l'Europe: le capitaine Lorrain, Joël de Jugan, Staupitz, Pinto, El Matador, Saldagne et Faënza, ils sont tous morts... — Le régent fit un mouvement.

— ... Ils sont tous morts, répéta Gonzague, morts de sa main!

— Vous savez que lui aussi, murmura Philippe d'Orléans, que lui aussi prétend avoir reçu mission de protéger l'enfant de Nevers et de venger notre malheureux ami?

— Je sais, puisque je l'ai dit, que c'est un imposteur audacieux et habile... mais je sais aussi devant qui je parle... J'espère que le duc d'Orléans, de sang-froid, aura à choisir entre deux affirmations, considérera les titres de chacun.

— Ainsi ferai-je, prononça lentement le régent. Continuez.

— Des années se passèrent, poursuivit Gonzague, et remarquez que ce Lagardère n'essaya jamais de faire parvenir à la veuve de Nevers ni une lettre ni un message. Faënza, qui était un homme adroit et que j'avais envoyé à Madrid pour surveiller le ravisseur, revint et me fit un rapport bizarre sur lequel j'appelle spécialement l'attention de Votre Altesse Royale. Lagardère, qui à Madrid s'appelait don Luiz, avait troqué sa captive contre une jeune fille que lui avaient cédée à prix d'argent des gitanos de Léon. Lagardère avait peur de moi; il me sentait sur sa piste et voulait me donner le change. La gitanita fut élevée chez lui à dater de ce moment, tandis que la véritable héritière de Nevers, enlevée par les bohémiens, vivait avec eux sous la tente. Je doutai. Ce fut la cause de

mon premier voyage à Madrid. Je m'abouchai avec les gitanos dans les gorges du mont Baladron, et j'acquis la certitude que Faënza ne m'avait point trompé. Je vis la jeune fille, dont les souvenirs étaient en ce temps-là tout frais. Toutes nos mesures furent prises pour nous emparer d'elle et la ramener en France. Elle était bien joyeuse à l'idée de revoir sa mère. Le soir fixé pour l'enlèvement, mes gens et moi nous soupâmes sous la tente du chef, afin de ne point inspirer de défiance. On nous avait trahis. Ces mécréans possèdent d'étranges secrets: au milieu du souper, notre vue se troubla, le sommeil nous saisit; quand nous nous éveillâmes le lendemain matin, nous étions couchés sur l'herbe, dans la gorge du Baladron, il n'y avait plus autour de nous ni tentes ni campement; les feux à demi consumés s'éteignaient sous la cendre; les gitanos de Léon avaient disparu.

Dans ce récit, Gonzague s'arrangeait de manière à côtoyer toujours la vérité, en ce sens que les dates, les lieux de scène et les personnages étaient exactement indiqués. Son mensonge avait ainsi la vérité pour cadre,

De telle sorte que si on interrogeait Lagardère ou Aurore, leurs réponses ne pussent manquer de se rapporter par quelque point à sa version.

Tous deux, Lagardère et Aurore, étaient, à son dire, des imposteurs; donc ils avaient intérêt à dénaturer les faits.

Le régent écoutait toujours, attentif et froid.

— Ce fut une belle occasion manquée, monseigneur, reprit Gonzague avec ce pur accent de sincérité qui le faisait si éloquent. Si nous avions réussi, que de larmes évitées dans le passé, que de malheurs conjurés dans le présent! Je ne parle pas de l'avenir, qui est à Dieu. Je revins à Madrid. Nulle trace des bohémiens; Lagardère était parti pour un voyage; la gitanita qu'il avait mise à la place de mademoiselle de Nevers était élevée au couvent de l'Incarnation. Monseigneur, votre volonté est de ne point faire paraître les impressions que vous cause mon récit. Vous vous défiez de cette facilité de parole qu'autrefois vous aimiez, la tâche d'être simple et bref. Néanmoins, je ne puis me défendre de m'interrompre pour vous dire que vos défiances et même vos préventions n'y feront rien. La vérité est plus forte que cela. Du moment que vous avez consenti à m'écouter, la cause est jugée: j'ai amplement, j'ai surabondamment de quoi vous convaincre. Avant de poursuivre la série des faits, je dois placer ici une observation qui a son importance. Au début, Lagardère fit cette substitution d'enfant pour tromper mes poursuites: cela est évident. En ce temps, il avait l'intention de reprendre l'héritière de Nevers à un moment donné, pour s'en servir selon l'intérêt de son ambition. Mais ses vues changèrent. Monseigneur comprendra ce revirement d'un seul mot: il devint amoureux de la gitanita. Dès lors, la véritable Nevers fut condamnée. Il ne s'agissait plus d'obtenir rançon; l'horizon s'élargissait: l'aventurier hardi fit ce rêve d'asseoir sa maîtresse sur le fauteuil ducal et d'être ainsi l'époux de l'héritière des Nevers.

Le régent s'agita sous sa couverture, et son visage exprima une sorte de malaise.

La plausibilité d'un fait varie suivant les mœurs et le caractère de l'auditeur. Philippe d'Orléans n'avait peut-être pas donné grande foi à ce romanesque dévouement de Gonzague, à ces travaux d'Hercule entrepris pour accomplir la parole donnée à un mourant; mais ce calcul de Lagardère lui sautait aux yeux, comme on dit vulgairement, et l'éblouissait tout à coup.

L'entourage du régent et sa propre nature répugnaient aux conceptions tragiques; mais la comédie d'intrigue s'assimilait à lui tout naturellement.

Il fut frappé, frappé au point de ne pas voir avec quelle adresse Gonzague avait jeté les prémisses de cet hypothétique argument, frappé au point de ne pas se dire que l'échange opéré entre les deux enfans rentrait dans ces faits romanesques qu'il n'avait pas admis.

L'histoire entière se teignit tout à coup pour lui d'une nuance de réalité.

Ce rêve de l'aventurier Lagardère était si logiquement indiqué par la situation, qu'il fit rayonner sa probabilité sur tout le reste.

Gonzague remarqua parfaitement l'effet produit. Il était trop adroit pour s'en prévaloir sur-le-champ. Depuis une demi-heure, il avait cette conviction que le régent savait minute par minute tout ce qui s'était passé depuis deux jours.

Il tournait ses batteries en conséquence.

Philippe d'Orléans avait la réputation d'entretenir une police qui n'était point sous les ordres de monsieur de Machault; et Gonzague avait souvent eu l'idée que, dans les rangs même de son bataillon sacré, une ou plusieurs mouches pouvaient bien se trouver.

Le mot mouche était particulièrement à la mode sous la régence. Le genre masculin et la désinence argotique que notre époque a donnés à ce mot l'ont banni du vocabulaire des honnêtes gens.

Gonzague cavait au pis : ce n'était que prudence. Il jouait son jeu comme si le régent eût vu toutes ses cartes.

— Monseigneur, reprit-il, peut-être bien persuadé que je n'attache pas plus d'importance qu'il ne faut à ce détail. Étant donné Lagardère avec son intelligence et son audace, la chose devait être ainsi. Elle est. J'en avais les preuves avant l'arrivée de Lagardère à Paris; depuis son arrivée, l'abondance des preuves nouvelles rend les anciennes absolument superflues. Madame la princesse de Gonzague, qui n'est point suspectée de me prêter trop souvent son aide, renseignera Votre Altesse Royale à ce sujet. Mais revenons à nos faits. Le voyage de Lagardère dura deux ans. Au bout de ces deux années, la gitanita, instruite par les saintes filles de l'Incarnation, était méconnaissable. Lagardère, en la voyant, dut concevoir le dessein dont nous venons de parler. Les choses changèrent. La prétendue Aurore de Nevers eut une maison, une gouvernante et un page, afin que les apparences fussent sauvegardées. Le plus curieux, c'est que la véritable Nevers et sa remplaçante se connaissaient et qu'elles s'aimaient. Je ne puis croire que la maîtresse de Lagardère soit de bonne foi; cependant ce n'est pas impossible; il est assez adroit pour avoir laissé à cette belle enfant sa candeur tout entière. Ce qui est certain, c'est qu'il faisait des façons pour recevoir chez lui, à Madrid, la vraie Nevers, et si vous n'êtes pas de mon avis, la loi vous donnera tort: il n'appartient pas à une mère de tuer le bon droit de son enfant par de vaines délicatesses. Aurore de Nevers a-t-elle demandé à naître en fraude de l'autorité paternelle? La première faute est à la mère. La mère peut gémir sur le passé, rien de plus; l'enfant a droit... et Nevers mort a un dernier représentant ici-bas... Deux! je voulais dire deux! s'interrompit à cet endroit Gonzague. Votre figure a changé, monseigneur! Laissez-moi vous dire que votre bon cœur revient sur votre visage... Laissez-moi vous supplier de m'apprendre quelle voix calomnieuse a pu vous faire oublier en un jour trente ans de loyale amitié...

— Monsieur le prince, interrompit le duc d'Orléans d'une voix qui voulait être sévère, mais qui trahissait le doute et l'émotion, je n'ai qu'à vous répéter mes propres paroles : Justifiez-vous, et vous verrez si je suis votre ami!

— Mais de quoi m'accuse-t-on? s'écria Gonzague feignant un emportement soudain. Est-ce un crime de vingt ans? est-ce un crime d'hier?... Philippe d'Orléans a-t-il cru, une heure, une minute, une seconde, je veux le savoir, je le veux! avez-vous cru, monseigneur, que cette épée...

— Si je l'avais cru... murmura le duc d'Orléans qui fronça le sourcil, tandis que le sang montait à sa joue.

Gonzague prit sa main de force et l'appuya contre son cœur.

— Merci! dit-il les larmes aux yeux; entendez-vous, Philippe!... j'en suis réduit à vous dire merci parce que votre voix ne s'est point jointe aux autres pour m'accuser d'infamie!—Il se redressa, comme s'il eût eu honte et pitié de son attendrissement. — Que monseigneur me pardonne, reprit-il en se forçant à sourire, je ne m'oublierai plus près de lui... Je sais quelles sont les accusations portées contre moi... ou du moins je les devine... Ma lutte contre ce Lagardère m'a entraîné à des actes que la loi réprouve... je me défendrai si la loi m'attaque... En outre, la présence de mademoiselle de Nevers dans une maison consacrée au plaisir... Je ne veux pas anticiper, monseigneur... ce qui me reste à dire ne fatiguera pas longtemps l'attention de Votre Altesse Royale. Votre Altesse Royale se souvient sans doute qu'elle accueillit avec étonnement la demande que je lui fis de l'ambassade à Madrid. Jusqu'alors je m'étais tenu soigneusement éloigné des affaires publiques. Nous en avons dit assez pour que votre étonnement ait cessé. Je voulais retourner en Espagne avec un titre officiel qui mît à ma disposition la police de Madrid. En quelques jours, j'eus découvert l'asile de la chère enfant qui est désormais tout l'espoir d'une grande race. Lagardère l'avait décidément abandonnée. Qu'avait-il à faire d'elle? Aurore de Nevers gagnait sa vie à danser sur les places publiques. Mon dessein était de saisir à la fois les deux jeunes filles et l'aventurier. L'aventurier et sa maîtresse m'échappèrent; je ramenai mademoiselle de Nevers.

— Celle que vous prétendez être mademoiselle de Nevers, rectifia le régent.

— Oui, monseigneur... celle que je prétends être mademoiselle de Nevers.

— Cela ne suffit pas.

— Permettez-moi de croire le contraire, puisque le résultat m'a donné raison... Je n'ai point agi à la légère... Au risque de me répéter, je vous dirai: Voici vingt ans que je travaille!... Que fallait-il? la présence des deux jeunes filles et de l'imposteur?... Nous l'avons; ils sont réunis tous les trois à Paris.

— Pas par votre fait, interrompit le régent.

— Par mon fait, monseigneur, uniquement par mon fait! A quelle époque Votre Altesse Royale a-t-elle reçu la première lettre de ce Lagardère?

— Vous ai-je dit... commença le duc d'Orléans avec hauteur.

— Si Votre Altesse Royale ne veut pas me répondre, je le ferai pour elle. La première lettre de Lagardère, celle qui demandait le sauf-conduit et qui était datée de Bruxelles, arriva à Paris dans les derniers jours d'août, et il y avait près d'un mois que mademoiselle de Nevers était en mon pouvoir. Ne me traitez pas plus mal qu'un accusé ordinaire, monseigneur, et laissez-moi du moins le bénéfice de l'évidence. Pendant près de vingt ans, Lagardère est resté sans donner signe de vie. Pensez-vous qu'il ne lui ait pas fallu un motif pour songer à rentrer en France précisément à cette heure?... et pensez-vous que ce motif n'ait point été l'enlèvement même de la vraie Nevers?... S'il faut mettre les points sur les i, Lagardère a-t-il pu faire d'autre raisonnement que celui-ci : Si je laisse monsieur de Gonzague installer à l'hôtel de Lorraine l'héritière du feu duc, où s'en vont mes espoirs... et que ferai-je de cette belle fille qui valait des millions hier, qui demain ne sera plus qu'une gitana plus pauvre que moi ?...

— On pourrait retourner l'argument, objecta le régent.

— On pourrait dire, n'est-ce pas, fit Gonzague, que Lagardère, voyant que j'allais faire reconnaître une fausse héritière, a voulu représenter la véritable ? — Le régent inclina la tête en signe d'affirmation. — Eh bien ! monseigneur, poursuivit Gonzague, il n'en resterait pas moins prouvé que le retour de ce Lagardère a eu lieu par mon fait... je ne demande pas autre chose... Voici en effet ce que je me disais : Lagardère voudra me suivre à tout prix ; il tombera entre les mains de la justice, et la lumière se fera... Ce n'est pas moi, monseigneur, qui ai donné à Lagardère les moyens d'entrer en France et d'y braver l'action de la justice...

— Saviez-vous que Lagardère était à Paris, demanda le duc d'Orléans, quand vous avez sollicité auprès de moi la permission de convoquer un tribunal de famille ?

— Oui, monseigneur, répondit Gonzague sans hésiter.

— Pourquoi ne m'en avoir pas prévenu ?

— Devant la morale philosophique et devant Dieu, repartit Gonzague, je prétends n'avoir aucun tort. Devant la loi, monseigneur, et par conséquent devant vous, s'il vous plaît de représenter la loi, mon espérance diminue. Avec la lettre qui tue, un juge inique pourrait me condamner. J'aurais dû réclamer vos conseils sur tout ceci et votre aide aussi, cela semble évident ; mais est-ce auprès de vous qu'il faut justifier certaines répugnances ? Je pensais mettre un terme à l'antagonisme malheureux qui a existé de tout temps entre madame la princesse et moi ; je pensais vaincre à force de bienfaits cette répulsion violente que rien ne motive, j'en fais serment sur mon honneur !... je me croyais sûr d'arriver à conclure la paix avant qu'âme qui vive soupçonné la guerre... Voilà un grave motif... et certes, monseigneur, moi qui connais mieux que personne la délicatesse d'âme et la profonde sensibilité que recouvre votre affectation de scepticisme, je puis bien faire valoir près de vous une semblable raison... Mais il y en avait une autre... raison puérile peut-être... si rien de ce qui se rattache à l'orgueil du devoir accompli peut sembler puéril... J'avais commencé seul cette grande, cette sainte entreprise... seul je l'avais poursuivie pendant la moitié de mon existence... à l'heure du triomphe, j'avais hésité à mettre quelqu'un, fût-ce vous-même, monseigneur, de moitié dans ma victoire. Au conseil de famille, l'attitude de madame la princesse m'a fait comprendre qu'elle était prévenue. Lagardère n'attendait pas mon attaque : il tirait le premier, Monseigneur, je n'ai point de honte à l'avouer : l'astuce n'est pas mon fort. Lagardère a joué au plus fin avec moi : il a gagné. Je ne crois pas vous apprendre que cet homme a dissimulé sa présence parmi nous sous un audacieux déguisement. Peut-être est-ce la grossièreté même de la ruse qui m'a fait la complète réussite. Il faut avouer aussi, s'interrompit ici le prince de Gonzague avec dédain, que l'ancien métier du personnage lui donnait des facilités qui ne sont pas à tout le monde.

— Je ne sais pas quel métier il a fait, dit le régent.

— Le métier de saltimbanque, avant de faire le métier d'assassin... Ici, sous vos fenêtres, dans la cour des Fontaines, ne vous souvenez-vous point d'un malheureux enfant qui autrefois gagnait son pain à faire des contorsions, à désarticuler ses jointures, et qui, notamment, contrefaisait le bossu ?

— Lagardère ! murmura le prince, en qui un souvenir s'éveillait ; c'était du vivant de Monsieur !... Nous le regardions par cette fenêtre... le petit Lagardère !...

— Plût à Dieu que ce souvenir vous fût venu il y a deux jours !... Je continue. Dès que je soupçonnai son arrivée à Paris, poursuivit Gonzague, je repris mon plan où je l'avais laissé. J'essayai de m'emparer du couple imposteur et des papiers que Lagardère avait soustraits au

château de Caylus... Malgré toute son adresse, Lagardère ou le bossu ne put m'empêcher d'exécuter une bonne partie de ce plan ; il ne parvint à sauver que lui-même ; je pus mettre la main sur la jeune fille et sur les papiers.

— Où est la jeune fille ? demanda le régent.

— Auprès de la pauvre mère abusée... auprès de madame de Gonzague.

— Et les papiers ?... je vous préviens que c'est ici qu'il y a véritable danger pour vous et monsieur le prince.

— Et pourquoi danger, monseigneur ? demanda Gonzague en souriant orgueilleusement. Moi, je ne pourrai jamais concevoir qu'on ait été, pendant un quart de siècle, le compagnon, l'ami, le frère d'un homme dont on a si misérable opinion ! Pensez-vous que j'aie falsifié déjà les titres ? L'enveloppe, cachetée de trois sceaux, intacts tous les trois, vous répondra de ma probité douteuse. Les titres sont entre mes mains... Je suis prêt à les déposer, contre un reçu détaillé, dans celles de Votre Altesse Royale.

— Ce soir, nous vous les réclamerons, dit le duc d'Orléans.

— Ce soir, je serai prêt comme je le suis à cette heure. Mais permettez-moi d'achever. Après la capture que j'avais faite, Lagardère était vaincu... Ce déguisement maudit a changé complètement la face des choses. C'est moi-même qui ai introduit l'ennemi chez moi. J'aime le bizarre, vous le savez, et à cet égard c'est un peu le goût de Votre Altesse Royale qui a fait le mien, du temps que nous étions amis. Ce bossu vint louer la loge de mon chien pour une somme folle ; ce bossu m'apparut comme un être fantastique ; bref, je fus joué, pourquoi le nier ? Ce Lagardère est le roi des jongleurs... Une fois dans la bergerie, le loup a montré les dents ; je ne voulais rien voir, et c'est un de mes fidèles serviteurs, monsieur de Peyrolles, qui a pris sur lui de prévenir secrètement madame la princesse de Gonzague.

— Pourriez-vous prouver ceci ? demanda le régent.

— Facilement, monseigneur... par le témoignage de monsieur de Peyrolles... Mais les gardes françaises et madame la princesse arrivèrent trop tard pour mes deux pauvres compagnons Albret et Gironne. Le loup avait mordu...

— Ce Lagardère était-il donc seul contre vous tous ?

— Il étaient quatre, monseigneur, en comptant monsieur le marquis de Chaverny, mon cousin.

— Chaverny ! répéta le régent étonné.

Gonzague répondit hypocritement :

— Il avait connu, à Madrid, lors de mon ambassade, la maîtresse de ce Lagardère... Je dois à monseigneur que j'ai sollicité et obtenu ce matin de monsieur d'Argenson une lettre de cachet contre Chaverny.

— Et les deux autres ?

— Les deux autres sont également arrêtés... Ce sont tout bonnement deux prévôts d'armes, connus pour avoir partagé jadis les débauches et les méfaits de Lagardère.

— Reste à expliquer, dit le régent, l'attitude que vous avez prise cette nuit devant vos amis.

Gonzague releva sur le duc d'Orléans un regard de surprise admirablement jouée.

Il fut un instant avant de répondre. Puis il dit avec un sourire moqueur :

— Ce que l'on m'a rapporté a-t-il donc quelque fondement ?

— J'ignore ce que l'on vous a rapporté.

— Des contes à dormir debout, monseigneur ; des accusations tellement folles... Mais appartient-il bien à la haute sagesse de Votre Altesse Royale et à ma propre dignité... ?

— Je fais bon marché de ma haute sagesse, monsieur le prince ; mettons-la de côté un instant avec votre dignité... Je vous prie de parler.

— Ceci est un ordre, et j'obéis... Pendant que j'étais, cette nuit, auprès de Votre Altesse Royale, il paraît que l'orgie a atteint chez moi des proportions extravagantes... On a forcé la porte de mon appartement privé, où j'avais abrité les deux jeunes filles, afin de les remettre toutes deux ensemble, le matin venu, entre les mains de madame la princesse... Je n'ai pas besoin de dire à monseigneur quels étaient les instigateurs de cette violence... mes amis ivres y prêtaient la main... Un duel bachique a eu lieu entre Chaverny et le prétendu bossu. Le prix du tournoi devait être la main de cette jeune gitana, qu'on veut faire passer pour mademoiselle de Nevers... Quand je suis revenu, j'ai trouvé Chaverny couché sur le carreau et le bossu triomphant auprès de sa maîtresse... Un contrat avait été dressé; il se couvrait de signatures, parmi lesquelles mon propre seing falsifié !...

Le régent regardait Gonzague et semblait vouloir percer jusqu'au fond de son âme.

Celui-ci venait de livrer une bataille désespérée. En entrant chez le duc d'Orléans, il s'attendait peut-être à trouver quelque froideur chez son protecteur et ami, mais il n'avait point compté sur cette terrible et longue explication.

Tous ces mensonges habilement groupés, tout cet énorme monceau de fourberies était, on peut le dire, aux trois quarts impromptu.

Non-seulement il se posait en victime de son propre héroïsme, mais encore il infirmait à l'avance le témoignage des trois seules personnes qui pouvaient déposer contre lui : Chaverny, Cocardasse et Passepoil.

Le régent avait aimé cet homme aussi tendrement qu'il pouvait aimer; le régent l'avait dans son intimité depuis l'adolescence. Ce n'était pas pour Gonzague une condition favorable, car cette longue suite de rapports intimes avait dû mettre le duc d'Orléans en garde contre la profonde habileté de son ami.

Il en était ainsi en effet. Peut-être que, passant par une autre bouche, les réponses claires et en apparence si précises de Gonzague auraient suffi à établir la conviction du régent.

Le régent avait en lui le sentiment de la justice, bien que l'histoire lui reproche avec raison bon nombre d'iniquités. Il est permis de croire qu'en cette circonstance le régent retrouvait pour ainsi dire toute la noblesse native de son caractère, à cause du solennel et triste souvenir qui planait sur ce procès.

Il s'agissait en définitive de punir le meurtrier de Nevers, que Philippe d'Orléans avait chéri comme un frère; il s'agissait de rendre un nom, une fortune, une famille à la fille déshéritée de Nevers.

Le régent était tenté d'ajouter foi aux paroles de Gonzague. S'il se raidissait, c'était chez lui accès de vertu. Il ne voulait pas que sa conscience pût jamais lui faire un reproche au sujet de ce défi final. Toute sa pensée était résumée dans ces mots prononcés au début de l'entrevue : Justifiez-vous seulement, et vous verrez si je vous aimais!

Malheur aux ennemis de Gonzague justifié !

— Philippe, dit-il après un silence et avec une sorte d'hésitation, Dieu m'est témoin que je serais heureux de conserver un ami! La calomnie a pu s'acharner contre vous, car vous avez beaucoup d'envieux.

— Je les dois aux bienfaits de monseigneur, murmura Gonzague.

— Vous êtes fort contre la calomnie, reprit le régent, par votre position si haute, et aussi par cette intelligence élevée que j'aime en vous... Répondez, je vous prie, à une dernière question. Que signifie cette histoire de la succession du comte Annibal Canozza?...

Gonzague lui mit la main sur le bras.

— Monseigneur, dit-il d'un ton sérieux et bref, mon cousin Canozza mourut pendant que Votre Altesse Royale voyageait avec moi en Italie... Croyez-moi, ne dépassez pas certaine limite au-dessous de laquelle l'infamie arrive à l'absurde et ne mérite que le dédain, quand même elle passe par la bouche d'un puissant prince... Peyrolles m'a dit ce matin : « On a fait serment de vous perdre... on a parlé à Son Altesse Royale de telle sorte que toutes les

vieilles accusations portées contre l'Italie vont retomber sur vous... Vous serez un Borgia... Les pêches empoisonnées, les fleurs au calice desquelles on a introduit la mortelle *aqua-tofana*... » Monseigneur, s'interrompit ici Gonzague, si vous avez besoin d'un plaidoyer pour m'absoudre, condamnez-moi, car le dégoût me ferme la bouche. Je me résume et vous laisse en face de ces trois faits : Lagardère est entre les mains de votre justice; les deux jeunes filles sont auprès de la princesse; je possède les pages arrachées au registre de la chapelle de Caylus. Vous êtes le chef de l'État. Avec ces élémens, la découverte devient si aisée que je ne puis me défendre d'un sentiment d'orgueil en me disant : C'est moi qui ai fait la lumière dans ces ténèbres.

— La vérité sera découverte, en effet, dit le régent; c'est moi-même qui présiderai ce soir le tribunal de famille.

Gonzague lui saisit les deux mains avec avidité.

— J'étais venu pour vous prier de cela, dit-il. Au nom de l'homme à qui j'ai voué mon existence entière, je vous remercie, monseigneur... Maintenant, j'ai à demander pardon d'avoir parlé trop haut peut-être devant le chef d'un grand État; mais, quoi qu'il arrive, mon châtiment est tout prêt... Philippe d'Orléans et Philippe de Gonzague ne seront vus ce soir pour la dernière fois...

Le régent l'attira vers lui. Ces vieilles amitiés sont robustes.

— Un prince ne s'abaisse point en faisant amende honorable, dit-il; le cas échéant, Philippe, j'espère que les excuses du régent vous suffiront.

Gonzague secoua la tête avec lenteur.

— Il y a des blessures, fit-il d'une voix tremblante, que nul baume ne saurait guérir. — Il se redressa tout à coup et regarda la pendule. Depuis trois longues heures l'entretien durait. — Monseigneur, dit-il d'un accent ferme et froid, vous ne dormirez pas ce matin... L'antichambre de Votre Altesse Royale est pleine... On se demande là, tout près de nous, si je vais sortir d'ici avec un surcroît de faveur ou si vos gardes vont me conduire à la Bastille... C'est l'alternative que je pose, moi aussi... Je réclame de Votre Altesse Royale une de ces deux grâces, à son choix : la prison, qui me sauvegarde, ou une marque spéciale et publique d'amitié qui me rende, ne fût-ce que pour aujourd'hui, tout mon crédit perdu... j'en ai besoin.

Philippe d'Orléans sonna et dit au valet qui entra :

— Faites entrer pour mon lever.

Au moment où les courtisans appelés passaient le seuil, il attira Gonzague et le baisa au front, en disant :

— Ami Philippe, à ce soir !

Les courtisans se rangèrent et firent haie, inclinés jusqu'à terre sur le passage du prince de Gonzague qui se retirait.

### III

#### TROIS ÉTAGES DE CACHOTS.

L'institution des chambres ardentes remonte à François II, qui en avait fondé une dans chaque parlement pour connaître des cas d'hérésie. Les arrêts de ces tribunaux exceptionnels étaient souverains et exécutoires dans les vingt-quatre heures.

La plus célèbre des chambres ardentes fut la commission extraordinaire désignée par Louis XIV, au temps des empoisonnemens.

Sous la régence, le nom resta, mais les attributions varièrent. Plusieurs sections du parlement de Paris reçurent le titre de chambres ardentes et fonctionnèrent en même temps. La fièvre n'était plus à l'hérésie ni aux poisons, la fièvre était aux finances. Sous la régence, les chambres ardentes furent donc financières. On ne doit voir en elles que de véritables cours des comptes, chargées de vérifier et de viser les bordereaux des agens du trésor.

Après la chute de Law, elles prirent même le nom de chambres du visa.

Il y avait cependant une autre chambre ardente dont les sessions avaient lieu au grand Châtelet, pendant les travaux que Le Blanc fit faire au palais du parlement et à la Conciergerie. Ce tribunal, qui fonctionnait pour la première fois en 1716, lors du procès de Longuefort, porta plusieurs condamnations célèbres : une entre autres contre l'intendant Le Saulnois de Sancerre, accusé d'avoir falsifié le sceau. En 1717, elle était composée de cinq conseillers et d'un président de chambre.

Les conseillers étaient les sieurs Bertelot de La beaumelle, Hardouin, Hacquelin-Desmaisons, Montespel de Graynac et Husson-Bordesson, auditeur.

Le président était monsieur le marquis de Ségré.

Elle pouvait être convoquée par ordonnance du roi, du jour au lendemain, et même par assignation d'heure à heure. Ses membres ne devaient pas quitter Paris.

La chambre ardente avait été convoquée la veille, aux diligences de Son Altesse Royale le duc d'Orléans. L'assignation portait que la séance ouvrirait à quatre heures de nuit. L'acte d'accusation devait apprendre aux juges le nom de l'accusé.

A quatre heures et demie, le chevalier Henri de Lagardère comparut devant la chambre ardente du Châtelet. L'acte d'accusation le chargeait d'un détournement d'enfant et d'un assassinat.

Il y eut des témoins entendus, monsieur le prince et madame la princesse de Gonzague.

Leurs dires furent tellement contradictoires que la chambre, habituée pourtant à rendre ses arrêts sur le moindre indice, s'ajourna à une heure de relevée, pour plus ample informé. On devait entendre trois témoins nouveaux : monsieur de Peyrolles, Cocardasse et Passepoil.

Monsieur de Gonzague vit l'un après l'autre chacun des conseillers et le président. Une mesure qui avait été provoquée par l'avocat du roi, la comparution de la jeune fille enlevée, ne fut point prise en considération : monsieur de Gonzague déclara que la fille subissait de manière ou d'autre l'influence de l'accusé.

Circonstance aggravante dans un procès de rapt, commis sur l'héritière d'un duc et pair !

On avait tout préparé pour conduire Lagardère à la Bastille, quartier des exécutions de nuit. Le sursis fut cause qu'on lui chercha une prison voisine de la salle d'audience, afin qu'il restât là sous la main de ses juges.

C'était au troisième étage de la tour Neuve, ainsi nommée parce que Jaucourt en avait achevé la reconstruction à la fin du règne de Louis XIV. Elle était située au nord-ouest du bâtiment, et ses meurtrières regardaient le quai.

Elle occupait juste moitié de l'emplacement de l'ancienne tour Magne, écroulée en 1670, et dont la ruine jeta bas une partie du rempart. On y mettait d'ordinaire les prisonniers du cachet avant de les diriger sur la Bastille.

C'était une construction fort légère en briques rouges, et dont l'aspect contrastait singulièrement avec les sombres donjons qui l'entouraient. Au second étage, un pont-levis la reliait à l'ancien rempart, formant terrasse au-devant de la grand'salle du greffe.

Les cachots ou plutôt les cellules étaient proprettes, et carrelées comme presque tous les appartemens bourgeois d'alors. On voyait bien que la détention n'y pouvait être que provisoire, et, sauf les gros verrous des portes, qu'on avait sans doute replacés tels quels, rien n'y sentait la prison d'Etat.

En mettant Lagardère sous clef, après la séance suspendue, le geôlier lui déclara qu'il était au secret. Lagardère lui proposa vingt ou trente pistoles qu'il avait sur lui pour une plume, de l'encre et une feuille de papier. Le geôlier prit les trente pistoles et ne donna rien en échange. Il promit seulement de les déposer au greffe.

Lagardère, enfermé, resta un instant immobile et comme accablé sous ses réflexions.

Il était là, captif, paralysé, impuissant : son ennemi avait le pouvoir, la faveur avouée du chef de l'Etat, la fortune et la liberté.

La séance de nuit avait duré deux heures à peu près. Elle avait eu lieu tout de suite après le petit souper de la Folie-Gonzague. Il faisait jour déjà quand Lagardère entra dans sa cellule. Il avait été de garde au Châtelet, plus d'une fois jadis, avant d'entrer dans les chevau-légers du corps. Il connaissait les êtres. Au-dessous de sa cellule, deux autres cachots devaient se trouver.

D'un regard, il embrassa son pauvre domaine : un billot, une cruche, un pain, une botte de paille.

On lui avait laissé ses éperons. Il en détacha un, et se piqua le bras à l'aide de l'ardillon de la boucle. Cela lui donna de l'encre. Un coin de mouchoir servit de papier, un brin de paille fit office de plume.

Avec de pareils ustensiles, on écrit lentement et peu lisiblement, mais enfin on écrit. Lagardère traça ainsi quelques mots ; puis, toujours à l'aide de son ardillon, il descella un des carreaux de sa cellule.

Il ne s'était pas trompé. Deux cachots étaient au-dessous du sien.

Dans le premier, le petit marquis de Chaverny, toujours ivre, dormait comme un bienheureux.

Dans le second, Cocardasse et Passepoil, couchés sur leur paille, philosophaient et disaient d'assez bonnes choses, tant sur l'inconstance du temps que sur la versatilité de la fortune.

Ils n'avaient pour toute provende qu'un morceau de pain sec, eux qui avaient soupé la veille avec le prince. Cocardasse junior passait encore le temps en temps sa langue sur ses lèvres, au souvenir de l'excellent vin qu'il avait bu. Quant à frère Passepoil, il n'avait qu'à fermer les yeux pour voir passer comme en un rêve le nez retroussé de mademoiselle Nivelle, la fille du Mississipi, les yeux ardens de dona Cruz, les beaux cheveux de la Fleury et s'agaçant sourire de Cidalise. S'il avait bien su, ce Passepoil, la composition du paradis de Mahomet, désertant aussitôt la foi de ses pères il se serait fait musulman. Ses passions l'auraient conduit là. Et pourtant il avait des qualités.

Chaverny songeait, lui aussi, mais autrement. Il était vautré sur sa paille, les habits en désordre, la chevelure ébouriffée. Il s'agitait comme un beau diable.

— Encore un coup, bossu, disait-il, on ne triche pas !... tu fais semblant de boire, coquin !... je vois le vin qui coule sur ton jabot. Palsambleu ! reprenait-il, Oriol n'a-t-il pas assez d'une bouffe joufflue et insipide ?... je lui en trouve deux... trois... cinq... sept, comme à l'hydre de Lerne !... Allons, bossu... qu'on apporte deux tonnes... toutes deux bien pleines... tu boiras l'une et moi l'autre, éponge que tu es !... Mais, vive Dieu ! retirez cette femme qui s'assied sur ma poitrine... elle est lourde... est-ce ma femme ?... je dois être marié... Ses traits exprimèrent un mécontentement subit. — C'est dona Cruz, je la reconnais bien. Cachez-moi, je ne veux pas que dona Cruz me voie en cet état ; reprenez vos cinquante mille écus, je veux épouser dona Cruz. — Et il se démenait. Tantôt le cauchemar le prenait à la gorge, tantôt il avait ce rire idiot et béat de l'ivresse. Il n'avait garde d'entendre le bruit léger qui se faisait au-dessus de sa tête ; il eût fallu du canon pour l'éveiller. Le bruit allait cependant assez bien. Le plafond était mince. Au bout de quelques minutes, des gravats commencèrent à tomber. Chaverny les sentit dans son sommeil. Il se frappa deux ou trois fois le visage, comme on fait pour chasser un insecte importun. — Voilà des mouches endiablées ! se disait-il. Un plâtras un peu plus gros lui tomba sur la joue. — Mort-diable ! fit-il, bossu de malheur, t'émancipes-tu déjà jusqu'à me jeter des mies ?... Je veux bien boire avec toi, mais je ne veux pas que tu te familiarises... — Un trou noir parut au plafond, juste au-dessus de sa figure, et le morceau de plâtre qui tomba du trou vint le frapper au front. — Sommes-nous des marmots pour nous lancer des cailloux ? s'écria-t-il avec colère. Holà ! Navailles ! prends le bossu par les pieds... nous allons le baigner dans la mare...

Le trou s'élargissait au plafond. Une voix sembla tomber du ciel.

— Qui que vous soyez, dit-elle, veuillez répondre à un compagnon d'infortune !... Etes-vous au secret, vous aussi ?... ne vient-il personne vous voir du dehors ?

Chaverny dormait toujours, mais son sommeil était moins profond. Encore une demi-douzaine de plâtres sur la figure et il allait s'éveiller. Il entendit la voix dans son rêve.

— Morbleu ! fit-il, répondant à je ne sais quoi, ce n'est pas une fille qu'on puisse aimer à la légère... Elle n'était point complice dans cette comédie de l'hôtel de Gonzague... et, au pavillon, mon coquin de cousin lui avait fait accroire qu'elle était avec de nobles dames... — Il ajouta d'un ton grave et important : — Je vous réponds de sa vertu... elle fera la plus délicieuse marquise de l'univers !

— Holà ! fit d'en haut la voix de Lagardère, n'avez-vous pas entendu ? — Chaverny ronfla un petit peu, las de bavarder dans son sommeil. — Il y a quelqu'un, pourtant ! dit la voix d'en haut ; j'aperçois un objet qui remue.

Une sorte de paquet passa par le trou et vint tomber sur la joue gauche de Chaverny, qui sauta sur ses pieds d'un bond et se prit la mâchoire à deux mains.

— Misérable ! fit-il, un soufflet !... à moi ! — Puis le fantôme, que sans doute il croyait, disparut. Son regard hébété fit le tour de la cellule. — Ah çà ! murmura-t-il en se frottant les yeux, je ne pourrai donc pas m'éveiller !... je rêve, c'est évident !

La voix d'en haut reprit en ce moment :

— Avez-vous reçu le paquet ?

— Bon ! fit Chaverny ; le bossu est caché ici quelque part... le drôle m'aura joué quelque méchant tour... Mais quelle diable de tournure a cette chambre !... —Il leva la tête en l'air et cria de toute sa force : — Je vois ton trou, maudit bossu !... je te revaudrai cela... Va dire qu'on vienne m'ouvrir !

— Je ne vous entends pas, dit la voix, vous êtes trop loin du trou... mais je vous aperçois et je vous reconnais. Monsieur de Chaverny... quoique vous ayez passé votre vie en compagnie misérable, vous êtes encore un gentilhomme, je le sais... C'est pour cela que je vous ai empêché d'être assassiné cette nuit...

Le petit marquis ouvrait des yeux énormes.

— Ce n'est pourtant pas tout à fait la voix du bossu, pensait-il ; mais que parle-t-il d'assassinat ?... Et qui ose donc employer avec moi ce ton protecteur ?

— Je suis le chevalier de Lagardère, dit la voix à cet instant, comme si on eût voulu répondre à la question du petit marquis.

— Ah !... fit celui-ci stupéfait, en voilà un qui peut se vanter d'avoir la vie dure.

— Savez-vous où vous êtes ici ? — demanda la voix. Chaverny secoua énergiquement la tête en signe de négation.

— Vous êtes à la prison du Châtelet, second étage de la tour Neuve. — Chaverny s'élança vers la meurtrière qui éclairait faiblement sa cellule, et ses bras tombèrent le long de son flanc. La voix poursuivit : — Vous avez dû être saisi ce matin à votre hôtel en vertu d'une lettre de cachet......

— Obtenue par mon très cher et très loyal cousin... grommela le petit marquis ; je crois me souvenir de certain dégoût que je montrai hier pour certaines infamies....

— Vous souvenez-vous, demanda la voix, de votre duel au vin de champagne avec le bossu ? — Chaverny

fit un signe affirmatif. — C'était moi qui jouais ce rôle de bossu, reprit la voix.

— Vous !... s'écria le marquis, le chevalier de Lagardère !...

Celui-ci n'entendit point et poursuivit :

— Quand vous fûtes ivre, Gonzague donna ordre de vous faire disparaître... Vous le gêniez... Il a peur du reste de loyauté qui est en vous... Mais les deux braves à qui la commission fut confiée sont à moi... Je donnai contre-ordre.

— Merci ! fit Chaverny. Tout cela est un peu incroyable... raison de plus pour y ajouter foi.

— L'objet que je vous ai jeté est un message, continua la voix : j'ai tracé quelques mots sur mon mouchoir avec mon sang... Avez-vous moyen de faire parvenir cette missive à madame la princesse de Gonzague ?

Le geste de Chaverny répondit néant.

En même temps il ramassa le mouchoir pour voir comment un léger chiffon avait pu lui donner ce soufflet rude et si bien appliqué. Lagardère avait noué une brique dans le mouchoir.

— C'était donc pour me briser le crâne ! grommela Chaverny ; mais je devais avoir le sommeil dur, puisqu'on m'a pu conduire ici à mon insu.

Il défit le mouchoir, le plia et le mit dans sa poche.

— Je ne sais si je me trompe, reprit encore la voix, mais je crois que vous ne demandez pas mieux qu'à me servir. —Chaverny répondit oui avec sa tête. La voix poursuivit : —Selon toutes les probabilités, je vais être exécuté ce soir. Hâtons-nous donc... Si vous n'avez personne à qui confier ce message, faites ce que j'ai fait : percez le plancher de votre prison, et tentons la fortune à l'étage au-dessous.

— Avec quoi avez-vous percé votre trou ? — demanda Chaverny. Lagardère n'entendit pas, mais il le devina sans doute, car l'éperon, tout blanc de plâtre, tomba aux pieds du petit marquis. Celui-ci se mit aussitôt en besogne. Il y allait en vérité de bon cœur, et, à mesure que l'affaissement suite de l'ivresse diminuait, sa tête s'exaltait à la pensée de tout le mal que Gonzague lui avait voulu faire. — Si nous ne réglons pas nos comptes dès aujourd'hui, se disait-il, ce ne sera pas de ma faute !

Et il travaillait avec fureur, creusant un trou dix fois plus grand qu'il ne fallait pour laisser glisser la missive.

— Vous faites trop de bruit, marquis, disait Lagardère à son trou ; prenez garde, on va vous entendre !

Chaverny arrachait les briques, le plâtre, les lattes, et mettait son bras en sang.

— Sandiéou ! disait Cocardasse à l'étage inférieur, quel bal danse-t-on ici dessus ?

— C'est peut-être un malheureux qu'on étrangle et qui se débat, repartit frère Passepoil, qui avait ce matin les idées noires.

— Eh donc ! fit observer le Gascon, si on l'étrangle, il a bien le droit de se débattre... Mais je crois bien que c'est plutôt quelque fou furieux du quartier qu'on a mis en prison avant de l'envoyer à Bicêtre.

Un grand coup se fit entendre en ce moment, suivi d'un craquement sourd et de la chute d'une partie du plafond. Le plâtre, tombant entre nos deux amis, souleva un épais nuage de poussière.

— Recommandons notre âme à Dieu ! fit Passepoil ; nous n'avons pas nos épées, et sans doute on vient nous faire un mauvais parti.

— Bagasse ! répliqua le Gascon ; ils viendraient par là.

— Ohé ! — fit le petit marquis dont la tête tout entière se montrait au large trou du plafond. Cocardasse et Passepoil levèrent les yeux en même temps. — Vous êtes deux là-dedans ? demanda Chaverny.

— Comme vous voyez, monsieur le marquis, répliqua Cocardasse ; mais, tron de l'air ! pourquoi tout ce dégât ?

— Mettez votre paille sous le trou, que je saute.

— Nenni donc !... nous sommes assez de deux.

— Et le geôlier n'a pas l'air d'un garçon à bien prendre la plaisanterie, ajouta frère Passepoil.

Chaverny, cependant, élargissait son trou prestement.

— As pas pur ! fit Cocardasse en le regardant ; qui m'a donné des prisons comme cela !

— C'est bâti en boue et en crachat ! ajouta Passepoil avec mépris.

— La paille ! la paille ! cria Chaverny impatient.

Nos deux braves ne bougeaient pas. Chaverny eut la bonne idée de prononcer le nom de Lagardère.

Aussitôt la paille entassée s'éleva au centre du cachot.

— Est-ce qu'il est avec vous ? demanda Cocardasse.

— Avez-vous de ses nouvelles, fit Passepoil.

Chaverny, au lieu de répondre, engagea ses deux jambes dans le trou. Il était fluet, mais ses hanches ne voulaient point passer, pressées qu'elles étaient par les parois rugueuses de l'ouverture. Il faisait pour glisser des efforts furieux.

Cocardasse se mit à rire en voyant ces deux jambes qui gigotaient avec rage. Passepoil, toujours prudent, alla mettre son oreille à la porte donnant sur le corridor. Le corps de Chaverny passait cependant petit à petit.

— Viens çà ! dit Cocardasse ; il va tomber... c'est encore assez haut pour qu'il se rompe les côtes.

Frère Passepoil mesura de l'œil la distance qu'il y avait du plancher au plafond.

— C'est assez haut, répliqua-t-il, pour qu'il nous casse quelque chose en tombant, si nous sommes assez niais pour lui servir de matelas !

— Bah ! fit Cocardasse, il est si mièvre.

— Tant que tu voudras... mais une chute de douze à quinze pieds...

— As pas pur, ma caillou !... il vient de la part du petit Parisien... En place !

Passepoil ne se fit pas prier davantage. Cocardasse et lui unirent leur bras vigoureux au-dessus du tas de paille. Presque aussitôt après, un second craquement se fit au plafond. Les deux braves fermèrent les yeux, et s'embrassèrent bien malgré eux par la traction soudaine que la chute du petit marquis exerça sur leurs bras tendus.

Tous trois roulèrent sur le carreau, aveuglés par le déluge de plâtre qui tomba derrière Chaverny.

Chaverny fut le premier relevé. Il se secoua et se mit à rire.

— Vous êtes deux bons enfants, dit-il ; la première fois que je vous ai vus, je vous ai pris pour deux parfaits gibiers de potence... ne vous fâchez pas... forçons plutôt la porte, à trois que nous sommes, tombons sur les guichetiers, et prenons la clef des champs.

— Passepoil ! fit le Gascon.

— Cocardasse ! répondit le Normand.

— Trouves-tu que j'aie l'air d'un gibier de potence ?

— Et moi donc, murmura Passepoil, qui regarda le nouveau venu de travers ; c'est la première fois que pareille avanie...

— As pas pur ! interrompit Cocardasse, le pécaïre nous rendra raison quand nous serons dehors... En attendant, il me plaît, son idée aussi... Forçons la porte !

Passepoil les arrêta au moment où ils allaient s'élancer.

— Écoutez ! dit-il en inclinant la tête pour prêter l'oreille.

On entendait un bruit de pas dans le corridor.

En un tour de main, les plâtras déblayés furent poussés dans un coin, derrière la paille remise à sa place.

Une clef grinça bruyamment dans la serrure.

— Où me cacher ? fit Chaverny qui riait malgré son embarras.

Au dehors, on tirait de lourds et sonores verrous.

Cocardasse ôta vivement son pourpoint ; Passepoil fit de même. Moitié sous la paille, moitié sous les pourpoints, Chaverny se cacha tant bien que mal.

Les deux prévôts, en bras de chemise, se plantèrent en

garde en face l'un de l'autre, et feignirent de faire assaut à la main.

— A toi, ma caillou ! cria Cocardasse ; une !... deux !...

— Touché ! fit Passepoil en riant ; si on nous donnait seulement nos rapières, pour passer le temps.

La porte massive roula sur ses gonds. Deux hommes, un porte-clefs et un gardien s'effacèrent pour laisser passer un troisième personnage qui avait un brillant costume de cour.

— Ne vous éloignez pas, dit ce dernier en poussant la porte derrière lui.

C'était monsieur de Peyrolles dans tout l'éclat de sa riche toilette. Nos deux braves le reconnurent du premier coup d'œil, et continuèrent de faire assaut sans autrement s'occuper de lui.

Ce matin, en quittant la petite maison, ce bon monsieur de Peyrolles avait recompté son trésor. A la vue de tout cet or si bien gagné, de toutes ces actions proprement casées dans les coins de sa cassette, le factotum avait encore eu l'idée de quitter Paris et de se retirer au sein des tranquilles campagnes, pour goûter le bonheur des propriétaires. L'horizon lui semblait se rembrunir, et son instinct lui disait : Pars ! Mais il ne pouvait y avoir grand danger à rester vingt-quatre heures de plus.

Ce sophisme perdra éternellement les avides : c'est si court vingt-quatre heures !

Ils ne songent pas qu'il y a là-dedans 1140 minutes dont chacune contient soixante fois plus de temps qu'il n'en faut à un coquin pour rendre l'âme.

— Bonjour, mes braves amis, dit Peyrolles en s'assurant par un regard que la porte restait entre-bâillée.

— Adiou, mon bon ! répliqua Cocardasse en poussant une terrible botte à son ami Passepoil ; va bien ?... Nous étions en train de dire, cette bagasse et moi, que si on nous rendait nos rapières, nous pourrions au moins passer le temps.

— Voilà ! ajouta le Normand qui planta son index dans le creux de l'estomac de son noble ami.

— Et comment vous trouvez-vous ici ? demanda le factotum d'un accent goguenard.

— Pas mal, pas mal, répondit le Gascon. Il n'y a rien de nouveau en ville ?

— Rien que je sache, mes dignes amis... Comme cela, vous avez grande envie de revoir vos rapières ?

— L'habitude... fit Cocardasse bonnement : quand je n'ai pas la mienne, il me semble qu'il me manque un membre, oui !

— Et si, en vous rendant vos rapières, on vous ouvrait les portes de céans ?

— Capédébiou ! s'écria Cocardasse ; voilà qui serait mignon ; pas vrai, Passepoil ?

— Que faudrait-il faire pour cela ? demanda ce dernier.

— Peu de chose, mes amis, bien peu de chose... Dire un grand merci à un homme que vous avez toujours pris pour un ennemi, et qui garde un faible pour vous...

— Qui est cet excellent homme, sandiéou ?

— C'est moi-même, mes vieux compagnons. Songez donc ! voilà plus de vingt ans que nous nous connaissons.

— Vingt-trois ans à la Saint-Michel, dit Passepoil. Ce fut le soir de la fête du saint archange que je vous donnai deux douzaines de plat derrière le Louvre, de la part de monsieur de Maulévrier.

— Passepoil ! s'écria Cocardasse sévèrement, ces fâcheux souvenirs ne sont point de mise. J'ai souvent pensé pour ma part que ce bon monsieur de Peyrolles nous chérissait en cachette. Fais-lui des excuses, vivadiou ! et tout de suite, coquin !

Passepoil, obéissant, quitta sa position au milieu de la chambre, et s'avança vers Peyrolles la calotte à la main.

Monsieur de Peyrolles, qui avait l'œil au guet, aperçut en ce moment la place que les plâtras avaient blanchie sur le carreau. Son regard rebondit naturellement au plafond. A la vue du trou, il devint tout pâle. Mais il ne cria point, parce que Passepoil, humble et souriant, était déjà entre lui et la porte.

Seulement, il se réfugia d'instinct vers le tas de paille, afin de garder ses derrières libres.

En somme, il avait en face de lui deux hommes robustes et résolus, mais les gardiens étaient dans le corridor et il avait son épée.

A l'instant où il s'arrêtait, le dos tourné au tas de paille, la tête souriante de Chaverny se montra, soulevant un peu le pourpoint de Passepoil qui la cachait.

IV

VIEILLES CONNAISSANCES.

Nous sommes bien forcé de dire au lecteur ce que monsieur de Peyrolles venait faire dans la prison de Cocardasse et Passepoil, car cet habile homme n'eut pas le temps d'exposer lui-même les motifs de sa présence.

Nos deux braves devaient comparaître comme témoins devant la chambre ardente du Châtelet. Ce n'était pas le compte de monsieur le prince de Gonzague. Peyrolles avait charge de leur faire des propositions si éblouissantes que leurs consciences n'y pussent tenir : mille pistoles à chacun d'un seul coup, espèces sonnantes et payées d'avance, non pas même pour accuser Lagardère, mais pour dire seulement qu'ils n'étaient pas aux environs de Caylus la nuit du meurtre.

Dans l'idée de Gonzague, la négociation était d'autant plus sûre que Cocardasse et Passepoil ne devaient pas être très pressés d'avouer leur présence en ce lieu.

Voici maintenant comme quoi monsieur de Peyrolles n'eut point le loisir de montrer ses talens diplomatiques.

La tête goguenarde du petit marquis avait soulevé le pourpoint de Passepoil, tandis que Peyrolles, occupé à observer les mouvemens de nos deux braves, tournait le dos au tas de paille. Le petit marquis cligna de l'œil et fit un signe à ses alliés. Ceux-ci se rapprochèrent tout doucement.

— As pas pur ! dit Cocardasse en montrant du doigt l'ouverture du plafond ; c'est un peu leste de mettre deux gentilshommes dans un cachot si mal couvert.

— Plus on va, fit observer Passepoil avec modération, moins on respecte les convenances.

— Mes camarades ! s'écria Peyrolles qui prenait de l'inquiétude à les voir s'approcher ainsi, l'un à droite, l'autre à gauche, pas de mauvais tour !... si vous me forcez à tirer l'épée...

— Fi donc ! soupira Passepoil, tirer l'épée contre nous ! — Des gens désarmés ! appuya Cocardasse.

Ils avançaient toujours. Néanmoins, Peyrolles, avant d'appeler, ce qui eût rompu sa négociation, voulut joindre le geste à la parole. Il mit la main à la garde de son épée en disant :

— Qu'y a-t-il, voyons, mes enfans ?... vous avez essayé de vous évader par ce trou-là haut, en faisant la courte échelle, et vous n'avez pas pu... Halte-là ! s'interrompit-il ; un pas de plus et je dégaîne !

Il y avait une autre main que la sienne à la garde de son épée. Cette autre main, blanchette et garnie de dentelles fripées, appartenait à monsieur le marquis de Chaverny.

Celui-ci était parvenu à sortir de sa cachette. Il se tenait debout derrière Peyrolles.

L'épée du factotum glissa tout à coup entre ses doigts, et Chaverny, le saisissant au collet, lui mit la pointe sous la gorge.

— Un mot et tu es mort, drôle ! dit-il à voix basse.

L'écume vint aux lèvres de Peyrolles ; mais il se tut

Cocardasse et Passepoil, à l'aide de leurs cravates, le garrottèrent en moins de temps que nous ne mettons à l'écrire.

— Et maintenant ? dit Cocardasse au petit marquis.

— Maintenant, répliqua celui-ci, toi à droite de la porte... ce bon garçon à gauche... et quand les deux gardiens vont entrer, les deux mains au nœud de la gorge.

— Ils vont donc entrer ? demanda Cocardasse.

— A vos postes, seulement... ! Voici monsieur de Peyrolles qui va nous servir d'appeau.

Les deux braves coururent se coller à la muraille, l'un à droite, l'autre à gauche.

Chaverny, la pointe de l'épée sous le menton de Peyrolles, lui ordonna de crier à l'aide.

Peyrolles cria. Et tout aussitôt les deux gardiens de se ruer dans le cachot.

Passepoil eut le porte-clefs, Cocardasse eut l'autre. Tous deux râlèrent sourdement, puis se turent, étranglés à demi.

Chaverny ferma la porte du cachot, tira des poches du porte-clefs un paquet de cordes, et leur fit à tous deux des menottes.

— As pas pur ! lui dit Cocardasse, je n'ai jamais vu de marquis aussi gentil que vous, non !

Passepoil joignit ses félicitations plus calmes à celles de son noble ami.

Mais Chaverny était pressé.

— En besogne ! s'écria-t-il ; nous ne sommmes pas encore sur le pavé de Paris... Gascon, mets ton porte-clefs nu comme un ver et revêts sa dépouille... Toi, l'ami, fais de même pour le gardien...

Cocardasse et Passepoil se regardèrent.

— Voici un cas qui m'embarrasse, dit le premier en se grattant l'oreille ; sandiéou ! je ne sais pas s'il convient à des gentilshommes... ?

— Je vais bien mettre l'habit du plus honteux maraud que je connaisse, moi ! s'écria Chaverny en arrachant le splendide pourpoint de Peyrolles.

— Mon noble ami, risqua Passepoil, hier nous avons endossé...

Cocardasse l'interrompit d'un geste terrible.

— La paix, pécaïre ! fit-il, je t'ordonne d'oublier cette circonstance pénible ; d'ailleurs, c'était pour le service de lou petit couquin.

— C'est encore pour son service aujourd'hui.

Cocardasse poussa un profond soupir et dépouilla le porte-clefs, qui avait un bâillon dans la bouche. Frère Passepoil en fit autant du gardien, et la toilette de nos braves fut bientôt achevée. Certes, depuis le temps de Jules César, qui fut dit-on le premier fondateur de cette antique forteresse, jamais le Châtelet n'avait vu dans ses murs deux geôliers de plus galante mine.

Chaverny, de son côté, avait passé le pourpoint de ce bon monsieur de Peyrolles.

— Mes enfans, dit-il, continuant le rôle de factotum, je me suis acquitté de ma commission auprès de ces deux misérables ; je vous prie me faire la conduite jusqu'à la porte de la rue.

— Ai-je un peu l'air d'un gardien ? demanda frère Passepoil.

— A s'y méprendre, repartit le petit marquis.

— Eh donc ! fit Cocardasse junior sans prendre souci de cacher son humiliation, est-ce que je ressemble à un porte-clefs ?

— Comme deux gouttes d'eau, répondit Chaverny. En route ! j'ai mon message à porter.

Ils sortirent tous les trois du cachot, dont la porte fut refermée à double tour, sans oublier les verrous. Monsieur de Peyrolles et les deux gardiens restèrent là, solidement attachés et bâillonnés. L'histoire ne dit pas les réflexions qu'ils firent dans ces conjonctures pénibles et difficiles.

Nos trois prisonniers, cependant, traversèrent le premier corridor sans encombre : il était vide.

— La tête un peu moins haute, Cocardasse, mon ami, dit Chaverny; j'ai peur de tes scélérates de moustaches.

— Sandiéou? répondit le brave, vous me hacheriez menu comme chair à pâté que vous ne pourriez m'enlever ma bonne mine...

— Ça ne mourra qu'avec nous! ajouta frère Passepoil.

Chaverny enfonça le bonnet de laine sur les oreilles du Gascon, et lui apprit à tenir ses clefs. Ils arrivaient à la porte du préau. Le préau et les cloîtres étaient pleins de monde.

Il y avait grand remue-ménage au Châtelet, parce que monsieur le marquis de Ségré donnait à déjeuner à ses assesseurs au greffe, en attendant la reprise de la séance. On voyait passer les plats couverts, les réchauds et les paniers de champagne, qui venaient du fameux cabaret du Veau-qui-Tette, fondé, depuis deux ans, sur la place même du Châtelet, par le cuisinier Le Preux.

Chaverny, le feutre sur les yeux, passa le premier.

— Mon ami, dit-il au portier du préau, vous avez ici près, au numéro 9, dans le corridor, deux dangereux coquins; soyez vigilant.

Le portier ôta son bonnet en grommelant.

Cocardasse et Passepoil traversèrent le préau sans encombre. Dans la salle des gardes, Chaverny se conduisit en curieux qui visite une prison. Il lorgna chaque objet et fit plusieurs questions idiotes avec beaucoup de sérieux. On lui montra le lit de camp où monsieur de Horn s'était reposé dix minutes, en compagnie de l'abbé de La Mettrie, son ami, en sortant de la dernière audience. Cela parut l'intéresser vivement.

Il n'y avait plus que la cour à traverser; mais, au seuil de la cour, Cocardasse junior faillit renverser un marmiton du Veau-qui-Tette, porteur d'un plat de blanc-manger. Notre brave lança un retentissant « capédébiou ! » qui fit retourner tout le monde.

Frère Passepoil en frémit jusque dans la moelle de ses os.

— L'ami, dit Chaverny tristement, cet enfant n'y a pas mis de malice, et tu pouvais te dispenser de blasphémer le nom de Dieu, notre Seigneur.

Cocardasse baissa l'oreille. Les archers pensèrent que c'était là un bien honnête jeune gentilhomme.

— Je ne connaissais pas ce porte-clefs gascon, grommela le guichetier des gardes; du diable si les cadédis ne se fourrent pas partout !

Le guichet était justement ouvert pour livrer passage à un superbe faisan rôti, pièce principale du déjeuner de monsieur le marquis de Ségré. Cocardasse et Passepoil, ne pouvant régler leur impatience, franchirent le seuil d'un seul bond.

— Arrêtez-les ! arrêtez-les ! cria Chaverny.

Le guichetier s'élança et tomba foudroyé par le lourd paquet de clefs que Cocardasse junior lui mit en plein visage. Nos deux braves prirent en même temps leur course et disparurent au carrefour de la Lanterne.

Le carrosse qui avait amené monsieur de Peyrolles était toujours à la porte. Chaverny reconnut la livrée de Gonzague; il franchit le marche-pied en continuant de crier à tue-tête :

— Arrêtez-les ! morbleu ! ne voyez-vous pas qu'ils se sauvent !... Quand on se sauve c'est qu'on a de mauvais desseins !... Arrêtez-les! arrêtez-les ! —Et profitant du tumulte, il se pencha à l'autre portière et commanda : — A l'hôtel, coquin ! et grand train !

Les chevaux partirent au trot. Quand le carrosse fut engagé dans la rue Saint-Denis, Chaverny essuya son front baigné de sueur, et se mit à rire en se tenant les côtes.

Ce bon monsieur de Peyrolles lui donnait non-seulement la liberté mais encore un carrosse pour se rendre sans fatigue au lieu de sa destination.

C'était bien cette même chambre à l'ameublement sévère et triste où nous avons vu pour la première fois madame la princesse de Gonzague dans la matinée qui précéda la réunion du tribunal de famille; c'était bien le même deuil extérieur : l'autel tendu de noir, où se célébrait quotidiennement le sacrifice funèbre en mémoire du feu duc de Nevers, montrait toujours sa large croix blanche aux lueurs des six cierges allumés.

Mais quelque chose était changé. Un élément de joie, timide encore et perceptible à peine, s'était glissé parmi ces aspects lugubres; je ne sais quel sourire éclairait vaguement ce deuil.

Il y avait des fleurs aux deux côtés de l'autel, et pourtant on n'était pas aux premiers jours de mai, fête de l'époux décédé.

Les rideaux, ouverts à demi, laissaient passer un doux rayon du soleil d'automne. A la fenêtre pendait une cage où babillait un gentil oiseau,

Un oiseau que nous avons vu déjà et entendu à la fenêtre basse qui donnait sur la rue Saint-Honoré, au coin de la rue du Chantre,

L'oiseau qui, naguère, égayait la solitude de cette charmante inconnue dont l'existence mystérieuse empêchait de dormir madame Balahaut, la Durand, la Guichard, et toutes les commères du quartier du Palais-Royal.

Il y avait du monde dans l'oratoire de madame la princesse, beaucoup de monde, bien qu'il fût encore grand matin. C'était d'abord une belle jeune fille qui dormait étendue sur un lit de jour. Son visage, aux contours exquis, restait un peu dans l'ombre; mais le rayon de soleil se jouait dans les masses opulentes de ses cheveux bruns aux fauves et chatoyans reflets. Debout, auprès d'elle, se tenait la première camériste de la princesse, la bonne Madeleine Giraud, qui avait les mains jointes et les larmes aux yeux.

Madeleine Giraud venait d'avouer à madame de Gonzague que l'avertissement miraculeux trouvé dans le livre d'heures, à la page du *Miserere*, l'avertissement qui disait : « Venez défendre votre fille, » et qui rappelait après vingt ans la devise des rendez-vous heureux et des jeunes amours, la devise de Nevers, « J'y suis, » avait été placé là par Madeleine elle-même, de complicité avec le bossu...

La princesse l'avait embrassée.

Madeleine était heureuse comme si son propre enfant eût été retrouvé.

La princesse s'asseyait à l'autre bout de la chambre. Deux femmes et un jeune garçon l'entouraient.

Auprès d'elle étaient les feuilles éparses d'un manuscrit, avec la cassette qui avait dû les contenir : la cassette et le manuscrit d'Aurore.

Ces lignes, écrites dans l'ardent espoir qu'elles parviendraient un jour entre les mains d'une mère inconnue mais adorée, étaient arrivées à leur adresse. La princesse les avait déjà parcourues. On le voyait bien à ses yeux, rouges de bonnes et tendres larmes.

Quant à la manière dont la cassette et le gentil oiseau avaient franchi le seuil de l'hôtel de Gonzague, point n'était besoin de le demander. Une des deux femmes était l'honnête Françoise Berrichon, et le jeune garçon qui tortillait sa toque entre ses doigts d'un air malicieux et confus répondait au nom de Jean-Marie.

C'était le page d'Aurore, le bon enfant bavard et imprudent qui avait entraîné sa grand'mère hors de son poste pour la livrer aux séductions des commères de la rue du Chantre.

L'autre femme se tenait un peu à l'écart. Vous eussiez reconnu sous son voile le visage hardi et gracieux de dona Cruz.

Sur ce visage fripon il y avait en ce moment une émotion réelle et profonde.

Dame Françoise Berrichon avait la parole.

— Celui-là n'est pas mon fils, disait-elle de sa plus mâle voix en montrant Jean-Marie ; c'est le fils de mon pauvre garçon... Je peux bien dire à madame la princesse que mon Berrichon était une autre paire de manches... Il avait cinq pieds dix pouces, et du courage, car il est mort en soldat...

— Et vous étiez au service de Nevers, bonne femme? interrompit la princesse.

— Tous les Berrichon, répondit Françoise, de père en fils, depuis que le monde est monde!... Mon mari était écuyer du duc Amaury, père du duc Philippe; le père de mon mari, qui se nommait Guillaume-Jean-Nicolas Berrichon...

— Mais votre fils, interrompit la princesse, ce fut lui qui m'apporta cette lettre au château de Caylus?...

— Oui, ma noble dame, ce fut lui... Et Dieu sait bien que toute sa vie il s'est souvenu de cette soirée-là... Il avait rencontré, c'est lui qui m'en a fait le récit bien des fois, il avait rencontré dans la forêt d'Ens une dame Marthe, votre ancienne duègne, qui s'était chargée de l'enfant... dame Marthe le reconnut pour l'avoir vu au château de notre jeune duc, quand elle apportait vos messages... Dame Marthe lui dit : « Il y a là-bas, au château de Caylus, quelqu'un qui sait tout. Si tu vois mademoiselle, dis-lui qu'elle ait bien garde... » Berrichon fut pris par les soudards et délivré par la grâce de Dieu... C'était la première fois qu'il voyait ce chevalier de Lagardère dont on parlait tant... Il nous dit : « Celui-là est beau comme le saint Michel archange de l'église de Tarbes!... »

— Oui... murmura la princesse qui rêvait, il est bien beau.

— Et brave! poursuivit dame Françoise qui s'animait; un lion!...

— Un vrai lion! voulut appuyer Jean-Marie.

Mais dame Françoise lui fit les gros yeux, et Jean-Marie se tut.

— Berrichon, mon pauvre garçon, nous rapporta donc cela, poursuivit la bonne femme, et comme quoi Nevers et ce Lagardère avaient rendez-vous pour se battre, et comme quoi ce Lagardère défendit Nevers pendant une demi-heure entière contre plus de vingt gredins, sauf le respect que je dois à madame la princesse, armés jusqu'aux dents...

Aurore de Caylus lui fit signe de s'arrêter. Elle était faible contre ces navrants souvenirs.

Ses yeux pleins de larmes se tournèrent vers la chapelle ardente.

Philippe! murmura-t-elle, mon mari bien-aimé!... c'était hier!... les années ont passé comme des heures! c'était hier... la blessure de mon âme saigne et ne veut pas être guérie.

Il y eut un éclair dans l'œil de dona Cruz, qui regardait cette immense douleur avec admiration. Elle avait dans les veines ce sang brûlant qui fait battre le cœur plus vite et qui hausse l'âme jusqu'aux sentiments héroïques.

Dame Françoise hocha la tête d'un mouvement maternel.

— Le temps est le temps, fit-elle... Nous sommes tous mortels... Il ne faut pas se faire du mal pour ce qui est passé.

Berrichon se disait en tournant son chaperon :

— Comme elle prêche, ma bonne femme de grand'mère!

— Il y a donc, reprit dame Françoise, que quand le chevalier de Lagardère vint au pays, voilà bientôt cinq ou six ans de cela, pour me demander si je voulais servir la fille du feu duc, je dis oui tout de suite. Pourquoi? Parce que Berrichon, mon fils, m'avait dit comme les choses s'étaient passées. Le duc mourant appela le chevalier par son nom et lui dit : « Mon frère! mon frère!... »

— La princesse appuya ses deux mains contre sa poitrine.

— Et encore, poursuivit Françoise : « Tu seras le père de ma fille, et tu me vengeras... » Berrichon n'a jamais menti, ma noble dame. D'ailleurs quel intérêt aurait-il eu à mentir?... Nous partîmes, Jean-Marie et moi... Le chevalier de Lagardère trouvait que mademoiselle Aurore était déjà trop grandette pour demeurer seule avec lui.

— Et il voulait comme ça, interrompit Jean-Marie, que la demoiselle eût un page.

Françoise haussa les épaules en souriant.

— L'enfant est bavard, dit-elle; en vous demandant pardon, noble dame... Y a donc que nous partîmes pour Madrid, qui est la capitale du pays espagnol. . Ah dame! les larmes me vinrent aux yeux quand je vis la pauvre enfant, c'est vrai!... Tout le portrait de notre jeune seigneur!... Mais motus! il fallait se taire... monsieur le chevalier n'entendait pas raison...

— Et pendant tout le temps que vous avez été avec eux, demanda la princesse dont la voix hésitait, cet homme... monsieur de Lagardère...

— Seigneur de Dieu! noble dame! s'écria Françoise, dont la vieille figure s'empourpra, non... non... sur mon salut! je dirais peut-être comme vous, car vous êtes mère... mais, voyez-vous, pendant six ans j'ai appris à aimer monsieur le chevalier autant et plus que ce qui me reste de famille... Si une autre que vous avait eu l'air de soupçonner... Mais il faut me pardonner, s'interrompit-elle en faisant la révérence, voilà que j'oublie devant qui je parle... C'est que celui-là est un saint, madame... c'est que votre fille était aussi bien gardée près de lui qu'elle l'eût été près de sa mère... C'était un respect, c'était une bonté... une tendresse si douce et si pure...

— Vous faites bien de défendre celui qui ne mérite pas d'être accusé, prononça froidement la princesse; mais donnez-moi des détails. Ma fille vivait dans la retraite?

— Seule, toujours seule... trop seule, car elle en était triste... et pourtant, si on m'avait crue...

— Que vouliez-vous dire? demanda Aurore de Caylus.

Dame Françoise jeta un regard de côté vers dona Cruz qui était toujours immobile.

— Écoutez donc, fit la bonne femme; une fille qui chantait et qui dansait sur la Plaza-Santa, ce n'était pas une belle et bonne société pour l'héritière d'un duc. .

La princesse se tourna vers dona Cruz, et vit une larme briller aux longs cils de sa paupière.

— Vous n'aviez pas d'autre reproche à faire à votre maître? dit-elle.

— Des reproches! se récria dame Françoise; ceci n'est pas un reproche... d'ailleurs la fillette ne venait pas souvent... et je m'arrangeais toujours pour surveiller...

— C'est bien, bonne femme, interrompit la princesse, je vous remercie... retirez-vous... Vous et votre petit-fils, vous faites désormais partie de ma maison.

— A genoux! s'écria Françoise Berrichon en poussant rudement Jean-Marie.

La princesse arrêta cet élan de reconnaissance, et, sur un signe d'elle, Madeleine Giraud emmena la vieille femme avec son héritier.

Dona Cruz se dirigeait aussi vers la porte.

— Où allez-vous, Flor? — demanda la princesse. Dona Cruz pensa avoir mal entendu. La princesse reprit: — N'est-ce pas ainsi qu'elle vous appelle?... Venez, Flor, je veux vous embrasser. — Et comme la jeune fille n'obéissait pas assez vite, la princesse se leva et la prit entre ses bras. Dona Cruz sentit son visage baigné de larmes. Elle vous aime, murmurait la mère heureuse; c'est écrit là, dans ces pages qui ne quitteront plus mon chevet... dans ces pages où elle a mis tout son cœur... Vous êtes sa gitanita, sa première amie... Plus heureuse que moi, vous l'avez vue enfant... Devait-elle être jolie! Flor, dites-moi cela?... — Et sans lui laisser le temps de répondre : — Tout ce qu'elle aime, reprit-elle avec sa passion de mère, impétueuse et profonde, je veux l'aimer... Je t'aime, Flor, ma seconde fille... Embrasse-moi... Et toi, pourras-tu m'aimer?... Si tu savais comme je suis heureuse et comme je voudrais que la terre entière fût dans l'allégresse! Cet homme, entends-tu cela, Flor... cet homme lui-même, qui m'a pris le cœur de mon enfant... eh bien! si elle le veut, je sens bien que je l'aimerai.

## V

### CŒUR DE MÈRE.

Dona Cruz souriait parmi ses larmes. La princesse la pressait follement contre son cœur.

— Croirais-tu, murmura-t-elle, Flor, ma chérie, que je n'ose pas encore t'embrasser comme cela. Ne te fâche pas; c'est elle que j'embrasse sur ton front et sur tes joues. — Elle s'éloigna d'elle tout à coup pour la mieux regarder. — Tu dansais sur les places publiques, toi, fillette? reprit-elle d'un accent rêveur. Tu n'as point de famille... L'aurais-je moins adorée, si je l'avais retrouvée ainsi !... Mon Dieu ! mon Dieu ! que la raison est folle!... L'autre jour, je disais : « Si la fille de Nevers avait oublié un instant la fierté de sa race... » Non ! je n'achèverai pas... j'ai froid dans les veines en songeant que Dieu aurait pu me prendre au mot... viens remercier Dieu, Flor, ma gitanita, viens... — Elle l'entraîna vers l'autel et s'y agenouilla.

— Nevers! Nevers! s'écria-t-elle, j'ai la fille... j'ai notre fille!... Dis à Dieu de voir la joie et la reconnaissance de mon cœur!... — Certes, son meilleur ami ne l'eût point reconnue. Le sang revenu colorait vivement ses joues. Elle était jeune, elle était belle ; son regard brillait, sa taille souple ondulait et frémissait. Sa voix avait de doux et délicieux accents. Elle resta un instant perdue dans son extase. — Es-tu chrétienne, Flor? reprit-elle. Oui... je me souviens... elle l'a dit... tu es chrétienne. Comme notre Dieu est bon, n'est-ce pas ?... Donne-moi tes deux mains et sens mon cœur...

— Ah ! fit la pauvre gitanita qui fondait en larmes, si j'avais une mère comme vous, madame !

La princesse l'attira contre son cœur encore une fois.

— Te parlait-elle de moi? demanda-t-elle; de quoi causiez-vous?... Ce jour où tu la rencontras, elle était encore toute petite... Sais-tu ? s'interrompit-elle, car la fièvre lui donnait ce besoin incessant de parler ; je crois qu'elle a peur de moi... J'en mourrai, si cela dure ; il faut que tu lui parleras de moi, Flor, ma petite Flor, je t'en prie !

— Madame, répondit dona Cruz dont les yeux mouillés souriaient, n'avez-vous pas vu là-dedans combien elle vous aime?

Elle montrait du doigt les feuilles éparses du manuscrit d'Aurore.

— Oui... oui, fit la princesse; saurais-je dire ce que j'ai éprouvé en lisant cela?... Elle n'est pas triste et grave comme moi, ma fille... Elle a le cœur gai de son père... mais moi... moi qui ai tant pleuré, j'étais gaie autrefois... La maison où je suis née était une prison, et pourtant je riais, je dansais... jusqu'au jour où je vis celui qui devait emporter au fond de son tombeau toute ma joie et tous mes sourires. — Elle passa rapidement la main sur son front qui brûlait. — As-tu jamais vu une pauvre femme devenir folle? — demanda-t-elle brusquement. Dona Cruz la regarda d'un air inquiet. — Ne crains rien ! ne crains rien! fit la princesse; le bonheur est pour moi une chose si nouvelle... Je voulais te dire, Flor : As-tu remarqué ? ma fille est comme moi... Sa gaieté s'est évanouie le jour où l'amour est venu... Sur les dernières pages, il y a bien des traces de larmes. — Elle prit le bras de la gitanita pour regagner sa place première. A chaque instant elle se tournait vers le lit de jour où sommeillait Aurore, mais je ne sais quel vague sentiment semblait l'en éloigner. — Elle m'aime, oh ! certes, reprit-elle ; mais le sourire dont elle se souvient, le sourire penché au-dessus de son berceau, c'est celui de cet homme... Qui lui donna les premières leçons? cet homme. Qui lui apprit le nom de Dieu? encore cet homme!... Oh! par pitié, Flor, ma chérie, ne

lui dis jamais ce qu'il y a en moi de colère, de jalousie, de rancune contre cet homme !...

— Ce n'est pas votre cœur qui parle, madame! murmura dona Cruz.

La princesse lui serra le bras avec une violence soudaine.

— C'est mon cœur! s'écria-t-elle, c'est mon cœur! Ils allaient ensemble dans les prairies qui entourent Pampelune, les jours de repos.... Il se faisait enfant pour jouer avec elle.... Est-ce un homme qui doit agir ainsi? cela n'appartient-il pas à la mère?... Quand il rentrait après le travail, il apportait un jouet... une friandise... Qu'eussé-je fait de mieux, si j'avais été pauvre, en pays étranger, avec mon enfant?... Il savait bien qu'il me prenait, qu'il me volait toute sa tendresse....

— Oh! madame !... voulut interrompre la gitanita.

— Vas-tu le défendre! fit la princesse qui lui jeta un regard de défiance. Es-tu de son parti?... Je te vois, se reprit-elle avec un amer découragement; tu l'aimes mieux que moi, toi aussi ! — Dona Cruz éleva la main qu'elle tenait jusqu'à son cœur. Deux larmes jaillirent des yeux de la princesse. — Oh ! cet homme! cet homme! balbutia-t-elle parmi ses pleurs. Je suis veuve... il ne me restait que le cœur de ma fille ! — Dona Cruz restait muette devant cette suprême injustice de l'amour maternel. Elle comprenait cela, cette fille ardente au plaisir, cette folle qui voulait jouer hier avec le drame de la vie. Son âme contenait en germe tous les amours passionnés et jaloux. La princesse venait de se rasseoir dans son fauteuil. Elle avait pris les pages du manuscrit d'Aurore. Elle les tournait et retournait en rêvant. — Combien de fois, prononça-t-elle avec lenteur, lui a-t-il sauvé la vie?... — Elle fit comme si elle allait parcourir le manuscrit. Mais elle s'arrêta aux premières pages. — A quoi bon?... murmura-t-elle d'un accent abattu, moi je ne lui ai donné la vie qu'une fois ! C'est vrai, c'est vrai cela, reprit-elle, tandis que son regard avait des éclats farouches; elle est à lui bien plus qu'à moi !

— Mais vous êtes sa mère, madame, fit doucement dona Cruz.

La princesse releva sur elle son regard inquiet et souffrant.

— Qu'entends-tu par là? demanda-t-elle; tu veux me consoler... C'est un devoir, n'est-ce pas que d'aimer sa mère?... Si ma fille m'aimait par devoir, je sens bien que je mourrais!

— Madame, madame! relisez donc les pages où elle parle de vous... Que de tendresse!... que de respectueux amour!...

— J'y songeais, Flor, mon bon petit cœur !... Mais il y a une chose qui m'empêche de relire ces lignes que j'ai si ardemment baisées... Elle est sévère, ma fille!... Il y a des menaces là-dedans !... Quand elle vient à soupçonner que l'obstacle entre elle et son amour, c'est sa mère... sa parole devient tranchante comme une épée... Nous avons lu cela ensemble ; tu te souviens de ce qu'elle dit. Elle parle des mères orgueilleuses.

La princesse eut un frisson par tout le corps.

— Mais vous n'êtes pas de ces mères-là, madame, dit dona Cruz qui l'observait.

— Je l'ai été !... murmura Aurore de Caylus en cachant son visage dans ses mains.

A l'autre bout de la chambre, Aurore de Nevers s'agita sur son lit de jour. Des paroles indistinctes s'échappèrent de ses lèvres.

La princesse tressaillit. Puis elle se leva et traversa la chambre sur la pointe des pieds.

Elle fit signe à dona Cruz de la suivre, comme si elle eût senti le besoin d'être accompagnée et protégée.

Cette préoccupation qui perçait en elle sans cesse parmi sa joie, c'est la crainte, le remords, cet esclavage, quel que soit le nom qu'on veuille donner aux bizarres angoisses qui étreignaient le cœur de la pauvre mère et lui gâtaient sa joie, avait quelque chose d'enfantin et de navrant à la fois.

Elle se mit à genoux aux côtés d'Aurore. Dona Cruz resta debout au pied du lit.

La princesse fut longtemps à contempler les traits de sa fille. Elle étouffait les sanglots qui voulaient sortir de sa poitrine.

Aurore était pâle. Son sommeil agité avait dénoué ses cheveux, qui tombaient épars sur le tapis.

La princesse la prit à pleines mains et les appuya contre ses lèvres en fermant les yeux.

— Henri! murmura Aurore dans son sommeil, Henri, mon ami!...

La princesse devint si pâle que dona Cruz s'élança pour la soutenir.

Mais elle fut repoussée. La princesse souriant avec angoisse dit :

— Je m'accoutumerai à cela... Si seulement mon nom venait aussi dans son rêve... — Elle attendit. Ce nom ne vint pas. Aurore avait les lèvres entr'ouvertes, son souffle était pénible. — J'aurai de la patience, fit la pauvre mère; une autre fois, peut-être qu'elle rêvera de moi.—Dona Cruz se mit à genoux devant elle. Madame de Gonzague lui souriait, et la résignation donnait à son visage une beauté sublime. — Sais-tu, fit-elle, la première fois que je te vis, Flor, je fus bien étonnée de ne point sentir mon cœur s'élancer vers toi...? Tu es belle pourtant... tu as le type espagnol que je pensais retrouver chez ma fille... Mais regarde ce front... regarde! — Elle écarta doucement les masses de cheveux qui cachaient à demi le visage d'Aurore. — Tu n'as pas cela, reprit-elle en touchant les tempes de la jeune fille; cela, c'est Nevers... Quand je l'ai vue et que cet homme m'a dit « Voilà votre fille! » mon cœur n'a pas hésité... Il me semblait que la voix de Nevers, descendant du ciel tout à coup, disait comme lui : « C'est ta fille! » — Ses yeux avides parcouraient les traits d'Aurore. Elle poursuivit : — Quand Nevers dormait, ses paupières retombaient ainsi... et j'ai vu souvent cette ligne autour de ses lèvres... Il y a quelque chose de plus semblable encore dans le sourire... Nevers était tout jeune, et on lui reprochait d'avoir une beauté un peu efféminée... Mais ce qui me frappa surtout, ce fut le regard... Oh! que c'est bien le feu rallumé de la prunelle de Nevers! Des preuves!... Ils me font compassion avec leurs preuves! Dieu a mis notre nom sur le visage de cet enfant... Ce n'est pas ce Lagardère que je crois, c'est mon cœur!

Madame de Gonzague avait parlé tout bas; cependant, au nom de Lagardère, Aurore eut comme un faible tressaillement.

— Elle va s'éveiller, dit dona Cruz.

La princesse se releva, et son attitude exprimait une sorte de terreur.

Quand elle vit que sa fille allait ouvrir les yeux, elle se rejeta vivement en arrière.

— Pas tout de suite! fit-elle d'une voix altérée; ne lui dites pas tout de suite que je suis là... Il faut des précautions.

Aurore étendit les bras; puis son corps souple se raidit convulsivement, comme on fait souvent au réveil. Ses yeux s'ouvrirent tout grands tout à coup, son regard parcourut la chambre, et un étonnement vint se peindre sur ses traits.

— Ah!... fit-elle, Flor ici!... Je me souviens. Je n'ai donc pas rêvé! — Elle porta ses deux mains à son front. — Cette chambre, reprit-elle, ce n'est pas celle où nous étions cette nuit... Ai-je rêvé?... Ai-je vu ma mère?

— Tu as vu ta mère, répondit dona Cruz.

La princesse, qui s'était reculée jusqu'à l'autel en deuil, avait des larmes de joie plein les yeux. C'était à elle la première pensée de sa fille.

Sa fille n'avait pas encore parlé de Lagardère. Tout son cœur monta vers Dieu pour rendre grâces.

— Mais pourquoi suis-je brisée ainsi? demanda Aurore. Chaque mouvement que je fais me blesse, et mon

souffle déchire ma poitrine. A Madrid, au couvent de l'Incarnation, après ma grande maladie, quand la fièvre et le délire me quittèrent, je me souviens que j'étais ainsi. J'avais la tête vide et je ne sais quel poids sur le cœur. Chaque fois que j'essayais de penser, mes yeux éblouis voyaient du feu et ma pauvre tête semblait prête à se briser.

— Tu as eu la fièvre, répondit dona Cruz; tu as été bien malade.

Son regard allait vers la princesse, comme pour lui dire : C'est à vous de parler, venez.

La princesse restait à sa place, timide, les mains jointes, adorant de loin.

— Je ne sais comment dire cela, murmura Aurore; c'est comme un poids qui écrase ma pensée... Je suis sans cesse sur le point de percer le voile de ténèbres étendu autour de mon pauvre esprit... mais je ne peux pas... non, je ne peux pas! Sa tête faible retomba sur le coussin, tandis qu'elle ajoutait : — Ma mère est-elle fâchée contre moi? Quand elle eut dit cela, son œil s'éclaira tout à coup. Elle eut presque conscience de sa position, mais ce ne fut qu'un instant. La brume s'épaissit au-devant de sa pensée, et le regard qui venait de s'allumer dans ses beaux yeux s'éteignit. La princesse avait tressailli aux dernières paroles de sa fille. D'un geste impérieux elle ferma la bouche de dona Cruz qui allait répondre. Elle vint de ce pas léger et rapide qu'elle devait avoir aux jours où, jeune mère, le cri de son enfant l'appelait vers le berceau. Elle vint. Elle prit par derrière la tête de sa fille et déposa un long baiser sur son front. Aurore se prit à sourire. C'est alors surtout qu'on put deviner la crise étrange que subissait son intelligence. Aurore semblait heureuse, mais heureuse de ce bonheur calme et doux qui est le même chaque jour et qui depuis longtemps dure. Aurore baisa sa mère comme l'enfant accoutumé à donner et à rendre tous les matins le même baiser. — Mère, murmura-t-elle, j'ai rêvé de toi... et tu as pleuré toute cette nuit dans mon rêve... Pourquoi Flor est-elle ici? s'interrompit-elle. Flor n'a point de mère... Mais que de choses se passent dans une nuit! — C'était encore la lutte. Son esprit faisait effort pour déchirer le voile. Mais elle céda, vaincue, à la douloureuse fatigue qui l'accablait.—Que je te voie, mère, dit-elle; viens près de moi, prends-moi sur tes genoux.—La princesse, riant et pleurant, vint s'asseoir sur le lit de jour, et prit Aurore dans ses bras. Ce qu'elle éprouvait, comment le dire? Y a-t-il en aucune langue des paroles pour blâmer ou flétrir ce crime divin: l'égoïsme du cœur maternel? La princesse avait son trésor tout entier; sa fille était sur ses genoux, faible de corps et d'esprit : une enfant, une pauvre enfant. La princesse voyait bien Flor, qui ne pouvait retenir ses larmes, mais la princesse était heureuse, et folle aussi, elle berçait Aurore dans ses bras en murmurant malgré elle je ne sais quel chant doux et naïf... Et Aurore mettait sa tête dans son sein. C'était charmant et c'était navrant. Dona Cruz détourna les yeux. — Mère, dit Aurore, j'ai des pensées tout autour de moi et je ne peux les saisir... Il me semble que c'est toi que je ne veux pas me laisser voir clair... Pourtant, je sens bien qu'il y a en moi quelque chose qui n'est pas moi-même... Je devrais être autrement avec vous, ma mère...

— Tu es sur mon cœur, enfant, chère enfant, répondit la princesse dont la voix avait d'indicibles douceurs; ne cherche rien au delà... Repose-toi contre mon sein... Sois heureuse du bonheur que tu me donnes.

— Madame... madame! dit dona Cruz, qui se pencha jusqu'à son oreille; le réveil sera terrible!

La princesse fit un geste d'impatience. Elle voulait s'endormir dans cette étrange volupté, qui pourtant lui torturait l'âme.

Avait-on besoin de lui dire que tout ceci n'était qu'un rêve!

— Mère, reprit Aurore, si tu me parlais... je crois bien

que le bandeau tomberait de mes yeux... Si tu savais... je souffre !

— Tu souffres ! répéta madame de Gonzague en la pressant passionnément contre sa poitrine.

— Oui... je souffre bien... J'ai peur... horriblement, ma mère... et je ne sais pas... je ne sais pas... — Il y avait des larmes dans sa voix ; ses deux belles mains pressaient son front. La princesse sentit comme un choc intérieur dans cette poitrine qu'elle collait à la sienne. — Oh !... oh !..., fit par deux fois Aurore ; laissez-moi... C'est à genoux qu'il me faut vous contempler, ma mère... Je me souviens... Chose inouïe ! tout à l'heure je pensais n'avoir jamais quitté votre sein. — Elle regarda la princesse avec des yeux effarés. Celle-ci essaya de sourire ; mais son visage exprimait l'épouvante. — Qu'avez-vous ? qu'avez-vous, ma mère ? demanda Aurore ; vous êtes contente de m'avoir retrouvée, n'est-ce pas ?

— Si je suis contente, enfant adorée !

— Oui... c'est cela... vous m'avez retrouvée... je n'avais pas de mère...

— Et Dieu qui nous a réunies, ma fille, ne nous séparera plus !

— Dieu ! fit Aurore dont les yeux agrandis se fixaient dans le vide ; Dieu ! je ne pourrais pas le prier en ce moment, je ne sais plus ma prière.

— Veux-tu la répéter avec moi, ta prière ? demanda la princesse, saisissant cette diversion avec avidité.

— Oui, ma mère... Attendez ! il y a autre chose...

— Notre Père qui êtes aux cieux... commença madame de Gonzague en joignant les mains d'Aurore entre les siennes.

— Notre Père qui êtes aux cieux... répéta Aurore comme un petit enfant.

— Que votre nom soit sanctifié... continua la mère.

Aurore, cette fois, au lieu de répéter, se raidit.

— Il y a autre chose, murmura-t-elle encore, tandis que ses doigts crispés pressaient ses tempes mouillées de sueur, autre chose... Flor ! tu le sais, dis-le-moi...

— Petite sœur... balbutia la gitanita.

— Tu le sais ! tu le sais ! dit Aurore dont les yeux battirent et devinrent humides ; oh ! personne ne veut donc venir à mon secours !... — Elle se redressa tout à coup et regarda sa mère en face. — Cette prière, prononça-t-elle en saccadant ses mots ; cette prière, est-ce vous qui me l'avez apprise, ma mère ? — La princesse courba la tête et sa gorge rendit un gémissement. Aurore fixait sur elle ses yeux ardens. — Non... ce n'est pas vous, — murmura-t-elle. Son cerveau fit un suprême effort. Un cri déchirant s'échappa de sa poitrine. — Henri !... Henri !... dit-elle, où est Henri ? — Elle était debout. Son regard farouche et superbe couvrait la princesse. Flor essaya de lui prendre les mains. Elle la repoussa de toute la force d'un homme. La princesse sanglotait, la tête sur ses genoux. — Répondez-moi ! s'écria Aurore ; Henri ?... qu'a-t-on fait d'Henri ?

— Je n'ai songé qu'à toi, ma fille... balbutia madame de Gonzague.

Aurore se retourna brusquement vers dona Cruz.

— L'ont-ils tué ? interrogea-t-elle la tête haute et le regard brûlant.

Dona Cruz ne répondit point. Aurore revint à sa mère.

Celle-ci se laissa glisser à genoux et murmura :

— Tu me brises le cœur, enfant... Je te demande pitié.

— L'ont-ils tué ? répéta Aurore.

— Lui ! toujours lui ! s'écria la princesse en se tordant les mains ; dans le cœur de cette enfant, il n'y a plus de place pour l'amour de sa mère !

Aurore avait les yeux fixés au sol.

— Elles ne veulent pas me dire si on me l'a tué ! pensa-t-elle tout haut.

La princesse tendit ses bras vers elle, puis se renversa en arrière évanouie.

Aurore tenait les deux mains de sa mère ; son visage était pourpre, son œil tragique.

— Sur mon salut ! je vous crois, madame, dit-elle ; vous n'avez rien fait contre lui... et c'est tant mieux pour vous, si vous m'aimez comme je vous aime... Si vous aviez fait quelque chose contre lui...

— Aurore ! Aurore ! interrompit dona Cruz qui lui mit sa main sur la bouche.

— Je parle, interrompit à son tour mademoiselle de Nevers avec une dignité hautaine, je ne menace pas... Nous nous connaissons depuis quelques heures seulement, ma mère et moi ; il est bon que nos cœurs se mettent à nu... Ma mère est une princesse, je suis une pauvre fille : c'est ce qui me donne le droit de parler haut à ma mère... Si ma mère était une pauvre femme, faible, abandonnée, je ne me serais pas relevée encore, et je ne lui aurais parlé qu'à genoux.

Elle baisa les mains de la princesse, qui la contemplait avec admiration.

C'est qu'elle était belle ! c'est que cette angoisse profonde qui torturait son cœur sans abaisser sa fierté mettait une auréole à son front de vierge !

Vierge, nous avons bien dit, mais vierge-épouse, ayant toute la force et toute la majesté de la femme.

— Il n'y a que toi au monde pour moi, ma fille, dit la princesse ; si je ne t'ai pas, je suis faible et je suis abandonnée... Juge-moi, mais avec la pitié qu'on doit à ceux qui souffrent... Tu me reproches de n'avoir point arraché le bandeau qui aveuglait ta raison... mais tu m'aimais quand tu avais le délire... et, c'est vrai... c'est vrai, je craignais ton réveil ! — Aurore glissa un regard du côté de la porte. — Est-ce que tu veux me quitter ? s'écria la mère effrayée.

— Il le faut, répondit la jeune fille ; quelque chose me dit qu'Henri m'appelle en ce moment et qu'il a besoin de moi.

— Henri ! toujours Henri ! murmura madame de Gonzague avec l'accent du désespoir ; tout pour lui, rien pour ta mère !

Aurore fixa sur elle ses grands yeux brûlans.

— S'il était là, madame, répliqua-t-elle avec douceur, et que vous fussiez, vous, loin d'ici, en danger de mort, je ne lui parlerais que de vous.

— Est-ce vrai cela ? s'écria la princesse charmée ; est-ce que tu m'aimes autant que lui ?

Aurore se laissa aller dans ses bras en murmurant :

— Que ne l'avez-vous connu plus tôt, ma mère !

La princesse la dévorait de baisers.

— Écoute, disait-elle, je sais que c'est qu'aimer un homme... Mon noble et cher époux qui m'entend, et dont le souvenir emplit cette retraite, doit sourire aux pieds de Dieu en voyant le fond de mon cœur... Oui, je t'aime plus que je n'aimais Nevers, parce que mon amour de femme se confond avec mon amour de mère... C'est toi, mais c'est lui aussi que j'aime en toi, Aurore, mon espoir chéri, mon bonheur... Écoute ! pour que tu m'aimes, je l'aimerai... Je sais que tu ne m'aimerais plus, tu l'as écrit, Aurore, si je le repoussais... eh bien ! je lui ouvrirai mes bras...

Elle pâlit tout à coup, parce que son regard venait de tomber sur dona Cruz.

La gitanita passa dans un cabinet dont la porte s'ouvrait derrière le lit de jour.

— Vous lui ouvrirez vos bras, ma mère ! — répéta Aurore. La princesse était muette, et son cœur battait violemment. Aurore s'arracha de ses bras. — Vous ne savez pas mentir ! s'écria-t-elle ; il est mort... vous le croyez mort !...

Avant que la princesse, qui était tombée sur un siége, pût répondre, dona Cruz reparut et barra le passage à Aurore, qui s'élançait vers la porte.

Dona Cruz avait sa mante et son voile.

— As-tu confiance en moi, petite sœur ? dit-elle ; tes

forces trahiraient ton courage. Tout ce que tu voudras faire, moi je le ferai. — Puis, s'adressant à madame de Gonzague, elle ajouta : — Ordonnez d'atteler, je vous prie, madame la princesse.

— Où vas-tu, petite sœur ? demanda Aurore défaillante.

— Madame la princesse va me dire, répliqua la gitanita d'un ton ferme, où il faut aller pour le sauver.

## VI

### CONDAMNÉ A MORT.

Dona Cruz attendait, debout auprès de la porte.

La mère et la fille étaient en face l'une de l'autre. La princesse venait d'ordonner qu'on attelât.

— Aurore, dit-elle, je n'ai pas attendu le conseil de ton amie... C'est pour toi qu'elle a parlé, je ne lui en veux point..., mais qu'a-t-elle donc cru, cette jeune fille ?... que je prolongeais le sommeil de ton intelligence pour t'empêcher d'agir ? — Dona Cruz se rapprocha involontairement. — Hier, reprit la princesse, j'étais l'ennemie de cet homme... sais-tu pourquoi ?... Il m'avait pris ma fille, et les apparences me criaient : Nevers est tombé sous ses coups.

La taille d'Aurore se redressa, mais ses yeux se baissèrent. Elle devint si pâle que sa mère fit un pas pour la soutenir. Aurore lui dit :

— Poursuivez, madame, j'écoute. Je vois à votre visage que vous avez déjà reconnu la calomnie.

— J'ai lu tes souvenirs, ma fille, répondit la princesse. C'est un éloquent plaidoyer. L'homme qui a gardé si pur un cœur de vingt ans sous son toit ne peut être un assassin... L'homme qui m'a rendu ma fille telle que j'espérais à peine la revoir dans mes rêves les plus ambitieux d'amour maternel, doit avoir une conscience sans tache.

— Merci pour lui, ma mère... N'avez-vous pas d'autres preuves que cela ?

— Si fait, j'ai les témoignages d'une digne femme et de son petit-fils. Henri de Lagardère...

— Mon mari, ma mère.

— Ton mari, ma fille, prononça la princesse en baissant la voix, n'a pas frappé Philippe de Nevers, il l'a défendu. — Aurore se jeta au cou de sa mère, et, perdant soudain sa froideur, couvrit de baisers son front et ses joues. — C'est pour lui ! dit madame de Gonzague en souriant tristement.

— C'est pour toi ! s'écria Aurore en portant les mains de sa mère à ses lèvres ; pour toi que je retrouve enfin, mère chérie !... pour toi que j'aime, pour toi qu'il aimera... Et qu'as-tu fait ?

— Le régent, répondit la princesse, a la lettre qui met en lumière l'innocence de monsieur de Lagardère...

— Merci ! oh ! merci ! dit Aurore ; mais pourquoi ne le voyons-nous point ?

La princesse fit signe à Flor d'approcher.

— Je te pardonne, petite, fit-elle en la baisant au front ; le carrosse est attelé... c'est toi qui vas aller chercher la réponse à la question de ma fille... Pars et reviens bien vite ; nous t'attendons.

Dona Cruz s'éloigna en courant.

— Eh bien ! chérie, dit la princesse à Aurore en la conduisant vers le sofa, ai-je assez mortifié cet orgueil de grande dame que tu me reprouvais sans le connaître ? suis-je assez obéissante devant les hauts commandemens de mademoiselle de Nevers ?

— Vous êtes bonne, ma mère, commença Aurore.

Elles s'asseyaient. Madame de Gonzague l'interrompit.

— Je t'aime, voilà tout, dit-elle ; tout à l'heure j'avais peur de toi... maintenant je ne crains rien : j'ai un talisman.

— Quel talisman ? demanda la jeune fille qui souriait.

La princesse la contempla un instant en silence, puis elle répondit :

— L'aimer pour tu m'aimes.

Aurore se jeta dans ses bras.

Dona Cruz, cependant, avait traversé le salon de madame de Gonzague, et arrivait à l'antichambre lorsqu'un grand bruit vint frapper ses oreilles. On se disputait vivement sur l'escalier. Une voix qu'elle crut vaguement reconnaître gourmandait les valets et caméristes de madame de Gonzague. Ceux-ci, qui semblaient massés en bataillon de l'autre côté de la porte, défendaient l'entrée du sanctuaire.

— Vous êtes ivre ! — disaient les laquais, tandis que la voix aiguë des chambrières ajoutait : — Vous avez du plâtre plein vos chausses et de la paille dans vos cheveux... Belle tenue pour se présenter chez la princesse !

— Palsambleu, marauds ! s'écria la voix de l'assiégeant, il s'agit bien de plâtre, de paille ou de tenue... Pour sortir de l'endroit d'où je viens, on n'y regarde pas de si près !

— Vous sortez du cabaret ! dit le chœur des valets.

— Ou du violon ! amendèrent les servantes.

Dona Cruz s'était arrêté pour écouter.

— Insolente engeance ! reprit la voix. Allez dire à votre maîtresse que son cousin, monsieur le marquis de Chaverny, demande à l'entretenir sur-le-champ.

— Chaverny ! répéta dona Cruz étonnée.

De l'autre côté de la porte, la valetaille semblait se consulter. On avait fini par reconnaître monsieur le marquis de Chaverny, malgré son étrange accoutrement et le plâtres qui souillait le velours de ses chausses. Chacun savait que monsieur de Chaverny était cousin de Gonzague.

Il paraît que le petit marquis trouva la délibération trop longue. Dona Cruz entendit un bruit de lutte, et le tapage que fait un corps humain en dégringolant à la volée les marches d'un escalier. Puis la porte s'ouvrit brusquement, et le dos du petit marquis portant le superbe frac de monsieur de Peyrolles se montra.

— Victoire ! cria-t-il en repoussant le flot des assiégés des deux sexes qui se précipitaient sur lui de nouveau. Du diable si ces coquins n'ont pas été sur le point de me mettre en colère ! —Il lui jeta le nez et poussa le verrou. En se retournant, il aperçut dona Cruz. Avant que celle-ci pût reculer ou se défendre, il lui saisit les deux mains et les baisa en riant. Les idées lui venaient comme cela, à ce petit marquis, sans transition. Il ne s'étonnait de rien. — Bel ange, lui dit-il, tandis que la jeune fille se dégageait, moitié gaie, moitié confuse, j'ai rêvé de vous toute la nuit. Le hasard veut que je sois trop occupé ce matin pour vous faire une déclaration en règle. Aussi, brusquant les préliminaires, je tombe tout d'abord à vos genoux, en vous offrant mon cœur et ma main.

Il s'agenouilla en effet au milieu de l'antichambre.

La gitanita ne s'attendait guère à cette ouverture. Mais elle n'était pas beaucoup plus embarrassée que monsieur le marquis.

— Je suis pressée aussi, dit-elle en faisant effort pour garder son sérieux ; laissez-moi passer, je vous prie.

Chaverny se releva et l'embrassa franchement, comme Frontin embrasse Lisette au théâtre.

— Vous ferez la plus ravissante marquise du monde ! s'écria-t-il ; c'est entendu... Ne croyez pas que j'agisse à la légère... J'ai réfléchi à cela tout le long du chemin.

— Mais mon consentement ?... objecta dona Cruz.

— J'y ai songé... Si vous ne consentez pas, je vous enlève... Or çà, ne parlons pas plus longtemps d'une affaire conclue... J'apporte ici de bien importantes nouvelles... Je veux voir madame de Gonzague.

— Madame de Gonzague est avec sa fille, répliqua dona Cruz ; elle ne reçoit pas.

— Sa fille ! s'écria Chaverny ; mademoiselle de Nevers ! ma femme d'hier soir... charmante enfant, vive Dieu !... mais c'est vous que j'aime et que j'épouserai aujourd'hui... Écoutez-moi bien, adorée, je parle sérieusement : puisque mademoiselle de Nevers est avec sa mère, raison de plus pour que je sois introduit.

— Impossible ! voulut dire la gitanita.

— Rien d'impossible aux chevaliers français ! — prononça gravement Chaverny. Il prit dona Cruz dans ses bras, et, tout en lui dérobant, comme on disait alors, une demi-douzaine de baisers, il la mit à l'écart. — Je ne sais pas le chemin, poursuivit-il, mais le dieu des aventures me guidera... Avez-vous lu les romans de La Calprenède ?... Un homme qui porte un message écrit avec du sang sur un chiffon de batiste ne passe-t-il pas partout ?...

— Un message... écrit avec du sang !... répéta dona Cruz qui ne riait plus.

Chaverny était déjà dans le salon. La gitanita courut après lui, mais elle ne put l'empêcher d'ouvrir la porte de l'oratoire et de pénétrer chez la princesse à l'improviste.

Ici les manières de Chaverny changèrent un peu. Ces fous savaient leur monde.

— Madame ma noble cousine, dit-il en restant sur le seuil et respectueusement incliné, je n'ai jamais eu l'honneur de mettre mes hommages à vos pieds, et vous ne me connaissez pas. Je suis le marquis de Chaverny, cousin de Nevers par mademoiselle de Chaneilles, ma mère...

A ce nom de Chaverny, Aurore, effrayée, s'était serrée contre sa mère.

Dona Cruz venait de rentrer derrière le marquis.

— Et que venez-vous faire chez moi, monsieur ? demanda la princesse qui se leva courroucée.

— Je viens expier les torts d'un écervelé de ma connaissance, répondit Chaverny en tournant vers Aurore un regard presque suppliant, d'un fou qui porte un peu le même nom que moi... Et, au lieu de faire à mademoiselle de Nevers des excuses qui ne pourraient être acceptées, j'achète mon pardon en lui apportant un message.

Il mit un genou à terre devant Aurore.

— Un message de qui ? demanda la princesse en fronçant le sourcil.

Aurore, tremblante et changeant de couleur, avait déjà deviné.

— Un message du chevalier Henri de Lagardère, répondit Chaverny.

En même temps il tira de son sein le mouchoir où Henri avait tracé quelques mots avec son sang.

Aurore essaya de se lever, mais elle retomba défaillante sur le sofa.

— Est-ce que... ? commença la princesse en voyant ce lambeau maculé de taches rouges.

Chaverny regardait Aurore, que dona Cruz soutenait déjà dans ses bras.

— La missive a une apparence lugubre, dit-il ; mais ne vous effrayez point... Quand on n'a ni encre ni papier pour écrire...

— Il vit ! murmura Aurore en poussant un grand soupir. Puis ses beaux yeux pleins de larmes, levés vers le ciel, remercièrent Dieu.

Elle prit des mains de Chaverny le mouchoir teint de son sang, et le pressa passionnément contre ses lèvres.

La princesse détourna la tête. Ce devait être la dernière révolte de sa fierté.

Aurore essaya de lire, mais ses pleurs l'aveuglaient, et d'ailleurs le linge avait bu : les caractères étaient presque indéchiffrables.

Madame de Gonzague, dona Cruz et Chaverny voulurent lui venir en aide. Ces larges hiéroglyphes mêlés et fondus furent muets pour eux.

— Je lirai ! dit Aurore en essuyant ses yeux avec le mouchoir même.

Elle s'approcha de la fenêtre et s'agenouilla devant la batiste étendue.

Elle lut en effet :

« A madame la princesse de Gonzague... Que je voie Aurore encore une fois avant de mourir ! »

Aurore resta un moment immobile et glacée.

Quand elle se releva dans les bras de sa mère, elle dit à Chaverny :

— Où est-il ?

— A la prison du Châtelet.

— Il est donc condamné ?

— Je l'ignore... Ce que je sais, c'est qu'il est au secret.

Aurore s'arracha aux étreintes de sa mère.

— Je vais aller à la prison du Châtelet, dit-elle.

— Vous avez près de vous votre mère, ma fille, murmura la princesse dont la voix trouva des accents de reproches ; votre mère est désormais pour vous un guide et un soutien... Votre cœur n'a point parlé ; votre cœur eût dit : Ma mère, conduisez-moi à la prison du Châtelet.

— Quoi !... balbutia Aurore, vous consentiriez !

— L'époux de ma fille est mon fils, répondit la princesse ; s'il succombe, je le pleurerai... s'il peut être sauvé, je le sauverai !

Elle marcha la première vers la porte. Aurore la saisit, et, baisant ses mains qu'elle baigna de larmes :

— Que Dieu vous récompense, ma mère !

On avait déjeuné copieusement et longuement au grand greffe du Châtelet. Monsieur le marquis de Ségré méritait la réputation qu'il avait de faire bien les choses. C'était un gourmet d'excellent ton, un magistrat à la mode et un parfait gentilhomme.

Les assesseurs, depuis le sieur Berthelot de Labaumelle, jusqu'au jeune Husson-Bordesson, auditeur à la grand'chambre qui n'avait que voix consultative, étaient de bons vivans, bien nourris, de bel appétit, et plus à l'aise à table qu'à l'audience.

Il faut leur rendre cette justice que la seconde séance de la chambre ardente fut beaucoup moins longue que le déjeuner.

Des trois témoins que l'on devait entendre, deux avaient du reste fait défaut : les nommés Cocardasse et Passepoil, prisonniers fugitifs. Un seul, monsieur de Peyrolles, avait déposé.

Les charges produites par lui étaient si précises et si accablantes que la procédure avait dû être singulièrement simplifiée.

Tout était provisoire en ce moment au Châtelet. Les juges n'avaient point leurs aises comme au palais du parlement. Monsieur le marquis de Ségré n'avait pour vestiaire qu'un petit cabinet noir attenant au grand greffe et séparé seulement par une cloison du réduit où messieurs les conseillers faisaient leur toilette en commun.

C'était fort gênant, et messieurs les conseillers étaient mieux traités que cela dans les plus minces présidiaux de province.

La salle du grand greffe donnait par une porte-fenêtre sur le pont qui reliait la tour de briques ou tour Neuve au château, à la hauteur de l'ancien cachot de Chaverny. Les condamnés devaient passer par cette salle pour regagner leur prison.

— Quelle heure avez-vous, monsieur de Labaumelle ? demanda le marquis de Ségré à travers sa cloison.

— Deux heures, monsieur le président, répondit le conseiller.

— La baronne doit m'attendre ! La peste soit de ces doubles séances ! Priez monsieur Husson de voir si ma chaise est à la porte.

Husson-Bordesson descendit les escaliers quatre à quatre. Ainsi fait-on quand on veut monter, dans les carrières sérieuses.

— Savez-vous, disait cependant Perrin Hacquelin Des Maisons de Viefville-en-Forez, que ce témoin, monsieur de Peyrolles, s'exprime très convenablement. Sans lui, nous aurions dû délibérer jusqu'à trois heures.

— Il est à monsieur le prince de Gonzague, répondit Labaumelle ; monsieur le prince choisit bien ses gens.

— Qu'ai-je entendu dire ? fit le marquis président, monsieur de Gonzague serait en disgrâce ?

— Point, point, répliqua Perrin Hacquelin ; monsieur de Gonzague a eu pour lui tout seul, le matin de ce jour, le petit lever de Son Altesse Royale. C'est une faveur à chaux et à sable.

— Coquin ! maraud ! bélître ! pendard ! — s'écria en ce moment le président de Ségré. C'était sa manière d'accueillir son valet de chambre, lequel le dévalisait en revanche. — Fais attention, reprit-il, que je vais chez la baronne, et qu'il faut que je sois coiffé à miracle !

Au moment où le valet de chambre allait commencer son office, un huissier entra dans le boudoir commun de messieurs les conseillers et dit :

— Peut-on parler à monsieur le président ?

Le marquis de Ségré entendit au travers de sa cloison, et cria à tue-tête :

— Je n'y suis pas, corbleu !... Envoyez tous ces gens au diable !

— Ce sont deux dames... reprit l'huissier.

— Des plaideuses ?... à la porte !... Comment mises ?

— Toutes deux en noir et voilées.

— Costume de procès perdu... Comment venues ?

— Dans un carrosse aux armes de monsieur le prince de Gonzague.

— Ah ! diable ! fit monsieur de Ségré, ce Gonzague n'avait pourtant pas l'air à son aise en montant devant la cour. Mais puisque monsieur le régent... Faites attendre... Husson-Bordesson !

— Il est allé voir si la chaise de monsieur le président est à la porte.

— Jamais là quand on a besoin de lui ! grommela monsieur le marquis reconnaissant ; parviendra pas, ce bêta-là ! — Puis élevant la voix : — Vous êtes habillé, monsieur de Labaumelle ? Faites-moi le plaisir d'aller tenir compagnie à ces deux dames. Je suis à elles dans un instant.

— Berthelot de Labaumelle, qui était en bras de chemise, endossa un vaste frac de velours noir, souffleta sa perruque, et se rendit à la corvée. Monsieur le marquis de Ségré dit à son valet de chambre : — Tu sais... si la baronne ne me trouve pas bien coiffé, je te chasse !... Mes gants... Un carrosse aux armes de Gonzague !... Qui peuvent être ces pimbêches ?... Mon chapeau... ma canne... ? Pourquoi ce pli à mon jabot, coquin digne de la roue ?... Tu m'auras un bouquet pour madame la baronne. Précède-moi, maroufle !

Monsieur le marquis traversa le cabinet de toilette pour cinq, et répondit par un signe de tête au salut respectueux de ses conseillers.

Puis il fit son entrée dans la salle du greffe, en vrai petit maître de palais.

Ce fut peine perdue. Les deux dames qui l'attendaient en compagnie de monsieur de Labaumelle, muet comme un poisson et plus droit qu'un piquet, ne remarquèrent nullement les grâces de sa tournure.

Monsieur de Ségré ne connaissait point ces dames.

Tout ce qu'il put se dire, c'est que ce n'étaient point des demoiselles d'Opéra comme celles que monsieur le prince de Gonzague patronait d'ordinaire.

— A qui ai-je l'honneur de parler, belles dames ? demanda-t-il en pirouettant et en jouant de son mieux au gentilhomme d'épée.

Labaumelle, délivré, regagna le vestiaire.

— Monsieur le président, répondit la plus grande des femmes voilées, je suis la veuve de Philippe de Lorraine, duc de Nevers...

— Hein ?... fit Ségré ; mais la veuve du duc de Nevers a épousé le prince de Gonzague, ce me semble ?

— Je suis la princesse de Gonzague, répondit-on avec une sorte de répugnance.

Le président fit trois ou quatre saluts de cour et se précipita vers l'antichambre.

— Des fauteuils, coquins ! s'écria-t-il ; je vois bien qu'il faudra que je vous chasse tous, un jour ou l'autre !

Son accent terrible mit en branle les huissiers, les garçons de chambre, les massiers, les commis greffiers, les expéditionnaires, et généralement tous les rats du palais qui moisissaient dans les cellules voisines.

On apporta en tumulte une douzaine de fauteuils.

— Point n'est besoin, monsieur le président, — dit la princesse qui resta debout. — Nous venons, ma fille et moi...

— Ah !... Peste !... interrompit monsieur de Ségré en s'inclinant ; un bouton de lis !... Je ne savais pas que monsieur le prince de Gonzague...

— Mademoiselle de Nevers ! — prononça gravement la princesse. Le président fit des yeux en coulisse, et salua.

— Nous venons, poursuivit la princesse, apporter à la justice des renseignemens...

— Permettez-moi de vous dire que je devine, belle dame, interrompit encore le marquis ; notre profession aiguise et subtilise l'esprit, si l'on peut ainsi s'exprimer, d'une façon assez remarquable... Nous étonnons beaucoup de gens... Sur un mot nous voyons la phrase... sur la phrase le livre... Je devine que vous venez apporter des preuves nouvelles de la culpabilité de ce misérable...

— Monsieur !... firent en même temps la princesse et Aurore.

— Superflu ! superflu ! dit monsieur de Ségré qui mit une grâce précieuse à chiffonner son jabot ; la chose est faite... Le malheureux n'assassinera plus personne !

— N'avez-vous donc rien reçu de Son Altesse Royale ? demanda la princesse d'une voix sourde.

Aurore, prête à défaillir, s'appuyait sur elle.

— Rien absolument, madame la princesse, — répondit le marquis, — mais il n'était pas besoin... La chose est faite... Elle est bien faite... Voilà déjà une demi-heure que l'arrêt est rendu.

— Et vous n'avez rien reçu du régent ? répéta la princesse qui était comme atterrée.

Elle sentait Aurore trembler et frémir à son côté.

— Que vouliez-vous de plus ? s'écria monsieur de Ségré ; qu'il fût roué vif en place de Grève ?... Son Altesse Royale n'aime pas ce genre d'exécution... Sauf les cas où il faut faire exemple pour la banque...

— Est-il donc condamné à mort ? balbutia Aurore.

— Et à quoi donc, charmante enfant ?... Vouliez-vous qu'on le mît au pain sec et à l'eau ? — Mademoiselle de Nevers se laissa choir sur un fauteuil. — Qu'a donc ce mignon trésor ? demanda le marquis ; madame, les jeunes filles n'aiment point entendre parler de ces choses... Mais j'espère que vous m'excuserez ; madame la baronne m'attend et je me sauve. Bien enchanté d'avoir pu vous fournir personnellement des détails. Veuillez dire, je vous prie, à monsieur le prince de Gonzague, que tout est achevé irrévocablement. La sentence est sans appel, et ce soir même... Belle dame, je vous baise les mains du meilleur de mon cœur. Assurez bien monsieur de Gonzague qu'en toute occasion il peut compter sur son serviteur zélé. — Il salua, pirouetta, et gagna la porte en flageolant sur ses jambes, comme c'était alors le bon ton. En descendant l'escalier, il se disait : — Voici un pas de fait vers la présidence à mortier. Cette princesse de Gonzague est à moi, pieds et poings liés.

La princesse restait là, l'œil fixé sur la porte par où Ségré avait disparu.

Quant à Aurore, vous eussiez dit que la foudre l'avait frappée. Elle était assise sur le fauteuil, le corps droit et raide, l'œil sans regard.

Il n'y avait personne dans la salle du greffe. La mère et la fille ne songeaient ni à se parler ni à s'informer. Elles étaient littéralement changées en statues.

Tout à coup, Aurore étendit le bras vers la porte par où le président s'était éloigné. Cette porte conduisait au tribunal et à la sortie des magistrats.

— Le voilà ! dit-elle d'une voix qui ne semblait plus appartenir à une créature vivante ; il vient... je reconnais son pas. — La princesse prêta l'oreille et n'entendit rien. Elle regarda mademoiselle de Nevers qui répéta : — Il vient... je le sens... Oh ! que je voudrais mourir avant lui !

Quelques secondes se passèrent, puis la porte s'ouvrit en effet. Des gardes entrèrent. Le chevalier Henri de Lagardère était au milieu d'eux, la tête nue, les mains liées sur l'estomac.

A quelques pas de lui venait un dominicain qui portait une croix.

Des larmes jaillirent sur les joues de la princesse ; Aurore garda les yeux secs et ne bougea pas.

Lagardère s'arrêta près du seuil à la vue des deux femmes. Il eut un sourire mélancolique, et fit un signe de tête comme pour rendre grâces.

— Un mot seulement, monsieur, dit-il à l'exempt qui l'accompagnait.

— Nos ordres sont rigoureux, répondit celui-ci.

— Je suis la princesse de Gonzague, monsieur, s'écria la pauvre mère en s'élançant vers l'exempt, la cousine de Son Altesse Royale ; ne nous refusez pas cela !

L'exempt la regarda avec étonnement.

Puis il se retourna vers le condamné et lui dit :

— Pour ne rien refuser à un homme qui va mourir, faites vite.

Il s'inclina devant la princesse, et passa dans la chambre voisine, suivi des archers et du prêtre dominicain.

Lagardère s'avança lentement vers Aurore.

VII.

DERNIÈRE ENTREVUE.

La porte du greffe restait ouverte, et l'on entendait le pas des sentinelles dans le vestibule voisin, mais la salle était déserte.

Cette suprême entrevue n'avait pas de témoins.

Aurore se leva toute droite pour recevoir Lagardère. Elle baisa ses mains garrottées, puis elle lui tendit son front si pâle qu'il semblait de marbre. Lagardère appuya ses lèvres contre ce front sans prononcer une parole.

Les larmes jaillirent enfin sur les joues d'Aurore quand ses yeux tombèrent sur sa mère qui pleurait à l'écart.

— Henri ! Henri ! dit-elle, c'était donc ainsi que nous devions nous revoir !

Lagardère la contemplait, comme si tout son amour, toute cette immense affection qui avait fait sa vie pendant des années, eût voulu se concentrer dans ces derniers regards.

— Je ne vous ai jamais vue si belle, Aurore, murmura-t-il, et jamais votre voix n'est arrivée si douce jusqu'au fond de mon cœur... Merci d'être venue... Les heures de ma captivité n'ont pas été bien longues... vous les avez remplies, et votre cher sourire a veillé près de moi... Merci d'être venue... merci, mon ange bien-aimé ! — Merci, madame, reprit-il en se tournant vers la princesse, à vous surtout merci !... Vous auriez pu me refuser cette dernière joie...

— Vous refuser ! s'écria Aurore impétueusement.

Le regard du prisonnier alla du fier visage de l'enfant au front penché de la mère. Il devina.

— Cela n'est pas bien, dit-il, cela ne doit pas être ainsi, Aurore ; voici le premier reproche que ma bouche et mon cœur laissent échapper contre vous... Vous avez ordonné, je vois cela, et votre mère obéissante est venue... Ne répondez pas, Aurore, s'interrompit-il ; le temps passe, et je ne vous donnerai plus beaucoup de leçons... Aimez

votre mère... obéissez à votre mère... Aujourd'hui, vous avez l'excuse du désespoir... mais demain...

— Demain, Henri, prononça résolûment la jeune fille, si vous mourez, je serai morte !

Lagardère recula d'un pas, et sa physionomie prit une expression sévère.

— J'avais une consolation, dit-il, presque une joie : c'était de me dire en quittant ce monde : Je laisse derrière moi mon œuvre... et là-haut la main de Nevers se tendra vers moi, car il aura vu sa fille et sa femme heureuses par moi...

— Heureuse ! répéta Aurore ; heureuse sans vous !

Elle eut un rire plein d'égarement.

— Mais je me trompais, reprit Lagardère ; cette consolation, je ne l'ai pas... cette joie, vous me l'arrachez ! j'ai travaillé vingt ans pour voir mon œuvre brisée à la dernière heure... Cette entrevue a suffisamment duré... Adieu, mademoiselle de Nevers !

La princesse s'était approchée doucement. Elle fit comme Aurore : elle baisa les mains liées du prisonnier.

— Et c'est vous ! murmura-t-elle, vous qui plaidez ma cause ! — Elle reçut dans ses bras Aurore défaillante. — Oh ! ne la brisez pas ! reprit-elle : c'est moi... c'est ma jalousie... c'est mon orgueil....

— Ma mère !... ma mère ! s'écria Aurore, vous me déchirez le cœur !

Elles s'affaissèrent toutes deux sur le large siége. Lagardère restait debout devant elles.

— Votre mère se trompe, Aurore, dit-il ; vous vous trompez, madame... Votre orgueil et votre jalousie, c'était de l'amour... Vous êtes la veuve de Nevers ; qui donc l'a oublié un instant, si ce n'est moi ?... Il y a un coupable... il n'y a qu'un coupable... c'est moi ! — Son noble visage exprimait une émotion douloureuse et grave. — Ecoutez ceci, Aurore, reprit-il. Mon crime ne fut que d'un instant, et il avait pour excuse le rêve insensé, le rêve radieux et mille fois adoré qui me montrait ouvertes les portes du paradis... Mais mon crime fut grand, assez grand pour effacer mon dévouement de vingt années. Un instant, un seul instant, j'ai voulu arracher la fille à la mère !... — La princesse baissa les yeux. Aurore cacha sa tête dans son sein. — Dieu m'a puni, poursuivit Lagardère, Dieu est juste ; je vais mourir.

— Mais n'y a-t-il donc aucun recours ? s'écria la princesse qui sentait sa fille faiblir dans ses bras.

— Mourir, continua Lagardère, au moment où ma vie si longtemps éprouvée allait s'épanouir comme une fleur !... J'ai mal fait ; le châtiment est cruel ; Dieu s'irrite d'autant plus contre ceux qui ternissent une bonne action par une faute ; je me disais cela dans ma prison. Quel droit avais-je de me défier de vous, madame ? J'aurais dû vous amener joyeuse et souriante, par la grand'porte de votre hôtel ; j'aurais dû vous laisser l'embrasser à votre aise... Puis elle vous aurait dit : « Il m'aime, il est aimé !... » Et moi je serais tombé à vos genoux, en vous priant de nous bénir tous deux. — Il se mit lentement à genoux. Aurore fit comme lui. — Et vous l'auriez fait, n'est-ce pas, madame ? acheva Lagardère.

La princesse hésitait, non point à bénir, mais à répondre.

— Vous l'auriez fait, ma mère, — dit tout bas Aurore, — comme vous allez le faire à cette heure d'agonie.

Ils s'inclinèrent tous deux. La princesse, les yeux aux ciel, les joues baignées de larmes, s'écria :

— Seigneur, mon Dieu, faites un miracle ! — Puis rapprochant leurs têtes qui se touchaient, elle les baisa en disant :

— Mes enfans ! mes enfans !

Aurore se releva pour se jeter dans les bras de sa mère.

— Nous sommes fiancés deux fois, Aurore, dit Lagardère. Merci, madame... merci, ma mère !... Je ne croyais pas qu'on pût verser ici des larmes de joie ! Et maintenant, reprit-il, tandis que son visage changeait d'expression tout à coup, nous allons nous séparer, Aurore. — Celle-ci devint pâle comme une morte. Elle avait presque oublié. — Non pas pour toujours, ajouta Lagardère en souriant ; nous nous reverrons une fois pour le moins. Mais il faut vous éloigner, Aurore : j'ai à parler à votre mère.

Mademoiselle de Nevers appuya les mains d'Henri contre son cœur, et gagna l'embrasure d'une croisée.

— Madame, dit le prisonnier à la princesse de Gonzague quand Aurore se fut retirée à l'écart pour les laisser seuls, à chaque instant cette porte peut s'ouvrir, et j'ai encore plusieurs choses à vous dire. Je vous crois sincère ; vous m'avez pardonné, mais consentirez-vous à exaucer la prière du mourant ?

— Que vous viviez ou que vous mouriez, monsieur, répondit la princesse, et vous vivriez s'il ne fallait que donner tout mon sang pour cela, je vous jure sur l'honneur que je ne vous refuserai rien... rien, répéta-t-elle après un instant de réflexion ; je cherchais s'il y avait au monde une chose que je pusse vous refuser... il n'y en a pas !

— Écoutez-moi donc, madame, et que Dieu vous récompense par l'amour de votre chère enfant !... Je suis condamné à mort, je le sais, bien qu'on ne m'ait point encore lu ma sentence... Il n'y a pas d'exemple qu'on ait appelé des souveraines sentences de la chambre ardente... Je me trompe, il y a un exemple : sous le feu roi, le comte de Bossut, condamné pour l'empoisonnement de l'électeur de Hesse, eut la vie sauve parce que l'Italien Grimaldi, déjà condamné pour d'autres crimes, écrivit à madame de Maintenon et se déclara coupable... Mais notre vrai coupable à nous ne fera point pareil aveu, et ce n'est point, du reste, sur ce sujet que je voulais vous entretenir...

— S'il restait cependant un espoir ! dit madame de Gonzague.

— Il ne reste pas d'espoir. Il est trois heures après midi, la nuit tombe à sept heures. Vers la brune, une escorte viendra me prendre ici pour me conduire à la Bastille. A huit heures, je serai rendu au préau des exécutions.

— Je vous comprends ! s'écria la princesse. Durant le trajet, si nous avions des amis...

Lagardère secoua la tête, et souriant tristement :

— Non, madame, répliqua-t-il, vous ne me comprenez point. Je m'expliquerai clairement, car je n'espère point être deviné. Je vais partir, d'où je vais partir, et le préau de la Bastille, but de mon dernier voyage, il y aura une station... au cimetière Saint-Magloire.

— Au cimetière Saint-Magloire ! répéta la princesse tremblante.

— Ne faut-il pas, dit Lagardère dont le sourire eût une nuance d'amertume, ne faut-il pas que le meurtrier fasse amende honorable au tombeau de la victime ?

— Vous, Henri ! s'écria madame de Gonzague avec éclat ; vous, le défenseur de Nevers ! vous, notre providence et notre sauveur !

— Ne parlez pas si haut, madame. Devant le tombeau de Nevers, il y aura un billot et une hache... J'aurai le poing droit coupé à l'entrée de la grille. — La princesse se couvrit le visage de ses mains. A l'autre bout de la chambre, Aurore, agenouillée, sanglotait et priait. — Cela est injuste, n'est-ce pas, madame ? et il est obscur que soit mon nom, vous comprendrez cette angoisse de ma dernière heure : laisser un souvenir infâme !

— Mais pourquoi cette inutile cruauté ? demanda la princesse.

— Le président de Ségré a dit, répliqua Lagardère : « Il ne faut pas qu'on se mette à tuer ainsi un duc et pair comme le premier venu !... Nous devons faire un exemple... »

— Mais ce n'est pas vous, mon Dieu !... Le régent ne souffrira pas...

— Le régent pouvait tout avant la sentence prononcée... maintenant, sauf le cas d'aveu du vrai coupable... mais

ne nous occupons point de cela, je vous en supplie, madame. Voici ma dernière requête : vous pouvez faire que ma mort soit le cantique d'action de grâces d'un martyr... vous pouvez me réhabiliter aux yeux de tous... Le voulez-vous ?

— Si je le veux !... Vous me le demandez !... Que faut-il faire ?

Lagardère baissa la voix davantage. Malgré cette assurance formelle, sa voix tremblait pendant qu'il poursuivait :

— Le perron de l'église est tout près... Si mademoiselle de Nevers, en costume de mariée, était là, sur le seuil... s'il y avait un prêtre revêtu de ses habits sacerdotaux... si vous étiez là, vous aussi, madame... et que mon escorte gagnée me donnât quelques minutes pour m'agenouiller aux pieds de l'autel... — La princesse recula. Ses jambes chancelaient. — Je vous effraye, madame... commença Lagardère.

— Achevez ! achevez ! prononça-t-elle d'une voix saccadée.

— Si le prêtre, continua Lagardère, avec le consentement de madame la princesse de Gonzague, bénissait l'union du chevalier Henri de Lagardère et de mademoiselle de Nevers...

— Sur mon salut, interrompit Aurore de Caylus qui sembla grandir, cela sera ! — L'œil de Lagardère eut un éclatant rayonnement. Ses lèvres cherchèrent les mains de la princesse. Mais la princesse ne voulut pas. Aurore, qui s'était retournée au bruit, vit sa mère qui serrait le prisonnier entre ses bras. D'autres le virent aussi, car à ce moment la porte du greffe s'ouvrit, livrant passage à l'exempt et aux archers. Madame de Gonzague, sans prêter attention à tout cela, poursuivait avec une sorte d'exaltation enthousiaste. — Et qui osera dire que la veuve de Nevers, celle qui a porté le deuil pendant vingt ans, ait prêté ses mains à l'union de sa fille avec le meurtrier de son époux ? C'est bien pensé, Henri, mon fils ! Ne dites plus que je ne vous devine pas !...

Cette fois, le prisonnier avait des larmes plein les yeux.

— Oh ! vous me devinez ! murmura-t-il, et vous me faites amèrement regretter la vie !... Je ne croyais perdre qu'un trésor...

— Qui osera dire cela ? continua la princesse. Le prêtre y sera, j'en fais serment : ce sera mon propre confesseur... L'escorte nous donnera du temps, dussé-je vendre mon écrin, dussé-je livrer aux Lombards l'anneau échangé dans la chapelle de Caylus ! Et, une fois l'union bénie, le prêtre, la mère, l'épousée, suivront le condamné dans les rues de Paris... Et moi je dirai...

— Silence ! madame, au nom de Dieu ! fit Lagardère, nous ne sommes plus seuls.

L'exempt s'avança, le bâton à la main.

— Monsieur, dit-il, j'ai outre-passé mes pouvoirs... je vous prie de me suivre.

Aurore s'élança pour donner le baiser d'adieu.

La princesse dit en se penchant rapidement à l'oreille du prisonnier :

— Comptez sur moi !... Mais, en dehors de cela, rien ne peut-il être tenté ?...

Lagardère, pensif, se détournait déjà pour rejoindre l'exempt.

— Écoutez, fit-il en se ravisant, ce n'est pas même une chance... mais le tribunal de famille s'assemble à huit heures... Je serai tout près. S'il se pouvait faire que je fusse introduit en présence de Son Altesse Royale, dans l'enceinte du tribunal...

La princesse lui serra la main et ne répondit pas. Aurore suivait d'un regard désolé Henri, son ami, que les archers entouraient de nouveau, et auprès de qui vint se placer ce personnage lugubre qui portait l'habit des dominicains.

Le cortège disparut par la porte conduisant à la tour Neuve.

La princesse saisit la main d'Aurore et l'entraîna.

— Viens, enfant, dit-elle, tout n'est pas fini encore... Dieu ne voudra pas que cette honteuse iniquité s'accomplisse! — Aurore, plus morte que vive, n'entendait plus. La princesse, en remontant dans son carrosse, dit au cocher : — Au Palais-Royal !... au galop!

Au moment où le carrosse partait, un autre équipage, stationnant sous les remparts, se mit aussi en mouvement.

Une voix émue sortit de la portière et dit au cocher :

— Si tu n'es pas arrivé cour des Fontaines avant le carrosse de madame la princesse, je te chasse.

Au fond de ce second équipage, monsieur de Peyrolles, en habit de rechange, et portant sur le visage des traces non équivoques de méchante humeur, s'étendait.

Il venait, lui aussi, du greffe du Châtelet, où il avait jeté feu et flamme après avoir passé les deux tiers de la journée au cachot.

Son carrosse gagna celui de la princesse à la croix du Trahoir, et arriva le premier cour des Fontaines. Monsieur de Peyrolles sauta sur le pavé et traversa la loge de maître Le Bréant sans dire gare.

Quand madame de Gonzague se présenta pour solliciter une audience de monsieur le régent, elle eut un refus sec et péremptoire.

L'idée lui vint d'attendre la sortie ou la rentrée de Son Altesse Royale. Mais la journée s'avançait, il fallait tenir d'abord la promesse faite à Lagardère.

Monsieur le prince de Gonzague était seul dans son cabinet de travail, où nous l'avons vu recevoir pour la première fois la visite de dona Cruz.

Son épée nue reposait sur la table couverte de papiers. Il était en train de passer, sans l'aide d'aucun des valets de chambre, une de ces cottes de mailles légères qui se peuvent porter sous les habits.

Le costume qu'il venait d'ôter pour cela et qu'il allait endosser de nouveau était un habit de cour en velours noir sans ornement. Son cordon des ordres pendait à la pomme d'une chaise.

A ce moment où la préoccupation pénible le tenait sous sa lourde étreinte, le ravage des ans, qu'il dissimulait d'ordinaire avec tant d'heureuse habileté, se faisait voir hautement sur son visage. Ses cheveux noirs, que le barbier n'avait point ramenés savamment sur les tempes laissaient à découvert la fuite désolée de son front et les rides groupées aux coins de ses sourcils. Sa haute taille s'affaissait comme celle d'un vieillard, et ses mains tremblaient en agrafant sa cuirasse.

— Il est condamné ! se disait-il ; le régent a laissé faire cela... Sa paresse de cœur va-t-elle ce point, ou bien ai-je réellement réussi à le persuader?... J'ai maigri du haut, s'interrompit-il ; ma cotte de mailles est maintenant trop large pour ma poitrine... J'ai grossi du bas; ma cotte de mailles est trop étroite pour ma taille... Est-ce décidément la vieillesse qui vient?... C'est un être bizarre reprit-il, qu'un prince pour rire... quinteux, fainéant, poltron... S'il ne prend pas les devants, bien que je sois l'aîné, je crois que je resterai le dernier des trois Philippe ! Il a eu tort, par la mort-Dieu ! il a eu tort !... Quand on a mis le pied sur la tête d'un ennemi, il ne faut pas le retirer... surtout quand cet ennemi a nom Philippe de Mantoue, Ennemi ! répéta-t-il. Toutes ces belles amitiés finissent comme cela... Il faut que Damon et Pythias meurent très jeunes... sans cela, ils trouvent bien matière à s'entr'égorger quand ils sont devenus raisonnables... — La cotte de mailles était bouclée. Le prince de Gonzague passa sa veste, son cordon de l'ordre et son frac, après quoi il mit lui-même le peigne dans ses cheveux avant de poser sa perruque. — Et ce nigaud de Peyrolles! fit-il en haussant les épaules avec dédain. En voilà un qui voudrait bien être à Madrid ou à Milan seulement!... Riche à millions le drôle !... On est parfois bien heureux de dégorger ces sangsues. C'est une poire pour la soif ! — On frappa trois

coups légers à la porte de la bibliothèque. — Entre, dit Gonzague, je t'attends depuis une heure.

Monsieur de Peyrolles, qui avait pris le temps de faire une nouvelle toilette, se montra sur le seuil.

— Ne vous donnez pas la peine de me faire des reproches, monseigneur, s'écria-t-il tout d'abord, il y a cas de force majeure : je sors de la prison du Châtelet... Heureusement que les deux coquins, en prenant la clef des champs, ont rempli parfaitement le but de mon ambassade: on ne les a pas vus à la séance, où j'ai témoigné seul... L'affaire est faite. Dans une heure, ce diable d'enfer aura la tête coupée... Cette nuit, nous dormirons tranquilles. — Comme Gonzague ne comprenait pas, monsieur de Peyrolles lui raconta en peu de mots sa mésaventure à la tour Neuve, et la fuite des deux maîtres d'armes en compagnie de Chaverny. A ce nom, le prince fronça le sourcil; mais il n'était plus temps de s'occuper des détails. Peyrolles raconta encore la rencontre qu'il avait faite de madame la princesse de Gonzague et d'Aurore au greffe du Châtelet. — Je suis arrivé trois secondes avant elles au Palais-Royal, ajouta-t-il ; c'était assez. Monseigneur me doit deux actions de 5,250 livres, au cours du jour, que j'ai glissées dans la main de monsieur de Nanty pour refuser audience à ces dames.

— C'est bien, dit Gonzague. Et le reste ?

— Le reste est fait... Chevaux de poste pour huit heures... relais préparés jusqu'à Bayonne, par courriers...

— C'est bien, répéta Gonzague, qui tira un parchemin de sa poche.

— Qu'est-ce cela ? demanda le factotum.

— Mon brevet d'envoyé secret... mission royale... et la signature Voyer-d'Argenson...

— Il a fait cela de son chef?... murmura Peyrolles étonné.

— Ils me croient plus en faveur que jamais, répondit Gonzague; je me suis arrangé pour cela. Et, par le ciel! s'interrompit-il, se trompent-ils de beaucoup? Il faut que je sois bien fort, ami Peyrolles, pour que le régent m'ait laissé libre... Bien fort! Si la tête de Lagardère tombe, je m'élève à de telles hauteurs que vous pouvez tous d'avance en prendre le vertige. Le régent ne saura comment me payer ses soupçons d'aujourd'hui. Je lui tiendrai rigueur, et, s'il fait le rodomont avec moi, quand Lagardère, cette épée de Damoclès, ne pendra plus sur ma tête, par la mort Dieu ! j'ai en portefeuille ce qu'il faut d'actions bleues, blanches et jaunes pour mettre la banque à vau-l'eau !

Peyrolles approuvait du bonnet, comme c'était son rôle et son devoir.

— Est-il vrai, demanda-t-il, que Son Altesse Royale doive présider le tribunal de famille ?

— Je l'ai déterminé à cela, répondit effrontément Gonzague.

Car il trompait même ses âmes damnées.

— Et dona Cruz, pouvez-vous compter sur elle ?

— Plus que jamais... Elle m'a juré de paraître à la séance. — Peyrolles le regardait en face. Gonzague eut un sourire moqueur. — Si dona Cruz disparaissait tout à coup, murmura-t-il, qu'y faire? J'ai des ennemis intéressés à cela... Elle a existé, cette enfant, cela suffit; les membres du tribunal l'ont vue.

— Est-ce que?... commença le factotum.

— Nous verrons bien de choses ce soir, ami Peyrolles, répondit Gonzague. Madame la princesse aurait pu pénétrer jusque chez le régent sans m'inquiéter le moins du monde... J'ai les titres... J'ai mieux que cela encore : j'ai ma liberté, après avoir été accusé d'assassinat... accusé implicitement... J'ai pu manœuvrer pendant tout un jour... Le régent aura le savoir, à fait de moi un géant. Palsambleu ! l'heure est longue à s'écouler. J'ai hâte!

— Alors, fit Peyrolles humblement, monseigneur est bien sûr de triompher?

Gonzague ne répondit que par un orgueilleux sourire.

— En ce cas, insista Peyrolles, pourquoi cette convocation du ban et de l'arrière-ban ?... J'ai rencontré dans votre salon tous nos gens en tenue... en tenue de campagne, parbleu !

— Ils sont là par ordre, répliqua Gonzague.

— Craignez-vous donc une bataille ?

— Chez nous, en Italie, fit Gonzague d'un ton léger, les plus grands capitaines ne négligent jamais d'assurer leurs derrières... Il peut y avoir un revers de médaille... Ces messieurs sont mon arrière-garde... Ils attendent depuis longtemps ?

— Je ne sais... Ils m'ont vu passer et ne m'ont point parlé.

— Quel air ont-ils ?

— L'air de chiens battus ou d'écoliers aux arrêts.

— Personne ne manque ?

— Personne, excepté Chaverny.

— Ami Peyrolles, dit Gonzague, pendant que tu étais en prison, il s'est passé ici quelque chose... Si je voulais, tous tant que vous êtes, vous pourriez bien avoir un méchant quart d'heure...

— Si monseigneur daigne m'apprendre... commença le factotum déjà tremblant.

— Il me fatiguerait de discourir deux fois, repartit Gonzague ; je dirai cela devant tout mon monde.

— Vous plaît-il que je prévienne ces messieurs ? demanda vivement Peyrolles.

Gonzague le regarda en dessous.

— Par la mort Dieu ! grommela-t-il, je ne veux pas le livrer à la tentation... tu te sauverais. — Il sonna. Un domestique parut. — Qu'on fasse entrer ces gentilshommes qui attendent ! —dit-il. Puis, se tournant vers Peyrolles atterré, il ajouta : — Je crois que c'est toi, ami, qui disais l'autre jour, dans la chaleur de ton zèle : « Monseigneur, nous vous suivrons au besoin jusqu'en enfer !... » Nous sommes en route, faisons gaiement le chemin !

## VIII

### ANCIENS GENTILSHOMMES.

Il n'y avait pas beaucoup de variétés parmi les affidés de monsieur le prince de Gonzague. Chaverny faisait tache au milieu d'eux. Chaverny avait eu pour le prince une parcelle de véritable dévouement.

Chaverny supprimé, restait son ami Navailles, que les côtés brillans de Gonzague avaient quelque peu séduit ; Choisy et Nocé, qui étaient gentilshommes de mœurs et d'habitudes ; le reste n'avait écouté en s'attachant au prince que la voix de l'intérêt et de l'ambition.

Oriol, le gros petit traitant ; Taranne, le baron de Batz, et les autres auraient donné Gonzague pour moins de trente deniers.

Ces derniers eux-mêmes n'étaient point des scélérats ; il n'y avait à vrai dire aucun scélérat parmi eux. C'étaient des joueurs fourvoyés.

Gonzague les avait pris comme ils étaient. Ils avaient marché dans la voie de Gonzague, de gré d'abord, ensuite de force.

Le mal ne leur plaisait pas, mais c'était le danger qui pour la plupart les refroidissait.

Gonzague savait cela parfaitement. Il ne les eût point troqués pour de déterminés coquins. C'était précisément ce qu'il lui fallait.

Ils entrèrent tous à la fois. Ce qui les frappa d'abord, ce fut la triste mine du factotum et l'aspect hautain du maître. Depuis une heure qu'ils attendaient au salon, Dieu sait combien d'hypothèses avaient été mises sur le tapis. On avait examiné à la loupe la position de Gonzague. Quelques uns étaient venus avec des idées de révolte,

car la nuit précédente avait laissé de sinistres impressions dans les esprits, mais il n'était bruit à la cour que de la faveur du prince parvenue à son apogée. Ce n'était pas le moment de tourner le dos au soleil.

D'autres rumeurs, il est vrai, se glissaient. La rue Quincampoix et la maison d'Or s'étaient énormément occupées aujourd'hui de monsieur de Gonzague. On disait que des rapports avaient été remis à Son Altesse Royale, et que, durant cette nuit d'orgie qui avait fini dans le sang, les murailles du pavillon avaient été de verre. Mais un fait dominait tout cela : la chambre ardente avait rendu son arrêt, le chevalier Henri de Lagardère était condamné à mort.

Personne, parmi ces messieurs, n'était sans connaître un peu l'histoire du passé. Il fallait que ce Gonzague fût bien puissant !...

Choisy avait apporté une étrange nouvelle. Ce matin même, le marquis de Chaverny avait été arrêté en son hôtel et placé dans un carrosse, escorté par un exempt et des gardes : voyage connu qui vous faisait arriver à la Bastille au moyen d'un passe-port nommé lettre de cachet.

On n'avait pas beaucoup parlé de Chaverny, parce que chacun était là pour soi. D'ailleurs, chacun se défiait de son voisin.

Mais le sentiment général ne pouvait être méconnu : c'était une fatigue découragée et un grand dégoût. On voulait s'arrêter sur la pente. Et parmi les affidés de Gonzague, il n'y en avait peut-être pas un qui ne vînt ce soir avec l'arrière-pensée de rompre le pacte.

Peyrolles avait dit vrai ; ils étaient littéralement en équipage de campagne : bottés, éperonnés, portant épées de combat et jaquettes de voyage.

Gonzague, en les convoquant, avait exigé cette tenue, et cela n'entrait pas pour peu dans les répugnances inquiètes qui les agitaient.

— Mon cousin, dit Navailles qui entrait le premier, nous voici à vos ordres encore une fois.

Gonzague lui fit un signe de tête souriant et protecteur.

Les autres saluèrent avec les démonstrations accoutumées de respect.

Gonzague ne les invita point à s'asseoir. Son regard fit le tour du cercle.

— C'est bien, dit-il du bout des lèvres, je vois qu'il ne manque personne.

— Il manque Albret, répondit Nocé, Gironne et Chaverny.

Il se fit un silence, parce que chacun attendait la réplique du maître.

Les sourcils de Gonzague se froncèrent légèrement.

— Messieurs de Gironne et d'Albret ont fait leur devoir, prononça-t-il avec sécheresse.

— Peste ! fit Navailles, l'oraison funèbre est courte, mon cousin... Nous ne sommes sujets que du roi.

— Quant à monsieur de Chaverny, reprit Gonzague, il avait le vin scrupuleux, je l'ai cassé aux gages.

— Monseigneur veut-il bien nous dire, demanda Navailles, ce qu'il entend par ces mots « cassé aux gages... » On nous a parlé de la Bastille...

— La Bastille est longue et large, murmura le prince, dont le sourire se fit cruel ; il y a place pour bien d'autres... — Oriol eût donné en ce moment sa noblesse toute jeune, sa chère noblesse et la moitié des actions qu'il avait, et l'amour de mademoiselle Nivelle par-dessus le marché, pour s'éveiller de ce cauchemar. Monsieur de Peyrolles tenait le coin de la cheminée, immobile, chagrin, muet. Navailles consulta ses compagnons du regard. — Messieurs, reprit tout à coup Gonzague qui changea de ton, je vous engage à ne point vous occuper de monsieur de Chaverny, ou de quelque autre que ce soit. Vous avez affaire..... Songez à vous-mêmes, si vous m'en croyez.

Il promenait à la ronde son regard, qui faisait baisser les yeux.

— Mon cousin, dit Navailles à voix basse, chacune de vos paroles semble une menace.

— Mon cousin, répliqua Gonzague, mes paroles sont toutes simples... Ce n'est pas moi qui menace, c'est le sort.

— Que se passe-t-il donc ? demandèrent plusieurs voix à la fois.

— Peu de chose... La fin d'une partie se joue... j'ai besoin de toutes mes cartes.

Comme le cercle se rétrécissait involontairement, Gonzague les mit à distance d'un geste quasi royal, et se posa le dos au feu, dans une attitude d'orateur.

— Le tribunal de famille s'assemble ce soir, dit-il, et Son Altesse Royale en sera le président.

— Nous savons cela, monseigneur, dit Taranne, et nous avons été d'autant plus étonnés de la tenue que vous nous avez fait prendre... On ne se présente pas ainsi devant une pareille assemblée.

— C'est juste, fit Gonzague ; aussi n'ai-je pas besoin de vous au tribunal.

Un cri d'étonnement s'échappa de toutes les poitrines. On se regarda, et Navailles dit :

— S'agit-il donc encore de coups d'épée ?

— Peut-être, répondit Gonzague.

— Monseigneur, prononça résolûment Navailles, je ne parle que pour moi.

— Ne parlez pas même pour vous, cousin ! interrompit Gonzague : vous avez posé le pied sur un pont glissant. Je n'aurais même pas besoin de vous pousser pour que vous fassiez la culbute, je vous préviens de cela ; il suffit que je cesse de vous tenir par la main. Si vous voulez cependant parler, Navailles, attendez que je vous aie montré clairement notre situation à tous.

— J'attendrai que monseigneur se soit expliqué, murmura le jeune gentilhomme ; mais, je le préviens, moi aussi, que nous avons réfléchi depuis hier.

Gonzague le regarda un instant d'un air de compassion ; puis il sembla se recueillir.

— Je n'ai pas besoin de vous au tribunal, messieurs, dit-il pour la seconde fois ; j'ai besoin de vous ailleurs. Les habits de cour et les rapières de parade ne valent rien pour ce qui vous reste à faire. On a prononcé une condamnation à mort... mais vous savez ce proverbe espagnol : « Entre la coupe et les lèvres, entre la hache et le cou... » Là-bas, le bourreau attend un homme...

— Monsieur de Lagardère, interrompit Nocé.

— Ou moi, prononça froidement monsieur de Gonzague.

— Vous ! vous, monseigneur ! s'écria-t-on de toutes parts.

Peyrolles se leva épouvanté.

— Ne tremblez pas, reprit le prince, qui mit plus de fierté dans son sourire, ce n'est pas le bourreau qui a le choix... mais avec un pareil démon... je parle de Lagardère... qui a su se faire des alliés puissants du fond même de son cachot... je ne connais qu'une sécurité, c'est la terre, épaisse de six pieds, qui recouvrira son cadavre. Tant qu'il sera vivant, les bras enchaînés, mais l'esprit libre... tant que sa bouche pourra s'ouvrir et sa langue parler, nous devons avoir une main à l'épée, un pied à l'étrier, et tenir bien nos têtes !

— Nos têtes ! répéta Nocé qui se redressa.

— Par le ciel ! s'écria Navailles, c'en est trop, monseigneur !... Tant que vous avez parlé pour vous...

— Ma foi ! grommela Oriol, le jeu se gâte, je n'en suis plus !

Il fit un pas vers la porte de sortie. La porte était ouverte, et dans le vestibule qui précédait la grand'salle de Nevers on voyait des gardes françaises en armes.

Oriol recula. Taranne ferma la porte.

— Ceci ne vous regarde pas, messieurs, dit Gonzague, rassurez-vous... ces braves sont là pour monsieur le régent... et, pour sortir d'ici, vous ne passerez point par le vestibule... J'ai dit nos têtes... et cela semble vous offenser.

— Monseigneur, interrompit Navailles, vous dépassez le but... Ce n'est pas à la menace qu'on peut arrêter des gens comme nous. Nous avons été vos fidèles amis tant qu'il s'est agi de suivre une route où peuvent marcher des gentilshommes... maintenant il paraît que c'est affaire à Gautier Gendry et à ses estafiers... Adieu monseigneur !...

— Adieu, monseigneur ! répéta le cercle tout d'une voix.

Gonzague se prit à rire avec amertume.

— Et toi aussi, mons Peyrolles ! dit-il en voyant le factotum se glisser parmi les fugitifs, Oh ! que je vous avais bien jugés, mes maîtres ! Çà ! mes fidèles amis, comme dit monsieur de Navailles, vous allez donc qu'est-ce ?... Faut-il vous dire que cette porte est le droit chemin de la Bastille ? — Navailles touchait déjà le bouton. Il s'arrêta et mit la main à son épée. Gonzague riait. Il avait les bras croisés sur sa poitrine, et restait seul calme, au milieu de toutes ces mines effarées. — Ne voyez-vous pas, reprit-il en les couvrant tous et chacun d'eux de son dédaigneux regard, ne voyez-vous pas que je vous attendais là, honnêtes gens que vous êtes ? Ne vous a-t-on pas dit que j'avais eu le régent à moi tout seul depuis huit heures jusqu'à midi ?... N'avez-vous pas su que le vent de la faveur souffle vers moi, fort comme la tempête ?... si fort qu'il me brisera peut-être, mais vous avant moi, mes fidèles, je vous le jure !... Si c'est aujourd'hui mon dernier jour de puissance, je n'ai rien à me reprocher, j'ai bien employé mon dernier jour !.. Vos noms, tous vos noms forment une liste ; la liste est sur le bureau de monsieur de Machault... Que je dise un mot, cette liste ne contient que des noms de grands seigneurs ; un autre mot, cette liste est toute composée de noms de proscrits.

— Nous en courrons la chance, dit Navailles.

Mais ceci fut prononcé d'une voix faible, et les autres gardèrent le silence.

— « Nous vous suivrons, nous vous suivrons, monseigneur ! » continua Gonzague, répétant les paroles dites quelques jours auparavant ; « Nous vous suivrons docilement, aveuglément, vaillamment !... Nous formerons autour de vous un bataillon sacré... » Qui fredonnait cette chanson dont tous les traîtres savent l'air ?... était-ce vous ou moi ? et au premier souffle de l'orage, je cherche en vain un soldat, un seul soldat de la phalange sacrée ! Où êtes-vous, mes fidèles ? en fuite ? Pas encore ! par la mort Dieu ! je suis derrière vous et j'ai mon épée pour vous mettre dans le vendre des fuyards. Silence ! mon cousin de Navailles, s'interrompit-il tout à coup au moment où celui-ci ouvrait la bouche pour parler ; je n'ai jamais eu plus qu'il faut de sang-froid pour écouter vos rodomontades. Vous vous êtes donnés à moi tous, librement, complétement ; je vous ai pris, je vous garde. Ah ! ah ! c'en est trop, dites-vous ! Ah ! ah ! nous dépassons le but ! Ah ! ah ! il nous faudra choisir des sentiers tout exprès pour que vous y veuillez bien marcher, mes gentilshommes ! Ah ! ah ! vous me renvoyez à Gautier Gendry, vous Navailles, qui vivez de moi ; vous Taranne, gorgé de mes bienfaits ; vous Oriol, bouffon qui, grâce à moi, passez pour un homme... vous tous enfin, mes clients, mes créatures, mes esclaves, puisque vous vous êtes vendus, puisque je vous ai achetés ! — Il dépassait les plus hautes de la tête, et ses yeux lançaient des éclairs. — Ce ne sont pas vos affaires ? reprit-il d'une voix plus pénétrante ; vous m'engagez à parler pour moi-même !... Je vous jure Dieu, mes vertueux amis, que ce sont vos affaires, la plus grave et la plus grosse de vos affaires, votre unique affaire en ce moment... Je vous ai donné part au gâteau, vous y avez mordu avidement... tant pis pour vous si le gâteau était empoisonné !... tant pis pour vous ! votre bouchée ne sera pas monsi amère que la mienne !.. Ceci est de la haute morale ou je n'y connais rien, n'est-ce pas, baron de Batz, rigide philosophe ?... Vous vous êtes cramponnés à moi, pourquoi? apparemment pour monter aussi haut que moi. Montez donc, par la mort Dieu! montez! Avez-vous le vertige?... montez, montez encore... montez jusqu'à l'échafaud!

Il y eut un frisson général. Tous les yeux étaient fixés sur le visage effrayant de Gonzague.

Oriol, dont les jambes tremblaient en se choquant, répéta malgré lui le dernier mot du prince :

— L'échafaud!

Gonzague le foudroya par un regard d'indicible mépris.

— Toi, vilain, la corde,—dit-il durement. Puis se tournant vers Navailles, Choisy, et les autres qu'il salua ironiquement : — Mais vous, messieurs, reprit-il, vous qui êtes gentilshommes... — Il n'acheva pas. Il s'arrêta un instant à les regarder. Puis, comme si son dédain eût débordé tout à coup : — Gentilhomme, toi, Nocé, fils de bon soldat, courtier d'actions! gentilhomme, Choisy! gentilhomme, Montaubert! gentilhomme aussi, Navailles! gentilhomme pareillement monsieur le baron de Batz!

— Sacrament! grommela ce dernier.

— La paix, grotesque!... Mes gentilshommes, je vous défie de vous regarder, non pas sans rire comme les augures de Rome antique, mais sans rougir jusqu'au blanc des yeux! gentilhommes, vous!... non, financiers habiles, plus prompts à la plume qu'à l'épée... Ce soir... — Son visage changea. Il marcha sur eux lentement. Il n'y en eut pas un qui ne fît un pas en arrière. — Ce soir, prononça-t-il en baissant la voix, la nuit n'est pas encore assez sombre pour cacher vos pâleurs... Regardez-vous les uns les autres, frémissans, inquiets... pris comme dans un piège entre ma victoire et ma défaite... ma victoire qui devient la vôtre, ma défaite qui vous perd honteusement.—Il était arrivé en face de la porte conduisant au vestibule où étaient les gardes du régent. Il toucha le bouton à son tour. — J'ai dit! prononça-t-il froidement le repentir expie tout, et vous me semblez pris de bonnes pensées... vous pouvez vous faire martyrs en passant le seuil... de cette porte... Voulez-vous que je l'ouvre?

. . . . . . . . . . . . . . . . . . . . . . . . . . . .

— Que faut-il faire, monseigneur? demanda Montaubert le premier.

Gonzague les toisa l'un après l'autre.

—Vous aussi, mon cousin de Navailles? demanda Gonzague.

— Que monseigneur ordonne, répliqua celui-ci, pâle et les yeux baissés.

Gonzague lui tendit la main, et s'adressant à tous d'un ton de père qui gourmande à regret ses enfans :

— Fous que vous êtes, dit-il, vous êtes au port et vous alliez sombrer faute d'un dernier coup d'aviron!... Ecoutez-moi et repentez-vous... Quel que soit le sort de la bataille, je vous ai sauvegardés d'avance : demain les premiers à Paris, ou chargés d'or et pleins d'espérance sur la route d'Espagne!... Le roi Philippe nous attend, et qui sait si Albéroni n'abaissera pas les Pyrénées dans un tout autre sens que ne l'entendait Louis XIV?... A l'heure où je vous parle, s'interrompit-il en consultant sa montre, Lagardère quitte la prison du Châtelet pour se diriger vers la Bastille, où il doit s'accomplir le dernier acte du drame... mais il n'ira pas tout droit... la sentence porte qu'il fera amende honorable au tombeau de Nevers... Nous avons contre nous une ligne composée de deux femmes et d'un prêtre; vos épées ne peuvent rien contre cela... non... Une troisième femme, dona Cruz, flotte entre deux, je le crois du moins... La font bien être grande dame, mais elle ne veut pas qu'il arrive malheur à son amie... Pauvre instrument qui sera brisé!... Les deux femmes sont madame la princesse de Gonzague et sa prétendue fille Aurore... Il me fallait cette Aurore : aussi ai-je laissé aller le complot qui nous la livre... Voici le complot. La mère, la fille et le prêtre attendent Lagardère à l'église Saint-Magloire... la fille a repris le costume des épousées... J'ai deviné, vous l'eussiez fait à ma place, qu'il s'agit de quelque comédie pour surprendre la clémence du régent... un mariage in extremis, puis la vierge veuve venant se jeter aux pieds de Son Altesse Royale... Il ne faut pas que cela soit... Première moitié de votre tâche.

— Cela est facile, dit Montaubert; il suffit d'empêcher la comédie de se jouer.

— Vous serez là et vous défendrez la porte de l'église, seconde moitié de la besogne. Supposons que la chance tourne et que nous soyons obligé de fuir... j'ai de l'or, assez pour vous tous; à cet égard, je vous engage ma parole... j'ai l'ordre du roi qui nous ouvrira toutes les barrières... Il déplia le brevet et montra la signature de Voyer-d'Argenson. —Mais il me faut davantage, continua-t-il; il faut que nous emportions avec nous notre rançon vivante, notre otage.

— Aurore de Nevers? firent plusieurs voix.

— Entre elle et vous il n'y aura qu'une porte d'église!

— Mais derrière cette porte, dit Montaubert, si la chance a tourné... Lagardère sans doute?

—Et moi devant Lagardère!—prononça solennellement Gonzague. Il toucha son épée d'un geste violent. — L'heure est venue d'en appeler à ceci! reprit-il; ma lame vaut la sienne, messieurs... Elle a été trempée dans le sang de Nevers!

Peyrolles détourna la tête. Cet aveu fait à haute voix lui prouvait trop que son maître brûlait ses vaisseaux.

On entendit un grand bruit du côté du vestibule, et les huissiers crièrent :

— Le régent! le régent!

Gonzague ouvrit la porte de la bibliothèque.

—Messieurs, dit-il en serrant les mains à ceux qui l'entouraient, du sang-froid; dans une demi-heure tout sera fini... Si les choses vont bien, vous n'avez qu'à empêcher l'escorte de franchir les degrés de l'église... Appelez-en à la foule au besoin, et criez : « Sacrilège!... » C'est un de ces mots qui ne manquent jamais leur effet... Si les choses vont mal, faites bien attention à ceci : Du cimetière où vous allez m'attendre, on aperçoit les croisées de la grand'salle... Ayez toujours l'œil sur ces croisées... Quand vous aurez vu un de ces flambeaux se lever et s'abaisser trois fois, forcez les portes... attaquez!... une minute après le signal donné, je serai au milieu de vous... Est-ce bien convenu?

— C'est bien convenu, répondit-on.

— Suivez donc Peyrolles, qui sait le chemin, messieurs, et gagnez le cimetière par les jardins de l'hôtel.

Ils sortirent.

Gonzague, resté seul, s'essuya le front.

— Homme ou diable! grommela-t-il, ce Lagardère y passera! — Il traversait sa chambre pour gagner le vestibule — Belle partie pour le petit aventurier! dit-il encore en s'arrêtant devant une glace; une tête d'enfant trouvé contre la tête d'un prince!... Allons tirer cette loterie!

Derrière la porte fermée de l'église Saint-Magloire, madame la princesse de Gonzague soutenait sa fille habillée de blanc, portant le voile d'épousée et la couronne de fleurs d'oranger.

Le prêtre avait ses habits sacerdotaux.

Doña Cruz agenouillée priait.

Dans l'ombre, on voyait trois hommes armés.

Huit heures sonnèrent à l'horloge de l'église, et l'on entendit de loin le glas de la Sainte-Chapelle qui annonçait le départ du condamné.

La princesse sentit son cœur se briser. Elle regarda Aurore plus blanche qu'une statue de marbre. Aurore avait un calme sourire aux lèvres.

— Voici l'heure, ma mère, dit-elle.

La princesse la baisa au front.

— Il faut nous quitter, murmura-t-elle, je le sais... mais il me semblait que tu étais en sûreté tant que ta main restait dans la mienne.

— Madame, dit doña Cruz, nous veillerons sur elle...

monsieur le marquis de Chaverny a promis de mourir en la défendant !

— As pas pur ! murmura l'un des trois hommes, la pécaïre ne fait même pas mention de nous, mon bon !

La princesse, au lieu de gagner la porte tout droit, vint jusqu'au groupe formé par Chaverny, Cocardasse et Passepoil.

— Sandiéou ! dit le Gascon sans la laisser parler, voici un petit gentilhomme qui est un diable quand il veut ; il combattra sous les yeux de sa belle. Nous autres, c'ta couquin de Passepoil et moi, nous nous ferons tuer pour Lagardère. C'est entendu, capédébiou ! allez à vos affaires !

### IX

#### LE MORT PARLE.

La grande salle de l'hôtel de Gonzague resplendissait de lumière. On entendait dans la cour les chevaux des hussards de Savoie ; le vestibule était plein de gardes françaises ; le marquis de Bonnivet avait la garde des portes. On voyait que le régent avait voulu donner à cette solennité de famille tout l'éclat, toute la gravité possibles.

Les sièges alignés sur l'estrade étaient occupés comme l'avant-veille ; les mêmes dignitaires, les mêmes magistrats, les mêmes grands seigneurs.

Seulement, derrière le fauteuil de monsieur de Lamoignon, le régent s'asseyait sur une sorte de trône. Le Blanc, Voyer-d'Argenson, et le comte de Toulouse, gouverneur de Bretagne, étaient autour de lui.

La position des parties avait changé. Quand madame la princesse fit son entrée, on la plaça auprès du cardinal de Bissy, qui siégeait maintenant à droite de la présidence. Au contraire, monsieur de Gonzague s'assit devant une table éclairée par deux flambeaux, à l'endroit même où se trouvait deux jours auparavant le fauteuil de sa femme.

Placé ainsi, Gonzague se trouvait adossé à la draperie masquant la porte dérobée par où le bossu était entré lors de la première séance, et juste en face de l'une des fenêtres qui regardaient le cimetière Saint-Magloire.

La porte dérobée, dont les ordonnateurs de la cérémonie ignoraient l'existence, n'avait point de gardes.

Il va sans dire que les aménagements commerciaux dont l'injure déshonorait naguère cette vaste et noble enceinte avaient complètement disparu. Grâce aux draperies et tentures, on n'en découvrait la trace nulle part.

Monsieur le prince de Gonzague, entré avant sa femme, salua respectueusement la présidence et l'assemblée. On remarqua que Son Altesse Royale lui répondit par un signe de tête tout familier.

Ce fut le comte de Toulouse, fils de Louis XIV, qui alla prendre madame la princesse à la porte ; ceci sur l'ordre du régent.

Le régent lui-même fit trois ou quatre pas à sa rencontre, et lui baisa la main.

— Votre Altesse Royale, dit la princesse, n'a pas daigné me recevoir.

Elle s'arrêta en voyant le regard étonné que le duc d'Orléans relevait sur elle.

Gonzague les suivait du coin de l'œil, et faisait mine de se donner tout entier au classement des papiers déposés par lui sur sa table. Parmi ces papiers, il y avait un large pli de parchemin scellé de trois sceaux pendans.

— Votre Altesse Royale, dit encore la princesse, n'a point daigné non plus prendre mon message en considération...

— Quel message ? demanda tout bas le duc d'Orléans.

Le regard de madame de Gonzague se tourna malgré elle vers son mari.

— Ma lettre a dû être interceptée... commença-t-elle.

— Madame, interrompit précipitamment le régent, rien n'est fait ; tout reste en l'état... agissez sans crainte, selon la dignité de votre conscience... Entre vous et moi, personne ne peut se placer désormais.... — Puis élevant la voix et prenant congé : — C'est un grand jour pour vous, madame..... et ce n'est pas seulement à cause de notre cousin de Gonzague que nous avons voulu assister à cette assemblée de famille... L'heure de la vengeance a sonné pour Nevers : son meurtrier va mourir...

— Ah ! monseigneur...... voulut dire encore la princesse ; si Votre Altesse Royale eût reçu mon message...

Le régent le conduisit à son siége.

— Tout ce que vous demanderez, murmura-t-il rapidement, je vous l'accorderai. Prenez place, messieurs, je vous prie, — ajouta-t-il tout haut. Il regagna son fauteuil. Le président de Lamoignon lui glissa quelques mots à l'oreille. — Les formes, répondit Son Altesse Royale, je suis fort ami des formes, tout se passera suivant les formes, et j'espère que nous allons saluer enfin la véritable héritière de Nevers...

Ce disant, il s'assit et se couvrit, laissant la direction du débat au premier président.

Le président donna la parole à monsieur de Gonzague. Il y avait une chose étrange. Le vent soufflait du midi. De temps en temps le glas qu'on sonnait à la Sainte-Chapelle arrivait tout à coup plaintif et semblait tinter dans l'antichambre.

On entendait aussi comme une vague rumeur au dehors. Le glas avait appelé la foule, et la foule était à son poste dans les rues.

Quand Gonzague se leva pour parler, le glas sonna si fort qu'il y eut un silence forcé de quelques secondes. Au dehors, la foule cria pour fêter le glas.

— Monseigneur et messieurs, dit Gonzague, ma vie a toujours été au grand jour... Les sourdes menées ont beau jeu contre moi : je ne les évente jamais, parce qu'il me manque un sens... celui de la ruse... Vous m'avez vu tout récemment chercher la vérité avec une sorte de passion... Cette belle ardeur s'est un peu refroidie... Je me lasse des accusations qui s'accumulent contre moi dans l'ombre... Je me lasse de rencontrer toujours sur mon chemin l'aveugle soupçon ou la calomnie abjecte et lâche. J'ai présenté ici celle que j'affirmais... que j'affirme encore et de plus en plus la véritable héritière de Nevers... Je la cherche en vain à la place où elle devrait s'asseoir... Son Altesse Royale sait que je me suis démis ce matin du soin de sa tutelle... Qu'elle vienne ou ne vienne point, peu m'importe ! Je n'ai plus qu'un souci, c'est de montrer à tous de quel côté se trouvaient la bonne foi, l'honneur, la grandeur d'âme dans cette affaire. — Il prit sur la table le parchemin plié, et ajouta, en le tenant à la main : — J'apporte la preuve indiquée par madame la princesse elle-même... la feuille arrachée au registre de la chapelle de Caylus... Elle est là, sous ce triple cachet... Comme je dépose mes titres, que madame la princesse veuille bien déposer les siens.

Il se rassit, après avoir salué une seconde fois l'assemblée.

Quelques chuchotemens eurent lieu sur les gradins. Gonzague n'avait plus ces chauds approbateurs de l'autre séance.

Mais quel besoin ? Gonzague ne demandait rien sinon à faire preuve de loyauté.

Or, la preuve était là sur la table, la preuve matérielle et que nul ne pouvait récuser.

— Nous attendons, dit le régent, qui se pencha entre le président de Lamoignon et le maréchal de Villeroy, nous attendons la réponse de madame la princesse.

— Si madame la princesse avait bien voulu me confier ses moyens... dit le cardinal de Bissy.

Aurore de Caylus se leva.

— Monseigneur, dit-elle, j'ai ma fille, et j'ai les preuves de sa naissance. Regardez-moi, vous tous qui avez vu mes larmes, et vous comprendrez à ma joie que j'ai retrouvé mon enfant.

— Ces preuves dont vous parlez, madame... commença le président de Lamoignon.

— Ces preuves seront soumises au conseil, interrompit la princesse, aussitôt que Son Altesse Royale aura accordé la requête que la veuve de Nevers lui a humblement présentée.

— La veuve de Nevers, répondit le régent, ne m'a jusqu'ici présenté aucune requête.

La princesse tourna vers Gonzague son regard assuré.

— C'est une grande et belle chose que l'amitié, dit-elle; depuis deux jours, tous ceux qui s'intéressent à moi me répètent : « N'accusez pas votre mari... n'accusez pas votre mari !... » Cela signifie sans doute qu'une illustre amitié fait à monsieur le prince un rempart impénétrable... Je n'accuserai donc point... mais je dirai que j'ai adressé à Son Altesse Royale une humble supplication... et qu'une main... je ne sais laquelle... a détourné mon message.

Gonzague laissait errer autour de ses lèvres un sourire calme et résigné.

— Que réclamiez-vous de nous, madame ? demanda le régent.

— J'en appelais, monseigneur, répliqua la princesse, à une autre amitié... Je n'accusais pas, j'implorais... Je disais à Votre Altesse Royale que l'amende honorable au tombeau ne suffisait point... — La physionomie de Gonzague changea. — Je disais à Votre Altesse Royale, poursuivit la princesse, qu'il y avait une autre amende honorable plus large, plus digne, plus complète... et que je la suppliais d'ordonner qu'ici même, en l'hôtel de Nevers où nous sommes, devant le chef de l'État, devant cette illustre assemblée, le condamné entendît à genoux lecture de son arrêt.

Gonzague fut obligé de fermer à demi ses paupières pour cacher l'éclair qui jaillissait de ses yeux.

La princesse mentait. Gonzague le savait bien, puisqu'il avait la lettre dans sa poche,

La lettre écrite au régent et interceptée par lui-même, Gonzague.

Dans cette lettre, la princesse affirmait au régent l'innocence de Lagardère, et s'en portait garante solennellement, voilà tout.

Pourquoi ce mensonge ? quelle batterie se masquait derrière ce stratagème audacieux ?

Pour la première fois de sa vie, Gonzague eut dans les veines ce froid que donne le danger terrible et inconnu. Il sentait sous ses pieds une mine prête à éclater. Mais il ne savait pas où la chercher pour en prévenir l'explosion.

L'abîme était là, mais où ? Il faisait nuit. Chaque pas pouvait le précipiter au fond.

Chaque mouvement pouvait le trahir. Il devinait tous les regards fixés sur lui.

Un effort puissant lui garda son calme. Il attendit.

— C'est chose inusitée, dit le président de Lamoignon.

Gonzague eût voulu se jeter à son cou.

— Quels motifs madame la princesse peut-elle donner ? commença le maréchal de Villeroy.

— Je m'adresse à Son Altesse Royale, interrompit madame de Gonzague; la justice a mis vingt ans à trouver le meurtrier de Nevers, la justice doit bien quelque chose à la victime qui attendit si longtemps sa vengeance... Mademoiselle de Nevers, ma fille, ne peut entrer dans cette maison qu'après cette satisfaction hautement rendue... Et moi, je me refuse à toute joie tant que je n'aurai pas vu l'œil sévère de nos aïeux regarder du haut de ces cadres de famille le coupable humilié, vaincu, châtié !

Il y eut un silence. Le président de Lamoignon secoua la tête en signe de refus.

Mais le régent n'avait pas encore parlé. Le régent semblait réfléchir.

— Qu'attend-elle de la présence de cet homme ? se demandait Gonzague.

La sueur froide perçait sous ses cheveux. Il en était à regretter la présence de ses affidés.

— Quelle est sur ce sujet l'opinion de monsieur le prince de Gonzague ? interrogea tout à coup le duc d'Orléans.

Gonzague, comme pour préluder à sa réponse, appela sur ses lèvres un sourire plein d'indifférence.

— Si j'avais une opinion, répliqua-t-il, et pourquoi aurais-je une opinion sur ce bizarre caprice ?... j'aurais l'air de refuser un consentement à madame la princesse. Sauf le retard apporté à l'exécution de l'arrêt, je ne vois ni avantage ni inconvénient à lui accorder sa demande.

— Il n'y aura pas de retard, dit la princesse qui sembla prêter l'oreille aux bruits du dehors.

— Savez-vous où prendre le condamné ? demanda le duc d'Orléans.

— Monseigneur !... voulut protester le président de Lamoignon.

— En transgressant légèrement la forme, monsieur, repartit le régent avec sécheresse et vivacité, on peut parfois amender le fond.

La princesse, au lieu de répondre à la question de Son Altesse Royale, avait étendu la main vers la fenêtre.

Au dehors, une clameur sourde s'élevait.

— Le condamné n'est pas loin ! murmura Voyer-d'Argenson.

Le régent appela le marquis de Bonnivet et lui dit quelques mots à voix basse. Bonnivet s'inclina et sortit.

La princesse avait repris son siège.

Gonzague promenait sur l'assemblée un regard qu'il croyait tranquille, mais ses lèvres tremblaient et ses yeux le brûlaient.

On entendit un bruit d'armes dans le vestibule.

Chacun se leva involontairement, tant était grande la curiosité inspirée par cet aventurier hardi, dont l'histoire avait fait depuis la veille le texte de toutes les conversations.

Quelques-uns l'avaient aperçu à la fête du régent, lorsque Son Altesse Royale avait brisé son épée, mais pour la plupart c'était un inconnu.

Quand la porte s'ouvrit et qu'on le vit, beau comme le Christ, entouré de soldats et les mains liées sur sa poitrine, il y eut un long murmure.

Le régent avait toujours les yeux fixés sur Gonzague. Gonzague ne broncha pas.

Lagardère fut amené jusqu'au pied du tribunal.

Le greffier suivait avec l'arrêt, qui, selon la forme, aurait dû être lu partie devant le tombeau de Nevers, pour la mutilation du poignet, partie à la Bastille, pour l'exécution capitale.

— Lisez, ordonna le régent.

Le greffier déroula son parchemin. L'arrêt portait en substance :

— « .... Ouïs, l'accusé, les témoins, l'avocat du roi ; vues les preuves et procédures, la chambre condamne le sieur Henri de Lagardère, se disant chevalier, convaincu de meurtre commis sur la personne du haut et puissant prince Philippe de Lorraine-Elbeuf, duc de Nevers : 1° à l'amende honorable, suivie de la mutilation par le glaive aux pieds de la statue dudit prince et seigneur Philippe, duc de Nevers, en le cimetière de la paroisse Saint-Magloire ; 2° à ce que la tête dudit sieur de Lagardère soit tranchée de la main du bourreau, en le préau des chartres basses de la Bastille, etc. »

Le greffier, ayant achevé, passa derrière les soldats.

— Avez-vous satisfaction, madame ? demanda le régent à la princesse.

Celle-ci se leva d'un mouvement si violent que Gonzague l'imita, sans avoir conscience de ce qu'il faisait.

On eût dit d'un homme qui se met en garde pour recevoir un choc impétueux.

— Parlez, Lagardère ! s'écrie la princesse en proie à une indicible exaltation ; parle, mon fils !

Ce fut comme si l'assemblée eût reçu une commotion électrique. Chacun attendit quelque chose d'extraordinaire et d'inouï.

Le régent était debout. Le sang lui montait aux joues.

— Est-ce que tu trembles, Philippe ? dit-il en dévorant des yeux Gonzague.

— Non, par la mort Dieu ! répliqua le prince qui se campa insolemment ; ni aujourd'hui, ni jamais !

Le régent se retourna vers Lagardère, et dit :

— Parlez !

— Monseigneur, prononça le condamné d'une voix sonore et calme, la sentence qui me frappe est sans appel... Vous n'avez pas même le droit de faire grâce... et moi je ne veux pas de grâce... mais vous avez le devoir de faire justice : je veux justice !

C'était miracle de voir, sur toutes ces têtes de vieillards attentives et avides, tous ces cheveux blancs frémir.

Le président de Lamoignon, ému malgré lui, car il y avait dans le contraste de ces deux visages, celui de Lagardère et celui de Gonzague, je ne sais quel enseignement prodigieux, le président de Lamoignon laissa tomber comme malgré lui ces paroles :

— Pour réformer l'arrêt d'une chambre ardente, il faut l'aveu du coupable.

— Nous aurons l'aveu du coupable, répondit Lagardère.

— Dépêche-toi donc, l'ami ! fit le régent ; j'ai hâte.

Lagardère reprit :

— Moi aussi, monseigneur !... Souffrez cependant que je vous dise : Tout ce que je promets, je le tiens... J'avais juré sur l'honneur de mon nom que je rendrais à madame de Gonzague l'enfant qu'elle m'avait confiée... au péril de ma vie, je l'ai fait !

— Et sois béni mille fois ! murmura Aurore de Caylus.

— J'avais juré, poursuivit Lagardère, de me livrer à votre justice après vingt-quatre heures de liberté... à l'heure dite, j'ai rendu mon épée.

— C'est vrai, fit le régent ; depuis cela, j'ai l'œil sur toi et sur d'autres.

Les dents de Gonzague grincèrent dans sa bouche. Il pensa :

— Le régent lui-même était du complot !

— En troisième lieu, ajouta Lagardère, j'avais juré que je ferais éclater mon innocence devant tous en démasquant le vrai coupable... me voici : je vais accomplir mon dernier serment.

Gonzague tenait toujours à la main le pli de parchemin, scellé de trois cachets de cire rouge, dérobé par lui dans le logis de la rue du Chantre. C'était en ce moment son épée et son bouclier.

— Monseigneur, dit-il avec brusquerie, la comédie a trop duré, ce me semble...

— On ne vous a pas encore accusé, ce me semble aussi, interrompit le régent.

— Une accusation sortant de la bouche de ce fou... ? fit Gonzague, essayant le mépris.

— Ce fou va mourir... prononça sévèrement le régent. La parole des mourans est sacrée !

— Si vous ne savez pas encore ce que vaut la sienne, monseigneur, s'écria l'Italien, je me tais. Mais, croyez-moi, tous tant que nous sommes, nous autres, les grands, les nobles, les seigneurs, les princes, les rois, nous nous asseyons sur des trônes dont le pied s'en va chancelant... Il est d'un dangereux et fâcheux exemple le passe-temps que Votre Altesse Royale se donne aujourd'hui... Souffrir qu'un pareil misérable... — Lagardère se tourna lentement vers lui. — Souffrir qu'un pareil misérable, poursuivit Gonzague, vienne en face de moi, prince souverain, sans témoins ni preuves...

Lagardère fit un pas vers lui et dit :

— J'ai mes témoins et j'ai mes preuves.

— Où sont-ils, vos témoins ? s'écria Gonzague, dont le regard fit le tour de la salle.

— Ne cherchez pas ! répondit le condamné ; ils sont deux, mes témoins. Le premier est ici : c'est vous !

Gonzague essaya un rire de pitié, mais son effort ne produisit qu'une effrayante convulsion.

— Le second, poursuivit Lagardère, dont l'œil fixe et froid enveloppait le prince comme un réseau, le second est dans la tombe.

— Ceux qui sont dans la tombe ne parlent pas ! dit Gonzague.

— Ils parlent quand Dieu le veut, répliqua Lagardère.

Autour d'eux un silence profond se faisait, un silence qui serrait le cœur et glaçait les veines.

Ce n'était pas le premier venu qui aurait pu faire taire dans toutes ces âmes le scepticisme moqueur. Neuf sur dix eussent provoqué le rire méprisant et incrédule dès le début de cette plaidoirie, qui semblait chercher ses moyens par delà les limites de l'ordre naturel. L'époque était au doute : le doute régnait en maître, soit qu'il se fît frivole, spirituel, évaporé, pour donner le ton aux entretiens de salon, soit qu'il s'affublât de la robe doctorale pour se guinder à la hauteur d'une opinion philosophique.

Les fantômes vengeurs, les tombes ouvertes, les sanglans linceuls, qui avaient épouvanté le siècle passé, faisaient rire maintenant à gorge déployée.

Mais c'était Lagardère qui parlait. L'acteur fait le drame. Cette voix grave allait remuer jusqu'au fond des cœurs les fibres mortes ou engourdies. La grande, la noble beauté de ce pâle visage glaçait le rire sur toutes les lèvres. On avait peur de ce regard absorbant sous lequel Gonzague fasciné se tordait.

Celui-là pouvait défier la mode railleuse, du haut de sa passion puissante et tragique ; celui-là pouvait évoquer des fantômes en plein dix-huitième siècle, devant la cour du régent, devant le régent lui-même.

Il n'y avait là personne qui pût se soustraire à la solennelle épouvante de cette lutte, personne !

Toutes les bouches étaient béantes, toutes les oreilles tendues ; quand Lagardère faisait une pause, le souffle de toutes les poitrines oppressées rendait un long murmure.

— Voici deux témoins, reprit Lagardère. Le mort parlera, j'en fais serment, ma tête y est engagée... Quant aux preuves, elles sont là... mes preuves... dans vos mains, monsieur de Gonzague... Mon innocence est dans cette enveloppe triplement scellée... Refusez donc de croire à la Providence qui vous foudroie... Vous avez produit ce parchemin vous-même, instrument de votre propre perte... vous ne pouvez pas le retirer... il appartient à la justice, et la justice vous presse ici de toutes parts... ! Pour vous procurer cette arme qui va vous frapper, vous avez pénétré dans ma demeure comme un voleur de nuit... vous avez brisé la serrure de ma porte et crocheté ma cassette... vous, le prince de Gonzague !...

— Monseigneur, fit ce dernier dont les yeux s'injectaient de sang, imposez silence...

— Défendez-vous, prince ! s'écria Lagardère d'une voix vibrante, et ne demandez pas qu'on me ferme la bouche !... On nous laissera parler tous deux, vous comme moi, moi comme vous, puisqu'il y a là-dedans entre nous deux, et que Son Altesse Royale l'a dit : « La parole des mourans est sacrée ! » — Il avait la tête haute. Gonzague saisit machinalement le parchemin qu'il venait de poser sur la table. — C'est cela ! fit Lagardère ; il est temps... Brisez les cachets... Brisez, vous dis-je ! Pourquoi tremblez-vous ? Il n'y a là-dedans qu'une feuille de parchemin : l'acte de naissance de mademoiselle de Nevers.

— Brisez les cachets ! ordonna le régent.

Les mains de Gonzague tremblaient paralysées.

À dessein peut-être, peut-être par hasard, Bonnivet et deux de ses gardes s'étaient rapprochés de lui. Ils se tenaient entre la table et le tribunal, tous trois tournés vers le régent, comme s'ils eussent été là pour attendre ses ordres.

Gonzague n'avait pas encore obéi ; les cachets restaient intacts.

Lagardère fit un second pas vers la table. Sa prunelle luisait comme une lame.

— Vous devinez qu'il y a autre chose, n'est-ce pas ?—reprit-il en baissant la voix, et toutes les têtes avides se penchèrent pour l'écouter.—Je vais vous dire ce qu'il y a... Au dos du parchemin... au dos... trois lignes... écrites avec du sang... C'est ainsi que parlent ceux qui sont dans la tombe ! — Gonzague tressaillit de la tête aux pieds. L'écume vint aux coins de sa bouche. Le régent, penché tout entier par-dessus la tête de Villeroy, avait le poing sur la table de la présidence. La voix de Lagardère sonna sourdement parmi la muette émotion de toute cette assemblée ; il reprit : — Dieu a mis vingt ans à déchirer le voile... Dieu ne voulait pas que la voix du vengeur s'élevât dans la solitude... Dieu a rassemblé ici les premiers du royaume, présidés par le chef de l'État ; c'est l'heure... Nevers était auprès de moi la nuit du meurtre... C'était avant la bataille... une minute avant... Déjà il voyait luire dans l'ombre les épées des assassins qui rampaient de l'autre côté du pont... Il fit sa prière... puis, sur cette feuille qui est là... de sa main trempée dans sa veine ouverte, il traça trois lignes qui disaient d'avance le crime accompli et le nom de l'assassin...

Les dents de Gonzague claquèrent dans sa bouche.

Il recula jusqu'au bout de la table, et ses mains crispées semblaient vouloir broyer cette enveloppe qui désormais le brûlait.

Arrivé près du dernier flambeau, il le souleva et l'abaissa par trois fois, sans tourner les yeux du côté de Lagardère.

C'était le signe convenu avec ses affidés.

— Voyez ! dit cependant le cardinal de Bissy à l'oreille de monsieur de Mortemart, il perd la tête !

Nul autre ne parle. Toutes les respirations étaient suspendues.

— Le nom est là ! continua Lagardère dont les mains garrottées se soulevaient ensemble pour désigner le parchemin ; le vrai nom... en toutes lettres... Brisez l'enveloppe et le mort va parler !

Gonzague, les yeux égarés, le front baigné de sueur, jeta vers le tribunal un regard farouche.

Bonnivet et ses deux gardes le masquaient. Il tourna le dos au flambeau, et sa main tremblante chercha la flamme par derrière.

L'enveloppe prit feu.

Lagardère le voyait ; mais Lagardère, au lieu de le dénoncer, disait :

— Lisez !... lisez tout haut... Qu'on sache si le nom de l'assassin est le mien ou le vôtre !

— Il brûle l'enveloppe ! s'écria Villeroy qui entendit le parchemin pétiller.

Ce ne fut qu'une grande clameur quand Bonnivet et les deux gardes se retournèrent.

— Il a brûlé l'enveloppe... l'enveloppe qui contenait le nom de l'assassin !

Le régent s'élança. Lagardère, montrant le parchemin dont les débris flambaient à terre, dit :

— Le mort a parlé !

— Qu'y avait-il d'écrit ? demanda le régent dont l'émotion était au comble. Dis vite, on te croira, car cet homme vient de se perdre.

— Il n'y avait rien !—répondit Lagardère. Puis, au milieu de la stupeur générale : — Rien ! répéta-t-il d'une voix éclatante ; rien, entendez-vous, monsieur de Gonzague !... J'ai agi de ruse, et votre conscience bourrelée a trébuché dans le piège... Vous avez brûlé ce parchemin dont je vous menaçais comme d'un témoignage... votre nom n'était pas là... mais vous venez de l'y écrire vous-même en gros caractères... C'est la voix du mort, cela : le mort a parlé.

— Le mort a parlé, répéta l'assemblée sourdement.

— En essayant de détruire cette preuve, dit monsieur de Villeroy, le meurtrier s'est trahi.

— Il y a aveu du coupable ! prononça comme malgré lui le président de Lamoignon ; l'arrêt de la chambre ardente peut être cassé.

Jusqu'alors le régent, suffoqué par l'indignation, avait gardé le silence.

Tout à coup il s'écria :

— Assassin !... assassin !... Qu'on arrête cet homme !

Plus prompt que la pensée, Gonzague dégaina. D'un bond, il passa devant le régent, et planta une furieuse botte dans la poitrine de Lagardère, qui chancela en poussant un cri. La princesse le reçut dans ses bras.

— Tu ne jouiras pas de ta victoire ! grinça Gonzague, hérissé comme un taureau pris de rage.

Il se détourna, passa sur le corps de Bonnivet, et, faisant volte-face, arrêta les gardes qui fondaient sur lui. Tout en se défendant, il reculait pressé à la fois par dix épées.

Les gardes gagnaient le terrain. Au moment où ils croyaient le tenir acculé contre la draperie, celle-ci s'ouvrit tout à coup, et Gonzague disparut comme s'il se fût abîmé dans une trappe.

On entendit le bruit d'un verrou tiré au dehors.

Ce fut Lagardère qui attaqua la porte. Il la connaissait pour s'en être servi le jour de la première assemblée de famille.

Lagardère avait désormais les mains libres. Le coup d'épée donné traîtreusement par Gonzague avait tranché le lien qui retenait ses mains, et ne lui avait fait qu'une légère blessure.

La porte était fermée solidement.

Comme le régent ordonnait de poursuivre le fugitif, une voix brisée s'éleva au fond de la salle.

— Au secours ! au secours ! disait-elle.

Dona Cruz, échevelée, et les habits en désordre, vint tomber aux pieds de la princesse.

— Ma fille ! s'écria celle-ci ; malheur est arrivé à ma fille !...

— Des hommes... dans le cimetière... fit la gitanita qui perdait le souffle... Ils forcent la porte de l'église... Ils vont l'enlever !...

Tout était tumulte dans la grand'salle, mais une voix domina le bruit comme un son de clairon.

C'était Lagardère qui disait :

— Une épée ! une épée !

Le régent dégaina la sienne et la lui mit dans la main.

— Merci, monseigneur, dit Henri, et maintenant ouvrez la fenêtre ; criez à vos gens qu'ils n'essayent pas de m'arrêter, car l'assassin a de l'avance sur moi, et malheur à qui me barrera le passage !

Il baisa l'épée, la brandit au-dessus de sa tête, et disparut comme un éclair.

# X

## AMENDE HONORABLE.

Les exécutions nocturnes qui avaient lieu derrière les murailles de la Bastille n'étaient pas nécessairement des exécutions secrètes. Tout au plus pourrait-on dire qu'elles n'étaient point publiques. A part celles que l'histoire compte et constate qui furent faites sans forme de procès, sous le cachet du roi, toutes les autres vinrent en suite d'un jugement et d'une procédure plus ou moins régulière.

Le préau de la Bastille était un lieu de supplice avoué et légal tout comme la place de Grève.

Monsieur de Paris avait seul le privilège d'y couper les têtes.

Il y avait bien des rancunes contre cette Bastille, bien des rancunes légitimes. La plèbe parisienne reprochait surtout à la Bastille de faire écran au spectacle de l'échafaud.

Quiconque a passé la barrière d'Enfer, une nuit d'exécution capitale, pourra dire si de nos jours le peuple de Paris est guéri de son goût barbare pour ces lugubres émotions...

La Bastille devait encore cacher, ce soir, l'agonie du meurtrier de Nevers, condamné par la chambre ardente du Châtelet; mais tout n'était pas perdu : l'amende honorable au tombeau de la victime et le poing coupé par le glaive du bourreau valaient bien encore quelque chose.

Le glas de la Sainte-Chapelle avait mis en rumeur tous les bas quartiers de la ville. Les nouvelles n'avaient point pour se répandre les mêmes canaux qu'aujourd'hui; mais par cela même on était plus avide de voir et de savoir. En un clin d'œil, les abords du Châtelet et du palais furent encombrés. Quand le cortège sortit par la porte Cosson, ouverte dans l'axe de la rue Saint-Denis, dix mille curieux formaient déjà la haie.

Personne, dans cette foule, ne connaissait le chevalier Henri de Lagardère. Ordinairement, il se trouvait toujours bien des gens dans la cohue quelqu'un pour mettre un nom sur le visage du patient; ici, c'était une ignorance complète. Mais l'ignorance, dans ce cas, n'empêche pas de parler ; au contraire, elle ouvre le champ libre aux hypothèses.

Pour un nom qu'on ne savait pas, on trouva cent noms. Les suppositions se choquèrent. En quelques minutes, tous crimes politiques et autres passèrent sur la tête de ce beau soldat, qui marchait les mains liées, à côté de son confesseur dominicain, entre quatre gardes du Châtelet, l'épée nue.

Le dominicain, visage hâve, regard de feu, lui montrait le ciel à l'aide de son crucifix d'airain, qu'il brandissait comme un glaive.

Devant et derrière chevauchaient des archers de la prévôté.

Et dans la foule on entendait çà et là :

— Il vient d'Espagne, où la reine lui avait compté mille quadruples pistoles pour venir intriguer en France.

— Oh ! oh ! il a l'air d'écouter assez bien le père.

— Voyez, madame Dudouit, quelle perruque on ferait avec ces beaux cheveux blonds !

— Il y a donc, pérorait-on dans un autre groupe, que madame la duchesse du Maine l'avait fait venir à Sceaux pour être secrétaire de ses commandemens... Il devait enlever le jeune roi, la nuit où monsieur le régent donnait son ballet au Palais-Royal.

— Et qu'en faire du jeune roi ?

— L'emmener en Bretagne... mettre Son Altesse Royale à la Bastille... déclarer Nantes capitale du royaume.

Un peu plus loin :

— Il attendait monsieur Law dans la cour des Fontaines, et lui voulut donner un coup de couteau comme celui-ci montait dans un carrosse.

— Quelle misère s'il avait réussi !... Du coup, Paris mourait sur la paille !

Quand le cortège passa au coin de la Ferronerie, on entendit un cri aigu, poussé par un chœur de voix de femmes. La Ferronerie continuait la rue Saint-Honoré ; madame Balahault, madame Durand, madame Guichard et toutes nos commères de la rue du Chantre n'avaient eu qu'à suivre le pavé pour venir jusque-là.

Elles reconnurent toutes en mêmes temps le ciseleur mystérieux, le maître de dame Françoise et du petit Jean-Marie Berrichon.

— Hein ! s'écria madame Balahault, vous avais-je dit que ça finirait mal ?

— Nous aurions dû le dénoncer tout de suite, reprit la Guichard, puisqu'on ne pouvait pas savoir ce qui se passait chez lui.

— A-t-il l'air effronté, Seigneur Dieu ! fit la Durand.

Les autres parlèrent du petit bossu et de la belle jeune fille qui chantait à sa fenêtre.

Et toutes, dans la sincérité de leurs bonnes âmes :

— On peut dire que celui-là ne l'a pas volé !

La foule ne pouvait pas beaucoup précéder le cortège, parce qu'on ignorait le lieu de sa destination. Archers e gardes étaient muets. De tout temps le plaisir de ces utiles fonctionnaires a été de faire le désespoir des cohues par leur importante et grave discrétion.

Tant qu'on n'eut pas dépassé les halles, les habits crurent que le patient allait au charnier des Innocens, où était le pilori. Mais les halles furent dépassées.

La tête du cortège suivit la rue Saint-Denis, et ne tourna qu'au coin de la petite rue Saint-Magloire.

Les plus avancés virent alors deux torches allumées à l'entrée du cimetière, et les conjectures d'aller leur train.

Mais les conjectures s'arrêtèrent bientôt devant un incident que nos lecteurs connaissent : un ordre du régent mandait le condamné en la grand'salle de l'hôtel de Nevers.

Le cortège entra tout entier dans la cour de l'hôtel.

La foule prit position dans la rue Saint-Magloire et attendit.

L'église Saint-Magloire, ancienne chapelle du couvent de ce nom, dont les moines avaient été exilés à Saint-Jacques-du-Haut-Pas, puis maison de repentir, était devenue paroisse depuis un siècle et demi. L'église avait été reconstruite en 1630, et Monsieur, frère du roi Louis XIII, en avait posé la première pierre. C'était une nef de peu d'étendue assise au milieu du plus grand cimetière de Paris.

L'hôpital situé à l'est avait aussi une chapelle publique, ce qui revenait vers la ruelle tortueuse montant de la rue Saint-Magloire à la rue aux Ours le nom de rue des Deux-Églises.

Un mur régnait autour du cimetière, qui avait trois entrées : la principale, rue Saint-Magloire, la seconde rue des Deux-Églises, la troisième dans un cul-de-sac sans nom, qui revenait vers la rue Saint-Magloire, derrière l'église, et sur lequel donnait la Folie-Gonzague.

Il y avait en outre une brèche, par où passait la procession des reliques de Saint-Gervais.

L'église, pauvre, peu fréquentée, et qu'on voyait encore debout au commencement de ce siècle, s'ouvrait sur la rue Saint-Denis, à la place où est actuellement la maison portant le numéro 166. Elle avait deux portes sur le cimetière.

Depuis quelques années déjà, on n'enterrait plus autour de l'église. Le commun des morts s'en allait hors Paris. Quatre ou cinq grandes familles seulement conservaient leurs sépultures au cimetière Saint-Magloire, et notamment les Nevers, dont la chapelle funéraire était un fief.

Nous avons dit que cette chapelle s'élevait à quelque distance de l'église. Elle était entourée de grands arbres, et le plus court chemin pour y arriver était la rue Saint-Magloire.

C'était environ vingt minutes après l'entrée du cortège dans la cour de l'hôtel de Gonzague. La nuit était complète et profonde dans le cimetière, d'où l'on apercevait à la fois les fenêtres brillamment éclairées de la grand'salle de Nevers et les croisées de l'église, derrière lesquelles une lueur faible se montrait.

Les murmures de la foule entassée dans la rue arrivaient par bouffées.

A droite de la chapelle sépulcrale, il y avait un terrain vague planté d'arbres funéraires qui avaient grandi et foisonné. Cela ressemblait à un taillis, ou mieux à un de ces jardins abandonnés qui, au bout de quelques années, prennent tournure d'une forêt vierge.

Les affidés du prince de Gonzague attendaient là.

Dans le cul-de-sac ouvert sur la rue des Deux-Églises, des chevaux tout préparés attendaient aussi.

Navailles avait la tête entre ses mains ; Nocé et Choisy

s'adossaient au même cyprès. Oriol, assis sur une touffe d'herbe, poussait de gros soupirs.

Peyrolles, Montaubert et Taranne causaient à voix basse.

C'étaient les trois âmes damnées ; pas plus dévoués que les autres, mais plus compromis.

Nous ne surprendrons personne en disant que les amis de monsieur de Gonzague agitaient hautement, depuis qu'ils étaient là, la question de savoir si la désertion était possible.

Tous, du premier au dernier, avaient rompu dans leur cœur le lien qui les retenait au maître.

Mais tous espéraient encore en son appui, et tous craignaient sa vengeance.

Ils savaient que contre eux Gonzague serait sans pitié.

Ils étaient si profondément convaincus de l'inébranlable crédit de Gonzague, que la conduite de ce dernier leur semblait une comédie. Selon eux, Gonzague avait dû feindre un danger pour avoir occasion de serrer le mors dans leur bouche.

Peut-être même pour les éprouver.

Il est certain que s'ils eussent cru Gonzague perdu leur faction n'aurait pas été longue.

Le baron de Batz, qui s'était coulé le long des murs jusqu'aux abords de l'hôtel, avait rapporté que le cortège s'était arrêté et que la foule encombrait la rue.

Que voulait dire cela ? Cette prétendue amende honorable au tombeau de Nevers était-elle une invention de Gonzague ?

L'heure passait ; l'horloge de Saint-Magloire avait sonné déjà depuis plusieurs minutes les trois quarts de neuf heures. A neuf heures, la tête de Lagardère devait tomber dans le préau de la Bastille.

Peyrolles, Mautaubert et Taranne ne perdaient pas de vue les fenêtres de la grand'salle, une surtout où brillait une lumière isolée auprès de laquelle se profilait la haute stature du prince.

A quelques pas de là, derrière la porte septentrionale de l'église Saint-Magloire, un autre groupe se tenait. Le confesseur de madame la princesse de Gonzague avait gagné l'autel. Aurore, toujours à genoux, semblait une de ces douces statues d'anges qui se prosternent au chevet des tombes. Cocardasse et Passepoil, immobiles, restaient debout, l'épée nue à la main, aux deux côtés de la porte ; Chaverny et dona Cruz causaient à voix basse.

Une ou deux fois Cocardasse et Passepoil avaient cru ouïr des bruits suspects dans le cimetière. Ils avaient bonne vue l'un et l'autre, et pourtant leurs yeux collés au guichet grillé n'avaient pu rien apercevoir.

La chapelle funèbre les séparait de l'embuscade. La lampe perpétuelle qui brûlait devant le tombeau du dernier duc de Nevers éclairait l'intérieur de la voûte, et plongeait dans une obscurité plus profonde les objets environnans.

Tout à coup, cependant, nos deux braves tressaillirent. Chaverny et dona Cruz cessèrent de parler.

—Marie, mère de Dieu ! prononça distinctement Aurore, ayez pitié de lui !

Un bruit de nature inexplicable, mais tout proche, avait éveillé les oreilles attentives.

C'est que, dans le fourré, notre embuscade tout entière venait de se mouvoir.

Peyrolles, les yeux fixés sur la croisée de la grand'salle, avait dit :

— Attention ! messieurs.

Et chacun avait vu la lumière isolée s'élever par trois fois, par trois fois s'abaisser.

C'était le signal d'attaquer la porte de l'église. On ne pouvait, à ce sujet, garder aucun doute, et pourtant il y eut une grave hésitation parmi les fidèles. Ils n'avaient pas cru à la possibilité de la crise dont le signal était le symptôme. Le signal une fois fait, ils ne croyaient point encore à la nécessité qu'il avait eu de le faire.

Gonzague jouait avec eux, Gonzague voulait river la chaîne qui pendait à leur cou.

Cette opinion, qui grandissait pour eux Gonzague à l'heure même de sa chute avouée, fut cause qu'ils se déterminèrent à obéir.

— Après tout, dit Navailles, ce n'est qu'un enlèvement.

— Et nos chevaux sont à deux pas, ajouta Nocé.

— Pour une bagarre, reprit Choisy, on ne perd pas sa qualité...

— En avant ! s'écria Taranne ; il faut que monseigneur trouve la besogne faite !

Montaubert et Taranne avaient chacun un fort levier de fer. La troupe entière s'élança, Navailles en avant, Oriol derrière. Au premier effort des pinces, la porte pacifique céda.

Mais un second rempart était derrière, trois épées nues.

En ce moment, un grand fracas se fit du côté de l'hôtel, comme si quelque choc subit eût écrasé la foule massée dans la rue.

Il n'y eut qu'un coup d'épée de donné. Navailles blessa Chaverny, qui avait fait imprudemment un pas en avant. Le jeune marquis tomba un genou en terre et la main sur sa poitrine. En le reconnaissant, Navailles recula et jeta son épée.

— Eh bien ! fit Cocardasse qui attendait mieux que cela ; sandieou ! montrez-nous vos flamberges !...

On n'eut pas le temps de répondre à cette gasconnade. Des pas précipités retentirent sur le gazon du cimetière. Ce fut un tourbillon qui passa.

Un tourbillon ! Le perron balayé resta vide.

Peyrolles poussa un cri d'agonie, Montaubert râla, Taranne étendit les deux bras, lâcha son arme et tomba à la renverse.

Il n'y avait pourtant là qu'un homme, tête et bras nus, et n'ayant pour arme que son épée.

La voix de cet homme vibra dans le grand silence qui s'était fait.

— Que ceux qui ne sont pas complice de l'assassin Philippe de Gonzague se retirent, — dit-elle. Des ombres se perdirent dans la nuit. Nulle réponse n'eut lieu. On entendit seulement le galop de quelques chevaux sonner sur les cailloux qui pavaient la ruelle des Deux-Eglises. Lagardère, c'était lui, en franchissant le perron, trouva Chaverny renversé. — Est-il mort ? s'écria-t-il.

— Pas si'l vous plaît, répondit le petit marquis ; tudieu ! chevalier, je n'avais jamais vu tomber la foudre... J'ai la chair de poule en songeant que, dans cette rue de Madrid... Quel diable d'homme vous faites !...

Lagardère lui donna l'accolade et serra la main des deux braves.

L'instant d'après Aurore était dans ses bras.

— A l'autel ! dit Lagardère, tout n'est pas fini... Des torches... L'heure attendue depuis vingt ans va sonner... Entends-moi, Nevers, et regarde ton vengeur !

En sortant de l'hôtel, Gonzague avait trouvé devant lui cette barrière infranchissable : la foule. Il n'y avait que Lagardère pour percer droit devant soi comme un sanglier, au travers de ce fourré humain.

Lagardère passa, Gonzague fit un détour.

Voilà pourquoi Lagardère, parti le dernier, arriva le premier.

Gonzague entra dans le cimetière par la brèche. La nuit était si noire qu'il eut peine à trouver son chemin jusqu'à la chapelle funèbre. Comme il atteignait l'endroit où ses compagnons devaient l'attendre en embuscade, les croisées resplendissantes de l'hôtel attirèrent malgré lui son regard. Il vit la grand'salle toujours illuminée, mais vide ; pas une âme sur l'estrade, dont les fauteuils dorés brillaient.

Gonzague se dit :

—Ils me poursuivent... mais ils n'auront pas le temps !

— Quand ses yeux aveuglés par l'éclat des lumières revinrent vers cette sorte de taillis qui l'entourait, il crut voir de tous côtés ses compagnons debout. Chaque tronc d'arbre prenait pour lui une forme humaine. — Holà ! Peyrolles ! fit-il à voix basse, est-ce donc fini déjà ? — le silence lui répondit. Il donna du pommeau de son épée contre cette forme sombre qu'il avait prise pour le factotum. L'épée rencontra le bois vermoulu d'un cyprès mort. — N'y a-t-il personne ?... reprit-il ; sont-ils partis sans moi ? — Il crut entendre une voix qui répondait : Non : mais il n'était pas sûr, parce que son pied faisait crier les feuilles sèches. Une sourde rumeur naissait déjà, puis s'en flait du côté de l'hôtel. Un blasphème s'étouffa dans la bouche de Gonzague. — Je vais savoir ! — s'écria-t-il en tournant la chapelle pour s'élancer vers l'église. Mais devant lui se dressa une grande ombre, et cette fois ce n'était pas un arbre mort. L'ombre avait à la main une épée nue. — Où sont-ils ? où sont les autres ? demanda Gonzague, où est Peyrolles ?

L'épée de l'inconnu s'abaissa pour montrer le pied du mur de la chapelle, et il dit :

— Peyrolles est là !—Gonzague se pencha et poussa un grand cri. Sa main venait de toucher le sang chaud. — Montaubert est là ! continua l'inconnu en montrant le massif du cyprès.

— Mort aussi ? râla Gonzague.

—Mort aussi !—Et poussant du pied un corps inerte qui était entre lui et Gonzague, l'inconnu ajouta : — Taranne est là... mort aussi !

La rumeur grandissait. De tous côtés on entendait des pas qui approchaient, et la lueur des torches apparaissait, marchant derrière le taillis.

—— Lagardère m'a-t-il donc devancé ? fit Gonzague entre ses dents en grinçant.

Il recula d'un pas pour fuir sans doute, mais une rouge clarté brilla derrière lui, éclairant en plein tout à coup le visage de Lagardère.

Il se retourna et vit Cocardasse et Passepoil qui venaient de dépasser l'angle de la chapelle tenant chacun une torche à la main.

Les trois cadavres sortirent de l'ombre.

Du côté de l'église, d'autres torches venaient. Gonzague reconnut le régent, suivi des principaux magistrats et seigneurs qui tout à l'heure siégeaient au tribunal de famille.

Il entendit le régent qui disait :

— Que personne ne franchisse les murs de cette enceinte !... des gardes partout !

— Par la mort Dieu ! fit Gonzague qui eut un rire convulsif ; on nous octroie le champ clos, comme au temps de la chevalerie ! Philippe d'Orléans se souvient une fois en sa vie qu'il est fils des preux. Soit ! attendons les juges du camp !

En parlant ainsi traîtreusement, et tandis que Lagardère répondait : « Soit, attendons, » Gonzague, se fendant à l'improviste, lui porta sa rapière au creux de l'estomac.

Mais une épée, dans de certaines mains, est comme un être vivant qui a son instinct de défense. L'épée de Lagardère se releva, para et riposta.

La poitrine de Gonzague rendit un son métallique. Sa cotte de mailles avait fait son effet. L'épée de Lagardère vola en éclats.

Sans reculer d'une semelle, celui-ci évita d'un haut-le-corps le choc déloyal de son adversaire, qui passa outre dans son élan. Lagardère prenait en même temps la rapière de Cocardasse que celui-ci tenait par la pointe.

Dans ce mouvement, les deux champions avaient changé de place. Lagardère était du côté des deux maîtres d'armes.

Gonzague, que son élan avait porté presque en face de l'entrée de la chapelle funèbre, tournait le dos au duc d'Orléans, qui s'approchait avec sa suite.

Ils se remirent en garde. Ce Gonzague était une rude lame, et n'avait à couvrir que sa tête, mais Lagardère semblait jouer avec lui. A la seconde passe, la rapière de Gonzague sauta hors de sa main.

Comme il se baissait pour la ramasser, Lagardère mit le pied dessus.

— Ah !... chevalier !... fit le régent qui arrivait.

— Monseigneur, répondit Lagardère, nos ancêtres nommaient ceci le jugement de Dieu. Nous n'avons plus la foi, mais l'incrédulité ne tue pas plus Dieu que l'aveuglement n'éteint le soleil.

Le régent parlait bas avec ses ministres et ses conseillers

— Il n'est pas bon, dit le président de Lamoignon lui-même, que cette tête de prince tombe sur l'échafaud.

— Voici le tombeau de Nevers, reprit Henri, et l'expiation promise ne lui manquera pas. L'amende honorable est due. Ce ne sera pas en tombant sous le glaive que mon poing la donnera.

Il ramassa l'épée de Gonzague.

— Que faites-vous ? demanda encore le régent.

— Monseigneur, répliqua Lagardère, cette épée a frappé Nevers ; je la reconnais... Cette épée va punir l'assassin de Nevers !

Il jeta la rapière de Cocardasse aux pieds de Gonzague, qui la saisit en frémissant.

— As pas pur ! grommela Cocardasse, le troisième coup abat le coq.

Le tribunal de famille tout entier était rangé en cercle autour des deux champions. Quand ils tombèrent en garde, le régent, sans avoir conscience peut-être de ce qu'il faisait, prit la torche des mains de Passepoil et la tint levée.

Le régent, Philippe d'Orléans !

— Attention à la cuirasse ! murmura Passepoil derrière Lagardère.

Il n'était pas besoin. Lagardère s'était transfiguré tout à coup. Sa haute taille se développait dans toute sa richesse ; le vent déployait les belles masses de sa chevelure, et ses yeux lançaient des éclairs.

Il fit reculer Gonzague jusqu'à la porte de la chapelle. Puis son épée flamboya en décrivant ce cercle rapide que donne la riposte de prime.

— La botte de Nevers ! firent ensemble les deux maîtres d'armes.

Gonzague s'en alla rouler mort aux pieds de la statue de Philippe de Lorraine, avec un trou sanglant au milieu du front.

Madame la princesse de Gonzague et dona Cruz soutenaient Aurore. A quelques pas de là, un chirurgien bandait la blessure du marquis de Chaverny.

C'était sous la porte de l'église Saint-Magloire. Le régent et sa suite montaient les marches du perron.

Lagardère se tenait debout entre les deux groupes.

— Monseigneur, dit la princesse, voici l'héritière de Nevers, ma fille, qui s'appellera demain madame de Lagardère, si Votre Altesse Royale le permet.

Le régent prit la main d'Aurore, la baisa, et la mit dans la main d'Henri.

— Merci, —murmura-t-il en s'adressant à ce dernier et en regardant comme malgré lui le tombeau du compagnon de sa jeunesse. Puis il affermit sa voix, l'émotion avait rendue tremblante, et dit en se redressant : — Comte de Lagardère, le roi seul, le roi majeur, peut vous faire duc de Nevers.

# TABLE

### DES MATIÈRES CONTENUES DANS LE BOSSU.

FIN DE LA TABLE DU BOSSU.

# TABLE

DES OUVRAGES CONTENUS DANS CE VOLUME.

FIN DE LA TABLE DE LA VINGT-DEUXIÈME SÉRIE.

Paris. — Imprimerie J. Voisvenel, 16, rue du Croissant,

www.ingramcontent.com/pod-product-compliance
Lightning Source LLC
Chambersburg PA
CBHW051826020726
47502CB00005B/1653